»Ein isländischer Schriftsteller kann nicht leben, ohne beständig über die alten Bücher nachzudenken.« Halldór Laxness

Der Stellenwert, den die Isländersagas im kulturellen Gedächtnis der Isländer einnehmen, ist enorm. Bis heute haben die fesselnden Geschichten über die ersten Siedlergenerationen auf der nordischen Insel nicht an Leuchtkraft verloren: Die Prosatexte aus dem 13. und 14. Jahrhundert sind eine Sternstunde der Geistesgeschichte Europas – und können hier in einer breiten Auswahl bewundert werden. Mit der vorliegenden Edition, die anlässlich Islands Ehrengastauftritt zur Frankfurter Buchmesse 2011 erschien, öffnet sich den Lesern ein Tor in eine Welt, die beseelt ist von wütenden Außenseitern, starken Frauen und Rechtskundigen, von Rache, Totschlag und Buße, aber auch von Schadenszauber und Wiedergängern und nicht zuletzt abenteuerlichen Reisen in ferne Länder.

Die vierbändige Ausgabe der »Isländersagas« – vorgelegt von den besten literarischen Übersetzerinnen und Übersetzern – räumt einer der bedeutendsten Literaturen den Platz ein, der ihr gebührt.

ISLÄNDERSAGAS 3

HERAUSGEGEBEN VON
KLAUS BÖLDL, ANDREAS VOLLMER
UND JULIA ZERNACK

AUS DEM ALTISLÄNDISCHEN VON
BETTY WAHL, THOMAS ESSER,
URSULA GIGER, SABINE SCHMALZER,
MATHIAS KRUSE
UND KRISTOF MAGNUSSON

FISCHER
TASCHENBUCH

Der Verlag dankt für die großzügige Förderung durch Sagenhaftes Island sowie durch die Kunststiftung NRW, Düsseldorf, in Kooperation mit dem Europäischen Übersetzer-Kollegium in Straelen.

MIX
Papier | Fördert gute Waldnutzung
FSC® C083411
FSC
www.fsc.org

Erschienen bei FISCHER Taschenbuch
Frankfurt am Main, Juli 2024

Satz: pagina GmbH, Tübingen
Druck und Bindung: CPI books GmbH, Leck
ISBN 978-3-596-90429-7

INHALT

DIE SAGA VON HALLFREÐ DEM SCHWIERIGEN

HALLFREÐAR SAGA VANDRÆÐASKÁLDS

AUS DEM ALTISLÄNDISCHEN VON
BETTY WAHL UND
MIT EINER EINLEITUNG
VON THOMAS ESSER

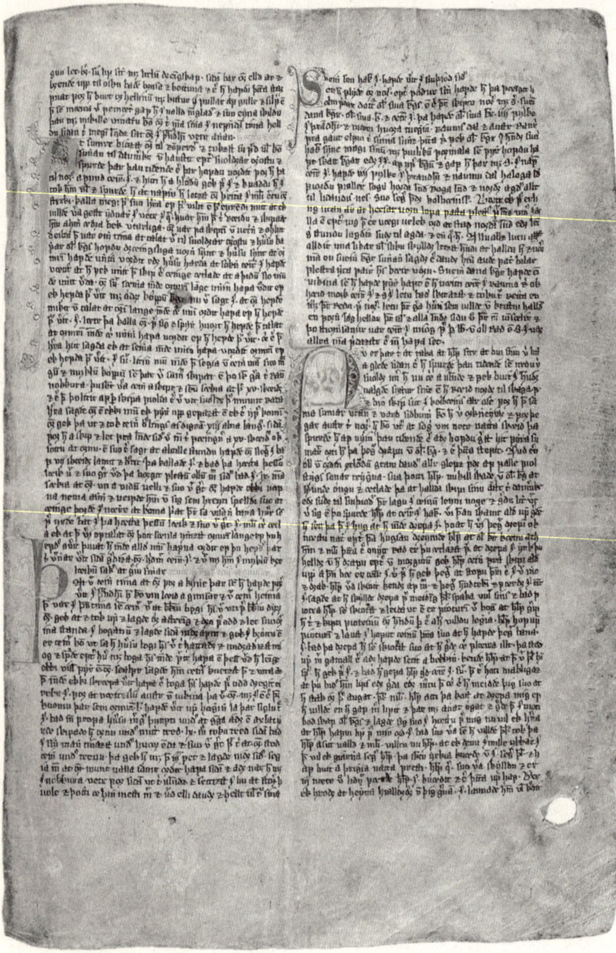

In der rechten Spalte fängt mit der N-Initiale das elfte Kapitel der *Saga von Hallfreð dem Schwierigen* an (*Flateyjarbók*, 1387–1394). Am Ende der vierten Zeile unterhalb der Initiale beginnt das erste der beiden Strophenzitate in diesem Kapitel: In mittelalterlichen Büchern werden Verse fortlaufend geschrieben; die Konvention, nach der Dichtung von Prosa (typo)graphisch unterschieden wird, ist erst in der Neuzeit entstanden.

EINLEITUNG

Die *Saga von Hallfreð dem Schwierigen* gehört wie die in dieser Ausgabe folgende *Saga von Kormák Ögmundarson* zu den Skaldensagas, die das Leben und Wirken eines oft schon zu Lebzeiten berühmten Skalden schildern.

Die Handlung der *Saga von Hallfreð dem Schwierigen* lässt sich in drei Abschnitte gliedern. Sie beginnt und endet auf Island, der mittlere Teil hat Hallfreðs Aufenthalt und Gefolgschaft bei König Ólaf Tryggvason zum Inhalt. Als junger Mann trifft Hallfreð auf Kolfinna und verliebt sich in sie, weigert sich aber, sie zu heiraten. Kolfinnas Vater gefällt diese Situation nicht, und so arrangiert er eine Heirat für seine Tochter, um Hallfreð von Kolfinna fernzuhalten. Dessen Zuneigung zu ihr entflammt dadurch aber erst recht, und unweigerlich führt dies zu Konflikten mit Kolfinnas Mann Grís. Um das Schlimmste zu verhindern, wird Hallfreð von seinem Vater und seinem Ziehvater zu einer Reise nach Norwegen gedrängt. In Norwegen macht er sich bei den Mächtigen beliebt und wird Christ. Doch ist der Umgang mit dem isländischen Skalden häufig alles andere als einfach, was Hallfreð seinen Beinamen einbringt.

Nach Hallfreðs Rückkehr nach Island brechen die alten Konflikte wieder auf. Die enttäuschte Liebe zu Kolfinna und der Tod König Ólafs prägen Hallfreðs restliches Leben.

Die *Saga von Hallfreð dem Schwierigen* und die *Saga von Kormák Ögmundarson* stehen sich besonders nahe, nicht nur, weil ihre Protagonisten aus demselben Bezirk stammen, sondern auch thematisch und strukturell.

Beide Sagas gehören vermutlich zu den ersten Isländersagas; ihre Entstehung wird auf ca. 1220 datiert. Die *Saga von Kormák Ögmundarson* gilt als die ältere und hat womöglich direkten Einfluss auf die *Saga von Hallfreð dem Schwierigen* ausgeübt. Im Detail ist das Verhältnis der beiden Texte jedoch kontrovers diskutiert worden. So wurde vermutet, dass ein Verfasser für beide Sagas verantwortlich zeichnen könnte. Auch waren die zahlreichen Strophen Gegenstand der Diskussion; meist wurden sie als alt und authentisch angesehen, zuweilen wollte man in ihnen aber auch kontinentale Einflüsse ausmachen und schloss daraus auf eine spätere Abfassung. Ferner wurde die These vertreten, die Sagas und auch ihre Strophen seien nicht mündlich tradiert worden, sondern rein literarische Kunstwerke, die der Verfasser selbst niedergeschrieben habe. Für alle Ansichten gibt es gute Argumente, sichere Schlussfolgerungen lassen sie jedoch nicht zu.

DIE SAGA VON HALLFREÐ DEM SCHWIERIGEN

1 Ein Mann hieß Þorvald, der wurde »der Schlichter« genannt und wohnte auf der Insel Ylfi in Hálogaland*. Seine Frau war Þorgerð, eine Tochter Hallfreðs. Sie hatte einen Bruder namens Galti, ein mächtiger Mann, der in Sogn wohnte. Þorvalds Söhne hießen Óttar und Þorkell Silfri. Þorkell war außerehelich geboren.

Auf dieser Insel wohnte auch ein Mann, der Ingjald hieß; er hatte einen Sohn namens Ávaldi. Óttar wuchs bei Ingjald auf.

Sokki war ein großer Wikinger und von unleidlichem Wesen; er ging weithin auf Raubzüge und war ein Freund der Gunnhildssöhne, die zu jener Zeit über Norwegen herrschten.

Eines Nachts kam er auf Þorvalds Hof und sagte zu seinen Männern, dort sei reiche Beute zu machen, denn da wohne ein wohlhabender Mann, »und deshalb werden wir auf dem Gehöft Feuer legen.« Dies taten sie.

Þorvald eilte an die Tür und fragte, wer für dieses Feuer verantwortlich sei, und Sokki nannte seinen Namen. »Womit haben wir das verdient?«, fragt Þorvald, »ich kann mich nicht erinnern, dir etwas angetan zu haben.« Sokki entgegnet: »Darum geht es uns Wikingern auch nicht. Wir wollen dein Leben und dein Geld.« »Das liegt in diesem Fall schon in euren Händen«, sagt Þorvald. Nun überfallen die Wikinger den Hof mit Feuer und mit Waffen, und schließlich endete es damit, dass Þorvald mit vierzehn weiteren Männern in seinem Haus verbrannte, und nur wenige konnten sich aus den Flammen retten. Die Wikinger machten so viel Beute, wie sie tragen konnten.

Ein Teil der Horde zog weiter zu Ingjalds Hof und legte dort ebenfalls Feuer. Ingjald kam an die Tür und verlangte, dass man

* Die Anmerkungen stehen im Anhang ab S. 619.

seine Männer unbehelligt entkommen lasse, doch das ließ sich nicht erreichen. Da sprach Ingjald zu den beiden Jungen, Óttar und Ávaldi: »Es sieht ganz danach aus, als sei mein Schicksal nun besiegelt, euch beide aber würde ich gerne aus diesem Feuer retten, damit ihr noch länger etwas vom Leben habt. Ich werde euch durch eine geheime Tür entkommen lassen, und ich denke, das hier wird euch wohl Grund genug zur Rache geben, wenn ihr es erst wieder zu Ansehen gebracht habt.« Sie antworten, den Willen hätten sie wohl, »doch eine Möglichkeit dazu sehen wir im Moment nicht.«

Darauf schlüpften sie durch die Geheimtür ins Freie, stahlen sich im Schutz der Rauchwolken unbemerkt davon und liefen ins Innere der Insel. Und wegen des Getöses und der Feuersbrunst, und weil sie noch nicht zum Sterben bestimmt waren, konnten sie fliehen und gelangten zu einem Bauern, der dort auf der Insel wohnte. Óttar fragte ihn: »Würdest du uns ans Festland übersetzen?« Der Bauer kannte die beiden und brachte sie an Land.

Dort kamen sie an eine Stelle, wo ein großes Heringsboot lag, dessen Besatzung von den Lofoten nördlich von dort stammte. Sie sagten, sie wären mittellose Burschen, und heuerten auf dem Schiff an. Dann segeln sie nach Süden mit, bis hinunter vor den Sognefjord; und da sagen die Jungen, dass sie noch weiter in die Fjorde hinein wollen, »denn wir haben hier Verwandte.« Der Schiffsführer sprach: »Ganz wie ihr wollt, schließlich seid ihr hier nicht schlechter dran als da, wo wir euch an Bord genommen haben. Ihr habt gute Arbeit geleistet, und ihr werdet gewiss bald zu noch Besserem Gelegenheit bekommen.« Und damit trennten sie sich.

Später am selben Tag kamen sie zu Galti, dem Mutterbruder Óttars, und setzten sich draußen vor dem Haus [auf ein Strohbüschel]. Galti kam zu ihnen hinaus und fragte, wer sie seien, und Óttar nannte ihre richtigen Namen. »Dann seid willkommen«, erwidert Galti, »kommt herein und nehmt Platz.«

Sie blieben sieben oder acht Winter lang, waren dort gern gesehen und wuchsen zu tüchtigen Männern heran. Zu jener Zeit ereignete sich die Schlacht bei Fitjar, in der König Hákon fiel und die Gunnhildssöhne die Herrschaft übernahmen. [Der Wikinger Sokki war, wie viele andere Unheilstifter, mit ihnen gut befreundet.] Eines Tages sprach Galti: »Mir scheint, Óttar, dass du derjenige von euch Ziehbrüdern bist, der den Ton angibt, und ich nehme an, du wirst einmal ein erfolgreicher Mann werden. Doch so wie die Zeiten hier in Norwegen sind, wage ich es nicht, euch noch länger bei mir zu behalten. [Denn jene Männer, die sich uns gegenüber schwer schuldig gemacht haben, als sie eure Väter töteten, werden gewiss fürchten, dass ihr wieder Macht erlangt, wenn sie wissen, dass ihr noch am Leben seid.] Deshalb werde ich euch mit Handelswaren ausstatten, damit sollt ihr nach England segeln und sehen, wie ihr dort zurechtkommt.«

Óttar sagte, er werde diese Ratschläge befolgen. Galti hatte zuvor ihre Ländereien verkauft und dafür Geld bekommen. Nun verlassen die Ziehbrüder Óttar und Ávaldi also das Land, segeln nach England hinüber und kommen dort zu Geld. Drei oder vier Winter lang unternahmen sie Handelsfahrten nach England und hatten sich dadurch bald großen Reichtum erworben. Dann fuhren sie auf die Orkney-Inseln und waren dort bei tüchtigen Männern gut angesehen. Da sprach Óttar zu Ávaldi: »Ich hätte große Lust, mir ein Schiff zu kaufen, damit nach Island zu fahren und mich dort niederzulassen, doch am liebsten hätte ich, wir würden vorher unsere Väter rächen, bevor wir hier endgültig alles zurücklassen.« Ávaldi überließ ihm darüber die Entscheidung. Dann kauften sie sich ein gutes Schiff und besorgten sich eine Mannschaft, nun segelten sie nach Norwegen, kamen nach Sogn zu Galti und erzählten ihm von ihrem Vorhaben. Galti spricht: »Das trifft sich gut, denn Sokki liegt mit seinem Schiff nicht weit von hier vor Anker, und des Nachts schläft er an Land auf einem Dachboden: Ich werde euch einen Mann besorgen, der darüber Bescheid weiß, und Sokki wird sich gewiss nicht genug vorsehen.«

2 Nun gingen Óttar und Ávaldi von Bord ihres Schiffes; bei ihnen war ein Mann, der Steinn hieß. Spät am Abend kamen sie zu jenem Gehöft, in dem sich Sokki und sein Bruder Sóti nachts zum Schlafen aufhielten. Steinn ging allein zum Hof, kam dort bald mit Sóti und den anderen ins Gespräch und trank mit ihnen den ganzen Abend, und als sie zum Schlafen nach oben gegangen waren, gab Steinn Óttar und Ávaldi ein Zeichen. Sóti und seine Leute, insgesamt sieben Männer, gingen auf den Dachboden und wollten sich entkleiden. Doch nun kommt Óttar mit seinen Leuten hervor, er geht sogleich auf Sokki los, stößt ihm sein Schwert unterhalb der Rüstung in den Leib und bis in die Eingeweide hinauf, so dass Sokki sofort tot zu Boden fiel. Ávaldi hieb mit dem Schwert nach Sóti und schlug ihm beide Hinterbacken ab. Dann liefen sie alle wieder hinaus und verschwanden im Schutze der Dunkelheit. Sie kamen zu ihrem Schiff, legten sogleich ab und bekamen günstigen Wind, und ihre Fahrt galt als sehr gelungen.

Dies erfährt nun Gunnhild und sagt, es sei bedauerlich, dass sie jene Männer, die ihre Freunde auf so gemeine Weise getötet hätten, nicht selbst zu Gesicht bekommen habe; »doch ich weiß durchaus«, sagt sie, »wer das getan hat.«

Óttar und seine Leute gehen bei Blönduós an der Nordküste Islands an Land; doch zu dieser Zeit war dort schon alles Land besiedelt. Also erwarb Óttar von einem Mann namens Einar ein Stück Land auf Grímstunga im Vatnsdal und gab ihm dafür sein Handelsschiff. Dort gründete Óttar einen Hof. Ávaldi blieb den ersten Winter über bei ihm wohnen. Im folgenden Frühjahr kaufte er Land bei Knjúk im Vatnsdal und heiratete Hild, die Tochter des Eyvind Sörkvir. Ihre Tochter hieß Kolfinna, sie war eine schöne, aber hochmütige Frau.

Ein Mann hieß Ólaf, der wohnte auf Haukagil; er war ein wohlhabender Mann und war mit Þórhalla, eine Tochter von Ævar Gamli, verheiratet. Sie hatten eine Tochter namens Aldís, eine sehr tüchtige Frau. Um sie warb Óttar und bekam sie mitsamt einer reichen Mitgift. Sie hatten einen Sohn namens Hallfreð und einen zweiten namens Galti; ihre Tochter hieß Valgerð und war ein überaus schönes Mädchen.

Hallfreð wuchs bei Ólaf auf Haukagil als Ziehsohn auf und hatte es dort sehr gut. Er war schon früh groß und kräftig, von mannhaftem Aussehen, mit dunklen Augenbrauen, einer ziemlich hässlichen Nase und dunkelbraunem Haar, das ihm gut stand; als Skalde war er geschickt, doch er konnte verletzende Verse dichten und war überhaupt recht launenhaft. Beliebt war er nicht gerade.

Damals war Þorsteinn Ingimundarson der Mächtigste im Vatnsdal. Er wohnte auf Hof und galt dort in der Gegend als höchst angesehen; er war allseits beliebt, und das Glück war ihm gewogen. Seine Söhne hießen Ingólf und Guðbrand. Ingólf war der ansehnlichste Mann im Norden Islands, und über ihn gab es die folgende Strophe:

Alle Mädchen wollten
mit Ingólf gehen,
die erwachsen waren,
und es weinte die noch zu Kleine.
Auch ich, sprach die Alte,
werd' mit Ingólf gehen,
solange mir zwei Zähne noch
zappeln im oberen Gaumen.

Auf Grímstunga wurde einmal ein Herbstgelage veranstaltet, bei dem auch Ballspiele stattfanden. Ingólf nahm daran teil, und mit ihm eine große Zahl junger Männer unten aus dem Tal. Das Wetter war gut, und die Frauen saßen draußen und sahen sich das Spiel an. Valgerð, die Tochter Óttars, saß in einiger Entfernung auf einem Hügel mit einigen anderen Frauen. Nun war Ingólf an der Reihe, und der Ball flog auf sie zu. Da fing Valgerð den Ball, steckte ihn sich unter ihr Gewand und rief, der solle ihn sich wiederholen, der ihn geworfen habe. Es war Ingólf, der ihn geworfen hatte; er ließ die anderen weiterspielen, setzte sich zu ihr und unterhielt sich mit ihr noch den ganzen Tag.

3 Nun war das Spiel zu Ende, und die Männer, die nicht zum Fest geladen waren, machten sich auf den Heimweg. Von da an kam Ingólf regelmäßig nach Grímstunga, um Valgerð zu treffen. Da nahm Óttar ihn zur Seite und sprach: »Deine Besuche hier sehe ich gar nicht gern, und es wird dir auch nicht entgangen sein, dass wir solche Kränkungen und Ungezogenheiten für gewöhnlich nicht durchgehen lassen. Du kannst ja förmlich um ihre Hand anhalten, wenn du willst.« Ingólf erklärte, er werde schon selbst entscheiden, wo er sich aufhalte, was immer Óttar dazu zu sagen habe; außerdem habe er, so wie die Lage dort im Tal sei, sich gewiss nicht nach den Anweisungen anderer zu richten. Darauf ging Óttar zu Þorsteinn und bat ihn, seinen Sohn so weit im Zaum zu halten, dass er von ihm keine Ungehörigkeiten zu befürchten hätte; »denn du bist schließlich ein weiser und friedliebender Mensch.« Þorsteinn erwidert: »Gewiss tut er dies gegen meinen Willen, und ich verspreche dir, einmal mit ihm zu reden.« Und damit trennten sie sich.

Nun sprach Þorsteinn zu Ingólf: »Ihr habt heute ganz andere Manieren, als wir sie in jungen Jahren pflegten, aber damit macht ihr, die Mächtigen von morgen, euch doch bei allen zum Gespött. Lass künftig die Tochter von Bauer Óttar in Frieden.« Nach dieser Ermahnung versprach Ingólf, sich zu bessern und stellte seine Besuche vorerst ein. Stattdessen dichtete er über Valgerð ein Liebeslied, und darüber war Óttar sehr erzürnt; er ging gleich noch einmal zu Þorsteinn und sagte, nun fühle er sich erst recht beleidigt; »deshalb muss ich dich um Erlaubnis bitten, deinen Sohn vor Gericht zu laden, denn so etwas kann ich nicht auf sich beruhen lassen.« Þorsteinn erwidert: »Für sehr ratsam halte ich das nicht, aber ich werde es dir nicht verbieten.« Da sprach Jökull, Þorsteinns Bruder, der gerade in der Nähe stand: »Das ist doch unglaublich! Du willst also deine eigenen Verwandten hier in der Gegend vor Gericht bringen. Das wird dir nicht gut bekommen.« Jökull wohnte oben auf Tunga im Vatnsdal. Þorsteinn zeigte noch einmal seinen guten Willen, indem er Männer bestimmte, die für ihn bei der Verhandlung auf dem Húnavatns-Thing dabei sein sollten; und er bot an, in der Sache um seinen Sohn für eine Einigung zu sorgen. Dafür verlangte er von Óttar, er solle ihm im Streit um das Liebeslied und die Reibereien deswegen das Urteil überlassen; auch seine Männer drängten ihn dazu, und zuletzt kamen sie überein, dass Þorsteinn allein entscheiden solle. Darauf sprach Þorsteinn: »Mein Urteilsspruch ist kurz: Ich werde dafür sorgen, dass es für beide Seiten so gut wie möglich ausgeht, ob euch das gefällt oder nicht. Óttar soll ein halbes Hundert in Silber bekommen, aber er muss sein Land verkaufen und aus dieser Gegend fortziehen.« Óttar sagte, er habe nicht erwartet, dass man ihm ein solches Unrecht antun würde. Darauf erklärte Þorsteinn, dennoch habe er bei dieser Entscheidung, angesichts der Gesinnung aller Beteiligten, auch für Óttar nur das Beste im Sinn gehabt. Und danach zog Óttar sich nach Süden ins Norðurárdal zurück und wohnte zunächst auf Óttarsstaðir.

Sein Sohn Hallfreð war damals ein junger Mann von knapp zwanzig Jahren. Er hatte ein Auge auf Ávaldis Tochter Kolfinna geworfen, doch ihr Vater Ávaldi sah das nicht gern und wollte ihm seine Tochter lieber gleich zur Frau geben. Hallfreð aber wollte nicht heiraten. Da suchte Ávaldi seinen Freund Már auf, der auf Másstaðir wohnte, und berichtete ihm von seinen Schwierigkeiten. Dieser sagt: »Da lässt sich leicht Abhilfe schaffen. Ich werde einen Mann zu ihr schicken, der soll um ihre Hand anhalten. Der Mann heißt Grís Sæmingsson, er ist mein Freund und wohnt auf Geitaskarð im Langadal; er ist weit herumgekommen, sogar bis nach Konstantinopel, und hat es dort zu großem Ansehen gebracht. Außerdem ist er ein wohlhabender Mann und überall beliebt.«

4

Nun sendet Már eine Nachricht an Grís, und der begibt sich nach Másstaðir. Már sprach zu ihm: »Ich hätte da eine Heirat für dich: Du sollst um die Hand von Kolfinna Ávaldadóttir anhalten. Dort mangelt es nicht an Geld, und auch sonst ist sie eine gute Partie. Allerdings höre ich, dass Hallfreð Óttarsson sich regelmäßig mit ihr trifft.« Das geschah, bevor Óttar aus dem Norden wegzog.

Nun begeben sich Már und Grís mit fünf weiteren Männern zu Ávaldi. Ihre Speere stellten sie draußen ab; der, den Grís besaß, war mit Goldeinlagen verziert. Darauf setzten sie sich drinnen zusammen, um die Angelegenheit zu besprechen, und Már trug für Grís die Brautwerbung vor. Ávaldi sprach, er wolle auf Márs Vorschlag gerne eingehen, »wenn ihr es so wünscht, soll euch diese Bitte nicht abgeschlagen werden.« In diesem Augenblick kamen Hallfreð und seine Gefährten dort an und sahen draußen die Speere stehen. Hallfreð sprach: »Hier scheinen Männer angekommen zu sein, die einen langen Weg hinter sich haben. Ihr kümmert euch um unsere Pferde, und ich werde zu Kolfinna in ihre Kammer gehen.« Und das tat er. Er setzte sich zu ihr und fragte sie, wer da gekommen sei, »doch wer auch immer, sie werden mir nicht gefallen, denn sie werden um deine Hand anhalten, und das wird nicht gut ausgehen.« Kolfinna antwortet: »Überlassen wir das doch denen, die darüber zu entscheiden haben.« Er sagt: »Ich habe den Eindruck, dein Freier gefällt dir schon jetzt besser als ich.« Daraufhin nahm Hallfreð sie draußen vor den Frauengemächern auf den Schoß und plauderte mit ihr, so dass jeder, der dort vorbeiging, es sehen konnte. Er zieht sie zu sich heran, und sie tauschen ein paar Küsse aus. Nun kommen Grís und seine Leute heraus. Er sprach: »Wer sind denn diese beiden, die hier draußen an der Wand des Gemachs sitzen und so vertraut miteinander tun?« Grís hatte ziemlich schlechte Augen und einen trüben Blick. Ávaldi sagt: »Das sind Hallfreð und meine Tochter Kolfinna.« Grís fragt: »Kommt so was bei denen öfter vor?« »Ja, das kommt recht häufig vor«, antwortet Ávaldi, »und du wirst nun etwas dagegen unternehmen müssen, jetzt, wo sie deine Verlobte ist.« Darauf sagt Grís: »Es ist ganz klar, dass er mich nur herausfordern will, denn so etwas ist doch meist nichts als Angeberei.« Nun gehen Grís und seine Leute wieder zu ihren Pferden. Da sprach Hallfreð: »Eins sage ich dir, Grís, wenn du diese Heirat wirklich wahr machst, dann kannst du dir meiner Feindschaft sicher sein.« Már entgegnete: »Dein Wort, Hallfreð, gilt in diesem Fall überhaupt nichts. Ávaldi allein hat über die Verheiratung seiner Tochter zu entscheiden.«

Da sprach Hallfreð eine Strophe:

Des erzheidnischen, argen
Trog-Versenkers Zorn
ist auch nicht übler
in meinen Augen, als wenn
greiser Hofhund geifernd
Gäste anknurrt, draußen
vor dem Vorratshaus – während ich
die Verse vermehre.

Versenker der Tröge = Mann = Már

»Ich jedenfalls«, sagt Hallfreð, »höre nicht auf das, was du dazu zu sagen hast, du Opfer-Már.« Már entgegnete, wenn er jetzt vorhabe, Spottreden auf ihn zu halten, werde er das noch schmerzhaft zu spüren bekommen. Hallfreð erklärt, er könne seine Worte sehr gut selbst wählen.

Und dann sprach er eine Strophe:

Die Schutzbäume der
Schildrand-Schlange sollen nicht
bitten um Ávaldis Einzige –
dies ängstigt den Skalden!
Niemals wird mein Wind
des Weibs des Surt sich dreh'n,
– so geht's vielen! – fort
von der fröhlichen Kolfinna.

Schlange der Schildränder = Schwert; Schutzbäume des Schwerts = Krieger; Weib des Surt = Riesin; Wind der Riesin = Gemüt der Riesin (des Skalden)

Darauf ritt Hallfreð zornig davon. Már sprach: »Lasst uns hinterherreiten!« – und das taten sie, mittlerweile zu neunt, denn Ávaldi hatte ihnen noch zwei weitere Männer mitgegeben.

Hallfreðs Ziehvater Ólaf hatte bereits geahnt, dass Grís und

Már die Verfolgung aufnehmen würden. Deshalb sandte er sogleich nach Óttar, und als sie sich treffen, sagt Ólaf zu ihm, Hallfreð werde wohl weitere Männer nötig haben.

Von Hallfreð ist indessen zu berichten, dass er zu zweien davonritt, und neun ihnen hinterher. Als Hallfreð seine Verfolger sah, sprach er: »Wir wollen uns nicht länger in die Flucht schlagen lassen.« Sie waren auf einem bewaldeten Hügel angelangt, dort machten sie sich kampfbereit und brachen Steine los. Nun treffen Grís und seine Leute dort ein und greifen sie an; sie verteidigen sich tapfer, doch zuletzt endet es so, wie es immer heißt, dass man gegen die Überzahl nicht ankommt, und so wurden Hallfreð und der andere gefangengenommen und gefesselt. Da sprach Grís: »Ich sehe Männer auf uns zureiten, nicht weniger als dreißig, und es könnte sein, unser Sieg ist nur von kurzer Dauer.« Da machten Grís und seine Männer kehrt, ritten eilig davon und überquerten den Fluss; am Ufer war eine Felsenschlucht, in der man sich gut verschanzen konnte; dort bezogen sie Stellung. Nun erreichen Óttar und sein Gefolge den Fluss. Grís begrüßte Óttar und fragte ihn, was er wolle. Óttar sprach: »Wo ist Hallfreð, mein Sohn?« Grís antwortet: »Er liegt gefesselt, aber nicht erschlagen in dem Wäldchen, in dem wir uns begegneten.« Óttar sagt: »Unwürdig habt ihr ihn behandelt, willst du mir in dieser Sache nun das Alleinurteil zugestehen?« Grís erwidert, er werde seinen Urteilsspruch gewiss anerkennen, also einigten sie sich darauf, und bei diesem Stand der Dinge gingen sie auseinander.

Nun reitet Óttar den Weg wieder zurück, findet Hallfreð und bindet ihn und seinen Gefährten los. Óttar sprach: »Diese Unternehmung ist nicht gerade ehrenvoll verlaufen, mein Sohn.« Hallfreð gibt zu, dass er dafür kein Lob verdiene, »aber mir ist es gleichgültig, Vater, wie du in dieser Sache entscheidest, solange Grís Kolfinna nicht bekommt.« Da sagt Óttar: »Grís soll sie zur Frau haben, hat er mir doch sein Vertrauen geschenkt, aber du, mein Sohn, sollst ins Ausland gehen und dir noch mehr Ansehen verdienen.« Hallfreð spricht: »Wem kann ich noch vertrauen, wenn mich selbst der eigene Vater enttäuscht? Als Erstes werde ich nun Grís zum Holmgang herausfordern, sobald ich ihn sehe.«

Darauf reitet Óttar heim, und Hallfreð begibt sich nach Haukagil zu Ólaf. Der fand, die Sache sei übel ausgegangen, und Hallfreð sei im Einhalten von Abmachungen nicht eben verlässlich; also lässt er Óttar mitteilen, er sehe Schwierigkeiten voraus.

Nun erreichte Hallfreð die Nachricht, sein Vater sei krank und verlange danach, ihn zu sehen, um ihm seinen letzten Willen mitzuteilen. Hallfreð kam, und Óttar ließ ihn sogleich ergreifen und fesseln; »und nun hast du die Wahl: entweder du sitzt hier in Fesseln, oder du lässt mich allein diese Sache für dich entscheiden.« Da sagt Hallfreð: »Du wirst die Dinge, die mich betreffen, ohnehin längst entschieden haben; also magst du auch weiterhin entscheiden, anstatt mich hier in Fesseln sitzen zu lassen.« Daraufhin wurden Hallfreð die Fesseln abgenommen.

Már hielt die Hochzeit von Grís und Kolfinna in seinem Haus ab, und danach ging sie mit ihm und wohnte bei ihm auf Geitaskarð. Große Zuneigung brachte sie Grís jedoch nicht entgegen.

Ólaf auf Haukagil redete seinem Ziehsohn und Enkel Hallfreð zu, ins Ausland zu reisen: »Ich werde dir genügend Geld mitgeben, damit du dir eine gute Überfahrt mit fähigen Männern leisten kannst.« Auch sein Vater drängte ihn sehr zu dieser Auslandsfahrt. Óttar hatte die Sache zwischen ihm und Grís entschieden und Hallfreð hundert Mark in Silber zugesprochen. Doch Hallfreð wollte das Geld nicht nehmen und sagte: »Ich sehe deine Liebe zu mir, Vater, und ich weiß, dass du hierüber zu entscheiden hast, dennoch sagt mir mein Gefühl, dass unsere Streitigkeiten noch lange anhalten werden.« Und ein Jahr später zog Óttar nach Süden ins Norðurárdal.

5

In diesem Sommer reitet Hallfreð nach Süden an die Mündung der Hvítá, und als er zum Schiff kam, sprach er diese Strophe:

Begierig bin ich noch immer,
– um den Bug tost das Meer,
mein Schiff schlingert stark –

Kolfinna zu küssen;
denn die von Abkunft edle
anmutige Frau
mag ich so fast mehr,
als wenn sie mein wäre.

Nun segelte Hallfreð nach Norwegen. Dort suchte er Jarl Hákon den Mächtigen auf, der damals über Norwegen herrschte, trat vor ihn und grüßte ihn. Der Jarl fragte, wer er sei. Er antwortete, er sei Isländer; »und mein Anliegen, Herr, ist dies: Ich habe auf Euch ein Gedicht gemacht und wünsche dafür Gehör.« Der Jarl spricht: »Du scheinst mir einer zu sein, der auch den Mächtigen unerschrocken entgegentritt, das merkt man dir sofort an, und deshalb sollst du auch Gehör bekommen.« Hallfreð sprach das Gedicht, es war eine Drápa, die er sehr gewandt vortrug. Der Jarl dankte ihm und schenkte ihm dafür eine große, mit Silber verzierte Axt und edle Gewänder, dann lud er Hallfreð ein, über den Winter bei ihm zu bleiben, und das nahm Hallfreð an.

Im nächsten Sommer segelt Hallfreð nach Island und geht dort im Süden an Land; mittlerweile war er recht wohlhabend. In den darauffolgenden Jahren war er viel auf Reisen, nur nach Nordisland kam er nie. Eines Sommers nun, er war gerade aus Island gekommen, legten sie in Agdenes an. Dort kamen sie mit den Leuten ins Gespräch und fragten nach Neuigkeiten, und man erzählte ihnen, in Norwegen habe es einen Herrscherwechsel gegeben. Jarl Hákon war tot, und Ólaf Tryggvason, sein Nachfolger, hatte einen neuen Glauben und neue Vorschriften eingeführt. Da kamen die Schiffsleute überein, ein Gelöbnis abzulegen [auf dass sie günstigen Fahrtwind bekämen, der sie aus Norwegen weg und in irgendein heidnisches Land brächte], dass sie dem Frey viel Geld opfern wollten [sowie drei Fass Bier], wenn sie nach Schweden gelangten, und Thor oder Odin, wenn sie in Island landeten. [Wenn sie gar nicht wegkämen, sollte der König entscheiden.]

Doch zunächst kamen sie tatsächlich nicht fort, also mussten sie in den Trondheimfjord hineinsegeln und legten dort in einem Hafen namens Flagði an. Dort lagen viele Langschiffe. In der

Nacht nun zog vom Meer ein schweres Unwetter heran, so dass die Anker nicht Grund fassten. Da sprach einer der Männer von den Langschiffen: »Diese Leute da auf dem Handelsschiff sitzen übel in der Klemme, sie können weder vor noch zurück, denn der Sturm wütet genau da, wo ihr Schiff liegt; lasst uns zu ihnen hinüberrudern.« Sie gingen also mit dreißig Mann zum Schiff, einer von ihnen saß vorne am Steven und ruderte, und als sie das Handelsschiff erreichten, rief der, der am Ruder saß: »Ihr seid wirklich schlecht dran, denn das Gewässer hier ist nicht ungefährlich; wir werden euch da hindurchlotsen.« Es war ein stattlicher Mann. Hallfreð fragte: »Wie heißt du?« Er antwortet: »Ich bin der Akkerisfrakki!« Und während sie miteinander redeten, riss das Ankertau entzwei, und der, der da am Vordersteven saß, sprang sogleich über Bord, tauchte in der aufgewühlten See nach dem Tau und bekam es auch gleich zu fassen; und so gelang es ihnen, den Anker nach oben zu ziehen.

Da dichtete Hallfreð folgenden Vers:

Zieht uns're Taue fester,
die Wellen den Knörr umtosen,
straff gespannt die Seile –
wo ist Akkerisfrakki?

Der im Mantel entgegnete:

Kerl im grünen Mantel
soll den Anker holen,
reißt den Ring nach oben:
Hier ist Akkerisfrakki!

Dann ruderten sie vor dem Schiff her und lotsten es zu einem sicheren Anlegeplatz. Die Kaufleute wussten nicht, wer dieser Mann war, doch später sagte man ihnen, der König selbst habe ihnen geholfen.

Daraufhin segelten sie nach Lade und legten dort an. Dort war König Ólaf, und man teilte ihm mit, dies seien wohl heidnische

Männer und gerade erst aus Island angekommen. Der König rief sie zu sich, und als sie vor ihn traten, verkündete er ihnen den neuen Glauben und bat sie, dem alten und bösen Aberglauben abzuschwören und an den wahren Gott, den Schöpfer des Himmels und der Erde, zu glauben. Hallfreð erwidert auf die Rede des Königs: »Ganz ohne Gegenleistung, König, werde ich diesen Glauben aber nicht annehmen, den du da verkündest.« Der König sprach: »Und was verlangst du?« Hallfreð sagt: »Du sollst mich niemals im Stich lassen, was immer mir Schlimmes zustößt.« Da antwortet der König: »So wie du mir vorkommst, würdest du dann sicher vor gar nichts mehr zurückschrecken und dir alles erlauben.« Da ging Hallfreð weg und wollte später noch einmal mit dem König reden.

Nun will der König wissen, wo der Isländer sei, und lässt ihn zurückholen, und so steht Hallfreð erneut vor dem König. Dieser sprach: »Lass dich jetzt taufen, dann werde ich dafür sorgen, dass sich deine Bitte erfüllt. Wie heißt du überhaupt?« Er sagte, er heiße Hallfreð. »Du bist ein aufrichtiger und zupackender Mann; häng also nicht länger dem Teufel an!« Hallfreð sagt: »Dann habe ich aber noch eine zweite Bitte, Herr: dass Ihr mein Taufpate werdet.« Der König erwidert: »Du verlangst ziemlich viel, man kann dich ja kaum im Zaum halten.«

Da sprach der Bischof: »Tu, worum er dich bittet; Gott wird umso mehr für dich tun, je mehr du für die Sache des Christengottes tust.« Darauf wird der König Hallfreðs Taufpate, dann übergibt er ihn an seinen Bruder Þorkell Nefja und an Jósteinn, und lässt ihn dort in christlicher Lehre unterweisen. Dies beweist Hallfreð in jenem Gedicht, das er über König Ólaf machte:

Mir ist der weitaus beste
– wahrlich! – aller Männer,
unter der Traglast des Nordri
im Norden Pate geworden.

Nordri = Zwerg, der mit seinen drei Brüdern Vestri, Austri und Sudri den Himmel trägt; Traglast des Nordri = der Himmel, den diese vier Zwerge an den vier Himmelsenden auf ihren Schultern tragen.

6 Nun blieb Hallfreð vorerst beim König, er hatte ein Preislied auf ihn gedichtet und bat dafür um Gehör. Der König wollte das Gedicht aber nicht hören. Hallfreð spricht: »Letztlich ist das deine Entscheidung, doch wenn du das Gedicht nicht hören willst, dann werde ich alles, was du mir beibringen ließest, wieder vergessen, denn die Weisheiten, die du mich lehrtest, sind mir als Skalden auch nicht angemessener als das Gedicht, das ich auf dich gemacht habe.« König Ólaf sprach: »Dich kann man mit Fug und Recht ›den Schwierigen‹ nennen! Aber gut, dann will ich das Gedicht hören.«

Hallfreð trug das Gedicht gewandt vor, es war eine Drápa, und als er geendet hatte, sprach der König: »Das ist ein vorzügliches Gedicht, nimm dafür dieses kunstvoll gearbeitete Schwert als Geschenk; geh aber vorsichtig damit um, denn es fehlt die Scheide, und du sollst es drei Tage und drei Nächte mit dir führen, ohne dass du jemandem damit Schaden zufügst.«

Da sprach Hallfreð eine Strophe:

Dem Strophen-Schmücker, so weiß ich,
schickte der landreiche König
das nackte Schwert nicht grundlos:
Nun habe ich Syrs teure Maid;
den Fisch der Gefäße
empfing ich vom Grimmen:
ein Schwert, kunstvoll
sein Knauf: ›Königsgabe‹!

Strophen-Schmücker = Skalde = Hallfreð; Syr (»Sau«) = die Göttin Freyja; Freyjas teure Maid = Freyjas Tochter Hnoss (»Kostbarkeit«); Fisch der Gefäße = Kostbarkeit, Gold = Schwert

Hallfreð gelang es, auf das Schwert gut achtzugeben.

Er redete nie schlecht über die heidnischen Götter, auch wenn andere sie lästerten, denn, so erklärte er, es gehöre sich nicht, sie zu schmähen, auch wenn man selbst nicht an sie glauben wollte. Eines Tages nun dichtete er Folgendes, so dass der König es hören konnte:

Früher hab' ich dem Herrscher
von Hlidskjalf, dem sinnesschnellen,
– nun greift man nach anderem Glück –
selbst gerne geopfert.

Hlidskjalf = mythologischer Ort, Hochsitz des Gottes Odin;
Herrscher vom Hochsitz des Gottes Odin = Odin

Der König sprach: »Eine unerhörte Strophe! Mach das wieder gut!«

Da dichtete Hallfreð noch etwas:

Die Lebenden haben ihre Lieder
dem Lob Odins gewidmet,
trefflich, weiß ich, sind die
Taten uns'rer Väter;
unwillig – denn Vidrirs Walten
gefiel dem Skalden –
hege ich gegen Friggs Hausherrn
Hass, denn wir dienen Christus.

Vidrir = ein Beiname Odins; Frigg = eine Göttin;
Friggs Hausherr = Odin

Nun sprach der König: »Du nimmst die Götter allzu wichtig, und das verschafft dir keine Ehre.«

Da spricht Hallfreð noch eine Strophe:

Ich schwöre, Schenker, ab
dem Namen des Rabengoden
– Lob vergilt er mit Lüge
und List! – aus dem Heidentum.

Schenker = König; Rabengode = Odin

Der König sagt: »Diese ist keinen Deut besser. Nun dichte noch eine Strophe als Wiedergutmachung.«

Und Hallfreð sprach dieses:

Frey möge mir zürnen und Freyja
– im Vorjahr entsagt' ich dem Njörd,
Unholden gönne ich Grimnirs
Gunst – und der starke Thor;
Christ allein will ich um Liebe,
– Leid ist mir des Sohnes Zorn,
Macht gibt ihm der Fluren
Vater – und Gott bitten.

Njörd = ein Gott; Grimnir = ein Name Odins; Vater der Fluren = (der christliche) Gott

Da sprach der König: »Das ist gut gedichtet, zumindest besser als nichts. Und nun dichte weiter.«

Darauf sprach Hallfreð noch diese Strophe:

So ist's bei Sygnis Lenker
Sitte: Opfer sind verboten;
meiden müssen meist wir
manch alten Nornen-Spruch;
von Odins Opfer wenden
sich alle hin zum Kreuz.
Nun bin ich genötigt, statt der Sippe
Njörds Christ anzubeten.

Sygnis (= Sogne) Lenker = König Ólaf; Nornen = Schicksalsgöttinnen; die Sippe Njörds = die Götter

Óttar hieß ein Mann, der kam aus Opplönd; er hatte einen Bruder namens Kálf. Beide waren sie Gefolgsleute des Königs und tüchtige Männer, und der König schätzte sie sehr. Sie waren eifersüchtig auf Hallfreð, da der, wie sie fanden, beim König allzu hohe Gunst genoss; und eines Abends, als sie beim Gelage zusammensaßen, gerieten sie darüber in großen Streit. Der König selbst saß auch dabei und stellte sich auf Óttars Seite, weil er annahm, dass dieser bei einer Rangelei mit Hallfreð den Kürzeren ziehen würde, und ging später weg. Kurz darauf aber entbrannte ein noch viel heftigeres Wortgefecht, und zuletzt endete es damit, dass Hallfreð aufsprang und Óttar mit der Axt »Hákons-Gabe« einen tödlichen Hieb versetzte. Da stürzten sich Kálf und noch ein paar andere auf Hallfreð und fesselten ihn. Zu jener Zeit schrieb es das Gesetz vor, dass, wer am Hofe des Königs einen Mann erschlug, dafür ebenfalls zum Tode verurteilt werden sollte. Darauf traten sie vor den König und sagten, nun zeige Hallfreð sein wahres Gesicht und er werde, fügten sie hinzu, noch den ganzen Hofstaat kahlschlagen, und dann machten sie ihn nach Strich und Faden nieder, bis der König schließlich anordnete, Hallfreð am nächsten Morgen töten zu lassen.

Kálf war darüber sehr zufrieden, und am Tag darauf führten sie Hallfreð zu seiner Hinrichtung hinaus. Da fragte er: »Wo ist der König?« Sie antworteten: »Was kümmert dich das jetzt noch? Du bist doch zum Tode verurteilt.« Da erwiderte er: »Ist der, den ich niederschlug, tot?« Sie antworteten, ja, das sei er. Hallfreð sprach: »Wenn hier jemand anwesend ist, dem ich Gutes getan habe, dann möge derjenige mir das nun vergelten, indem er mich jetzt vor den König bringt, denn ich will ihm für unsere gemeinsame Zeit danken.« Und da bewies sich wieder einmal das Sprichwort »Jeder hat unter seinen Feinden auch einen Freund«, denn nun traten einige hervor, die bekannten, dass er gut zu ihnen gewesen war, und dann führten sie ihn dorthin, wo der König und der Bischof waren. Und als Hallfreð ihnen entgegenkam, sprach er: »Ihr erinnert Euch doch, Herr, dass Ihr mir einst versprochen habt, mich niemals im Stich zu lassen; werdet jetzt also nicht wortbrüchig! Und außerdem seid Ihr mein Taufpate.« Da sprach Bischof Sigurð zum König: »Das wollen wir ihm zugutehalten.« »Dann soll es so sein«, erwiderte der König, und er befahl, ihn loszumachen. So geschah es, und Kálf sah das überhaupt nicht gern.

Nun gehörte Hallfreð wieder zum Gefolge des Königs und hatte am Hof bald sein Ansehen zurückgewonnen, und obgleich sich der König ihm gegenüber kühler verhielt als zuvor, übernahm er doch die Buße für diesen Totschlag.

Eines Tages nun trat Hallfreð wieder vor den König und fiel vor seinen Füßen auf die Knie. Der König sah, dass er weinte, und fragte, was ihm denn so nahegehe. Er sagt: »Es ist dein

Groll, Herr, der mir zu schaffen macht, und diese Last wäre ich gern los.« Der König spricht: »Das lässt sich machen; ich werde dich nach dem Julfest auf eine Sendfahrt schicken, und wenn du davon erfolgreich zurückkehrst, werden wir wieder versöhnt sein. Du hast doch noch das Schwert, das ich dir damals geschenkt habe?« »Gewiss habe ich es noch, Herr, und es ist bisher noch mit keiner Scheide in Berührung gekommen.« Der König sprach: »Das passt gut zusammen: eine schwierige Waffe für den schwierigen Skalden. Aber kannst du auch eine Strophe dichten, bei der in jeder Verszeile ein Schwert vorkommt?« Hallfreð sagt: »Ich will es versuchen, wenn Ihr es wünscht, denn ich will alles tun, um mich von Eurem Zorn zu befreien.« Der König sprach: »Dann lass hören.«

Und da spricht Hallfreð diese Strophe:

Eins ist das Schwert der Schwerter,
das schwert-reich mich machte;
vor den Schnell-Njörden der Schwerter
wird es »schwertig« nun werden;
miss-schwertet soll nicht werden –
bin wert dreier Schwerter
Erdhalsband, erschiene mir
eine Scheide für dies Schwert.

Schnell-Njörden der Schwerter = Krieger; Erdhalsband = Grasnarbe; der Schwerter Grasnarbe = Scheide

Der König dankte ihm, lobte sein Geschick in der Dichtkunst und schenkte ihm eine kostbar verzierte Schwertscheide, »und sollte es doch einmal vorkommen«, sagt der König, »dass du bei Hof den Unmut auf dich ziehst, weil du zu spät bei Tisch oder zur Messe erschienen bist, dann soll dir das eher verziehen werden als anderen.« Hallfreð dankte dem König sehr.

Eines Tages geschah es nun, dass der König fragte, wo Hallfreð sei. Kálf antwortet: »Er wird wohl noch immer seiner Gewohnheit nachgehen, heimlich zu opfern, und übrigens trägt er eine Thors-Figur in seinem Beutel, aus Walrosszahn gefertigt; Ihr lasst Euch von ihm zu leicht täuschen und habt ihn noch nicht durchschaut.« Der König ließ Hallfreð zu sich rufen, damit er sich rechtfertige, und Hallfreð erscheint. Der König sprach: »Ist es wahr, was man über dich erzählt, dass du eine Thors-Figur bei dir trägst und heimlich opferst?«

»Nein Herr, das ist nicht wahr«, erwidert Hallfreð; »und man möge gern meinen Beutel untersuchen; schließlich hätte ich hier keine Möglichkeit gehabt, etwas verschwinden zu lassen, selbst wenn ich gewollt hätte.« Nun fand sich in seinem Besitz kein Gegenstand, der bestätigt hätte, was Kálf ihm da nachsagte. »Das war eine Verleumdung, um mich dem Tod auszuliefern«, sagt Hallfreð da, »und Kálf wird das schlecht bekommen, wenn ich ihn zu fassen kriege, wie ich das gerne will. Schon einmal wollte er mir ans Leben.« Der König sprach: »Mit euch beiden zusammen, das wird nicht gutgehen; deshalb soll Kálf auf seinen Hof zurückkehren. Dich aber, Hallfreð, schicke ich auf eine Sendfahrt nach Opplönd zu Þorleif Spaki, er will das Christentum nicht annehmen, deshalb sollst du ihn töten oder zumindest blenden. Er ist ein Enkel des Þorleif Hörða-Kárason. Ich werde dir mein Glück mit auf die Reise geben, und du darfst so viele Männer mitnehmen wie du willst.« Hallfreð erklärte, diese Reise werde gewiss nicht angenehm, »doch ich werde trotzdem fahren, da Ihr es wünscht; und Jósteinn, Euren Mutterbruder, hätte ich gern zur Begleitung, wie auch meine Bankgenossen, von denen ich mir noch einige auswählen werde, so dass wir insgesamt vierundzwanzig Mann sind.« »Halte es so, wie du willst«, sagt der König, »allerdings habe ich schon früher einmal Männer zu Þorleif geschickt, und die haben die Sache damals nicht so zu Ende gebracht, wie ich es mir gewünscht hätte.«

Daraufhin ritten Hallfreð und seine Leute vom Königshof, bis sie in einen Wald kamen, der in der Nähe von Þorleifs Hof lag. Auf einer Lichtung stiegen sie von ihren Pferden. Da sprach Hallfreð: »Ihr wartet hier bis zum Sonnenaufgang des dritten Tages, und wenn ich bis dahin nicht zurück bin, dann reitet ihr nach Hause.« Jósteinn bot an, ihn zu begleiten, doch Hallfreð lehnte ab. Darauf verkleidete er sich als Bettler; er schmierte sich Farbe um die Augen und klappte sich die Augenlider nach außen, so dass sich sein Aussehen stark veränderte; auf dem Rücken trug er ein längliches Bündel, darin befand sich sein Schwert »Königsgeschenk«. So begab er sich nun zu Þorleifs Hof und kam zu dem Hügel, auf dem dieser saß. Es war früh am Morgen. Þorleif begrüßte ihn und fragte, wer er sei. »Ich bin ein mittelloser Mann«, antwortet er, »und komme gerade vom König. Der wollte mir seinen Glauben aufzwingen, doch ich konnte heimlich weglaufen und tötete zuvor noch einen seiner Gefolgsleute. Nun möchte ich dich um deine Unterstützung bitten.« Þorleif sagt dazu wenig, sondern stellt ihm allerlei Fragen über Länder und Häfen. Hallfreð wusste auf alles eine kluge Antwort. Da sprach Þorleif: »War beim König vielleicht auch ein Mann namens Hallfreð?« Er antwortet: »Ich habe dort einiges über ihn gehört, aber selten Gutes«. Þorleif sprach: »Dieser Mann erscheint mir immer wieder im Traum, auch wenn das nichts zu sagen hat; doch bald werden die Männer des Königs hierherkommen, und nach dem, was man sich über ihn erzählt, ist dieser Hallfreð einer, bei dem man erst viel zu spät erkennt, woran man ist, und dann wäre es aus mit mir.« Nun ahnt Þorleif, wen er vor sich hat, und will aufstehen, doch Hallfreð packte ihn und warf ihn zu Boden, denn er war bei weitem der Stärkere. Sie rollten zusammen den Hügel hinab, und Hallfreð landete zuoberst, da rammte er Þorleif seine Ferse ins Auge und stieß ihm so das Auge aus. Nun sprach Þorleif: »Das Glück des Königs ist auf deiner Seite, ich aber habe dein Kommen schon lange vorausgesehen, und nun ist es also soweit. Ich weiß auch, dass du mich im Auftrag des Königs blenden oder töten sollst, aber ich will dich bitten, mir mein anderes Auge zu lassen; du sollst dafür ein Messer und einen Gürtel erhalten, beides sind kostbare Gegenstände, die dir einmal nützlich werden könnten, wenn es so weit kommt, und bei dir scheint mir das nicht unwahrscheinlich.« Hallfreð erklärte, er habe nicht vor, sich dem Auftrag des Königs zu widersetzen und dafür noch kostbare Geschenke zu empfangen, eher wolle er es auf sich nehmen, ihm das andere Auge zu lassen. Þorleif dankte ihm, und damit gingen sie auseinander.

Nun kehrt Hallfreð zu seinen Leuten zurück und wird dort erfreut empfangen. Þorleif ging nach Hause auf seinen Hof und erzählte niemandem von diesem Übergriff, bevor die anderen weit weg waren.

Hallfreð und seine Männer ritten nun ihres Weges, bis sie unterwegs auf Kálf trafen. Da sprach Hallfreð: »Erschlagen sollte man ihn, diesen schlimmen Kerl.« Jósteinn erwiderte: »Tu das nicht, wir wollen unser Glück doch nicht mit Unglück vermischen.« Hallfreð sagt: »Hier ist es ohnehin nicht gerecht zugegangen; ein rechtschaffener Mann ist verwundet, und dieser Schurke lebt«, und damit packte er ihn mit beiden Händen und stach ihm ein Auge aus. Kálf heulte auf. Hallfreð sprach zu ihm: »Hier zeigt sich wieder einmal dein erbärmliches Wesen.«

Darauf ritten sie weiter und kamen zum König, der saß gerade beim Brettspiel. Sie begrüßten ihn, und er fragte sie nach Neuigkeiten. Da erzählt Hallfreð ihm alles [und dass er Þorleif geblendet habe]. Da erwidert der König: »Das hast du gut gemacht, jetzt zeig mir das Auge.« Hallfreð holte Kálfs Auge hervor. Der König fragte: »Wo hast du solch ein Auge her?« »Das ist Þorleifs Auge.« »Nein«, entgegnet der König. »Du hast offenbar noch anderes getan als das, was ich dir befohlen hatte.« Da zeigte er ihm Þorleifs Auge. »Ja, dieses Auge ist seines«, sprach der König, »doch so ist der Auftrag nur halb vollendet.« Hallfreð antwortete: »Nun habe ich mich an Kálf dafür gerächt, dass er mich mit der Speerspitze stach, als er mich zur Hinrichtung hinausführte«, und dann erzählt er dem König genau, was vorgefallen war. Der König spricht: »Willst du nun noch ein zweites Mal zu Þorleif?« Hallfreð sagt: »Nein, dorthin will ich nicht noch einmal, lieber will ich zu Kálf, um ihm auch das andere Auge auszustechen.« Der König befiehlt ihm dazubleiben, und von nun an steht Hallfreð ganz besonders in seiner Gunst.

7 Eines Tages geschah es, dass Hallfreð vor den König trat und zu ihm sprach: »Ich hätte gerne die Erlaubnis, im Sommer eine Handelsfahrt nach Eyri im Osten zu unternehmen.« Der Kö-

nig erwidert: »Verbieten will ich es dir nicht, aber meine Vorahnung sagt mir, dass du dich schon bald ebenso zu mir zurücksehnen wirst, wie es dich nun fortzieht, und dass dir so manches widerfahren wird.« Hallfreð erwidert: »Das werde ich wohl auf mich nehmen müssen.« Und darauf reist er ab.

Hallfreð hatte von Jarl Sigvaldi gehört, und dass der ein mächtiger Herrscher sei. Er sucht ihn auf und erklärt, er habe ein Gedicht auf ihn gemacht. Der Jarl fragt ihn: »Wer bist du?«, und Hallfreð nennt seinen Namen. Darauf sprach der Jarl: »Bist du der Skalde König Ólafs?« »Der bin ich«, entgegnet Hallfreð, »und jetzt hätte ich gern Euer Gehör.« Der Jarl sprach: »Warum soll mir nicht genehm sein, was König Ólaf gefällt.« Da trug Hallfreð das Gedicht vor, es war ein Flokk. Der Jarl dankte ihm für das Gedicht und schenkte ihm einen goldenen Ring, der eine halbe Mark wert war, und lud ihn ein, bei ihm zu bleiben. Hallfreð dankte ihm für die Einladung, »zuvor aber muss ich nach Schweden reisen«. Der Jarl sagte, das könne er selbst entscheiden. Noch in diesem Herbst segelte er nach Vík, doch im Osten des Fjords erlitten sie Schiffbruch und verloren viel von ihrem Handelsgut. Von dort reiste Hallfreð weiter nach Kungälv und hielt sich dort eine Zeitlang auf.

Eines Tages nun ging Hallfreð hinaus auf den Marktplatz, da kam ihm ein Mann entgegen; sie grüßten einander, und Hallfreð fragte ihn, wer er sei. Der Mann sagte, er heiße Auðgísl und sei aus Gautland; »dort habe ich meinen Wohnsitz und meine Frau, doch nun komme ich gerade aus England, und an Geld mangelt es mir nicht. Bist du nicht übrigens Hallfreð der Schwierige?« Hallfreð antwortete, ja, der sei er. »Ich habe erfahren«, sprach Auðgísl, »dass du soeben viel Gut verloren hast; vielleicht willst du dich ja darauf einlassen, mit mir ostwärts nach Gautland zu reisen und dort bei mir Winterquartier zu nehmen? Dafür sollst du zehn Mark in Silber bekommen, denn man erzählt sich, deine Gesellschaft sei mit Geld kaum zu bezahlen.« Hallfreð erklärte, das wolle er.

Der Weg war nicht ungefährlich, und viele ihrer Leute kehrten wieder um. Hallfreð und seine Männer hatten fünf Packpferde dabei und je eines zum Reiten, und sie ritten nun ostwärts in die Wälder.

Eines Tages sahen sie, dass ihnen ein Mann entgegenkam. Sie fragten ihn nach seinem Namen, und er antwortete, er heiße Önund. Er war von kräftigem Wuchs und erklärte sich bereit, sich ihnen anzuschließen, wenn sie ihm etwas Lohn dafür zahlten, »denn ich kenne mich hier überall bestens aus.« Auðgísl hielt davon wenig und sagte, bei diesem Mann wisse man doch überhaupt nicht, woran man sei. Hallfreð aber drängte darauf, ihn mitzunehmen, und so geschah es auch, und er sollte dafür zwölf Unzen in Silber bekommen. Hallfreð war damals auf der Höhe seiner Kraft, Auðgísl dagegen war bereits in vorgerücktem Alter.

Nun zogen sie weiter auf ihrem Weg; Önund ritt ihnen den Tag über voraus, und gegen Abend kamen sie an eine Herberge. Da sprach Hallfreð: »Nun haben wir drei Aufgaben zu erledigen: Du, Önund, wirst uns Brennholz nach Hause bringen, denn du hast eine große Axt. Auðgísl soll Feuer machen, und ich werde Wasser holen.« Da sprach Önund: »Dann ist es wohl am besten, für reichlich Holz zu sorgen, denn Brennholz werden die meisten brauchen, die hier vorbeikommen.« Hallfreð fand, da habe er recht. Nun sprach Auðgísl: »Lieber würde ich das Wasserholen übernehmen, und dir das Feuermachen überlassen, Hallfreð.« »Gut, halten wir es so herum«, erwiderte er. Darauf entfachte er das Feuer, Önund ging Holz schleppen, und jeder tat das, was ihm aufgetragen war. Nach einer Weile fand Hallfreð, dass sie lange auf sich warten ließen. Er beugte sich über das Feuer, seinen Gürtel hatte er um den Hals gelegt; daran hing ein großes Messer, so wie es zu jener Zeit üblich war, und das lag ihm auf dem Rücken. Nun kam Önund mit seiner Ladung Brennholz herein; er stürzte sich sogleich auf Hallfreð, nahm seine Axt in beide Hände und hieb zweimal nach ihm, traf aber nur das Messer; da packte Hallfreð ihn bei den Füßen, dann rief er zu Gott und sprach: »Hilf mir, weißer Christus, wenn du so mächtig bist, wie König Ólaf es behauptet, und mach, dass dieser Mann mich nicht bezwingt!« Und so wand sich Hallfreð mit Gottes Beistand und dem Glück König Ólafs heraus; er riss Önund hoch und ließ ihn mit solcher Gewalt zu Boden donnern, dass dieser bewusstlos liegen blieb und ihm die Axt aus der Hand rutschte. Hallfreð hatte ein kleines Kurzschwert bei sich, das zog er hervor, und in diesem Moment kam Önund wieder zu sich. Hallfreð fragt ihn: »Hast du Auðgísl erschlagen?« Önund sagt ja, das habe er. Da durchstieß Hallfreð ihn mit dem Schwert, schleppte ihn aus der Stube hinaus und verriegelte dann fest die Tür. In der Nacht versuchte Önund die Tür aufzubrechen, doch Hallfreð stemmte sich von innen dagegen, und so ging es bis Tagesanbruch. Am Morgen fand Hallfreð Auðgísl tot am Bachufer liegen, er nahm ihm Messer und Gürtel ab, steckte beides ein und begrub Auðgísl so, wie es der Brauch vorschrieb. Nun erkannte er, dass Önund ein schlimmer Übeltäter gewesen sein musste, der Männer wegen ihres Geldes erschlagen hatte, und er fand dort in der Hütte noch reichlich Geld und Waren vor.

Da sprach Hallfreð eine Strophe:

Ich gab – den reich Vergeltenden
wollt' ich nie hintergehen –
dem Führer des Rabenwein-Feuers
viel von meinem weißen Geld;
ich erfreute den Fütterer
der Kampfmöwe, wie ich konnte,
doch der Schwerter Friedensminderer
führte eine Lebenslist gegen mich.

Rabenwein = Blut; Feuer des Blutes = Schwert; Führer des Schwerts = Krieger = Önund; weißes Geld = Silber; Kampfmöwe = Aasvogel; Fütterer des Aasvogels = Krieger = Önund; Friedensminderer der Schwerter = Krieger = Önund; Lebenslist = (versuchter) heimtückischer Totschlag

Darauf ritt er ostwärts ins Gebirge, doch er fand dort schlechte Wege vor.

8 Eines Abends hörte Hallfreð, wie in der Nähe Holz gefällt wurde, und ritt dem Geräusch nach. Vor ihm lag eine Waldlichtung, und dort war ein Mann, der hackte Holz. Er sah wie ein Bauer aus, hatte einen roten Bart und dichte Augenbrauen, und er wirkte ziemlich unheimlich. Der Mann grüßt ihn, und Hallfreð fragt ihn, wer er sei. Er antwortet, er heiße Björn, und sagte: »Komm mit mir nach Hause und sei mein Gast.« Hallfreð nahm dies an, und Björn behandelte ihn mit großer Gastfreundschaft.

Der Hausherr schlief in einer der Schlafkojen und Hallfreð in der daneben. Doch er misstraute Björn, also blieb er hinter dem Vorhang stehen, hatte das Schwert »Königsgabe« gezückt, und als Björn sich zu Bett legte, versetzte er ihm einen tödlichen Hieb. Da rief die Hausfrau alle aus ihren Betten und befahl ihnen, diesen Übeltäter zu fassen. Die Männer warfen Decken über Hallfreðs Waffen, dann wurde er gefangen genommen und in Fesseln gelegt.

Darauf sandte man nach einem Mann namens Ubbi, dessen Bruder Þórir war einer der Mächtigsten in dieser Gegend und hatte eine Tochter mit Namen Ingibjörg. Sie war mit Auðgísl verheiratet gewesen und war eine äußerst tüchtige Frau. Nun versammelte man sich, um über Hallfreð zu richten; auch Þórir, Ubbi und Ingibjörg waren dort, und sie kamen überein, dass Hallfreð den Göttern geopfert werden sollte. Er trat zu Ingibjörg, begrüßte sie und sagte, er habe einige Wertgegenstände, die Auðgísl ihr schicken lasse. Sie antwortet: »Ich kenne diese Stücke.« Da erzählt er ihr die ganze Geschichte, und dann sprach er eine Strophe:

So hab' ich grimmig vergolten
grobe Schmach gegen mich,
– im Waffenlärm fiel Wundschlangen-Balder,
mir wird er, der Ring-Bieger, fehlen! –
dass ich lobberaubt liegen ließ
im Lärm der Gunn, südwärts,
– so rächte ich ihn und auch mich –
Auðgísls toten Mörder.

Schlange der Wunden = Schwert; Balder des Schwertes = Krieger = Auðgísl; Ring-Bieger = (freigebiger) Mann = Auðgísl; Gunn (»Kampf«) = eine Walküre; Lärm der Walküre = Kampf

Ingibjörg ließ sich alle Einzelheiten genau erzählen, und Hallfreð sprach noch eine Strophe:

Den Feuer-Vertreiber
des Fischweges warf ich
– legte Hand an den Hund,
den hündischen – zornig nieder;
dieser Schwert-Schwinger
sinnt nun nie mehr
– ich rötete Ygg-Schauers Lohe! –
auf Listen wider das Volk.

Feuer = Gold; Gold-Vertreiber = (freigebiger) Mann; Fischweg = Meer; Schwert-Schwinger = Krieger = Önund; Ygg = ein Name Odins; Odins Schauer = Kampf; Kampfes Lohe = Schwert

Darauf sprach Ingibjörg: »Mir scheint, du sagst die Wahrheit. Komm mit mir nach Hause.« Und so ging Hallfreð mit, noch ganz steif von den Fesseln, und sie ließ ihn pflegen.

Nun schickten Þórir und Ingibjörg Männer in die Berge, die fanden dort alles bestätigt, so wie Hallfreð es berichtet hatte. Es war viel Geld und Gut, was von dort fortgebracht wurde, und dort in der Gegend war man sich einig, dass Hallfreð alles bekommen sollte, was Önund gehört hatte, denn man hielt große Stücke auf ihn.

Hallfreð hatte schon bald an Ingibjörg Gefallen gefunden und hielt um sie an. Sie sagt: »Dann wirst du es aber nicht ganz leicht haben, denn du bist Christ und stammst nicht von hier, aber sprich mit meinem Vater, wenn du willst.« Dies tut er, er bringt bei Þórir seine Bitte vor, und sie werden sich rasch einig. Auf diese Weise bekam Hallfreð Ingibjörg zur Frau, und er liebte sie sehr. Auch kam durch diese Heirat viel Reichtum zusammen, und Hallfreð genoss großes Ansehen. Seinen Christenglauben bezeugte er hauptsächlich dadurch, dass er ein Kreuz auf sein Getränk blies, bevor er trank, doch Gebete sprach er nur selten.

Eines Tages sagte er zu Ingibjörg: »Ich habe vor, König Ólaf von Schweden aufzusuchen und ihm ein Gedicht vorzutragen, das ich auf ihn gemacht habe.« Sie sagte, sie sei sicher, dass der König dieses Preislied gerne hören wolle.

9 In diesem Sommer segelte Hallfreð nach Schweden, trat dort vor den König und begrüßte ihn. Der König fragt, wer er sei, und Hallfreð stellt sich vor. Da sprach der König: »Dein Name ist weithin bekannt, und man sagt über dich, du seist der Skalde vieler vornehmer Männer.« Hallfreð antwortet: »Ich habe auf Euch ein Gedicht gemacht, und bitte dafür um Gehör.« Der König gewährte es ihm, und Hallfreð trug das Gedicht vor. Da lud der König ihn ein, bei ihm zu bleiben, und gab ihm kostbare Geschenke. Da sagte Hallfreð, er habe einen Wohnsitz und eine Frau in den tributpflichtigen Ländern des Königs, »und dorthin will ich auch wieder zurück.« Der König wünschte ihm eine gute Reise.

Nun kehrte Hallfreð heim zu seiner Frau und blieb zwei Jahre lang bei ihr, und im dritten Winter geschah es, dass ihm eines Nachts König Ólaf im Traum erschien; der war sehr zornig und warf ihm vor, er vernachlässige seinen Glauben, und befahl ihm: »Komm zu mir an meinen Hof, mit allen deinen Leuten.« Als Hallfreð erwachte, stöhnte er laut. Ingibjörg fragt, was er geträumt habe, und er erzählt es ihr; »nun, wie steht es mit dir, willst du nicht mitkommen? Ich habe dir viel Gutes zu verdanken und könnte dir das alles wohl am besten entlohnen, wenn du den christlichen Glauben annähmest.« Sie antwortet: »Dass es dich dorthin ziehen würde, war zu erwarten, und ich sehe nun auch selbst, dass dies der weit bessere Glaube ist. Ich werde mit dir gehen.«

Sie hatten einen Sohn, der hieß Auðgísl und war damals zwei Jahre alt. Nun reisen sie zu König Ólaf, der nahm Hallfreð wohlwollend auf, doch er wies ihn auch scharf zurecht und bat einen

Priester, ihm die Beichte abzunehmen. Zur gleichen Zeit brachte Ingibjörg noch einen Sohn zur Welt, und dieser Junge bekam den Namen Hallfreð, nach seinem Vater. Dann wurde Ingibjörg getauft, und ihre beiden Söhne mit ihr. Da sprach König Ólaf zu Hallfreð: »Nun sollst du Gott dafür Buße tun, dass du so lange unter den Heiden gewesen bist und deinen wahren Glauben so sehr vernachlässigt hast.« Er erwiderte, das wolle er gerne tun, und dann dichtete er die Uppreistardrápa, ein gutes Gedicht.

In diesem Winter starb Ingibjörg, und das war für Hallfreð ein großer Verlust.

Als es Frühjahr wurde, sprach er zum König, er sehne sich danach, Island wiederzusehen. Der König antwortet, es solle so geschehen, wie er es wünsche, »du hast dich bei mir als tüchtig und rechtschaffen erwiesen, aber so, wie ich dich einschätze, wird es nicht lange dauern, bis du dich zu mir zurücksehnst. Vorerst aber sollst du diese Kostbarkeiten von mir annehmen: einen seidenen Umhang, einen Ring und einen Helm, denn es ist ungewiss, ob wir uns wiedersehen. Gib diese Stücke nie aus der Hand«, fügt er hinzu, »denn sie sollen dich bis an dein Grab begleiten und dir mit in den Sarg gelegt werden, wenn du auf See umkommst.« Der Ring wog drei Unzen. Hallfreð fiel der Abschied vom König sehr schwer. Sein Sohn Auðgísl kam nach Osten zu seinem Großvater Þórir, und für seinen Sohn Hallfreð fand er gute Zieheltern.

Darauf stach Hallfreð in See, und als gerade das Thing zu Ende ging, steuerte er sein Schiff in die Mündung der Kolbeinsá. Er sprach zu seiner Besatzung: »Nun führt mich mein Weg südwärts über die Hochebene, denn ich will meinen Vater wiedersehen, und mit insgesamt zwölf Männern werden wir dorthin reiten.« Das Schiff wurde aufs Land gezogen, und dann brachen sie zu zwölft auf und ritten nach Westen auf Langadal zu. Sie trugen alle farbenprächtige Gewänder und näherten sich Grís' Hochlandweiden. Kolfinna war da, und mit ihr noch einige andere Frauen. Dort standen mehrere Sennhütten, die lagen im Laxárdal zwischen Langadal und Skagafjord. Der Schafhirte sagte zu Kolfinna, er sehe zwölf Männer heranreiten, und alle seien sie farbig gekleidet. Sie spricht: »Die werden sich hier sicher nicht auskennen.« Er antwortet: »Sie reiten aber so, als wüssten sie den Weg.« Darauf kamen die Männer bei den Sennhütten an. Kolfinna freut sich, Hallfreð zu sehen, und fragt ihn nach Neuigkeiten. Er sagt: »Neuigkeiten gibt es nur wenige, und die sollen bei Gelegenheit erzählt werden, doch wir würden gerne über Nacht hierbleiben.« Sie antwortet: »Ich möchte, dass du zum Gehöft weiterreitest; ich werde dir auch einen Ortskundigen mitgeben.« Er erklärte, er wolle lieber hierbleiben. »Eine Mahlzeit werden wir euch geben«, entgegnet sie, »wenn das alles ist, was ihr wollt.« Nun steigen sie von ihren Pferden, und am Abend, als sie sich satt gegessen hatten, da sprach Hallfreð: »Ich habe vor, bei Kolfinna zu schlafen, und meine Gefährten sollen sich inzwischen keinen Zwang antun.« Es gab mehrere Sennhütten und man erzählte sich, dass jeder von ihnen eine Frau für die Nacht bekam.

Als sie sich nun zu Bett legten, Hallfreð und Kolfinna, da fragt er, wie groß denn die Liebe zwischen ihr und Grís sei. Sie sagte, es stehe gut zwischen ihnen. Darauf sagt Hallfreð: »Das mag schon sein, aber die Strophen, die du über ihn gemacht hast, scheinen mir auf etwas anderes hinzudeuten.« Sie entgegnet, sie habe überhaupt keine Strophen gedichtet. Darauf sagt er: »Ich bin erst seit kurzer Zeit hier, doch diese Strophen sind mir bereits zu Ohren gekommen.« »Dann lass das Werk hören«, sagt Kolfinna, »das man mir zuschreibt.«

Und Hallfreð spricht diese Strophe:

Auf Arm-Eises Lichthang zu
läuft heiß und ranzig
– scheußlich ist's neben ihm! –
Grís-Schweines Schweiß.
Voll Kummer lässt Kissen-Ran
den Kopf bei ihm hängen
– ich lobe die Art lichter Frauen –
wie ein schwimmender Schwan.

Eis des Armes = Silber; Lichthang des Silbers = Frau; Ran = eine Göttin; Kissen-Göttin = Frau = Kolfinna

»So etwas hilft niemandem weiter, und es wundert mich auch sehr, dass ein anständiger Mann so etwas von sich gibt.« Hallfreð sagt: »Ich habe noch eine andere Strophe gehört«:

Es stapft wie die fischgefüllte
Faulmöwe auf dem Meer
schwimmt, des Fjordfeuers
Feind zur Lagerstatt;
bis sich der wenig schöne
wagt, der Sensenschinder,
– er eilt nicht in Borten-Gunns
Bett! – unter die Decken.

Faulmöwe = altisländischer Name des Eissturmvogels (*fulmarus glacialis*), der tatsächlich ein übelriechendes Magensekret ausspeit; Fjordfeuer = Gold; des Goldes Feind = (freigebiger) Mann = Grís; Sensenschinder = Knecht, Mann (beleidigend) = Grís; Gunn = (»Kampf«), Walküre; Borten-Walküre = Frau = Kolfinna

Da sagt Kolfinna: »So etwas wird Grís nie über dich dichten, und du wärst gut beraten, dich nicht allzu sehr mit ihm zu verfeinden. Man kann schließlich nie wissen, wo man jemanden wiedertrifft.«

Darauf sprach Hallfreð eine Strophe:

Kaum wird der Hasenfuß hocken,
helmschädigend, vor dem Schuppen,
– Ören-Eir wird ihm entgehen –
und auch nicht sein grauer Köter;
auch wenn der Schieber der Sensen,
der wenig Schöne, hat Haus und Hof
– der Hüter des Schwertgriffs hegt
seine Herde – und einen langen Pferch.

helmschädigend = (evtl. ironisch-beleidigend) für Grís; Eir = Göttin; Ören-Eir = Frau = Kolfinna; Schieber der Sensen = Bauer, Mann (verächtlich); Hüter des Schwertgriffs = Mann (spöttisch), beides hier: Grís

Da wurde Kolfinna sehr böse.
Hallfreð sprach noch eine Strophe:

Kolfinna verriet, sie rieche
– ich reime weiter darüber,
was reimen macht die Frau –
nur Faules vom Skalden;
doch von der Schönen scheint
zu dem Schatzeszerreißer
– ich gebe gern ein Gedicht! –
zu gehen ein herrlicher Duft.

Schatzeszerreißer = (freigebiger) Mann = Hallfreð

Während der Nacht schlich sich einer der Schafhirten davon und berichtete Grís, was vorgefallen war, und der ritt daraufhin mit zwanzig Mann von zu Hause los.

Früh am nächsten Morgen machten sich Hallfreð und seine Leute zur Abreise fertig, und bevor Hallfreð sein Pferd bestieg, sprach er noch eine Strophe:

Wenig schert's mich, – der Hain
des Pferdes der Ruderschlag-Erde
wagt's für die Frauen – würd' ich
in des Weibes Armen erschlagen;
falls ich es schaffte, zu schlafen
an Schleier-Sifs Brust,
kann meine Leidenschaft für die
Lichte nicht halten im Zaum.

Erde des Ruderschlags = Meer; Pferd des Meeres = Schiff; Hain des Schiffes = Mann, Männer; Sif (eine Göttin) des Schleiers = Frau = Kolfinna; die Lichte = Kolfinna

Dann sprang er in den Sattel und lächelte. Kolfinna fragte: »Warum lächelst du denn?«

Er sprach eine Strophe:

Weiß nicht, welch Wort
auf Wellenglut-Modis Lippen
– Liebe zur Wogentag-Ilm
durchläuft mich! – wird treten;
wenn die redlichen Rühmer
der Riesen-Geschichten
– ich gerbt' dem Ferkel das Fell! –
erfahren, was mich erheitert.

Wellenglut = Gold; Modi (ein Gott) des Geldes = Mann = Grís; Wogentag = Gold; Ilm = Göttin oder Walküre; Gold-Göttin = Frau = Kolfinna; Geschichten des Riesen = Gold; Rühmer des Goldes = Männer, Leute

Hallfreð wollte Kolfinna das Königsgewand schenken, doch sie wollte es nicht annehmen, und bevor die Männer fortritten, sprach er noch eine Strophe:

Heim kommen die Hüte-Naumur
– hübsch anzuseh'n sind die Schönen! –
der Seefeuer von den Sennhütten,
seidenhäutig alle.
Nun hab ich damit, dass böse
Bierbank-Syn werden mag,
– ein jeder geh' zu der seinen –
nichts mehr zu tun.

Feuer der See = Gold; Hüte-Naumur (Göttinnen, sg. Nauma) des Goldes = Frauen; Syn = Göttin; Bierbank-Göttin = Frau = Kolfinna

Und dann reiten sie davon.

10 Nun trifft Grís bei den Sennhütten ein. Kolfinna war sehr bedrückt, und Grís bemerkte das.
Da sprach er eine Strophe:

Hier, scheint mir, Seiden-Säule,
ist's schlimm zugegangen,

– das war zu erwarten! –
während ich außer Haus war;
hier haben Gäste getrieben
– es geht traurig hinaus,
die Treffliche, und trocknet
die Augen – üble Scherze.

Seiden-Säule = Frau = Kolfinna

Grís wurde von Einar, dem Sohn des Þórir Þrándarson, begleitet. Er wollte ihnen sofort nachreiten, doch Kolfinna war dagegen und erklärte, sie glaube nicht, dass ihm das etwas nütze. Grís aber will dennoch hinterher. Sie ritten an Auðólfsstaðir vorbei bis ans Ufer der Blanda. Da hatten Hallfreð und seine Leute die Mitte des Flusses schon erreicht; Grís warf seinen Speer nach Hallfreð, doch der fing ihn aus der Luft ab und schoss ihn zurück auf Grís; Einar versuchte, ihn mit seiner Axt abzuwehren, doch der Speer traf Einar in die Brust, und damit war er tot. Da rief Grís, er sehe Hallfreð davonlaufen. Der antwortete, er werde sich nicht weiter entfernen als bis zum gegenüberliegenden Flussufer, dort könne er ihn angreifen, doch Grís ritt nicht los.

Nun forderten die Männer auf beiden Seiten, Hallfreð solle Grís Buße zahlen für all die Unverschämtheiten, die er ihm angetan habe. Hallfreð fragt, was er verlange. Grís antwortet: »Ich wäre schon zufrieden, wenn ich die beiden Armreifen bekäme, das Königsgeschenk und das Jarlsgeschenk.« Hallfreð sagt darauf: »Eher wird etwas ganz anderes geschehen«, und damit trennten sie sich.

Nun ritt Hallfreð nach Süden zu seinem Bruder, denn sein Vater war inzwischen gestorben, und er blieb den Winter über dort. Als er nun im Frühjahr darauf wieder nach Norden zog, gerieten sie in einen schlimmen Schneesturm, und Hallfreð sagte, das sei ein wahres Hexenwetter. Sie ritten das Vatnsdal hinunter, bis vor ihnen eine Umfriedung auftauchte, hinter der sprangen auf einmal zwanzig Männer hervor. Es war Már, der aus Másstaðir dorthin gekommen war. Er stürzt sich auf Hallfreð, und der schlägt sogleich auf ihn ein, doch Már wehrte den Hieb mit einer Opferschüssel ab und blieb unverletzt. Da ritt Hallfreð durch das Tor der Umfriedung hinaus. Már rief: »Greifen wir sie an!«

Und Hallfreð sprach eine Strophe:

Gern will der Gold-Versenker,
garstig sind seine Drohungen,
– täglich denk ich an die Teure! –
der tückische, mich angreifen;
leichter wird es fallen
dem Prahl-Balder des Kampfes
– das säh' ihm ähnlich! – seinen
Opfernapf auszulecken.

Gold-Versenker = freigebiger Mann = Már; Balder = ein Gott; Prahl-Balder des Kampfes = (überheblicher) Krieger = Már

Und damit gingen sie auseinander.

Ein Mann hieß Húnröð und wohnte auf Móberg. Grís war sein Thingmann. Þorkell Krafla wohnte damals auf Hof, Ingólf aber war bereits tot. In diesem Winter dichtete Hallfreð neue Spottverse auf Grís, und als dieser davon erfuhr, suchte er Húnröð auf und fragte ihn um Rat, »denn Hallfreðs Feindseligkeit mir gegenüber scheint immer erbitterter zu werden.« Húnröð sagt: »Ich rate dir dringend, Hallfreð eine Klage anzuhängen und ihn vor das Húnavatn-Thing zu laden.« Dies tat Grís. Im Frühjahr ritt er südwärts nach Hreðuvatn, wo Galti und Hallfreð damals wohnten, und lud Hallfreð wegen des Totschlags an Einar vor das Húnavatn-Thing.

Als die Männer wieder fort waren, sprach Galti zu Hallfreð: »Was wirst du in dieser Sache nun unternehmen?« Er antwortet: »Ich werde mir bei meinem Verwandten Þorkell Unterstützung holen.«

Im Frühjahr also machten sie sich von Süden kommend auf, insgesamt dreißig an der Zahl; und sie übernachteten auf Hof.

Hallfreð fragte Þorkell, welche Unterstützung er von ihm erwarten dürfe. Þorkell erklärte, er werde ihm vor Gericht Beistand leisten, wenn es dafür ein anständiges Angebot gebe.

Nun treffen die Männer auf dem Thing ein, und dort gehen Hallfreð und Galti gleich zu Þorkells Thinghütte, um zu erfahren, was als Nächstes anstehe. Þorkell sagt: »Ich biete euch an, einen Schiedsspruch zu sprechen, wenn beide Seiten das wollen, und werde mich dann um eine Einigung bemühen.« Als sie die Thinghütte verlassen, saß Brand Ávaldason, Kolfinnas Bruder, außen an die Hüttenwand gelehnt. Er hieb nach Galti, als dieser gerade aus der Tür heraustrat, und erschlug ihn. Hallfreð gab Þorkell den Totschlag bekannt; darauf ging Þorkell mit ihm zur Thinghütte von Grís und forderte ihn auf, den Mann herauszugeben, »oder wir werden deine Hütte niederreißen.« Da stürzte Brands Mutter Hild zur Tür und fragte, was Þorkell wolle. Er erklärt ihr sein Anliegen. Hild sprach: »Damals hättest du nicht daran gedacht, meinen Sohn zu töten, als ich dich nach dem Totschlag an Glæðir unter meinem Gewand versteckt und so dich selbst vor dem Tod bewahrt habe, damals, als Þorgils und Þorvald dich erschlagen wollten.« Þorkell entgegnet: »Das ist lange her. Nun mögen die Frauen die Hütte verlassen, denn jetzt wollen wir den Mann aufspüren.« Brand hatte sich einen Kopfputz für Frauen übergezogen, so konnte er entkommen und wurde nicht entdeckt. Þorkell sagte, er werde sich wohl in Húnröðs Thinghütte versteckt haben. Da sprach Hallfreð: »Ich bin mir nicht mehr sicher, ob du überhaupt auf meiner Seite stehst; und ich fordere jetzt Grís zum Holmgang.« Grís sagte, nun habe Hallfreð zuerst gefordert, was er selbst zu verlangen gehabt hätte.

Da sprach Hallfreð eine Strophe:

Dann sollen sie sehen,
die Schlacht-Härter unterm Schild
im Streit der Speere, dass mir
der Sinn nach Kolfinna steht;
wenn der blitzschnelle Bieter
des Bootssteg-Pferdes weist

– lass' es gern mir gefallen –
mich zu Grís auf die Sandbank.

Schlacht-Härter = Krieger; Krieger unterm Schild = im Kampf; Streit der Speere = Kampf; Pferd des Bootsstegs = Schiff; Bieter des Schiffes = Mann = Þorkell

Grís führte das Schwert, das der Kaiser von Konstantinopel ihm geschenkt hatte.

Eines Tages sah Hallfreð Kolfinna vorbeigehen.

Da sprach er diese Strophe:

Seh' ich die Schönschleier-
Gunn, scheint's mir,
als fahre auf Fährenwegen
eine Fähre zwischen Schären;
doch seh' ich dann die Saga
des Saums im Frauenstrom,
ist's, als gleite ein glänzendes,
goldgetakeltes Langschiff vorbei.

Gunn (»Kampf«) = Walküre; Schönschleier-Walküre = Frau = Kolfinna; Fährenwege = Meer; Saga (eine Göttin) des Saums = Frau = Kolfinna

In der Nacht, bevor der Kampf stattfinden sollte, lag Hallfreð in seinem Bett und schlief; da kam im Traum König Ólaf auf ihn zu, und er schien darüber erfreut, doch zugleich hatte er große Angst. Der König sprach: »Der Schlaf beherrscht dich, und doch wird es dir scheinen, als wärest du wach: Es ist kein guter Plan, dass du mit Grís aus einem so niederen Grund kämpfen willst, denn er hat gelobt und Gott darum gebeten, derjenige von euch möge den Sieg davontragen, der die bessere Sache vertritt. Hör also meinen Rat: Nimm es dankbar an, dass der Holmgang nicht stattfindet, und zahle stattdessen eine Geldbuße. Und morgen früh, nachdem du dich angekleidet hast, gehst du auf den bewaldeten Hügel in der Nähe des Things, dahin, wo sich die Wege kreuzen; dort wirst du Männer heranreiten sehen, mit denen sollst du die

Sache bereden. Es kann sein, dass dir danach anderes wichtiger erscheint als der Holmgang mit Grís, und mach dir nichts draus, wenn er denkt, du hättest gekniffen.« Nun erwacht Hallfreð und denkt über das nach, was er da gerade im Traum gesehen hat, und erzählt es einem Mann, der gerade in der Nähe ist. Der antwortet: »Jetzt fürchtest du dich vor dem Schweine-Grís, doch besser wäre es gewesen, wenn du schon damals guten Rat angenommen hättest, solange er noch im Guten mit dir redete; nun aber werden deine Feinde denken, dich hätte der Mut verlassen.« Hallfreð sprach: »Sie mögen denken, was sie wollen, ich jedenfalls werde König Ólafs Rat befolgen, denn das wird mir immer noch am besten bekommen.«

Am nächsten Morgen ging er hinaus auf den Hügel und sah Männer in prächtig bunten Gewändern heranreiten. Er fragte sie nach Neuigkeiten, und sie berichteten ihm, König Ólaf sei gefallen. Da fühlte Hallfreð sich wie von einem Stein getroffen, er ging tief betrübt in seine Hütte zurück und legte sich dort sogleich zu Bett. Grís' Leute fanden, dies sei ein kindisches Benehmen. Doch Grís antwortet: »Da steckt etwas anderes dahinter. Mir ist beim Kaiser von Konstantinopel weit weniger Ehre zuteil geworden, und doch traf mich die Nachricht damals schwer, als ich meinen Herrn verlor; denn die Liebe zu einem Lehnsherrn kann sehr tief gehen. Es ist nur gut, dass ich nun nicht gegen das Königsglück ankämpfen muss; ich will noch immer, dass Þorkell ein Urteil spricht, so wie es geplant war.« Þorkell sprach: »Dann werde ich also Hallfreðs Sache vertreten und zwischen euch eine Einigung erzielen.« Damit war Hallfreð einverstanden.

»Und so lautet mein Urteil«, spricht Þorkell: »Der Totschlag an Einar soll die Erschlagung Galtis wettmachen, wobei die Besuche bei Kolfinna den Rangunterschied zwischen den beiden Männern ausgleichen. Und für die Ferkelstrophen soll Hallfreð Grís mit einem kostbaren Geschenk entschädigen.«

Darauf sprach Hallfreð eine Strophe:

Reichtum hab' ich in rauer Zeit
mir redlich erworben,

Hell klingendes Gold erhielt
ich von Herrscher und Jarl;
missliche Schulden muss ich
– die Mark der Gischtglut hab' ich
nicht! – für's Spottgedichtchen
dem Speiseweisen zahlen: Grís.

Gischtglut = Gold; Mark (Land) des Goldes (Wortspiel mit Goldmark) = Frau = Kolfinna; der Speiseweise = der verfressene Grís

Þorkell forderte ihn auf, die Spottdichterei sein zu lassen; »und trenne dich von einer deiner Kostbarkeiten, es muss ja keines der Königsgeschenke sein.« Da gab Hallfreð den Ring »Sigvaldi-Gabe« her, und damit gingen sie auseinander.

11 Nun ritt Hallfreð über die Hochebene nach Süden und übergab dort sein Anwesen seiner Schwester Valgerð. Er selbst segelte von der Mündung der Kolbeinsá aus zu den Orkney-Inseln; von dort fuhr er nach Norwegen und erreichte zu Winteranfang den Sognefjord, denn er wollte Näheres über König Ólafs Tod erfahren. Darauf dichtete er die Ólafsdrápa, und das ist ihr Refrain:

Im Norden ist alles geworden
öd' nach des Herrschers Tod;
aller Friede missrät durch den Fall
des fluchtscheuen Sohnes des Tryggvi.

Der Tod des Königs ging ihm so nahe, dass er an nichts mehr Freude hatte und lieber südwärts nach Dänemark oder ostwärts nach Schweden weiterreisen wollte. In einer versteckten Bucht gingen sie vor Anker.

Nun erfuhr Hallfreð, dass Jarl Eirík sich gerade ganz in der Nähe ein Stück landeinwärts aufhielt. Da beschloss er, den Jarl zu erschlagen, auch wenn er selbst dafür getötet werden würde. In dieser Nacht jedoch erschien ihm König Ólaf im Traum, er kam auf ihn zu und sprach: »Es ist eine schlimme Sache, die du dir da vorgenommen hast; dichte dem Jarl lieber eine Drápa.« Am nächsten Morgen begab sich Hallfreð zu dem Gehöft, auf dem Jarl Eiríк sich aufhielt, und suchte den Jarl dort auf, der gerade beim Gelage saß. Man erkannte Hallfreð sofort, ergriff ihn und brachte ihn vor den Jarl. Dieser wollte ihn töten lassen, weil er Þorleif Spaki so übel zugerichtet hatte, und ließ ihn in Fesseln legen, doch als man die Fesseln brachte, riss Hallfreð sie dem, der sie anlegen sollte, aus der Hand und schlug sie ihm über den Kopf, und der Mann war auf der Stelle tot. Nun wollte der Jarl ihn sofort umbringen lassen, damit er nicht noch mehr Unheil anrichten konnte. Da erhob sich ein alter Mann von der Bank vorne am Eingang, trat vor den Jarl und bat darum, Hallfreð am Leben zu lassen. Dies war Þorleif Spaki. Da sprach der Jarl: »Es ist mir unverständlich, dass du für ihn um Gnade bittest; oder hast du vergessen, wie schwer er dich verstümmelt hat?« Þorleif antwortet: »[Hallfreð hätte damals mit mir nach Belieben verfahren können, doch er hat mir gegen das Geheiß König Ólafs das Leben geschenkt, und dazu eines meiner Augen, und hat sich dadurch für mich in große Gefahr begeben.] Deshalb will ich, Herr, dass du über Hallfreð Gnade walten lässt.« Da lenkte der Jarl ein und sagte, so solle es geschehen. Þorleif nahm Hallfreð in seine Schar auf. Dann sprach er zu ihm: »Willst du, dass ich zwischen dem Jarl und dir vermittle?« Hallfreð erklärte, das wolle er gerne. »Dann solltest du ein Gedicht auf den Jarl machen und zusehen, dass es innerhalb von drei Nächten fertig wird.« Und als drei Nächte vergangen waren, trug Hallfreð das Gedicht vor. Dies ist sein Anfang:

Magst die Ehrung nun hören,
gemacht dir, Held der Schlachten!

Der Jarl belohnte ihn großzügig für das Gedicht, »doch hier bei mir kannst du wegen König Ólaf Tryggvason nicht länger bleiben.« Da lud Þorleif ihn zu sich nach Hause ein, und Hallfreð ging mit ihm. Þorleif erwies sich ihm als guter Freund und Gastgeber.

Im Sommer segelte Hallfreð nach Island zurück und ging bei Leiruvog im Süden an Land. Dort wohnte Önund auf Mosfell. Hallfreð schuldete einem von Önunds Hausknechten eine halbe Mark in Silber, gab ihm [als dieser nachfragte,] aber nur patzige Antworten. Da ging der Knecht auf den Hof zurück und berichtete von seinem Ärger. Hrafn sagte, es sei damit zu rechnen, dass er in diesem Streit mit Hallfreð den Kürzeren ziehe. Am nächsten Morgen ritt Hrafn hinunter zum Schiff und wollte die Taue durchschlagen, um die Abreise von Hallfreð und seinen Leuten zu vereiteln. Doch da griffen die Umstehenden ein und versuchten, zwischen den beiden zu vermitteln, und zum Schluss wurde dem Knecht das Doppelte von dem ausgezahlt, was ihm zustand, und damit gingen sie auseinander.

Im Sommer darauf unternahmen Hallfreð und Gunnlaug Schlangenzunge zusammen eine Fahrt nach Melrakkaslétta; damals hatte Hrafn gerade Helga zur Frau bekommen. Hallfreð erzählte Gunnlaug, wie es ihm mit Hrafn ergangen war.

Von nun an war Hallfreð häufig auf Auslandsfahrt, doch seit dem Tod von König Ólaf konnte er an nichts mehr Gefallen finden. Er segelte nach Schweden, um nach seinem Sohn Auðgísl zu sehen und sich um seinen Besitz zu kümmern; und er wollte sich dort dauerhaft niederlassen.

Hallfreð war ein Mann von knapp vierzig Jahren, als er beschloss, nach Island zu reisen und sein Geld von dort herüberzuholen. Sein Sohn Hallfreð begleitete ihn. Sie hatten eine schwere Überfahrt. Hallfreð tat sein Bestes, das Wasser aus dem Schiff zu schöpfen, obwohl er sehr krank war. Eines Tages nun machte er beim Schöpfen eine Pause und setzte sich auf die Segelstange, und in diesem Moment schlug eine riesige Welle über Bord und warf ihn hinunter aufs Deck, und die Segelstange fiel auf ihn. Da sprach Þorvald: »Bruder, ist irgendetwas Schlimmes passiert?«

Und Hallfreð sprach eine Strophe:

Mir schlug die sturmgestoß'ne
Stange in die Herzensseite.
Viele Wogen wurden

zum Wellenberg verstärkt;
See schlägt über meinen Knörr,
nass bin ich – nicht grundlos! –
es werden die schäumenden Wellen
wenig schonen ihren Skalden.

Da sahen die anderen, wie krank er war, sie führten ihn ins Achterschiff, versorgten ihn und fragten, wie es um ihn stehe.

Hallfreð antwortete mit einer Strophe:

Die Leinen-Göttin wird leicht,
– die Lichte ist edlen Sinnes –
die Würdige, mit weißer Hand
ihre weiche Braue streichen;
wenn tot des Mordkeils Bäume
über Bord mich dann werfen
– früher machte ich die
Frau, die junge, traurig.

Leinen-Göttin = Frau = Kolfinna; Mordkeil = Schwert; der Schwerter Bäume = Krieger

Auf einmal sahen sie eine Frau hinter dem Schiff hergehen, sie war von stattlicher Gestalt, trug eine Rüstung und ging über die Wellen wie auf Land. Hallfreð schaute zu ihr hinüber und sah, dass es seine Fylgja war. Da sprach Hallfreð: »Nun muss ich mich endgültig von dir trennen.« Die Fylgja sprach: »Þorvald, willst du mich nun annehmen?« Der sagte, nein, das wolle er nicht. Darauf sprach Hallfreð der Jüngere: »Aber ich will dich annehmen.« Darauf verschwand sie. Da sprach Hallfreð: »Dir, mein Sohn, will ich das Schwert ›Königsgeschenk‹ vermachen, aber meine anderen Kostbarkeiten möge man mir mit in den Sarg legen, wenn ich [hier auf dem Schiff] sterbe.«

[Und dann sprach er noch eine Strophe:

Ich würd' auf der Stelle sterben
– war jung von harter Zunge –

sorglos, wenn geborgen
ich meine Seele wüsste;
ich weiß, bin unverzagt,
Gott wähle, wo ich dereinst
– jeder stirbt; nur die Hölle
fürcht' ich – sein werd'.]

Kurz darauf starb er. Man legte ihn in einen Sarg, und die Kostbarkeiten mit dazu, das Gewand, den Helm und den Armreif, und dann warf man alles zusammen über Bord. Der Sarg trieb zu den Hebriden und wurde auf der Heiligen Insel an Land getrieben; dort fanden ihn die Gehilfen des Abts. Diese brachen den Sarg auf, stahlen die Wertgegenstände und versenkten den Leichnam in einem tiefen Moor. In dieser Nacht erschien dem Abt im Traum König Ólaf, der war sehr zornig und warf ihm vor, er habe schlechte Burschen; »sie haben das Schiff meines Skalden aufgebrochen, seine Schätze gestohlen und ihm einen Stein um den Hals gebunden [und ihn im Sumpf versenkt]; nun bring du sie dazu, die Wahrheit zu sagen, sonst wird euch etwas Ungeheuerliches passieren.« Daraufhin ergriff man die Gehilfen, sie gestanden sofort alles, und man ließ sie wieder frei.

Hallfreðs Leichnam wurde zur Kirche gebracht und würdevoll bestattet. Aus seinem Armreif fertigte man einen Kelch, aus seinem Gewand ein Altartuch, und aus seinem Helm machte man Kerzenhalter.

Þorvald und Hallfreð der Jüngere nahmen Land bei Óttarsstaðir und blieben dort über den Winter. Im folgenden Sommer reiste Þorvald von Island weg, doch der junge Hallfreð gründete auf Óttarsstaðir einen Hof, und man nannte ihn ebenfalls »den Schwierigen«. Er war ein bedeutender und erfolgreicher Mann und hatte viele Nachkommen.

UND DAMIT ENDET DIE GESCHICHTE VON HALLFREÐ.

DIE SAGA VON KORMÁK ÖGMUNDARSON

KORMÁKS SAGA ǪGMUNDARSONAR

AUS DEM ALTISLÄNDISCHEN VON
BETTY WAHL UND
MIT EINER EINLEITUNG
VON THOMAS ESSER

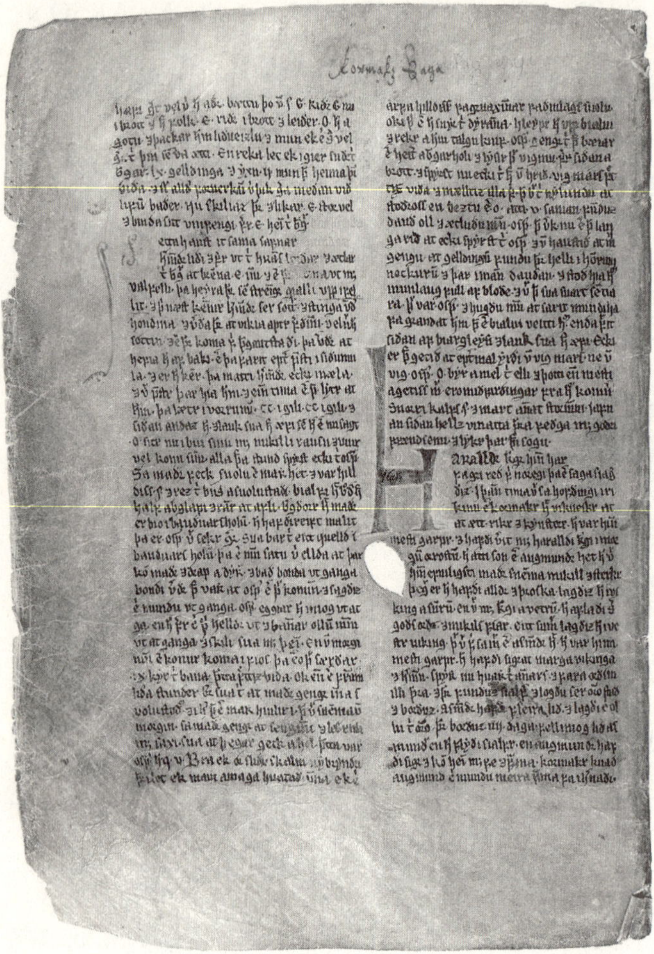

In der wichtigsten der spätmittelalterlichen Sagahandschriften, dem *Buch aus Möðruvellir* (*Möðruvallabók*) aus der Mitte des 14. Jahrhunderts, fängt auf Blatt 120 verso in der rechten Spalte die *Saga von Kormák Ögmundarson* an. Mit der H-Initiale beginnt der Name des Norwegerkönigs Harald Schönhaar. Auf dem oberen Rand der Seite wurde von jüngerer Hand der Titel der *Kormáks saga Ǫgmundarsonar* nachgetragen.

EINLEITUNG

Die *Saga von Kormák Ögmundarson* ist neben der *Saga von Gunnlaug Schlangenzunge* die berühmteste der sogenannten Skaldensagas. Auch sie thematisiert die verhinderte Liebe zu einer Frau.

Kormák verliebt sich in jungen Jahren in Steingerð, die seine Gefühle erwidert. Sie verloben sich, die Hochzeit ist schon angesetzt, doch Kormák erscheint nicht. Anders als die Protagonisten der Skaldensagas aus Band eins ist der Titelheld daran nicht selbst schuld, sondern vielmehr der Fluch einer gedungenen Zauberin. Zweimal wird Steingerð mit einem anderen verheiratet, aber Kormák kann nicht von ihr lassen und zieht mit dem beißenden Spott seiner Strophen über ihre Ehemänner her. Erst als Kormák Steingerð aus den Händen von Wikingern befreit, gibt ihr Ehemann sie frei, und Kormáks Wünsche scheinen sich zu erfüllen.

Ähnlich dem Motiv des Traums in der *Saga von Gunnlaug Schlangenzunge* zieht sich in der *Saga von Kormák Ögmundarson* der Fluch, der über Kormáks und Steingerðs Liebe liegt, wie ein roter Faden durch die Handlung. Seine Verzweiflung darüber bringt Kormák hauptsächlich in den zahlreichen Strophen zum Ausdruck. In keiner anderen Saga nehmen Skaldenstrophen im Verhältnis zur Prosa so viel Raum ein. Die Echtheit der Strophen – also die Frage, ob sie tatsächlich dem historischen Dichter Kormák zukommen – wurde und wird kontrovers diskutiert. So scheinen einige Strophen tatsächlich ein hohes Alter zu haben und daher zu Kormáks Lebzeiten im 10. Jahrhundert entstanden zu sein, andere Strophen zeigen jüngere sprachliche Formen und sind daher wohl erst nach dem Tod des historischen Kormák entstanden.

DIE SAGA VON KORMÁK ÖGMUNDARSON

1 Zu der Zeit, als sich diese Geschichte ereignete, war Harald Schönhaar König von Norwegen. Dort lebte damals ein mächtiger Mann, der Kormák hieß und dessen Vorfahren aus Vík stammten, er war ein einflussreicher Mann aus angesehener Familie und außerdem ein tapferer Krieger, der schon in vielen Schlachten an der Seite von König Harald gekämpft hatte. Er hatte einen Sohn namens Ögmund, der war ein äußerst vielversprechender Mann, groß und kräftig für sein Alter. Als er herangewachsen war und die nötige Reife hatte, ging er zur Sommerzeit auf Wikingerfahrt, im Winter aber hielt er sich beim König auf; so brachte er es zu Ansehen und großem Reichtum.

Eines Sommers war er auf Heerfahrt in den Meeren um die Britischen Inseln, dort trieb ein Mann namens Ásmund Eskisíða sein Unwesen, der war ein tapferer Krieger und hatte schon viele Wikinger und andere Gegner besiegt. Nun erfuhren die beiden voneinander und tauschten Nachrichten aus, schließlich trafen sie sich, vereinbarten einen Kampfplatz und traten gegeneinander an. Ásmund hatte mehr Gefolgsleute, von denen sich aber nicht alle an der Schlacht beteiligten. Sie kämpften vier Tage lang, und viele von Ásmunds Männern ließen ihr Leben; er selbst aber konnte fliehen, und Ögmund ging als Sieger hervor und kehrte mit Ruhm und Reichtum nach Hause zurück. Sein Vater Kormák sagte, noch mehr Ansehen werde er durch Kriegsfahrten wohl nicht mehr erlangen, »stattdessen werde ich dir eine Frau besorgen, Helga, die Tochter von Jarl Fróði.« »Sehr gerne«, erwidert Ögmund. Daraufhin begeben sie sich zu Jarl Fróði. Dort werden sie freundlich empfangen und tragen ihr Anliegen vor. Der Jarl nahm dies gut auf, erklärte aber, er habe wegen dieser Streitereien mit Ásmund einige Bedenken. Zuletzt jedoch wurde die Heirat beschlossen, sie zogen nach Hause und bereiteten die Verlobung vor, und zu diesem Fest kamen viele Gäste. Helga, die Tochter des Jarls, hatte eine Ziehmutter, die zukunftskundig war, und die begleitete sie.

Dies alles erfährt nun Ásmund, der Wikinger; er verabredet sich mit Ögmund und fordert ihn zum Holmgang auf. Ögmund willigt ein. Helgas Ziehmutter pflegte jenen Männern, die in den Kampf zogen, vorher die Hand aufzulegen; dies tat sie auch mit Ögmund, bevor er von zu Hause loszog, und sie sagte ihm voraus, es werde ihm nichts Ernstes zustoßen. Darauf traten die beiden zum Kampf an und gingen aufeinander los. Der Wikinger kehrte ihm die Seite zu, doch nichts konnte ihn dort verwunden. Da holte Ögmund plötzlich mit seinem Schwert aus, ergriff es mit der anderen Hand und schlug Ásmund ein Bein ab. Dafür bekam er von ihm drei Mark in Gold als Lösegeld.

2 Zu jener Zeit verstarb König Harald, und Eirík Blutaxt wurde sein Nachfolger. Ögmund aber hatte sich mit Eirík und seiner Frau Gunnhild nie richtig anfreunden können, und so machte er sein Schiff reisefertig und segelte nach Island. Ögmund und Helga hatten einen Sohn namens Fróði. Kurz vor der Abreise des Schiffes wurde Helga schwerkrank und sie starb, und ihr Sohn ebenfalls. Danach stach das Schiff in See, und als Land in Sicht kommt, wirft Ögmund seine Hochsitzpfeiler ins Meer; dann segeln sie in den Miðfjord hinein, da, wo seine Hochsitzsäulen schon früher einmal an Land getrieben worden waren, und gehen vor Anker. Dort herrschte zu jener Zeit Miðfjord-Skeggi, der ruderte zu ihnen hinaus, ermunterte sie, weiter in den Fjord hineinzusegeln, und bot ihnen dort Ländereien an. Dies nahm Ögmund an und steckte sich ein Stück Land für ein Haus ab. Damals glaubte man, wenn beim Messen der Wert weniger würde, nachdem man mehrmals nachgemessen hatte, dass dann auch das Glück dieses Mannes abnehme, dass es sich aber vermehre, wenn der Messwert nach oben gehe. Doch nachdem dreimal gemessen worden war, zog sich das Maß zusammen. Darauf ließ Ögmund dort auf dem Sandhügel ein Haus errich-

ten, in dem er fortan wohnte. Er nahm Dalla, die Tochter des Önund Sjóni, zur Frau, und ihre Söhne hießen Þorgils und Kormák. Kormák hatte schwarzes, gelocktes Haar, eine helle Hautfarbe und ähnelte stark seiner Mutter; er war groß und kräftig und von aufbrausendem Wesen. Þorgils dagegen war umgänglicher und von ruhiger Natur. Als die Brüder herangewachsen waren, starb Ögmund; Dalla wohnte mit ihren Söhnen weiterhin auf dem Hof, während Þorgils sich unter Aufsicht des Miðfjord-Skeggi um die Wirtschaft kümmerte.

3 Auf dem Hof Tunga wohnte ein Mann, der Þorkell hieß; er war verheiratet und hatte mit seiner Frau eine Tochter namens Steingerð; die lebte als Ziehtochter auf Gnúpsdal.

Eines Tages im Herbst wurde in Vatnsnes ein Wal an den Strand getrieben, der den beiden Söhnen der Dalla gehörte. Þorgils ließ Kormák entscheiden, ob er lieber in die Berge wolle oder mit hinunter zum Wal. Er entschied sich für die Berge und machte sich mit den Hausknechten dahin auf.

Ein Mann namens Tósti war Aufseher und hatte die Aufgabe, beim Zusammentreiben der Schafe Anweisungen zu geben; mit dem zog Kormák los, und als sie nach Gnúpsdal kamen, blieben sie dort über Nacht. Dort war eine große Halle, in der hatte man für die Männer Feuer gemacht.

Gegen Abend kam Steingerð aus ihrem Frauengemach, und ihre Magd begleitete sie. Aus der Halle hörten sie die Stimmen unbekannter Männer. Da sprach die Magd: »Steingerð, lass uns nachsehen, was das für Gäste sind.« Sie antwortete, das müsse sie nicht unbedingt, ging dann aber doch zur Tür, stellte sich auf die Schwelle und schaute durch die Schiebetür; zwischen Tür und Schwelle war ein Zwischenraum, in dem nun ihre Füße zu sehen waren.

Kormák sah das und sprach eine Strophe:

Es ergriff mich in meinem
Fahrtwind der Riesin innige Liebe,

als Halsschmucks Trägerin ihren Rist
unlängst in meine Richtung wandte;
die Füße der Fald-Gerd werden mir
zur Fährnis, öfter noch als nun,
an nichts anderes vermag ich zu denken
als an diese Frau.

Fahrtwind der Riesin = Gedanke; Trägerin des Halsschmucks = Frau, hier: Steingerð; Fald-Gerd = Gerd (eine Göttin) des Rocksaums = Frau, hier: Steingerð

Da bemerkt Steingerð, dass sie gesehen wird, eilt zur Seite, versteckt sich hinter einem geschnitzten Bildnis von Hagbarð am Türpfosten und schaut unter dessen Bart hervor. Da fällt ein Lichtstrahl auf ihr Gesicht, und Tósti sagt: »Kormák, siehst du die Augen da vorne unter dem Hagbarð-Kopf?«

Kormák sprach eine Strophe:

Es leuchten helle Lichter
beider Wangen der Frau
vom gefällten Baum des Feuerhauses auf mich,
das macht mich nicht lachen;
Knöchel der Frau von königlicher Gestalt
konnte ich an der Türschwelle erblicken;
die Sehnsucht wird mich meinen Lebtag
nicht verlassen.

Feuerhaus = Raum eines Hauses, in dem Feuer brennen (insbes. Küche)

Und dann dichtete er noch:

Der falkenscharfe Brauenmond traf
mich vom hellen Himmel der Lider
der leinengewandeten
Walküre des Lauchtrunks;
doch dieser Strahl
aus dem Gestirn der Augenlider

bereitet mir und auch ihr
seither großen Kummer.

Brauenmond = Auge(n); Walküre des Lauchtrunks = Frau, hier: Steingerð; Gestirn der Augenlider = Augen; Strahl der Augen = Blick

Tósti sprach: »Jetzt starrt sie dich an.«

Da sprach Kormák:

Nicht wandte die ringgeschmückte Linde
des Rauschtranks ihr Auge von mir,
verbarg nicht die brennende Sehnsucht,
erinnere mich an Band-Göttins Verlangen;
die siegessichere Bil
des Spielsteinschiffs,
halskettengeschmückt, vom Halse
Hagbarðs starrte auf mich.

Die ringgeschmückte Linde des Rauschtranks = Frau, hier: Steingerð; Band-Göttin = Frau, hier: Steingerð; Schiff der Spielsteine = Spiel-, Schachbrett; Bil (eine Göttin) des Spiel-, Schachbretts = Frau, hier: Steingerð

Nun betreten die beiden Frauen die Halle und nehmen Platz, und da hört Kormák, wie sie sich über sein Aussehen unterhalten. Die Magd nannte Kormák schwarz und hässlich. Steingerð dagegen fand ihn gutaussehend und in jeder Hinsicht vollkommen, »sein einziger Makel sind diese Locken, die ihm in die Stirn fallen.«

Da sprach Kormák eine Strophe:

Nur einen Makel, sprach die helle Eir
des Feuers von Atis Bach,
entdecke sie an mir am Abend,
wenn auch einen geringen;
hochgeborene Hlin der Habichtgefilde
sagt, meine Haare sind's,
– ich kenn' der Frauen Art! –
die lockigen.

Eir (eine Göttin) des Goldes = Frau, hier: Steingerð; Ati = ein Seekönig; Atis Bach = Meer, Feuer des Meeres = Gold; Habichtgefilde = Arm, Schulter; Hlin (eine Göttin) des Armes = Frau, hier: Steingerð

Nun sagte die Magd: »Schwarz sind seine Augen, meine Liebe, und das steht ihm überhaupt nicht.« Das hörte Kormák, und er sprach eine Strophe:

Schwarze Augen zeige ich dir,
prächtige Erde des Kopfschmucks,
allzu fahl erschein' ich
der Ilm der Ärmel;
doch hab ich mich mit Mädchen,
Erde des Halsbandes, manchmal vergnügt
und bin darin ebenso geschickt
wie ein schöner Kerl.

Erde des Kopfschmucks = Frau, hier: Steingerð; Ilm = eine Göttin oder Walküre; Ilm der Ärmel = Frau, hier: Steingerð; Erde des Halsbandes = Frau

Sie blieben die Nacht über dort. Am nächsten Morgen stand Kormák auf und ging ans Waschbecken, um sich zu waschen; dann trat er in den Wohnraum und traf dort niemanden an, er hörte aber Stimmen aus einem Hinterzimmer und wandte sich in diese Richtung; dort war Steingerð mit einigen anderen Frauen. Die Magd sprach: »Sieh mal, Steingerð, da kommt ja der schöne Mann.« Steingerð antwortet: »Er ist wirklich recht ansehnlich.« Steingerð war gerade dabei sich zu kämmen, und Kormák sagte: »Willst du mir nicht deinen Kamm leihen?« Steingerð reichte ihm den Kamm; sie hatte die schönsten Haare, die man bei einer Frau je gesehen hatte. Die Magd sagte: »Du würdest gewiss viel dafür geben, wenn du eine Frau mit solchem Haar hättest – oder mit solchen Augen.«

Kormák sprach eine Strophe:

Öl-Sagas Aug' ein jedes,
in deinem lichten Leib,
Ufer der Nanna,
ist mir dreihundert wert.
Das Haar schätz' ich hingegen,
das die Hedeleinen heischende
Sif kämmt, auf fünfhundert gar.
Teuer wird mir bald die Glanz-Freyja.

Öl-Saga = eine Göttin (eigtl. Bier-Saga), Frau, hier: Steingerð; Nanna = eine Göttin, deren Ufer = Frau, hier: Steingerð; Hedeleinen = ein kurzfaseriger Leinenstoff (auch Werg); Sif (eine Göttin) = Frau, hier: Steingerð; Glanz-Freyja (eine Göttin) = Frau

Dann sprach die Magd: »Eure Zuneigung scheint gegenseitig, aber wenn du sie im Ganzen willst, wirst du wohl einen hohen Preis veranschlagen müssen.«

Kormák sprach eine Strophe:

Für die Fichte des Schatzes gäb' ich
– betrübt sie auch mein Herz –
ganz Island und das Reich der Hunnen
und Dänemark dazu;
Englands Gefilde ist
die Eir der Haarspeere
– so schätz' ich der Sundsonne Gunn! –
wert, und Irland obendrein.

Fichte des Schatzes = Frau, hier: Steingerð; Haarspeer = Kamm; Eir des Kamms = Frau, hier: Steingerð; Gunn (eine Walküre) der Sundsonne = Frau, hier: Steingerð

Nun kam Tósti herein und bat Kormák, sich um irgendeine Angelegenheit zu kümmern.

Kormák sprach eine Strophe:

Reite, mein Rösslein,
rasch, müder Tósti,
– spar nicht die Sporen –
durch weite Heide;
will lieber mit Steingerð
Worte wechseln,
als rotbraune Schafe
übers Hochland treiben.

Tósti sagt, dies werde Kormák sicher mehr Spaß machen. Dann bricht er alleine auf, und Kormák sitzt beim Brettspiel und ist sehr vergnügt. Steingerð fand, er sei viel unterhaltsamer, als man über ihn gesagt hatte. Er saß dort für den Rest des Tages.

Da sprach er eine Strophe:

Des Schopf-Schilfes Tauwetters Freyja
schenkte den Haarspeer,
ich weiß von des Skalden
guter Bewirtung;
doch wenig war ich bekannt
der jungen Fichte des Drachenhorts:
Niemals werde ich aufhören,
Wogenfeuers Eir zu lieben!

Schilf des Schopfes = Haare; Tauwetter der Haare = gewaschenes Haar; Freyja des gewaschenen Haares = Frau, hier: Steingerð; Haarspeer = Kamm; Fichte des Drachenhorts = Frau, hier: Steingerð; Feuer der Wogen = Gold; Eir (eine Göttin) des Goldes = Frau, hier: Steingerð

Tósti kam aus den Bergen zurück, und sie ritten nach Hause.

Von nun an kam Kormák regelmäßig nach Gnúpsdal, um sich mit Steingerð zu treffen. Er bat seine Mutter, ihm schöne Kleider zu nähen, damit Steingerð nur den besten Eindruck von ihm bekäme. Dalla aber gab zu bedenken, dass er und sie doch recht verschieden seien, und es sei ohnehin nicht sicher, ob es zwischen ihnen gut ausginge, wenn erst Þorkell auf Tunga davon erführe.

4 Þorkell erfährt nun bald, was dort im Gange ist, und sieht sich und seine Tochter unehrenhaft behandelt, sollte Kormák keine ernsthaften Absichten haben; er schickt nach Steingerð und lässt sie nach Hause holen.

Bei Þorkell wohnte ein Mann, der Narfi hieß; der war aufgeblasen und einfältig, ein Wichtigtuer, und doch ein ganz unbedeutender Mensch. Narfi sprach zu Þorkell: »Wenn dir Kormáks Besuche hier nicht recht sind, kann ich gerne Abhilfe schaffen.« Þorkell willigte ein. Als es Herbst wurde, hatte Narfi sich um das Schlachten zu kümmern. Eines Tages kam Kormák nach Tunga und traf Steingerð am Herdfeuer an. Narfi stand am Siedekessel, und als der Sud aufkochte, zog Narfi eine Blutwurst aus dem Kessel, hielt sie Kormák unter die Nase und sprach dieses:

Was sagst du, Kormák,
zu diesen Kesselschlangen?

Kesselschlange = (Blut-)Wurst

Kormák antwortete:

Schmackhaft erscheint die gesottene Wurst
dem Sohn Ögmunds.

Als er sich am Abend wieder auf den Heimweg machte, traf er auf Narfi, da fiel ihm dessen spöttische Bemerkung wieder ein. Kormák sprach: »Eher werde ich dich schlagen, Narfi, als zulassen, dass du über meine Pläne bestimmst«, und damit versetzte er ihm einen Schlag mit dem Rücken seiner Axt und sprach:

Was alberst du, Sensenschafts Ali,
Unkundiger, übers Essen?
Es war keine Not, übler Narfi,
mir Nettigkeiten zu unterbreiten.

Ali des Sensenschafts = Bauer, hier: Narfi

Und dann sprach er noch:

> Fragte der Fütterer der Kuh
> mich feuerroten Auges,
> ob mir die Kesselschlangen,
> die gekochten, gefielen;
> Strolch mit rußigem Antlitz,
> Dreckskerl, ich sah dich,
> den Mist ausfahren
> – geschlagen wie ein Hund.

5 Þórveig hieß eine Frau; sie war sehr zauberkundig und wohnte auf Steinsstaðir im Miðfjord. Sie hatte zwei Söhne, der ältere hieß Odd und der jüngere Guðmund; ein anmaßendes und jähzorniges Brüderpaar. Odd kommt nun regelmäßig nach Tunga zu Þorkell und unterhält sich dort mit Steingerð. Þorkell freundet sich mit den Brüdern an und überredet sie dazu, Kormák in einen Hinterhalt zu locken. Odd sagte, das traue er sich durchaus zu.

Eines Tages kam nun Kormák wieder nach Tunga, Steingerð saß im Hauptraum auf der Querbank. Die Þórveigssöhne saßen dort ebenfalls und waren bereit, Kormák zu überfallen, sobald er hereinkäme; Þorkell aber hatte an der einen Seite der Tür ein gezogenes Schwert aufgestellt, und Narfi hängte auf die andere Seite eine Sense mit langem Schaft. Als sich nun Kormák dem Eingang der Halle näherte, fiel die Sense sogleich herunter, traf das Schwert und schlug eine große Scharte in die Klinge. Da sprang Þorkell hinzu und hielt Kormák vor, nun hätte er großen Schaden angerichtet, und beschimpfte ihn wütend, dann eilt er in die Halle und ruft nach Steingerð. Sie verlassen die Halle durch eine andere Tür, dann schließt er sie in einem der Vorratshäuser ein und sagt, nun werde sie Kormák nie mehr wiedersehen. Da erscheint Kormák in der Halle, und zwar schneller, als sie es erwartet hatten, und das verblüffte sie sehr. Kormák blickt umher und kann Steingerð nirgends entdecken, stattdessen sieht er die beiden Brüder, die gerade ihre Waffen schärfen, da läuft er eilig wieder hinaus und spricht eine Strophe:

Ein Heuschwert fiel dem Hallengast
auf Hrungnirs Fußsockel
– ich ging hinein,
um Ilm zu suchen;
doch wisse: Schlimmere
Strafe winkt dem,
der mir Böses droht:
Yggs Rauschtrank versiegt nicht!

Heuschwert = Sense; Hrungnir = ein Riese; des Riesen Fußsockel = ein Schild; Ilm = eine Göttin, hier: Steingerð; Ygg = ein Name Odins; Yggs Rauschtrank = der Skaldenmet = die Dichtkunst

Kormák kann Steingerð nirgends finden und spricht eine Strophe:

Die Holde verschwand aus der Halle,
mein Herz vermisst sie,
die Gunn des Meeresknisterns.
Was gibt dem Saal nun Gesicht?
Wimpernstrahlen lass' ich wandern
suchend durch die Halle,
werd' ich sie finden, die hehre
Hörn des Speerinsel-Feuers?

Knistern (= pars pro toto für Feuer) des Meeres = Gold; Gunn (eine Walküre) des Goldes = Frau, hier: Steingerð; Wimpernstrahl = Auge; Insel des Speeres = Arm; Feuer des Armes = Gold(-Ring); Hörn eine Göttin) des Rings = Frau, hier: Steingerð

Darauf ging Kormák hinüber zu dem Haus, in dem Steingerð saß, brach die Tür auf und unterhielt sich mit ihr. Sie sprach: »Es ist sehr unvorsichtig von dir, hier einzubrechen, um mit mir zu reden, denn die Þórveigssöhne sind auf deinen Kopf angesetzt.«

Da dichtete Kormák:

Sitzen drinnen, die Feinde,
und schärfen Schwerter,
Söhne eines einzigen Mannes:
sie werden nicht mein Tod;
doch wenn die beiden mich
auf weiter Flur angriffen, wär's,
wie wenn Schafe einem Wolf
ans Leben wollten.

Dort saß Kormák für den Rest des Tages. Nun sieht Þorkell, dass sein Plan nicht aufgegangen ist, und so bittet er die Þórveigssöhne, Kormák in einem Tal in der Nähe seines Hofes aufzulauern. Þorkell sprach zu ihnen: »Narfi soll euch begleiten, ich werde solange hier zu Hause bleiben und euch zu Hilfe kommen, wenn das nötig sein sollte.« Am Abend macht sich Kormák auf den Heimweg, und als er durch das Tal kommt, sieht er drei Männer, und spricht eine Strophe:

Männer lauern und wollen
mir die Gna der Steine verwehren,
es ist leichter gesagt als getan,
mir die Gna der Borte zu nehmen;
umso mehr werd' ich lieben
die Gunn des Seetangs,
je heftiger sie versuchen,
unsere Wege zu kreuzen.

Gna (eine Göttin) der Steine = Frau, hier: Steingerð; Gna der Borte = Frau, hier: Steingerð; Gunn (eine Walküre) des Seetangs = Frau, hier: Steingerð

Da sprangen die Þórveigssöhne hervor, stürzten sich auf ihn und schlugen lange auf ihn ein. Narfi hielt sich derweil im Hintergrund. Þorkell aber sieht von zu Hause aus, dass sie mit ihrem Angriff keinen rechten Erfolg haben, und greift nach seinen Waffen. In diesem Moment kommt Steingerð dazu und erkennt das Ansinnen ihres Vaters; sie hält ihn fest, so dass er den Brüdern nicht zu Hilfe kommen kann. Und schließlich endete es damit, dass Odd fiel und Guðmund kampfunfähig war und kurze Zeit später starb. Daraufhin ging Kormák nach Hause, und Þorkell kümmerte sich um die Leichen der Brüder.

Kurz darauf begibt sich Kormák zu Þórveig und sagt, er sei dagegen, dass sie noch länger dort im Fjord wohne; »zu einer festgesetzten Zeit wirst du von hier verschwinden, und außerdem verweigere ich dir jede Buße für deine Söhne.« Þórveig sprach: »Du wirst es tatsächlich noch zuwege bringen, mich von hier zu vertreiben und meine Söhne ungebüßt zu lassen, aber ich werde dir das vergelten: Mit Steingerð sollst du niemals glücklich werden.« Kormák erwidert: »Das liegt nicht in deiner Hand, du böse Alte!«

6

Kormák fährt nun wie bisher fort, Steingerð regelmäßig zu besuchen; und als sie eines Tages über diesen Vorfall reden, scheint sie darüber gar nicht so unglücklich.

Da sprach Kormák eine Strophe:

Männer lauern und wollen,
mir deinen Anblick verwehren,
die Schlangen der Schwertinsel
schwingen sie gegen mich;
eher flössen sämtliche Flüsse
fortan aufwärts im Lande
als dass ich dich, leuchtende Erde
des Trinkhornfeuers, aufgäbe.

Schwertinsel = Schild; Schlangen der Schwertinsel = Schwerter, Klingen; Trinkhornfeuer = Goldschmuck; leuchtende Erde des Goldschmucks = Frau, hier: Steingerð

»Rede nicht andauernd davon«, sagt da Steingerð, »es kann noch so vieles passieren.«

Da sprach Kormák eine Strophe:

Welchen Wohltäter der Walküre
wirst du, Hlin des Leinens,
– dein Anblick verspricht Trost –
zum Manne wählen?

Wohltäter der Walküre = Krieger (weil er die Walküren mit Leichen »versorgt«); Hlin (eine Göttin) des Leinens = Frau, hier: Steingerð

Und Steingerð antwortet:

Zum Gatten nähme ich gerne Fróðis Bruder,
Geber der Ringe, und sei er auch blind,
dann wären Gott und das Schicksal
mir wohlgesinnt.

Fróði = früh verstorbener (Halb-)Bruder Kormáks; Fróðis Bruder = Kormák; Geber der Ringe = großzügiger Mensch, hier: Kormák

Kormák sagt: »Nun hast du dich also für den Richtigen entschieden; denn schließlich hat mich mein Weg schon oft hierhergeführt.« Da bittet ihn Steingerð, sich mit ihrem Vater gutzustellen und um sie zu werben, und darauf machte er Þorkell um ihretwillen Geschenke. Danach mischten sich noch viele andere in diese Angelegenheit ein, doch zum Schluss endete es damit, dass Kormák um ihre Hand anhielt; da wurde sie mit ihm verlobt, und man setzte die Hochzeit an, und danach war es für eine Weile friedlich. Nun begannen die Familien miteinander zu verhandeln, dabei gab es einige Streitigkeiten um die Mitgift, doch dann geschah etwas Merkwürdiges: Als alle Vereinbarungen getroffen waren, war Kormák die Sache auf einmal ziemlich gleichgültig, und das kam durch den Fluch der Zauberin Þórveig, der bewirkte, dass die beiden einander nie bekommen sollten.

Þorkell auf Tunga hatte einen erwachsenen Sohn namens Þorkell, der Zahnknirscher genannt wurde und eine Zeitlang im Ausland gewesen war; in diesem Sommer kehrte er nach Island zurück und wohnte bei seinem Vater. Kormák erschien nicht zu seiner Hochzeit, wie es vereinbart gewesen war, und dann verging einige Zeit. Steingerðs Verwandtschaft hielt es für eine Unverschämtheit, dass er die getroffenen Vereinbarungen nicht einhielt, und sie berieten, was zu tun sei.

7 Ein Mann hieß Bersi und wohnte in Saurbær, er war ein wohlhabender Mann und ein anständiger Mensch, stark, kämpferisch von Natur und sehr erfahren im Zweikampf. Er war mit Finna der Schönen verheiratet gewesen, doch die war damals schon gestorben. Ihr Sohn hieß Ásmund, er war noch jung an Jahren, aber schon sehr reif. Bersi hatte eine Schwester namens Helga, sie war unverheiratet, eine selbstbewusste und tüchtige Frau. Seit dem Tod von Finna verwaltete sie Bersis Anwesen.

Auf dem Hof Múli wohnte Þórð Arndísarson, seine Frau war Þórdís, eine Schwester von Börk dem Dicken; sie hatten zwei Söhne, die waren beide jünger als Bersis Sohn Ásmund.

Ein Mann hieß Váli und sein Hof Válastaðir, dieses Gehöft lag nicht weit vom Hrútafjord.

Nun begab sich die Zauberin Þorveig zu Holmgang-Bersi, sie erzählte ihm von ihrer misslichen Lage, und dass Kormák ihr verboten habe, weiterhin im Miðfjord zu wohnen. Da kaufte Bersi für sie ein Stück Land westlich des Miðfjords, und dort lebte sie danach noch lange.

Eines Tages unterhält sich Þorkell auf Tunga mit seinem Sohn über Kormák und dessen Vertragsbruch, und beide finden, so etwas gehöre gerächt. Da wirft Narfi ein: »Ich wüsste einen Ausweg, der sicher gelingt: Lass uns nach Westen übers Land ziehen und mit Waren handeln, dabei kommen wir auch nach Saurbær zu Bersi. Er ist ja unverheiratet; dann gewinnen wir ihn für unsere Sache, und er wird uns gewiss von Nutzen sein.« So wurde es beschlossen, und sie reiten los, bis sie nach Saurbær kommen. Dort nimmt Bersi sie freundlich auf. Am Abend unterhalten sie sich lange über Heiratsangelegenheiten. Narfi sprach, es gebe wohl kaum eine bessere Partie als Steingerð; »und schon viele haben gesagt, Bersi, dass sie die Richtige für dich wäre.« Bersi erwiderte: »Eine gute Partie mag sie sein, aber nach dem, was ich gehört habe, hat die Sache wohl einen Haken.« Darauf sprach

Narfi: »Vor Kormák braucht sich jetzt niemand mehr zu fürchten, denn er hat mit dieser Sache nichts mehr zu tun.« Und als Bersi das hört, begibt er sich zu Þorkell und hält um Steingerðs Hand an. Þorkell willigt ein und verspricht Bersi seine Schwester. Also machen sie sich nach Norden auf, insgesamt achtzehn Mann, um die Hochzeit zu besuchen. Þórð Arndísarson und Bersi begeben sich ebenfalls dorthin.

Ein Mann hieß Vígi; er war groß und kräftig und verstand sich auf Zauberei, und er war ein Verwandter von Bersi. Vígi begleitete sie, und Bersis Leute setzten in ihn großes Vertrauen. Vígi besaß einen Hof in Hólm. Es waren nur die tüchtigsten und besten Männer, die an dieser Reise teilnahmen. Und als sie bei Þorkell eintrafen, waren die Vorbereitungen zum Fest bereits im Gange; dies hatten sie so eingerichtet, damit sich die Sache in der Gegend nicht herumsprach. Doch das alles war sehr gegen Steingerðs Willen. Vígi der Gestaltwechsler beobachtete alle Gäste genau, die Ankommenden ebenso wie die, die abreisten; beim Gelage saß er ganz außen und schlief direkt neben dem Eingang. Steingerð schickte nach Narfi, und als er kam, sprach sie zu ihm: »Ich möchte, Verwandter, dass du den Plan, den du hier ausgeheckt hast, auch Kormák unterbreitest, und ich will außerdem, dass du ihm diese Nachricht selbst überbringst.« Nun stiehlt sich Narfi davon und ist noch nicht weit gekommen, da holt Vígi ihn ein und fordert ihn auf umzukehren, statt auf Verrat zu sinnen; darauf gehen sie zusammen zurück, und so vergeht die Nacht. Gegen Morgen versuchte es Narfi ein zweites Mal, diesmal aber kam er noch weniger weit als zuvor, denn Vígi lauerte ihm auf und jagte ihn unbarmherzig zurück. Als die Hochzeit vorüber war, machten sie sich zur Abreise fertig, und Steingerð war mit Gold und Kostbarkeiten beladen. Dann brachen sie zum Hrútafjord auf und ritten ziemlich gemächlich.

Als alle fort waren, reiste auch Narfi ab und kam bald darauf nach Mel. Kormák schichtete gerade eine Mauer auf und klopfte die Steine mit dem Hammer fest. Narfi hielt seinen Schild vor sich, er gab sich selbstbewusst, doch sein Blick irrte unruhig umher wie bei einem gehetzten Tier. Ein paar Männer waren bei Kormák oben auf der Mauer, als Narfi sich näherte, da scheute sein Pferd; Narfi hatte sein Schwert umgeschnallt. Kormák sprach: »Was gibt es Neues, Narfi, und was für Männer waren das, die heute Nacht bei euch waren?« Narfi antwortet: »Neues gibt es nicht viel, aber Gäste hatten wir reichlich.« Kormák fragt: »Wer war denn zu Gast?« Narfi sagt: »Holmgang-Bersi war da, mit insgesamt achtzehn Mann, er feierte dort seine Hochzeit.« »Und wer war die Braut?«, fragt Kormák. »Bersi hat Þorkells Tochter Steingerð geheiratet, und die war es auch, die mich, nachdem alle gegangen waren, hierhergeschickt hat, um dir die Nachricht zu überbringen.« Kormák sprach: »Du hast wirklich immer nur Schlechtes zu berichten.« Und dann stürzt sich Kormák auf Narfi und schlägt auf seinen Schild ein, und als der Schild zur Seite rutscht, streift ihn die Klinge an der Brust, er fällt aus dem Sattel, und das Pferd rennt mit seinem Schild davon. Kormáks Bruder Þorgils fand, das gehe zu weit, aber Kormák sagte, er habe es nicht besser verdient. Als Narfi wieder zu sich kommt, reden sie miteinander. Þorgils fragt: »Wie war die Sitzordnung auf dem Gelage?«, und Narfi sagt es ihm. »Hat Steingerð im Voraus davon gewusst?« Narfi antwortet: »Nicht bis zu dem Abend, an dem das Fest stattfand.« Dann erzählt Narfi ihm, was zwischen ihm und Vígi vorgefallen war, und sagt, Kormák fände es wohl angenehmer, Steingerð erfolglos nachzustellen oder sich sonstwie unstatthaft zu verhalten, als mit Bersi zu kämpfen.

Da sprach Kormák eine Strophe:

Hüte dich, halte dein Pferd fest
und deinen Schild dazu,
hauen wird mein Hammer
sonst heftig auf dein Ohr;
sprich fortan nie mehr von Festen,
und feierst du sieben am Tag,
andernfalls, Grabhügelbrecher,
kämmt dein Kamm Beulen.

Grabhügelbrecher = Grabräuber

Nun fragt Þorgils nach den Heiratsvereinbarungen zwischen Bersi und Steingerð, und Narfi sagt, Steingerðs Verwandtschaft sei nun alle Verpflichtungen los, ob es mit den beiden gutgehe oder nicht, denn für das Gelage seien allein ihr Vater und ihr Bruder verantwortlich.

8 Kormák nahm sein Pferd, seine Waffen und sein Sattelzeug. Þorgils fragt: »Was hast du nun vor, Bruder?«
Darauf spricht Kormák eine Strophe:

Bersi entriss mir die Braut,
dem Begehrer von Walvaters Wein,
– Zorn zog er sich zu! –
die mir Bestimmte;
die traurige Verlobte verlor ich,
vertraut küssten wir uns
– mich liebte sie am meisten –
Tag um Tag.

Walvater = Odin; Odins Wein = Skalden-/Dichtermet; Begehrer des Dichtermets = Skalde, hier: Kormák

Þorgils sprach: »Das ist ein waghalsiges Unternehmen, denn Bersi wird schon zu Hause angekommen sein, bevor du ihn erreichst. Aber ich werde dich begleiten.« Kormák fand, man sollte sich sofort auf den Weg machen und auf niemanden warten; er bestieg sogleich sein Pferd, trieb es an und ritt so schnell er konnte davon.

Þorgils sammelte nun rasch Gefolgsleute um sich; insgesamt waren sie achtzehn Mann; sie reiten Kormák hinterher und holen ihn auf dem Bergrücken am Hrútafjord ein, da war Kormáks Pferd gerade zusammengebrochen; nun reiten sie weiter und halten auf Þórveigs Hof zu, und da sehen sie, dass Bersi ein Schiff Þórveigs bestiegen hat. Þórveig sprach zu Bersi: »Ich will, dass du von mir ein kleines Geschenk annimmst, das ich dir hiermit in aller Ergebenheit überreiche.« Es war ein kleiner, mit

Eisen beschlagener Rundschild, und Þórveig sagte, sie nehme an, dass Bersi nur leicht verwundet würde, wenn er diesen Schild im Kampf trage; »und das ist doch wenig, wenn man bedenkt, dass du mir diesen Wohnsitz verschafft hast.« Bersi dankt ihr für das Geschenk, und darauf trennen sie sich. Nun ließ Þórveig alle Schiffe, die zur Zeit an Land lagen, untauglich machen, denn sie wusste im Voraus, dass Kormák mit seinen Leuten kommen würde.

Kurz darauf erscheint Kormák mit seinen Männern und bittet sie um ein Schiff; sie aber sagt, ohne Gegenleistung werde sie ihnen keine Gefälligkeit erweisen; »aber hier im Bootsschuppen liegt noch ein ausgedientes Schiff, das leihe ich euch für eine halbe Mark.« Þorgils erwidert, für so etwas seien schon zwei Unzen mehr als genug, doch Kormák wandte ein, für solche Kleinigkeiten sei jetzt keine Zeit. Þorgils sagte, lieber würde er um den Fjord herumreiten. Doch Kormák setzte sich durch, und so nahmen sie das Schiff. Als sie noch nicht weit vom Land entfernt waren, lief das Schiff unter ihnen plötzlich voll Wasser, und sie kamen nur mit Müh und Not zurück ans Ufer. »Eine Abrechnung hättest du verdient«, ruft Kormák, »anstatt Bootsmiete zu kassieren, du hinterhältiges Weib!« Darauf erwidert Þórveig, dies sei nichts weiter als ein kleiner Streich gewesen. Nun zahlt Þorgils ihr das Silber aus, und Kormák spricht eine Strophe:

Wenigstens so oft wie das Waschholz
Wäsche klopft an der Quelle,
trinke ich, Ull der Yggtracht, Svölnirs Trank
auf traute Reidi-Sif der Klöppel.
Teuer muss der Tropfen-Verschwender
Draupnirs manches erkaufen:
drei Öre kostet dich und mich
Þórveigs alter Kahn.

Ygg = Odin; Yggs Tracht = Kriegerkleidung, Rüstung; Ull (ein Gott) der Rüstung = Krieger, hier: Kormák; Svölnir = ein Name Odins; Svölnirs Trank = Dichtermet, Dichtung; Reidi-Sif (eine Göttin) der Klöppel = Frau, hier: Steingerð (d.h. Kormák dichtet Strophen über Steingerð); Draupnir = Odins goldener Ring, von dem in jeder neunten Nacht acht Ringe abtropfen; die Tropfen Draupnirs = (Gold-)Ringe; Verschwender der (Gold-)Ringe = großzügiger Mann, hier: Kormák

Bersi besorgt sich sogleich ein Reitpferd und reitet schnell nach Hause. Kormák sieht, dass der Abstand zwischen ihnen zu groß ist, und spricht eine Strophe:

Glanz-Freyja des Armfeuers entglitt
mir aus Greifvogelsockels Schale,
einst glaubte ich der Frau,
dass der Stab des See-Ski-
Funkens eines Tages
die Meine werde,
füttern werd' ich mit des Freien
Fleisch die Raben.

Armfeuer = Goldring; Glanz-Freyja des Goldrings = Frau, hier: Steingerð; Sockel des Greifvogels = Arm; des Armes Schale = Hand; See-Ski = Schiff; Funke des Schiffs = Gold; Stab des Goldes = Frau, hier: Steingerð

Nun bestiegen sie ihre Pferde und ritten um das Ende des Fjords herum bis zu Vális Hof, dort fragten sie nach Bersi. Váli sagte, Bersi sei nach Múli geritten und habe dort Männer um sich versammelt; »und sie sind ziemlich zahlreich.« »Dann kommen wir zu spät«, sagt Kormák, »wenn sie inzwischen Leute zusammenbekommen haben.« Þorgils bat Kormák umzukehren, denn dort sei gewiss keine Ehre zu gewinnen. Doch Kormák sagte, er müsse Steingerð sehen. Váli ritt mit ihnen, und sie kamen nach Múli; dort trafen sie auf Bersi, der hatte viele Männer bei sich. Nun reden sie miteinander, und Kormák beschuldigt Bersi, ihm Steingerð genommen und ihn damit übel betrogen zu haben; »deshalb werden wir die Frau nun mitnehmen, und außerdem verlangen wir eine Entschädigung für diese Kränkung.« Da spricht Þórð Arndísarson: »Einen Ausgleich wollen wir Kormák gern anbieten, aber über die Frau kann nur Bersi entscheiden.« Bersi spricht:

»Es kommt nicht in Frage, dass ich Steingerð mit euch gehen lasse, aber ich kann Kormák dafür meine Schwester zur Frau anbieten; ich denke, wenn er Helga bekommt, ist er gut verheiratet.« Þorgils sagte: »Das ist ein gutes Angebot, Bruder. Lass uns darüber nachdenken.« Kormák wusste darauf nichts zu sagen.

9 Eine Frau hieß Þórdís, die war von übler Wesensart; sie wohnte auf Spákonufell am Skagaströnd und wusste im Voraus, wo Kormák sich aufhielt. Sie kam noch am selben Tag nach Múli, stellte sich auf Kormáks Seite und sprach: »Bietet ihm nicht so eine schlechte Partie an, denn diese Frau taugt nichts und ist keinem anständigen Mann zuzumuten; auch seiner Mutter wird es nicht gefallen, wenn ihn ein solch ungutes Los ereilt.« Þórð sagt: »Pack dich, du Unheilsbotin«, und es werde sich noch zeigen, dass Helga eine tüchtige Frau sei. Kormák sagt: »Es mag ja alles wahr sein, was hier gesprochen wird, doch ich will mit dieser Sache nichts zu tun haben.« Þorgils sagt: »Es wird uns wenig Glück bringen, auf die Worte dieser Hexe zu hören und ein solches Angebot auszuschlagen.« Darauf sprach Kormák: »Hiermit fordere ich dich, Bersi, zum Holmgang heraus, in einem halben Monat auf Leiðhólm in Miðdalir.« Dieses Inselchen wird heute Orrostuhólm, Kampfinsel, genannt. Bersi sagte, er werde kommen, wenn auch Kormák damit den weniger ehrenhaften Weg gewählt habe. Nun sucht Kormák auf dem ganzen Hof nach Steingerð, und als er sie schließlich findet, sagt er zu ihr, es sei ein gemeiner Verrat, dass sie eingewilligt habe, einen anderen Mann zu heiraten. Steingerð erwidert: »Du selbst hast diesen Verrat bewirkt, Kormák, und dies alles ist nicht mit meinem Einverständnis geschehen.«

Da sprach Kormák eine Strophe:

Du lastest mir an, lichte
Leinen-Gefn, dass ich nicht Wort hielt,
deinetwegen erschöpfte ich
mein bestes Pferd;

eher würd ich, Ring-Eir,
mein Ross zu Tode schinden,
– ich schonte es selten! –
als dich zu verlieren.

Gefn = Name der Göttin Freyja; Leinen-Gefn = Frau, hier: Steingerð;
Eir (eine Göttin) der Ringe = Frau, hier: Steingerð

Hierauf treten Kormák und seine Leute den Heimweg an, und zu Hause erzählt Kormák seiner Mutter, was vorgefallen ist. Dalla sagt: »Für deine Zukunft wird uns das wenig Glück bringen, denn du hast ein vorzügliches Angebot ausgeschlagen; außerdem ist es ein zweifelhaftes Unterfangen, gegen Bersi anzutreten; er ist ein tapferer Krieger und hat gute Waffen.« Bersi besaß das Schwert Hvíting, ein scharfes Schwert, zu dem ein heilkräftiger Stein gehörte; dieses Schwert hatte er schon in vielen gefährlichen Begegnungen getragen. Dalla fragte: »Welche Waffe wirst du Hvíting entgegensetzen?« Kormák sagte, er habe eine große und scharfe Axt. Dalla rät ihm, Miðfjord-Skeggi aufzusuchen und ihn um Sköfnung zu bitten. Daraufhin reitet Kormák nach Reykir zu Miðfjord-Skeggi, erzählt ihm, wie die Dinge stehen, und bittet ihn, ihm das Schwert Sköfnung zu leihen. Doch Skeggi zeigte sich abweisend und erklärte, Kormák und das Schwert seien zu verschieden: »Sköfnung ist bedächtig, aber du bist hitzig und unbesonnen.« Kormák reitet missvergnügt nach Hause, kommt nach Mel zurück und erzählt seiner Mutter, dass Skeggi ihm das Schwert nicht leihen wolle. Skeggi hatte Dalla immer mit Ratschlägen unterstützt und war mit ihr und Kormák gut befreundet. Dalla sprach: »Er wird dir sein Schwert schon leihen, auch wenn er sich immer erst ein wenig bitten lässt.« Kormák findet das ungerecht, »dir bietet er sein Schwert großzügig an, aber uns will er es vorenthalten.« Dalla sagte, er sei eben ein Draufgänger. Ein paar Tage später bat Dalla Kormák, noch einmal nach Reykir zu reiten; »nun wird Skeggi dir das Schwert bestimmt leihen.« Also spricht Kormák wieder bei Skeggi vor und bittet ihn um Sköfnung. »Die Handhabung ist allerdings schwierig«, sagt Skeggi. »Zu diesem Schwert gehört ein Beutel, den darfst du nicht anrühren; und auf die Parierstange darf kein Sonnenlicht fallen; du darfst das Schwert auch nur mitführen, wenn du in den Kampf ziehst, und wenn du am Kampfplatz ankommst, halte etwas Abstand, während du es zückst; halte dann die Klinge vor dein Gesicht und hauche sie an, dann wird eine kleine Schlange unter dem Schwertgriff hervorkommen, sodann neige die Klinge schräg nach unten, und lass die Schlange wieder unter den Griff zurückkriechen.« Kormák sprach: »Ihr Zauberer habt wirklich so manches auf Lager.« Skeggi erwidert: »Aber das hier wird sich auszahlen.« Daraufhin reitet Kormák heim und erzählt seiner Mutter, wie es abgelaufen ist; er sagt, sie könne bei Skeggi offenbar viel ausrichten, und will ihr das Schwert zeigen, doch da lässt es sich nicht aus der Scheide ziehen. Dalla sprach: »Du bist wirklich allzu halsstarrig, mein Sohn.« Nun stellt sich Kormák mit beiden Füßen auf den Griff, und dabei reißt der Beutel ab; Sköfnung stöhnt laut auf, doch er löst sich noch immer nicht aus der Scheide.

Nun kommt der vereinbarte Tag. Kormák reitet mit fünfzehn Männern von zu Hause weg; zugleich zieht Bersi mit ebenso vielen Männern zum Kampfplatz. Kormák und seine Leute sind zuerst da, und Kormák sagt zu Þorgils, er wolle alleine sitzen. Er setzt sich also abseits, nimmt das Schwert ab und bemerkt nicht, dass die Sonne direkt auf die Parierstange scheint, denn er hatte sich das Schwert außen um die Kleider geschnallt. Er will es ziehen, bekommt es aber wieder nicht aus der Scheide, ohne sich auf den Griff zu stellen; nun erschien zwar die Schlange, aber er war nicht so vorgegangen, wie er sollte. Damit brachte das Schwert ihm kein Glück mehr und löste sich laut kreischend aus der Scheide.

10

Nun ging Kormák zurück zu seinen Männern. Inzwischen war auch Bersi eingetroffen und noch viele andere Leute, die den Holmgang sehen wollten. Kormák griff nach Bersis Rundschild und schlug darauf, bis die Funken sprühten. Nun breitet man ein Schafsfell unter ihnen aus. Bersi sprach: »Du, Kormák, hast mich zum Holmgang herausgefordert, ich biete dir dagegen einen Zweikampf an; denn du bist noch jung und hast wenig Erfahrung, und so ein Holmgang hat seine Tücken, ein Zweikampf dagegen ist kinderleicht.« Kormák erwidert: »Du wirst im einfachen Zweikampf auch nicht besser kämpfen; ich will es wagen und dir in jeder Hinsicht gleichgestellt sein.« »Ganz wie du willst«, entgegnet Bersi.

Die Holmgangs-Gesetze schrieben vor, dass das Fell von Ecke zu Ecke fünf Ellen messen und an den Ecken mit Schlaufen versehen sein sollte. Diese waren von Pflöcken gehalten, die oben einen Knauf hatten und »Tjösnur« hießen. Derjenige, der den Kampfplatz vorbereitete, musste auf die Tjösnur zugehen, und zwar so, dass er durch seine Beine hindurch den Himmel sehen und sich gleichzeitig an beide Ohrläppchen fassen konnte, dabei musste er jene Zauberformel sprechen, die man später beim sogenannten »Tjösnur-Opfer« verwendete. Um das Fell herum werden nun drei Felder abgesteckt, je einen Fuß breit, und die Außenkanten dieser Felder werden mit vier Stangen markiert, von der Art, die man »Haselruten« nennt; hat man dies getan, ist der Kampfplatz »eingehaselt«. Jeder bekommt drei Schilde, sind die aber verbraucht, müssen die Kämpfenden wieder auf das Fell zurücktreten, auch wenn sie sich vorher davon entfernt hatten, und sich von da an allein mit ihren Waffen verteidigen. Wer herausgefordert wurde, darf als Erster zuschlagen. Ist einer von beiden verwundet, so dass Blut auf das Fell tropft, ist er nicht zum Weiterkämpfen verpflichtet. Wenn einer mit einem Fuß über das eingehaselte Feld hinaustritt, nennt man das »Ausweichen«, verlässt er es mit beiden Füßen, ist er »davongelaufen«. Jeder der Kämpfer bestimmt einen seiner Männer, der für ihn den Schild hält. Wer von beiden schlimmer verwundet ist, kann dem anderen »Holmlösung« bezahlen; dieses Lösegeld beträgt drei Mark in Silber.

Þorgils hielt den Schild für seinen Bruder, und Þórð Arndísarson für Bersi. Bersi hatte den ersten Hieb und schlug Kormáks Schild entzwei, dieser schlug gleichermaßen auf Bersi ein, und so zerhackte jeder dem anderen nacheinander drei Schilde. Dann war wieder Kormák an der Reihe, er holte nach Bersi aus, der aber zückte Hvíting, und Sköfnung schlug Hvíting vorn an der Zierleiste die Spitze ab; sie flog davon und traf Kormák so an der Hand, dass sie die Kuppe seines Daumens spaltete und Blut auf das Fell tropfte. Nun traten die anderen Männer dazwischen und wollten verhindern, dass die beiden weiterkämpften. Da sprach Kormák: »Es ist kein großartiger Sieg, den Bersi durch meinen kleinen Unfall errungen hat, auch wenn wir jetzt auseinandergehen müssen.« Doch als er zuvor mit Sköfnung zugeschlagen hatte, war die Klinge an Bersis Rundschild abgeprallt und hatte eine Scharte bekommen, dabei hatte sie aus dem Schild »Þórveigs-Geschenk« Funken geschlagen. Nun forderte Bersi seine Holmlösung; Kormák versprach, dass ihm das Geld ausgezahlt würde, und nachdem sie das vereinbart hatten, trennten sie sich.

11

Steinar hieß ein Mann, er war der Sohn des Önund Sjóni und ein Bruder von Kormáks Mutter Dalla; er wohnte auf Hof Elliði und war eine streitsüchtige Natur. Kormák ritt nach dem Holmgang direkt dorthin, um seinen Onkel Steinar aufzusuchen. Er erzählte ihm von seinen Unternehmungen, und Steinar gefiel das alles gar nicht. Kormák sagte, er wolle nun das Land verlassen, »und ich möchte, dass du für mich das Geld an Bersi auszahlst.« Steinar entgegnet: »Besonders heldenhaft bist du ja nicht, aber das Geld soll bezahlt werden, wenn es denn sein muss.« Kormák blieb ein paar Nächte dort; seine Hand war stark angeschwollen, denn er trug keinen Verband um die Wunde.

Nach dieser Begegnung traf sich Bersi mit seinen Brüdern; sie fragten, wie es ihm beim Holmgang ergangen sei, und er berichtete. Sie meinten, da hätten sich wohl zwei tapfere Männer auf höchst unrühmliche Weise geprügelt, und Bersi sei allein durch Kormáks Missgeschick mit dem Sieg davongekommen. Nun trifft Bersi auch Steingerð, und sie fragt ihn, wie es ihm ergangen sei.

Er spricht eine Strophe:

Hald-Ull des Helms muss mir
Holmlösung zahlen, drei Mark,

diesen Baum von Bursch' kann
man beherzt wohl nennen;
Schildsturms Schwert-Antreiber
wird mich nie wieder schinden –
zuletzt behielt ich
die Oberhand.

Hald-Ull (ein Gott) des Helms = Krieger, hier: Kormák; Schildsturm = Schlacht; Schwert-Antreiber der Schlacht = Krieger, hier: Kormák

Nun reiten Steinar und Kormák aus Elliði fort und kommen nach Saurbær; dort kommt ihnen eine Schar Männer entgegengeritten, einer davon ist Bersi. Er spricht Kormák an und fragt, wie es der verwundeten Hand gehe. Kormák antwortet, der gehe es schon viel besser. Bersi sprach: »Willst du, dass ich deine Wunde heile, auch wenn ich sie dir zugefügt habe? Dann werden deine Schmerzen bald aufhören.« Kormák lehnte das ab und sagte, er werde mit ihm zeitlebens verfeindet sein.

Da sprach Bersi eine Strophe:

An unseren Kampf wirst du denken,
du drängtest mich auf den Holm,
gerne ginge ich wieder zum Ger-Thing,
gut gerüstet von diesem;
die Schilde Kormáks schlug
mein Schildlauch entzwei,
auf Schafes Fell wollte Schild-Frey sich
nicht länger schlagen mit mir.

Ger = Speer; Ger-Thing = Schlacht, Zweikampf; Schildlauch = Schwert; Frey (ein Gott) des Schildes = Krieger, hier: Kormák

Damit trennten sie sich. Nun reitet Kormák zurück nach Mel und sucht seine Mutter auf. Sie behandelt seine Wunde, die sah schlimm aus, sie war geschwollen und entzündet. Die Scharte, die Sköfnung abbekommen hatte, versuchten sie auszuwetzen, doch sie wurde immer größer, je mehr man an ihr wetzte. Daraufhin ritt er nach Reykir, warf Skeggi das Schwert Sköfnung vor die Füße und sprach folgende Strophe:

Ich bring' dir die wertlose Waffe,
die mir unwürdige, Skeggi, zurück,
das Schwert schlug Bersi keine Scharte
und schenkte ihm den Sieg;
meine Schuld ist der Ausgang Ger-Tauwetters
nicht – wir kämpften um das Mädchen –,
sondern der stumpfen Schwerter,
die im Streit wir führten.

Ger = Speer; Tauwetter des Speeres = Schlacht, Kampf

Skeggi sprach: »Nun ist es genau so gekommen, wie ich vermutet hatte.« Kormák kehrt um und reitet nach Mel zurück.

Dann spricht er eine Strophe:

Holmgang bot ich dem Höhlenbewohner
um die Haselrute der Arm-Schäre,
versprach mir viel vom Kampf,
wähnte den Sieg mir sicher;
der berühmte Griff-Zierzweig
zerbrach in meinen Händen,
hab' kampfwütig viel verloren
gegen Bersi.

Höhlenbewohner = Bersi (der Name bedeutet »Bär«); Arm-Schäre = Goldschmuck, -ring; Haselrute des Goldschmucks = Frau (hier: Steingerð); Griff-Zierzweig = Schwert

Und als Kormák wieder bei Dalla eintraf, sprach er noch eine Strophe:

Skeggi gab mir zum Töten
eine stumpfe Mordgerte,
wenig biegsam war die Natter

des Bandbaum-Strandes;
am Griff hieb Sköfnung
Hvíting entzwei,
eine Scharte schlug ich
in den Stock der Bänder.

Mordgerte = Schwert; Band = hier: Bänder, um ein Schwert oder Schild zu befestigen; Bandbaum = Schild; Strand des Schildes = Schildrand; Natter des Schildrands = Schwert; Stock der Bänder = Schwert

Und weiter dichtete er:

Schlecht taugte mein Schwert mir
beim Morden, als ich Schilde schlug,
die Klaue des Bären
verließ mich beim Angriff;
als wilder Blutbär
brauste aus seiner Höhle
mitten in Atis Haus,
da klang es entsetzlich.

Klaue des Bären = Schwert; Bär des Blutes = Schwert; Höhle = hier: Schwertscheide; Ati = ein Seekönig; Haus des Seekönigs = Schild

Und dann dichtete er noch dies:

Vormals traf ich die Teure,
mir vertraute, Gefn,
ging nun der Leinenkiefer Gunst
ganz verlustig – seit zwei Tagen schon –;
fürchte, werde freudlos auch den dritten
ohne Frau daheim verbringen;
mir ist an der Ilm der Ärmel
viel gelegen.

Leinenkiefer = Frau, hier: Steingerð; Gefn = Name der Göttin Freyja, hier: Steingerð; Ilm = eine Göttin; Ilm der Ärmel = Frau, hier: Steingerð.

Eines Tages begibt sich Kormák wieder nach Reykir, um mit Skeggi zu reden; Skeggi meint, bei diesem Holmgang sei es wohl recht unehrenhaft zugegangen.

Da spricht Kormák eine Strophe:

Tadele mich nicht, Helm-Frey,
mag ich auch die Todesschlange
– eine Strophe trag' ich vor! –
spät zurückbringen;
denn das Schicksal hat
alle Riesen des Beilsturms
unter des Raubvogels Sitz;
dein Schwert war im Schlachtgetöse.

Frey (ein Gott) des Helms = Krieger, hier: Skeggi; Todesschlange = Skeggis Schwert; Beilsturm = Schlacht; Riesen der Schlacht = Krieger; Sitz des Raubvogels = Arm

Und auch dieses dichtete er:

Ich, Frey des Schildliedes, konnte
Bersi nicht mit dem Schwert,
dem blutigen, auf die Kreuzung
der Blutgassen schlagen;
nicht konnte die Waffe
des Wasserholz-Walters
Feuer-Rans Ehemann beißen –
meine Gedanken kreisen um sie.

Schildlied = Schlacht; Frey (ein Gott) der Schlacht = Krieger, hier: Kormák; Blutgasse = Ader; Kreuzung der Adern = Brust, Herz; Wasserholz-Walter = Kormák; Ran (eine Göttin) des Feuers = Frau, hier: Steingerð; Steingerðs Ehemann = Bersi

12 Im folgenden Winter fanden in Saurbær Wettspiele statt, daran nahmen Bersis Sohn Ásmund und auch die Söhne von Þórð Arndísarson teil, die waren aber jünger und schmächti-

ger als Ásmund. Ásmund konnte seine Kräfte nicht gut im Zaum halten, und Þórðs Söhne kamen oft blau geschlagen und blutend nach Hause. Ihre Mutter Þórdís ärgert das, und sie bittet Þórð, die Sache bei Ásmunds Vater Bersi vorzubringen und von ihm eine Entschädigung zu verlangen. Þórð erklärt, dazu sei er nicht bereit. Darauf sagt sie: »Dann werde ich mich an meinen Bruder Börk wenden, und dann wird die Sache auch nicht besser ausgehen.« Þórð bat sie, das nicht zu tun; »dann will ich doch lieber mit Bersi reden.« Also gibt er ihrer Bitte nach, begibt sich zu Bersi und spricht ihn wegen der Bußzahlung an. Bersi sprach: »Nun bist du aber allzu geldgierig, und ein solches Ansinnen spricht nicht gerade für dich. Es ist ja nicht so, dass dir gleich die Armut droht, solange ich noch genug habe.« Þórð kehrt nach Hause zurück, und den Winter über ging es zwischen den beiden sehr kühl zu. Als der Frühling zu Ende geht und das Þórsnes-Thing herannaht, gelangt Bersi zu dem Schluss, dass es Þórdís war, die Þórð zu dieser Forderung an ihn bewegt hatte.

Nun bereiten sich die Männer auf das Thing vor. Für gewöhnlich ritten Þórð und Bersi gemeinsam zum Thing; Bersi bricht also von zu Hause auf und kommt nach Múli; doch Þórð ist nicht zu Hause. Da spricht Bersi: »Nun hat Þórð also gegen unseren Brauch verstoßen und nicht auf mich gewartet.« Da antwortet Þórdís: »Du hast doch die Freundschaft verletzt, und das hier ist eine kleine Rache, falls nicht noch mehr kommt.« Darüber geraten sie in ein Wortgefecht, und Bersi erwidert, ihre Ratschläge würden noch einmal üble Folgen haben.

Daraufhin reiten sie fort. Bersi sprach: »Wir wollen zum Fjord hinunterreiten und uns dort ein Schiff nehmen; außen herum dauert es viel zu lange.« Sie bekamen ein Schiff, es gehörte Þórð, dann setzen sie ihre Reise fort und kommen zum Thing. Dort waren die meisten anderen bereits eingetroffen, und sie begeben sich zur Thinghütte von Ólaf Pfau aus Hjarðarholt. Bersi war sein Thingmann. In der Hütte war es sehr voll, und Bersi bekam keinen Sitzplatz; sonst saß er gewöhnlich neben Þórð, aber dieser Platz war nun besetzt. Dort saß ein Mann, groß und kräftig, er trug eine Bärenfelljacke und hatte eine Maske vor dem Gesicht.

Bersi stand vor ihm, doch der Mann wich ihm nicht aus. Bersi fragt diesen Mann nach seinem Namen, und man sagt ihm, dass er sich mal Glúm, mal Skúma nenne.

Da sprach Bersi eine Strophe:

Wer sitzt bloß im Bärenfell
auf der Bank der Recken?
Unsere Verwandten im Schafspelz
schmieden wölfische Pläne;
gänzlich gleicht er Steinar,
Glúm oder Skúma wird er genannt,
am Tag darauf, gleich morgen,
treffen wir aufeinander.

»Und es hat auch wenig Sinn, deinen Namen zu verheimlichen, du Mann im Bärenfell«, sagt Bersi. »Du hast recht«, sagt er, »Steinar heiße ich, und ich habe dir in Kormáks Namen noch Geld zu zahlen, wenn es denn sein muss. Davor aber fordere ich dich zum Holmgang, und dann kann es passieren, dass du deine drei Mark gleich zweimal bekommst, oder alles verlierst.«

Darauf spricht Bersi:

Zum Kampfplatz fordert mich keck
der Kämpe des Speersturms,
der Schlachtgewohnte,
das macht mich nicht zittern;
bin zwar alt, doch weiß ich
Hlökks Sturm zu entfachen,
ich fürchte mich nicht
vor den Rossen der Ger-Flut.

Speersturm = Schlacht; Kämpe der Schlacht = Krieger; Hlökk = eine Walküre; Hlökks Sturm = Schlacht; Ger = Speer; Ger-Flut = Blut; Ross des Blutes = Wolf

»Denn es ist offensichtlich, dass ihr, du und deine Leute, mich aus dem Weg schaffen wollt. Und es schadet gar nichts, wenn du weißt, dass auch ich hier ein Wort mitzureden habe; vielleicht wird das deinen Hochmut etwas dämpfen.« Steinar sagt: »Deinen Tod wollen wir nicht, aber wir hätten nichts dagegen, dich einmal in deine Grenzen zu verweisen«. Bersi willigt zum Holmgang ein, dann geht er in eine Nebenhütte und lässt sich dort nieder.

Eines Tages sollten alle zum Schwimmen gehen. Steinar sprach zu Bersi: »Wollen wir nicht ein Wettschwimmen wagen, Bersi?« Dieser antwortete: »Eigentlich habe ich das Schwimmen aufgegeben, aber gut, ich werde dabei sein.« Bersi kämpft sich verbissen durch die Wellen, am Hals trägt er einen heilkräftigen Stein. Da fällt Steinar ihn von hinten an, reißt ihm den Stein mitsamt dem Beutel vom Hals und wirft ihn ins Meer.

Dann spricht er eine Strophe:

Lebte lange,
ließ Götter walten,
trug niemals
Tracht, moosrote,
band niemals Beutel
mit Heilkräutern
mir um den Hals
und leb' noch immer.

Hiernach schwimmen sie an Land. Diese List Steinars ging auf einen Plan von Þórð zurück, um es Bersi beim Holmgang schwerer zu machen. Bei der nächsten Ebbe ging Þórð am Strand entlang, fand den Stein und nahm ihn an sich.

Steinar besaß ein Schwert, das Skrýmir hieß; es setzte nie Rost an und war auch nicht schwierig zu handhaben. Am Tag des Holmgangs traten Þórð und Steinar aus der Thinghütte; und nun erschien auch Kormák auf dem Thing. Ólaf Pfau schließt sich Bersi an und folgt ihm auf den Holm. Bisher hatte Þórð Arndísarson für Bersi den Schild gehalten, diesmal jedoch nicht; Bersi geht dennoch zum Holm, und sein Schildträger wird nicht genannt. Kormák sollte für Steinar den Schild halten. Bersi hatte den Þórveigs-

Schild bei sich; jeder bekam drei Schilde. Zunächst zerschlug Bersi zwei von Steinars Schilden, Kormák hielt den dritten. Bersi holte nach Steinar aus, doch Hvíting blieb im Metallrand von Steinars Schild stecken. Kormák riss den Schild nach oben, und im selben Moment hieb Steinar nach Bersi, das Schwert schlug auf dem Schildrand auf, rutschte aber ab und schnitt in Bersis Hintern, fuhr an seinen Schenkeln entlang bis in die Kniekehlen, so dass es im Knochen stecken blieb und Bersi zu Boden ging. Da rief Steinar: »Nun sind die Schulden für Kormák beglichen!« Darauf sprang Bersi wieder auf, hieb nach Steinar und spaltete seinen Schild, und die Schwertspitze bohrte sich in seine Brust. Þórð sprang herbei und stieß Steinar beiseite, dann sprach er: »Jetzt ist die Misshandlung meiner Söhne vergolten.« Danach trugen sie Bersi zu den Thinghütten und versorgten seine Wunden. Þórð ging ebenfalls zurück, und als Bersi ihn sah, sprach er eine Strophe:

Früher standest du, Schlachten-Njörd,
stets an meiner Seite,
als der Wolf von Odins Türflügeln
heulend die Schilde biss;
es war die Witwe von Jalks Wolken
wenig zuverlässig im Kampf,
wankelmütig bist du,
Mord-Frey der Schilde.

Schlachten-Njörd = Krieger, hier: Þórð; Odins Türflügel = Schild; Wolf von Odins Türflügeln = Schwert; Jalk = ein Name Odins; Odins Wolken = Schilde; Witwe der Schilde = Walküre; Mord-Frey der Schilde = Krieger, hier: Þórð

Und weiter dichtete er:

Den Kiefern des Kampffeuers stand ich
kühn in Hlökks Schneesturm zur Seite,
– so erzählte man sich einst –
damals war ich jung;

jetzt wollen mich meine Leute
im Lehm verscharren – ich sag wie es ist! –
Grabt mir mein Grab in Saurbærs
Gefilden, den flachen.

Kampffeuer = Schlacht; Kiefern der Schlacht = Krieger; Hlökk = eine Walküre; Hlökks Schneesturm = Kampf, Schlacht

Þórð sprach: »Für diesmal gönnen wir dir die Schmach, wenn du schon nicht tot bist.«

Da sprach Bersi eine Strophe:

Männer mich hintergingen,
meines Blutes, auf diesem Thing,
– nicht verhehlen will ich's –
die Hoffnung auf Freude versiegt;
treue Freunde zu finden
fällt schwer – der Rabe labte sich
an Leichen – nicht fürchte ich
den Schrecken der Recken.

Danach wurde Bersi zurück nach Saurbær gebracht, und dort lag er noch lange schwer verwundet.

Nun ist wieder von Kormák und Steinar zu erzählen, und während man Bersi zu den Hütten zurückbrachte, sprach Steinar zu Kormák:

Vier Schartenschläger der Folk-Syr-Türen
ließ flink ich treffen, und acht dazu,
auf Skrýmirs blanke Klinge,
hast du es erfahren?
Zuletzt schlug der Schenker
von Odins Strom
Bersi mit dem Blitz
des Wundbienenschweißes.

Folk-Syr = eine Walküre; Türen der Walküre = Schilde; Schartenschläger der Schilde = Krieger; Skrýmir = Steinars Schwert; Odins

Strom = Met der Dichter und Skalden; Schenker des Dichtermets = Skalde, hier: Steinar; Wundbiene = Pfeil; Wundbienenschweiß = Blut; Blitz des Blutes = Schwert

Steinar fuhr fort: »Ich will, Kormák, dass Skrýmir ab jetzt dir gehört, denn dies hier wird mein letzter Holmgang gewesen sein.« Damit gingen die Freunde auseinander. Steinar ritt nach Hause, und Kormák kehrte nach Mel zurück.

13

Nun ist wieder von Bersi zu erzählen; seine Wunden heilten nur langsam. Eines Tages waren viele Männer bei ihm zusammengekommen, und man unterhielt sich über den Kampf und wie er abgelaufen war.

Da sprach Bersi eine Strophe:

Der allstarke Ygg des Schlangenbettes
ließ nur mich die Natternzähne spüren,
andere verschonte er,
– meine Not macht mich dichten –;
dies ist der Kampfschlangen Los,
manchen erzürnte Geringeres!
Unsere Freundschaft, Þórð,
ist nun am Ende.

Schlangenbett = Gold; Ygg (ein Beiname Odins) des Goldes = Krieger; Nattern(-zähne) = hier: Schwerter; Kampfschlangen = Krieger

Daraufhin trat Þórð an Bersis Lager und übergab ihm den heilenden Stein, und dann heilte er Bersis Wunden; so hatten sie ihre Freundschaft erneuert, und dabei blieben sie auch weiterhin.

Nach diesen Vorfällen entwickelt Steingerð eine Abneigung gegen Bersi und beschließt, sich von ihm zu trennen. Als sie zur Abreise fertig ist, geht sie zu Bersi hinüber und spricht: »Früher nannte man dich Eyglu-Bersi, danach Holmgang-Bersi, und jetzt bist du wohl der Arsch-Bersi«, und damit verlässt sie ihn. Steingerð zieht nach Norden zu ihren Verwandten, trifft dort ihren

Bruder Þorkell und bittet ihn, ihr Geld von Bersi zurückzufordern, die Brautgabe wie auch die Mitgift, denn mit einem Krüppel wie Bersi wolle sie nicht länger verheiratet sein. Þorkell verübelt ihr das nicht und verspricht, sich darum zu kümmern. Doch dann kam der Winter, und Þorkells Abreise verzögerte sich.

14 Im darauffolgenden Frühjahr macht sich Þorkell Zahnknirscher zu Holmgang-Bersi auf, um Steingerðs Vermögen zurückzufordern. Bersi sagt, sein Schicksal sei bitter genug, auch wenn beide Seiten schwer daran zu tragen hätten, »aber das Geld werde ich nicht herausgeben.« Þorkell erwiderte: »Dann fordere ich dich auf Orrostuhólm bei Tjaldanes zum Holmgang.« Darauf sagt Bersi: »Das wird ein Kinderspiel für einen so erfahrenen Kämpfer wie dich, aber ich verspreche dir, zu kommen.« Sie erschienen am Kampfplatz und eröffneten den Holmgang; Þórð Arndísarson hielt den Schild für Bersi, und Váli für Þorkell. Als zwei von Þorkells Schilden zerschlagen waren, forderte Bersi ihn auf, den dritten zu nehmen, doch Þorkell wollte das nicht. Bersi hatte noch seinen Schild und ein Schwert, das war lang und scharf. Þorkell sprach: »Das Schwert, das du da hast, Bersi, ist länger, als es die Holmgang-Gesetze erlauben.« »Das wollen wir doch nicht hoffen«, entgegnet Bersi, ergreift Hvíting mit beiden Händen und versetzt Þorkell den tödlichen Hieb.

Dann sprach er:

Auch ich zeigte nun Zähne, erschlug
den Zahnknirscher: das macht einunddreißig!
Mögen die Männer den Mord
weithin vermelden, den ich beging;
umso besser wird dem Ull des Ruderbank-Rosses
die Anderwelt – trotz des Alters –
je öfter er dem Schwan des Schweißgrundes
schenkt ein blutiges Antlitz.

Zahnknirscher = Þorkell; Ross der Ruderbänke = Schiff; Ull des Schiffs = Seefahrer, hier: Bersi; Schweißgrund = menschlicher Körper; Schwan des Körpers = ein Aasvogel (Rabe oder Adler); blutiges Antlitz = Bersi verschafft mit seinen Totschlägen den Aasvögeln Nahrung

Váli forderte daraufhin Bersi zum Holmgang, und Bersi sprach eine Strophe:

Die Herausforderer des Hakenspeer-Sturms,
holten mich erneut
– das macht mich nicht zittern –
zum Holmgang;
Freude macht es den Frechen,
den Freund des Kampfes zu reizen
– das macht mich nicht zittern –
zum Sturm der Hlökk.

Hakenspeer-Sturm = Schlacht; Herausforderer der Schlacht = Krieger; Freund des Kampfes = Krieger, hier: Bersi; Hlökk = eine Walküre; Sturm der Hlökk = Schlacht, hier: Holmgang

Als der Kampf beginnen sollte, erschien Þórð und sagte zu Bersi und Váli: »Viele halten es für ein großes Unglück, wenn sich starke und tapfere Männer wegen Nichtigkeiten umbringen; deshalb biete ich mich an, zwischen euch zu vermitteln.« Sie willigten ein. Þórð sprach: »Váli, das günstigste Friedensangebot wäre doch, wenn Bersi deine Schwester Þórdís zur Frau bekäme; auch für dich kann das nur Ehre bedeuten.« Bersi war einverstanden. Þórdís sollte den Hof Brekkuland als Mitgift bekommen, und daraufhin wurde diese Verschwägerung vollzogen. Danach ließ Bersi einen Schutzwall um sein Anwesen ziehen und lebte dort noch viele Jahre in Ruhe und Frieden.

15 Ein Mann hieß Þórarinn, er war ein Sohn des Álf und wohnte im Norden in Þambárdal, einem Tal in der Nähe des Bitrufjord. Er war ein großer und kräftiger Mann, und man nannte ihn Þórarinn den Starken; lange war er als Kaufmann zur

See gefahren und dabei so erfolgreich gewesen, dass er jeden Hafen anlaufen konnte, den er wollte.

Er hatte drei Söhne, einer hieß Álf, der zweite Loft, und der dritte Skofti. Þórarinn war ein großer Unruhestifter; seine Söhne schlugen ihm nach und waren ebenfalls streitsüchtige Kerle.

Ein Mann namens Odd wohnte auf Tunga, das liegt am Bitrufjord. Seine Tochter hieß Steinvör, ein schönes und wohlgeratenes Mädchen, das man die Schlankbeinige nannte. Bei Odd hielten sich immer viele Fischer auf. Einer von ihnen hieß Glúm. Er kam zur Fangzeit dorthin und war ein unangenehmer und lästiger Mensch.

Eines Tages unterhielten sich Odd und Glúm darüber, welche wohl die mächtigsten Männer in der Gegend wären. Glúm hielt Þórarinn für den Größten, doch Odd fand, Holmgang-Bersi sei ihm in jeder Hinsicht überlegen. Glúm fragte: »Wie kommst du darauf?« Odd entgegnete: »Lässt sich das überhaupt vergleichen – Bersis Heldenmut und Þórarinns Gaunereien?« Sie erörterten diese Frage so lange, bis sie darüber wütend wurden und eine Wette abschlossen. Da geht Glúm zu Þórarinn und erzählt ihm alles; dieser wird sehr zornig und spricht Drohungen gegen Odd aus. Dann reitet Þórarinn nach Tunga und nimmt Steinvör gegen den Willen ihres Vaters mit; und falls Odd wirklich etwas dagegen habe, sagt er, werde ihm das nicht gut bekommen. Dann bringt er sie nach Þambárdal, und so bleibt es für eine Weile.

Darauf kommt Odd zu Holmgang-Bersi, berichtet ihm von den Vorfällen und bittet ihn um seine Unterstützung, Steinvör zurückzuholen und diese Schmach zu rächen. Bersi sagt, dieses Gespräch bräuchten sie nicht weiterzuführen, Odd solle nach Hause gehen und sich um nichts weiter kümmern, »aber du sollst meine Hilfe haben.« Sobald Odd weg ist, macht Bersi sich zum Aufbruch fertig und reitet vollbewaffnet, mit Hvíting am Gürtel und drei Speeren, von dort los.

Am späten Abend gelangt er nach Þambárdal, dort kommen die Frauen gerade aus den Frauengemächern. Steinvör erblickt Bersi, läuft auf ihn zu und berichtet ihm von ihrer Not. »Mach dich fertig und komm mit mir«, sagt er, und das tut sie. Nun erklärt Bersi, er wolle nicht umsonst nach Þambárdal gekommen sein, und geht zu einer Tür, hinter der Männer an den Langfeuern sitzen. Er klopft an, und da tritt ein Mann heraus, der sich Þorleif nennt. Þórarinn erkennt Bersi an der Stimme, läuft mit einem großen Schnitzmesser auf ihn zu und stößt nach ihm. Dies sieht Bersi, zückt Hvíting und versetzt ihm sofort einen tödlichen Hieb. Daraufhin springt Bersi auf sein Pferd, nimmt Steinvör vor sich, packt seine Speere, die Steinvör in der Zwischenzeit gehalten hatte, und reitet in einen Wald. In einem Versteck lässt er sein Pferd zurück und bittet Steinvör, dort auf ihn zu warten. Dann begibt er sich zu einer steilen Anhöhe, über die der allgemeine Weg führt, und macht sich dort bereit.

Doch auch in Þambárdal bleibt es nicht friedlich. Þorleif läuft zu den Söhnen von Þórarinn und teilt ihnen mit, dass ihr Vater tot im Eingang liege; sie wollen wissen, wer das getan habe, und er sagt es ihnen. Danach ritten sie hinter Bersi her, nahmen den kürzesten Weg, um die Anhöhe noch vor Bersi zu erreichen, doch der ist bereits da. Als sie heranritten, warf Bersi einen Speer nach Álf und durchbohrte ihn, da griff Loft Bersi an, dieser parierte mit seinem Rundschild, und der Speer glitt ab. Schließlich tötete Bersi zuerst Loft und dann Skofti. Zu diesem Zeitpunkt kamen auch die Hausgenossen der Brüder an, Þorleif zog sich zu ihnen zurück, und dann ritten sie alle zusammen nach Hause.

16 Nun geht Bersi ins Versteck zu Steinvör zurück, steigt auf sein Pferd und kommt zu Hause an, bevor die anderen aufgestanden sind. Man fragt ihn, wie es ihm ergangen sei, und er berichtet. Als Bersi auf Þórð trifft, fragt der, wie der Kampf ausgegangen sei.

Da spricht Bersi eine Strophe:

Einen Fütterer der Wölfe erwartete
der Tod im Þambárdal:
Þórarinn fiel als Erster
durch den Vergeuder der Strophen;

Leute ließen ihr Leben,
Loft, Álf und Skofti,
Vater und Söhne, vier insgesamt,
fielen dem Tod anheim; ich tat's allein.

Fütterer der Wölfe = Krieger; Vergeuder der Strophen = Skalde, hier: Bersi

Darauf reitet Odd nach Hause, während Steinvör bei Bersi bleibt, was seiner Frau Þórdís gar nicht gefällt. Bersis Schutzwall war inzwischen ziemlich ramponiert, doch nun ließ er die Schäden ausbessern. Und es heißt, dass für die getöteten Männer niemals Buße gezahlt wurde. So verging die Zeit.

Eines Tages sprachen Þórdís und Bersi miteinander, und Bersi sagte zu ihr: »Ich überlege, ob ich Ólaf Höskuldsson Pfau anbieten soll, eines seiner Kinder aufzuziehen.« Sie antwortet: »Davon halte ich nicht viel, denn so etwas bringt nur Scherereien, und ich bezweifle, dass es unser Ansehen vermehren wird.« »Es bringt aber auch Schutz und Sicherheit«, entgegnet Bersi, »denn ich habe nicht wenige Feinde und komme auch allmählich in die Jahre.« Nun begibt er sich zu Ólaf und bietet ihm diese Pflegschaft an, was Ólaf dankbar annimmt. Bersi nimmt Halldór als Ziehsohn mit nach Hause und gibt ihn in Steinvörs Obhut. Das wiederum missfiel Þórdís, und sie ließ das Geld für den Ziehsohn verschwinden. Von nun an alterte Bersi zusehends.

Eines Tages waren die Thingmänner bei Bersi zusammengekommen; er saß für sich alleine, und sein Essen wurde früher gebracht als das der anderen. Bersi bekam Hafergrütze, die anderen Männer dagegen Käse und Skyr.

Da sprach Bersi eine Strophe:

Versorgte den Vogel,
– verstand mich aufs Morden –
die schwarzgefiederte Wundsee-Möwe
mit bald drei Dutzend Leichen;
wenn ich Schwertes Schneide,
die scharfe, nicht mehr röten kann,

mögen Trolle mich holen,
Männer mich sofort zum Hügel tragen.

Wundsee = Blut; Möwe des Blutes = Rabe; zum Hügel tragen = bestatten

Halldór sprach: »Du willst also immer noch jemanden töten.« Bersi antwortet: »Ich wüsste einen Mann, der es verdient hätte.«

Þórdís erlaubte ihrem Bruder Váli, die Weiden um Brekkuland zu nutzen. Bersi wies seine Hausknechte an, zu Hause zu arbeiten und sich mit Váli möglichst wenig abzugeben. Halldór aber ärgerte es, dass Bersi nicht Herr seiner eigenen Viehhaltung war.

Daraufhin sprach Bersi eine Strophe:

Wir sind beide
ans Bett gefesselt,
Halldór und ich,
haben keine Kraft:
Das Alter verursacht's mir,
deine Jugend dir,
besser wird's für dich,
aber nicht für mich.

Halldór sprach: »Dieser Váli behagt mir gar nicht.«

Da sprach Bersi noch eine Strophe:

Weiß, dass dreist nun Váli
unsere Weiden nutzt,
lieber noch träte der Lanzenträger,
der Lump, uns mit Füßen;
oft erzürnte mich Geringeres,
rächte mich an Wogensonnenbäumen,
und rötete an Brünnenträgern
die Schlange der Wunden.

Lanzenträger = Krieger, hier: Váli; Wogensonne = Gold; Gold-Bäume = Männer, Krieger; Brünnenträger = Männer, Krieger; Schlange der Wunden = Schwert

Und noch einmal dichtete er:

Der Ull der Unterarmsteine
wurde alt und grau,
muss von Ger-Saumes Gauten
große Schmach nun dulden;
auch wenn Schildbäume den Skalden
ins kalte Grab lieber brächten,
eher rötete ich auf dem Holm
Schwerter, als mich zu fürchten.

Ull = ein Gott; Unterarmsteine = Ringe, Armreifen; Ull der Ringe = Mann, hier: Bersi; Ger = Speer; Ger-Saum = Schild; Schild des Gauten = Krieger; Schildbäume = Krieger; den Skalden = Bersi meint sich selbst

Halldór sprach: »Aber dein Geist ist nach wie vor jung, Ziehvater.« Nun sprach Bersi mit Steinvör und sagte: »Wir haben einen Plan, und dazu brauchen wir deine Hilfe.« Sie sagte, sie halte es für ihre Pflicht, zu helfen, so gut sie könne. »Du sollst mit Þórdís über einen Milchkessel Streit anfangen und mit ihr so lange rangeln, bis die ganze Milch verschüttet ist; dann werde ich hinzukommen und mich sofort auf ihre Seite stellen, du aber läufst zu Váli, um ihm von dieser Ungerechtigkeit zu berichten.« Dies verlief nun alles genau nach Bersis Plan. Steinvör kam zu Váli und beklagte sich, sie habe es dort im Haus nicht leicht; dann bat sie ihn, sie über die Anhöhe zu begleiten, und er willigte ein. Doch als Váli auf dem Rückweg war, kamen ihm plötzlich Bersi und Halldór entgegen, Bersi mit einem Hauspieß in der einen Hand und einem Stock in der anderen. Halldór trug Hvíting. Als Váli dies sieht, läuft er auf sie zu und schlägt auf Bersi ein. Halldór gelangt in Vális Rücken und schlägt ihm mit Hvíting in die Fersen. Da schnellt Váli herum und will sich auf Halldór stürzen; doch Bersi stößt ihm den Spieß zwischen die Schulterblätter und versetzt ihm so die Todeswunde. Nun lehnen sie seinen Schild an seine Füße, legen das Schwert neben sein Haupt und decken ihn mit seinem Fellumhang zu. Danach besteigen sie ihre Pferde und reiten auf fünf Gehöfte, um dort den Totschlag als ihre Tat bekanntzumachen, dann reiten sie nach Hause. Nun begeben sich Männer dorthin, um die Leiche zu versorgen, und diesen Ort, an dem Váli getötet wurde, nennt man seither Válafall.

Als sich dies ereignete, war Halldór zwölf Winter alt.

17 Þorvald hieß ein Mann, der war ein Sohn des Eysteinn und wurde Þorvald Tinteinn, also »Zinnstab«, genannt. Er war wohlhabend und ein geschickter Handwerker, auch ein Skalde, doch kein sonderlich mutiger Mensch. Sein Bruder hieß Þorvarð und wohnte im Norden auf Fljót. Sie gehörten zu den Skíðingar, einer Familie, die zwar groß war, doch wenig Glück hatte.

Þorvald Zinnstab hielt um Steingerðs Hand an; auf den Rat ihrer Verwandtschaft wurde sie ihm vermählt, und auch sie selbst hatte nichts dagegen. Das geschah noch im gleichen Sommer, in dem Steingerð Bersi verließ. Dies kommt Kormák zu Ohren, doch er tut, als wisse er von nichts. Kurz zuvor hatte Kormák sein Gepäck auf ein Schiff gebracht, denn er hatte vor, mit seinem Bruder ins Ausland zu fahren.

Eines frühen Morgens reitet Kormák von der Anlegestelle los und sucht Steingerð auf, um mit ihr zu reden; und dabei bittet er sie, ihm ein Hemd zu nähen. Sie aber erklärt seinen Besuch für überflüssig und sagt, Þorvald werde so etwas nicht ungerächt hinnehmen, und seine Verwandten ebenso wenig.

Kormák spricht eine Strophe:

Kann nicht glauben,
Goldborten-Kiefer,
dass dem Kesselflicker
man dich vermählte;
kaum ein Lächeln auf die Lippen,
liebste Seiden-Nanna, bekam ich,
seit dein Vater dich dem Feigling
zur Frau gab.

Kiefer der Goldborte = Frau, hier: Steingerð; Kesselflicker = Þorvald (Anspielung auf seinen Beinamen Zinnstab); Nanna (eine Göttin) der Seide = Frau, hier: Steingerð

Steingerð sprach: »Die Feindschaft, die in diesen Worten liegt, ist offensichtlich; ich werde Þorvald von dieser Verleumdung erzählen, denn so etwas darf niemand auf sich sitzen lassen.«

Doch Kormák sprach noch einmal:

Kein Grund, mir mit dem Zorn,
weiße Hlin des Kopfschmucks,
der Skíðingar zu drohen,
weiß mich selbst zu behaupten;
nun werd' ich Natternwinds Njot
erniedrigen, bis Steine schwimmen,
werd' Eysteinns Söhnen Übles
immerdar bewirken.

Hlin (eine Göttin) des Kopfschmucks = Frau, hier: Steingerð; Skíðingar = Þorvald und sein Bruder Þorvarð; Nattern = Schwerter; Schwerter des Winds = Schlacht, Kampf; Njot = ein Name Odins; Njot des Kampfes = Krieger, Mann, hier: Þorvald; Eysteinns Söhne = Þorvald und sein Bruder Þorvarð

Danach trennten sie sich ohne ein freundliches Wort, und Kormák ritt zurück zum Schiff.

18 Als die Brüder aus dem Hafen segelten, tauchte neben dem Schiff ein Zahnwal auf. Kormák warf seinen Wurfspieß nach ihm, traf ihn, und der Wal versank im Meer. Die Männer glaubten, in seinen Augen die Augen der Zauberin Þórveig erkannt zu haben. Dieser Wal tauchte später nie wieder auf, doch von Þórveig erzählte man sich, dass sie schwer verwundet danieder lag, und es hieß, sie sei an ihren Wunden gestorben.

Daraufhin segelten sie aufs Meer hinaus und erreichten die Küste Norwegens. Zu jener Zeit herrschte Hákon Aðalsteinsfóstri über Norwegen. Die Brüder traten sogleich vor den König; dieser nahm sie freundlich auf, und sie blieben den Winter über am Hof und waren dort angesehene Gäste. Im folgenden Sommer gehen sie auf Heerfahrt und vollbringen dabei so manche Großtat. Einer ihrer Gefährten hieß Sigurð, der war ein Deutscher und von edler Abkunft. Sie fielen über sämtliche Landstriche her. Eines Tages, als die Brüder gerade an Land gegangen waren, stellten sich ihnen elf Männer in den Weg und griffen sie an, und schließlich endete es damit, dass die Brüder zu zweit die elf anderen besiegten. Danach gingen sie zu den Schiffen zurück. Die anderen Wikinger hatten die beiden schon verloren geglaubt und freuten sich sehr, als sie sie mit Sieg und Beute zurückkommen sahen. Auf dieser Fahrt erlangten die Brüder großen Ruhm.

Nun verging der Sommer, und der Winter stand bevor. Sie segelten wieder in Richtung Norwegen, dabei gerieten sie in kaltes Wetter, und das Segel überzog sich mit Reif; doch die Brüder setzen sich immer mutig der Gefahr aus.

Da sprach Kormák eine Strophe:

Skarði, wir müssen rasch den Reif
rütteln von Segel und Zelt,
der Skalde bibbert im Bette,
die Berge tragen Fjordes Helm;
frühen Tod wünsch ich dem Tropf,
möge er selbst nicht wärmer liegen,
auch wenn er sich träge räkelt
bei lichter Gna des Drachenbetts.

Skarði = Beiname von Kormáks Bruder (in Kap. 27 gründen die Brüder die nach ihm benannte Festung Skarðaborg); Skalde = Kormák selbst; Fjord = hier: Wasser; Helm des Fjordes = Eis; Drachenbett = Gold; Gna (eine Göttin) des Goldes = Frau, hier: Steingerð

Þorgils sprach: »Du redest immerzu über sie, aber damals, als sich die Gelegenheit bot, wolltest du sie nicht haben.« Kormák sagt: »Das lag eher am Fluch böser Wesen als an meinen Launen.«

Nun umsegelten sie knapp einige Klippen und holten unter

großer Gefahr die Segel ein. Kormák sprach: »Jetzt wäre es gut, Þorvald Zinnstab bei uns zu haben.« Þorgils sagt lächelnd: »Der hat es im Moment wahrscheinlich besser als wir.« »Das sollte aber nicht sein«, antwortet Kormák. Kurze Zeit später gelangten sie nach Norwegen.

19

Während ihrer Abwesenheit hatte dort ein Herrscherwechsel stattgefunden. König Hákon war gestorben, und Harald Graumantel hatte seinen Platz eingenommen. Sie boten dem König ihre Freundschaft an, und dieser ging gerne darauf ein. Nun segelten sie mit dem König nach Irland und kämpften dort mit ihm in mehreren Schlachten. Eines Tages, als sie mit dem König an Land gingen, kam ihnen eine große Schar Männer entgegen, und als die beiden Heere aufeinandertrafen, sprach Kormák diese Strophe:

Ich fürchte, Skarði, nicht den Tod,
auch wenn Schild auf Schild wird treffen,
Kormák, Ruhmesmehrer, gab dem König
zur Klage keinen Grund;
stets schweift mein Sinnen zu
der Schären-Erde Baum im Norden,
Þorkells Tochter: die Sehnsucht,
Bruder, macht mir Kummer.

Ruhmesmehrer = jemand, der von den ruhmreichen Taten anderer berichtet, Skalde, hier: Kormák; Schären-Erde = Wasser, Meer; des Wassers Baum = Frau, hier: Steingerð

Þorgils sprach: »Du kannst wohl noch nicht einmal in Gefahr geraten, ohne dass dir gleich Steingerð in den Sinn kommt.« Kormák erwiderte: »Ich kann es einfach nicht vergessen.« Es war eine große Schlacht; König Harald errang einen glanzvollen Sieg, und seine Männer schlugen den Feind in die Flucht.

Die Brüder kämpften Seite an Seite; da wurden sie von neun Männern angegriffen, gegen die kämpften sie eine Weile.

Kormák sprach eine Strophe:

Bald müssen wir, treuer Beiltreiber,
neun Bösen nach dem Leben trachten,
Skarði, nur wir allein werden
ihnen den Tod bringen;
während gertenschlanke Goldfaden-Njörun
mit gottverdammtem Feigling daheim
ihr prächtiges Lager teilt
– auch wenn sie mich liebt.

Beiltreiber = Krieger, hier: Kormáks Bruder; Skarði = Beiname von Kormáks Bruder; Njörun (= eine Göttin) des Goldfadens = Frau, hier: Steingerð

Darauf sprach Þorgils: »Du kommst doch immer wieder zum selben Schluss.« Ihr Kampf endete damit, dass die Brüder den Sieg davontrugen und die anderen neun fielen; das brachte ihnen beim König große Anerkennung ein und verschaffte ihnen auch sonst Ruhm und Ehre.

Die Brüder waren nun ständig mit dem König auf Heerfahrt. Eines Tages fiel Þorgils auf, dass Kormák sehr wenig schlief, und er fragte, woran das läge.

Da sprach Kormák diese Strophe:

Brandung braust um steile Klippen
an Blaulands Strand in Hakis Reich,
alles Rauschen des Inselbandes
im Ozean verstummt;
weit weniger Schlaf find ich als du,
Wellenglanz-Hild verdank ich es,
Halsband-Gefn vermisst mein Herz,
wenn am Morgen ich erwache.

Blauland = Meer; Haki = ein Seekönig; Hakis Reich = Meer; Inselband = »was Inseln umschließt« = das Meer; Wellenglanz = Gold, Hild (eine Walküre) des Goldes = Frau, hier: Steingerð; Gefn = Name der Göttin Freyja; Halsband-Gefn = Frau, hier: Steingerð.

»Und nun kann ich es dir auch sagen, Bruder: dass ich nämlich hiermit meine Rückfahrt nach Island bekannt gebe.« Þorgils erwiderte: »Dort sind dir aber viele Steine in den Weg gelegt, Bruder, und ich weiß nicht, wie das enden wird.« Als der König von Kormáks Reiseplänen erfährt, lässt er ihn zu sich rufen, er nennt sein Vorhaben unklug und will ihm die Reise ausreden; doch er konnte bei ihm nichts ausrichten, und Kormák bestieg sein Schiff. Beim Auslaufen gerieten sie in schweres Wetter und haushohe Wogen, und die Segelstange brach entzwei.

Da sprach Kormák eine Strophe:

Für solch Tumult nicht taugt
Tinteinn – scheut das Wagnis!
Bricht dem der Knecht die Karre,
kläglich er schon schreit;
der Segelstange Schaden hab'
im Solund-Sund behoben,
Die Stachelregen-Stangen
sollen es erfahren.

Stachelregen = Schlacht; Schlacht-Stangen = Krieger

Nun segelten sie aufs offene Meer hinaus und kämpften sich durch Wind und Wetter, und einmal schlug eine riesige Woge über das Schiff, die die Männer vollkommen durchnässte.

Da sprach Kormák eine Strophe:

Der mit Zähnen Zinn behaut, der feige,
zu zahm zur Seefahrt, kennt solchen
Harm nicht aus erster Hand,
– Halsband-Ilm versagt mir Glück! –
Während der Wogen Gipfelglanz
glühend uns entgegenbrennt
und Wellen uns umtosen,
teilt er mit ihr sein Lager.

Der mit Zähnen Zinn behaut = Anspielung auf den Beinamen »Zinnstab«; Ilm = eine Göttin; Halsband-Ilm = Frau, hier: Steingerð; Gipfelglanz der Wogen = Wellenberge, die im Sonnenlicht glänzen

Sie segeln durch schwere See, doch schließlich erreichen sie Island und nähern sich dem Miðfjord. Nahe der Küste werfen sie den Anker, da sehen sie an Land eine Frau entlangreiten. Kormák erkennt Steingerð, er lässt ein Boot hinab und rudert an Land, dort steigt er eilig aus dem Boot, nimmt sich ein Pferd und reitet Steingerð entgegen. Als sie aufeinandertreffen, springt Kormák aus dem Sattel, hilft ihr von ihrem Pferd und setzt sie neben sich. Ihre Pferde grasen etwas abseits, und so vergeht der Tag, bis die Dämmerung hereinbricht. Da spricht Steingerð: »Es wird Zeit, das wir unsere Pferde suchen gehen.« Kormák sagt, das werde gewiss nicht lange dauern. Er sieht sich um, kann die Pferde aber nirgends entdecken, denn diese trieben sich in einem Bachbett herum, nicht weit von dort, wo die beiden saßen. Nun war es fast Nacht, also gingen sie zu Fuß los und kamen zu einem kleinen Hof; dort nahm man sie auf und bewirtete sie mit allem, was sie brauchten. In der Nacht waren ihre Schlaflager durch ein Wandbrett voneinander getrennt, und Kormák sprach eine Strophe:

Hier ruhen wir, Handfeuers Hlin,
hinter der Wand du verschwindest,
schlimmes Schicksal uns
Schonung nicht gewährt;
wann werden wir je
uns warmes Lager teilen,
kostbare Feuerwogen-Freyja
und Schwertes Baum?

Handfeuer = Gold, Goldring; Gold der Hlin (eine Göttin) = Frau, hier: Steingerð; Feuerwoge = Gold; Freyja der Feuerwogen = Frau, hier: Steingerð; Baum des Schwertes = Krieger, hier: Kormák

Steingerð sagte, es sei wohl besser, wenn sie sich nicht wiedersehen würden.

Da sprach Kormák noch eine Strophe:

Fjordfeuers Freyja, wir lagen
fünf bittere lange Nächte
– Hnoss des Horntaus, höre! –
im selben Haus zusammen;
grübelnd ich dort ruhte,
beraubt deiner Umarmung,
zur Rabenstund' im Schiff
von Feuerkessels Giebeln.

Fjordfeuer = Gold; Gold-Freyja = Frau, hier: Steingerð; Horntau = Bier; Hnoss (eine Göttin, Tochter der Freyja) des Biers = Frau, hier: Steingerð; Rabenstunde = Nacht; Feuerkessel = Feuerstelle im Haus; Giebel der Feuerstelle = Haus; Schiff des Hauses = Bett

Da sprach Steingerð: »Das ist vorbei, sprich nicht mehr davon.«
Kormák antwortete:

Eher werden Steine schwimmen
wie die Saaten auf dem Wasser,
und das Land im Meer versinken,
– noch bin ich der Teuren unlieb! –
eher kippten schroffe Klippen
krachend in die tiefen Meere,
als dass Goldes Gerte, gleichend
meiner Gerð, geboren würde.

Goldes Gerte = Frau, Mädchen; Gerð = Steingerð

Steingerð sagte, seinen Spott könne sie nicht brauchen.
Kormák sprach:

Schon lange trittst du mir
im Traum vor Augen,
– doch leicht, Halsschmuck-Gefn,
das Trugbild täuscht!

Dass deine Schulterzweige,
Pracht-Frigg, träumte ich,
meine Falkenhügel
fest umschlössen.

Gefn (Name der Göttin Freyja) des Halsschmucks = Frau, hier: Steingerð; Schulterzweige = Arme; Frigg = eine Göttin; Pracht-Frigg = Frau, hier: Steingerð; Falkenhügel = Schultern (dort, wo sich der Falke bei der Jagd niederlässt)

Steingerð sagt: »Dazu wird es niemals kommen, solange ich etwas zu sagen habe; denn so, wie du die Sache beendet hast, brauchst du nun auf gar nichts mehr zu hoffen.« Und dann schlafen sie für den Rest der Nacht. Am nächsten Morgen macht sich Kormák zum Aufbruch fertig, geht zu Steingerð, zieht einen Ring von seinem Finger und will ihn ihr geben. Sie rief: »Die Trolle sollen dich ein für alle Mal holen, und dein Gold dazu!«

Darauf sprach Kormák eine Strophe:

Tiegelfeuer der Teuren bot
am Tag ich, dem finstren,
Gunst, auf die ich hoffte
heute mir versagt war;
Glanz-Njörun, die grazile,
wünscht das Gold zum Teufel,
und mich dazu – des Reichtums
Fulla will den Ring nicht.

Tiegelfeuer = Gold; Njörun (eine Göttin) des Glanzes = Frau, hier: Steingerð; Fulla (eine Göttin) des Reichtums = Frau, hier: Steingerð

Kormák reitet vom Hof, ziemlich verärgert über Steingerð, und erst recht über Zinnstab. Er kehrt nach Mel zurück, bleibt dort über den Winter und beschafft seinen Kaufleuten in der Nähe des Schiffes eine Unterkunft.

20 Þorvald Zinnstab wohnte in Svínadal und sein Bruder Þorvarð in Fljót. In diesem Winter ritt Kormák nach Svínadal, um Steingerð zu sehen, und als er dort ankam, stieg er ab und betrat die Wohnstube. Steingerð saß auf der Querbank, und Kormák setzte sich zu ihr, ihnen gegenüber sitzt Þorvald, und neben ihm Narfi. Dieser sprach zu Þorvald: »Hast du denn nicht zu bestimmen, wo Kormák sitzen darf? So etwas kannst du dir doch nicht gefallen lassen.« Þorvald erwiderte: »Damit kann ich mich schon abfinden, es spricht nichts dagegen, dass die beiden miteinander reden.« Narfi sagt: »Dann steht es schlecht.«

Kurz darauf treffen sich die Brüder Þorvald und Þorvarð, und Þorvald erzählt seinem Bruder von Kormáks Besuchen. Þorvarð fragt ihn: »Hältst du so etwas für angemessen?« Er erwidert, bis jetzt habe es zwar noch keinen großen Schaden angerichtet, aber besonders gern sähe er Kormáks Besuche nicht. Darauf sagt Þorvarð: »Wenn du selbst nicht den Mumm dazu hast, werde ich mich darum kümmern, denn das hier ist eine Schande für uns alle.«

Als Þorvarð das nächste Mal nach Svínadal kam, gaben die Brüder zusammen mit Narfi einem Landstreicher Geld, damit dieser eine Strophe aufsagte, so dass Steingerð es hörte, und dann behaupten sollte, Kormák hätte sie gedichtet, was aber nicht stimmte. Sie sagten auch, Kormák hätte sie seiner Verwandten, einer gewissen Eylaug, beigebracht.

Dies war die Strophe:

Wünschte, Steingerð
wär 'ne alte, brünst'ge
Stute in der Herde,
und der geile Hengst wär ich;
dann spräng' Bandes Thrud ich
balzend auf den Rücken,
Speer, den steil gereckten,
steckte in sie rein.

Thrud = eine Göttin oder Walküre; Thrud des Bandes = Frau, hier: Steingerð

Daraufhin wird Steingerð so böse auf Kormák, dass sie nicht einmal mehr seinen Namen hören will.

Als Kormák dies erfährt, macht er sich sofort zu Steingerð auf; dort muss er lange warten, bis sie mit ihm redet; schließlich entlockt er ihr die Antwort, es missfalle ihr sehr, dass er Schmähstrophen über sie verfasse, »und die haben sich schon im ganzen Landstrich verbreitet«. Kormák sagt, das sei nicht wahr. Darauf entgegnet Steingerð: »Du kannst es gerne bestreiten, aber ich habe es selbst gehört.« Kormák fragt: »Wer hat es denn vorgetragen, was du da gehört hast?« Sie sagt ihm, wer die Strophe gesprochen hatte, »und falls sich das als wahr herausstellt, dann glaub bloß nicht, dass ich je wieder mit dir rede.«

Kormák reitet los, sucht nach diesem Kerl, findet ihn, und der muss nun mit der Wahrheit herausrücken. Da wird Kormák sehr zornig, er stürzt sich auf Narfi und erschlägt ihn; dasselbe hatte er mit Þorvald vor, doch der wich aus und schämte sich. Schließlich traten Männer dazwischen und trennten sie.

Da sprach Kormák diese Strophe:

Nun wollen mir Wichte
widerliche, mit dem Zorn
der Skíðingar drohen,
weiß mich selbst zu behaupten;
nun werd' ich Natternwinds Njot
erniedrigen, bis Steine schwimmen,
werd' Eysteinns Söhnen Übles
immerdar bewirken.

Skíðingar = Þorvald und Þorvarð; Nattern = Schwerter; Schwertwind = Kampf; Njot = ein Name Odins; Njot des Kampfes = Krieger, hier: Þorvald; Eysteinns Söhne = Þorvald und Þorvarð

Dies spricht sich nun überall herum, und die Feindschaft zwischen ihnen wird immer erbitterter. Die Brüder Þorvarð und Þorvald blasen sich mächtig auf, und Kormák missfällt das sehr.

21 Daraufhin schickt Þorvarð Kormák eine Nachricht aus Fljót, dass er mit ihm kämpfen wolle, er bestimmt Ort und Zeitpunkt und erklärt, nun werde er die Schmähstrophe und andere Beleidigungen rächen. Kormák willigt ein, und als der Tag gekommen war, begab er sich zu der Stelle, die vereinbart worden war, doch weder Þorvarð noch irgendeiner von seinen Leuten war zu sehen. Auf einem Hof trifft Kormák eine Frau an, sie begrüßt ihn, und die beiden tauschen ein paar Neuigkeiten aus. Dann fragt sie: »Was hast du hier vor, und auf wen wartest du?«

Kormák sprach eine Strophe:

Spät scheint mir der Fütterer
von Unns Verderber aus Fljót
zum Schwertstreit zu sein,
der mir doch Botschaft schickte;
der rasende Ring-Polierer hat
das Herz eines Hasen,
und auch Gold-Gunns Gatten
geht so manches ab.

Unn = ein Name Odins; Unns Verderber = Wolf; Fütterer des Wolfes = Krieger (der für Leichen sorgt); rasender Ring-Polierer = Þorvarð; Gunn (eine Walküre) des Goldes = Frau, hier: Steingerð; Steingerðs Gatte = Þorvald Zinnstab

Kormák sprach: »Nun fordere ich Þorvarð noch einmal zum Holmgang heraus, falls er sich für mutig genug hält, und wenn er auch diesmal nicht erscheint, dann soll er fortan von allen verachtet werden«; und darauf spricht er noch eine Strophe:

Niemals werden mich Ehrlose
nötigen zum Schweigen;
Throtts Gabe schafft mir Gegner,
doch Gauts Geschenk ich achte;
das tu ich den Kiefern des Krieges
kund: berühmt werd' ich sein

wenn nicht Feilen-Händler
mich heimtückisch töten.

Thrott = ein Name Odins; Odins Gabe = Dichtkunst (hier: die derbe Strophe); Gaut = ein Name Odins; Odins Geschenk = Dichtkunst; Kiefern des Krieges = Krieger, Männer; Feilen-Händler = Krieger, Männer (abwertend)

Daraufhin erheben die Brüder Klage gegen Kormák wegen der Schmähstrophe. Kormáks Verwandte übernehmen die Verteidigung; doch Kormák will den Brüdern kein Versöhnungsangebot machen, denn, so sagt er, sie seien es doch, die Schmähung verdient hätten und keine Ehre. Dann erklärt er, er sei durchaus darauf gefasst, es mit ihnen aufzunehmen, wenn sie ihn nicht wieder hintergingen. Þorvarð sei zu dem Holmgang, zu dem er ihn geladen habe, nicht erschienen; also hätten sie sich diese Schmach selbst zuzuschreiben und müssten sie jetzt auch ertragen.

Nun verging die Zeit, das Herbstthing am Húnavatn rückte näher, und die Angehörigen der beiden Parteien begaben sich auf das Thing. Eines Tages trafen Þorvarð und Kormák dort auf dem Thingplatz aufeinander, und Þorvarð sprach: »Wir haben dir große Feindseligkeiten verschiedener Art zu vergelten, und dafür fordere ich dich jetzt hier auf dem Thingplatz zum Holmgang.« Kormák sagt: »Dann wirst du jetzt wohl besser gerüstet sein; bisher hast du ja immer gekniffen.« »Diesmal soll es darauf ankommen«, entgegnet Þorvarð, »denn solche schändlichen Reden wollen wir nicht länger hinnehmen.« Kormák sagte, er werde gewiss nicht auf sich warten lassen, und dann reitet er heim nach Mel.

22 Ein Mann hieß Þórólf, er wohnte am Fuß des Spákonufell und war mit der Wahrsagerin Þórdís verheiratet, von der schon erzählt wurde. Sie waren ebenfalls dort auf dem Thing, und viele fanden es beruhigend, wenn sie in der Nähe war. Þorvarð sucht sie auf; er bittet sie um Unterstützung im Kampf gegen Kormák und bietet ihr Geld dafür an; daraufhin bereitet

Þórdís ihn so auf den Holmgang vor, wie es ihr am besten erscheint.

Kormák erzählt seiner Mutter von diesem Vorhaben; sie fragt ihn, ob er denn ein gutes Gefühl dabei habe. »Warum denn nicht?«, erwidert er. Dalla sprach: »Wie die Dinge im Moment liegen, sieht es nicht gut für dich aus, denn Þorvarð dürfte sich wohl kaum auf einen Kampf einlassen, falls nicht Zauberei im Spiel ist. Deshalb scheint es mir ratsam, dass du die Wahrsagerin Þórdís zu Rate ziehst, denn hier hast du gegen Betrug anzukämpfen.« Kormák antwortete: »Davon halte ich nichts«, aber schließlich ging er doch zu ihr und bat sie um ihre Hilfe. Sie sprach: »Du kommst zu spät, denn ihn kann nun keine Waffe mehr verletzen. Aber ich will dir dennoch meine Unterstützung nicht verweigern; bleib über Nacht hier und überlass dich dem Schicksal, dann will ich dafür sorgen, dass auch dich keine Waffe trifft.«

Kormák bleibt also über Nacht. Plötzlich wird er wach und spürt, wie jemand unter der Decke nach seinem Kopf tastet; und er fragt, wer das sei. Doch da war derjenige schon wieder weg und zur Tür hinaus. Kormák eilt hinterher, da erkennt er Þórdís, die jetzt an der Stelle angekommen war, an der sie kämpfen sollten, mit einer Hausgans unter dem Arm. Kormák fragt, was sie damit vorhabe. Sie setzt die Gans auf den Boden und fragt: »Warum konntest du nicht einfach still liegen bleiben?« Da legt Kormák sich wieder ins Bett, hält sich aber wach, denn er will wissen, was Þórdís da treibt. Dreimal kommt sie zu ihm herein, und jedes Mal versucht Kormák herauszufinden, was sie vorhat. Und als Kormák ihr zum dritten Mal hinterherlief, hatte sie zwei Gänsen die Hälse durchgeschnitten und ihr Blut in einer Schale zusammenfließen lassen; nun hatte sie die dritte Gans gepackt und wollte sie ebenfalls abstechen. Da sprach Kormák: »Was soll das alles, meine Gute?« Þórdís antwortete: »Es wird sich auch diesmal wieder bewahrheiten, Kormák, dass dir nur schwer zu helfen ist; gerade wollte ich versuchen, den Fluch zu brechen, den Þórveig über Steingerð und dich verhängt hat, und hätte ich die dritte Gans schlachten können, ohne dass jemand es erfahren hätte, dann wärt ihr endlich zueinandergekommen.« Kormák erwiderte: »An so etwas glaube ich nicht«, und sprach diese Strophe:

Für den Holmgang zahlt' ich,
zweimal schnitt das Mädchen,
damit der Týr der Täuschung
zu trügen mich nicht vermag;
Blut vom Blut der Gänse
biete nie dem Skalden
der des Asen Bier braut.

Tyr der Täuschung = Mann, hier: Þorvarð; der Ase = hier: Odin, Odins Bier = Skaldenmet; Skaldenmet brauen = dichten

Als sie zum Holm gingen, gab Þorvarð der Wahrsagerin noch mehr Geld und nahm dafür das Opfer entgegen, und Kormák sprach eine Strophe:

Die Trolle haben die Trägerin
des Meeres-Feuers toll gemacht,
ein Mann traue nicht
eines anderen Frau;
Schaden wird heisere Hexe
heute mir wohl bewirken,
wenn wir den Rasen röten –
was richtet's aus gegen sie?

Feuer des Meeres = Gold; Trägerin des Goldes = Frau, hier: die Zauberin Þórdís; den Rasen röten = einen Zweikampf ausfechten

Þórdís sprach: »Ich kann dafür sorgen, dass er dich nicht erkennt.« Kormák wurde böse und sagte, damit werde sie nur Ungutes bewirken, und dann wollte er sie zur Tür hinauszerren, um ihre Augen im Sonnenlicht zu sehen. Sein Bruder Þorgils hielt ihn davon ab, denn er fand, das führe doch zu überhaupt nichts. Steingerð erklärte, sie wolle auf dem Holm mit dabei sein, und so geschah es. Als Kormák sie sah, sprach er eine Strophe:

Zum zweiten Mal geh' ich,
Kopfschmuck tragende Eir,
nun für dich auf den Holm,
– was kann uns're Liebe beenden? –
zum zweiten Mal wag' ich,
Wogen-Var, mich auf den Holm,
deshalb soll die Geliebte mich
mehr lieben als Tinteinn.

Kopfschmuck tragende Eir (eine Göttin) = Frau, hier: Steingerð; Var (eine Göttin) der Wogen = Frau, hier: Steingerð

Dann kämpften sie. Kormáks Schwert war stumpf, und es wurde ein langwieriger Kampf, denn keines der Schwerter taugte. Zum Schluss versetzte Kormák Þorvarð einen gewaltigen Schlag in die Seite, der ihm alle Rippen brach und ihn außer Gefecht setzte. Nun war er kampfunfähig, und damit trennten sie sich. Da sah Kormák den Opferstier stehen, und er stach ihn ab. Ihm war heiß geworden, er nahm seinen Helm ab und sprach eine Strophe:

Ein drittes Mal würd' ich,
Kiefer der Kostbarkeit,
kämpfen für dich auf dem Holm,
du hältst mich nicht davon ab!
Diesmal rötete ich das rote
Rohr nicht im Blute:
Die Hexe machte mir heute
meine Hiebwaffe stumpf.

Kiefer der Kostbarkeit = Frau, hier: Steingerð; rotes Rohr = Schwert (es fließt kein Blut, denn er kämpft mit einer stumpfen Waffe)

Er wischt sich mit einem Zipfel von Steingerðs Gewand den Schweiß von der Stirn, dann spricht Kormák noch eine Strophe:

Trockne meine Stirn am Stoff,
streitlustig nennt man mich,
Unbill brachtest du mir, üble,

Gold-Fichte, hoch verehrte;
den Mistkerl lass' vermodern
auf der morschen Sitzbank,
– ich spreche eine Strophe! –
Steingerð macht mir Kummer.

Gold-Fichte = Frau, hier: Steingerð

Kormák bat Steingerð, mit ihm zu kommen, doch sie sagte, sie würde sich ihre Männer schon selbst aussuchen. Damit trennten sie sich, und sie waren sehr böse aufeinander. Nun wird Þorvarð nach Hause gebracht, und Steingerð verbindet seine Wunden. Kormák kommt nun regelmäßig, um Steingerð zu sehen.

Þorvarð erholt sich nur langsam, und als er sich wieder auf den Beinen halten kann, macht er sich sofort auf zu Þórdís und fragt sie, wie er am ehesten geheilt werden könne. Sie antwortet: »Nicht weit von hier ist ein Hügel, der von Alben bewohnt ist; verschaffe dir den Stier, den Kormák getötet hat, dann tränke den Hügel von außen mit seinem Blut, und aus seinem Fleisch bereite den Alben ein Festmahl; dann wirst du wieder gesund.« Daraufhin ließen sie Kormák mitteilen, dass sie den Stier von ihm kaufen wollten; er sagte, er werde ihnen den Kauf nicht verweigern, fordere dafür aber den Armreif, der Steingerð gehört hatte. Nun holen sie den Stier ab und überlassen Kormák den Armreif, und dann verfahren sie genau so, wie Þórdís es ihnen geraten hatte.

Kormák spricht eine Strophe:

Die Walter der Wundstange wird
Leinen-Gefn – sie liebte einst mich –
fragen, wenn mit dem blut'gen Opfer
beide ihr heimkehrt:
Wo ist wohl der goldene Reif?
Kein kleines Übel [...]
Hat dunkler Bursch' ihn,
Ögmunds Sohn, der Skalde?

Wundstange = Schwert; Walter des Schwerts = Krieger; Gefn = Name der Göttin Freyja; Leinen-Gefn = Frau, hier: Steingerð; Ögmunds Sohn = Kormák

Und schließlich kommt es so, wie Kormák vermutet hat: Steingerð wird zornig darüber, dass man ihren Reif weggegeben hat.

23 Von da an erholt sich Þorvarð schnell. Als er meint, wieder ganz gesund zu sein, reitet er nach Mel und fordert Kormák zum Holmgang. Kormák sprach: »Du hast wohl immer noch nicht genug. Aber gut, ich werde kommen.«

Sie begeben sich also zum Kampfplatz; Þorvarð bespricht sich wie beim letzten Mal mit Þórdís, doch Kormák bittet nicht um ihre Hilfe. Sie machte Kormáks Schwert stumpf, so dass es nicht mehr biss, dennoch landete Kormák einen gewaltigen Schlag auf Þorvarðs Schulter, dass ihm das Schlüsselbein brach und sein Arm zu nichts mehr zu gebrauchen war; dadurch wurde er kampfunfähig und musste sich mit einem zweiten Armreif vom Holm loskaufen. Da lief Þórólf von Spákonufell auf sie zu und schlug nach Kormák; der wehrte den Schlag ab und sprach eine Strophe:

Rost'ges Schwert schwang
Schildrandröter nach mir,
– wie jämmerlich er japste! –
ich reiche Fjölnirs Trank;
dein Angriff so zaghaft,
du Zaubergemahl,
dass ich kaum zuckte,
bei diesem Waffengang.

Schildrandröter = der Krieger, der den Schild mit Blut färbt, hier: Þórólf; Fjölnir = ein Name Odins; Fjölnirs Trank = Skaldenmet, Dichtkunst; Zaubergemahl = hier: Þórólf

Kormák schlachtete einen Opferstier, wie es der Brauch vorschrieb, und sprach: »Wir sind übel dran, denn wir müssen nicht nur eure Anfeindungen ertragen, sondern auch Þórdís' böse Zauberkünste«, und dann sprach er diese Strophe:

Falsche Schlange schäbig
Schildes Feuer löschte,
schnell ließ ich den Schildhund
Þorvarðs Schulter beißen;
Schwert wollte nicht taugen,
als ich Behelmten haute;
harten Hieb versetzt' ich
feigem Lump zur Strafe.

Feuer des Schildes = Schwert; löschen = hier: stumpf, unschädlich machen; Schildhund = Schwert

Danach kehren sie beide nach Hause zurück, und keiner von ihnen ist mit diesem Ausgang zufrieden.

24

Das Schiff von Kormák und seinem Bruder liegt den Winter über im Hrútafjord an Land. Als der Frühling kommt, gehen die Kaufleute auf ihr Schiff; die Brüder machen sich ebenfalls daran, ihr Schiff instand zu setzen. Als sie klar zum Auslaufen sind, geht Kormák noch einmal zu Steingerð, und bevor sie sich trennen, küsst er sie zweimal lang und innig. Þorvald Zinnstab war darüber sehr ungehalten. Nun einigen sich die Freunde auf beiden Seiten darauf, dass Kormák dafür Buße zahlen solle. Kormák fragt, was sie verlangten, und Þorvald erwidert: »Die beiden Armreifen, die ich zuvor an dich verloren habe.«

Da sprach Kormák eine Strophe:

Kostbaren Ring mich kostete
jeder Kuss von ihr,
der hellen Halsstein-Spange,
– erhielt sie just von dir!
Kaum kamen mich teurer
zwei Küsse zu stehen,

den Goldring-Baum der Schwerter,
fort ist alle Freude!

Spange des Halssteins = Frau, hier: Steingerð; Baum der Goldringe = Mann, der Schmuck trägt, hier: Kormák

Und als Kormák bei seinem Schiff angekommen war, sprach er eine Strophe:

Werd' Steingerð meine Strophe
nach Svínadal senden
der schönen Schmuck-Göttin,
eh' das Schiff wir besteigen;
will alle meine Worte
wissen in Band-Sköguls Ohr,
mehr als mich selbst
lieb' ich Schmuckes Saga.

Schmuck-Göttin = hier: Steingerð; Skögul (eine Walküre) des Bandes = Frau, hier: Steingerð; Saga (eine Göttin) des Schmuckes = Frau, hier: Steingerð

Darauf sticht Kormák in See, sein Bruder Þorgils begleitet ihn, und schließlich gelangen sie an den Hof des norwegischen Königs und werden dort freundlich empfangen.

Nun wird erzählt, dass Steingerð Þorvald Zinnstab bat, mit ihr ebenfalls ins Ausland zu segeln. Er hielt das für wenig ratsam, konnte es ihr aber nicht abschlagen. Also rüsten sie sich zur Abreise und segeln aufs Meer hinaus, dort aber wurden sie von Wikingern überfallen, die sie ausraubten und Steingerð entführen wollten. Dies erfährt Kormák, er eilt hinzu und kommt ihnen zu Hilfe; damit war ihr Hab und Gut gerettet, und schließlich kamen sie an den Königshof.

Eines Tages, als Kormák die Straße entlangging, sah er auf einmal Steingerð in einem Nebenhaus sitzen; er ging hinein, setzte sich zu ihr und unterhielt sich lange mit ihr, und dann küsste er sie viermal. Þorvald bemerkte dies und zog sofort sein Schwert; doch dann traten Frauen dazwischen, und man schickte nach dem König. Der sagte, dass diese beiden Streithähne wirklich schwer in Schach zu halten seien, »doch ich werde nun zwischen euch schlichten.« Sie waren einverstanden. Da sprach der König: »Ein Kuss soll der Lohn dafür sein, dass Kormák dir an Land half, der zweite dafür, dass er Steingerð rettete, und für die anderen zwei bekommst du zwei Unzen in Gold.« Da sprach Kormák noch einmal dieselbe Strophe wie zuvor:

Kostbaren Ring mich kostete
jeder Kuss von ihr,
der hellen Halsstein-Spange,
– erhielt sie just von dir!
Kaum kamen mich teurer
zwei Küsse zu stehen,
den Goldring-Baum der Schwerter,
fort ist alle Freude!

Eines Tages ging Kormák wieder einmal die Straße entlang, da sieht er Steingerð, geht zu ihr hinüber und bittet sie, mit ihm zu kommen. Als sie sich weigert, reißt Kormák sie an sich, da ruft sie um Hilfe. Der König, der gerade in der Nähe war, kam hinzu; er fand dieses Benehmen sehr ungehörig, befreite Steingerð und wies ihn zurecht. Der König war sehr zornig, dennoch blieb Kormák an seinem Hof, und bald war der König wieder besänftigt. So verlief es den Winter über friedlich.

25 Im folgenden Frühjahr unternimmt König Harald mit einem großen Gefolge eine Reise nach Bjarmaland. Kormák war auf dieser Reise Steuermann, und Þorvald war auf einem anderen Schiff, die übrigen Schiffsführer sind nicht genannt. Als sie nun dicht nebeneinander durch eine Meerenge segelten, nahm Kormák seine Ruderpinne und schlug sie Þorvald über das Ohr, so dass der an seinem Steuerruder bewusstlos zu Boden fiel; Kormáks Schiff trieb indessen ab, da die Ruderpinne fehlte. Da ergriff Steingerð, die zuvor neben Þorvald gesessen hatte, das Ru-

der und rammte Kormáks Schiff von der Seite. Als Kormák das sah, sprach er eine Strophe:

Einen Schlag bekam der Schuft,
dort, der Schönen näher als ich,
des Ruders Pinne rauschte
zu Recht ihm auf die Rübe!
Eysteinns Erbe strauchelt am Steven,
– steu're nicht in meine Richtung,
Steingerð, du Stolze,
halt' dich im Zaum!

Eysteinns Erbe = Þorvald

Nun beginnt das Schiff mitsamt Kormák und seinen Leuten zu kentern, doch alle wurden schnell gerettet, denn es waren viele Männer in der Nähe. Þorvald kam wieder zu sich, und sie setzten die Reise fort. Der König bot an, zwischen ihnen zu vermitteln, und damit waren beide einverstanden. Der König entschied, dass der Schlag gegen Þorvald und die Beschädigung von Kormáks Schiff einander wettmachen sollten.

Gegen Abend gingen sie an Land, dort setzten sich der König und seine Männer zu Tisch und speisten. Kormák saß ganz außen beim Zelteingang und trank mit Steingerð aus einem Becher; unterdessen stahl ihm ein Mann zum Spaß die Verschlussspange aus seinem Mantel, den er in der Nähe abgelegt hatte, und als er zu seinem Mantel zurückkehrte, war die Spange verschwunden. Kormák sprang auf und verfolgte den Mann, er schleuderte ihm seinen Speer, den er Vig nannte, hinterher, verfehlte ihn aber.

Dann sprach er eine Strophe:

Junger Spund stahl meine Spange,
als ich mit rankem Mädchen trank;
soll'n wir um die Spange rangeln
wie zwei junge Kerle?
Speer mit scharfer Spitze

Spur nicht hielt: daneben!
Verfehlt den Mann um Meilen,
Moos löst sich vom Boden.

Danach segelten sie nach Bjarmaland und von dort wieder zurück nach Norwegen.

26

Þorvald Zinnstab bereitet sich nun auf eine Fahrt nach Dänemark vor, und Steingerð begleitet ihn. Kurze Zeit später segeln die Brüder auf derselben Route und erreichen am späten Abend die Brenneyjar. Da sehen sie Þorvalds Schiff vor ihnen auf dem Meer treiben, er selbst war an Bord, und mit ihm ein Teil seiner Männer; man hatte ihnen ihr gesamtes Hab und Gut geraubt, und Steingerð war von den Wikingern entführt worden. Deren Anführer war damals Þorsteinn, der Sohn von Ásmund Eskisíða, der gegen Ögmund, den Vater von Kormák und Þorgils, gekämpft hatte.

Nun treffen Þorvald und Kormák aufeinander, und Kormák fragt, ob bei ihnen etwas schiefgelaufen sei. Þorvald antwortet: »Zumindest ist es nicht so verlaufen, wie wir es erhofft hatten.« Kormák fragt: »Was ist denn vorgefallen, ist Steingerð weg?« Þorvald sagt: »Steingerð ist weg, und alles, was wir besaßen, auch.« Kormák sprach: »Und warum verfolgt ihr sie dann nicht?« Þorvald sagt: »Wir haben nicht genug Leute.« »Heißt das, du bist der Sache nicht gewachsen?«, fragt Kormák. Þorvald erwidert: »Wir trauen uns nicht zu, es mit Þorsteinn aufzunehmen, aber wenn du stark genug bist, dann versuch es doch auf eigene Faust.« »Also los«, sagt Kormák.

In der Nacht nahmen die Brüder ein Boot und ruderten zu einem der Wikingerschiffe hinaus; es war Þorsteinns Schiff, und sie stiegen an Bord. Steingerð saß oben auf dem Achterdeck und war bereits einem der Wikinger zugesprochen worden, doch der größte Teil der Besatzung war an Land und wärmte sich an den Feuern. Kormák horchte die Küchenjungen aus, und die erzählten ihm alles, was die Brüder wissen wollten. Dann gingen sie über die Laufplanke zurück auf das Schiff, Þorgils zerrte den sogenannten Bräutigam hinaus an Deck, und Kormák erschlug ihn an Ort und Stelle. Nun sprang Þorgils mit Steingerð ins Wasser und schwamm mit ihr an Land. Als Kormák das Ufer fast erreicht hatte, schwammen plötzlich Aale auf ihn zu, wanden sich um seine Arme und Beine und zogen ihn nach unten.

Da sprach Kormák diese Strophe:

Aale wanden sich eisern
um all' meine Glieder,
– Schwinger der Schildnattern! –
als ich an Land schwamm;
hätten den Tod sie gebracht mir,
wäre der Nachruhm mir sicher,
ich holte die helle Holde
aus höchster Gefahr.

Schildnattern = Schwerter; Schwinger der Schwerter = Krieger; die helle Holde = Steingerð

Kormák erreicht das Land und bringt Steingerð zu Þorvald zurück. Da fordert Þorvald sie auf, mit Kormák zu gehen, denn der habe sie schließlich, so sagt er, so mutig zurückerobert. Kormák erklärt, dies sei auch sein Wunsch, doch Steingerð entgegnet, sie habe nicht vor, die Messer zu wechseln. Da sagt Kormák, es sei ihm nun einmal nicht vergönnt, denn böse Wesen oder ein widriges Schicksal hätten sich ihm von Anfang an in den Weg gestellt.

Kormák spricht eine Strophe:

Müh' dich nicht, Mädchen,
mir zu gefallen,
geh zu deinem Gatten –
Glück bringst du mir keins!
Und träumst du auch täglich
bei deinem Trampel –
ich braute euch
den Zwergentrank.

Zwergentrank = Dichtermet, Dichtkunst; den Zwergentrank brauen = Spottverse bzw. Liebesstrophen dichten

Dann fordert er Steingerð auf, ihrem Mann zu folgen.

27 Darauf kehrten die Brüder um und segelten nach Norwegen zurück, Þorvald Zinnstab dagegen fuhr nach Island. Nun unternahmen die Brüder Raubzüge in ganz Irland, Wales, England und Schottland, und man zählte sie zu den berühmtesten und tüchtigsten Männern. Als Erstes bauten sie die Festung Skarðaborg, dann fielen sie in Schottland ein, vollbrachten dort viele Heldentaten und hatten bald ein großes Gefolge; und doch gab es in diesem Heer keinen, der sich an Kraft und Kühnheit mit Kormák messen konnte.

Eines Tages, als sie gerade von einem ihrer Raubzüge zurückkamen, verfolgte Kormák noch die flüchtenden Feinde, während seine Männer schon zum Schiff zurückgegangen waren; da sprang ein Opferriese der Schotten aus dem Wald und kam auf ihn zu, und es gab einen harten Kampf. Kormák war dem Riesen unterlegen, denn dieser verfügte über Zauberkräfte. Kormák griff nach seinem Schwert, das aus der Scheide gerutscht war, doch schließlich bekam er es zu fassen, und er versetzte dem Riesen einen tödlichen Hieb. Der Riese aber hielt Kormák so fest umklammert, dass ihm auf beiden Seiten alle Rippen brachen, da stürzte Kormák zu Boden, der tote Riese fiel auf ihn, und nun kam Kormák nicht mehr hoch. Inzwischen hatten seine Männer begonnen, nach ihm zu suchen, und als sie ihn fanden, brachten sie ihn aufs Schiff zurück.

Da sprach Kormák eine Strophe:

Es war nicht, als hielt' ich
Steingerð eng umschlungen,
als Wogenrosses Walter
ich wüst zu Boden rang;
Walvaters Bier tränk'

in Walhall ich längst,
hätt' Skrýmir dem Skalden
die Hilfe versagt.

Wogenross = Schiff; Walter des Schiffes = Seefahrer, Wikinger (hier: der Riese); Walvater = Odin; Odins Bier in Walhall trinken = gefallen, tot sein; Skrýmir = Kormáks Schwert

Dort kümmerte man sich um seine Wunden, doch seine Rippen waren auf beiden Seiten gebrochen. Kormák sprach, es sei nicht notwendig, dass man sich noch weiter um ihn bemühe; dann lag er noch eine Weile schwer verwundet danieder, und alle beklagten, dass er so unvorsichtig gewesen war.

Da sprach Kormák eine Strophe:

Einst berühmt durch Totschlag,
traut' ich meinem Schwert,
dass ich Leid und langem
Siechtum nicht erliege;
ich kann nicht entkommen
kaltem Tod im Bette,
der leicht uns wirft aufs Lager –
vor Liebe wund mein Herz!

Und dann sprach er noch dieses:

Dein Mann war des Morgens
nicht mit mir auf Irland,
als das Schwert wurd' für Schätze,
du Schöne, gerötet;
als der Hlökk Stäbe, Seiden-Saga
über meinem Kopfe klirrten,
und heißes Blut tropfte rot
auf des Raben Schnabel.

Hlökk = eine Walküre; Stäbe der Hlökk = Schwerter; Saga (eine Göttin) der Seide = Frau, hier: Steingerð

Nun ging es mit Kormák zu Ende.
Da sprach er noch eine Strophe:

Tiefer Wunden Tau floss nach
tosender Schwerter Schlacht,
mit treuen Gefährten führt' ich
flinke Klinge am Holm;
breiten Blutstab trugen
Brünnen-Götter – dennoch,
Liebste, muss nun lassen
mein Leben hier auf Stroh.

Tau der Wunden = Blut; Blutstab = Schwert; Brünnen-Götter = Krieger; auf Stroh sein Leben lassen = im Bett (und nicht im Kampf) sterben

Kormák erklärt, er wolle seinem Bruder Þorgils seinen Besitz und seine Gefolgschaft hinterlassen, und er wünsche ihm, dass ihm das immer von bestem Nutzen sein werde. Dann starb Kormák. Þorgils übernahm seine Mannschaft und ging noch lange mit seinen Männern auf Wiking.

UND DAMIT ENDET DIESE SAGA.

DIE SAGA VOM HOCHLANDKAMPF

HEIÐARVÍGA SAGA

AUS DEM ALTISLÄNDISCHEN VON
URSULA GIGER UND
MIT EINER EINLEITUNG
VON LAURA WAMHOFF

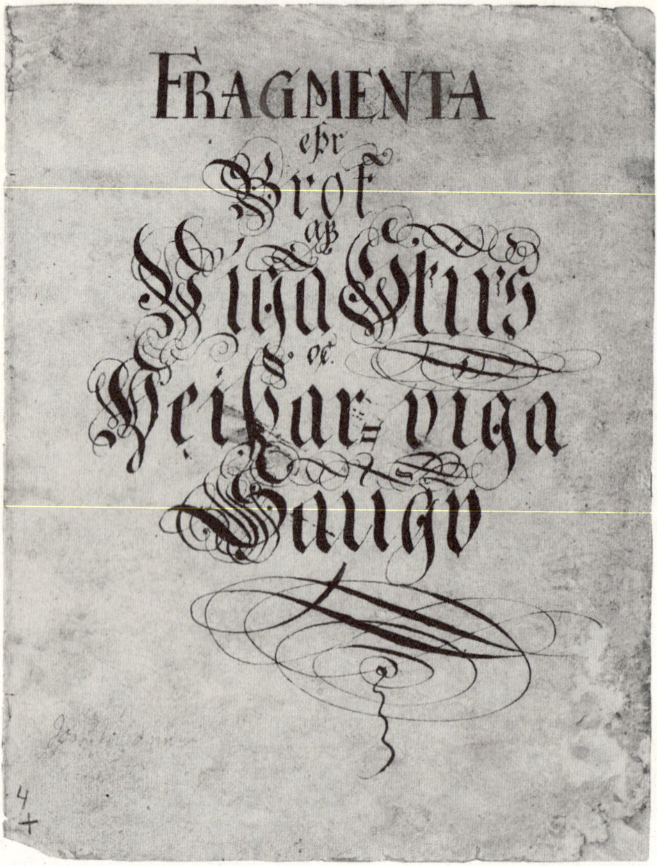

Das Titelblatt einer Handschrift der *Saga vom Hochlandkampf* von 1780. Die Saga ist seit dem Brand von Kopenhagen 1728 nur noch fragmentarisch erhalten; der Inhalt der ersten 15 Kapitel ist aber aus einer kurz danach entstandenen Zusammenfassung bekannt, die in diesem Manuskript der Abschrift des Pergament-Fragments vorangestellt ist.

EINLEITUNG

Die Saga vom Hochlandkampf, die aufgrund ihrer besonderen Überlieferung seit jeher für reichlich Diskussionsstoff sorgt, erzählt detailreich von einem langwierigen Konflikt zwischen zwei Familien aus dem Nordwesten und dem Westen Islands. Inhaltlich lässt sich der Text grob in zwei Teile gliedern: Der erste Teil erzählt von Víga-Styr und wurde deshalb auch als die *Erzählung von Víga-Styr* bezeichnet, der den Konflikt initiiert. Der zweite Teil berichtet hauptsächlich von Barði Guðmundarson, mit dessen Rache die Fehde schließlich ein Ende nimmt.

Zufällig stimmt die ungewöhnliche handschriftliche Überlieferung des Textes mit dieser inhaltlichen Aufteilung annähernd überein: Es liegen zwei Teile des Textes vor, der sogenannte Teil II beruht auf einer fragmentarisch überlieferten mittelalterlichen Handschrift (Holm perg 18 4to), die um 1300 entstand. Teil I hingegen ist nur in einer Nacherzählung von Árni Magnússons Schreiber Jón Ólafsson aus Grunnavík in den Westfjorden bewahrt. Zu dieser außergewöhnlichen Überlieferung kam es, als von dem mittelalterlichen Manuskript, das 1683 in die Königliche Bibliothek Stockholms gebracht wurde, die Hälfte des Textes (12 Blätter) 1725 für eine Abschrift nach Kopenhagen überführt wurde. Da sie nicht rechtzeitig zurückgegeben wurde, verbrannte sie schließlich im Stadtbrand 1728 mit vielen anderen Manuskripten. Bevor die mittelalterliche Handschrift verbrannte, hatte Árni Magnússons Schreiber Jón Ólafsson den Text kopiert und einige Listen mit charakteristischen sprachlichen Wendungen und archaischen Wörtern angelegt. Jóns Abschrift verbrannte zwar mit der Pergamenthandschrift, aber anhand der Wörterlisten verfasste Jón aus der Erinnerung eine Paraphrase des Textes dieser 12 Manuskriptblätter (etwa bis Kap. 15), der uns heute als Teil I der *Saga vom Hochlandkampf* überliefert ist. Als späte Nacherzählung aus dem Gedächtnis weist dieser Text allerdings erhebliche Unsicherheiten auf. Zudem fehlt auch dort der Sagabeginn, der bereits im mittelalterlichen Manuskript nicht mehr vorhanden war.

Jóns Paraphrase und damit Teil I der *Saga vom Hochlandkampf* beginnt unvermittelt mit dem Totschlag an einem gewissen Atli. Sofort wird er von dem maßlosen Víga-Styr gerächt, der seinerseits weitere Totschläge begeht, u. a. an zwei Berserkern, von denen er einem seine Tochter versprochen hatte. Diese wird nun mit dem Goden Snorri verheiratet, der eine der Hauptfiguren der *Saga von den Leuten auf Eyr* darstellt, in der die Totschläge an den Berserkern ebenfalls beschrieben werden (vgl. Kap. 28). Styrs letzter Mord ist der an Þórhall auf Jörvi, dessen Sohn Gest ihn umbringt. Gest kommt nach dieser Tat vorübergehend bei einigen Männern (u. a. bei Þorsteinn Gíslason und Kleppjárn) im Borgarfjord unter, bis er sich nach Norwegen absetzt. Dorthin verfolgt ihn Víga-Styrs Sohn Þorsteinn, der Gest zweimal in Norwegen und ein weiteres Mal in Konstantinopel zu töten versucht. Mit viel Glück überlebt dieser und legt den Streit bei, indem er verspricht, niemals in den Norden zurückzukehren. In Island geben sich Þorsteinns Verwandte jedoch nicht damit zufrieden, dass Gest auf diese Weise davongekommen ist. Der Gode Snorri mischt sich in den Konflikt um seinen erschlagenen Schwiegervater ein und bringt stellvertretend Þorsteinn Gíslason zusammen mit seinem Sohn Þorvarð um, weil sie Gest unterstützt hatten. Die Sache wird schließlich vor das Allthing gebracht, wo der Mord an Þorsteinn mit dem an Styr verglichen und die Acht für Gest offiziell verhängt wird. Daraufhin greifen Háreks Söhne, die mit Kleppjárn und Þorsteinn Gíslason verwandt sind, ein und versuchen in Norwegen Kolskegg, einen angeheirateten Verwandten von Snorri, trotz der gerichtlichen Beilegung zu töten. Kolskegg flieht mit Hilfe von Hall Guðmundarson nach England, und die Hárekssöhne bringen an seiner Stelle Hall in Trøndelag um. Hall wiederum muss von seinem Bruder Barði gerächt werden, und damit kommt die Blutrache zurück nach Island. Barði Guðmundarson auf Ásbjarnarnes ist eigentlich ein ruhiger Mensch, aber sein Ziehvater

Þórarinn, ein ihm gänzlich entgegengesetzter Charakter, schmiedet an Barðis Stelle einen Racheplan. Er weist Barði an, sich zunächst in Geduld zu üben und auf dem Allthing eine friedliche Lösung zu finden, was er drei Sommer in Folge versucht.

An dieser Stelle beginnt der zweite Teil der Saga, die in der mittelalterlichen Handschrift überliefert ist und die Grundlage für die folgende Übersetzung darstellt. Þórarinn instruiert Barði darin schrittweise, wie er vorzugehen hat und wie er eine Mannschaft an Verbündeten für einen Anschlag sammeln kann. Die Fehde zwischen den Familien eskaliert schließlich auf der Hochebene Tvídægra im sogenannten Hochlandkampf (Heiðarvíg), nach dem die Saga benannt wurde.

Vor allem die archaische Sprache, die einfache Komposition und die Tatsache, dass etliche andere Sagas eng mit der *Saga vom Hochlandkampf* in Verbindung stehen, gaben Grund zur Annahme, dass sie eine der ältesten Isländersagas sei. Letztlich ist ihre Datierung allerdings wie bei allen Isländersagas unsicher, da einerseits die ungewöhnliche Überlieferungssituation aufgrund etlicher unsicherer Stellen in Jón Ólafssons Nacherzählung Probleme aufwirft und andererseits das genaue Verhältnis zu anderen Sagas bisher nicht geklärt ist. Auch die ausgefeilte und komplexe Fehdestruktur ist ein Beleg dafür, dass die Saga der Blütezeit der Gattung angehört.

Die *Saga vom Hochlandkampf* ist aufgrund ihrer einmaligen Überlieferungsgeschichte und der daraus entstehenden Fragen ein faszinierender Text unter den Isländersagas, der die unerbittliche Logik von Blutfehde und Rache besonders eindringlich vor Augen führt.

16 Barði und seine Brüder hatten in diesem Sommer viel Arbeit, kamen aber gut voran, da sie besser besetzt waren als sonst. Etwa sieben Wochen vor Ende des Sommers reitet Barði zu seinem Ziehvater Þórarinn nach Lækjamót. Sie redeten oft lange miteinander, und die Leute wussten nicht genau, was sie besprachen.

»Nun werden sich die Leute an einem Ort treffen, der Þingeyr heißt, das liegt zwischen Hóp und Húnavatn«, sagt Þórarinn. »Bislang habe ich dafür gesorgt, dass die Versammlung nicht hier stattfand. Reite nun dorthin und stell deine Freunde auf die Probe, denn ich glaube, dass nach so langer Zeit sehr viele Männer dort sein werden. Bestimmt wird Halldór, dein Ziehbruder, dort sein. Bitte ihn um Unterstützung, wenn du vorhaben solltest, den Bezirk zu verlassen, um deinen Bruder zu rächen.«

Ein Hof heißt Bakki, er liegt in der Nähe vom Húnavatn. Dort wohnte eine Frau, die Þórdís hieß und Gefn genannt wurde, sie war Witwe. Ein Mann bewirtschaftete ihren Hof, er hieß Odd und war sehr tüchtig. Er war weder wohlhabend noch stammte er aus einer angesehenen Familie, dennoch war er weithin bekannt.

»Bitte ihn, mit dir zu kommen, darüber wird er selbst entscheiden«, sagt Þórarinn.

Es gibt da eine Gegend mit Namen Kólgumýrar, wo viele Höfe liegen, einer heißt Meðalheim. Dort wohnte der Mann, der Þorgísl hieß und ein Vetter von Gefnar-Odd war; ein kräftiger Mann und guter Skalde, der vermögend und angesehen war.

»Fordere ihn auf mitzukommen.«

Ein Hof heißt Búrfell, er liegt zwischen Svínavatn und Blanda, das ist draußen hinter den Pässen. Dort wohnte der vorsichtige Eirík mit dem Beinamen Viðsjá. Er war ein Dichter und nicht unbedeutend.

»Bitte ihn, dich zu begleiten.«

Im Langadal liegt der Hof Auðólfsstaðir. Dort wohnte ein Mann, der Auðólf hieß; er ist ein tüchtiger Kerl und sehr angesehen. Sein Bruder heißt Þorvald, er wird vorher nicht erwähnt. Er wohnte in dem Tal, das Sléttadal heißt und oberhalb vom Svínavatn liegt. Es gibt dort zwei Höfe, die so heißen. Er war der weitaus stärkste Mann im Nordland.

»Bitte ihn nicht mit auf deine Reise, er hat einen schlechten Charakter.«

Ein Hof heißt Svínavatn, und dort wohnte ein Mann, der Sumarliði hieß und Gjallandi, der Schreier, genannt wird. Er ist wohlhabend und genoss großes Ansehen. Sein Enkel wohnte dort mit ihm und hieß Þorljót Gjallandafóstri, ein mutiger Mann.

»Bitte ihn, sich dir anzuschließen.«

Eyjólf hieß ein Mann, der auf Ásmundargnúp wohnte; das liegt zwischen Vatn und Víðidal.

»Geh zu ihm und bitte ihn, mit dir zu reiten, er ist ein Freund. Ich denke«, sagt er, »dass es niemandem weiter auffällt, wenn du das während der Versammlung machst und sie jeweils darauf ansprichst. Sag ihnen, dass sie so lange nicht in deiner Schuld stehen, bevor du nicht am Samstag, fünf Wochen vor Winterbeginn, auf dem Hof jedes Einzelnen erscheinst. Nimm niemanden mit, der dazu nicht bereit ist, auf so jemanden wäre kein Verlass.

Nimm lieber diese Männer aus dem Bezirk mit, da sie untereinander verwandt und wohlhabend sind, was auch für ihre Verwandten gilt. Sie sind die Tapfersten von allen, die hier im Víðidal und in der gesamten Gegend wohnen, und je enger wir mit ihnen befreundet sind, umso treuer werden sie euch beistehen.

Es kommt darauf an, tapfere und entschlossene Männer bei sich zu haben statt unerfahrener Taugenichtse, die auf nichts zurückgreifen können, wenn es Schwierigkeiten gibt. Die Leute von deinem Hof und deine Nachbarn, die alle mit dir verwandt oder verschwägert sind, sind bereit, sich mit dir auf die Fahrt zu begeben. Eyjólf, dein Schwager von Borg, ist ein kühner und mutiger Kerl.«

In Vesturhóp heißt ein Hof Þernumýr; dort wohnen zwei Brüder; der eine heißt Þórodd, der andere Þorgísl, beide sind Söhne von Hermund und der Verwandtschaft nach Barðis Vettern. Sie besitzen ein großes Vermögen, sind gute Kämpfer und immer zum Angriff bereit.

»Sie werdcn mit dir kommen.«

Barði und seine Brüder sind nun entschlossen, zu dritt zu reiten. Zusätzlich werden noch zwei Brüder genannt, die mit Barði dort auf dem Hof leben, der eine heißt Ólaf und der andere Dag, sie sind die Söhne von Barðis Tante und bei Guðmund aufgewachsen.

»Auch sie werden mit dabei sein.«

Schließlich sind noch zwei Männer zu erwähnen: Der eine heißt Grís, er wird Koll-Grís genannt und ist auf Ásbjarnarnes aufgewachsen. Er ist handwerklich sehr geschickt, ist der Bewirtschafter des Hofes und ihnen seit jeher gut gesonnen. Der andere heißt Þórð und wird Melrakki, der Fuchs, genannt. Er war der Ziehsohn von Þuríð und Guðmund, die ihn, weil er so arm war, als kleines Kind bei sich aufgenommen und aufgezogen hatten. Er ist jetzt erwachsen und sehr tüchtig, und die Leute sagen, dass ihm alles gelinge, ob mit Worten oder Taten, und seine Zieheltern liebten ihn sehr, vielleicht mehr, als er es verdient hätte.

»Er wird bestimmt mit dir reiten und dafür sein Zuhause verlassen.«

Nun sind die Männer genannt, die mit Barði ziehen sollen. Nachdem sie das alles besprochen haben, trennen sie sich.

17

Am Tag des Herrn reitet Barði nach Lækjamót und von dort aus weiter zu dem Treffen. Als er dort eintrifft, hat sich eine große Menschenmenge versammelt, und es geht dort vergnüglich zu; die Leute waren zum Reden aufgelegt, denn es war schon lange keine Versammlung mehr abgehalten worden. Deswegen fiel niemandem auf, welche Parteien sich unterhielten und was besprochen wurde.

Da begannen die Ziehbrüder Halldór und Barði eine Unterhaltung miteinander: Barði fragt, ob Halldór im Herbst nicht mit ihm eine andere Gegend aufsuchen wolle.

Halldór sagt, dass »es sicher nicht mannhaft ist, nicht mitzukommen, jetzt bin ich endlich für die Reise gerüstet, die ich schon zweimal in Angriff genommen habe. Aber mir scheint – wenn es denn so kommt, wie ich es vermute –, dass es besser ist, dir meine Unterstützung erst dann anzubieten, wenn du sie dringender benötigst. Hier sind viele, die sich sogar besser für das eignen, was du vorhast – wenn ich dein Vorhaben richtig einschätze.«

Barði gibt ihm zu verstehen, dass es so ist, wie er sagt, dass er aber nicht weniger sein Freund sei, wenn er nicht mitkomme.

»Um eine Sache möchte ich dich jedoch bitten«, sagt Halldór. »Diesen Sommer hatte ich eine Auseinandersetzung mit einem Mann namens Þórarinn. Ich bin auf ihn losgegangen und habe ihn verletzt. Er selbst ist nicht von großer Bedeutung, aber die Männer, deren Thingmann er ist und die seine Forderungen vertreten, sind Leute von großem Ansehen. Ich will Eilíf und Höskuld den Vergleich nicht verweigern, daher bitte ich dich, die Sache für mich zu begleichen. Ich bringe das nicht über mich, denn ich habe ihnen doch schon mal eine Vergeltung ausgeschlagen.«

Barði sucht Höskuld und Eilíf sofort auf und übernimmt Halldórs Angelegenheit. Sie vereinbaren zur Schlichtung ein Treffen auf Klif, dem Hof von Þórarinn, vier Wochen vor Beginn des Winters.

Daraufhin fragt Barði Gefnar-Odd, ob er wohl mit ihm in den Süden zum Borgarfjord kommen würde.

Odd antwortet darauf unverzüglich, »hättest du mich bereits vor einem oder zwei Wintern gefragt, wäre ich auch schon zu dieser Fahrt bereit gewesen.«

Nun geht Barði zu Þorgísl, Odds Vetter, und fragt ihn dasselbe.

Er antwortet: »Die Leute werden sagen, dass deine Anfrage nicht unerwartet kommt, und ich bin dabei, wenn du das möchtest.«

Da trifft er Arngrím, Auðólfs Ziehsohn, und fragt ihn, ob er mit ihm kommen wolle.

Er antwortet: »Ich werde bereit sein, wenn du bereit bist.«

Genauso sprach er mit jedem, der zuvor genannt wurde, und sie sagten alle bereitwillig zu.

Da sprach Barði: »Ihr habt mir anständig auf meine Bitte geantwortet. Ich werde also am Samstag fünf Wochen vor Beginn des Winters zu euch kommen, und sollte ich dann nicht erscheinen, seid ihr nicht verpflichtet, mit mir zu ziehen.«

Nun reiten alle von der Versammlung nach Hause.

Barði trifft sich mit seinem Ziehvater Þórarinn und erzählt ihm, was Halldór und er besprochen haben. Þórarinn nimmt es gut auf und sagt, dass diese Fahrt gelingen werde, auch wenn Halldór nicht mitkomme. »Er wird dir später noch sehr nützlich sein. Von dieser Fahrt habe ich erst vor kurzem zu sprechen begonnen, da ich wollte, dass man in der Gegend des Borgarfjords möglichst spät davon erfährt.«

18 Nun vergeht die Zeit bis zum Freitag der sechsten Woche vor Winterbeginn, und am Nachmittag haben Barðis Knechte einen Großteil der Heuernte eingebracht. Barði und seine Brüder waren draußen, als die Arbeiter nach Hause kamen, und begrüßten sie freundlich. Sie hatten ihre Werkzeuge bei sich, und Þórð Melrakki zieht seinen Sensenstiel hinter sich her.

Barði sprach: »Zieht der Fuchs jetzt seine Rute hinter sich her?«

»So ist es«, antwortet Þórð, »ich ziehe meinen Schwanz hinter mir her und halte ihn nur wenig hoch, wenn überhaupt. Ich sehe es kommen, dass du deine Rute ganz schön lange hinter dir herziehst, bis du endlich deinen Bruder Hall rächst.«

Barði strafte ihn mit keinem Wort. Dann gingen die Männer zu Tisch. Die Brüder essen hastig und stehen gleich wieder auf. Barði geht zu Þórð Melrakki und redet mit ihm, erteilt ihm die Aufgaben, die er diesen Abend und am nächsten Tag, dem Samstag, zu erledigen habe. Vierzig Heuladungen waren in Ásbjarnarnes noch nicht eingebracht worden. Barði sagt ihm, dass er sie einholen und die Arbeit bis zum Abend beendet haben sollte, »morgen holst du dann unseren Leithammel Fleygir, denn die Hammel sind von den Außenweiden in das eingezäunte Weideland zurückgekommen.« Diesen Auftrag bekam er, weil der Hammel wendiger war als andere Schafe und schwerer zu bändigen, »außerdem sollst du morgen im Ambáttardal unseren fünfjährigen Ochsen holen, ihn schlachten und das Fleisch am Samstag nach Borg bringen. Das ist viel Arbeit, und wenn du es nicht schaffst, wirst du schon sehen, wer dann die Rute höher hält.«

Þórð antwortet, dass er diese großspurigen Drohungen schon kenne und dass ihn das nicht beeindrucke.

Gegen Abend reitet Barði mit seinen Brüdern nach Lækjamót, wo Barði und Þórarinn viel miteinander zu bereden haben.

19 Nun ist davon zu berichten, wie Þórð mit seinen Aufgaben zurechtkam. Er trug alle Heuhaufen auf Víðines zusammen. Als er danach nach Hause kommt, ist der Schafhirte dabei, seine Herde nach Björg zu treiben. Þórð reitet seit dem Nachmittag dasselbe Pferd. Nun findet er die Hammelherde, nach der er geschickt worden war, kann sie aber erst weit draußen in Hópsós einholen. Er schlachtet den Leithammel und reitet mit dem Fleisch nach Hause. Damit überanstrengt er das Pferd. Er nimmt also ein anderes Pferd und reitet in Windeseile den Weg ins Tal hinüber. Es ist ihm gleichgültig, ob es Tag oder Nacht ist.

Früh am nächsten Morgen erreicht er den Ochsen, tötet ihn und nimmt ihn aus, bindet ihn auf das Pferd und nimmt schließlich den Weg nach Hause und lädt erst einmal das Hammelfleisch ab. Als er zurückkommt, ist ein Bein des Ochsen verschwunden. Þórð fluchte. Ein Mann bekannte sich dazu, es genommen zu haben, und drohte Þórð, er solle nicht wagen, den Mund aufzumachen, sonst würde er Prügel bekommen. Also nimmt er das restliche Schlachtgut und reitet in den Süden nach Borg, wie ihm aufgetragen worden war.

Dort nehmen Barðis Schwester Álöf und ihre Ziehmutter das Fleisch entgegen; sie hieß ebenfalls Álöf, war eine weise Frau und die Ziehmutter von Barði und seinen Brüdern. Sie wurde Kjannök, die mit dem großen Kiefer, genannt, und wegen des Beinamens konnte man die beiden Álöfs auseinanderhalten. Álöf, Barðis Ziehmutter, war sehr weise und hatte die Gabe, Dinge vorauszusehen, und war den Söhnen von Guðmund wohlgesonnen. Sie war zauberkundig und den heidnischen Bräuchen zugetan.

20 Nun wird davon berichtet, was Ziehsohn und Ziehvater – Þórarinn und Barði – miteinander besprachen, bevor Barði sich auf den Weg machte; sie hatten viel zu bereden. Es war früh am Samstagmorgen und der Plan war, aufzubrechen, um die Leute aufzusuchen, die ihn begleiten sollten. Als er zum Aufbruch bereit war, wurden zwei weiße Pferde auf den Hof geführt, beide hatten schwarze Ohren; es waren die Pferde von Þórð von Breiðavað, die im Sommer auf dem Thing verschwunden waren.

Da sagte Þórarinn: »Das sind die Pferde von Þórð. Bring sie ihm zurück, nimm jedoch keine Belohnung von ihm dafür an. Das wäre nicht richtig, denn sie sind auf mein Betreiben verschwunden und waren seither in meiner Obhut. Man sieht nicht, dass sie benutzt wurden. Ich habe diese Pferde verschwinden lassen, da es mir geschickter vorkam, nach diesen Pferden zu fragen, als nach irgendwelchen Gäulen. Diesen Sommer habe ich oft Männer nach Süden in den Borgarfjord geschickt, um nach ihnen zu fragen; das schien mir ein kluger Trick zu sein, und ich glaube, dass keiner Verdacht geschöpft hat. Und nun habe ich erneut einen Mann in den Süden geschickt, er wird morgen zurückkehren und uns Neuigkeiten von dort bringen.«

Es war Markt auf Hvítárvellir, da kurz zuvor Schiffe vom Meer eingelaufen waren.

21 Nun reitet Barði weg und kommt nach Bakki, wo Þórdís wohnte. Dort stand ein gesatteltes Pferd und neben ihm ein Schild. Sie ritten mit lautem Gedonner auf dem harten Grund bis auf die Hofwiese. Draußen standen ein Mann und eine Frau, sie wusch ihm den Kopf; das waren Þórdís und Odd. Sie hatte die Kopfwäsche noch nicht ganz beendet und den Schaum noch nicht ausgespült. Als er Barði sah, da springt er auf und begrüßt ihn lachend. Barði nimmt seinen Gruß freundlich entgegen und bittet die Frau, ihr Werk zu beenden und ihn ordentlich zu waschen. Er ließ es über sich ergehen, macht sich dann bereit und zieht mit Barði von dannen. Sie überqueren den Fluss Blanda nach Breiðavað und bringen Þórð die Pferde.

Es ist zu berichten, dass Þorgísl Arason die Woche zuvor nach Norden in den Eyjafjord geritten war, da er auf Þverá heiraten wollte, und er wurde in der darauffolgenden Woche aus dem Norden zurückerwartet. Þórð nimmt seine Pferde freudig entgegen und bietet als Entgelt gute Pferde an. Barði erwidert, dass er dafür keinen Lohn wolle, und da erklärt er, dass derjenige ihn so angewiesen habe, der die Pferde genommen hatte.

»Sei unser Freund«, sagt er, »wenn wir in Not sind.«

Barði reitet das Langadal hinauf über das Feld nah an den Hof von Auðólf heran. Da sehen sie, wie ein Mann von der oberen Hofwiese herunterreitet, und erkennen Arngrím, ihren Verbündeten, der sich ihnen anschließt. Sie reiten nach Westen über die Blanda, zu Eirík Viðsjá, und kommen dort zwischen der Frühstücks- und Mittagsstunde, wenn das Vieh gemolken wird, an. Sie treffen auf einen Schafhirten und fragen, ob Eirík zu Hause sei. Er sagte, dass er bei Sonnenaufgang auf das Pferd gestiegen sei, »und wir wissen nicht, wohin er geritten ist.«

»Was glaubst du, wo er hingeritten ist?«, fragt Barði, und er überlegt, ob er sich davongemacht hat, um nicht mit ihm mitkommen zu müssen. Aber der Verdacht, dass er sich aus dem Staub machen wollte, wurde nicht bestätigt. Denn sie sahen zwei Männer oben den See Svínavatn entlangreiten; vom Hof aus hatten sie eine weite Sicht und erkannten dort Eirík Viðsjá und Þorljót Gjallandafóstri. Sie trafen sich beim Fluss, der Laxá heißt und aus dem Svínavatn entspringt. Sie begrüßen sich gegenseitig freundlich und reiten zusammen weiter, bis sie zu Þorgísl nach Meðalheim gelangen. Sie begrüßen sich und reiten weiter ihres Weges und kommen in die Nähe von Gljúfrá. Da sagte Barði, dass einige Männer zum Hof Ásmundargnúp reiten sollten, um Eyjólf Oddsson aufzusuchen.

»Dort reitet ein Mann«, sagt er, »und nicht gerade langsam vom Hof her den Fluss herunter. Ich glaube«, sagt er, »dass das Eyjólf ist. Ich nehme an, dass er mit uns gleichzeitig die Furt erreichen wird, reiten wir also weiter.«

Das tun sie. Jetzt sehen sie einen Mann bei der Furt und erkennen Eyjólf, treffen aufeinander und begrüßen sich freundlich, reiten dann zusammen weiter und erreichen den Hof, der Ask im Víðidal heißt. Da ritten drei buntgekleidete Männer Barði und seinen Begleitern entgegen, sie trafen bald aufeinander. Es waren zwei von Barðis Neffen, der eine hieß Lambkár, der andere Hún, und zusätzlich gehört ein Mann aus dem Vatnsdal zu ihrer Begleitung; alle drei waren aus dem Ausland ins Víðidal gekommen. Guðbrand, ihr Vater, und Guðrún, ihre Mutter, lebten weiter unten im Vatnsdal auf einem Hof, der seither Guðbrandsstaðir heißt. Es gibt eine freudige Begrüßung mit den Verwandten, als Barði auf seine Neffen trifft; sie tauschen Neuigkeiten aus. Barði erzählt, wohin seine Reise geht. Sie waren damals achtzehn Jahre alt und hatten einen Winter im Ausland verbracht. Sie waren die besten Burschen, was ihr Aussehen, ihre Kraft und ihre Geschicklichkeit betraf, und galten als äußerst gewandt, auch wenn sie das Erwachsenenalter noch nicht erreicht hatten. Nun reden sie miteinander, und die Neffen meinen, sie hätten Lust, sich Barði und den anderen anzuschließen, ihr Begleiter aber zieht ins Vatnsdal weiter. Barði reitet weiter, bis er Lækjamót erreicht, und erzählt seinem Ziehvater, wie sich alles zugetragen hat.

»Nun reite heim nach Ásbjarnarnes, ich werde morgen mit Þorberg, meinem Sohn, zu dir kommen, um dich dort zu treffen und mich dann gemeinsam mit euch auf den Weg zu machen.«

22

Nun reiten Barði und seine Begleiter heim und verbringen die Nacht zu Hause. Am Morgen bereitet Koll-Grís ihr Frühstück zu. Es war damals Brauch, das Essen auf einem Brett zu servieren, da es keine Teller gab. Da geschah das Ungewöhnliche, dass drei Portionen für drei Männer verschwunden waren; er ging und berichtete Barði davon.

»Hol die Essbretter«, sagt er, »und erzähl niemandem davon.«

Aber Þuríð sagt, dass ihre Söhne kein neues Frühstück bekommen sollen, sie werde ihres mit ihnen teilen. So geschieht es, Koll-Grís trägt die Bretter auf – eins für jeden – und verteilt das Essen darauf. Þuríð geht ins Innere des Raumes und verteilt an jeden Bruder ein Stück, das war die in drei Teile zerlegte Ochsenschulter.

Steingrím ergreift das Wort und spricht: »Das sind großzügige Stücke, Mutter, du bist ja sonst nicht die Freigebigste, wenn es darum geht, Essen auszuteilen. Das hier scheint mir doch sehr aus dem Rahmen zu fallen, und du scheinst mir beinahe von Sinnen zu sein.«

Sie antwortet: »Das ist nicht verwunderlich, du musst nicht erstaunt sein; euer Bruder Hall ist in größere Stücke zerlegt worden, und ich habe euch nie sagen hören, dass euch das in Erstaunen versetzt hätte.«

Nach dem Fleisch tischt sie jedem von ihnen einen Stein auf. Sie fragen, was das zu bedeuten habe.

Sie antwortet: »Ihr habt schon anderes verdaut, Brüder, was weniger bekömmlich war als diese Steine, vor allem, dass ihr es bisher nicht gewagt habt, Hall, euren Bruder, zu rächen, einen so außergewöhnlichen Mann, wie er einer war. Ihr seid ganz anders als eure Verwandten, die von gutem Charakter sind, und nie solche Schande oder Schmach über sich hätten ergehen lassen, wie ihr sie schon eine Weile duldet, obwohl ihr viel Tadel dafür einsteckt.«

Sie ging zornig auf und ab und sprach die Strophe:

Bald wird Barði herausgefordert
vom Eroberer des Fisches des Kampfes;

Ull des Wundenwurms,
du wirst deine schändliche Abstammung bezeugen;
außer du lässt den Gebieter des Seefeuers sterben,
Herrscher über den Weg des Fisches des Landes,
das Volk wird diese Strophe hören,
die ich sprach.

Fisch des Kampfes = Gold; Eroberer des Goldes = Krieger; Ull (Gott) des Wundenwurms (Schwert) = Krieger; Gebieter des Seefeuers (Gold) = Mann; Fisch des Landes = Wurm (hier: Midgardschlange); Herrscher über den Weg des Wurms (Land) = Herrscher über das Land

Nun schieben sie die Tische und alles, was darauf war, von sich, gehen zu ihren Pferden und bereiten eilig ihren Aufbruch vor. Das war am Tag des Herrn, fünf Wochen vor Beginn des Winters. Sie steigen auf und reiten vom Hof davon. Da sehen die Brüder, dass Þuríð, ihre Mutter, mitsamt ihrem Knecht als Begleitung auf das Pferd gestiegen ist, das sie Eykjarð nannten. Der Knecht wird nicht namentlich erwähnt, aber es wird gesagt, dass er einfältig sei.

Nun spricht Barði: »Das wäre gar nicht gut, wenn sie mit von der Partie wäre, wir kommen gut ohne sie aus, wir müssen uns etwas einfallen lassen, um sie davon abzuhalten.«

Er ruft Ólaf und Dag, seine Hofleute, zu sich.

»Reitet ihr entgegen«, sagt Barði, »und redet respektvoll und zuvorkommend mit ihr, und dann tut ihr, was ich euch auftrage: Sagt, dass es gut ist, dass sie mit uns reitet. Bittet ihren Hausknecht, gut auf sie aufzupassen und ihr auf dem Pferd behilflich zu sein. Reitet dann weiter bis zum Faxalæk, der aus dem Vesturhópsvatn entspringt und in den Fluss Víðidalsá fließt; der Reitweg führt vom Norden zum Bach und dann von ihm wieder weg. Dort löst ihr den Sattelgurt; das soll Dag unter dem Vorwand tun, dass er ihn festzurren wolle. Dies soll er tun, wenn ihr am Bach angekommen seid, dann stoßt sie vom Pferd, so dass sie mitsamt ihrem Knecht in den Bach fällt. Dann nehmt ihr das Pferd mit.«

Nun ritten sie ihr entgegen und begrüßten sie freundlich. »Ihr seid eher als meine Söhne dazu bereit, mir entgegenzureiten«, sagt sie, »und mir die Ehrerbietung zu erweisen.«

»Wir kommen in ihrem Auftrag«, erwidern sie.

Sie sagt: »Ich habe mich auf den Weg gemacht, weil ich denke, dass die Sache nicht so schnell den Bach runtergeht, wenn ich euch ein bisschen anstachele, denn das ist nötig.«

Sie gaukeln ihr vor, dass es hilfreich wäre, wenn sie mitkäme. Also reiten sie, bis sie zum Faxalæk kommen.

Da sprach Dag: »Dieser Mann, der dich begleitet, ist ein Taugenichts, Þuríð. Er hat nämlich dein Pferd nicht so gesattelt, wie es erforderlich wäre. Es ist eine große Schande, solche Begleiter bei tüchtigen Frauen zu sehen.«

»Dann zurr den Gurt meines Pferdes fest«, sagt sie, »und bleibe dann bei mir.«

Er nimmt sich der Sache an und löst den Gurt vom Pferd der Alten, stößt sie und den Knecht vom Pferderücken in den Faxalæk, wie es ihm befohlen worden war. Þuríð war keineswegs in Gefahr, sie stieg allein wieder aus dem Bach. Dag und Ólaf reiten nun fort und führen ihr Pferd mit sich. Þuríð kommt mit ihrem Knecht gegen Abend nach Hause und ist über das Geschehene nicht gerade erfreut.

23 Barði und seine Truppe reiten ihres Weges, bis sie kurz vor Borg ankommen. Da reiten ihnen einige Männer entgegen, der Gode Þórarinn, Barðis Ziehvater, und sein Sohn Þorberg. Ziehvater und Ziehsohn sprechen miteinander.

»Du hast da ein großes Schwert an deiner Seite, Ziehvater«, sagt Barði.

»Hast du mich vorher noch nie mit dieser Waffe gesehen, aufmerksam und scharfsichtig wie du bist?«, fragt Þórarinn. »Aber ganz recht, denn ich habe sie vorher nicht getragen. Nun wollen wir die Waffen tauschen, ich werde die nehmen, die du trägst«, und so machten sie es.

Da fragte Barði, wie er zu dem Schwert gekommen sei. Er

erzählte ihm in allen Einzelheiten, was zwischen ihm und Lygi-Torfi gelaufen war, und wie er ihn überlistet hatte, die Waffen zu holen, »und Þorberg, mein Sohn, hat die andere Waffe, die von Þorbjörn. Þorgaut aber ist der Besitzer jener, die du hast. Ich fand es am passendsten, dass sie durch ihre eigenen Waffen ihren Stolz und Übermut einbüßen sollten; deswegen wollte ich diese Waffen. Gleichzeitig rächst du die Demütigung, die sie dir und deinen Verwandten zugefügt haben. Jetzt wünsche ich mir, dass du meinen Rat befolgst, zumal ich alles für deine Ehre tue.«

Nun reiten sie nach Borg auf die Hofwiese zu Eyjólf, dem Schwager der Brüder. Als Barði heranritt, standen dort zwei aufgezäumte Pferde; auf einem befanden sich die Lebensmittel für die Brüder, die ihnen als Wegzehrung dienen sollten. Das sah man an dem frisch geschlachteten Fleisch, das Barði dorthingeschickt hatte und das Álöf, ihre Schwester, und Kjannök, seine Ziehmutter, zubereitet hatten.

Nun steigt Eyjólf auf sein Pferd und will über die Hofwiese vom Haus wegreiten. Da kommt eine Frau vor die Tür, ruft nach Barði und sagt, dass er zurückkommen soll, da sie etwas mit ihm zu bereden habe; das war Álöf, seine Schwester. Er bat die anderen vorauszureiten, da er nicht vorhatte, lange zu bleiben. Er nähert sich der Tür und fragt, was sie wolle. Sie bittet ihn abzusitzen und seine Ziehmutter zu treffen; er folgt ihrem Wunsch und geht hinein. Die Alte in ihrem Bett drinnen im Haus gibt undeutliche Äußerungen von sich.

»Wer nähert sich da?«, fragt sie.

Er antwortet: »Barði ist nun hier. Was wolltest du von mir, Ziehmutter?«

»Komm her zu mir«, sagt sie, »gut, dass du jetzt hier bist, ich habe gerade eben noch geschlafen«, sagt sie, »aber letzte Nacht war ich wach und habe mit deiner Schwester euren Proviant zubereitet. Komm zu mir«, sagt sie, »ich möchte dich befühlen.«

Barði tat, wie ihm geheißen, da er sie gern mochte. Sie beginnt beim Scheitel und tastet ihn hinunter bis zu den Zehen ab.

Barði fragte: »Was spürst du, und was wird geschehen, da du mich so sorgfältig abtastest?«

Sie antwortet: »Es scheint mir alles in bester Ordnung zu sein«, sagte sie, »da ich nirgends etwas Großes ertasten kann.«

Barði war ein großer Mann und kräftig; sein Hals war stark, sie legt ihre Arme um seinen Hals und nimmt aus ihrem Gewand ein Steinhalsband, das sie besaß, legt es ihm um den Hals und zieht das Hemd darüber. Er trug ein kleines Messer um den Hals, das sie an seiner Stelle beließ, und wünschte ihm Gutes. Dann reitet er davon und seinen Begleitern hinterher.

Sie ruft ihm nach: »Belass es so, wie ich es dir umgelegt habe, dann wird es gelingen.«

24

Die Gefährten befinden sich auf ihrem Weg, als er zu ihnen aufschließt. Þórarinn reitet ein gutes Stück des Weges mit ihnen und gibt ihnen seinen Rat für die Reise; es liegt ihm viel daran, dass es ihnen gelingt.

»Ich habe euch einen Platz zum Übernachten besorgt«, sagte er, »im Gnúpsdal, da könnt ihr bleiben. Njáll heißt der Bauer, bei dem ihr heute Nacht schlafen könnt. Es wird erzählt, dass er kein besonders großzügiger Mensch sei, wenn es um sein Geld geht, obwohl er genug davon hat. Doch ich bin mir sicher, dass er euch mit meiner Empfehlung bei sich aufnehmen wird.

Nun ist schließlich der Mann angekommen, der vergangene Nacht aus dem Borgarfjord zurückkam, nachdem ich ihn letzte Woche nach Süden geschickt hatte, um sich in der Gegend nach Neuigkeiten umzuhören; er kann genau berichten, was los ist. Er hat erzählt, dass Hermund Illugason Anfang dieser Woche mit einigen aus der Gegend auf dem Markt zusammenkommen wird. Ihr habt wohl davon gehört, dass die Brüder, die Söhne von Þorgaut, sich für diesen Sommer eine Aufgabe vorgenommen haben, nämlich die Wiese zu mähen, die Gullteig heißt. Sie kommen mit der Arbeit gut voran, so dass sie am Mittwoch dieser Woche fertig sein werden, sie werden also zu Hause sein. Ich habe mitbekommen, dass es in der Familie des Gísli üblich ist, immer wenn Lärm oder lautes Stimmengewirr zu hören ist, zu sagen: ›Ob Barði jetzt wohl kommt?‹

Sie machen sich darüber lustig und demütigen euch auf diese Weise. Es ist nun so – und das ist die reine Wahrheit –, dass die Leute dieser Gegend beschlossen haben, die Menschen zu verfolgen, die hier Übles verursachen. Das ist so, seit der Gode Snorri und seine Leute in einem Kampf Großes geleistet und danach in der Nähe der Höfe übernachtet haben. Jeder, der von den Hafnarfjöll bis zur Norðurá die Allthinggebühr zu entgelten hat und dem nicht nachkommt, soll eine Strafe von drei Mark Silber bezahlen. Die meisten dieser Thingleute gehören zu den Síðamännern und den Leuten aus dem Flókadal.

Verlasst am zweiten Tag der Woche Njálls Hof und reitet weiter; schlagt euer Nachtlager im Hochland auf«, – damals bekam es seinen Namen und wurde Tvídægra, die Zweitägige, benannt, – »und geht dann zu den zwei Kampfplätzen, die sich dort auf dem Hochland befinden, wenn ihr auf dem Weg in den Süden seid, schaut, dass alles so ist, wie ich es euch sage. Flói wird der Teil des Hochlands genannt, wo große Seen sind; nördlich davon liegt ein See mit einer Landzunge, deren oberes Ende nur so breit ist, dass neun Männer nebeneinander stehen können. Die Gewässer, die in unserem Bezirk nach Norden fließen, entspringen diesem See. Diesen Ort empfehle ich euch.

Ein anderer Kampfplatz befindet sich im südlichen Teil von Flói, von dem rate ich ab, solltet ihr dort kämpfen müssen, würde es euch schlecht ergehen. Dort ragt ebenfalls eine Landzunge in den See hinein, auf der achtzehn Männer nebeneinander stehen können, die Richtung Süden fließenden Bäche entspringen auch diesem See.

Am dritten Tag werdet ihr Richtung Süden zu den Sennhütten gelangen, und zwar, wenn alle ihre Hütten bereits verlassen haben und das lange Kjarradal hinunter nach Hause gezogen sind. Die Leute aus Síða haben da ihre Sommerweiden und sich bis jetzt dort aufgehalten. Ich denke, dass ihr am späteren Nachmittag dort ankommen werdet. Dann sollen zwei eurer Männer bergabwärts in den Bezirk bis zur Brücke reiten, sich aber den bewohnten Höfen nicht nähern, bis sie auf die südliche Seite des Flusses gelangt sind. Dann sollt ihr zu einem Hof reiten, der Hallvarðsstaðir heißt, den Bauern nach Neuigkeiten ausfragen und euch nach den Pferden erkundigen, die aus dem Nordland verschwunden sind; ihr müsst auch nach dem Markt fragen. Ihr werdet die Wiese Gullteig sehen, wenn ihr den Fluss entlangreitet, und Männer, die Heu machen, wie es erzählt wurde. Danach sollt ihr zur Furt hochreiten, lasst euch vom Bauern den Weg zeigen, reitet dann in Richtung Hochland auf das Hochland hinauf. Dann werdet ihr Gullteig sehen, wenn ihr dem Fluss folgt.

Am Mittwochmorgen wirst du bis zur Bergkante hinunterreiten, von wo aus du sehen kannst, was im Bezirk geschieht, dort musst du deine Truppe dreiteilen, ihr seid achtzehn; der Neunzehnte muss zurückbleiben und auf eure Pferde aufpassen. Das soll Koll-Grís übernehmen, und er soll sie bereithalten, für den Fall, dass ihr schnell losreiten müsst.

Sechs Männer sollen auf der Bergkante bleiben, und ich werde gleich bestimmen, wer das sein wird und wie sie eingeteilt werden sollen: Die Verwandten Þorgísl von Meðalheim, Arngrím, Eirík Viðsjá und Þorljót Gjallandafóstri sowie Eyjólf von Ásmundargnúp sollen dort bleiben. Sie sollen dort bleiben, weil sie die Kampflustigsten und Widerspenstigsten sind, sie nützen dir nichts, wenn du in den Bezirk hinunterkommst, denn du musst dich besonnen und klug verhalten.

Auf halbem Weg sollen weitere sechs Männer verweilen, die Brüder Þórodd und Þorgísl von Þernumýr, Barðis Vettern, und der Mann soll der Dritte sein, der anstelle von Halldór mit von der Partie ist, also Þorberg. Sowohl deine Neffen Hún und Lambkár sollen dort bleiben als auch Eyjólf, dein Schwager, als Sechster. Sie werden deine Anweisungen eher befolgen und sind nicht ganz so ungestüm; sie sollen dort bleiben, um alle Bewegungen in der Gegend beobachten zu können.

Ihr übrigen sechs aber sollt hinunterreiten, du und Steinn, dein Bruder, Steingrím, Ólaf, Dag und Þórð. Sie befolgen deine Anweisungen am treuesten und sind auch stark genug, um es mit den Männern auf der Wiese aufzunehmen.

Habt ihr jemanden verwundet, müsst ihr sofort zurückreiten, denn man wird euch verfolgen, sie werden sich aber keine große

Mühe bei der Verfolgung geben, wenn sie nur sechs Mann gesichtet haben. Und wenn ihr es so macht, wie ich sage, werden sie euch nicht in großer Anzahl hinterherreiten. Nun müsst ihr so schnell ihr könnt losreiten, bis zum nördlicheren Kampfplatz auf dem Hochland, in dem Fall liegt der Urteilsspruch einzig und allein bei den Männern aus dem Norden, was euch am meisten nützt, wenn denn alles klappt. Ich vermute aber, dass es dir wegen der Unbeherrschtheit deiner Mitstreiter nicht gelingen wird. Aber jetzt wollen wir uns trennen, mögen wir uns heil wiedersehen.«

25

Nun kommt am Abend Barði mit seiner Truppe zu Njáll, der draußen steht und ihnen überaus freundlich die Übernachtung anbietet. Das nehmen sie an, lassen ihre Pferde frei und setzen sich auf beide Bänke. Njáll und seine Frau bleiben am Abend draußen, um die Unterkunft für ihre Gäste vorzubereiten, während ihr junger Sohn drinnen ist und sie unterhält. Barði fragt den Jungen, ob er einen Schleifstein habe.

»Ich weiß«, sagt er, »von einem Stein, der meinem Vater gehört, ich traue mich aber nicht, ihn zu nehmen.«

»Ich werde ihn dir abkaufen«, sagt Barði, »und dir ein kleines Messer dafür geben.«

»Ja«, erwidert der Junge, »warum sollte ich nicht darauf eingehen?«

Er sucht den Stein, findet ihn und verkauft ihn Barði. Dieser nimmt den Schleifstein entgegen und das kleine Messer von seinem Hals, dabei verrutscht das Steinhalsband ein wenig, das die Alte ihm um seinen Hals gelegt hat. Davon wird später erzählt. Nun schleifen sie ihre Waffen. Der Junge findet, dass das Ganze gut aufgegangen sei, da sie nun das hätten, was ihnen fehlte. Sie bleiben über Nacht und werden gut versorgt. Am zweiten Tag der Woche reiten sie bei gutem Wetter gemütlich ihres Weges. Barði fragt Eirík Viðsjá, was er denke, wie es ausgehen werde.

Er antwortet:

Zu neunzehn sind wir zusammen
über das Hochland von Norden gezogen,
Baum des Tisches des Schildes,
wir wollen den Vogel des Bluts füttern;
doch meinen wir, nicht alle,
Knecht des Pferdes der See,
werden von Süden zurückkehren,
der Skalde erwartet den Kampf.

Tisch des Schildes = Schwert; Baum (Mann) des Schwertes = Krieger; Vogel des Bluts = Rabe; Raben füttern = töten; Pferd der See = Schiff; Knecht des Schiffes = Seemann

Dann verbringen sie die Nacht auf dem Hochland und reiten am Dienstag in das Kjarradal, da war es später Nachmittag. Als sie eine Weile Rast gemacht hatten, reiten zwei Männer in den Bezirk hinunter, wie es Þórarinn ihnen geraten hatte, sie treffen keinen Menschen von den Höfen und reiten den Weg bis zur Brücke hinunter und dann nach Hallvarðsstaðir. Auf Gullteig mähten Männer das Gras, es war alles so, wie gesagt worden war: Es schien, dass sie noch etwa einen Tag mähen mussten.

Sie trafen den Bauern und fragten ihn nach Neuigkeiten. Keiner konnte dem anderen Neues berichten, und so fragten sie nach den Pferden, auf deren Spuren sie waren wie schon so viele vor ihnen. Er habe keine Ahnung, wo sie geblieben seien, und bat sie, mit dem immer gleichen Klagen aufzuhören. Sie fragten, was es Neues vom Markt gebe, ob viele Menschen gekommen seien. Er sagte, er wisse nicht viel darüber, meinte auch, dass das keine Rolle spiele. Sie fragten ihn nach dem Weg zur Furt weiter oben im Fluss, den zeigte er ihnen, und dann trennten sie sich. Sie ritten zurück zu ihren Mitstreitern und berichteten ihnen alles. Die Nacht verbrachten sie dort.

26

Nun ist etwas von den Männern aus dem Bezirk zu erzählen, die in dieser Geschichte vorkommen. Þorbjörn Brúnason von Veggir stand früh auf und bittet seinen Knecht, es auch zu tun, »wir werden heute zur Schmiede von Þorgaut gehen und dort arbeiten.«

Es war noch früh, die Sonne ging gerade auf. Er verlangte das Frühstück für sie beide, es wird nicht berichtet, was serviert wurde, aber die Hausherrin stellte ihnen eine Schüssel auf den Tisch. Þorbjörn sagt, dass nicht gut für ihn gesorgt werde, und wirft ihr die Schüssel in den Rücken. Sie dreht sich um, wird wütend und faucht ihn an, sie wechseln böse Worte, »du hast uns etwas vorgesetzt«, sagt er, »das nichts anderes als Blut ist, und es wundert mich, dass dir das richtig erscheint.«

Darauf antwortet sie ruhig: »Ich habe dir nichts vorgesetzt, das du nicht essen kannst. Ich ahne Schlimmes, wenn du solch unerklärliche Erscheinungen hast, wirst du bald in der Hölle enden; das deutet auf deinen baldigen Tod hin.«

Er sprach eine Strophe:

Nicht wird die Asin,
mein Eigen, mit dem Schwarzen
auf mich losgehen,
die Erde des Halsrings;
die Frau gönnt mir den Apfel der Hel,
will mich unter der Erde sehen,
Wand des Feuers darf das nicht erreichen,
wider die Natur wäre das.

Asin = weibliche Gottheit; das Schwarze = Schwert; Erde des Halsrings = Frau; Apfel der Hel (Totengöttin) = Tod; Wand des Feuers = Frau

Da läuft sie weg und holt einen Laib Käse, wirft ihm den hin, setzt sich auf die Bank gegenüber und weint.

Þorbjörn dichtet eine weitere Strophe:

Der Reiter
von Atis hübsch bemaltem Seeross
kann der Frau nicht danken,
auch wenn sie mich lebend betrauert,

weil die tiefschwarze Wölfin
das nicht ertragen kann,
weil sie mir tot ins Grab folgen wird
mit schwerem Kinnschauer des Wolfes.

Ross der See = Schiff; Ati (Seekönig), Reiter des Seerosses des Ati = Seemann (hier: Þorbjörn); tiefschwarze Wölfin = Frau; Kinnschauer (Regen) des Wolfes = Wolfstränen

»Nun sehe ich wieder Seltsames: Mir scheint, als ob die Giebelwände an beiden Seiten des Hauses fehlten, und ich sehe einen Strom, der vom Hochland kommend durch unser Haus fließt, und Erde kann ich erkennen, sogar der Käse, den ich esse, scheint mir aus Erde zu sein.«

Sie stehen vom Tisch auf, gehen zu ihren Pferden, sitzen auf und reiten vom Hof. Da ergreift Þorbjörn das Wort: »Vergangene Nacht hatte ich einen Traum«, sagt er.

Der Knecht fragt: »Was hast du geträumt?«

»Ich träumte, an einem Ort zu sein, und alle, die dort waren, schienen sich nicht einig. Ich hielt das Schwert, das ich für gewöhnlich bei mir habe, das aber nicht mehr da ist; es zerbrach in Stücke, als ich zuschlug. Und im Schlaf habe ich zwei Strophen gesprochen, ich erinnere mich an beide:

Da geschah es mir,
ich verlor meine schöne Dichtkunst –
der Helm-Fenrir,
der glänzende Zweig des Schilds,
brach entzwei an der Insel des Rings,
als das Schilf des Bluts
klirrte beim Treffen mit dem Hängenden,
Baum der Zusammenkunft der Walküren.

Helm-Fenrir (Helm-Wolf) = Schwert; Zweig des Schilds = Schwert; Insel des Rings = Schild; Schilf des Bluts = Schwert; Treffen mit dem Hängenden (Odin) = Kampf; Zusammenkunft der Walküren = Kampf; Baum (Mann) des Kampfes = Krieger

Es wäre besser,
Beweger des Schiffs,
dass ich den unfehlbaren Wundenbringer bewege
in der Schilde Lärm und in den Kopf hinein,
es wird den Talfisch des Todes teures Land
vieler Männer aufsuchen
und ich, des Goldes Besitzer,
werde es führen.

Beweger des Schiffs = Krieger; Wundenbringer = Schwert; Lärm der Schilde = Kampf; Talfisch (Wurm) des Todes = Schwert; teures Land des Schwerts = Schild; Besitzer des Goldes = Mann

Sein Begleiter lernte beide Strophen, während sie weiterritten. Da schaut Þorbjörn sich um.

»Ja«, sagt er, »das Werkzeug zum Schmieden liegt jetzt zu Hause, oder sonst ist es unterwegs runtergefallen. Reite zurück und suche es, wenn du es unterwegs findest, komm zur Schmiede, ich werde inzwischen vorausreiten. Wenn du es unterwegs nicht findest, dann geh deiner Arbeit nach wie üblich.«

Nun trennen sie sich; der Knecht findet das Schmiedewerkzeug nicht.

Þorbjörn reitet jetzt zur Schmiede Þorgauts, seines Verwandten, und trifft ihn vor dem Frühstück an; sie begrüßen sich und tauschen Neuigkeiten aus. Keiner hatte dem anderen etwas zu berichten. Jetzt wird davon erzählt, wie Þorgauts Söhne aufstehen und sich daranmachen, Gullteig zu mähen, sie sagen, dass Gullteig wahrscheinlich noch am selben Tag vollständig gemäht sein werde. Sie gehen also zur Wiese und legten ihre Kleider und Waffen ab. Gísli ging über die Wiese und schaute, was sie mähen würden, bleibt stehen und sprach eine Strophe:

Hier an diesem Ort,
Mann,
willst du, die Märe der Riesin,
die das Feuer bewacht,
mich angreifen,

dies sagt der Ull des Waffen-Gesangs,
dass alle Begierigen des Angriffs der Glut der Walküre
keine wahren Skalden sein werden.

Märe der Riesin = Wolf; Ull (Gott) des Waffen-Gesangs (Kampf) = Mann; Angriff der Glut der Walküre = Kampf; Begierige des Kampfes = Krieger

Er erzählt ihnen seinen Traum, in dem sie auf Gullteig gestanden hätten und viele Wölfe auf sie zugekommen seien und sie angegriffen hätten, worauf heftig gekämpft wurde, »und ich wachte auf, als ich mich davonmachte und heim zum Hof rannte.«

Sie machten sich an die Arbeit und mähten eine ganze Weile.

27 Nun hat Barði sein Gefolge so aufgeteilt, wie sein Ziehvater es ihm geraten hatte, und wie es vorher erwähnt worden ist, und jetzt legt er ihnen seinen Plan dar. Da waren sie etwas zufriedener und sagten, dass sie ihr Ziel schon erreichen würden, und nahmen die Befehle von ihm entgegen. Sie meinten aber, dass es sich um ein kleineres Unterfangen handelte.

Damals gab es viel Wald an den Hängen der Hvítársíða, wie es zu jenen Zeiten hierzulande überhaupt viel Wald gab. Oberhalb des Waldes saßen sechs von ihnen und beobachteten die Geschehnisse auf Gullteig. Barði hielt sich zusammen mit den fünf anderen im Wald auf, die Entfernung zwischen ihnen und denen, die mähten, war gering. Barði sieht, wie viele Männer bei der Heumahd waren. Er war sich nicht sicher, ob der dritte Mann eine Frau war, auf dem Kopf war etwas Weißes zu sehen, »oder sollte das etwa Gísli sein?«

Sie treten jetzt einer hinter dem anderen aus dem Wald hervor, und Þorgauts Söhne hatten zunächst den Eindruck, es käme nur ein einziger Mann daher. Da ergriff Þormóð, der ganz hinten auf der Wiese mähte, das Wort: »Männer nähern sich«, sprach er.

»Mir scheint«, sagt Gísli, »es ist nur einer.«

Sie gingen schnell, rannten aber nicht.

»Das stimmt nicht«, sprach Ketill Brúsi, »dort sind mehrere Männer«, und sie blieben stehen und hielten Ausschau.

Ketill sprach: »Das scheint Barði zu sein, er sieht ihm nicht unähnlich. Wenn er es nicht ist, dann kann ich wirklich keinen Mann von einem anderen unterscheiden, er war nämlich diesen Sommer auf dem Allthing so gekleidet.«

Die Brüder Ketill und Þormóð schauen hinüber, Gísli aber mäht weiter und spricht: »Ihr denkt schon den ganzen Sommer«, sagt er, »dass Barði unter jedem Busch hervorgekrochen kommt, aber bis jetzt hat er sich noch nicht blicken lassen.«

Barði und seine Gefährten hatten sich bereits aufgeteilt, so dass sich jeweils zwei von ihnen einen der anderen vorknöpfen konnten: Barði und Steinn sollten sich Ketill Brúsi vornehmen, der als bärbeißig galt. Dag und Ólaf wollten sich Gísli vorknöpfen, Steingrím und Þórð sollten Þormóð herausfordern. Jetzt gehen sie ihnen entgegen.

Da spricht Ketill: »Es lässt sich dieses Mal nicht leugnen, dass Barði gekommen ist.« Sie wollten ihre Waffen ergreifen, doch keinem gelang es, seine Waffe zu fassen. Als sie erkennen, in welcher Lage sie sind, versuchen Ketill und Gísli bis zur Hofmauer zu rennen, und Barði und drei seiner Mitstreiter setzen ihnen nach. Þormóð aber läuft zum Fluss hinunter und seine Verfolger, Þórð und Steingrím, ihm hinterher. Sie jagen ihn in den Fluss und bewerfen ihn vom Ufer aus mit Steinen. Er schafft es ans andere Ufer, da er ein tüchtiger Schwimmer ist.

Die Brüder kommen heim zur Steinmauer, Ketill erreicht sie als Erster und klettert hinüber. Gísli springt die Mauer hoch, da löst sich eine Grassode aus dem Mauerwerk, und er rutscht aus.

Da nähert sich Barði, der Schnellste von ihnen, versetzt ihm mit dem Schwert Þorgautsnaut einen Hieb und schlägt ihm das halbe Gesicht ab. Er wendet sich sogleich zu seinen Gefährten und teilt ihnen mit, dass eine Blutwunde gesetzt worden sei. Die meinten, dass es ein schwacher Angriff und keine besonders tapfere Tat gewesen sei.

Er erwidert, dass es nun reiche, »wir sollten uns aus dem Staub machen.«

Er hält an seiner Entscheidung fest, auch wenn es den anderen gegen den Strich geht. Ketill zieht Gísli auf die Innenseite der Mauer und hievt ihn auf seinen Rücken. Es schien den anderen, als ob er an dem Gewicht nicht schwer trage; er läuft heim zum Haus.

Þorgaut war in der Schmiede mit Þorbjörn und wartet, dass sein Knecht mit dem Werkzeug auftauche.

Þorgaut sprach: »Da ist ein ordentlicher Lärm; ist Barði etwa gekommen?«

Ketill tritt im selben Augenblick in die Schmiede und sagt: »Gísli, dein Sohn, hat es zu spüren bekommen, dass er aufgetaucht ist«, und warf den toten Gísli vor seine Füße.

Barði kehrt jetzt zu seinen Gefährten zurück und verkündet, dass sie nun einen Mann mit einem Mann vergolten hätten. Die anderen aber sagten, dass beide Männer nicht gleichwertig seien und dass wenig erreicht wäre, wenn nur ein Mann erschlagen worden sei, dafür seien sie nicht von so weit hergeritten. Nun kamen alle Gefährten zusammen, da meinten diejenigen, die weiter oben ihre Posten bezogen hatten, dass sie gewiss nicht mitgekommen wären, wenn sie gewusst hätten, dass nicht mehr Rache dieses ungeheure Leid vergelten sollte, das ihnen zugefügt worden war. Sie nannten Gísli und Hall nicht ebenbürtige Männer und machten Barði Vorwürfe. Sie behaupteten, dass mehr erreicht worden wäre, wenn sie dabei gewesen wären. Nun gehen sie zu ihren Pferden und fordern ihr Frühstück. Barði bat sie, das Frühstück nicht jetzt zu nehmen; sie aber wollen nicht länger fasten, »wir können uns kaum vorstellen, wie schnell du dich davonmachen würdest, wenn du etwas vollbracht hättest, was wirklich der Rede wert wäre.«

Barði erwiderte, dass er sich um ihr Gerede nicht schere. Nun essen sie.

28

Zu Hause reden Þorgaut, Þorbjörn und Ketill miteinander. Þorgaut sagt, dass viel passiert sei, »das mich tief getroffen hat. Dennoch denke ich, dass keine geringere Rache zu erwarten war, und ich wünsche, dass sie nicht verfolgt werden.«

Beide sagen, dass sie nie verfolgt werden sollten.

Die Frauen hörten, was besprochen wurde, und Ketill schickte sie nach Fróðastaðir und Síðumúli, um die Neuigkeiten zu verbreiten, und von dort sollte es jeder dem Nächsten weitersagen, so dass die Nachricht bis nach Þverárhlíð und bis ins Norðurárdal gelangen würde, damit die dort Ansässigen denen hinterherritten, welche die Tat vollbracht hatten, um so jede Acht und Geldstrafe zu umgehen.

Sie nehmen ihre Pferde und reiten nach Hávafell zu Árni Þorgautsson. Er hatte gerade einen Verwandten zu Gast. Das war Þórarinn der Þverhlíðing, der Vater seiner Frau Ástríð. Von dort reiten sie zu fünft weiter.

Nun wird von Þormóð erzählt, der auf der südlichen Flussseite aufwärts lief, bis er nach Ás kommt. Damals war die Südseite des Stromes nur wenig bewohnt. Es waren nur wenige zu Hause, weil die Hofbewohner nach Hvítárvellir gegangen und die Knechte bei der Arbeit waren. Eið saß mit seinen beiden Söhnen beim Schachspiel, der eine hieß Illugi, der andere Eysteinn. Þormóð berichtet, was sich ereignet hatte. Damals, und noch lange danach, gab es oben beim Wasserfall Bjarnarfoss eine Brücke über den Fluss. Eið verspürte kein Bedürfnis mitzureiten, seine Söhne aber griffen zu den Waffen und waren mit von der Partie. Die Brüder reiten zu Þorgísl nach Höggvandastaðir. In diesem Sommer war Eyjólf, sein Sohn, gerade aus dem Ausland zurückgekehrt. Þormóð reitet nach Hallkelsstaðir und verbreitet dort nach seiner Ankunft die Neuigkeiten. Tind war als Einziger zu Hause, die anderen Männer waren zu ihm in die Schmiede gekommen.

Eine Frau, die Þorfinna hieß, wohnte auf dem nächsten Hof, Þorvarðsstaðir, sie wurde auch die Dichterin genannt. Sie hatte einen Sohn, der Eyjólf hieß, und einen Bruder mit Namen Tanni, der auch Handrammi – der mit der starken Hand – genannt wurde, seine Kraft war übermenschlich, wie die von Eyjólf, seinem Neffen, und beide waren überaus angriffslustig. Sie waren zu Tinds Schmiede gekommen. Sie statteten Gilsbakki keinen Besuch ab, denn Hermund war mit seinen Knechten zum Schiff geritten. Tind und die Seinen waren zu viert, Þormóð war der Fünfte im Bunde, es war später Nachmittag.

Die Söhne von Eið gelangen zu Þorgísl Höggvandi, sie reagieren schnell und ziehen von dort zu sechst weiter. Mit ihnen ritten Eyjólf, sein Sohn, und vier andere Männer.

29

Nun ist davon zu berichten, was Barði und seine Gefährten von den Ereignissen mitbekommen. Er reitet schnell voraus, so dass bald ein Abstand zwischen ihnen liegt, die anderen reiten gemächlich hinterher und meinten, er sei schrecklich verängstigt. Da sehen sie, dass eine Schar sie verfolgt, die nicht viel kleiner ist als ihre eigene. Barðis Begleiter freuten sich und erwarteten, dass doch noch etwas Erwähnenswertes auf dieser Reise geschehen würde.

Barði meinte: »Wir wollen weiterreiten, auch wenn das die Verfolger noch antreiben wird.«

Da sprach Eirík Viðsjá eine Strophe:

Bekannte Männer sammeln sich,
das Heer ist kampfbegierig,
kundige Männer
beginnen sich schnell
im Süden zu sammeln,
der schonungslose Barði fordert das Heer auf,
in keiner Weise dem Angriffssturm der Speere
mit den Kämpfenden aus dem Süden auszuweichen.

Angriffsturm der Speere = Kampf

»Jetzt sagst du aber nicht die Wahrheit«, sagt Barði, »ich habe gesagt, dass jeder so schnell reiten soll, wie er kann, bis wir beim Kampfplatz im nördlichen Gebiet von Flói sind, den uns mein Ziehvater empfohlen hat und den wir für uns nutzen sollen.«

Aber Barði konnte sich nicht durchsetzen, und die anderen

meinten, dass sie nun genug gejagt worden seien, da waren sie beim südlicheren Kampfplatz von Flói ankommen. Barði sieht, dass es nun so sein soll, also kehrt er zu ihnen um und erklärt, dass er genauso wenig weiter davonreiten wolle wie sie, aber dass sie das noch bereuen würden, »allein, ich vermag euch nicht davon abzuhalten. Wir werden heute Abend erst fliehen, wenn ihr es wollt, und es soll an euch sein, das zu entscheiden. Entweder sagt ihr etwas oder keiner von uns.«

Sie meinen, dass die Stelle günstig ist. Die Pferde brachten sie auf den vorderen Teil der Landzunge und beauftragten Koll-Grís, sie zu bewachen. Er war kein Kämpfer und schon älter.

Nun sprach Eirík eine Strophe:

Wir halten standhaft die Ebene,
das Heer rückt an zum Kampf,
lassen wir, die sich den Weg bahnen,
den erfahrenen Stab des Ringes in tödliche Wunden jagen;
ich werde auf Weiteres warten,
obwohl gesagt wird, der Schwertsturm
beginne sich von Süden zu verschärfen,
röten wir die Helmreiter auf dem Hochland.

Stab des Ringes (Schild) = Schwert; Schwertsturm = Kampf; röten = mit Blut färben; Helmreiter = Schwerter

An diesem Tag war auch nach Hermund von Hvítárvellir gesandt worden, er war auf dem Heimweg, als die Boten ihn auf ihrem Weg von Þingsnes trafen. Er lässt all seine Sachen zurück und bittet jeden einzelnen Mann, der abkömmlich ist, mitzuziehen, er versammelt eine Truppe und reitet Barði und den anderen nach.

30

Nun treffen Barði und die Männer aus dem Süden aufeinander, sie sitzen ab. Barði und seine Leute haben sich quer über die Halbinsel aufgestellt.

»Keiner soll die Linie verlassen«, sagt Barði, »denn ich vermute, dass noch mehr Männer zu erwarten sind.«

Die Gruppe von achtzehn Männern war quer über die Landzunge aufgestellt, so dass man nur von einer Seite an sie herankommen konnte, »es gibt große Hoffnung, dass ihr die Gelegenheit bekommt, eure Waffen zu erproben«, sagt Barði, »es wäre zwar besser gewesen, wenn wir den nördlichen Kampfplatz erreicht hätten, hätten wir das getan, hätte man uns keinen Vorwurf daraus gemacht. Außerdem wäre das für den Fall einer gerichtlichen Klage besser gewesen, aber ich will niemandem Angst einjagen.«

Sie standen mit gezogenen Waffen da. Auf der einen Seite von Barði stand Þorberg und auf der anderen Gefnar-Odd und weiter außen jeweils Barðis Brüder.

Die Südmänner griffen nicht so schnell an, wie sie gedacht hatten, außerdem war es eine größere Truppe, als sie erwartet hatten. Die Anführer waren Þorgaut, Þorbjörn und Ketill Brúsi.

Da sprach Þorgaut: »Es ist ratsamer, auf Verstärkung zu warten. Sie haben schlau gehandelt, nur wenige in den Bezirk hinunterzuschicken.«

Sie greifen also nicht an, und als die Männer aus dem Norden das sehen, da schmieden sie ihre eigenen Pläne.

Þorberg ruft: »Ist wohl Brúsi mit von der Partie?«

Dieser antwortet, dass er da sei.

»Erkennst du dieses Schwert, das ich hier halte?«

Er sagt, dass er nicht wisse, warum er es erkennen solle, »wer bist du denn?«

»Ich heiße Þorberg, und dieses Schwert habe ich von deinem Verwandten Lygi-Torfi, und du sollst heute viele Hiebe damit abbekommen, wenn es nach meinem Willen geht. Warum greift ihr denn nicht an? Ihr habt uns doch den ganzen Tag hartnäckig verfolgt, wie mir scheint, zu Pferd und zu Fuß.«

Er sagt: »Kann sein, dass die Waffe dort eigentlich meine ist. Noch bevor wir heute auseinandergehen, wirst du sehen, dass du mich nicht weiter herausfordern musst.«

Darauf erwidert Þorberg: »Wenn du ein richtiger Kerl bist, warum wartest du dann auf noch mehr Verstärkung?«

Nun ergreift Barði das Wort: »Was gibt es Neues im Bezirk?«

»Eine Neuigkeit ist, dass mein Bruder Gísli tot ist, das dürfte dir gefallen«, sagt Ketill.

Barði sagt: »Das glaube ich gern, ich hatte nicht das Gefühl, schlechte Arbeit geleistet zu haben. Wie steht es, Ketill, denkst du nicht, dass du oder dein Vater Rache an uns üben müsst? Wenn ich mich recht erinnere, ist es gar nicht lange her, da brachtest du, Ketill, deinem Vater eine gewisse Last auf dem Rücken nach Hause. Wenn du dich jetzt nicht mehr daran erinnern solltest, dann ist dieses Schwert hier Zeuge; das Gehirn an ihm ist noch nicht ganz trocken.«

Barði hält ihm das Schwert entgegen: »Glaubst du, Ketill, nichts rächen zu müssen? Dann schau her, das Hirn ist noch nicht trocken«, und streckt ihm das Schwert weiter entgegen.

Das lassen die aus dem südlichen Bezirk nicht auf sich sitzen und stürmen ihnen nun entgegen. Þorbjörn läuft auf Barði zu und versetzt ihm einen Schlag an den Hals, und es krachte laut, denn er hatte einen Stein der Halskette getroffen, die verrutscht war, als er das Messer abnahm, das er Njálls Sohn schenkte. Der Stein brach entzwei, und es blutete auf beiden Seiten der Kette, aber das Schwert verletzte ihn nicht.

Da sprach Þorbjörn: »Du Troll, dich bringt kein Eisen um!«

Nun gingen die Reihen aufeinander los, und nach diesem gewaltigen Hieb wendet sich Þorbjörn Þórodd zu, und sie kämpfen miteinander. Ketill greift Barði an, Þorgaut kämpft mit Þorberg. Es mangelt nicht an heftigen Schlägen und antreibenden Worten. Die Männer aus dem Süden waren die kleinere und schwächere Truppe.

Nun soll zuerst vom Kampf zwischen Barði und Ketill berichtet werden. Ketill war außerordentlich stark und mutig. Sie kämpfen lange miteinander, bis Barði ihn waagerecht in die Seite trifft und Ketill tötet. Nun läuft Barði auf Þorgaut zu und versetzt ihm eine tödliche Wunde, und damit fallen beide durch die Waffe, die sie selbst einmal besessen hatten.

Jetzt ist von Þorbjörn und Þórodd zu erzählen, die etwas abseits miteinander kämpfen. Sie sparen nicht an kräftigen Hieben und schonen einander nicht, die meisten Schläge sind heftig. Þórodd schlägt Þorbjörn mit einem Hieb den Fuß über dem Spann ab, was ihn nicht davon abhält, eifrig weiterzukämpfen, er treibt sein Schwert in Þórodds Bauch, der fällt, und seine Gedärme quellen hervor. Þorbjörn sieht nun seine Verwandten und schert sich angesichts seiner Verstümmelung nicht um sein Leben. Da drehen sich die Söhne Guðbrands um und gehen auf Þorbjörn los.

Er spricht: »Sucht euch einen anderen Gegner. Früher war das keine Sache für junge Kerle, mit mir zu kämpfen.«

Dann greift er Barði an und kämpft mit ihm.

Da spricht Barði: »Du bist offensichtlich ein Troll, dass du noch weiterkämpfst, obwohl dein Fuß ab ist. Das ist eher die Wahrheit, als was du über mich gesagt hast.«

Darauf erwidert Þorbjörn: »Man muss kein Troll sein, um eine Verletzung auszuhalten, und ich bin nicht so verweichlicht, als dass ich mich nicht wehren könnte, solange ich dazu noch imstande bin. Das sollte man als Tapferkeit erkennen und auch respektieren, anstatt jemanden einen Troll zu nennen, schließlich wirst du selbst auch tapfer genannt. Und bevor ich hier ins Gras sinke, sollst du noch sagen können, dass ich es verstanden habe, mit Waffen umzugehen.«

Darauf fiel er durch Barðis Hand und bekam viel Anerkennung. Es fehlt nicht an Kampfgeist, endet aber damit, dass die Männer aus dem Süden den Rückzug antreten.

Es wird erzählt, dass ein Mann namens Þorljót, ein großartiger Krieger, auf Veggir zu Hause war; manche sagen, dass er von Sleggjulæk stammte. Er kämpfte gegen Eirík Viðsjá, und bevor sie aufeinander losgingen, sprach Eirík folgende Strophe:

Es hat uns ereilt
und ist unser beider Geschick,
voll Zorn zu kämpfen,
Rotfärber der scharfen Klinge.
Wir werden uns nicht schonen,
von deiner Tapferkeit habe ich gehört,

Verberger des Feuers des Erdenbandes,
nun stellen wir sie auf die Probe.

Scharfe Klinge = Schwert; dessen Rotfärber = Krieger; Erdenband = See; Feuer der See = Gold; Verberger des Goldes = Krieger

Sie kämpfen lange miteinander, und das sagen die Leute, dass es kaum zwei herausragendere Männer gegeben habe, beide so tapfer und stark, waffenerprobt und unerschrocken. Eirík schlägt mit dem Schwert nach Þorljót, dabei zerbricht es. Er packt die Schwertspitze, schlägt abermals zu und fügt ihm eine tödliche Wunde zu.

31

Nun ist etwas Ruhe eingetreten. Es werden sechs Männer gesichtet, die heranreiten, das waren Þorgísl Höggvandi und Eyjólf, sein Sohn, zusammen mit den Söhnen von Eið. Sie sehen, dass ihre Leute unterlegen sind und große Verluste im Kampf erlitten haben, und das gefällt ihnen gar nicht. Guðbrands Söhne bemerken, dass Eyjólf gekommen ist, und bitten Barði um Hilfe, um ihn umzubringen und sich damit zu rächen. Es hatte sich nämlich zugetragen, als sie in Norwegen waren, dass Eyjólf sie von einer Leiter herunter in eine Jauchegrube gestoßen hatte, wofür sie viel Spott einstecken mussten. Dafür wollen sie sich jetzt rächen und ihn erledigen, das war von Anfang ihre Absicht gewesen, als sie mit Barði aufbrachen.

Da sagt Barði: »Ihr seid mutige Kerle und hoch angesehen, es wäre ein großer Verlust, wenn ihr umkommen würdet. Wir werden dafür sorgen, dass ihr euren Willen bekommt, aber ich bitte euch, unsere Verteidigungslinie nicht zu verlassen.«

Sie können sich jedoch nicht beherrschen, laufen Eyjólf über den Sumpf entgegen und schlagen sich mit ihm. Eyjólf war ein hervorragender Kämpfer und ein außergewöhnlicher Mann wie sein Vater, voller Kraft und erfahren im Angriff. Ihr Kampf dauert lange, ist unerbittlich und endet damit, dass beide Parteien so viel Durchhaltevermögen, Kampfeswille und Geschicklichkeit an den Tag legen, dass zum Schluss alle drei tot daliegen.

Eiðs Söhne schlagen sich ebenfalls tüchtig und gehen kühn und ritterlich auf Steinn und Steingrím los. Nun kämpfen alle und halten sich großartig, doch da fallen die Söhne von Eið. Barði stand in der Nähe, als sie ihr Leben ließen.

Þorgísl Höggvandi schont sich nicht, da ihm der Tod seines Sohnes Eyjólf großen Schmerz bereitet. Er war außerordentlich kräftig und konnte besser als andere mit Waffen umgehen und sie mit links wie mit rechts führen, und das Leben scheint ihm nun nicht besser als der Tod. Von den dreien – Þorgísl, Eirík und Þórodd – wird sehr häufig gesagt, dass sie ganz vorne kämpften. Þorgísl schont sich nicht, und es gab keinen Mann in der ganzen Gegend, dessen tatkräftige Hilfe mehr geschätzt wurde als seine. Þorgísl, Þórodds Bruder, trat Þorgísl, dem Vater von Eyjólf, entgegen, und sie kämpfen lange miteinander, wobei es beiden nicht an energischem Kampfeswillen fehlt. Da versetzt Þorgísl Höggvandi dem anderen einen Schlag von der Braue abwärts über die Nase und spricht: »Nun hast du eine schöne Markierung, wie du sie verdienst, auch andere von euch sollen solche Markierungen abbekommen.«

Da antwortete Þorgísl: »Die Kennzeichnung ist nicht besonders gelungen, aber es ist zu hoffen, dass ich sie tapfer tragen werde, du hast wenig Grund, so zu prahlen«, und versetzt Þorgísl Höggvandi einen Schlag, dass er kampfunfähig ist. Da gibt es eine Pause im Kampf und die Männer verbinden ihre Wunden.

Jetzt werden vier daherreitende Männer gesichtet: Das waren Tind und Tanni, Eyjólf und Þormóð. Und als sie näher kommen, stacheln sie die anderen heftig an, sie waren selbst äußerst streitsüchtige Kämpfer. Und so beginnt die Schlacht zum dritten Mal.

Tanni greift Barði an, und sie kämpfen ausgesprochen kühn miteinander. Tanni schlägt schnell hintereinander, aber Barði ist immer noch schwer zu überwinden, und ihr Kampf endet damit, dass Tanni durch Barði fällt.

Eyjólf tritt Odd entgegen, und sie bekämpfen sich, und beide sind überaus tüchtige Männer. Da versetzt Eyjólf Odd einen Hieb, trifft ihn an der Wange und fügt ihm eine große Wunde bis auf den Kiefer zu.

Da sprach Eyjólf: »Es kann sein, dass dich deine Witwe nun weniger gerne küsst.«

Odd antwortet: »Es ist schon lange nicht mehr gut gewesen, aber jetzt ist es ganz schlimm. Es kann sein, dass du dies deiner Freundin nicht mehr erzählen wirst.« Er versetzt Eyjólf einen Hieb und damit eine schwere Wunde. Wie zuvor ist Barði ganz in der Nähe und fügt Eyjólf weiteren Schaden zu.

Þormóð Þorgautsson war ein rüstiger Mann, der gern drauflosschlug. Eyjólf von Borg trat ihm entgegen und wird schwer verletzt. Und auch wenn diese aus der Gruppe der Nordländer am meisten hervorgehoben werden, kämpften doch alle sehr tapfer, schließlich waren sie auch eine sorgfältig ausgewählte Mannschaft. Als diese schließlich gefallen waren, flaute der Kampf ab.

Da meinte Þorberg, dass sie den Rückzug antreten sollten, es waren acht Männer aus dem Süden und drei aus dem Norden gefallen. Nun fragt Barði Þórodd, ob er es schaffe, mit ihnen zu kommen; er sagt, es sei hoffnungslos, und bittet sie fortzureiten. Barði sieht sich die Wunde an. Nun sehen sie den Tross, der sich von Süden nähert wie ein ganzer Wald. Barði fragt, ob sie noch warten wollen, und sie antworten, lieber wegreiten zu wollen, was sie auch gleich tun. Also reiten sie – insgesamt sechzehn Mann – los, die meisten von ihnen verwundet.

32

Nun ist von Illugi zu berichten. Er kommt zum Ort des Geschehens und sieht, was sich dort Großes zugetragen hat. Da sprach Tind eine Strophe, als Illugi fragte, wie viele es gewesen seien:

Der Baum des See-Mondes
hat den Sturm der Kampf-Dis ausgefochten
gegen achtzehn Bäume
mit der Hälfte von drei mal zehn Männern;
und die Gebieter der Bogenweiden
fielen im Streit der Schneiden;

ich denke, dass neun Verteiler des Feuers
zu Tode kamen.

Mond der See = Gold; Baum des Goldes = Krieger; Sturm der Kampf-Dis (Walküre) = Kampf; Gebieter der Bogenweiden = Gebieter der Schwerter; Streit der Schneiden (Schwerter) = Kampf; Verteiler des Feuers (Goldes) = Kämpfer

Die Erben von Eið sind früh
gefallen im Kampf
und zwei der Söhne Guðbrands
im Lärm der Speere;
für ein solches Treffen der Schwerter
gilt uns nie eine Buße,
und meinem treuen Gefolge auch nicht,
sie sollen in vollem Maße gerächt werden.

Da kommt Tind zu der Stelle, an der Þórodd lag, sieht, dass er noch am Leben ist, und schlägt ihm gleich den Kopf ab. Als Illugi das sieht, sagt er, das sei eine schlechte Tat gewesen, ausgerechnet den Mann umzubringen, der ihr wichtigster Augenzeuge dafür war, dass sie davongelaufen sind. Sie hätten ihn verschonen können, dafür würde er noch viel Undank ernten.

Nun verfolgt Illugi sie mit hundert Mann, doch da umgab sie eine große Finsternis, und sie mussten umkehren. Sie lassen die Überreste ihrer gefallenen Männer in den Süden bringen. Es waren viele verletzt. Die Anhänger von Gísli waren schwer verwundet, Árni und Fróði, Þormóð und Þórarinn. Nun lässt Illugi einige Männer die Toten bewachen und will diejenigen fangen, die womöglich kommen, um die Leichen zu bergen. Es blieben sechzig Mann zurück, sie stellten ein Zelt auf und blieben eine Weile dort.

Barði kommt zu Njáll, und von dort reitet er nach Lækjamót, noch immer in derselben Kleidung. Nun treffen sich Ziehvater und Ziehsohn, er erzählt Þórarinn heimlich die Neuigkeiten und auch, dass sie die Überreste der Toten holen wollen. Þórarinn sagt, dass sie sich dabei nicht von den anderen erwischen lassen, sondern erst einmal abwarten sollten, bis sie von Schneestürmen und Unwettern vertrieben sein würden, »sie verstoßen gegen das Gesetz, wenn sie sich nicht um die Leichen kümmern.« Und es kommt so, wie Þórarinn es vorausgesagt hatte, ihnen wird die Zeit in den Bergen zu lang, und sie kehren nach Hause zurück.

Nun reitet Barði nach Ásbjarnarnes. Und als sie durch den Bezirk Richtung Norden ziehen, denken die Leute, dass da Frauen reiten. Vom Sommer verbleiben noch vier Wochen, die Neuigkeiten hatten sich nicht weiterverbreitet und bleiben unbeachtet.

Nun reitet Barði zu dem Vergleichstreffen, das mit den Anführern auf Klif verabredet worden war, bevor er die Reise unternommen hatte. Seine Frau Guðrún begleitete ihn, denn sie wollte ihren Vater aufsuchen und bei ihm in Erfahrung bringen, was er zur Unterstützung von Barði beitragen wollte. Sie trifft ihn und erklärt ihm ihr Anliegen, aber er bleibt sehr zurückhaltend.

Barði und seine Leute reiten in denselben Kleidern weiter, und kein Mensch wusste von ihrer Reise. Höskuld und seine Männer warteten lange am Ort des Treffens, und sie hielten es für unwahrscheinlich, dass Barði noch kommen würde. Sie waren zahlreich und wollen wieder wegreiten. Höskuld bittet sie noch zu warten, als Þórð zu ihnen kommt und sagt, dass sich seltsamerweise Frauen zu Pferd näherten. Höskuld antwortet, das könne nicht sein. Da geht er selbst und sieht, wie Männer dahergeritten kommen. Barði und seine Begleiter treffen ein. Þórð wartet, Höskuld geht ihnen entgegen, wie auch Eilíf, und sie begrüßen Barði. Sie nehmen ein Gespräch auf.

Barði fragt: »Wirst du in dieser Sache allein entscheiden?«

Höskuld antwortet: »Das werde ich tun, von dir werde ich allerdings kein Geld verlangen, doch ich werde meinem Thingmann Ehre erweisen. Doch dafür, Barði, dass du einen Rückzieher gemacht hast, werden wir von dir zwei Ladungen Walfleisch als Bezahlung verlangen, oder was stellst du dir vor?«

Barði sagt: »Wir werden unseren Sitz auf Ásbjarnarnes haben, gemeinsam mit unseren Männern und allen anderen, die sich uns anschließen wollen.«

Barði dankt ihm für seine Unterstützung, Höskuld geht nach

Hause, Barði und seine Leute reiten los und geben die Neuigkeiten überall bekannt. Þórð von Breiðavað und Þorvald steigen auf ihre Pferde, holen sie ein und grüßen sie.

»Barði«, sprach Þórð, »du glaubst wohl, meine Unterstützung nicht zu brauchen, denn du hattest mich nicht aufgefordert, dich zu begleiten.«

Barði erwidert: »Es schien mir, dass ich dir gegenüber dazu nicht verpflichtet sei, aber du kannst uns immer noch von großem Nutzen sein.«

»Ich will dir einen Ochsen und einen alten Widder geben.«

Þorvald schenkt ihm zwölf Hammel, und sie trennen sich als gute Freunde. Nun kommt Barði etwas später nach Víðidal zu Björn, der ihn begrüßt, ihm aber keine Übernachtung anbietet. Später spricht Barði mit Guðrún, seiner Frau. Sie meint, sie habe schon alles versucht, um ihn umzustimmen, und sagt, dass Björn ihm trotz ihrer Vermittlung nichts zuliebe tun wolle.

»Björn«, sagt er, »was willst du uns zu dem Schlachtfleisch dazugeben, wenn wir unseren Haushalt noch vergrößern?«

Björn sprach: »Ich werde nichts dazu beisteuern, da ich dir nichts schulde.«

Da setzen sich Leute bei Björn für die Sache ein, aber es war von ihm nichts zu haben.

Barði sprach: »Keiner von uns wird davon profitieren, und es werden die in Mitleidenschaft gezogen, die es am wenigsten verdienen. Doch ich werde das tun, was dir am meisten Schande einbringt.«

Nun benennt sich Barði Zeugen und verkündet die Scheidung von seiner Frau und Þorvalds Tochter Guðrún, »und zwar aus dem Grund«, sagt Barði, »dass du in aller Augen ein derartiger Schuft bist, dass es keinem anständigen Mann zur Ehre gereicht, dich zum Schwiegervater zu haben, und du wirst von mir weder Brautgabe noch Mitgift zurückbekommen.«

33 Plötzlich hören sie ein gewaltiges Dröhnen von vielen Reitern auf dem Weg zum Fluss. Þorgísl Arason kam da von seiner Hochzeit aus dem Norden zurück, zusammen mit Snorri dem Goden. Im Ganzen waren es achtzig Mann.

Da sprach Barði: »Legen wir unsere Verkleidung ab und schließen uns der Truppe an, aber immer nur einer auf einmal, dann werden sie es in der Dunkelheit nicht bemerken.«

Barði reitet zum Goden Snorri. Er hat seine Kapuze weit über den Kopf gezogen, spricht ihn bei der Furt an und berichtet ihm von den Vorfällen. Nun reiten sie vom Fluss hinauf.

»Þorgísl«, sagt Snorri da, »hier wollen wir die Pferde grasen lassen, uns ausruhen und uns unterhalten, bevor wir uns für die Übernachtung trennen.«

Barði und seine Leute reiten in der Truppe mit, ohne dass die Männer es bemerken. Þorgísl will den Abend auf Breiðabólstad verbringen. Und als sie sich hingesetzt hatten, da sprach Snorri: »Es wurde mir gesagt, Þorgísl«, sagt er, »dass keiner so gut Friedenssprüche und andere Gesetzesformeln verkünden kann wie du.«

»Das hat nicht viel zu bedeuten«, sagt Þorgísl.

»Doch«, sagt Snorri, »wenn sich alle so einig sind über etwas, dann ist auch einiges daran richtig.«

Þorgísl sagt: »Man kann vielleicht nicht sagen, dass ich Friedenssprüche besser verkünde als andere, aber ich kann sie nach dem Gesetz gestalten.«

Snorri sprach: »Dann gib mir ein Beispiel.«

»Warum fragst du? Gibt es irgendwelche ungeschlichteten Angelegenheiten?«

Snorri sagt, das wisse man nie, »und so etwas kann jederzeit nützlich werden, also tu mir den Gefallen und befriedige meine Neugier.«

Þorgísl sagt, dass es denn so sein solle. Und er beginnt die Rede:

»Das ist der Anfang unseres Friedensspruches, möge Gott mit uns sein. Wir wollen untereinander friedlich sein und uns achten beim gemeinsamen Essen und Trinken, beim Thing und anderen

Versammlungen, beim Kirchenbesuch und im Königshaus, bei allen Versammlungen, wo Menschen zusammenkommen. Wir wollen friedvoll sein, als hätte es unter uns noch nie Feindschaft gegeben.

Wir wollen unsere Messer und Fleischstücke und alle guten Dinge zwischen uns teilen wie Verwandte, nicht wie Feinde.

Wenn von nun an ein Zwist zwischen zwei Parteien entstehen sollte, so soll er mit einem Vergleich und nicht mit blutgefärbten Waffen beglichen werden.

Jeder von uns, der eine Vereinbarung bricht oder den Friedensschwur missachtet, soll verbannt und ausgeschlossen werden von den Gefilden, wo Christen die Kirche besuchen, Heiden ihre Opfer darbringen, wo Feuer brennen, Erde gedeiht, ein Sohn nach seiner Mutter ruft, ein Schiff gleitet, Schilde blitzen, die Sonne den Schnee schmilzt, ein Finne auf Skiern fährt, eine Föhre wächst, ein Falke mit frischer Brise unter den Flügeln durch einen Frühlingstag gleitet, der Himmel sich wölbt, die Erde bebaut wird, der Wind stärker weht, Wasser ins Meer fließt und Menschen Korn säen.

Er soll sich von Kirchen und Christen fernhalten, Gottes Häuser und Menschen meiden, wie auch jede andere Welt außer der Hölle.

Jeder von uns soll nun vor den anderen den Friedensschwur leisten für sich und seine Erben, geboren oder ungeboren, gezeugt oder ungezeugt, ernannt oder ungenannt, und jeder schwört einen Friedensschwur und ewigen Friedensschwur, einen gültigen und großen Friedensschwur, der fortwährend gelten soll, solange Mensch und Erde leben.

Nun sind wir im Frieden vereint, wo auch immer wir uns treffen mögen, ob an Land oder auf hoher See, zu Schiff oder auf den Skiern, auf dem Meer oder Pferderücken, beim Rudern oder Essen, ob an der Ruderbank oder auf Deck. Wenn es notwendig ist, wollen wir in allen Angelegenheiten zusammenstehen wie ein Sohn mit seinem Vater und ein Vater mit seinem Sohn.

Nun wollen wir uns die Hand reichen zum Zeichen der Einigung und halten diesen Schwur in Christi Namen in hohem Ansehen. All die anwesenden Männer, die diesen Friedensschwur gehört haben, sollen die Zeugen sein. Möge Gottes Segen mit dem sein, der den Friedensschwur einhält, derjenige aber, der den Schwur bricht, den soll Gottes Zorn treffen. Nun haben wir Frieden zwischen uns geschlossen, möge Gott mit uns sein.«

34 Als Þorgísl den Friedensspruch beendet hatte, erhob Snorri die Stimme: »Vielen Dank, Freund, das war sehr gut gesprochen, und es ist klar, dass jeder, der hier anwesend ist und dagegen verstößt, diesen Spruch bricht.«

Da erzählt Snorri die Neuigkeiten, die sich ereignet hatten, und erwähnt auch, dass Barði und seine Männer unter all den Leuten von Þorgísl und ihm hier seien. Viele Anwesende waren Freunde oder nahe Verwandte der Männer aus dem Süden. Þorgísl hatte Gríma Hallkelsdóttir geheiratet, die Schwester von Illugi dem Schwarzen.

Da sprach Þorgísl: »In diesem Fall, Snorri, hätten wir gerne auf dich verzichtet.«

Er antwortet: »So ist es nicht, guter Freund, die Probleme zwischen allen Beteiligten haben überhandgenommen, selbst wenn wir sie hier beilegen könnten.«

Þorgísl will den Friedensspruch nicht brechen, den er selbst ausgesprochen hat, und so trennen sie sich. Snorri reitet mit zwanzig Männern zusammen mit Barði und seinen Leuten nach Lækjamót, wo Þórarinn sie freundlich aufnimmt. Sie sind zufrieden und schmieden Pläne […] Diesen Winter trägt sich wenig zu. […] Er und seine Leute waren erprobte Kämpfer und gut bewaffnet.

35 Nun ist von den Söhnen von Gils und deren Verwandten zu erzählen, die alles andere als zufrieden waren […] da es einen großen Verlust gegeben hatte […] und sie kommen zu Hermund nach Gilsbakki, da sie ganz auf Illugi vertrauten […]

[…] in der Nacht, um mit anderen zu sprechen und ihnen zu

sagen, dass er am Mittwoch während des Things zum Gesetzesfelsen gehen wolle und dann viele Anhänger dort bräuchte. Es gab sonst keine anderen großen Rechtsfälle auf dem Allthing, so dass viel über diese Sache geredet wurde und wie sie wohl ausgehen würde; auch über Barði wurde viel spekuliert.

Barði geht am Mittwoch während des Things mit neunhundert Männern zum Gesetzesfelsen, als alle Mächtigen dort versammelt waren. Die Menge verstummte, und es war viel ruhiger, als die große Anzahl Menschen erwarten ließ. Es wird erzählt, dass Barði das Wort ergreift.

36

Da sagt Barði, dass »es sein kann, dass die Männer sich über mich wundern, da ich nicht müde werde, hier beim Gesetzesfelsen zu reden. Nicht weil ich ein redegewandter Mann bin, sondern weil ich immer wieder in Schwierigkeiten stecke. Ich gehe davon aus, dass die meisten hier davon Kenntnis haben, was sich alles zwischen mir und meinen Gegnern zugetragen hat. Wir haben lange Nachsicht gezeigt, bei all dem Leid, das uns zugefügt worden ist. Im Gegenzug haben wir jedoch nichts als Spott und Verleumdung geerntet, als wir um Bußleistungen für unsere Verwandten ersuchten. Selbst von unseren Verwandten und Verbündeten und letztlich jedermann mussten wir Vorwürfe erdulden, weil wir uns so schwertun, uns zu rächen. Da keine Aussicht auf einen Vergleich bestand, zogen wir los, um uns zu rächen. Dabei gingen wir eher tollkühn als berechnend vor, als wir mit nur wenigen Leuten einen Angriff in einem fremden Bezirk wagten. Und dann hat es sich ergeben, dass wir die Oberhand behielten, ganz wie es uns der Sache nach eigentlich auch zusteht. Es kann sein, dass diejenigen, die uns zuvor hingehalten hatten, nun das Gefühl haben, sich mit uns unterhalten zu wollen. Diesen wollen wir jetzt anders antworten, als sie uns damals geantwortet haben: Wir bieten das Urteil von klugen und wohlgesonnenen Männern an. Deren Urteil soll gelten, und wir wollen unseren Streitfall beilegen. Der Schiedsspruch soll befolgt werden und den Unfrieden beenden.«

37 Da antwortete Tind: »Deine Mannschaft ist jetzt größer als oben auf den Dofansfjöll. Du glaubst mehr Unterstützung zu haben als damals, als dir andere gegenüberstanden.«

Barði sagt: »Ich erinnere mich, dass du sehr spät zu unserem letzten Treffen gekommen bist und dich damals nicht gerade kampfbereit gezeigt hast.« Dann zieht Barði das Schwert, das er in der Hand hält.

»Das hier wirst du kennen. Es hat einmal deinen Verwandten gehört und ist immer wieder gerne benutzt worden. Ziemlich schartig ist es nun, und das ist auch kein Wunder. Dich hingegen habe ich mit dem Knauf geschlagen, mehr hast du gar nicht verdient.«

Da stand ein alter Mann auf, das war Eið Skeggjason, und sprach: »Wir halten gar nichts davon, wenn man sich hier gegenseitig beleidigt, ob es nun gerade die anderen Leute trifft oder die eigenen. Das bringt oft nur Unglück. Die Männer sollten hier sprechen, um Frieden zu stiften. Wohl niemand hier hat ein schwereres Los als ich, und niemandem ist schwereres Leid widerfahren als mir. Dennoch halte ich es für ratsam, dass wir uns einigen. Wir können es daher niemandem nachsehen, wenn er hier andere verhöhnt. Es ist zu erwarten, dass es wie bisher im Unglück endet, andere zu beleidigen.«

Es gab viel Beifall für seine Rede. Nun wurde nach den Männern gesucht, die sich am ehesten einigen wollten. Von Snorri wird erwähnt, dass er am meisten an einem Schiedsspruch interessiert war; er war schon sehr in die Jahre gekommen.

Þorgísl war ein anderer Mann, ein Freund von Snorri; sie waren mit Schwestern verheiratet. Beide rieten dazu, in einen Schiedsspruch und Vergleich einzuwilligen, da die Leute unter ihren Verwandten viele Verluste zu beklagen hatten.

Wir können nun nichts anderes sagen, als dass die gefallenen Männer zum Vergleich gegeneinander aufgewogen wurden. Auf Barðis Seite wurden Snorri und Guðmund Eyjólfsson gewählt, den Schiedsspruch zu fällen, Þorgísl Arason und Illugi auf der Seite der Südmänner. Sie beratschlagten nun untereinander, welcher Vergleich am günstigsten wäre. Nun ergab es sich, dass die

Söhne von Eið und die Söhne von Guðbrand gegeneinander aufgewogen werden sollten, sowie Þórodd Hermundarson und Þorbjörn, die als ebenbürtig galten. Die Leute aus dem Borgarfjord fanden, dass die Forderung für Hall Guðmundarson zu hoch sei, und sie zogen davon und lehnten die Vergleiche ab, als sie Barðis Absichten durchschauten.

Über das Ende ist zu sagen, dass die Söhne von Þorgaut, Ketill und Gísli, Hall Guðmundarson gleichgesetzt wurden. Insgesamt starben neun Männer aus dem Süden; es wurden vier aus dem Norden mit fünf aus Gíslis Familie aufgewogen, denn der Unterschied zwischen ihren Familien war groß, und Barðis Verwandte ließen sich auf nichts anderes ein. Da berieten beide Seiten, was danach geschehen sollte. Aus dem Süden waren vier Männer ungesühnt, Þorgísl und Eyjólf, sein Sohn, Tanni der Handstarke und Eyjólf, sein Neffe. Aber Barði sagte, dass er kein wohlhabender Mann sei, weder er noch seine Brüder oder ihre Verwandten, »und wir werden kein Geld zur Buße erbetteln.«

Snorri antwortet: »Es kann nicht sein, dass es weder zu Geldbuße noch zu Ächtung kommt.«

Barði erwidert, dass er nichts dagegen habe, Männer aus dem Land zu verbannen, wenn sie die Erlaubnis zur Rückkehr bekommen, dann sollen umso mehr gehen. »Nur einer soll nicht fahren; für ihn soll Buße gelten, auch wenn ihr glaubt, dass ihr Grund zur Klage habt. Grís, unser Gefährte, ist nicht straffällig. Hesthöfði, der dort lebt, wo es Stað im Skagafjord heißt, ist sein Verwandter und hat sich seiner angenommen.«

Es kam nun eine Vereinbarung zustande, und darin waren sie sich alle einig, dass sie außer Landes müssten. Das schien ihnen vergleichsweise ein Erfolg zu sein, da Barði nicht bereit war, eine Geldbuße zu zahlen und es keine schlechtere Voraussetzung war, außer Landes zu fahren. Weise Männer glaubten, dass sich ihre Überheblichkeit, wie groß sie auch war, am ehesten legen würde, wenn sie sich nicht im selben Land befänden.

Vierzehn Männer, die am Kampf auf dem Hochland teilgenommen hatten, sollten außer Landes fahren. Sie sollten drei Winter im Ausland bleiben und im dritten Sommer die Erlaubnis zur Rückkehr erhalten, für die Ausfahrt nicht bezahlen müssen. Die Sache wurde beglichen, bevor das Gericht zusammenkam. Nachdem die Angelegenheit eine Zeitlang aussichtslos erschienen war, befand man, dass Barði und seine Männer schließlich mit großem Erfolg aus der Sache hervorgegangen seien.

38

Nun schickt Barði die Männer heim in den Bezirk; sie hatten ihr Land und ihr Vieh übertragen, für den Fall, dass die Sache unvorhergesehen anders verlaufen wäre. Ein Mann hieß Þórodd, wurde Kergarð genannt und war nicht beliebt; er sollte den Hof drei Winter lang bewirtschaften. Er war ein Verwandter von Guðmunds Söhnen und wohlhabend. Ihr Vertrag war nun abgeschlossen.

Nun kommt ein Schiff vom Meer nach Blönduós, das gehörte Halldór, dem Ziehbruder von Barði. Die Männer kommen vom Thing nach Hause. Und als Halldór erfährt, dass Barði des Landes verwiesen ist, lässt er die Ladung vom Schiff löschen und begibt sich nach Hóp vor Barðis Haus. Dort wird er freundlich empfangen.

»Verwandter«, sagt Halldór, »du hast dich mir gegenüber anständig aufgeführt, mir sehr oft geholfen und es mir nicht übelgenommen, als ich nicht mit dir in den Süden geritten bin. Nun verspreche ich dir meine Unterstützung. Dies sollst du nun hören: Dieses Schiff will ich dir geben mit allem, was dazugehört.«

Barði dankt ihm und findet, Halldór habe sehr großzügig gehandelt. Er bereitet nun das Schiff vor, und mit ihm sind fünfundzwanzig Mann. Sie sind erst spät zur Abfahrt bereit, stechen in See und sind elf Tage unterwegs. Sie erleiden nördlich von Siglunes Schiffbruch, und sie verlieren vieles, die Männer aber überleben.

Guðmund der Alte war nach Galmarsströnd hinausgeritten, erfährt vor dem Vorfall und eilt nach Hause.

Am Abend sagte Eyjólf, sein Sohn: »Nun mag es sein, dass Barði auf der anderen Seite ist, die man von hier aus sieht.« Viele sagten, dies sei nicht unwahrscheinlich. »Wie würdest du handeln«, sagt Eyjólf, »wenn er zurückgetrieben worden wäre?«

Er antwortet: »Was scheint dir ratsam?«

Er erwidert: »Sie alle zum Verweilen auf den Hof einzuladen, das wäre deiner würdig.«

Guðmund antwortet: »Du hast Großes im Sinn, und ich weiß nicht, ob das nicht ratsam ist.«

Eyjólf meint: »Hab Dank für deine guten Worte; ich kann dir sagen, dass Barði und seine Männer zurückgetrieben worden sind, bei Siglunes Schiffbruch erlitten und den größten Teil ihrer Ware verloren haben. Es wird dir viel Respekt einbringen, sie aufzunehmen«, und nimmt ihm damit die Entscheidung ab. Guðmund hält nicht viel davon, aber er lässt ihn machen.

39 Eyjólf macht sich mit fünfundzwanzig Pferden auf den Weg und trifft Barði und seine Begleiter am Strand. Eyjólf begrüßt sie freundlich und lädt sie ein, auf Geheiß seines Vaters mit ihm nach Hause zu kommen. Das tun sie und besetzen den Winter über die zweite Bank. Guðmund ist freundlich zu ihnen und bewirtet sie großzügig. Diese Nachricht verbreitet sich weit herum. Einar Járnskeggjason lädt sie oft ein, die Zeit mit ihm zu verbringen, und sie waren vergnügt.

Nun war es günstig, dass Þórarinn dafür gesorgt hatte, dass Barði von angesehenen und vermögenden Männern begleitet wurde. Sie lassen nun weiteren Besitz aus dem Westen holen und beabsichtigen, im Sommer das Land erneut zu verlassen.

40 In diesem Winter fragte ein Mann den Skalden Eiríк nach den Ereignissen und wie viele Männer gestorben seien. Er dichtete die Strophe:

Berühmte Leute des Schwerttals
lagen zu elft tot im Hochland,
rote Linden zerbrachen

im Lärm der Schilde;
es begab sich zuvor,
dass Gísli sein Schicksal empfing,
im Schrecken des Feuerstreits,
wir setzten ihm zu mit der Wundenstange.

Tal des Schwerts = Schild; Leute des Schilds = Krieger; rote Linden = blutdurchtränkte Schilde; Lärm der Schilde = Kampf; Schrecken des Streits des Feuers = Kampf der Schwerter; Wundenstange = Speer oder Schwert

Aber nun fragten auch noch andere, wie viele Männer auf jeder Seite gefallen seien.

Er dichtete die Strophe:

Drei Weiden der Siegtische
unseres tapferen Gefolges
aus dem Norden fielen;
wir röteten die Schwerter in Wunden;
und neun Bäume des Feuers von Fjölnirs Gesängen,
sie kamen von Süden und fielen im Hochland,
ein grimmiger Schauer der Walküren
wütete unter den Männern.

Weiden (Männer) der Siegtische (Schilde) = Krieger; Gesänge Fjölnirs = Zauber Odins = Kampf, Feuer des Kampfs = Schwert, Bäume der Schwerter = Krieger; Schauer der Walküren = Kampf

Da wird gesagt, dass die Männer aus dem Süden große Verluste in ihrer Mannschaft verkraften mussten.

Und er dichtete die Strophe:

Styr Snari und Snorri veranlassten
das Schwertgericht,
in dem die Erzeuger des Lärms
es den Gíslungen schwermachten;
nicht geringer jedoch
war die Scharte,

die Barði denen aus dem Süden schlug;
Gíslis Leute gingen schrecklich zugrunde.

Schwertgericht = Kampf; Erzeuger des Lärms = Krieger

41 Nun nahmen Barði und seine Gefährten ihr Geld und bereiteten sich mit stattlichem Besitz für die Auslandfahrt vor. Barði und seine Brüder schicken Þórodd Kergarð die Botschaft, dass sie das Land zum Verkauf brauchen, denn sie glauben, dass sie den Erlös benötigen. Er will das Land aber nicht freigeben, sondern dass der Handel wie ausgemacht gelten solle, sie müssten entweder auf das Geld verzichten oder ihn töten.

Nun bietet Eyjólf an, dass er ihnen so viel Geld gebe, wie das Land wert sei, und er sich mit Þórodd auseinandersetzen werde. Er sagt, dass er ihn noch diesen Sommer entweder getötet oder von seinem Land vertrieben haben wird, das er dann sein Eigen nennt. Barði kauft ein Schiff, das in Húsavík lag, stach in See, und Eyjólf kümmerte sich ehrenvoll um ihre Sache. Sie haben nun eine gute Fahrt und laufen im Norden bei der Handelsstadt in Trondheim ein. Barði lässt das Schiff an Land ziehen und für den Winter sichern.

König Ólaf der Heilige herrschte damals über Norwegen; er hielt sich in der Handelsstadt auf. Barði tritt mit seinen Leuten vor den König und grüßte ihn so, wie es sich geziemte, »und es ist so, Herr, dass wir gerne deine Wintergäste wären.«

Der König antwortet auf diese Weise: »Wir haben von dir gehört, Barði«, sagt er, »dass du ein tüchtiger Mann aus einer vornehmen Familie bist, und ihr seid tapfere Männer und in manche Großtaten verwickelt. Ihr habt euch für euer Leid gerächt, das ihr lange ertragen musstet. Trotzdem habt ihr etwas Altertümliches und Heidnisches an euch, jene Art von Glauben, die uns nicht gefällt, und da wir diesen gänzlich abgelegt haben, möchten wir euch nicht unter uns haben. Aber dennoch wollen wir euer Freund sein, Barði«, sagt er, »und es wird noch Großes vor euch liegen. Menschen geraten oft in eine schwierige Lage, die sich immer weiter zuspitzt; wenn sich da heidnischer Glaube einmengt, verlassen sie sich zu stark auf ihn.«

Da erwidert Barði: »Es gibt keinen Mann, den ich lieber zum Freund hätte als euch, und wir bedanken uns für deine Worte.«

Barði lässt sich für den Winter in der Stadt nieder und wurde gut aufgenommen; im Frühling rüstet er sein Schiff, segelt nach Dänemark und verbringt dort den zweiten Winter in hohem Ansehen, mehr wird davon nicht berichtet. Danach rüstet er sein Schiff und segelt nach Island, und sie kamen im Norden des Landes an und besaßen fast kein Geld mehr. Guðmund war damals bereits tot, aber Eyjólf kam ihnen entgegen und lud sie zu sich ein. Dann ging jeder nach Hause, denn alle waren jetzt achtfrei. Eyjólf gibt den Brüdern ihr väterliches Erbe und zeigte wie früher seine Großzügigkeit, und niemand unterstützte sie so sehr wie er. Barði zog zu seinem Schwager Guðbrand. Er war sowohl vermögend als auch aus einer angesehenen Familie, galt aber als geizig. Barðis Brüder gingen ins südliche Borg zu Eyjólf, ihrem Schwager. Damals war ihre Ziehmutter gestorben. Nun kaufte Eyjólf das ganze Land für die Brüder und zahlt Barði seinen Anteil aus. Sie bauten ein Haus auf ihrem väterlichen Erbe und starben in hohem Alter. Sie waren angesehene Männer, aber nicht so bedeutend wie ihre Familie. Beide waren verheiratet und hatten Nachkommen.

42

Barði reitet zum Thing, nachdem er einen Winter hier im Lande verbracht hatte. Da hielt er um die Hand einer Frau an. Sie hieß Auð, war die Tochter des Goden Snorri und wurde mit ihm verlobt. Die Hochzeit sollte im Herbst in Sælingsdal bei Snorri dem Goden, ihrem Vater, abgehalten werden. Es wird nicht gesagt, wie groß ihre Mitgift war, aber es ist wahrscheinlich, dass diese ihr Ehre brachte. Sie war tüchtig und Snorri mochte sie sehr; ihre Mutter war Þuríð, die Tochter von Illugi dem Roten. Barði reitet während des Things ins Vatnsdal zu seinen Verwandten und ist zufrieden mit seiner Fahrt und steht bei den Leuten in hohem Ansehen. Wie weise Männer es vorausgesehen hatten, wurde der Vergleich eingehalten, wie er besprochen worden war, und es wird von keinen weiteren feindlichen Begegnungen zwischen ihnen berichtet. Nun bereitet Snorri wie geplant das Fest im Herbst vor. Es nahmen viele Leute daran teil, und es war wie erwartet großartig. Barði und seine Frau bleiben beide den Winter über dort. Im Frühling machten sie sich mit all ihrem Besitz auf den Weg, und Barði und Snorri trennen sich als gute Freunde. Sie gehen nun nach Norden ins Vatnsdal und bleiben dort bei Guðbrand, seinem Schwager. Im folgenden Frühling bereitet er seine Fahrt vor, kauft sich ein Schiff und segelt ins Ausland. Seine Frau ist dabei, und es wird gesagt, dass seine Fahrt gutgegangen ist. Er macht im Norden bei Hálogaland fest und bleibt dort den Winter über mit Sveinn Háreksson in Tjøtta. Er stand in gutem Ansehen, und man hielt ihn für einen edlen Herrn, und Sveinn schätzte sie beide sehr.

43 So geschah es eines Morgens, als sie beide im Schlafgemach waren, dass Barði schlafen wollte, sie aber wollte ihn wecken, nimmt ein kleines Kissen und wirft es ihm im Scherz ins Gesicht. Er wirft es weg, und so wiederholt es sich einige Male. Einmal wirft er nach ihr und lässt die Hand mitgehen, worauf sie sehr zornig wird und einen Stein nach ihm wirft. Und am Tag, nach dem Trinken, steht Barði auf, ernennt sich Zeugen, erklärt sich als geschieden von Auð und sagt, er wolle sich weder von ihr noch von anderen Gewalt gefallen lassen. Es kommt kein Argument dagegen an, sein Entschluss steht fest. Ihr Eigentum wird nun zwischen ihnen aufgeteilt, und er macht sich im Frühling von dort auf und ließ nicht von seiner Fahrt, bis er nach Garðaríki kam.

Er wurde Söldner und stand bei den Warägern im Dienst, und alle Männer aus dem Norden schätzen ihn hoch ein und waren eng mit ihm befreundet. Immer, wenn das Reich des Königs verteidigt werden muss, ist er beim Heerzug dabei und erwirbt Ruhm durch seine Tapferkeit und schart viele Männer um sich. Barði ist drei Winter dort und steht beim König und allen Warä-

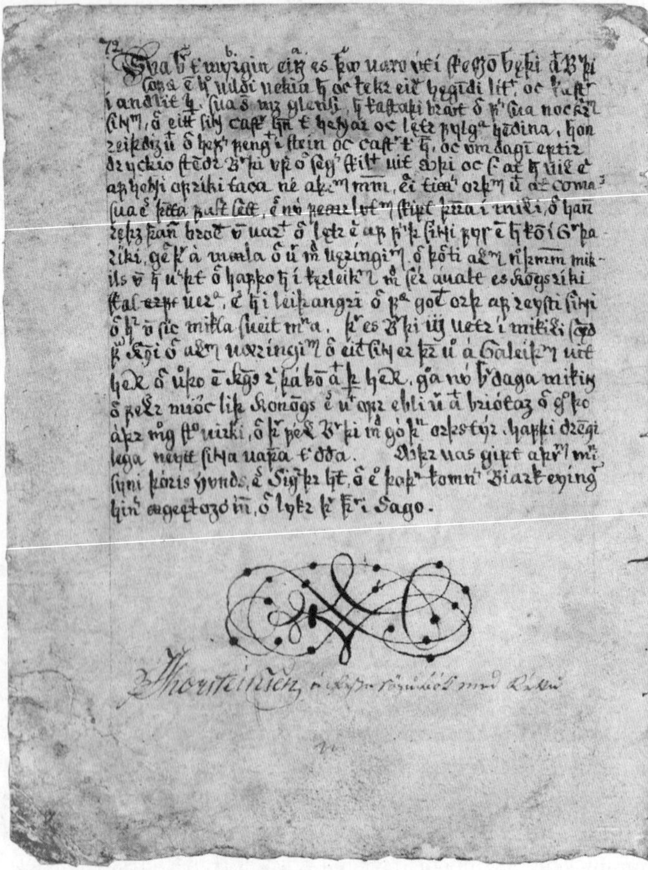

Ähnlich sorgfältig wie das am Anfang der *Saga vom Hochlandkampf* abgebildete Titelblatt dieser Handschrift von 1780 ist auch das Textende mit der charakteristischen Schlussvignette gestaltet. Darunter hat zu späterer Zeit ein Besitzer der Handschrift seinen Namen eingetragen, der Reykjavíker Arzt Jón Þorsteinsson Thorstensen (1794–1855).

gern in hohem Ansehen. Einmal, als sie mit einem Heer auf einem Kriegsschiff waren und wieder das Reich des Königs verteidigten, da werden sie von einem mächtigen Heer angegriffen, worauf eine große Schlacht beginnt und viele aus der königlichen Truppe fallen, da sie gegen eine Übermacht zu kämpfen hatten. Vorher verrichteten sie aber manch große Tat. Dort fiel Barði und erwarb sich viel Ruhm, da er seine Waffen bis zu seinem Tod tapfer eingesetzt hatte. Auð wurde mit einem anderen mächtigen Mann verheiratet, einem Sohn von Þórir Hund, der Sigurð hieß und von dem die Bjarkeyingar abstammen, äußerst hervorragende Männer.

HIER ENDET DIESE GESCHICHTE.

DIE SAGA VON
DEN LEUTEN AUS DEM VATNSDAL

VATNSDŒLA SAGA

AUS DEM ALTISLÄNDISCHEN
UND MIT EINER EINLEITUNG
VON SABINE SCHMALZER

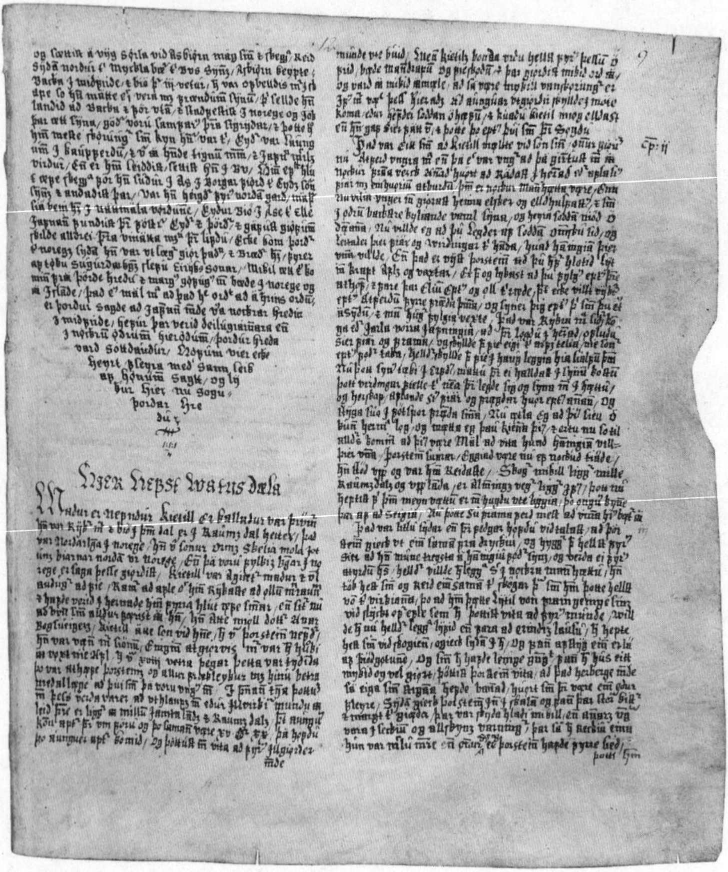

Eine Pergamenthandschrift aus dem 17. Jahrhundert, geschrieben von Brynjólfur Jónsson. Die Sagatexte sind durchgehend zweispaltig angeordnet; zweimal enden sie in einem spitz zulaufenden Schriftspiegel. Hier ist der Beginn der *Saga von den Leuten aus dem Vatnsdal* zu sehen, darüber das Ende der *Saga von Þórð Hreða*.

EINLEITUNG

Jeden Sommer gehen der junge Norweger Ingimund und seine Gefährten auf Wikingerfahrt. Reichtum und Ansehen erlangt man schließlich nicht zu Hause am warmen Herdfeuer. Mit diesen Worten hatte schon sein Großvater Ketill einst den eigenen Sohn zu riskanten Heldentaten ermutigt. Nun ist es an Ingimund, in die Fußstapfen seiner Vorväter zu treten. Unter seinen Gefährten gilt der junge Wikinger als angriffslustiger Kämpfer und ebenso treuer Freund, seine Unternehmungen sind stets vom Glück begünstigt. Als König Harald um die Vorherrschaft in Norwegen kämpft, schließt sich Ingimund seinem Heer an und kämpft in der Schlacht am Hafrsfjord an dessen Seite. Zu den vielen Kostbarkeiten, die ihm der König als Belohnung für seine Gefolgschaft schenkt, zählt auch ein Talisman des Gottes Frey. Es ist die Zeit der Erschließung neuen Landes und der Besiedelung Islands. Eine Seherin prophezeit Ingimund, dass auch er bald nach Island segeln und sich dort niederlassen wird. Seinen Talisman soll er an jenem Ort wiederfinden, an dem er seinen Hof errichten wird. Ingimund ist aufgebracht und will nicht viel auf das Geschwätz eines zauberkundigen Weibes geben, hat er doch sein Schicksal bisher immer selbst in die Hand genommen. Doch am nächsten Morgen ist der Talisman verschwunden …

Die *Vatnsdœla saga* gleicht mit einem vier Generationen umfassenden Erzählzeitraum einer Familienchronik. Ihre Protagonisten sind die mächtigen Vatnsdælir, die Leute aus dem Vatnsdal. Die Ereignisse, von denen diese Saga berichtet, reichen von der norwegischen Vorzeit über die Auswanderung Ingimunds um das Jahr 900 bis zur Einführung des Christentums auf Island um das Jahr 1000. Vermutlich machte sich ein Geistlicher in der letzten Hälfte des 13. Jahrhunderts daran, diese Geschichte über seine Vorfahren zusammenzustellen. Er muss den Hauptschauplatz der Saga, das Vatnsdal im Nordwesten Islands, gut gekannt haben, vielleicht war er ein Mönch des Klosters Þingeyrar. Einige Merkmale deuten darauf hin, dass ihm wahrscheinlich eine ältere Vorlage zur Verfügung stand, er könnte sein Werk aber auch aus mehreren kleineren Erzählungen zusammengesetzt haben, da es einzelne selbständige Episoden enthält, die in sich abgeschlossen sind. Den roten Faden dieser Geschichte bildet die Frage um das Erbe der Godenwürde, die von Generation zu Generation weitergegeben wird. Als typische Familiensaga kann die *Vatnsdœla saga* jedoch mit mehr aufwarten als einer bloßen Genealogie der Gesetzessprecher. Wir hören von Zauber und Schamanismus, von Schicksal und Abenteuer, sogar von Räubern und Plünderern mit edelmütigem Charakter.

Gerade diese letztgenannte Wesensart nimmt in der Schilderung der Hauptfiguren eine besondere Stellung ein. Schon in der märchenhaft ausgestalteten Vorgeschichte vom Wegelagerer mit adliger Herkunft zeigt sich, dass die Männer des Vatnsdal-Geschlechtes ein bestimmtes Ideal verkörpern. Vorbild hierfür dürften die christlichen Moralvorstellungen und das höfische Rittertum des Hochmittelalters gewesen sein. Interessant ist aber, dass nicht nur Eigenschaften wie Freigebigkeit, Edelmut und Friedfertigkeit besonders im Mittelpunkt stehen, sondern auch der Mut zum Kampf sowie Scharfsinn, Wortgewandtheit und Gewitztheit. Anscheinend schimmern hier noch die alten Heldenbilder der heidnischen Zeit durch. So verkörpern Ingimund und seine Nachkommen einerseits das christliche Idealbild eines friedlichen und weisen Goden, aber andererseits hilft ihnen nicht selten ihr Wortwitz, ihr Einfallsreichtum und, wenn es sein muss, auch ein kräftiger Hieb dabei, ihre Ziele zu erreichen. Alle Vorhaben der Familie aus dem Vatnsdal scheinen stets unter einem guten Stern zu stehen. Zu Beginn ist es der Gott Frey, der als überirdischer Beschützer in Erscheinung tritt. Freys Talisman weist Ingimund den Weg zu seinem neuen Land, und auch Ingimunds Söhne erfahren Hilfe durch ein mythisches Pferd, das Frey geweiht ist. Viel stärker wird jedoch der Glaube an den »Schöpfer der Sonne« betont, was den Eindruck erweckt, dass die Protagonisten der Saga bereits vor der Durchsetzung des neuen Glaubens die Eigenschaften eines guten Christen in sich tragen. Auf diese Weise ist es dem Verfasser der *Vatnsdœla saga* gelungen, seine wikingerzeitlichen Vorfahren in die christliche Welt des Mittelalters mit hinüberzunehmen.

DIE SAGA VON DEN LEUTEN AUS DEM VATNSDAL

1 Ein Mann hieß Ketill und trug den Beinamen Raum. Er war ein wohlhabender Mann. Der Hof, auf dem er wohnte, lag in Romsdal und war zugleich nach diesem Ort benannt. Das ist im Norden Norwegens. Er war der Sohn des Orm Skeljamoli, Sohn des Nes-Björn, eines Nachkommen des Jötunn-Björn, der aus dem Norden Norwegens stammte.

Damals, als diese Geschichte sich ereignete, herrschten Kleinkönige über Norwegen. Ketill war ein angesehener Mann und sehr vermögend, ziemlich stark und immer der Mutigste, wenn es gefährlich wurde. In seinen jungen Jahren war er stets auf Wikingerfahrt gewesen, aber nun, da er älter geworden war, hatte er sich auf seinem Hof zur Ruhe gesetzt. Er hatte Mjöll, die Tochter des Án Bogsveigi, zur Frau. Sie hatten zusammen einen Sohn, der Þorsteinn hieß. Er sah gut aus, war aber nicht besonders groß oder kräftig. Er zählte erst achtzehn Winter, als sich diese Ereignisse zutrugen, und doch machte sich Þorsteinn verglichen mit den anderen jungen Männern überdurchschnittlich gut.

Zu dieser Zeit vermuteten die Leute, dass Räuber oder Verbrecher den Weg überfielen, der Jämtland und Romsdal miteinander verband, denn niemand, der dort entlangging, kehrte jemals zurück. Selbst wenn sich fünfzehn oder zwanzig Reisende zu einer Gruppe zusammentaten, kehrte trotzdem kein Einziger wieder, weshalb die Leute glaubten, dass der Wegelagerer ein hervorragender Kämpfer sein müsse. Die Nachbarn von Bauer Ketill waren von diesen Überfällen am wenigsten betroffen, weder von Totschlägen noch von Diebstahl, weshalb der Vorwurf laut wurde, dass derjenige wohl ein Feigling sei, der in dieser Gegend das Sagen hatte, wenn er gegen solche Verbrechen nichts unternehmen würde, und die Leute sagten, Ketill sei alt geworden. Dieser tat zwar so, als würde er nichts darauf geben, aber es war ihm dennoch nicht gleichgültig, was sie sagten.

2 Einmal sagte Ketill zu seinem Sohn Þorsteinn: »Die jungen Männer verhalten sich heutzutage anders als zu meiner Zeit, da hat keiner die Gelegenheit ausgelassen, eine ruhmreiche Heldentat zu vollbringen. Entweder schlossen sie sich einem Wikingerheer an und gingen auf Plünderungszug oder sie erwarben sich Besitz und Ehre durch Taten, bei denen sie das Leben aufs Spiel setzen mussten, aber jetzt wollen die Jungen bloß noch Stubenhocker werden und am warmen Herdfeuer sitzen und sich mit Met und Bier den Bauch vollschlagen. Sie machen sich nichts aus Mannhaftigkeit und Kühnheit, dabei habe ich es nur deshalb zu Vermögen und Ansehen gebracht, weil ich es wagte, mich Gefahr und harten Zweikämpfen auszusetzen. Þorsteinn, dir ist eben nur geringe Stärke und Größe zugefallen, weshalb es auch verständlich ist, dass du dein Handeln und all deinen Mut nach deiner Kraft richtest und dich deshalb nicht den Taten deiner Vorväter zuwenden willst, und wenn ich mir dich so ansehe, kommt dein Herz ganz nach deiner Größe. Schon immer war es die Sitte der wohlhabenden Männer, der Könige und Jarle, unseresgleichen also, auf Wikingerfahrt zu gehen und Reichtum und Ruhm zu erlangen. Doch dieses Vermögen sollte nicht zum Erbe gehören und auch nicht vom Vater auf den Sohn übergehen, sondern den Herrschern selbst in den Grabhügel beigelegt werden. Obwohl ihre Söhne also die Ländereien bekamen, konnten sie ihre Stellung dennoch nicht halten, denn Ehre wurde ihnen nur dann zuteil, wenn sie sich mit ihren Männern in Gefahr und Kämpfe stürzten und sich so Vermögen und Ansehen verdienten, und so trat einer nach dem anderen in die Fußstapfen seiner Vorväter. Ich glaube, du kennst die Gesetze der Krieger noch nicht, aber ich könnte sie dir beibringen. Außerdem bist du jetzt in einem Alter, in dem es an der Zeit wäre, deinen Mut zu beweisen und dein Glück einmal auf die Probe zu stellen.«

Þorsteinn antwortete: »Angestachelt wäre ich nun zur Genüge, wenn es nur etwas nützen würde.« Er stand auf und ging weg und war ziemlich wütend.

Ein großer Wald lag zwischen Romsdal und Opplönd, durch den der Hauptweg verlief, wenn er auch gerade nicht passierbar war wegen der Unholde, die vermutlich dort draußen auf der Lauer lagen, obwohl niemand etwas über sie berichten konnte. Hier schien eine ruhmreiche Tat jetzt am meisten gebraucht zu werden.

3 Wenig später, nachdem Vater und Sohn miteinander gesprochen hatten, entfernte sich Þorsteinn allein vom Trinkgelage und dachte vor allem daran, nun das Glück seines Vaters auf die Probe zu stellen und dessen Beleidigungen nicht auf sich sitzen zu lassen. Lieber wollte er jetzt sein Leben riskieren. Er nahm sein Pferd und ritt allein in Richtung des Waldes, dorthin, wo er vermutete, auf die Räuber zu treffen, obwohl er angesichts einer solchen Übermacht, die er dort vorzufinden glaubte, nur wenig Aussicht auf Erfolg hatte. Aber jetzt wollte er dennoch lieber sein Leben aufs Spiel setzen, als sich vergebens auf den Weg gemacht zu haben.

Am Waldrand band er sein Pferd an und ging dann ins Unterholz. Er entdeckte einen Pfad, der abseits des Hauptweges lag. Als er ein Stück gewandert war, stieß er im Wald auf ein großes Haus, das solide gebaut war. Þorsteinn nahm an, dies müsse der Unterschlupf des Mannes sein, der die Wege unsicher machte, war es nun einer oder mehrere. Dann ging Þorsteinn in das Haus und fand dort große Kisten und viele kostbare Dinge. Auf der einen Seite war ein großer Stapel Brennholz aufgeschichtet und auf der anderen Seite lagerten Waren in Säcken und alle Arten von Handelsgut. Da sah er auch ein Bett, es war viel größer als alle Betten, die Þorsteinn je gesehen hatte. Er dachte, der Mann muss aber ziemlich groß sein, der dort hineinpasst. Das Bett war fein bezogen. Dort gab es auch einen gedeckten Tisch mit reinen Tüchern, herrlichen Speisen und bestem Trank. Þorsteinn rührte nichts davon an. Dann suchte er sich ein Versteck, damit er nicht sofort von demjenigen entdeckt werden würde, der diese Halle bewohnte, denn er wollte erst einmal herausfinden, mit wem er es zu tun hatte, ehe sie miteinander sprachen oder sich gegenüberstanden. Er schlüpfte dann zwischen den Säcken hinter einen Stapel mit Waren und wartete.

Da hörte er von draußen großen Lärm, als es bereits Abend wurde, und ein Mann kam herein, der ein Pferd hinter sich herführte. Der Mann war sehr groß und hatte hellblonde Haare, die ihm in seidigen Locken auf die Schultern fielen. Þorsteinn fand ihn außergewöhnlich schön. Dann machte der Mann Feuer, zuvor jedoch hatte er sein Pferd in den Stall gebracht. Er stellte eine Schale mit Wasser vor sich hin, wusch sich und trocknete sich mit einem weißen Tuch ab. Aus einem Fass füllte er einen köstlichen Trank in einen riesigen Becher und nahm sich dann etwas zu essen. Þorsteinn erschien das ganze Benehmen dieses Mannes seltsam und sehr fein. Er war viel größer als sein Vater Ketill, und Þorsteinn hielt ihn für den größten Mann der Welt, und das war er.

Als der Herr des Hauses sein Mahl beendet hatte, setzte er sich ans Feuer, schaute hinein und sagte: »Hier stimmt etwas nicht, das Feuer ist jetzt weiter heruntergebrannt, als es sein müsste. Ich habe es doch eben erst angefacht. Ich weiß zwar nicht, was das zu bedeuten hat, aber vielleicht sind Männer gekommen und wollen mir ans Leben. Sie hätten ja auch allen Grund dazu, also werde ich das Haus durchsuchen.«

Dann nahm er ein brennendes Holzscheit und suchte und kam dorthin, wo die Waren gestapelt waren. Man konnte von dem Stapel aus in einen breiten Rauchfang gelangen, der auf das Dach führte. Und als der Räuber den Stapel durchsuchte, war Þorsteinn schon draußen, und der Hausherr konnte ihn nicht finden, denn Þorsteinn war ein anderes Schicksal bestimmt, als dort getötet zu werden. Dreimal suchte er das Haus ab und fand nichts.

Da sagte der Hausherr: »Nun werde ich es gut sein lassen, aber es ist ungewiss, was passieren wird. Es kann sein, dass es mir so ergehen wird, wie man sagt, dass jeder das bekommt, was er verdient.«

Dann ging er nach hinten zur Bettstatt und nahm sein Kurzschwert ab. Für Þorsteinn war dieses Schwert die größte Kostbarkeit, die er je gesehen hatte, und die Klinge schien sehr scharf zu sein, und da kam ihm in den Sinn, dass es bestimmt nützlich wäre, an das Schwert zu kommen. Er dachte nun auch an die Worte, mit denen ihn sein Vater angestachelt hatte, dass man Kraft und Mut brauche, um solche oder andere Heldentaten zu vollbringen, aber Ruhm und glänzendes Gold als Belohnung erhalte, und dass es ihm hinterher lieber wäre, fortgegangen zu sein, als am Herd seiner Mutter zu sitzen. Da fiel ihm auch ein, dass sein Vater gesagt hatte, er tauge an der Waffe nicht mehr als eine seiner Töchter oder irgendeine andere Frau und dass er seinen Verwandten mehr Ehre bereite, wenn er gar nicht erst im Stammbaum auftauche. Das spornte Þorsteinn an, und deshalb wollte er einerseits die Gelegenheit nutzen, ganz allein das Unrecht vieler Leute zu rächen, doch andererseits hielt er es für einen großen Verlust, diesen Mann zu töten.

Dann schläft der Hausherr ein, aber Þorsteinn macht ein wenig Lärm, um zu sehen, wie fest er schläft. Er wacht auf und dreht sich auf die Seite. Nach einer Weile macht Þorsteinn einen zweiten Versuch, und er wacht auch diesmal auf, jedoch nicht ganz. Das dritte Mal geht Þorsteinn hin, schlägt kräftig auf die Bettkante und stellt fest, dass diesmal alles ruhig um ihn bleibt. Da entzündet Þorsteinn eine Fackel und nähert sich dem Bett und will nachsehen, ob der Mann weg ist. Þorsteinn sieht, dass er noch dort liegt. Er ist mit einem seidenen, mit Goldfäden durchwirkten Hemd bekleidet und schläft mit dem Gesicht nach oben. Da ergreift Þorsteinn das Schwert, stößt es dem großen Mann in die Brust und fügt ihm eine tiefe Wunde zu. Der Mann springt sofort auf, packt Þorsteinn, zieht ihn zu sich hinauf aufs Bett, aber das Schwert steckt in der Wunde, und so fest hat Þorsteinn zugestoßen, dass die Spitze im Holzrahmen feststeckt, aber dieser Mann ist furchtbar stark und lässt das Schwert einfach dort stecken, wo es ihn durchdrungen hat.

Der Verwundete sagt: »Wer ist der Mann, der mich durchbohrt hat?«

Er antwortet: »Mein Name ist Þorsteinn und ich bin der Sohn von Ketill Raum.«

Der Mann sagt: »Ich dachte mir schon, dass du es bist, aber ich glaube, von dir und deinem Vater habe ich das am wenigsten verdient, denn euch habe ich eigentlich nichts getan. Aber nun warst du zu schnell und ich war zu langsam, weil ich gerade jetzt vorhatte, von hier fortzugehen und mit dem Rauben aufzuhören. Doch noch habe ich dich in meiner Gewalt, soll ich dich leben oder sterben lassen … Nun, wenn ich mich danach richte, was du verdienst und was du vorgehabt hast, würde wohl niemand über unseren Kampf berichten, deswegen halte ich es für angebracht, dich am Leben zu lassen, und du könntest mir noch nützlich sein, wenn es gelingt. Nun will ich dir auch meinen Namen sagen: Ich heiße Jökull und ich bin der Sohn des Jarl Ingimund von Gautland. Und wie es sich für den Sohn eines wohlhabenden Mannes gehört, habe ich mir ein Vermögen erworben, auch wenn es auf die harte Art geschah, aber nun wollte ich in meine Heimat aufbrechen. Also, wenn dir dein Leben lieb ist, dann geh zu meinem Vater, doch sprich zuerst mit meiner Mutter, ihr Name ist Vigdís, und bitte sie um eine Unterredung unter vier Augen. Erzähl ihr, was hier passiert ist, und überbringe ihr meinen liebsten Gruß. Dann sag ihr, sie soll den Jarl dazu bringen, dass er dir Frieden und Freundschaft anbietet, in der Weise, dass er dir seine Tochter zur Frau gibt, meine Schwester Þórdís. Nimm diesen goldenen Ring und trage ihn als Beweis dafür, dass ich dich schicke, und auch wenn ihre Trauer um mich groß sein wird, hoffe ich, dass sie meine Liebe und mein Wort höher achtet als deine Tat. Aber mir sagt eine innere Stimme, dass das Glück auf deiner Seite sein wird. Wenn du einmal Söhne oder Enkelsöhne haben wirst, dann lass meinen Namen nicht vergessen sein, denn von der Weitergabe meines Namens erhoffe ich mir Gutes, und ich verlange es dafür, dass ich dir das Leben schenke.«

Þorsteinn bat ihn, das zu tun, was er wolle, ob er ihm nun das Leben schenke oder nicht, erklärte er, er werde um nichts bitten.

Jökull sagte, Þorsteinns Leben liege jetzt in seiner Hand, »aber dein Vater muss dich ganz schön zu dieser Tat angestachelt haben, und nun ist sein Plan also aufgegangen. Ich sehe, dass es dir nichts ausmacht, wenn wir beide sterben, doch dir scheint ein besseres Schicksal bestimmt. Mit deiner Kühnheit und Mannhaftigkeit wirst du diejenigen gut beschützen, die du anführst, und es ist besser für meine Schwester gesorgt, wenn du sie bekommst, als wenn sie Wikingern in die Hände fällt. Doch falls dir die Herrschaft in Gautland angeboten wird, dann kehre lieber zurück auf deinen Hof in Romsdal, denn nach dem Tod meines Vaters werden seine Verwandten dir nicht die Herrschaft zugestehen, und es kann passieren, dass ihr tragische Totschläge in eurer Familie zu beklagen habt und die Leute unschuldige Verwandte verlieren. Du darfst meinen Namen nicht öffentlich nennen, sondern nur deinem Vater und meinen Verwandten, denn ich habe ein hässliches Leben geführt, und jetzt bekomme ich den gebührenden Lohn dafür, so ergeht es wohl den meisten Übeltätern. Nimm diesen Ring und trage ihn als Erkennungszeichen. Und jetzt reiß das Schwert heraus, dann wird unser Gespräch nicht mehr lang dauern.«

Dann zog Þorsteinn das Schwert heraus, und Jökull starb.

4 Nach diesem Abenteuer ritt Þorsteinn nach Hause. Als er sich dem Hof näherte, sah er viele Männer, die ihm entgegenritten, und da erkannte er seinen Vater und viele Bekannte. Alle hatten sie nach ihm gesucht. Als sie sich schließlich gegenüberstanden, begrüßte Ketill seinen Sohn mit freundlichen Worten, und es schien dem Vater, als sei der Sohn aus der Hel heimgekehrt. »Ich habe sofort bereut, was ich zu dir gesagt habe, denn damit habe ich dich gereizt und beleidigt.«

Þorsteinn erwiderte, es habe Ketill ja auch wenig gekümmert, ob er überhaupt jemals zurückkäme, aber, meinte er, das Schicksal habe es nun so gewollt, dass er heil zurückgekehrt sei. Auch wenn sie sich diese Worte mit einer gewissen Feindseligkeit an den Kopf warfen, versöhnten sie sich schnell wieder. Þorsteinn erzählte seinem Vater nun alles, was er erlebt hatte. Für diese Heldentat wurde Þorsteinn von allen gerühmt, wie es zu erwarten war. Dann ließ Þorsteinn eine Thingversammlung einberufen, zu der alle Leute aus den benachbarten Bezirken kamen.

Auf diesem Thing stand Þorsteinn auf und sprach: »Euch allen soll bekanntgegeben werden, dass die Zeit, in der die Räuber Angst und Schrecken auf allen Wegen verbreiteten, nun aus und vorbei ist. Ich habe euch auch deshalb hergebeten, weil ich möchte, dass jeder sein Hab und Gut zurückbekommt, das ihm gestohlen wurde, und ich werde das behalten, was übrig bleibt.«

Da erhob sich großer Beifall, und Þorsteinn erntete viel Ruhm für seine Taten. Den Namen des Übeltäters aber erfuhr die Allgemeinheit nicht, da er kaum laut ausgesprochen wurde.

5 Eines Tages sprach Þorsteinn mit seinem Vater darüber, dass er nach Osten fahren wolle, um Jarl Ingimund aufzusuchen, wie er es Jökull versprochen hatte.

Ketill hielt es nicht für klug, sich in die Hände seiner Feinde zu begeben, und bat ihn, lieber auf dem Hof zu bleiben.

»Selbst wenn dir der Jarl kein Leid zufügen will, so kann es doch sein, dass dir dort einige feindlich gesinnt sind und nicht freundlich.«

Þorsteinn antwortete: »Was ich Jökull versprochen habe, das werde ich halten, und selbst wenn ich nicht mit heilen Knochen zurückkehren sollte, so werde ich trotzdem gehen.«

Dann machte sich Þorsteinn bereit und reiste nach Gautland, und es kam so, dass er früh am Tage zum Haus des Jarls gelangte. Der war nach der Gewohnheit wohlhabender Leute zur Jagd ausgeritten. Þorsteinn betrat die Halle und setzte sich mit seinen Begleitern auf eine Bank. Da kam die Gemahlin des Jarls in den Raum, um einen Blick auf die Neuankömmlinge zu werfen, und sah, dass sie aus dem Ausland kommen mussten. Sie fragte, wer sie seien.

Þorsteinn erklärte, er sei Norweger, »aber ich habe eine geheime Botschaft für Euch. Lasst uns ein Stück zusammen gehen, nur wir beide.«

Sie folgte ihm.

Da sagte Þorsteinn: »Ich soll Euch diese Nachricht überbringen: Jökull, Euer Sohn, wurde getötet.«

Sie antwortete: »Das ist sehr schmerzlich für mich, und doch habe ich es bereits erwartet, denn er hat schlimme Verbrechen begangen, doch was führt dich dazu, diese traurige Botschaft zu überbringen und einen so weiten Weg dafür auf dich zu nehmen?«

Þorsteinn antwortete: »Es ist sehr wichtig. Als wir uns trennten, habe ich ihm in Treue versprochen, Euch aufzusuchen und Euch die Wahrheit darüber zu sagen, wie wir auseinandergingen. Ich darf nicht verheimlichen, dass ich es war, der ihn getötet hat, denn unsere Leute konnten die Überfälle nicht mehr länger ertragen, bei denen er mordete und raubte. Und doch, um es Euch im Vertrauen zu sagen, kam ich in seine Gewalt, und er hätte mich töten können, wenn er es gewollt hätte, aber er schenkte mir das Leben und trug mir auf, Euch seine Worte zu überbringen. Wie Ihr sehen könnt, wäre es einfacher für mich gewesen, zu Hause zu bleiben, als mich Eurer Gnade auszuliefern. Seht, ich habe hier einen Goldring. Er sagte, Ihr würdet ihn wiedererkennen, und ich solle ihn als Beweis tragen, damit Ihr den Jarl dazu bringt, mit mir Frieden zu schließen, indem er mir Eure Tochter Þórdís zur Frau gibt. Er meinte außerdem, dass er hoffe, Ihr würdet seine Botschaft und seinen letzten Willen höher achten als meine Tat.«

Vigdís errötete stark und sagte: »Du musst ein mutiger Mann sein, aber ich denke, dass du die Wahrheit über eure Begegnung gesagt hast, und wenn Jökull dir das Leben schenkte, so ist dies auch mein Wille, dass du es behältst, denn du siehst aus wie einer, der vom Glück begünstigt ist. Und weil mein Sohn Jökull mich darum gebeten hat, werde ich dein Anliegen vor dem Jarl befürworten, du aber bleibst zunächst versteckt.«

Und als der Jarl nach Hause kam, da ging die Fürstin zu ihm und sprach: »Ich habe eine Nachricht für Euch, die uns beide betrifft.«

Der Jarl antwortete: »Ihr müsst vom Tod meines Sohnes Jökull sprechen.«

Sie sagte, dass es so sei.

Der Jarl sagte: »Er wird wohl nicht an einer Krankheit gestorben sein.«

Sie antwortete: »Es ist wahr, er wurde getötet, aber bevor er starb, verhielt er sich sehr ehrenhaft. Er schenkte dem Mann das Leben, der ihn tötete, und schickte ihn mit glaubhaften Beweisen hierher in unsere Gewalt, damit Ihr ihm Sicherheit gewährt und ihm seine Schuld vergebt, wie groß sie auch sei. Der Mann könnte Euch außerdem nützlich sein, wenn Ihr ihn zu Eurem Schwiegersohn macht und ihm die Hand Eurer Tochter gebt, so wie Jökull es wünschte. Er hoffte darauf, dass auch Ihr seinen letzten Willen ein wenig achten würdet. Ihr könnt auch sehen, wie treu dieser Mann sein Versprechen gehalten hat, indem er seine Heimat verließ, in die Fremde reiste und sich in unsere Gewalt begab. Nun hoffte ich, dass Ihr um meiner Worte und der Botschaft Eures Sohnes willen tun würdet, um was ich Euch bitte, und seht, hier ist der Beweis!«

Da zeigte sie ihm den Ring.

Der Jarl holte tief Luft und sagte: »Lang war Eure Rede und sehr mutig Eure Bitte, dass ich dem Mann Ehre erweisen sollte, der meinen Sohn erschlug. Dieser Mann hätte eher den Tod verdient als meine Freundschaft.«

Die Fürstin sagte: »Herr, Ihr solltet zum einen im Blick haben, was hier höher geachtet werden muss, nämlich Jökulls Botschaft und die Treue dieses Mannes, der sich in Eure Gewalt begeben hat. Zum anderen braucht Ihr wegen Eures hohen Alters einen Verwalter, und dieser Mann wäre gut dafür geeignet. Wenn Jökull ihm das Leben schenkte, obwohl er ihn zuvor vollkommen in seiner Gewalt hatte, und dieser Mann trotz seiner ungünstigen Lage glücklich davonkam, dann liegt es doch auf der Hand, dass wir nicht in den Erfolg und das Schicksal dieses Mannes und die ehrenhafte Entscheidung unseres Sohnes eingreifen dürfen. Und das ist eine große Tat, so zu handeln, wie Jökull es tat, wenn wir dem das Leben schenken, der uns so etwas angetan hat, aber es ist die größte Schande, ihm nun Leid zuzufügen, nachdem er sich treu in unsere Hände begeben hat.«

Der Jarl sagte: »Ihr setzt Euch ja sehr für ihn ein, also muss er Euch gut gefallen, und fürwahr, ich möchte ihn sehen und selbst beurteilen, was ich von ihm halte, und es wird für ihn entscheidend sein, wie er sich mir gegenüber zeigt.«

Dann wurde Þorsteinn vorgeführt und blieb vor dem Jarl stehen. Die Fürstin hatte diesen jedoch beschwichtigt, so dass sein größter Zorn bereits verraucht war.

Þorsteinn sagte: »Herr Jarl, ich bin nun völlig in Eurer Gewalt. Ihr wisst nun auch, welche Botschaft ich hierhergebracht habe. Ich möchte Euch auch um Frieden bitten, aber ich fürchte mich nicht vor Eurem Willen. Dies ist auch der Herrscher Sitte, denen das Leben zu gewähren, die sich ihnen freiwillig ausliefern.«

Der Jarl sagte: »Du gefällst mir so gut, dass ich dir das Leben schenken werde. Es wäre nun auch die beste Buße für meinen Sohn, wenn du seinen Platz einnimmst, vorausgesetzt, du willst bei mir bleiben, denn du trägst das Zeichen des Glücks. Es ist auch nicht ehrenhaft, jemandem Gewalt anzutun, der sich freiwillig in meine Hände begibt.«

Þorsteinn dankte dem Jarl für sein Leben und blieb eine Zeitlang dort, und die Männer lernten sich näher kennen. Der Jarl merkte schnell, dass Þorsteinn klug und in jeder Weise vorbildlich war.

Einmal sagte Þorsteinn zu ihm: »Jetzt möchte ich gerne wissen, ob ich Euer Schwiegersohn werden darf, Herr.«

Der Jarl antwortete: »Ich will es dir nicht verweigern, denn es könnte unserer Familie Glück bringen, aber ich will, dass du bei uns bleibst.«

Þorsteinn sagte: »Das will ich annehmen und mich dankbar zeigen. Ich werde hierbleiben, solange Ihr lebt, aber nach Eurem Tod werden mir die Männer hier meine Stellung nicht gönnen, und dann muss jeder seinem eigenen Schicksal folgen.«

Der Jarl sagte, das sei treffend gesprochen.

6 Bald darauf ritt Þorsteinn nach Hause und erzählte seinem Vater, was er vorhatte. Er bat ihn, mit ihm zu reisen, und das tat Ketill. Der Jarl richtete die Hochzeitsfeier aus, und Þorsteinn kam mit den Bewohnern von Romsdal und vielen mächtigen Männern dorthin. Auf dem Fest gab es die besten Speisen und köstlichsten Getränke. Man ließ es mit den höchsten Ehren und prächtigen Geschenken ausklingen, und der Jarl und Ketill verabschiedeten sich in größter Freundschaft voneinander. Þorsteinn blieb mit seiner Frau zurück. Stets empfing Þorsteinn freundliche Worte vom Jarl. Bald wuchs eine große Liebe zwischen Þorsteinn und Þórdís.

Eines Abends geschah es, dass Männer mit der Nachricht zum Jarl kamen, Ketill Raum sei gestorben. Sie berichteten auch, dass seine Landsleute wollten, dass Þorsteinn in seine Heimat zurückkehre und dort die Herrschaft übernehme. Þorsteinn sprach mit seiner Frau und dem Jarl darüber. Þórdís überließ ihm die Entscheidung und erklärte, sie wolle ihm folgen, wohin er auch gehe. Er sagte, dass es sein größter Wunsch wäre, in seine Heimat zu gehen, denn dort würde ihm sein Besitz am wenigsten geneidet und am meisten Ehre gegönnt. Dieser Einschätzung stimmte der Jarl zu und auch er hielt es für wahrscheinlich, dass Þorsteinn in seiner Heimat mehr Erfolg beschieden sein würde als in der Fremde. Bald danach wurde der Jarl krank.

Er rief seinen Schwiegersohn Þorsteinn und auch seine Tochter zu sich und sprach: »Bereitet nun Eure Abreise so vor, dass Ihr mit großem Ansehen und reichem Vermögen von hier fortzieht. Mögen unsere Verwandten damit zufrieden sein, dass ihnen hier im Lande die gesamte Herrschaft überlassen wird, mit allem, was dazugehört. Und sollte Euch ein Sohn geschenkt werden, dann gebt ihm meinen Namen.«

Þorsteinn sagte, das werde geschehen, und deswegen strebe er nicht nach der Jarlswürde, erklärte er, weil keiner seiner Verwandten so hoch gestellt wäre.

7 Jarl Ingimund starb wenig später, und Þorsteinn kehrte zurück, um das Erbe seines Vaters anzutreten. Im Sommer ging er auf Wikingerfahrt und gewann Besitz und Ehre, aber im Winter blieb er zu Hause auf seinem Hof und galt als Mann mit größtem Ansehen.

Ingjald hieß ein Mann, der auf der Insel Hefni im Norden in Hálogaland wohnte. Er war ein mächtiger Gutsherr und ging im Sommer auf Wikingerfahrt, aber den Winter verbrachte er zu Hause. Ingjald und Þorsteinn waren gute Freunde. Ingjald war ein erfolgreicher und angesehener Mann.

Þorsteinn hatte mit seiner Frau einen Sohn, und als der Junge geboren war, wurde er seinem Vater gebracht. Þorsteinn betrachtete ihn und sagte: »Dieser Junge soll Ingimund heißen, nach dem Vater seiner Mutter, und ich hoffe, dass ihm dieser Name Glück bringen wird.« Der Junge wurde schnell groß und stark.

Þorsteinn und Ingjald veranstalteten jeden Herbst zusammen ein Fest für ihre Freunde, nachdem sie von ihrer Fahrt zurückgekommen waren. Und einmal, als Ingjald bei Þorsteinn eingeladen war, da lief der kleine Ingimund zu Ingjald.

Da sagte er zu ihm: »Du bist ein Glückskind, und da dein Vater und ich gute Freunde sind, will ich dich zu mir nehmen und dir die beste Erziehung angedeihen lassen.«

Þorsteinn sagte, er nehme dieses Angebot an, und der Junge ging mit Ingjald.

Grím hieß Ingjalds erster Sohn und der zweite Hrómund. Sie waren begabte junge Männer und wurden nun Ingimunds Ziehbrüder. Þorsteinn und Ingjald erhielten den Brauch aufrecht, Freunde einzuladen und Feste zu veranstalten, und die Leute dachten, in Þorsteinn einen guten Ersatz für Ketill gefunden zu haben, obwohl er von geringerem Wuchs war und nicht so stark wie Ketill.

Einmal, als Ingimund seinen Vater besuchte, sagte er: »Du hast mir eine gute Erziehung ermöglicht, aber nun wünsche ich mir ein Schiff, denn ich will im Sommer auf Wikingerfahrt gehen, wie es meine Vorfahren getan haben. Ich bin jetzt alt genug für so ein Abenteuer, und ich will auch selbst etwas zur Ausrüstung beisteuern, aber den Rest sollst du bezahlen und nicht mein Ziehvater, obwohl ich weiß, dass ich von ihm alles haben kann, was ich will.«

Þorsteinn lobte seinen Entschluss, »und ich werde dir ein Schiff schenken.«

Ingimund erwiderte, mit weniger könne er sich auch nicht zufriedengeben, ging nach Hause und erzählte es seinem Ziehvater.

Ingjald antwortete: »Das ist ein guter Beitrag, und ich werde Grím ein zweites Schiff schenken, dann könnt ihr zusammen auf Fahrt gehen, aber mit Vorsicht und Bedacht! Seid auf der Hut und greift nicht da an, wo euch eine Übermacht erwartet. Man erlangt mehr Ehre in kleinen Schritten, denn wer gleich zu hoch hinauswill, fällt meist auf die Nase.«

Dann gingen Ingimund und Grím auf ihren ersten Plünderungszug und hatten als Wikinger großen Erfolg. Sie griffen nicht dort an, wo sie es für unsicher hielten, und segelten im Herbst mit fünf Schiffen, die alle reichlich mit Waffen, Männern und jeglicher Kampfausrüstung ausgestattet waren. Es zeigte sich bald, dass Ingimund beim Angriff sehr mutig war und einen guten Charakter hatte. Mit der Waffe kämpfte er sicher und unerschrocken, war zuverlässig und wohlwollend, treu gegenüber seinen Freunden, und so wie ihn muss man sich die größten Männer der Vorzeit vorstellen. Er teilte Grím mit, er wolle im Herbst zu seinem Vater zurückkehren und mit zwanzig Mann über den Winter dort bleiben, und das taten sie.

Es zeigte sich, dass Þorsteinn der Meinung war, sie stellten mit ihrem Besuch zu hohe Ansprüche und hätten ihn nicht gut durchdacht.

Ingimund antwortete: »Das scheint mir nicht so, und du brauchst so etwas nicht zu sagen. Dagegen wäre es besser für dich, wenn du dir von der Beute nimmst, was du haben willst, so wie es der Wikinger Sitte ist, und mit der gebührenden Ehre Gebrauch davon machst. Es wäre nur angebracht, uns mit unseren eigenen Vorräten zu verpflegen.«

Þórdís sagte: »Das waren gute und großzügige Worte, genauso hätte auch dein Großvater gehandelt.«

Þorsteinn erwiderte: »Ich werde es auch wahr machen. Und du sprichst selbstlose Worte.«

Sie blieben den Winter über dort bis zum Julfest und hatten einen schönen und fröhlichen Aufenthalt. Alle fanden Ingimund großartig, sowohl sein Verhalten als auch seine Erscheinung. Er stellte sich bei allen Spielen sehr geschickt an und war in allem sehr talentiert. Er kämpfte nie gegen Schwächere, war aber seinen Feinden gegenüber mutig und angriffslustig.

Und als das Julfest vorüber war, sagte Ingimund zu seinem Vater: »Nun werde ich mit meinen Kameraden meinen Ziehvater besuchen und den Rest des Winters dort verbringen, denn er wird sich bestimmt sehr über unseren Besuch freuen.«

Þorsteinn sagte: »Nun würde ich mir wünschen, dass du den Winter über bei uns bleibst, mein Sohn.«

Ingimund erklärte, dass er sich bereits entschieden habe, also brachen sie auf. Ingjald empfing sie sehr herzlich und strahlte über das ganze Gesicht, und sie verbrachten den restlichen Winter bei ihm.

Und als der Frühling kam, da sagte Ingimund, er wolle, dass sie sich zur Wikingerfahrt bereitmachten, er meinte, sie seien nun besser für alles gerüstet als zuvor. Ingjald stimmte dem zu. Dann gingen sie einen weiteren Sommer auf Wikingerfahrt und nahmen reichlich Beute von Plünderern und Piraten, die Gutshöfe oder Handelsschiffe überfallen hatten. So segelten sie den Sommer über.

Da sagte Ingimund: »Solange wir auf unserer Reise nicht in große Gefahr geraten, ist es das Beste, im Kampf ehrenhaft zu bleiben.« Alle befolgten seine Gebote wie auch seine Verbote.

Und als es allmählich Herbst wurde, kamen sie nach Svíasker. Dort waren Wikinger, und sogleich bereiteten sich beide Seiten zum Kampf vor und schlugen mit Schüssen und Steinwürfen los. Keine Seite war der anderen überlegen. Da wurden auf beiden Seiten viele Männer verwundet. Ingimund erntete an diesem Tag viel Ruhm, und seine Männer fanden, dass sie einen guten Anführer hätten. Und als es dämmerte, ließen die Kämpfe etwas nach.

Da sagte Ingimund: »Lassen wir es uns nicht anmerken, dass wir ein wenig müde sind, obwohl uns dieser Kampf einiges abverlangt hat.«

Da stand ein Mann auf dem gegnerischen Schiff auf, er war groß und hatte tapfer gekämpft.

Er rief: »Wer sind die Männer, die heute mit uns gekämpft haben? Es gehört sich doch nicht, zuvor keine Worte zu wechseln! Soweit ich weiß, gab es in der Vergangenheit auch keinerlei Streit zwischen uns!«

Ingimund antwortete: »Wenn du nach den Anführern unserer Mannschaft fragst, dann heißt der eine Ingimund und der andere Grím, aber wer bist du?«

Er antwortete: »Sæmund ist mein Name, ich bin der Anführer dieser Mannschaft hier, ich stamme aus Sogn. Ich kenne euch beide und eure Verwandten, und da wir Landsleute sind, wäre es doch besser, wenn wir uns zu einer Mannschaft zusammentun und nicht weiter gegeneinander kämpfen. Wir haben nur Gutes über euch gehört. Nun wollen wir mit euch Freundschaft schließen, aber nicht deshalb, weil wir unterlegen wären und um Frieden bitten müssten.«

Ingimund erwiderte: »Wir wollen eure Worte würdigen und sie nicht in schlechtem Sinne auslegen. Nun, wir werden nicht die Möglichkeit wählen, gegen euch ohne Aussicht auf Erfolg zu kämpfen, sondern nehmen euer Friedensangebot und eure Freundschaft gern mit Handschlag an.«

Da schlossen sie Frieden miteinander und segelten dann für den restlichen Sommer über zusammen. Sie erlangten nun reichlich Vermögen und Ruhm und kamen im Herbst vor den Sognefjord. Da sagte Sæmund, dass sie sich hier trennen und sich an der gleichen Stelle im nächsten Sommer als Freunde wieder treffen sollten. Ingimund war damit einverstanden. Sæmund steuerte nun in den Fjord hinein, Ingimund aber segelte nordwärts an der Küste entlang und hatte viele Schiffe und reiche Beute dabei. Er kam mit fünfzig Mann zu seinem Vater.

Grím sagte: »Meinst du nicht auch, mein Ziehbruder, dass das ziemlich viele Gäste für deinen Vater sind?«

Er sagte, er denke, jetzt seien es beinahe genug.

Þorsteinn ging seinem Sohn entgegen und lud ihn aufs Herzlichste zu sich ein. Ingimund nahm die Einladung an. Þorsteinn bewirtete alle den Winter über sehr großzügig und sagte, er freue sich sehr darüber, einen solchen Sohn zu haben, und meinte, er habe schon früh erkannt, dass er der Familie Glück bringen werde, »und je größer und mächtiger du wirst, umso mehr schätze ich dich.«

Ingimund blieb den Winter über dort, und sein Ansehen vermehrte sich gewaltig. Und je mehr sein Reichtum wuchs, desto mildtätiger und freigebiger wurde er.

Aber als es Frühling wurde, sprachen die beiden Ziehbrüder über ihre Fahrten. Grím sagte, es werde sich nichts ändern und er wolle wieder mit Ingimund segeln. Dann gingen sie auf Wikingerfahrt, und Sæmund kam ihnen entgegen, wie sie es verabredet hatten, und sie fuhren den Sommer über zusammen. Drei Sommer nacheinander bildeten sie zusammen einen Wikingerbund im Westmeer und erwarben sich Reichtum und großen Ruhm. Ingimund übertraf alle an Gewitztheit, Klugheit und allen edlen Eigenschaften, und ihre Gemeinschaft war in jeder Hinsicht etwas Besonderes. Ingimund war im Winter bei seinem Vater. Þorsteinn glaubte, seinen Sohn gar nicht genug loben zu können, als er sah, was für ein Mann Ingimund werden wollte.

8 Dies wird erzählt, dass sie im letzten Sommer, in dem Ingimund und Sæmund zusammen unterwegs waren, mit mehr Beute zurückkamen als je zuvor. Da geschah es, dass sich im Osten Norwegens, in Jæren, ein Heer versammelte, und alle Mächtigen des Landes standen sich dort in zwei Parteien gegenüber. Auf der einen Seite war Harald, der Zottelkopf genannt wurde. Er kämpfte gegen die Herrscher der einzelnen Bezirke, und bevor er das ganze Land unter sich vereinte, schlug er seine letzte Schlacht im Hafrsfjord. Genau zu dieser Zeit kamen Ingimund und Sæmund dorthin, wie schon berichtet wurde, nahe der Stelle, an der sich das Heer versammelt hatte.

Da sagte Ingimund: »Große Ereignisse stehen nun bevor, denn die mächtigsten Männer des Landes sind hier dabei, aber König Harald halte ich für den Größten, und dieser Mann gefällt mir wirklich. Ich will ihm meine Unterstützung anbieten, da diese Schlacht nicht ohne Bedeutung ist.«

Sæmund sagte, er werde sein Leben nicht für Harald aufs Spiel setzen. Er nahm auch nicht an der Schlacht teil.

Ingimund antwortete: »Du kannst es doch selbst sehen, mein Bruder, dass die Macht des Königs groß ist, und wer mehr Erfolg haben wird, die, die für ihn sind, oder jene, die sich gegen ihn stellen. So wie ich das sehe, wird er diejenigen auch reichlich belohnen, die ihm nun Ehre und Gefolgschaft erweisen, aber ich weiß nicht, was mit denen passiert, die seinen Willen nicht befolgen, deshalb müssen wir uns trennen.«

Dann segelte Sæmund mit seiner Mannschaft fort und hinein in das Sognemeer, Ingimund aber steuerte in den Hafrsfjord und schloss sich der Flotte König Haralds an. Die mächtigsten Feinde König Haralds waren Þórir Haklang und Ásbjörn Kjötvi. Sie besaßen ein sehr großes und starkes Heer.

Ingimund legte am Halbdeck von Haralds Schiff an und begrüßte den König mit diesen Worten: »Glück und Segen für Euch, Herr!«

Der König antwortete: »Freundlich grüßt du mich, aber wer bist du?«

»Ich heiße Ingimund und bin der Sohn von Þorsteinn. Ich bin hergekommen, weil ich Euch mit meiner Mannschaft unterstützen will, denn wir glauben, dass es mehr Glück bringt, auf Eurer Seite zu kämpfen als gegen Euch. Ich bin gerade mit mehreren Schiffen von Wikingerzügen zurückgekehrt.«

Der König freute sich über seine Worte und sagte, dass er schon viel von ihm gehört habe, »und ich wünsche mir, dass du für deine Gefolgschaft auch belohnt wirst, denn ich werde ganz Norwegen unter meiner Herrschaft vereinen und ich werde sehr genau unterscheiden zwischen denen, die mir dienen wollen, und jenen, die nun zu unseren Feinden überlaufen oder lieber auf ihren Höfen sitzen, wie ich über Sæmund, deinen Gefährten, gehört habe. Ich denke, es liegen mehr Mut und Ehre in der Entscheidung, die du getroffen hast.«

Ingimund sagte, er könne nur Ausgezeichnetes über Sæmund berichten.

9 Danach erschallten überall im Heer die Kriegshörner, und die Männer rüsteten sich zum Kampf, jeder so gut er konnte. Von all seinen Schlachten war dies König Haralds größte. Mit ihm kämpften Rögnvald von Møre und viele andere mächtige Landesherren, und auch Berserker, die Wolfspelze genannt wurden. Anstatt einer Rüstung trugen sie Wolfsfelle und verteidigten auf dem Schiff des Königs den Bug, während der König selbst das Halbdeck mit der größten Tapferkeit und Mannhaftigkeit verteidigte. Dort wurden eine Menge heftiger Hiebe ausgeteilt. Viele große Taten wurden nun in kurzer Zeit vollbracht, Schwerthiebe und Speerwürfe durchzuckten den wilden Steinhagel. Bald gab es große Verluste auf beiden Seiten. Ingimund stand König Harald mutig zur Seite und erwarb sich so großen Ruhm. Die Schlacht endete so, wie es vielen bekannt und weithin berühmt geworden ist: König Harald erlangte einen herausragenden Sieg und wurde darauf Alleinherrscher über ganz Norwegen. Er belohnte alle Landesherren, die ihm gefolgt waren, sowie jeden anderen mit der größten Freigebigkeit.

Rögnvald verlieh er die Jarlswürde und sprach: »Du hast in deiner Gefolgschaft großen Mut bewiesen und sogar deinen Sohn in dieser Schlacht verloren. Ihn kann ich dir nicht zurückgeben, aber ich kann dich belohnen, erstens mit der Jarlswürde und zweitens mit den Inseln, die westlich des Meeres liegen und Orkneys heißen. Du sollst sie als Buße für deinen Sohn erhalten und wirst noch mehr Ehrungen von mir empfangen.«

Und der König hielt sein Wort. Rögnvald schickte seinen Sohn Hallað nach Westen, aber dieser konnte die Inseln nicht gegen die Wikinger halten. Da schickte er seinen Sohn Torf-Einar und sagte, er erwarte von ihm, dass er die Herrschaft behaupten werde. Torf-Einar wurde der erste Jarl der Orkneys und von ihm stammen alle Orkneyjarle ab.

König Harald verlieh vielen große Lehen zum Dank für ihre Gefolgschaft. Er unterschied zwischen denen, die ihn unterstützt, und jenen, die sich gegen ihn gestellt hatten, und beschenkte die einen, die anderen aber vertrieb er aus Norwegen, verstümmelte oder tötete sie ohne Recht auf Entschädigung.

Dann sagte der König zu Ingimund: »Große Freundschaft hast du mir bewiesen und dabei dein eigenes Ansehen vergrößert. Ich werde für immer dein Freund sein, und dein Beuteanteil soll drei Schiffe samt Mannschaft betragen, dazu erhältst du die gesamte Kriegsausrüstung aller Wikinger, mit denen du gefochten hast, und zum Zeichen, dass du im Hafrsfjord dabei gewesen bist, sollst du diesen Talisman geschenkt bekommen, der Ásbjörn Kjötvi gehörte, und den er sehr hoch schätzte. Er dient mehr als Erinnerung an diese Schlacht als dass er viel wert sei, und dennoch ist es eine Ehre, ihn von mir zu empfangen. Sobald ich meine Herrschaft durchgesetzt habe, werde ich deine Hilfe durch eine Einladung und mit Freundschaftsgaben belohnen.«

Ingimund dankte dem König für seine Gaben und großherzigen Worte, und damit verabschiedeten sie sich. Der König sagte noch, dass er Sæmunds Verhalten und dessen Treuebruch im Gedächtnis behalten werde.

10 Bald nach der Schlacht im Hafrsfjord kam Ingimund zu Sæmund und sagte ihm, dass die Schlacht verlaufen sei, wie er es vermutet hatte, »ich weiß auch wegen der Worte des Königs, dass er dich nicht in Frieden lassen wird, und ich würde dir raten zu fliehen, denn der König wird seine Drohung wahr machen, aber ich möchte dich vor harten Strafen bewahren. Es wäre keine schlechte Idee, nach Island auszuwandern, wie es zur Zeit viele angesehene Männer tun, da es so aussieht, als könnten sie sich nicht länger gegen König Haralds Macht behaupten.«

Sæmund sagte: »Hiermit beweist du wie so oft deine Treue und Freundschaft. Ich werde deinen Rat also befolgen.«

Ingimund bat ihn inständig, das zu tun, »aber es wäre besser gewesen, wenn du mir im Hafrsfjord gefolgt wärst, dann müsstest du jetzt nicht diesen tristen Felsen ansteuern.«

Sæmund sagte, dass Ingimund fast immer ins Schwarze treffe. Danach verkaufte Sæmund heimlich sein Land und packte alles für die Abreise zusammen. Er dankte Ingimund für seine Hilfe und meinte, sie würden Freunde bleiben. Dann segelte Sæmund nach Island und legte im Skagafjord an. Dort gab es noch weit und breit unbesetztes Land. Nach altem Brauch umschritt er das Land mit einer brennenden Fackel und nahm das Gebiet in Besitz, das nun Sæmundarhlíð im Skagafjord heißt, und bewirtschaftete erfolgreich seinen Hof. Sein Sohn hieß Geirmund und Reginleif seine Tochter, die Þórodd Hjálm heiratete. Ihre Tochter war Hallbera, die Mutter Guðmunds des Mächtigen von Möðruvellir und Einars von Þverá.

Ingimund reiste nach der Schlacht im Hafrsfjord mit allen Ehren heim zu seinem Vater. Þorsteinn empfing ihn mit offenen Armen und sagte, er habe das richtige Händchen bewiesen und so seine Pläne zum Erfolg geführt. Das sei ja auch nicht verwunderlich, fügte er hinzu, »denn schließlich bist du der Enkelsohn Jarl Ingimunds, des hervorragendsten Mannes.«

Ingimund verbrachte dort den Winter. In diesem Winter kam auch Ingjald zu Þorsteinn und es wurde ein sehr freudiges Wiedersehen. Ingjald sagte, dass sich für Ingimund alles so entwickelt habe, wie er es geahnt hätte, »und ich werde ein Fest für dich geben, mein Ziehsohn, mit allem, was ich geben kann.«

Ingimund sagte, er werde auch kommen.

Ingjald ritt nach Hause und lud viele Leute zu sich ein. Dann kamen alle, die eingeladen waren. Ingjald und seine Gäste begingen dort nach altem Brauch einen Seid, bei dem jeder etwas über seine Zukunft erfuhr. Dazu war eine Finnin eingeladen worden, die zauberkundig war. Ingimund und Grím kamen mit einer großen Schar Begleiter zum Fest. Die Seherin, die prächtig gekleidet war, durfte auf einem der Hochsitze Platz nehmen. Die Gäste standen nacheinander auf und gingen zu ihr, um sich weissagen zu lassen. Sie prophezeite jedem das, was auf ihn zutraf, aber die

Leute nahmen ihre Worte sehr unterschiedlich auf. Die Ziehbrüder saßen auf ihren Plätzen und befragten die Zauberin nicht. Sie legten auch keinen Wert auf ihre Prophezeiungen.

Die Seherin sprach: »Warum wollen diese jungen Männer nichts über ihre Zukunft erfahren? Sie scheinen mir die hervorragendsten Männer von allen zu sein, die hier zusammengekommen sind.«

Ingimund antwortete: »Mir ist es nicht wichtig, meine Zukunft zu kennen, bevor sie eintritt, und ich glaube nicht, dass mir mein Schicksal aus deiner Zungenwurzel erwächst.«

Sie erwiderte: »Ich werde es dir dennoch ungefragt sagen: Du wirst in einem Land siedeln, das Island heißt, es ist noch weithin unbewohnt. Dort wirst du ein angesehener Mann werden und ein langes Leben verbringen. Auch viele deiner Nachkommen werden es in diesem Land zu etwas bringen.«

Ingimund antwortete: »Das ist wahrlich eine gute Prophezeiung! Ich habe nämlich fest beschlossen, niemals an diesen Ort zu ziehen. Ich wäre außerdem kein guter Geschäftsmann, wenn ich die vielen schönen Ländereien meiner Familie verkaufte und mich zu diesem einsamen Felsen aufmachte.«

Die Finnin sprach: »Es wird geschehen, wie ich es sage, und dies ist der Beweis: Aus deinem Beutel ist der Talisman verschwunden, den dir König Harald im Hafrsfjord schenkte, und er liegt nun dort im Wald, wo du einmal siedeln wirst. Dein Talisman zeigt Frey und ist aus Silber. Und wenn du deinen neuen Hof errichtest, werden meine Worte wahr werden.«

Ingimund antwortete: »Wenn es meinen Ziehvater nicht beleidigen würde, bekämest du den Lohn dafür auf deinen Schädel. Da ich aber kein gewalttätiger Mensch bin und auch keinen Streit will, lasse ich es bleiben.«

Sie sagte, er müsse deswegen nicht zornig werden.

Ingimund erwiderte, eine üble Fügung habe sie hergeführt.

Sie sagte, es werde so geschehen, ob es ihm nun gefalle oder nicht. Und sie fügte noch hinzu: »Auch Gríms Schicksal liegt dort und ebenso das seines Bruders Hrómund, und beide werden sie reiche Bauern werden.«

Am Morgen danach suchte Ingimund nach seinem Talisman, aber er fand ihn nicht. Das schien ihm kein gutes Zeichen zu sein. Ingjald bat ihn, fröhlich zu sein und sich davon nicht bekümmern oder die Freude am Fest verderben zu lassen, und sagte, dass sich nun viele angesehene Männer dafür entschieden, nach Island auszuwandern. »Ich habe es auch nur gut damit gemeint, dass ich die Finnin eingeladen habe.«

Ingimund erwiderte, er könne ihm dafür nicht dankbar sein, »aber unsere Freundschaft wird trotzdem nie enden.«

Dann kehrte Ingimund nach Hause zurück zu seinem Vater und blieb den Winter über dort. Und als es Frühling wurde, fragte er seine Ziehbrüder, ob sie Lust hätten, wieder auf Fahrt zu gehen.

Grím sagte, er glaube, dass man sich dem Schicksal nicht widersetzen könne, »und ich will im Sommer zusammen mit meinem Bruder nach Island segeln, und viele halten das nun für eine gute Entscheidung, auch wenn sie aus mächtigen Familien stammen. Ich habe Gutes über das Land gehört. Dort sucht sich das Vieh im Winter sein Futter selbst und die Seen und Flüsse sind voller Fische, es gibt große Wälder, und man ist nicht der Gewalt von Königen oder Verbrechern ausgeliefert.«

Ingimund antwortete: »Ich will nicht dorthin, also müssen wir uns wohl trennen.«

Grím sagte, dass es dazu kommen könne, »aber es würde mich nicht überraschen, wenn wir uns auf Island wiedersähen, denn seinem Schicksal kann man nur schwer entfliehen.«

Ingimund sagte, seine Abreise sei ein großer Verlust für ihn.

Grím segelte im Sommer zusammen mit seinem Bruder nach Island. Sie kamen in den Borgarfjord und legten bei Hvanneyr an. Grím sagte, er wolle hier gerne Land nehmen und einen Hof errichten. Er nahm so viel Land in Besitz, dass jetzt viele Höfe auf seinem Grund stehen. Hrómund sagte, er werde hinauf ins Hochland ziehen, denn dort, am Fuß der Berge, werde er sich wohlfühlen. Grím sagte, es treffe sich gut, dass sie beide das Bergland bewirtschaften, aber auch die Vorteile des Meeres nutzen könnten. Hrómund besiedelte Þverárhlíð und galt als ein hervorragender Mann und hatte zahlreiche und bedeutende Nachkommen. Von ihm stammt Illugi der Schwarze ab. Grím hatte ebenfalls viele Nachfahren, und viele hervorragende Männer stammen von ihm ab, auch wenn sie hier nicht genannt werden.

11

Im gleichen Sommer, in dem die Brüder nach Island gingen, besuchte Ingimund seinen Vater und blieb bei ihm. Sein Vater Þorsteinn begann damals zu altern.

Einmal sagte Þorsteinn zu Ingimund: »Nun fällt es mir leicht zu sterben, weil ich weiß, dass mein Sohn ein solcher Glückspilz ist. Wenn ich auf mein Leben zurückblicke, freut mich am meisten, dass ich anderen gegenüber nicht gewalttätig gewesen bin, und auf diese Weise wird mein Leben wahrscheinlich auch enden, denn ich fühle mich krank. Nun will ich dich, mein Sohn, mit Vermögen und Geschäften vertraut machen, was es auch sei, doch es würde mich nicht wundern, wenn es dich von hier forttriebe, aber das soll mich nicht bekümmern.«

Ingimund versprach, er werde sich darum bemühen, nach seinem Wunsch zu handeln. Þorsteinn sagte, er glaube, dass Ingimund überall als bedeutender Mann gelten werde, wo auch immer er sich niederlasse. Dann sagte ihm Þorsteinn noch viele Dinge voraus, und kurz darauf starb er. Man bereitete ihm ein ehrenvolles Begräbnis nach altem Brauch. Ingimund übernahm die Verwaltung aller Güter und aller Ländereien. Dort wollte er in Frieden leben, und er blieb nun auf seinem Hof.

12

König Harald Schönhaar, der größte aller Vorzeitkönige in den nördlichen Ländern, hatte nun völligen Frieden und Ruhe im Land geschaffen. Dann erinnerte er sich daran, was er seinen Freunden versprochen hatte, und veranstaltete nun sehr prächtige Feste für sie.

Ingimund erhielt eine besonders ehrenvolle Einladung, und als er kam, empfing ihn der König sehr herzlich und sprach dies: »Wie ich höre, genießt du bereits in vielen Dingen ein hohes Ansehen, aber eines fehlt dir noch, nämlich eine Ehefrau! Aber ich habe dir schon eine Partie zugedacht. Es kam mir in den Sinn, als du dein Leben für mich riskiert hast. Sie ist die Tochter des Jarls Þórir Þegjandi und heißt Vigdís. Sie ist wunderschön und sehr reich. Ich werde diese Heirat für dich in die Wege leiten.«

Ingimund dankte dem König und sagte, er sei sehr an dieser Verbindung interessiert. Der König gab ein äußerst prunkvolles und großartiges Fest, und als es zu Ende gegangen war, reisten die Leute zurück nach Hause.

Danach traf Ingimund die Vorbereitungen für die Hochzeitsfeier, und als alles erledigt war, kamen König Harald und viele andere einflussreiche Männer. Ingimund nahm Vigdís zur Frau, wie es vereinbart war. Diese Hochzeit wurde in größter Pracht gefeiert. Der König verwandte große Mühe auf kostbare Geschenke und weitere Ehrungen.

Ingimund sagte zum König: »Nun bin ich sehr glücklich über meine Heirat, und mir wird große Ehre durch Euer Wohlwollen zuteil, doch ich kann nicht vergessen, was mir die Finnin über die Wende in meinem Leben prophezeit hat, denn ich wünschte, es würde sich nicht bewahrheiten, dass ich meine Heimat verlasse.«

Der König antwortete: »Ich mag es nicht völlig verneinen, dass etwas Wahres daran ist, und vielleicht lässt Frey den Talisman ja dorthin gelangen, wo er seinen Ehrenplatz haben will.«

Ingimund sagte, er wäre schon neugierig, ob er das Amulett finden würde oder nicht, wenn die Löcher für seine Hochsitzsäulen ausgegraben würden, »es ist möglich, dass die Prophezeiung nicht ohne Bedeutung war. Ich mag Euch nun auch nicht weiter verheimlichen, Herr, dass ich vorhabe, die Finnen herkommen zu lassen, die mir die Größe und Beschaffenheit des Landes zeigen können, in dem ich leben soll, daher möchte ich sie nach Island schicken.«

Der König sagte, das könne er tun, »aber ich ahne bereits, dass es dich dorthin treiben wird, und ich bin mir nicht sicher, ob du mit meiner Erlaubnis gehst oder heimlich fliehst, wie es nun immer häufiger geschieht.«

»Das soll niemals eintreten«, sagte Ingimund, »dass ich gegen Euren Willen gehe.«

Dann verabschiedeten sie sich. Ingimund zog nach Hause und war auf seinem Hof. Er schickte nach den Finnen, und es kamen drei aus dem Norden. Ingimund schlug ihnen einen Handel vor, »und ich will euch Butter und Zinn geben und ihr reist für mich nach Island, um nach meinem Talisman zu suchen und mir über das Land zu berichten.«

Sie antworteten: »Eine solche Reise ist für uns Samen sehr gefährlich, aber weil du uns darum gebeten hast, wollen wir es versuchen. Jetzt schließe uns zusammen in einer Hütte ein, und kein Mensch darf unsere Namen rufen.«

Und so geschah es. Und als drei Tage und Nächte vergangen waren, kam Ingimund zu ihnen. Da richteten sie sich auf, holten tief Luft und sagten: »Das ist anstrengend für uns Samen, und wir sind sehr erschöpft, aber wir haben dennoch Beweise mitgebracht, durch die du das Land, von dem wir berichten, wiedererkennen wirst, wenn du dorthin kommst. Aber es war schwierig für uns, den Talisman zu suchen, denn der Zauberspruch der Seherin ist sehr mächtig, und wir sind in große Not geraten. Wir gingen dort an Land, wo drei Fjorde von Nordosten her einschnitten, und hinter einem lagen große Seen. Dann kamen wir in ein tiefes Tal, dort befanden sich am Fuß eines Berges mehrere Wälder. Dort war eine bewohnbare Senke, und dort im Wald lag auch der Talisman, aber als wir ihn nehmen wollten, da sprang er in den anderen Wald. Immer, wenn wir nach ihm greifen wollten, flog er davon, und es lag immer irgendein Schleier über ihm, so dass wir ihn nicht zu fassen bekamen, also wirst du selbst gehen müssen.«

Ingimund sagte, dass er auch bald dorthin reisen werde, und meinte, es würde sowieso nichts nützen, sich dagegen zu sträuben. Er belohnte die Finnen reichlich und sie gingen fort, er aber saß still auf seinem Hof und war ein sehr reicher und angesehener Mann. Dann suchte er den König auf und berichtete ihm, was geschehen war und wie er sich entschieden hatte. Der König erwiderte, er habe so etwas bereits erwartet, und sagte, man könne schwer verhindern, was vorherbestimmt sei.

Ingimund sagte, das sei wahr, »ich habe ja schon alles versucht.«

Der König sagte: »Egal in welchem Land du leben wirst, du wirst immer ein Ehrenmann sein.«

Wieder erwies ihm der König seine Gunst, so wie früher.

Danach gab Ingimund ein prächtiges Fest und lud seine Freunde und die mächtigsten Männer dazu ein. Auf dem Fest bat er um Ruhe und sprach: »Ich habe mich dazu entschlossen, von hier fortzugehen. Ich habe vor, nach Island auszuwandern. Mich treiben das Schicksal und ein mächtiger Zauber mehr an als mein eigener Wunsch. Es steht jedem frei, mit mir zu kommen, wenn er will. Aber die, die hierbleiben wollen, dürfen das genauso tun, und alle unsere Freunde bleiben mir gleich lieb, egal wie sie sich entscheiden sollten.«

Da gab es großen Beifall für seine Rede, und alle meinten, es sei ein großer Verlust, dass so ein Mann fortgehe, »aber kaum etwas ist mächtiger als das Schicksal.« Viele, die hoch angesehen waren, entschlossen sich dazu, mit Ingimund zu gehen, sowohl Großbauern als auch Männer ohne Landbesitz.

13 Dies war die Zeit der größten Auswanderung nach Island, und genau zu diesem Zeitpunkt gebar Vigdís ein Kind. Es war ein Junge, der war sehr hübsch. Ingimund nahm das Kind in Augenschein und sagte: »Dieser Junge hat einen klugen Blick. Da brauche ich nicht lange nach einem Namen zu suchen. Er soll Þorsteinn heißen, und ich hoffe darauf, dass ihm dieser Name Glück bringen wird.«

Schon in jungen Jahren war der Junge gut gewachsen und kräftig, er war beherrscht, wortgewandt, vorausschauend, treu gegenüber seinen Freunden und handelte stets besonnen.

Sie hatten noch einen zweiten Sohn. Dieser wurde ebenfalls zu seinem Vater gebracht, damit der den Namen bestimmte. Er betrachtete ihn und sagte: »Dieser Junge ist tatendurstig und hat einen scharfen Blick. Wenn er überlebt, werden ihm nur wenige das Wasser reichen können, und sein Temperament wird schwer zu zügeln sein, doch wird er treu gegenüber Freunden und Verwandten sein und ein großer Kämpfer werden, wenn ich ihn mir so ansehe. Sollten wir uns nicht an unseren Verwandten Jökull erinnern, wie mein Vater mich bat? Also soll er Jökull heißen.«

Jökull wuchs heran und übertraf die anderen Jungen an Körpergröße und Stärke. Er war wortkarg, unnachgiebig und eigensinnig, schroff und mutig in allem.

Þórir hieß Ingimunds dritter ehelicher Sohn. Er war ein schöner Mann, sehr groß und der geborene Handelsmann. Der vierte hieß Högni, der fünfte Smið, er war der Sohn einer Geliebten. Þorsteinn war der klügste von allen Brüdern. Þórdís hieß Ingimunds erste Tochter, benannt nach seiner Mutter, die zweite Jórunn.

Jörund hieß ein Mann und war der Sohn des Jarls Þegjandi, des Bruders von Vigdís. Er gab bekannt, dass er mit Ingimund nach Island fahren werde, und erklärte, ihn veranlassten sowohl ihre Freundschaft als auch ihre Verwandtschaft dazu. Ingimund sagte, dass er dies sehr begrüße. Hvati hieß ein Mann und ein anderer Ásmund, sie waren Ingimunds Sklaven. Dann hieß einer Friðmund, ein zweiter Þórir, ein dritter Refkell, ein vierter Úlfkell, ein fünfter Böðvar. Diese Männer machten sich bereit, mit Ingimund nach Island zu reisen, und jeder besaß ein großes Vermögen.

14

Nun stach Ingimund in See, als er und seine Begleiter bereit waren. Sie hatten eine gute Überfahrt und kamen an die Westküste Islands und segelten in den Borgarfjord hinein nach Leiruvog. Schnell verbreitete sich die Nachricht von der Ankunft eines Schiffes.

Grím ritt zum Schiff und hieß seinen Ziehbruder herzlich willkommen. Er sagte, er freue sich sehr, dass er hergekommen sei, »und bei dir trifft genau das zu, was gesagt wird, dass man dem Schicksal nicht trotzen kann.«

Ingimund sagte, das sei wahr, »denn man kann es nicht verhindern, lieber Ziehbruder.«

Grím sagte: »Das ist mein Angebot: Ich lade dich und deine ganze Gefolgschaft in mein Haus ein, und du darfst von meinem Besitz haben so viel du willst, egal ob Land oder andere Güter.«

Ingimund dankte ihm für die Einladung und sagte, er werde den Winter über bei ihm bleiben, »aber da ich mein bisheriges Leben für diese Ausfahrt aufgegeben habe, muss ich beizeiten den Ort aufsuchen, der mir zur Landnahme gewiesen wurde.«

Ingimund, seine Frau und seine Söhne gingen nach Hvanneyr, und seine Begleiter wohnten im Umland. Grím bewirtete sie den Winter über großzügig und tat alles, um ihm Ehre zu erweisen.

Und als es Frühling wurde, stellte Grím weiterhin alles zur Verfügung, was er an Land oder anderen Gütern besaß. Ingimund sagte, er könne sich keine größere Gastfreundschaft vorstellen, »doch ich muss nach Norden steuern, aber was Vorräte und Pferde angeht, werden wir von deinem Angebot Gebrauch machen.«

Grím sagte, so solle es sein. Das meinte auch Hrómund, denn alle hatten Ingimund sehr herzlich aufgenommen.

Im Sommer ritt er nach Norden, um sein Land zu suchen. Er zog das Norðurárdal hinauf und stieß beim Abstieg auf einen unbewohnten Fjord. Und an dem Tag, als sie am Fjord entlangritten, da sprangen zwei Schafe den Berg hinunter und auf sie zu. Es waren zwei Widder. Da sagte Ingimund: »Es wäre wohl passend, diesen Fjord Hrútafjord, Widderfjord, zu nennen.«

Als sie weiter in den Fjord hineinkamen, zog dichter Nebel auf. Sie gelangten zu einer Sandbank. Dort fanden sie eine große Planke, die erst vor kurzem angespült worden war. Da sagte Ingimund: »Das bedeutet wohl, dass wir diesem Ort einen Namen geben sollen, und der soll Bestand haben, also lasst uns diesen Landstrich Borðeyri, Plankensand, nennen.«

Der Sommer ging schnell zu Ende, denn sie mussten eine große Ladung befördern und waren erst spät aufgebrochen. Kurz vor Winterbeginn erreichten sie ein Tal, das überall von Weiden bewachsen war. Da sagte Ingimund: »Dieses Tal ist reich mit Weiden bewachsen, nennen wir es Víðidal, Weidental, und dieser Ort eignet sich meines Erachtens am besten für unser Winterquartier.«

Im zweiten Winter, den sie dort verbrachten, bauten sie eine

Halle, die nun Ingimundarhóll, Ingimundshügel, heißt. Da sagte Ingimund: »Hier wird es jetzt nicht ganz so vergnügt zugehen wie in Norwegen, doch daran dürfen wir nicht denken, denn es sind wieder viele gute Männer zum Zeitvertreib zusammengekommen, also lasst uns fröhlich sein so gut es geht.«

Alle stimmten ihm zu. Dort waren sie den Winter über und veranstalteten Spiele und hatten viel Spaß.

15 Als es Frühling wurde und der Schnee an den Berghängen zu schmelzen begann, da sagte Ingimund: »Ich wüsste zu gern, wenn ein paar Männer auf einen hohen Berg steigen und nach Schnee Ausschau halten würden, ob woanders etwas weniger davon zu sehen wäre, denn ich glaube nicht, dass wir in diesem Tal eine Siedlung gründen werden, sonst war das nämlich ein schlechter Tausch.«

Dann stiegen ein paar Männer auf einen hohen Berg und blickten von dort weit über das Land. Sie kamen zurück und berichteten Ingimund, dass die Berge, die im Nordosten lagen, fast schneefrei seien, »und schön anzuschauen, aber hier, wo wir sind, ist es, als tobe immer der gleiche Schneesturm, und wir konnten sehen, dass das Land dort viel besser beschaffen ist.«

Ingimund antwortete: »Das klingt gut, dann wollen wir hoffen, dass ein grünes Land vor uns liegt und uns das Schicksal dorthin bringt.«

Im Frühling machten sie sich bald bereit zur Abreise, und als sie sich dem Vatnsdal im Norden näherten, da sagte Ingimund: »Damit wird sich die Prophezeiung der Finnen bewahrheiten, denn nun erkenne ich die Landschaft, die sie mir beschrieben haben, wieder. Hierher wurden wir gewiesen, und nun wird alles gut werden. Ich kann jetzt auch Land sehen, das sich weit erstreckt, und wenn es ebenso gut beschaffen ist, dann kann man hier bestimmt wunderbar siedeln.«

Und als sie zum Fluss Vatnsdalsá kamen, da sagte Vigdís, Ingimunds Frau: »Hier muss ich einen Moment sitzen bleiben, denn ich fühle, dass es so weit ist.«

Ingimund antwortete: »Es soll zu deinem Wohl geschehen.«

Da gebar Vigdís ein Mädchen. Es wurde Þórdís genannt.

Ingimund sprach: »Dieser Ort soll Þórdísarholt, Þórdíshügel, heißen.«

Dann zog die Gruppe weiter ins Tal hinein, und dort fanden sie gutes Land mit Wiesen und Wäldern. Das Land war schön. Da hellten sich die Mienen der Leute auf. Ingimund nahm das gesamte Vatnsdal oberhalb der Seen Helgavatn und Urðarvatn in Besitz. Der Fluss Þórdísarlæk fließt von Westen in den See Smiðjuvatn. Ingimund wählte den Platz für seinen Hof in einer sehr schönen kleinen Senke und traf alle Vorbereitungen für den Bau. Er errichtete einen großen Tempel, der hundert Fuß lang war, und als er die Löcher für die Hochsitzsäulen aushob, da fand er seinen Talisman, wie es vorhergesagt worden war.

Da sagte Ingimund: »Es ist doch ein wahres Sprichwort, dass sich niemand seinem Schicksal widersetzen kann, und das werde ich von nun an beherzigen. Dieses Gehöft soll nach dem Tempel benannt werden und Hof heißen.«

Ingimunds Gefolgsleute verteilten sich über das Tal und siedelten an den Plätzen, die er ihnen zuwies.

In diesem Herbst bildete sich eine dicke Eisschicht auf dem See, und als die Männer auf das Eis gingen, da fanden sie eine Bärin mit zwei Jungen. Ingimund war dabei und sagte, dieses Gewässer solle Húnavatn, Bärenjungen-See, heißen, »und dieser Fjord, in dem alle Wasser zusammenfließen, soll Vatnafjord heißen.«

Danach ging Ingimund nach Hause. Er errichtete einen prächtigen Hof und wurde bald der mächtigste Mann im Vatnsdal und den benachbarten Gegenden. Er besaß eine Menge Vieh, sowohl Rinder als auch Schafe und andere Tiere. Im selben Herbst kamen ihm einige Schafe abhanden und wurden im darauffolgenden Frühjahr im Wald wiedergefunden. Dieser Ort heißt nun Sauðadal, Schaftal. Wie gut das Land zu jener Zeit beschaffen war, lässt sich daran erkennen, dass das Vieh allein draußen weiden konnte.

Dies wird auch erzählt, dass mehrere Schweine von Ingimund

verschwanden und erst im Herbst des nächsten Jahres wieder auftauchten. Da waren es zusammen hundertzwanzig. Sie waren wild geworden, und ein großer und alter Eber, der Beigað, der Furchteinflößende, genannt wurde, war bei ihnen. Ingimund sammelte ein paar Männer zusammen, um die Schweine einzufangen, und sagte, man könnte meinen, dass jedes Schwein zwei Köpfe habe. Sie jagten den Schweinen hinterher und trieben sie zu dem See, der jetzt Svínavatn, Schweinesee, genannt wird. Dort wollten sie sie umzingeln, aber der Eber sprang ins Wasser und schwamm hinüber und wurde so müde, dass ihm die Klauen abfielen. Er schleppte sich zu einem Hügel, der nun Beigaðarhóll heißt, und starb dort.

Ingimund fühlte sich nun wohl im Vatnsdal. Zu dieser Zeit wurden viele Gegenden besiedelt. Da wurden auch Gesetze und das Landesrecht eingeführt.

16

Als Ingimund eine Zeitlang auf Hof gewohnt hatte, kündigte er an, dass er nach Norwegen fahren wollte, um sich Bauholz zu besorgen, denn, erklärte er, er wolle seinen Hof prächtig ausstatten und hoffe, dass König Harald ihn freundlich empfangen werde. Vigdís sagte, er werde Erfolg haben. Er setzte Männer ein, die mit Vigdís den Hof leiten sollten. Ingimund nahm die Bären mit.

Die Überfahrt verlief ohne Schwierigkeiten, und er kam nach Norwegen. Er erkundigte sich nach König Harald. Überall im Land herrschte Frieden, und als er König Harald traf, wurde er herzlich empfangen. Der König lud ihn ein, bei ihm zu bleiben, und das nahm Ingimund an. Er wurde den Winter über sehr ehrenvoll vom König behandelt. Der König fragte, wie ihm das neue Land gefalle.

Ingimund äußerte seine Zufriedenheit darüber, »aber mein wichtigstes Anliegen ist es, mir Holz für den Hausbau zu beschaffen.«

Der König sprach: »Das darfst du tun, und ich erlaube dir, in unserem Wald so viel Holz zu schlagen wie du willst, und ich werde es zum Schiff befördern lassen, dann brauchst du dich nicht darum zu kümmern, sondern kannst hier bei mir bleiben.«

Ingimund sagte: »Herr, hier sind Bären, die ich auf Island gefangen habe, und ich möchte, dass Ihr sie als mein Geschenk annehmt.«

Der König antwortete: »Ich will sie gerne annehmen und danke dir dafür.«

In diesem Winter tauschten sie viele Geschenke untereinander, aber als der Frühling kam, wurde Ingimunds Schiff mit all den Dingen beladen, die er ausgewählt hatte, so auch mit dem besten Bauholz, das man finden konnte.

Der König sagte: »Ingimund, ich weiß, dass du nicht beabsichtigst, mehrmals nach Norwegen zu reisen. Darum müsstest du nun so viel Holz mitnehmen, dass es dieses eine Mal reicht, aber das kann ein Schiff alleine nicht tragen. Hier sind mehrere Schiffe, die du dir anschauen kannst. Du darfst wählen, welches auch immer du haben willst.«

Ingimund erwiderte: »Herr, wählt Ihr bitte für mich. Das wird mir das meiste Glück bringen.«

»So soll es denn sein, ich kenne sie ja am besten. Hier ist ein Schiff, das Stígandi, Gleiter, heißt. Wir nennen es so, weil es von allen Schiffen beim Segeln am besten kreuzt und so zuverlässig ist wie kein anderes, also wähle ich es für dich. Das Schiff ist schön, aber nicht groß.«

Ingimund dankte König Harald für dieses Geschenk.

Dann verabschiedeten sie sich mit vielen Freundschaftsgaben voneinander. Ingimund stellte bald fest, wie schnell das Schiff Stígandi war. Da sagte er: »Ein gutes Schiff hat der König für mich ausgesucht, und es trägt mit Recht den Namen Stígandi, so sanft wie es über die Wellen gleitet.«

Sie kamen nach Island und segelten nordwärts und schließlich hinunter nach Westen. Das hatte zuvor noch keiner getan. Ingimund kam mit beiden Schiffen in die Flussmündung des Húnavatn und benannte dort alle Orte so, wie sie seitdem heißen. Der Platz, an dem das Schiff an Land gesetzt wurde, heißt Stígandahróf, Stígandis Schuppen. Die Nachricht von Ingimunds Ankunft verbreitete sich weit, und alle freuten sich über seine Heimkehr. Ingimund besaß ein prächtiges Gut, das er erfolgreich bewirtschaftete. Nun konnte er vieles an seinem Hof reparieren und verbessern, da er genug Material hatte. Er erlangte das Godenamt und wurde der mächtigste Mann im Vatnsdal.

Jörund Háls war neben Ingimund der bedeutendste Mann, der mit ihm nach Island kam. Mit der Zustimmung seines Verwandten Ingimund nahm er das Land jenseits des Sees Urðarvatn bis zum Bach Mógilslæk in Besitz und wohnte auf seinem Hof Grund am Fuße des Jörundarfell im Vatnsdal. Er war ein angesehener Mann, wie es seiner Familie entsprach. Sein Sohn hieß Már, er wohnte auf Másstaðir im Vatnsdal und war ein ehrwürdiger Mann. Er wuchs zur selben Zeit wie Ingimunds Söhne auf. Damals wurde das Tal dicht besiedelt. Hvati hieß ein Mann, der mit Ingimund nach Island gekommen war, er nahm Land zwischen den Flüssen Mógilslæk und Giljá. Ásmund nahm Land jenseits des Sees Helgavatn und um das Gebiet von Þingeyrar. Sauðadal liegt östlich von Vatnsdal, und dann kommt Svínadal, in dem der See Svínavatn und der Hügel Beigaðarhóll liegen.

Þórólf hieß ein Mann, der Heljarskinn genannt wurde und Land in Forsæludal nahm. Da er ein sehr gewalttätiger und unbeliebter Mann war, stiftete er viel Unruhe und Ärger in der Gegend. Er baute sich eine Befestigung an einer Schlucht südlich des Flusses Friðmundará und in der Nähe des Flusses Vatnsdalsá. Es erstreckte sich eine Landspitze zwischen der Schlucht und dem Fluss und davor ragte eine hohe Klippe empor. Þórólf wurde verdächtigt, Menschen zu opfern, und im ganzen Tal gab es keinen Mann, der unbeliebter gewesen wäre als er. Hvatastaðir hieß der Hof, auf dem Hvati wohnte, und Ásmund wohnte auf Gnúp. Óttar hieß ein Mann, der in Grímstunga wohnte. Er hatte Ásdís, die Tochter Ólafs von Haukagil, zur Frau. Ihr Sohn war Hallfreð Vandræðaskáld, der Schwierige, und dessen Tochter hieß Valgerð, eine sehr stolze und schöne Frau.

17 So verging die Zeit. Ingimund wurde ein wenig älter, und er führte seine Hofwirtschaft stets mit großer Freigebigkeit. Hier wird nichts über seine Verhandlungen auf dem Thing berichtet, etwa dass er große Rechtsstreitigkeiten mit den Leuten gehabt hätte, denn er wurde sich mit den meisten einig und war nicht gewalttätig. Die Nachbarschaft dort bestand fast ausschließlich aus ehrbaren Leuten, obwohl Ingimund das größte Ansehen genoss, und die Gründe dafür waren seine friedliche Gesinnung, seine Freigebigkeit und seine Klugheit. Seine Söhne wuchsen heran und waren alle auf verschiedene Weise begabt, wie bereits erzählt wurde.

Es wird berichtet, dass eines Sommers ein Schiff in die Flussmündung des Húnavatn kam, das Norwegern gehörte. Der Schiffsführer hieß Hrafn. Er war ein verschlossener Mensch, groß und kampflustig und sehr stark, war lange auf Wikingerfahrt gewesen und besaß prächtige Waffen und schöne Kleidung. Für gewöhnlich war Ingimund der Erste, der zum Schiff kam und sich von den Waren aussuchte, was ihm gefiel, und das tat er auch diesmal. Er ging zum Schiffsführer, fragte ihn, was es Neues gebe, und bot ihm Gastfreundschaft an, wenn er wollte. Hrafn sagte, nichts wäre ihm lieber, und folgte Ingimund nach Hause, aber er verhielt sich weiterhin wie ein Eigenbrötler. Ingimund hatte viele Gäste bei sich gehabt, mit denen er sich besser verstanden hatte, denn Hrafn leistete ihm keine Gefolgschaft und hatte nichts mit ihm gemein. Hrafn trug stets ein schönes Schwert bei sich. Oft ließ Ingimund seinen Blick über das Schwert gleiten, und einmal fragte er, ob er es sich ansehen dürfe. Hrafn willigte ein. Ingimund nahm das Schwert und zog es aus der Scheide. Da erschien es ihm nicht weniger kostbar und er fragte, ob Hrafn es verkaufen wolle. Hrafn erwiderte, er sei nicht so in Geldnot, dass er darauf angewiesen wäre, seine Waffen zu verkaufen, aber, sagte er, der Bauer werde schon noch eine Bezahlung für den Unterhalt erhalten, und fügte hinzu, dass er an mehreren Orten gewesen sei, wo er seine Waffen gebraucht habe, und meinte, das könne jetzt wieder der Fall sein. Ingimund wurde sehr wütend und fühlte sich grob beleidigt. Dann überlegte er, was er unternehmen könnte.

Und einmal, als er zu seinem Tempel ging, richtete er es so ein, dass der Norweger ihn begleitete. Freundlich unterhielt sich Ingimund mit ihm über die Dinge, die Hrafn anscheinend am besten gefielen. Er wollte nämlich immer von seinen Wikingerfahrten und Plünderungszügen erzählen. Als beide den Tempel betraten, ging Ingimund voraus und ließ sich nichts anmerken, bis Hrafn mit dem Schwert in den Tempel gelaufen war.

Ingimund drehte sich zu ihm um und sagte: »Es ist nicht Sitte, den Tempel mit Waffen zu betreten, so lenkst du den Zorn der Götter auf dich, und ein solches Unheil kannst du nur abwenden, wenn du eine Buße zahlst.«

Hrafn antwortete: »Das hattest du doch schon lange geplant, aber falls ich gegen eure Gesetze verstoßen habe, halte ich es für rechtens, dass du darüber entscheidest, denn schließlich hält man dich für einen rechtschaffenen Mann.«

Ingimund sagte, es wäre am günstigsten für ihn, wenn er den Göttern durch seine Buße Ehre erweise, und erklärte, es käme ihm zugute, dass er es nicht mit Absicht getan habe, »und deshalb brauchst du keine so große Strafe zu fürchten«, und sagte, es sei nur gerecht, wenn er das Schwert an ihn aushändige, denn, erklärte Ingimund, auch die Besänftigung der Götter sei seine Aufgabe.

Hrafn sagte, er habe sich schon von manchem wertvollen Stück trennen müssen, doch keines scheine ihm kostbarer als dieses, »und ein andermal wirst du vielleicht vornehmer verfahren.«

Im Sommer fuhr er fort und kommt in dieser Saga nicht mehr vor. Das Schwert besaßen Vater und Sohn, solange sie lebten, und nannten es Ættartangi, Familienklinge.

Ein Mann hieß Eyvind und wurde Sörkvi genannt. Er kam mit Ingimund nach Island und segelte eines Sommers zusammen mit Þórorm nach Norwegen, sie waren Freunde. Ingimund lieh ihnen das Schiff Stígandi und sagte, er würde gerne wissen, wenn er schon nicht selbst fahre, ob es noch immer so schnell über die Wellen gleite. Ingimund war bei allen guten Leuten sehr beliebt. Im nächsten Sommer kehrten sie zurück in die Mündung der Blönduá und konnten Ingimund berichten, dass es kein besseres Schiff gebe. Sie hatten eine sehr erfolgreiche Handelsfahrt gehabt. Eyvind wohnte im Blöndudal und Gaut im Gautsdal.

18 Ein Mann hieß Hrolleif und wurde der Große genannt. Er kam zusammen mit seiner Mutter, die Ljót hieß, von Norwegen nach Island und nach Hvítá. Über Ljóts Charakter hörte man nichts Gutes, und sie hatte seltsame Angewohnheiten, aber das war auch nicht verwunderlich, denn sie hatte mit rechtschaffenen Leuten wenig gemein. Ihr Sohn Hrolleif war ihr in seinem Wesen sehr ähnlich. Er war der Neffe von Sæmund, Ingimunds Ziehbruder. Die beiden kamen nach Skagafjord, um Sæmund aufzusuchen. Sie sagten, wer sie waren, und erzählten ihm, dass er ihr Verwandter sei.

Sæmund antwortete und meinte, dass er seine Verwandtschaft zu Hrolleif nicht leugnen könne, »aber ich ahne, dass deine Mutter schlechter ist als dein Vater, und ich befürchte stark, dass du mehr nach der mütterlichen Seite kommst als nach der väterlichen.«

Hrolleif sagte, es wären ihm jetzt andere Dinge nützlicher als üble Vermutungen.

Sæmund erwiderte, er werde sie den Winter über bei sich aufnehmen.

Hrolleif war von allen Männern der stärkste und nutzte seine Überlegenheit gegenüber Schwächeren aus. Er war angriffslustig und gewalttätig und hatte von seiner Mutter gelernt, Gutes mit Bösem zu vergelten. Er war gemein zu Sæmunds Sohn Geirmund, sowohl bei Spielen als auch bei anderen Gelegenheiten, und es wuchs eine Feindschaft zwischen den beiden.

Einmal sagte Geirmund zu seinem Vater: »Unser Verwandter bezahlt seine Unterkunft auf die Art, die er am besten beherrscht, die aber den anderen nichts einbringt. Ich meine damit die Drohungen und Beschimpfungen, noch dazu seine rücksichtslose Grobheit. Einigen hat er schon die Knochen gebrochen oder andere schlimme Verletzungen zugefügt, doch keiner traut sich darüber zu sprechen.«

Sæmund sagte, dass Hrolleif ihn für seine Gastfreundschaft gewiss schlechter entlohnte als abgemacht war, »und ich kann es nicht länger dulden.«

Hrolleif sagte, es sei schändlich, sich über solche Kleinigkeiten zu beklagen und sich nicht hinter seine Verwandten zu stellen, »ich habe wirklich keine Lust, mir von euch Schwächlingen ins Gesicht spucken zu lassen.«

Sæmund erwiderte: »So musst du wohl reden, aber ich habe ja schon geahnt, dass du mehr Eigenschaften von deiner Mutter Ljót geerbt hast als von unserer Seite. Ich habe nun an ein eigenes Haus mit Land für dich gedacht, draußen auf Höfðaströnd jenseits von Höfði, außerhalb von Unadal. Ich würde dir raten, dich mit den Leuten zu vertragen, die in nächster Nachbarschaft zu dir wohnen, mit Bauer Þórð in Höfði und mit Uni im Unadal und den anderen Siedlern, und dass du um ihre Erlaubnis bittest, dich dort niederlassen zu dürfen.«

Hrolleif erwiderte, er denke gar nicht daran, denen Honig um den Bart zu schmieren.

Hrolleif zog mit seiner Mutter hinaus in das Tal, und die beiden siedelten an dem Ort, der seitdem Hrolleifsdal heißt. Sie suchten kaum die Freundschaft der Leute, es kam zu Streit und Drohungen, und sie verhielten sich gegenüber ihren Nachbarn stets feindselig. Bald begannen die Leute sie zu hassen und meinten, Sæmund habe ihnen da ein übles Treibgut herübergeschickt. Zunächst hielten sie es für unangebracht, sich zu beschweren, weil Hrolleif Sæmunds Neffe war. Aber dann, als die Leute allmählich das Wesen der beiden erkannten, wünschten sie sich, sie wären niemals hergekommen und würden so schnell wie möglich wieder verschwinden. Uni war ein vermögender Mann und hatte einen Sohn, der Odd hieß. Dieser war gerade erwachsen geworden. Seine Tochter hieß Hróðný. Sie war eine schöne Frau und geschickt bei der Arbeit. Bald kam Hrolleif zu Uni und sagte, er könne in diesem kleinen Tal nicht glücklich und zufrieden leben, auch wenn man sich zu unterhalten versuche, so gut es ginge.

»Daher fände ich es äußerst förderlich«, sagte er, »wenn wir durch eine Heirat verwandtschaftliche Bande knüpften und ich deine Tochter zur Frau nähme. Es ist möglich, dass sich unser Verhältnis dann bessert.«

Uni sagte, dass Hrolleif wegen seines Charakters kein geeigneter Mann für eine gute Frau sei, »denn du verhältst dich nicht dementsprechend. Meine Tochter aber hat mehr Glück verdient, deshalb werde ich deinen Antrag ablehnen.«

Hrolleif sagte, damit habe er sich für die unangenehmere Möglichkeit entschieden, »und dann wird sie eben meine Geliebte sein, das ist gerade gut genug für sie.«

Seitdem lenkte er oft seine Schritte dorthin und führte Gespräche mit Hróðný. So ging das eine Weile, jedoch gegen den Willen ihrer Familie.

19 Einmal, als Hrolleif gerade nach Hause aufbrechen wollte, sagte Uni zu seinem Sohn Odd: »Das ist doch der Gipfel, dass wir hier tatenlos herumsitzen und nichts gegen die Besuche dieses Mannes unternehmen! Wir haben in jungen Jahren doch mehr gewagt, so wie damals, als ich mit Kolbeinn kämpfte, und ich besiegte ihn, obwohl er ein Krieger war und der Kampf eine große Herausforderung. Aber dieser eine Kerl schafft es, uns Schande zuzufügen.«

Odd sagte, es sei nicht gerade einfach, gegen diese Ausgeburt der Hölle und die Hexenkunst seiner Mutter anzukommen. »Die Leute sagen, er trage ein Gewand, das keine Waffe durchdringen könne. Ich werde nun als Erster zu Hrolleif gehen.«

Das tat er. Sie begegneten sich oben auf dem Berg zwischen beiden Tälern.

Odd sagte: »Du hast dir angewöhnt, immer diesen Pfad zu nehmen, aber wir fänden es besser, wenn du ihn nicht so oft gehen würdest.«

Hrolleif antwortete: »Seit ich neun Winter alt bin, habe ich meine Wege stets selbst bestimmt, und so wird es bleiben. Ich werde deine Worte gar nicht erst beachten und ich denke nicht, dass es ein Hindernis für mich ist, wenn du hier auf dem Pfad herumlungerst.«

Odd sagte, er hätte klüger antworten können.

Hrolleif kam nach Hause und erzählte seiner Mutter, dass er jetzt einen Sklaven von der Arbeit fortnehmen werde, »und er soll mich bei meinen Besuchen begleiten, denn Uni und Odd fangen langsam an, Ärger zu machen.«

Ljót erwiderte, der Sklave könne nichts Nützlicheres tun, als mit ihm zu gehen, »also kümmere dich nicht um das Verhalten dieser Dummköpfe! Zieh dein Gewand an, sobald du es brauchst, und finde heraus, was es bewirkt.«

Dann kam Odd zurück zu seinem Vater und teilte ihm mit, dass er zu Sæmund gehen und ihm von der Sache erzählen wolle. Uni sagte, es missfalle ihm, wenn die Sache dadurch noch länger andauerte.

Odd suchte Sæmund auf und sagte: »Dein Neffe Hrolleif, den du zu uns geschickt hast, spielt uns übel mit. Wir mussten viele Demütigungen von ihm hinnehmen, konnten aber bisher nicht streng dagegen vorgehen, weil er dein Verwandter ist.«

Sæmund sagte, dass er so etwas schon erwartet hätte, »und es wäre nicht schlecht, wenn solche Männer aus dem Weg geräumt würden.«

Odd erklärte, er glaube nicht, dass Sæmund das auch noch denken werde, wenn es geschähe, »doch dieser Mann dort ist einer, der alle drangsalieren will, aber aus Achtung vor dir unternimmt keiner etwas dagegen.«

Odd ging nach Hause.

Uni sagte: »Ich glaube nicht, dass Hrolleif von seinen Besuchen ablassen wird, und ich denke, es wäre jetzt an dir, mein Sohn, denn du bist jung und stark genug, aber ich in meinem Alter kann nicht mehr kämpfen. Auch wenn er ein harter Brocken ist und seine Mutter zaubern kann, darf es doch nicht so weitergehen.«

Odd antwortete und versprach, sich etwas zu überlegen.

Eines Abends legte sich Odd mit vier anderen Männern auf die Lauer, um Hrolleif abzupassen, aber er hatte seinen Begleiter dabei. Odd sprang auf und rief: »Jetzt kann es sein, dass dein Weg hier endet, Hrolleif! Und auch deine Bosheit könnte nun ein Ende haben und dir zum Verhängnis werden.«

Hrolleif sagte, es müsse sich erst noch zeigen, wer zuletzt lachen werde, »obwohl du mehr Männer dabei hast als ich. Ich fände es jetzt nicht schlecht, wenn hier gleich jemand blutet!«

Dann gingen sie aufeinander los und kämpften. Hrolleif war ein ausdauernder und überaus starker Kämpfer. Er hatte auch das Gewand an, das ihm seine Mutter gefertigt hatte und an dem jede Klinge abglitt.

Nun ist davon zu erzählen, dass Odd Hrolleifs Begleiter Ljót erschlug und dann auf Hrolleif losstürmte und rief: »Die Waffen beißen dich schlecht, Hrolleif! Du übles Scheusal, dir fällt wohl nichts Besseres ein, als Hexerei ins Spiel zu bringen?«

Da verpasste Odd Hrolleif einen Schlag auf das Bein und verletzte ihn dort, wo ihn das Gewand nicht bedeckte.

Da sagte Odd: »Jetzt hat dich dein Zaubergewand nicht geschützt!«

Hrolleif hieb da nach Odd und fügte ihm eine tödliche Wunde zu und erschlug einen weiteren Mann, doch die anderen drei konnten entkommen. Dies geschah spät am Abend oberhalb von Unis Hof. Hrolleif kam nach Hause und erzählte seiner Mutter, dass es denen übel ergangen sei, die sich ihm entgegengestellt hätten. Sie freute sich darüber, dass ihm solche Bauerntölpel oder deren Söhne nichts entgegenzusetzen hätten, auch wenn sie ihn beschimpften. Hrolleif erklärte, er habe es Odd nun heimgezahlt, »denn er war es, der mich am schlimmsten beleidigt hat und behauptete, ich hätte nichts mit ehrbaren Männern gemein. Aber ich habe ihm ja gesagt, was passieren wird, dass seine Schande nur noch größer wird, wenn wir uns im Kampf begegnen, und das hat er nun bekommen.«

20

Uni ging zu Þórð nach Höfði und erzählte ihm von seiner Notlage, in der er sich wegen der Tötung seines Sohnes Odd befand, »und ich hätte gerne deine Hilfe, damit ich zu meinem Recht komme. Es gefährdet ja auch deinen guten Ruf, wenn hier in der Gegend Gewalttäter ihr Unwesen treiben.«

Þórð meinte, dass er recht habe, »und da ist uns eine schwere

Bürde auferlegt worden, aber Sæmund ist am meisten dazu verpflichtet, den Missetaten seines Neffen ein Ende zu machen und ihn aus der Gegend zu vertreiben.«

Dann suchten sie Sæmund auf und baten ihn, die Sache ins Reine zu bringen, und sagten, er habe keine andere Möglichkeit. Sæmund sagte, dann solle es geschehen. Da wurde Hrolleifs Haus beschlagnahmt, und er kam mit seiner Mutter zu Sæmund, aber der Hof wurde von Männern bewacht. Und auf der Friedensversammlung im Frühling wurde entschieden, dass Uni Hrolleifs Land als Buße für sein Vergehen erhalten, Hrolleif aber aus allen Gegenden verbannt werden sollte, deren Flüsse in den Skagafjord mündeten.

Sæmund erinnerte sich nun an seine alte Freundschaft mit Ingimund. Als sie sich trafen, sagte Sæmund: »So steht es bei mir, mein Bruder, dass ein Mann zu mir gekommen ist, der nicht gerade einen umgänglichen Charakter besitzt, aber er ist nun mal mit mir verwandt, dieser Hrolleif. Nun bitte ich dich, nimm ihn und seine Mutter bei dir auf und gib ihnen eine Unterkunft auf deinem Land.«

Ingimund antwortete: »Man hört nichts Gutes über die beiden, und ich bin nicht gerade erpicht darauf, sie aufzunehmen, aber du wirst mich für unhöflich und geizig halten, wenn ich ablehne. Trotzdem ist es jetzt nicht so günstig für uns, da ich mehrere Söhne habe, die nicht gerade zimperlich sind.«

Sæmund antwortete und nannte Ingimund einen Mann des Glücks, der viel Gutes bewirken könne. Ingimund erwiderte, das würde sich dann zeigen, wenn das hier gut ausginge. Danach zogen Hrolleif und seine Mutter Ljót zu Ingimund, obwohl kaum einer dafür war.

21

Nun wohnten Hrolleif und seine Mutter zwei oder drei Winter lang bei Ingimund. Sie verhielten sich gegenüber Ingimunds Söhnen genauso wie gegenüber den anderen Leuten, und Ingimunds Söhne regten sich bald darüber auf, und Jökull am allermeisten, da er mit Hrolleif so viele und harte Wettkämpfe ausgetragen hatte, dass beide Verletzungen abbekommen hatten. Jökull sagte, Sæmunds Verwandter würde ihm übel mitspielen, »aber es ist noch auszuhalten«, sagte er, »solange nichts Schlimmeres passiert«, und erklärte, dass dieser Teufel sie niemals kleinkriegen werde. Keiner war dem anderen an Größe oder Kraft überlegen, denn beide waren außergewöhnlich stark.

Ingimund sagte: »Du benimmst dich schlecht, Hrolleif, wenn du dich nicht beherrschen kannst und Gutes nicht mit Gutem vergelten willst. Ich sehe nun, dass es so nicht weitergehen kann, deshalb werde ich dir ein Haus auf Ás verschaffen, das liegt auf der anderen Seite des Flusses.« Hrolleif sagte, das sei für ihn auch nicht schlimmer, »als hier der Bosheit deiner Söhne ausgesetzt zu sein.«

»Es fällt mir schwer, dich wegzuschicken«, sagte Ingimund, »denn das habe ich noch nie getan, wenn ich jemanden bei mir aufgenommen hatte.«

Þorsteinn sagte, er befürchte, dass das noch übel ausgehen werde.

Ingimund ließ Hrolleif und seine Mutter Ljót zu dem Hof auf Ás übersiedeln, und sie wohnten lange dort. Hrolleif hielt sich Ingimunds Söhnen gegenüber in jeder Hinsicht für ebenbürtig.

Zu dieser Zeit kamen zwei Brüder von Norwegen nach Island, der eine hieß Hallorm und der andere Þórorm, sie waren wohlhabende Männer. Sie blieben den Winter über bei Ingimund. Hallorm brachte seinen Antrag vor und bat um die Hand von Ingimunds Tochter Þórdís. Er erhielt eine erfreuliche Antwort. Ingimund sagte, Hallorms Reichtum wäre dem Einfluss ihrer Familie sehr zuträglich, und Þórdís wurde mit ihm verheiratet. Als Mitgift bekam sie das Land von Kárnsá, ihr Sohn war Þorgrím. Þórorm dagegen wohnte auf Tunga im Vatnsdal, dieser Ort wurde seitdem Þórormstunga genannt.

22

Es wird erzählt, dass der Fluss Vatnsdalsá reich an Fischen war, sowohl an Lachsen als auch an anderen Fischen. Die Brüder, Ingimunds Söhne, teilten die Arbeiten unter sich auf, denn zu jener Zeit war es Brauch, dass die Söhne vornehmer Männer irgendeiner Tätigkeit nachgingen. Diesmal waren die Brüder zu viert beim Fischfang: Þorsteinn, Jökull, Þórir und Högni, aber Smið war mit etwas anderem beschäftigt. Die Brüder gingen in den Fluss und machten einen guten Fang. Hrolleif änderte sich nicht. Er war all jenen ein übler Nachbar, die in seiner Nähe wohnten. Keiner von Ingimunds Freunden hatte es gutgeheißen, dass er ihn überhaupt aufgenommen hatte. Ingimunds Söhne ärgerte es sehr, dass Hrolleif von ihrer Hofwirtschaft leben durfte, dies aber nur übel dankte, und sie meinten, es sei ein großer Fehler von ihrem Vater gewesen, ihn bei sich wohnen zu lassen. Die Fangrechte besaßen die Leute von Hof und Hrolleif gemeinsam, aber es wurde verabredet, dass Hrolleif den Fang nur dann bekommen sollte, wenn Ingimunds Söhne oder ihre Männer nicht da waren, aber daran hielt er sich nicht, da er lieber nach seinem eigenen Willen und seiner Garstigkeit handelte als danach, was vereinbart war.

Und einmal, als Ingimunds Knechte zum Fluss kamen, sagten sie zu Hrolleif, er solle für sie den Platz frei machen. Hrolleif erwiderte, er kümmere sich doch nicht darum, was Sklaven sagten. Sie antworteten und wiesen ihn darauf hin, dass es besser für ihn wäre, sich nicht mit den Leuten von Hof anzulegen, und sagten, es werde diesmal nicht gut für ihn ausgehen, auch wenn er sonst damit durchgekommen sei. Hrolleif befahl ihnen, den jämmerlichen Sklaven, sich fortzuscheren und ihm nicht mit anderen Männern zu drohen. Er jagte sie barsch und zu Unrecht davon.

Sie riefen: »Du verhältst dich abscheulich, dabei hätte Ingimund nur Gutes von dir verdient, denn er hat dich aufgenommen und dir einen Hof und Fischgründe und viele andere Güter gegeben, wo du doch vorher nirgends unter rechtschaffenen Leuten leben durftest.«

Hrolleif sagte, für garstige Sklaven müsse er nicht aus dem Fluss gehen, und wirft einen Stein nach einem, so dass dieser das Bewusstsein verliert, und meint, sie sollten besser nicht so überaus gesprächig sein.

Sie kommen nach Hause, als die Leute gerade beim Essen sitzen, sie stürzen atemlos herein. Ingimund fragt, warum sie es so eilig haben. Sie sagen, Hrolleif habe sie mit Gewalt und unter Beleidigungen vom Fluss verjagt.

Jökull antwortet: »Er will wohl der Gode von Vatnsdal werden und uns genauso behandeln wie die anderen zuvor, aber das soll niemals geschehen, dass dieser Teufel uns einschüchtert!«

Þorsteinn sagt, Hrolleif sei nun zu weit gegangen, aber es wäre dennoch am besten, besonnen vorzugehen, »denn Hrolleif wurde damals aufgenommen, ohne dass wir uns viele Gedanken darüber gemacht hätten.«

»Ihr habt einen guten Grund«, sagt Ingimund, »aber bitte seid so gut und einigt euch friedlich, denn ihr seid in größerer Gefahr. Dieser Mann stammt aus der Hel, und von diesem Ort entspringt Böses.«

Jökull ruft, sie wollten doch erst mal sehen, ob er nicht aus dem Fluss gehe, springt vom Tisch auf und läuft hinaus.

Ingimund sagt: »Þorsteinn, mein Sohn, du bist von allen der Vernünftigste, also geh mit deinen Brüdern.«

Þorsteinn sagt, er wisse nicht, inwieweit er Jökull zurückhalten könne, »und ich werde nicht tatenlos danebenstehen, wenn er gegen Hrolleif kämpft.«

Und als sie zum Fluss kommen, da sehen sie, dass Hrolleif im Fluss steht und fischt.

Da ruft Jökull: »Raus aus dem Fluss mit dir, du Teufel, und wage es nicht, dich mit uns anzulegen, sonst werden wir jetzt richtig kämpfen!«

Hrolleif sagt: »Das interessiert mich nicht, obwohl ihr zu dritt oder zu viert seid, ich werde meine Arbeit hier fortsetzen, auch wenn du fluchst.«

Jökull entgegnet: »Du widerlicher Kerl vertraust also auf die Hexenkunst deiner Mutter, wenn du glaubst, du ganz allein könntest uns allen den Fischfang verwehren.«

Da springt Jökull in den Fluss und watet auf ihn zu, aber Hrolleif rührt sich nicht vom Fleck.

Þorsteinn ruft: »Lass ab von deinem Starrsinn, Hrolleif, denn es wird dir übel ergehen! Wenn du uns nicht die Fangrechte gewährst, könnten es dir gleich mehrere heimzahlen. Es nützt dir doch nichts, die Leute so schändlich zu schikanieren!«

Da schreit Jökull: »Töten wir diesen Teufel!« Da schwimmt Hrolleif zum anderen Ufer und klettert dort an Land, wo ein Haufen Steine liegt, und bewirft Jökull und seine Brüder quer über den Fluss hinweg mit Steinen, und sie ihn. Obwohl ihn einige Steine treffen, wird Hrolleif nicht verletzt. Jökull will an einer anderen Stelle über den Fluss gelangen und sagt, es wäre keine geringe Schande, wenn sie den nicht in die Knie zwängen.

Þorsteinn sagt: »Ich habe einen anderen Vorschlag: Komm lieber hierher und wir behalten die Kontrolle, als dass wir ihm und seiner Mutter direkt in die Arme laufen, denn ich vermute, sie ist hier in der Nähe, und es wird kein ehrlicher Kampf, wenn wir uns gegen ihre Zauberkräfte wehren müssen.«

Jökull meint, das werde ihn niemals abschrecken, und drängt vorwärts, während seine Brüder weiter Steine auf Hrolleif werfen und ihn dann mit ihren Speeren beschießen.

Jetzt kam ein Mann in vollem Lauf zurück nach Hof und berichtete Ingimund, die Brüder seien in einer riskanten Lage und kämpften unten am Fluss, »und dein Nachbar ist ein ziemlich harter Brocken.«

Ingimund rief: »Sattelt mein Pferd! Ich will hinreiten.«

Er war damals schon sehr alt und fast blind und verwaltete sein Vermögen sowie den Hof nicht mehr selbst. Ein junger Knecht wurde ihm als Begleitung mitgeschickt. Ingimund trug einen schwarzen Umhang. Der Junge führte sein Pferd, und als sie zum Flussufer kamen, da erblickten ihn seine Söhne.

Þorsteinn rief: »Unser Vater ist gekommen! Wir sollten uns zurückziehen, denn er erwartet, dass wir seinem Willen Folge leisten, außerdem habe ich Angst um ihn«, und nun bat er Jökull, sich zurückzuhalten.

Ingimund ritt in den Fluss und sagte: »Geh aus dem Fluss, Hrolleif, und bedenke, was sich für dich gehört.«

Aber als Hrolleif ihn sah, warf er einen Speer nach ihm, und dieser traf ihn mitten in die Brust. Und als Ingimund getroffen war, ritt er zurück ans Ufer und sagte: »Du, Junge, führe mich nach Hause.« Er ritt nicht an seinen Söhnen vorbei, und als sie nach Hause kamen, war es schon spät am Abend. Und als Ingimund absteigen wollte, da sagte er: »Bin ich steif geworden, mit dem Alter wird man ziemlich schwach auf den Beinen.« Und als der Knecht ihm vom Pferd half, da drang ein Geräusch aus der Wunde. Da entdeckte der Junge, dass Ingimund der Speer in der Brust steckte.

Ingimund sagte: »Du hast mir lange treu gedient, nun tu', was ich dir sage. Wahrscheinlich werde ich in Zukunft nicht mehr viel von dir verlangen. Geh jetzt zu Hrolleif und sag ihm, ich vermute, dass meine Söhne noch vor dem Morgengrauen davon überzeugt sein werden, ihren Vater an ihm rächen zu müssen, und er soll zusehen, dass er fortkommt, noch ehe der Tag anbricht. Wenn er stirbt, werde ich dadurch auch nicht besser gerächt, und ich betrachte es als meine Pflicht, den zu schützen, dessen ich mich einst angenommen habe, solange ich noch darüber bestimmen kann, egal was später geschehen mag.«

Er brach die Speerspitze vom Schaft ab und ging mit Hilfe des Jungen ins Haus. Er setzte sich in seinen Hochsitz und ordnete an, kein Licht anzuzünden, ehe seine Söhne nach Hause gekommen seien. Der Junge lief zum Fluss und sah dort viele Lachse, die Hrolleif gefangen hatte.

Der Junge sagte: »Es ist wirklich wahr, dass du der abscheulichste Hund bist! Du hast getan, was niemals wieder gutgemacht werden kann, du hast Ingimund getötet! Aber er trug mir auf, dir zu sagen, dass du nicht bis zum Morgen zu Hause bleiben solltest. Er glaubt, dass seine Söhne danach trachten werden, ihren Vater an dir zu rächen, und ich tue das nur, weil Ingimund es befohlen hat, und nicht, weil du mir für die Axt der Brüder zu schade wärst.«

Hrolleif antwortete: »Ich glaube dir, aber du würdest nicht mit heiler Haut von hier fortkommen, wenn du nicht diese Nachricht überbracht hättest.«

23 Nun ist von Ingimunds Söhnen zu erzählen, dass sie am Abend nach Hause gingen und darüber sprachen, was für ein Scheusal Hrolleif doch sei.

Þorsteinn sagte: »Noch wissen wir nicht genau, welch schlimmen Schaden wir durch ihn erlitten haben, aber ich ahne nichts Gutes, was den Ritt unseres Vaters betrifft.«

Sie kamen nach Hause, und Þorsteinn ging in die Halle, glitt aus, fing sich mit den Händen ab und rief: »Warum ist es hier so nass, Hausfrau?«

Sie antwortete: »Ich glaube, es troff aus den Kleidern von Ingimund.«

Þorsteinn antwortet: »Es ist glitschig wie Blut, macht schnell Licht!«

Und das wurde gemacht. Da saß Ingimund in seinem Hochsitz und war tot. Die Speerspitze steckte in seiner Brust.

Jökull rief: »Ich kann diesen entsetzlichen Gedanken nicht ertragen, dass ein solches Scheusal diesen ehrenhaften Mann getötet haben soll! Kommt! Wir gehen jetzt gleich und töten ihn!«

Þorsteinn sagte: »Du kennst die Güte unseres Vaters nicht! Er hat ihm sicher zur Flucht verholfen, aber wo ist der Junge, der ihn begleitete?«

Er war nun nirgends zu sehen. Þorsteinn sagte: »Ich kann mir nicht vorstellen, dass Hrolleif jetzt zu Hause ist, deshalb sollten wir lieber mit List vorgehen, und nicht mit Ungestüm, aber es soll uns ein Trost sein, dass der Unterschied zwischen Vater und Hrolleif nicht größer sein könnte, und dafür wird mein Vater von dem belohnt werden, der die Sonne und die ganze Welt erschuf, wer er auch ist. Denn das ist gewiss, dass irgendeiner ihr Schöpfer gewesen sein muss.«

Jökull war so wütend, dass sie ihn kaum beruhigen konnten. In diesem Augenblick kam der Junge herein und berichtete von seinem Auftrag. Jökull sagte, das wäre nicht nötig gewesen. Þorsteinn erwiderte: »Er kann nichts dafür, denn er hat getan, was Vater von ihm verlangte.«

Ingimund wurde in das Beiboot seines Schiffes Stígandi gebettet und mit prächtigen Beigaben bestattet, so wie es damals der

Brauch vornehmer Leute war. Die Nachricht von seinem Tod verbreitete sich weithin und schien allen, und das war sie wirklich, eine wichtige und schlimme Botschaft.

Þorsteinn sprach zu seinen Brüdern: »Wir sollten uns nicht im Hochsitz unseres Vaters niederlassen, weder zu Hause noch bei Gastmählern, solange er ungerächt ist«, und daran hielten sie fest und nahmen wenig an Spielen oder Zusammenkünften teil.

Aber als Eyvind davon erfuhr, da sagte er zu seinem Ziehsohn: »Geh und sag' meinem Freund Gaut, was ich vorhabe, und ich denke, das Gleiche wäre auch für ihn angebracht.« Dann zog er das Schwert unter seinem Umhang hervor und ließ sich darauf fallen, und so starb er. Und als Gaut davon hörte, sprach er: »Ingimunds Freunde können nicht mehr weiterleben, und ich werde dem ehrenvollen Beispiel meines Freundes Eyvind folgen«, und setzte sich das Schwert an die Brust und erstach sich. Ein Sohn von Eyvind hieß Hermund und ein anderer Hrómund der Lahme, von dem später erzählt wird.

24

Lasst uns dies nun erst einmal überspringen und etwas über Hrolleif berichten. Er kam zu seiner Mutter und erzählte ihr, was geschehen war. Sie sagte, niemand lebe länger, als ihm das Schicksal bestimmt habe, und fügte hinzu, Ingimund habe ein langes Leben genossen.

»Ich rate dir«, fuhr sie fort, »erst einmal zu fliehen, denn Blutnächte sind die gefährlichsten. Komm erst dann wieder hierher, wenn ich damit rechne, dass mein Vorhaben gelingen wird, aber ich kann nicht vorhersehen, was stärker sein wird, Þorsteinns Klugheit und Glück oder meine Zaubermacht.«

Dann reiste Hrolleif nach Norden zum Skagafjord und kam nach Sæmundarhlíð, aber Sæmund war damals schon gestorben, und Geirmund verwaltete den Besitz. Sein Bruder hieß Arnald. Geirmund fragte, was es Neues gebe. Hrolleif sagte, er habe den Tod des Ingimund von Hof zu berichten.

Geirmund antwortete: »Damit ist ein fähiger Mann von uns geschieden, aber was brachte ihm denn den Tod?«

Hrolleif sagte: »Er wurde zur Zielscheibe«, und erzählte dann die ganze Geschichte.

Geirmund antwortete: »Ich sehe es, du bist der scheußlichste Unmensch. Scher dich fort, du gemeiner Teufel, und komm ja nie wieder.«

Hrolleif sagte, er werde auf keinen Fall gehen, »dann werde ich eben gleich hier zu deiner Schande erschlagen, und ich erinnere mich genau daran, dass es deines Vaters und Ingimunds Mannschaft war, in der mein Vater fiel, und das war deine Schuld und die deiner Männer.«

Geirmund erwiderte, es geschehe nun mal, dass ehrenhafte Männer im Kampf fielen, »und ich werde dich ausliefern, wenn die Ingimundssöhne herkommen.«

Hrolleif sagte, das oder noch Schlimmeres habe er bereits erwartet. Er hielt sich dort in einem Vorratsschuppen versteckt.

Ingimunds Söhne waren den Winter über zu Hause und nahmen stets auf der niedrigeren Bank Platz. Sie gingen weder zu Spielen noch zum Thing und waren sehr betrübt.

Aber als es kurz vor Sommerbeginn war, rief Þorsteinn seine Brüder zu einem Gespräch zusammen und erklärte: »Ich glaube, wir alle denken ein und dasselbe, dass es endlich an der Zeit wäre, loszuziehen und unseren Vater zu rächen, aber das wird ganz und gar nicht leicht. Ich schlage vor, dass derjenige, der den Scharfsinn besitzt, sich einen erfolgreichen Plan auszudenken, eine Kostbarkeit aus unserem Besitz auswählen darf.«

Sie sagten, sie seien damit einverstanden, »aber du bist wegen deiner Klugheit von uns allen am besten dazu geeignet.«

25

Eines Morgens war Þorsteinn schon früh auf den Beinen und sagte zu seinen Brüdern: »Nun werden wir uns bereitmachen und in die nördlichen Bezirke reiten, was auch immer dort auf uns zukommt.« Sie waren zusammen fünf Brüder und nicht mehr.

Sie kamen eines Tages gegen Abend zu Geirmund, und er empfing sie sehr freundlich. Sie blieben über Nacht dort und wurden gut bewirtet. Aber am Morgen sagte Þorsteinn zu seinen Brüdern: »Nun werdet ihr Brüder heute beim Brettspiel sitzen und ich werde mit Geirmund sprechen.«

Das taten sie.

Þorsteinn sagte zu Geirmund: »Wir Brüder sind deshalb hergekommen, weil wir nach Hrolleif suchen, den wir hier bei dir vermuten. Du bist doch besonders dazu verpflichtet, uns zu helfen, denn schließlich wart ihr es, die diesen Schweinehund zu unserem Vater schickten, und großes Leid ist uns durch ihn widerfahren, auch wenn das nicht eure Absicht war. Außer dir besitzt er außerdem keine ehrbaren Verwandten.«

Geirmund antwortete: »All das ist wahr, und du hast deine Nachforschungen sehr geschickt angestellt, aber Hrolleif ist nicht hier.«

Þorsteinn sagte: »Im Gegenteil! Ich denke, er sitzt in deinem Schuppen! Jetzt nimm diese einhundert in Silber hier und schick ihn fort, und ich werde es so einrichten, dass wir ihn nicht hier unter deinem Schutz fangen, so dass es dir nicht zum Vorwurf gemacht werden kann. Aber wir werden ihn trotzdem verfolgen, obwohl damit nichts für Vaters Rache gewonnen ist. Sag ihm, dass du es nicht wagst, ihn vor uns zu schützen, weil du damit unsere Feindschaft auf dich ziehst, anstatt unsere Freundschaft zu genießen.«

Geirmund antwortete: »Jetzt kann ich es ja zugeben, dass er hier ist, und man mag darüber urteilen, wie man will. Ich werde tun, was du vorgeschlagen hast, und ihm sagen, dass er fortgehen soll, aber ihr jagt ihn erst dann, wenn er nicht mehr bei mir ist.«

»Einverstanden«, sagte Þorsteinn.

Geirmund ging nun zu Hrolleif und sagte: »Nun sind die Ingimundssöhne hierhergekommen und suchen nach dir. Du kannst jetzt nicht länger bei mir bleiben, da ich weder meinen Kopf noch meinen Besitz wegen deiner Verbrechen aufs Spiel setzen will, denn die Brüder sind sowohl schlau als auch wagemutig.«

Hrolleif antwortete: »Ich habe mir schon gedacht, dass du dich wie ein Feigling benehmen würdest, und ich schulde dir keinen Dank für deine Hilfe.«

Geirmund sagte: »Scher dich bloß weg, aber schnell!«

Danach traf er Þorsteinn. »Ich denke, es wäre für mich am besten, wenn ihr nichts überstürzt und heute noch hier bleibt.«

Er sagte, das sei in Ordnung. Am nächsten Tag machten sie sich bereit und zogen nach Westen über den Gebirgspass. Dort hatte es getaut, und sie sahen die Spuren eines Mannes im Schnee.

Da sagte Þorsteinn: »Nun werden wir rasten und ich erzähle euch von meinem Gespräch mit Geirmund. Ich habe gemerkt, dass Hrolleif dort war.«

Jökull sagte: »Du bist ein sonderbarer Mann, dass du ruhig da sitzen konntest, während der Mörder deines Vaters ganz in deiner Nähe war! Wenn ich das gewusst hätte, wäre es ganz und gar nicht ruhig geblieben!«

Þorsteinn sagte, das sei nicht unwahrscheinlich, »aber es ist besser, Geirmund in dieser Sache nicht bloßzustellen. Wir werden jetzt in vollen Tagesreisen weiterziehen und versuchen, nicht später im Westen anzukommen als Hrolleif, denn seine Spuren müssen nach Hause führen, aber jetzt wird seine Mutter Ljót ihr Sommeropfer darbringen, wie es ihr Brauch vorsieht, und die Rache wird nicht gelingen, wenn sie das Opfer vorher zu Ende bringt.«

Jökull rief: »Dann beeilen wir uns!«

Er war all seinen Brüdern auf dem Weg voraus. Da schaute er zurück und rief: »Wehe den Schwächlingen, die klein und langsam sind, wie mein Bruder Þorsteinn! Die Rache wird uns durch die Finger schlüpfen, wenn wir nicht vorwärtskommen!«

Þorsteinn antwortete: »Noch ist nicht erwiesen, ob meine Überlegungen und Pläne weniger ausrichten als deine ungestümen Attacken.«

Spät am Abend kamen sie hinunter nach Hof, als die Leute gerade bei Tisch saßen.

26 Þorsteinn traf draußen seinen Schafhirten und sagte: »Geh nach Ás und klopf an die Tür und pass auf, wie lange es dauert, bis dir geöffnet wird, am besten sprichst du derweil eine Strophe. Benutze als Vorwand, dass du nach deinen

Schafen suchst, dann wirst du gefragt werden, ob wir nach Hause gekommen seien, aber du sollst sagen, wir seien nicht heimgekommen.«

Der Schafhirte machte sich auf den Weg, kam nach Ás und klopfte an die Tür, aber es wurde nicht geöffnet, bis er zwölf Strophen gesprochen hatte. Da kam ein Hausknecht hinaus und fragte, was es Neues gebe und ob denn die Brüder nach Hause gekommen seien. Der Hirte antwortete, dass sie nicht heimgekommen seien und dass er seine Schafe suche. Der Knecht sagte, sie seien hier nicht vorbeigekommen.

Der Schafhirte kam zurück und berichtete Þorsteinn, wie viele Strophen er gesprochen hatte. Þorsteinn sagte, dann habe er so lange draußen gestanden, dass in der Zwischenzeit vieles im Haus hätte geschehen können, »oder bist du etwa hineingekommen?«

Er erwiderte, er sei hineingegangen und habe sich umgesehen.

Þorsteinn fragte: »Brannte ein helles Feuer auf dem Herd?«

Er antwortete: »Es sah so aus, als wäre es erst vor kurzem angefacht worden.«

Þorsteinn sagte: »Hast du irgendetwas Ungewöhnliches im Haus bemerkt?«

Er erklärte, er habe einen großen Haufen gesehen und darunter habe ein roter Stoff hervorgelugt.

Þorsteinn sagte: »Da musst du Hrolleif und sein Opfergewand gesehen haben! Jetzt müssen wir uns dorthin aufmachen. Schnell, nehmt eure Waffen, und dann lasst es uns wagen, wie es auch ausgeht!«

Sie zogen los und kamen nach Ás. Kein Mensch war zu sehen. Sie sahen, dass an der Hauswand Brennholz zu beiden Seiten des Dachfirstes aufgeschichtet war. Nicht weit vor der Tür sahen sie in der Nähe eine kleine Hütte stehen.

Þorsteinn sagte: »Dies wird das Opferhaus sein, dort wird Hrolleif hineingehen wollen, wenn seine Mutter ihr Werk und all ihr teuflisches Tun vollbracht hat, und das gefällt mir gar nicht! Ihr stellt euch nun drüben an der Hausecke auf, und ich werde oben über der Tür sitzen und einen Stock in der Hand halten, und wenn Hrolleif rauskommt, werfe ich den Stock zu euch, und ihr lauft dann zu mir.«

Jökull sagte: »Das überrascht mich nicht, mein Bruder, dass du wieder den ganzen Ruhm ernten willst wie auch sonst immer, aber das will ich nicht, also werde ich mit dem Stock dasitzen.«

Þorsteinn erwiderte: »Du sollst von mir aus deinen Willen haben, auch wenn es so nicht besser ist, denn du scheinst mir zu irgendeinem Wagnis entschlossen.«

Jökull setzte sich auf den Holzstapel, und schneller als erwartet kam ein Mann aus dem Haus und sah sich auf der Höhe der Tür um, aber er entdeckte die Männer nicht, die gekommen waren. Da kam ein zweiter Mann heraus und dann ein dritter, und das war Hrolleif. Jökull erkannte ihn sofort und drehte sich so heftig um, dass der Holzstapel zusammenbrach, aber er schaffte es noch, den Stock zu seinen Brüdern zu werfen, sprang vom Haus herab und konnte Hrolleif packen, so dass der nicht mehr flüchten konnte. Beide waren sie gleichstark, und sie rollten zusammen den Abhang hinunter, wobei sie abwechselnd unten und oben zu liegen kamen.

Als die Brüder herbeigerannt waren, rief Högni: »Was ist das für ein Teufel, der da auf uns zukommt? Ich kann nicht sagen, was das ist!«

Þorsteinn antwortete: »Dort geht Ljót, das alte Hexenweib! Sie hat sich seltsam zurechtgemacht.«

Ljót hatte ihre Kleider nach vorne über den Kopf gezogen und ging rückwärts und reckte dabei den Kopf zwischen ihren Beinen nach hinten. Furchterregend waren ihre Augen, mit denen sie schießen konnte wie ein Troll.

Þorsteinn sagte zu Jökull: »Jetzt töte Hrolleif! Darauf hast du lange gewartet.«

Jökull antwortete: »Dazu bin ich jetzt auch gern bereit.«

Da schlug er ihm den Kopf ab und befahl ihm, niemals wiederzugehen.

»So so«, sagte Ljót, »nun wäre es mir beinahe gelungen, meinen Sohn Hrolleif zu rächen, aber ihr, die Söhne von Ingimund, habt großes Glück.«

Þorsteinn antwortete: »Woran erkennst du das?«

Sie erklärte, sie habe im Sinn gehabt, das ganze Land umzukehren, »dann wärt ihr alle verrückt geworden und danach wärt ihr in eurem Wahnsinn wie wilde Tiere herumgelaufen. Und das wäre auch geschehen, wenn ihr mich nicht eher gesehen hättet als ich euch.«

Þorsteinn sagte, er habe damit gerechnet, dass das Schicksal zwischen ihnen entscheiden werde. Da wurde die alte Ljót in ihrer Hexerei rasend und starb, und damit scheiden die beiden aus dieser Saga.

27 Nachdem sie Hrolleif und Ljót getötet hatten, gingen die Brüder nach Hause, und die Leute hießen sie freudig willkommen.

Wenig später sagte Þorsteinn zu seinen Brüdern: »Ich denke, jetzt hätte ich es verdient, mir eine Kostbarkeit aus unserem Besitz zu wählen.«

Sie waren einverstanden.

»Also wähle ich das Gehöft Hof und das Land samt dem Vieh.«

Sie erwiderten, das sei kaum eine einzige Kostbarkeit und fanden seine Wahl ziemlich unverschämt.

Þorsteinn sagte, dass alles zusammenbleiben müsse, Land und Hof, »und auch wenn es für euch ein wenig unbescheiden aussehen mag, so ist doch zu bedenken, dass unser Ansehen dann am größten sein wird, wenn wir wie ein Mann zusammenstehen, und außerdem bin ich der Vernünftigste. Hier sind noch viele andere Kostbarkeiten, die ich euch sehr gerne überlasse.«

Dann wurde der Besitz aufgeteilt. Högni bekam das Schiff Stígandi, da er oft auf Handelsfahrt ging. Þórir Bocksarsch erhielt die Godenwürde und Jökull das Schwert Ættartangi, er nahm es zu Spielen und Pferdekämpfen mit, Þorsteinn trug es jedoch auf dem Herbstthing und bei Rechtsversammlungen, denn Jökull wollte es so. Obwohl er das Godenamt innehatte, war Þórir der Meinung, dass Þorsteinn der Erste wäre, dem er die Ehre gönnen würde, in Rechtsangelegenheiten die Führung zu übernehmen.

Þorsteinn sagte: »Es ist keine Frage für mich, liebe Brüder, dass ihr mir in allem zu Ehre verhelfen wollt, und obwohl ich den Hof für mich allein gewählt habe, so will ich euch trotzdem etwas von den Einkünften zugestehen. Ich glaube, jetzt ist es an der Zeit, dass wir unsere Plätze im Hochsitz unseres Vaters einnehmen«, und das taten sie.

Þorsteinn wurde der wichtigste Mann im Vatnsdal und in Vesturhóp und all den Gegenden, denen sein Vater Ingimund vorgestanden hatte. Þorsteinn nahm sich eine Frau, die Gyða hieß und die Tochter von Sölmund Guðmunðarson war, dieser war der Vater von Víga-Barði. Es galt damals als ehrenvoll, sich mit der Familie von Vatnsdal zu verbinden. Jökull wohnte in Tunga, und Smið auf Smiðsstaðir, Þórir Bocksarsch auf dem Hof Nautabú, der nun Undunfell heißt.

28

Nun soll von dem Mann erzählt werden, der zuvor genannt wurde und Þórólf Sleggja hieß. Er wurde der schlimmste Unruhestifter, war zugleich ein Dieb und zu den abscheulichsten Taten fähig. Die Leute hielten es für ein großes Übel, dass er sich in ihrer Gegend angesiedelt hatte, und trauten ihm jede Gewalttat zu. Er hatte zwar nicht viele Männer bei sich, aber er besaß dennoch etwas, von dem er sich Schutz und Hilfe erhoffte: Er hatte zwanzig Katzen. Sie waren ungeheuer groß, alle schwarz und hochgradig verhext.

Nun kamen die Leute zu Þorsteinn, klagten ihm ihr Leid und verwiesen darauf, dass ihm schließlich die Führung des Bezirks obliege. Sie erzählten, dass Þórólf mehrere von ihnen bestohlen und noch viele andere schändliche Verbrechen verübt habe.

Þorsteinn sagte, dass sie ja recht hätten, »aber es ist nicht so leicht, diesem Teufel und seinen Katzen beizukommen, und ich will keinem meiner Männer einen Kampf mit ihm zumuten.«

Sie sagten, er könne sein gutes Ansehen kaum wahren, wenn er nichts dagegen unternehme.

Darauf versammelte Þorsteinn einige Männer, die er zur Unterstützung dabeihaben wollte. Mit ihm kamen alle seine Brüder und ein Freund, der Norweger war. Sie ritten nach Sleggjustaðir. Þórólf kümmerte sich nicht darum, mit ehrenhaften Männern hatte er noch nie etwas zu tun haben wollen. Als er die Reiterschar sah, ging er ins Haus und sagte: »Nun haben wir ein paar Gäste zu empfangen, und das sollt ihr übernehmen, meine Katzen! Ich werde euch alle draußen vor die Tür setzen, dann werden sie nur schwer ins Haus gelangen, wenn ihr die Tür verteidigt.« Dann flößte er ihnen durch Zauberei große Kraft ein, und danach waren sie erst recht entsetzlich, miauten und rollten mit den Augen.

Jökull sagte zu Þorsteinn: »Das war eine gute Entscheidung von dir! Du durftest diesen Teufel auch nicht länger in Ruhe sein Unwesen treiben lassen.« Sie waren zusammen achtzehn Mann.

Þórólf sagte: »Nun werde ich Feuer machen, und es würde mich nicht stören, wenn es raucht, denn die Männer von Vatnsdal kommen bestimmt nicht in friedlicher Absicht.« Er hängte einen Kessel über das Feuer und legte Wolle und alles mögliche Zeug darunter, und das Haus füllte sich mit Rauch.

Þorsteinn kam zur Tür und rief: »Wir fordern dich auf, rauszukommen, Þórólf!«

Er erwiderte, er wisse, dass keine freundschaftlichen Gründe sie hierhergeführt hätten. Da begannen die Katzen sofort zu miauen und sich grässlich zu gebärden.

Þorsteinn sagte: »Das ist eine scheußliche Schar.«

Jökull antwortete: »Los, lasst uns an ihnen vorbeigehen, kümmern wir uns doch nicht um diese Katzen!«

Þorsteinn meinte, dass sie das lieber nicht tun sollten, »denn ich befürchte, dass wir nicht alle unversehrt bleiben, wenn wir gleichzeitig gegen Þórólfs Katzen und seine Waffen antreten, denn er ist ein gewaltiger Gegner. Daher fände ich es besser, wenn er von selbst aufgibt und herauskommt, denn er hat mehr Brennholz, als ihm da drinnen behaglich sein kann!«

Þórólf schwenkte den Kessel vom Feuer und warf den Wollhaufen darauf. Der beißende Rauch drang aus dem Haus, so dass Þorsteinn und seine Männer sich nicht mehr unmittelbar vor der Tür aufhalten konnten.

Da rief Þorsteinn: »Passt auf die Katzen auf, dass sie euch nicht mit ihren Krallen erwischen! Lasst uns Feuer auf das Dach werfen!«

Jökull ergriff ein großes brennendes Holzscheit und schleuderte es gegen die Tür, aber die Katzen wichen zurück und die Tür fiel zu. Der Wind blies gegen das Haus, und das Feuer begann sich auszubreiten.

Þorsteinn sagte: »Kommt, wir stellen uns draußen an den Hofzaun, dort wo der Rauch am stärksten ist, und dann schauen wir mal, was er macht, denn er hat mehr Zündstoff, als ihm auf die Dauer lieb sein kann!«

Damit lag Þorsteinn auch diesmal richtig, denn da sprang Þórólf mit zwei Kisten voll Silber aus dem Haus, ging durch den Rauch, und als er wieder auftauchte, stand der Norweger vor ihm und sagte: »Hier ist der Teufel! Und er ist ganz schön grauslich!«

Der Norweger setzte ihm nach, bis hinunter zum Fluss Vatnsdalsá. Þórólf kam an eine Stelle, an der tiefe Wasserlöcher oder Sümpfe waren. Dann drehte Þórólf sich plötzlich zu dem Norweger um, packte ihn, hielt ihn unter seinem Arm fest und sagte: »Du bist gerade so richtig in Schwung, dann lass uns doch gemeinsam laufen!«, und sprang in den Sumpf und beide versanken, so dass keiner wieder heraufkam.

Þorsteinn sagte: »Das ist ein großes Unglück, dass mein Freund hier sein Leben lassen musste, aber zumindest kann uns trösten, dass Þórólfs Silber als Buße für ihn ausreichen wird«, und so war es.

Der Ort, an dem Þórólf gewohnt hatte, heißt nun Sleggjustaðir. Dort konnte man immer Katzen sehen, und es war oft unheimlich. Dieser Hof liegt oberhalb des Sees Helgavatn.

29

Már Jörundarson siedelte von Grund nach Másstaðir über. Er verstand sich sehr gut mit seinen Verwandten, den Ingimundssöhnen. Eines Herbstes verbreitete sich die Nachricht, dass Már einige Schafe verloren hatte, und sie wurden überall gesucht, aber nirgends gefunden. Þorgrím hieß ein Mann, der Skinnhúfa, Pelzmütze, genannt wurde. Er wohnte auf Hjallaland und war ein mächtiger Zauberer und auch sonst ein übler Zeitgenosse.

Es gab nun viel Gerede über das Verschwinden der Schafe, denn im Tal schienen eigentlich nur ehrbare Leute zu wohnen. Eines Abends, als der Schafhirte nach Hause kam, fragte Már nach Neuigkeiten.

Der Hirte sagte, die Schafe seien gefunden worden und es sei ihnen nichts geschehen, »aber das ist noch nicht alles: Ich habe Land in den Wäldern gefunden, und der Boden ist dort besonders gut. Da sind die Schafe gewesen, und jetzt sind sie ziemlich fett.«

Már fragte: »Gehört es zu meinem Grund oder zu dem eines anderen?« Er erklärte, er glaube, dass es ihm zufallen müsste, »aber es grenzen auch die Ländereien der Ingimundssöhne daran. Man kann jedoch nur von deinem Land aus dorthin gelangen.«

Már erkundete das Land, und es gefiel ihm gut und er nahm es in seinen Besitz. Þorgrím sagte, er denke schon, dass sie ihren Anspruch auf das Grundstück gegenüber den Ingimundssöhnen behaupten könnten.

Þorsteinn erfuhr davon und sagte: »Mein Verwandter Már misst hier ganz mit seinem eigenen Maß und gönnt uns kaum, was uns zusteht.«

Kurz darauf besuchte Jökull seinen Bruder Þorsteinn, und sie sprachen über vieles. Jökull meinte, es sei einfach ungeheuerlich, von den Männern hier im Tal beraubt zu werden, »und dieser gemeine Kerl namens Þorgrím Pelzmütze legt es ziemlich schändlich darauf an, uns zu reizen, und dafür hätte er eine saftige Strafe verdient!«

Þorsteinn sagte, den bräuchte man auch nicht zu schonen, »aber ich weiß nicht, ob er so leicht zu fassen ist.«

Þorsteinn schlug vor, Þorgrím aufzusuchen. Jökull sagte, dazu sei er sofort bereit.

Aber als Þorgrím davon Wind bekam, machte er sich davon

und kam zu Már. Sie begrüßten sich herzlich. Þorgrím tat so, als ob er auf der Flucht wäre, »und die Ingimundssöhne werden mich hierher verfolgen.«

Már fragte, was er damit meine.

Þorgrím antwortete: »Sie sind nun zu meinem Hof unterwegs und wollen mich umbringen, es zeigt sich doch immer wieder, dass ich mehr weiß als andere Leute.«

Und als die Brüder den Hof erreichten, sagte Þorsteinn: »Hier haben wir es mit einem listigen Mann zu tun, dieser Þorgrím wird nämlich nicht zu Hause sein.«

Jökull sagte: »Dann lass uns hier ein wenig Schaden anrichten!«

Þorsteinn erwiderte, das wolle er nicht, »ich bin nicht erpicht darauf, dass es nachher heißt, wir hätten uns nur an seinem Hab und Gut vergriffen, aber ihn selbst nicht zu fassen bekommen«, und so ritten sie unverrichteter Dinge nach Hause.

Einmal sagte Þorsteinn wieder zu seinen Brüdern: »Ich wüsste zu gerne, ob wir es nicht schaffen, Þorgrím zu finden.«

»Jetzt bin ich auch sofort bereit«, sagte Jökull.

Wieder kam Þorgrím zu Már und sagte: »Die Ingimundssöhne haben mich noch nicht vergessen. Es wäre gut, wenn du mich nun nach Hause begleitest, dann werden sie sehen, dass ich keine Angst davor habe, sie zu Hause anzutreffen.«

Már ging mit. Da ritten auch gerade Ingimunds Söhne zum Hof, und sie trafen sich auf der Hauswiese.

Þorsteinn sagte: »Már, unser Verhältnis ist nicht so gut, wie es sein sollte. Ich würde mir wünschen, dass sich jeder ein bisschen nach dem anderen richtet, und du solltest lieber nicht solchen Verbrechern Unterschlupf gewähren, die sich mit uns anlegen wollen.«

Már erwiderte, sie seien doch selbst in feindlicher Absicht hergekommen, und fügte hinzu, dass er ihnen seinen Anteil nicht abtreten werde. Jökull rief, dann sei es jetzt das Beste, sich im Kampf zu messen.

Þorsteinn sagte, er mache seinen Verwandten nur ungern Schwierigkeiten, »aber es wird wahrscheinlich dazu kommen, wenn du uns nicht unser Recht zugestehst.«

Die Brüder zogen wieder fort, da sie Þorgrím nicht fassen konnten, weil er seine Zauberkunst einsetzte und Már ihm Beistand leistete. Immer war es so oder so, entweder verschwand Þorgrím von seinem Hof oder Már saß mit einer Truppe Männer dort, und so ging es eine Zeitlang.

Zu dieser Zeit kam Högni Ingimundarson mit seinem Schiff Stígandi nach Island zurück. Er blieb den Winter über bei Þorsteinn und erzählte, was er alles auf seinen Reisen ins Ausland erlebt hatte, außerdem wusste er zu berichten, dass er nirgendwo ein besseres Schiff gesehen habe als Stígandi.

In der Gegend gab es großes Gerede über den Rechtsstreit zwischen den Verwandten. Jökull kam oft zu seinem Bruder Þorsteinn und fragte ihn, wieso er Már immer noch nachgeben wolle.

Þorsteinn antwortete: »Das habe ich zwar bisher getan, doch jetzt werden wir Þorgrím auflauern, obwohl mir meine innere Stimme nicht dazu rät.«

Eines Tages brachen die Brüder von zu Hause auf. Sie waren fünfundzwanzig Mann, und alle fünf Brüder waren dabei.

Da sagte Þorgrím: »Jetzt gibt's Ärger! Die Ingimundssöhne werden bald hier sein!« Er lief hinaus und ergriff zuvor seine Kleider. Er kam zu Már und berichtete, dass die Ingimundssöhne auf dem Weg seien, »und sie kommen in feindlicher Absicht! Wir müssen uns jetzt darauf vorbereiten und ihnen den Angriff verleiden.«

Már sammelte seine Männer. Hrómund, der Sohn von Eyvind Sörkvi, ein starker Kämpfer, der mit Márs Tochter verheiratet war, war dort auf dem Hof. Er sagte, es wäre das Beste, wenn sie jetzt miteinander kämpften. Sie wurden eine Gruppe von insgesamt vierzig Mann und dazu kamen noch zwei Neffen von Már, junge und stattliche Männer.

Þorgrím sagte: »Ich schlage vor, dass wir den Ingimundssöhnen entgegengehen«, und das taten sie.

Þorsteinn sah dies und sagte: »Jetzt haben wir die Gelegenheit, uns im Kampf zu erproben, und ich denke, jetzt sollte jeder von uns zeigen, was er zu bieten hat!«

Da zog Jökull sein Schwert Ættartangi und rief, er freue sich schon darauf, das Schwert an den Hälsen von Márs Männern zu erproben. Sie stießen auf Kárnsnes aufeinander.

Þorgrím sagte zu Már, dass er sich verstecken werde, »trotzdem kann es sein, dass ich nicht weniger ausrichte, als wenn ich direkt neben euch stünde, doch in den offenen Kampf traue ich mich nicht.«

Már erwiderte nichts darauf.

Dann begann der Kampf, und als er eine Weile getobt hatte, rief Jökull: »Ich kann Ættartangis Schärfe nicht loben.«

Þorsteinn antwortete: »Das finden wir auch, und viele unserer Männer sind schon verwundet!«

Jökull kämpfte ganz vorne und hieb nach beiden Seiten um sich. Er war äußerst stark und der Mutigste von allen. Er schlug so fest zu, dass das Schwert zu zerbrechen drohte, aber die Klinge war stumpf.

Jökull fragte: »Hat dich etwa das Glück verlassen, Ættartangi, oder was ist los?«

Þorsteinn antwortete: »Es sieht so aus, als stehen die alle wieder auf, die ich schon niedergestreckt hatte! Seht ihr vielleicht Þorgrím irgendwo?«

Sie sagten, sie könnten ihn nirgendwo sehen.

Þorsteinn bat Jökull, sich vom Kampf zurückzuziehen, denn sie müssten versuchen, ihn zu finden, »und du, mein lieber Högni, hältst hier die Stellung.«

Högni sagte, das werde er tun. Dann suchten sie nach Þorgrím.

Jökull sagte: »Ich kann sehen, wo der Teufel sich versteckt.«

Þorsteinn sagte: »Da liegt also der Fuchs in seinem Bau«, und im selben Augenblick reckte Þorgrím den Kopf und schaute von seinem Versteck auf, das nahe beim Fluss lag. Jökull und sein Bruder rannten auf ihn zu. Þorgrím flüchtete in Richtung des Flusses. Jökull kam ihm so nahe, dass er ihn mit dem Schwert erwischte und abhieb, was er traf, und das waren beide Pobacken bis zum Rückgrat. Der Ort, an dem er ins Wasser sprang, heißt seitdem Húfuhyl, Mützenloch.

Jökull rief: »Jetzt hat Ættartangi gebissen!«

Þorsteinn antwortete: »Und ich bin überzeugt, das wird es von nun an immer tun.«

Nun ist noch zu berichten, was sich inzwischen ereignete. Hrómund griff Högni stürmisch an, und sie tauschten kräftige Hiebe aus. Ihr Kampf endete so, dass Högni vor Hrómund niedersank, und in diesem Augenblick kam Jökull zurück, und da überkam ihn wieder seine große Kampfeswut und er ging sofort auf Hrómund los. Jetzt verfehlte das Schwert seine Bestimmung nicht, sowohl seines als auch das der anderen. Er traf Hrómund am Bein und fügte ihm eine so große Wunde zu, dass er sein Leben lang ein Krüppel blieb und von da an Hrómund der Lahme genannt wurde. Dort fielen auch Márs Neffen. Und nun, als der Kampf so weit fortgeschritten war, da hatten die Leute der umliegenden Höfe den Lärm bemerkt und kamen herbeigelaufen, um die Streitenden zu trennen. Þorgrím von Kárnsá kam als Erster mit ein paar anderen Bauern, er war ein Verwandter der Ingimundssöhne. Da trennte man sie, und viele waren verwundet, alle aber erschöpft.

Þorgrím sagte: »Már! Du hast dich sehr starrsinnig aufgeführt, indem du dich gegen die Brüder verschworen hast, aber im Kampf bist du ihnen nicht ebenbürtig. Ich schlage vor, du kommst ihnen nun endlich entgegen und überlässt Þorsteinn das Recht zum Selbsturteil.«

Már erwiderte, das sei ein guter Vorschlag, und so wurden sie sich einig. Þorsteinn sagte, er werde seine Entscheidung nicht vor der nächsten Thingversammlung verkünden. Nun ritten die Männer von diesem Kampf nach Hause.

Und als das Thing gekommen war, auf dem Þorsteinn sein Urteil verkünden wollte, stellten die Männer von Hof eine große Gefolgschaft zusammen.

Da sagte Þorsteinn: »Es ist den meisten aus der Gegend hier bekannt, wie der Kampf mit unserem Verwandten Már verlaufen ist, und auch, dass ich über diese Sache entscheiden soll. Dies soll nun mein Schiedsspruch sein: Die Tötung meines Bruders Högni soll genauso viel zählen wie die Verletzungen, die Márs Männer erlitten haben, schwere wie leichte. Für Högnis Tod soll

Hrómund aus der Gegend zwischen Hrútafjarðará und Jökulsá im Skagafjord verbannt und nicht für seine Verstümmelung entschädigt werden. Már soll Hjallaland erhalten, da man es nur von seinem Land aus betreten kann, und uns Brüdern einhundert in Silber entrichten. Þorgrím Pelzmütze soll keine Entschädigung für seine Verletzung erhalten, obwohl er eigentlich noch Schlimmeres verdient hätte.«

Dann ritten die Männer nach Hause, und dieser Streit war beendet. Pelzmütze zog aus der Gegend fort, ließ sich im Norden auf Melrakkaslétta nieder und wohnte dort bis zu seinem Tod.

Þorsteinn hatte zwei Söhne. Der eine hieß Ingólf, er sah von allen Männern am besten aus, der andere hieß Guðbrand, er war auch ein schöner Mann. Ingimunds Tochter Jórunn war mit Ásgeir Hitzkopf verheiratet. Er war der Vater von Kálf und von Hrefna, die mit Kjartan Ólafsson verheiratet war, und von Þorbjörg, die Hofzierde genannt wurde.

30

Von Þórólf Heljarskinn ist dies zu erzählen, dass er zuerst im Forsæludal wohnte und einen schlechten Ruf bei den Leuten hatte. Þorsteinn von Hof kam zu ihm und sagte, er wolle nicht, dass er hier siedle, »es sei denn, du änderst deine Gewohnheiten, sonst werden wir dich nicht einfach so gewähren lassen.«

Þórólf erwiderte, es sei zwar zu erwarten, dass Þorsteinn darüber entscheide, ob er hier wohnen dürfe oder nicht, »aber wie ich mich benehme, bestimme ich immer noch selbst.«

Dann verlegte er seinen Hof und baute sich eine Befestigung südlich des Flusses Friðmundará. Þórólf vergriff sich an fremden Gütern und Vieh und wurde der größte Dieb in der Gegend. Er hatte auch Opfergruben, und die Leute glaubten, dass er neben Tieren auch Menschen opferte. Von Männern, die rechtschaffen waren, bekam er keine Unterstützung, daher gehörten zu seiner Bande neun Diebe, alle so übel wie er selbst oder sogar noch schlimmer. Aber als sie herausfanden, dass Þorsteinn beabsichtigte, sie anzugreifen, flohen einige aus der Befestigung und wollten nicht bei Heljarskinn bleiben.

Die Leute suchten Þorsteinn auf und baten ihn, diesen Mann zu töten, der sich in ihrer Gegend so abscheulich aufführte, dass man nicht mit ihm auskommen und weiter in seiner Nachbarschaft wohnen konnte. Er sagte, sie hätten recht. Dann schickte er nach seinen Brüdern Jökull und Þórir. Þórir überkam manchmal die Berserkerwut. Dies galt als großer Makel an ihm, denn es brachte ihm kein gutes Ansehen.

Jökull sagte zu Þorsteinn: »Du tust gut daran, dass du hier in unserem Tal keinen Bösewicht an die Macht gelangen lässt.«

Dann machten sie sich in einer Gruppe von neunzehn Mann auf den Weg. Als sie Þórólfs Befestigung sahen, sagte Þorsteinn: »Ich weiß nicht, wie wir die Befestigung von dieser Schlucht aus angreifen sollen.«

Jökull antwortete: »Das ist nicht schwer, denn ich habe eine Idee. Du, Þorsteinn, und deine Männer werdet auf sie schießen und sie ablenken, während ich mit ein paar Männern den Fluss hinaufgehe und nachsehe, ob ich hinter ihnen in die Feste gelangen kann, und dann müssten sie sich nach beiden Seiten verteidigen.«

Þorsteinn meinte, das sei ein sehr gefährlicher Plan.

Jökull zog dann mit ein paar Männern den Fluss hinauf. Þórólf und seine Männer sahen sie nicht, und er spornte die Diebe an, mutig zu kämpfen, »auch wenn die Brüder mächtige Fylgjen haben. Wenn sie uns zusetzen, flüchten wir uns zum Versteck.«

Jökull überquerte den Fluss oberhalb der Befestigung. Er trug eine große Axt bei sich, die ihm gehörte. Dann erreichte er die Befestigung und schaffte es, die Axt oben in den Wall einzutreiben, zog sich dann am Schaft hinauf und gelangte so in die Feste. Er rannte den Wall entlang und suchte nach Þórólf, aber er konnte ihn nirgends entdecken. Da konnte Jökull sehen, wie Þórólf aus seiner Opfergrube auftauchte und vom Wall heruntersprang, und Jökull hinter ihm her. Jökulls Männer suchten nach den Dieben und verfolgten sie wild entschlossen.

Da hatte Þórólf flussaufwärts vor einem Moor haltgemacht, und Jökull verfolgte ihn. Und als Þórólf sah, dass er nicht entkommen konnte, setzte er sich ins Moor und weinte. Dieser Ort heißt seitdem Grátsmýr, Heulmoor. Da kam Jökull herbei und rief, er sei ein erbärmlicher Kerl und ein gemeiner dazu, und hätte außerdem keinen Schneid. Da schlug Jökull ihn tot.

Þorsteinn griff die Befestigung an, denn die Übeltäter waren zurückgekommen. Jökull nahm Anlauf und sprang auf den Wall, und als die, die in der Feste saßen, ihn sahen, bekamen sie es mit der Angst zu tun, und zwei flüchteten vor ihm bis zur Spitze des Felsens, aber dann tötete er beide. Der Dritte sprang von der Klippe. Die Leute sagten, es habe niemals eine mutigere Tat gegeben als die, die Jökull damals vollbrachte. Nach diesem Kampf ritten die Brüder nach Hause und hatten mit der Tötung von Þórólf Heljarskinn dem Bezirk eine große Wohltat erwiesen.

31

Þorsteinn von Hof war freigebig gegenüber seinen Nachbarn. Er stellte allen Leuten Verpflegung, Pferde zum Wechseln und andere Reisemittel zur Verfügung. Alle, die in die Gegend kamen, fühlten sich dazu verpflichtet, zuerst zu Þorsteinn zu kommen und ihm Nachrichten aus den Bezirken zu überbringen und zu berichten, was es Neues gab.

Eyjarengi heißt das beste Stück Land von Hof, dort hatten Þorsteinns Arbeiter im Sommer ein Zelt. Eines Tages sahen sie, wie zehn Männer ihre Pferde auf der Wiese grasen ließen, und es war eine Frau unter ihnen. Alle waren farbenfroh gekleidet. Der eine trug einen Umhang und ein langes Gewand mit Schleppe aus feinem Stoff. Sie beobachteten, was dieser Mann tat, er zog sein Schwert und schnitt den Teil ab, der beim Reiten schmutzig geworden war, und warf ihn weg – das war eine ganze Handspanne breit –, und sagte so laut, dass sie es hören konnten, er wolle keinen Dreck hinter sich herziehen. Die Knechte gingen nicht zu ihnen, aber sie fanden es ungehörig, Pferde auf den Wiesen fremder Leute weiden zu lassen. Eine Magd nahm das Stück Stoff, das der Mann abgeschnitten hatte, und meinte, diesen Mann müsse man wahrlich einen großen Verschwender nennen.

Am Abend fragte Þorsteinn, was es Neues gebe, und sie sagten, sie hätten nichts zu berichten außer einer kleinen ungewöhnlichen Begebenheit. Dann erzählten sie ihm, was sie von den Leuten gesehen und gehört hatten, und zeigten ihm das Stück Stoff, das der Mann von seinem Gewand abgeschnitten hatte. Þorsteinn sagte, beides, so kostbare Kleider zu zerstören, nur weil sie mit Schlamm bespritzt sind, und auf der Wiese anderer zu rasten, könne nur ein törichter und schlechter Mann oder aber ein mächtiger und stolzer Herr tun. »Diese Leute haben mich auch nicht besucht, so wie es alle zu tun pflegen, die von weither gereist kommen. Ich vermute, dass es Berg der Kühne gewesen sein könnte, der diesen Sommer nach Island gekommen ist, der Neffe von Finnbogi dem Starken aus Borg im Víðidal. Er ist sehr stark und äußerst kampflustig.«

Diesmal war es wie sonst, wenn Þorsteinn eine Vermutung anstellte: Er traf ins Schwarze. Berg kam nach Borg, und Finnbogi nahm ihn freundlich bei sich auf und fragte ihn, was es Neues gebe, und er berichtete, was er wusste. Finnbogi fragte, ob er vielleicht bei Þorsteinn Ingimundarson gewesen sei. Berg erwiderte, er habe ihn nicht aufgesucht, sei aber unterhalb des Hofzauns vorbeigeritten. Finnbogi meinte, es sei für gewöhnlich üblich, zuerst Þorsteinn zu besuchen und ihm Neuigkeiten zu überbringen. Berg erwiderte, er wolle sich nicht derart erniedrigen, indem er ihn als Ersten aufsuche, »denn mit ihm hatte ich nichts zu schaffen.«

32

Þorgrím hieß ein Mann, der in Borg im Víðidal wohnte. Er verlobte sich damals mit einer Frau, die Þorbjörg hieß und eine Tochter von Skíði war. Þorgrím lud Finnbogi und Berg zu seiner Hochzeit ein. Sie nahmen die Einladung an. Das Hochzeitsfest sollte in den Winternächten auf Skíðis Hof stattfinden. Er suchte auch die Ingimundssöhne auf und lud sie zur Feier ein, »denn für mich kann dieses Fest nur dann ehrenvoll sein, wenn ihr dabei seid.« Sie versprachen zu kommen.

Das Wetter war nicht gerade gut, und der Fluss Vatnsdalsá konnte nur schlecht überquert werden, und die Leute aus Víðidal hatten eine beschwerliche Reise. Finnbogi und Berg ließen ihre Pferde bei einem Bauern, der am Fluss wohnte. Der Fluss war in der Mitte eisfrei, aber am Rand hatte sich Eis gebildet. Berg sagte: »Ich werde die Leute hinübertragen«, und das tat er und durchquerte den Fluss mit kräftigen Schritten. Es herrschte so strenger Frost, dass seine Kleider an ihm festfroren.

Skíði und die Gäste, die bereits angekommen waren, Þorsteinn und seine Brüder, gingen den anderen entgegen. Dann wurden mehrere Feuer gemacht, um die Kleider der Leute aufzutauen und zu trocknen. Þorsteinn half eifrig bei der Bewirtung der Gäste und kümmerte sich um ihre Kleidung, denn er war der bescheidenste aller Männer. Finnbogi betrat als Erster die Halle und sollte auf dem Hochsitz gegenüber von Þorsteinn Platz nehmen. Dann kam Berg, er trug ein langes Gewand und um die Schultern einen Überwurf aus Pelz. Dieser stand weit von ihm ab, da er durch und durch gefroren war, und deshalb brauchte Berg viel Platz und näherte sich dem Feuer, um sich zu wärmen.

Er ging dort vorbei, wo Þorsteinn stand, und sagte: »Mach mir Platz, Mann.«

Er schritt so forsch heran, dass Þorsteinn das Gleichgewicht verlor und beinahe ins Feuer gefallen wäre. Das sah Jökull und wurde sehr zornig. Er hielt sein Schwert Ættartangi in der Hand, sprang auf, lief auf Berg zu und verpasste ihm eins mit dem Schwertknauf zwischen die Schulterblätter, so dass er vornüberfiel, und rief: »Was bildest du dir ein, du Teufel? Hast du etwa keinen Respekt vor unserem Goden?«

Berg sprang auf und wurde überaus wütend und griff nach seinen Waffen. Obwohl sich ein paar Männer zwischen sie stellten, sah es so aus, als würden sie jeden Moment aufeinander losgehen, weil Berg aufs Höchste erzürnt war. Sie wurden dennoch getrennt.

Þorsteinn sagte: »Jetzt hat mein heißblütiger Bruder Jökull wieder einmal einen Streit angefangen. Deshalb will ich eine Geldbuße anbieten, um Bergs Ehre wiederherzustellen.«

Berg sagte, er brauche kein Geld, und erklärte, er werde die Rache selbst in die Hand nehmen. Jökull sagte, Berg werde schon sehen, dass es für ihn immer unrühmlicher ausgehen werde, je öfter sie aufeinanderstießen. Skíði forderte Finnbogi und seine Begleiter auf, zu gehen und sich nicht mit den Leuten anzulegen. Þorsteinn sagte, es sei nicht richtig, die Hochzeitsfeier deswegen aufzulösen, »also reiten wir mit unseren Männern nach Másstaðir«, und das geschah.

33 Berg beschloss, den Schwerthieb auf der Thingversammlung von Húnavatn vorzubringen und Klage zu erheben. Als sich die Männer zum Thing versammelt hatten, wurde über einen Vergleich verhandelt. Berg erklärte, er werde keine Geldbuße annehmen und nur dann einen Vergleich schließen, wenn Jökull unter drei aufgestellten Grasbögen hindurchgehe, wie es nach schlimmen Vergehen Brauch war, »damit soll er mir seine Demut bezeugen!«

Jökull sagte, eher sollten ihn die Trolle holen, als dass er so vor ihm auf die Knie ginge.

Þorsteinn meinte, es sei eine Überlegung wert, »also werde ich unter dem Grasbogen hindurchgehen.«

Berg sagte, damit wäre er entschädigt. Der erste Grasstreifen reichte bis zur Schulter, der zweite bis zum Gürtel, der dritte bis zur Mitte des Oberschenkels. Da trat Þorsteinn unter den ersten.

Da rief Berg: »Ha! Wie ein Schwein kriecht er jetzt im Dreck, der vornehme Þorsteinn aus dem Vatnsdal!«

Þorsteinn erwiderte: »So etwas hättest du nicht sagen dürfen, und die erste Folge dieses Fehlers wird sein, dass ich nicht unter die nächsten Grasbögen treten werde.«

Finnbogi sagte: »Es war sicher nicht angebracht, doch wenn du hier haltmachst, erhält Berg ja gar keine richtige Entschädigung für Jökulls Beleidigung, und ihr aus dem Vatnsdal haltet euch wohl für die Größten! Þorsteinn, ich fordere dich zum Holmgang! Wir treffen uns in einer Woche an der Einhegung, die sich auf der Insel unterhalb meines Hofes in Borg befindet.«

Da rief Berg: »Genau dasselbe sage ich zu dir, Jökull: Ich fordere dich zum Holmgang! Wir sehen uns zu der Zeit, die Finnbogi festgesetzt hat, und dann werdet ihr euch tief bücken, ihr Hof-Männer!«

Jökull antwortete: »Hört, was der erbärmliche Wicht spricht! Dass du es wagst, dich mit uns auf eine Stufe zu stellen und mich zum Holmgang zu fordern! Ich denke nicht, dass es mir Schwierigkeiten bereiten würde, gegen euch beide anzutreten, und so soll es auch sein: Ich will meinen Bruder Þorsteinn von seiner Pflicht befreien, denn es wäre schlimm, wenn ihm etwas zustieße, und davon ist auszugehen, wenn er gegen Finnbogi kämpft, da der ein großer Draufgänger ist. Aber für uns gilt das nicht: keiner von beiden Seiten wird geschont! Berg duckte sich wie eine Hündin, nachdem ich ihm eins verpasst hatte und er hinfiel, also komm du nur zum Holmgang, falls du den Mut eines Mannes hast und nicht den einer Stute! Doch sollte einer von euch nicht kommen, dann wird ihm ein Schmähpfahl errichtet, der besagt, dass er vor allen als Schwächling gelten soll und niemals mehr in Gemeinschaft mit ehrenhaften Männern leben darf, und dass er den Zorn der Götter auf sich ziehen und Wortbrecher genannt wird.«

Mit dieser Abmachung trennten sie sich, und jeder ging seines Weges. Die Kunde verbreitete sich in der ganzen Gegend. Die Zweikämpfe sollten zur gleichen Zeit stattfinden wie Þorsteinns Gastgelage auf Hof, das er jeden Herbst für seine Freunde veranstaltete.

Helga hieß eine Frau, die mit Berg nach Island gekommen war. Sie war seine Geliebte und eine große und eindrucksvolle Frau, konnte in die Zukunft blicken und Vorhersagen treffen und besaß in vielen Dingen Zauberwissen. Sie sagte zu Berg: »Es ist ziemlich dumm von euch, euer Glück im Kampf gegen die Ingimundssöhne auf die Probe stellen zu wollen. Das geht nicht so einfach, denn Þorsteinns Klugheit und Glück haben sich bewährt, und es stimmt auch, was man über Jökull sagt, dass es einen solchen Berserker wie ihn kein zweites Mal im gesamten Nordviertel gibt. Und du bist ihm nicht gewachsen, auch wenn du sehr stark bist, und mag die Schmach auch groß gewesen sein, die du einstecken musstest, du wirst sie nur verdoppeln, wenn ihr beide wieder aufeinandertrefft.«

Berg antwortete: »So große Worte hat Jökull gebraucht, dass ich es nicht einfach so hinnehmen kann.«

Helga erwiderte: »Da du so dumm bist, dass du nicht auf dich selbst aufpassen kannst, werde ich dafür sorgen, dass dieser Holmgang nicht stattfinden wird.«

»Wirst du das wirklich tun?«, fragte Berg.

Finnbogi wusste nichts von diesem Plan.

34 Es wird erzählt, dass an jenem Morgen, an dem sie zum Holmgang verabredet waren, Frost aufgekommen war und so dichtes Schneegestöber herrschte, dass sich kein Mensch hinauswagte. Früh an jenem Morgen klopfte es auf Hof an der Tür. Þorsteinn ging zur Tür und begrüßte seinen Bruder Jökull.

Er fragte: »Bist du bereit zum Holmgang, Þorsteinn?«

Þorsteinn erwiderte: »Willst du wirklich bei diesem Sauwetter rausgehen?«

Jökull sagte: »Natürlich will ich das!«

Þorsteinn antwortete: »Jetzt komm erst mal rein, Bruder. Lass uns ein wenig abwarten und sehen, ob sich das Wetter nicht bessert.«

Jökull sagte, er wolle nicht hereinkommen und den Schnee auf seinem Umhang schmelzen lassen, »und auch wenn du nicht gehen willst, ich gehe auf jeden Fall!«

Þorsteinn sagte: »Niemals soll mein Mut geringer sein als deiner, so dass ich hier sitze, während du in den Kampf ziehst, deshalb warte auf mich.«

Þorsteinn ging ins Haus, nahm seine Waffen und sagte seinen Gästen, dass sie im Haus bleiben und nicht aufbrechen sollten, bevor sich das Wetter nicht vollständig gebessert habe. Er trug der Hausherrin und seinen Söhnen auf, die Leute gut zu bewirten. Die beiden Brüder zogen los.

Da sagte Þorsteinn: »Was schlägst du nun vor?«

Jökull antwortete: »Soweit ich mich erinnern kann, hast du

mich noch nie um Rat gefragt. Da haben wir wohl keine guten Aussichten, wenn du das nötig hast, doch diesmal habe ich einen Plan: wir werden nach Undunfell gehen, und unser Bruder Þórir soll mit uns kommen.«

Das taten sie, gingen weiter und kamen am Abend zu Faxa-Brand, er war ein Freund von Jökull. Sie blieben über Nacht dort. Brand besaß ein Pferd mit leuchtender Mähne, das Freysfaxi genannt wurde. Er liebte und schätzte es als ein gutes Pferd, denn es war unerschrocken im Kampf und zuverlässig beim Reiten. Viele waren davon überzeugt, dass Brand sein Pferd Freysfaxi anbetete.

Am Morgen danach war es noch immer stürmisch, nur war der Sturm jetzt noch stärker geworden. Die Brüder wollten dennoch weiterziehen, obwohl sich das Wetter nicht besserte. Brand hatte einen Schlitten mit Fellen überdacht und Freysfaxi davorgespannt und sagte, sie beide zusammen würden den Weg finden.

Jökull sagte: »Þorsteinn und Þórir sollen sich in den Schlitten setzen, und wir beide werden vorausgehen.«

Sie erreichten früh am Tag die verabredete Stelle, aber es war niemand da.

Am Morgen sagt Finnbogi zu Berg: »Glaubst du nicht, dass Jökull zum Holmgang gekommen ist?«

»Ich denke nicht«, sagt er, »denn kein Mensch kann bei einem solchen Sauwetter reisen.«

»Dann ist Jökull ein anderer Mann, als ich dachte«, sagt Finnbogi, »wenn er nicht gekommen ist, und es wäre besser gewesen, es nicht so weit mit ihm zu treiben, dann müssten wir jetzt nicht eine Demütigung nach der anderen erleiden.«

»Das habt ihr zu spät erkannt«, bemerkt Helga, »und wenn es jetzt schon schwer ist, dem ein Ende zu setzen, dann wird es später noch schwerer sein.«

»Meinst du, Jökull ist gekommen?«, fragt Berg.

»Darüber kann ich nichts wahrnehmen«, sagt sie, »aber eins will ich euch sagen: So wie die Dinge liegen, werdet ihr nichts gegen ihn ausrichten können.«

Damit war das Gespräch beendet, und sie gingen nicht zum Holmgang.

Die Brüder warteten bis zum Nachmittag, und als es spät geworden war, gingen Jökull und Faxa-Brand zu Finnbogis Schafstall, der sich neben dem Zaun befand, nahmen einen Pfahl und stellten ihn am Zaun auf. Dort drängten sich auch einige Pferde, die vor dem Unwetter Schutz gesucht hatten. Jökull schnitzte einen Männerkopf in das Pfahlende und ritzte Runen mit dem gesamten Spruch hinein, den er zuvor angedroht hatte. Dann tötete Jökull eine Stute und schnitt das Tier an der Brust auf. Sie steckten das Pferd so auf den Pfahl, dass es nach Borg schaute. Dann machten sie sich auf den Heimweg und übernachteten bei Faxa-Brand.

Am Abend waren sie nun sehr vergnügt. Jökull sagte: »Es mag ja sein, mein lieber Þorsteinn, dass du um einiges beliebter bist und mehr Freunde hast als ich, aber jetzt hat sich doch gezeigt, dass meine Freunde genauso viel wert sind wie deine. Ich denke, dass Faxa-Brand sich bewährt hat.«

»Brand hat sich wirklich als sehr fähig erwiesen«, erwiderte Þorsteinn.

Brand sagte: »Einem Mann wie Jökull steht man doch gerne bei, denn es gibt nur wenige, die so sind wie er.«

Faxa-Brand und Jökull waren der Meinung, dass jemand das Unwetter herbeigezaubert habe, und verdächtigten Helga von Borg. Die Brüder kehrten heim und wurden von allen freudig begrüßt. Es wurde nun überall bekannt, welch große Demütigung die Männer von Borg erneut von den Brüdern hatten hinnehmen müssen.

35

Nur kurze Zeit später trommelten Finnbogi und Berg im Víðidal ein paar Männer zusammen, und es wurden insgesamt dreißig Mann. Helga fragte sie, was sie vorhätten. Finnbogi sagte, er wolle ins Vatnsdal.

»Ich verstehe«, sagte Helga, »jetzt wollt ihr euch wohl an den Brüdern rächen, doch ich glaube, dass ihr umso größere Niederlagen einstecken müsst, je öfter ihr gegen sie vorgeht.«

»Dieses Risiko gehen wir nun mal ein«, sagte Finnbogi.

Helga antwortete: »Geht nur, ihr werdet es beim Nachhausekommen bestimmt eiliger haben als jetzt beim Aufbruch.«

Schnell verbreitete sich die Nachricht von dieser Unternehmung und erreichte auch Þorsteinn auf Hof. Er schickte seinen Brüdern eine Botschaft, und sie kamen zu ihm. Er erzählte ihnen, was er gehört hatte. Da beschlossen sie, ihre Männer zu versammeln, und an dem Tag, als man Finnbogi mit seinem Trupp im Anmarsch vermutete, kamen im Ganzen sechzig Mann auf Hof zusammen. Ihr Verwandter Már von Másstaðir war dabei und Eyjólf aus Kárnsnes und viele andere Freunde. Da sahen sie auch schon Finnbogi mit seinen Männern heranreiten.

Þorsteinn sagte: »Jetzt werden wir aufsteigen und ihnen entgegenreiten, denn ich will nicht, dass sie auf meinem Hof herumtrampeln.«

Das taten sie.

Jökull rief: »Los, wir reiten schnell hin und greifen sie sofort an! Damit rechnen sie bestimmt nicht!«

Þorsteinn antwortete: »Wir sollten uns nicht unüberlegt zum Kampf hinreißen lassen! Ich als unser Anführer werde als Erster das Wort ergreifen und sehen, was sie wollen. Es kann sein, dass wir gar nicht mehr tun müssen, aber ich weiß, mein Bruder, du bist zu allem bereit.«

Jökull antwortete: »Ich habe mir schon gedacht, dass du dich nicht lange nach meinen Vorschlägen richten würdest.«

»Damals war es uns von Nutzen, mein Lieber«, sagte Þorsteinn, »dass dein Rat befolgt wurde, aber jetzt brauchen wir ihn nicht so sehr.«

Finnbogi sagte zu seinen Männern: »Da reiten Männer von Hof, und nicht gerade wenige. Es stimmt wohl, was die Leute sagen, dass man Þorsteinn nur schwer überraschen kann. Wir haben jetzt zwei Möglichkeiten, aber keine von beiden ist sonderlich gut: Entweder, wir reiten davon und unverrichteter Dinge zurück nach Hause, obwohl das die größte Schande wäre, oder wir wagen es, gegen sie zu kämpfen, doch dann bestünde die Gefahr, dass wir an Mannesstärke unterlegen wären, wie mir scheint.«

»Wollen wir denn nicht endlich etwas wagen?«, fragte Berg. »Wir werden auf jeden Fall kämpfen!«

Finnbogi sagte: »Steigt ab und bindet die Pferde an und bleibt alle dicht beieinander, was auch geschieht.«

Das sahen Þorsteinn und seine Männer, und sie stiegen von ihren Pferden und banden sie fest. Dann sagte Þorsteinn: »Nun werden wir ihnen entgegengehen, aber ich werde für uns sprechen.«

Da rief Þorsteinn: »Wer ist der Anführer dieser Männer, die hierhergekommen sind?«

Finnbogi sagte, er sei es.

Þorsteinn sagte: »Was führt dich in dieses Tal?«

»Es gibt oft kleine Besorgungen hier in der Gegend zu erledigen«, antwortete Finnbogi.

Þorsteinn sagte: »Ich vermute, dass du das Ziel erreicht hast, das du im Sinn hattest, als ihr von zu Hause fortgeritten seid, nämlich zu uns zu kommen, auch wenn die Dinge sich jetzt anders entwickelt haben, als du gedacht hast. Wenn es so ist, dann trifft es sich ja gut. Ich biete dir nun zwei Möglichkeiten, Finnbogi, obwohl du eigentlich nur eine verdient hättest: Du verzichtest auf den Kampf, reitest zurück nach Borg und bleibst auf deinem Hof. Die zweite Möglichkeit wäre, dass wir jetzt doch noch unsere Holmgänge austragen, aber dabei soll nun jeder von seinen Männern unterstützt werden, und dann wirst du schon sehen, was du ausrichten kannst, auch wenn du selbst groß und stark bist. Das wird zur Folge haben, dass du im Frühjahr aus Víðidal fort musst und aus der Gegend zwischen dem Fluss Jökulsá im Skagafjord und dem Fluss Hrútafjarðará verbannt wirst, und dann wage es nicht noch einmal, dich mit uns anzulegen! Aber du, Berg, hast dich sehr ungehörig uns gegenüber aufgeführt. Du hast mir auch einen kleinen Streich gespielt, als du zum ersten Mal hierhergekommen bist, da hast du deine Pferde auf meinen Wiesen grasen lassen und gedacht, ich wäre so kleinlich, dass ich mich darum kümmern würde, wo deine Pferde grasen. Und für den Hieb, den dir mein Bruder Jökull versetzte, wirst du keine Buße mehr bekommen, denn du hast sie ausgeschlagen, als ich sie dir leisten wollte. Du darfst dich ebenfalls nicht in dem Gebiet aufhalten, aus dem Finnbogi verbannt ist, und das wird euch hoffentlich eine Lehre sein. Jetzt entscheidet euch für das eine oder das andere, aber schnell.«

Jökull stand mit Ættartangi neben Þorsteinn und brannte darauf, zu kämpfen. Finnbogi und Berg liefen mit ihren Männern zu den Pferden und stiegen auf, ritten davon und machten nicht eher halt, bis sie in Borg angekommen waren. Helga stand draußen und fragte, was es Neues gebe, sie sagten, sie wüssten nichts zu berichten.

»Es mag ja sein, dass es euch so vorkommt, aber die anderen werden das nicht so sehen, wo ihr doch wie Verbrecher aus der Gegend verbannt wurdet. Nun habt ihr den Gipfel des Unglücks erreicht!«

Þorsteinn und seine Brüder ritten zurück nach Hof, dann ein jeder zu sich nach Hause. Þorsteinn dankte ihnen herzlich für ihre Gefolgschaft. Durch diesen Erfolg hatte er wieder einmal seine Ehre vergrößert, so wie bei allen Angelegenheiten. Im Frühling verkaufte Finnbogi sein Land in Borg und zog nach Strandir in Trékyllisvík im Norden und wohnte dort. Berg ging auch fort, aber in dieser Saga wird nicht erzählt, was er sich im Weiteren vornahm, und damit war ihr Streit mit Ingimunds Söhnen beendet.

36

Es wird erzählt, dass eines Sommers ein Schiff in den Hrútafjord kam, auf dem zwei Schwestern waren, Þórey und Gróa. Sie fanden beide Unterkunft auf Hof und blieben den Winter über bei Þorsteinn, aber im Frühjahr baten sie ihn, dass er ihnen einen eigenen Wohnsitz verschaffen möge. Þórey kaufte mit Þorsteinns Zustimmung Land und siedelte dort, und Gróa gab er eine Wohnstätte in der Nähe seines Hofes. Þorsteinns Frau Þuríð hatte ihm vorgeworfen, er habe ein Auge auf Gróa geworfen, weil er von ihr verzaubert sei. Gróa kaufte Malz und bereitete ein Fest vor und lud Ingimunds Söhne dazu ein – die Schwestern schienen daher nicht so gering gestellt. Sie lud auch Már von Másstaðir ein sowie viele Leute aus der Gegend.

Aber drei Nächte bevor Þorsteinn zu Pferd von zu Hause aufbrechen wollte, träumte er, dass dieselbe Frau, die schon seinen Ahnen gefolgt war, zu ihm kam und ihn bat, nicht dorthin zu gehen. Er sagte, er habe es versprochen.

Sie sprach: »Das scheint mir unvorsichtig, und es wird dir auch Unglück bringen«, und so ging es drei Nächte lang, dass sie kam, ihn warnte und sagte, es würde nicht gut ausgehen, und seine Augen berührte.

Wenn Þorsteinn auf eine Reise ging, war es Brauch, dass alle an diesem Tag nach Hof kamen, die mitreiten sollten. Es kamen Jökull und Þórir, Már und andere Männer, die ihn begleiten wollten. Þorsteinn bat sie, nach Hause zu gehen. Er sagte, er sei krank. Das taten sie.

An diesem Abend, als die Sonne bereits untergegangen war, sah ein Schafhirte, wie Gróa hinausging und gegen den Sonnenlauf ihr Haus umkreiste und sprach: »Es wird schwer, etwas gegen das Glück der Ingimundssöhne auszurichten.« Sie blickte hinauf zum Berg und schwang einen Beutel oder ein magisches Tuch, in das sie viel von ihrem Gold gewickelt hatte, und sprach: »Nun möge es so geschehen, wie ich es gewendet habe.«

Dann ging sie ins Haus und schloss die Tür hinter sich. Da ging ein Felsrutsch auf den Hof nieder, und alle starben. Und als die Leute davon hörten, da verjagten die Brüder ihre Schwester Þórey aus der Gegend. Seitdem glaubten alle, dass es dort spukte, wo Gróas Haus gestanden hatte, und von da an wollte niemand mehr dort wohnen.

37 Þorgrím von Kárnsá bekam ein Kind von seiner Nebenfrau, die Nereið hieß, aber auf Anweisung seiner Ehefrau wurde das Kind ausgesetzt. Ingimunds Söhne hatten ein herzliches Verhältnis untereinander und trafen sich oft. Einmal hatte Þorsteinn seinen Bruder Þórir besucht, Þórir begleitete ihn noch bis zum Weg.

Da fragte Þorsteinn Þórir, wer seiner Meinung nach der Beste von ihnen sei. Þórir meinte, das sei gar keine Frage, »du bist von uns allen der Beste in List und Klugheit.«

Þorsteinn antwortete: »Jökull übertrifft uns alle an Kühnheit.«

Þórir erwiderte, er sei der Schlechteste von ihnen, »denn ich verfalle immer dann in Berserkerwut, wenn ich es gar nicht will, und ich wünschte, du könntest etwas dagegen tun, lieber Bruder.«

»Ich bin deswegen hergekommen, weil ich erfahren habe, dass unser Verwandter Þorgrím auf Geheiß seiner Frau ein Kind hat aussetzen lassen, und das ist eine schlimme Tat. Ich finde es auch sehr bedauerlich, dass du in deinem Wesen nicht so bist wie andere Männer.«

Þórir erklärte, er würde alles tun, um diese Eigenschaft ablegen zu können.

Þorsteinn sagte, er wolle ihm auch gerne helfen, »aber was willst du dafür tun?«

Þórir antwortete: »Was du wünschst.«

Þorsteinn sagte: »Es gibt da eine Sache, an der mir gelegen wäre: die Godenwürde für meine Söhne.«

Þórir sagte, sie sollten sie erhalten.

Þorsteinn erwiderte: »Nun werde ich zu dem beten, der die Sonne geschaffen hat, denn Ihn halte ich für den Mächtigsten. Möge Er dieses Unheil von dir nehmen. Dafür will ich um Seinetwillen das Kind retten und es aufziehen, damit es sich Ihm, der den Menschen geschaffen hat, später zuwenden kann, denn ich glaube, dies ist seine Bestimmung.«

Dann stiegen sie auf ihre Pferde und ritten dorthin, wo das Kind versteckt war und Þórirs Sklave es in der Gegend von Kárnsá gefunden hatte. Sie sahen, dass das Gesicht mit einem Tuch bedeckt worden war, das sich über der Nase ein wenig regte. Das Kind war dem Tod nahe. Sie nahmen es und brachten es schnell zu Þórirs Hof. Þórir zog den Jungen auf, und er wurde Þorkell Krafla genannt. Und seitdem überkam Þórir nie wieder die Berserkerwut. So erlangte Þorsteinn die Godenwürde.

Ólaf wohnte auf Haukagil, und Óttar in Grímstunga, er hatte

Ásdís, Ólafs Tochter, zur Frau, und auf Rechtsversammlungen teilten sich die beiden eine Hütte. Þorsteinns Söhne wurden erwachsen und waren fähige Männer. Guðbrand war groß und stark. Ingólf war der Schönste, aber trotzdem kräftig, auch in seinen Fähigkeiten übertraf er die meisten Männer.

Auf einem Herbstthing kamen viele Leute zusammen, und ein Wettkampf wurde ausgerichtet. Ingólf nahm am Spiel teil und stellte wieder einmal seine Geschicklichkeit unter Beweis, und einmal, als er gerade den Ball fangen wollte, geschah es, dass der Ball zu Valgerð Óttarsdóttir flog. Schnell ließ sie ihn unter ihrem Umhang verschwinden, und sie plauderten eine Weile. Er fand sie außergewöhnlich schön, und an jedem der noch verbleibenden Tage des Things kam er zu ihr, um sich mit ihr zu unterhalten. Danach setzte er seine Besuche bei ihr zu Hause fort. Óttar gefiel dies nicht, und in einem Gespräch mit Ingólf bat er ihn, nichts zu tun, was ihnen beiden Schande brächte, und erklärte, dass er ihm Valgerð lieber mit allen Ehren zur Frau geben wolle, als dass Ingólf sie schändlich verführe. Ingólf erklärte, er werde es mit den Besuchen so halten, wie es ihm gefalle, und meinte, er sehe darin nichts Unehrenhaftes.

Nun ging Óttar zu Þorsteinn und bat ihn, einmal mit Ingólf zu sprechen und ihm zu helfen. Er sagte, das werde er tun. Þorsteinn sagte zu Ingólf: »Wie kommst du dazu, Óttar Schande zuzufügen und seine Tochter zu entehren? Du hast dich hier schlecht benommen, und es wird uns entzweien, wenn du dich nicht änderst.«

Da ließ Ingólf von seinen Besuchen ab, aber er dichtete ein paar Liebesstrophen auf Valgerð und trug diese laut vor. Wieder kam Óttar zu Þorsteinn und sagte, Ingólfs Reimerei gefalle ihm überhaupt nicht, »mir scheint, du solltest etwas dagegen unternehmen.«

Þorsteinn sagte, solches Benehmen sei nicht in seinem Sinne, »und ich habe mit ihm gesprochen, aber es nützt wohl nichts.«

Óttar sagte: »Entweder du zahlst für Ingólf eine Buße oder du erlaubst uns, ihn anzuklagen.«

»Ich will dich dringend bitten«, sagte Þorsteinn, »dem Ganzen keine Beachtung zu schenken, aber dem Gesetz nach kannst du das natürlich tun.«

Óttar ging nach Hof, um Ingólf vorzuladen, brachte ihn vor das Húnavatn-Thing und bereitete seine Klage vor. Aber als Jökull davon erfuhr, wurde er ziemlich wütend und rief, das sei ja ungeheuerlich, dass die Verwandten in ihrem eigenen Bezirk geächtet werden sollten, und sagte, dass Þorsteinn sehr alt geworden sei, »und wenn wir auch keine gesetzeskundigen Leute sind, so werden wir die Klage eben mit unseren Äxten abwenden.«

Und als das Frühjahrsthing näherrückte, bat Ingólf Þorsteinn in der Angelegenheit um Hilfe, denn sonst, sagte er, werde er seine Axt in Óttars Schädel treiben. Þorsteinn sagte: »Ich wünsche nun, dass du von meinem Godenamt Gebrauch machst und es übernimmst«, und so geschah es. Und als über die Klage verhandelt werden sollte, gingen Ingólf und Jökull zur Versammlung und sprengten sie mit ihren Axthieben. Die Klage wurde fallengelassen.

Kurze Zeit nach dem Thing teilte Óttar seinem Schwiegervater Ólaf mit, dass er nicht länger hierbleiben und sein Land verkaufen werde. Das tat er und zog über das Hochland nach Süden.

38 Nicht lange Zeit darauf wurde Þorsteinn krank und starb, und obwohl hier zuerst von Þorsteinns Tod berichtet wird, starb Jökull von den Brüdern als Erster, Þórir aber lebte am längsten. Þorkell Krafla war drei Winter alt, als sein Ziehvater Þórir starb. Da kam Þorkell zu Þórorm und wurde bei ihm aufgezogen. Die Leute mochten sich nicht vorstellen, dass es für Þorsteinn und seine Brüder jemals Ersatz geben könne, aber trotzdem fanden sie, dass seine Söhne ordentlich in seine Fußstapfen traten. Ingólf war bei den Frauen am beliebtesten, so wie es im Gedicht hieß:

Alle Mädchen wollten
mit Ingólf gehen,

die erwachsen waren,
und es weinte die noch zu Kleine.

Die Brüder teilten das Erbe unter sich auf. Ingólf wohnte auf Hof und Guðbrand auf Guðbrandsstaðir. Ingólf nahm Halldís, die Tochter Ólafs von Haukagil, zur Frau, sie war jünger als Ásdís, die Óttar heiratete und die Mutter von Valgerð und Hallfreð dem Schwierigen war. Ingólf kam Valgerð immer besuchen, wenn er zum Thing ritt oder von dort heimreiste. Das missfiel Óttar. Sie fertigte auch Kleider für Ingólf, die alle sehr fein und aufwendig gearbeitet waren.

39 Einige Winter nach dem Tod von Þorsteinn Ingimundarson begegnete Óttar, als er vom Thing nach Hause ritt, auf Bláskógaheiði einem Geächteten, der Þórir hieß und aus den Ostfjorden gekommen war. Er erzählte, er sei wegen einer Frauengeschichte geächtet worden, und bat Óttar, ihn aufzunehmen.

Óttar erklärte, er werde es tun, aber nur unter der Bedingung, »dass du für mich einen Botengang erledigst.«

Er fragte, wohin dieser führe.

Óttar antwortete: »Ich werde dich nach Norden ins Vatnsdal zu Ingólf schicken, damit du ihn oder zumindest einen der Brüder tötest, denn die Vermutung liegt nahe, dass sie diesmal kein Glück haben werden. Wenn du das für mich tust, werde ich dir Beistand gewähren.«

Þórir sagte, er sei sehr wohl dazu imstande, »denn mir mangelt es nicht an Mut.«

Er ging mit Óttar nach Hause, und sie vereinbarten, dass er Ingólf umbringen solle, oder Guðbrand, falls er diesen eher erwischen könne, dann werde Óttar ihn außer Landes bringen. Er ging nach Norden ins Vatnsdal und kam in der Nacht nach Hof. Er bat Ingólf um Hilfe, erklärte, er sei ein Geächteter. Ingólf sagte, er brauche keine Männer von außerhalb, und fügte hinzu, solche würde man überall finden. Er forderte Þórir auf, schnell zu verschwinden, und sagte, er gefalle ihm nicht.

Þórir ging fort und kam zu Guðbrand. Dieser nahm ihn auf, und er blieb eine Zeitlang dort. Aber eines Morgens bat ihn Guðbrand, ein Pferd einzufangen, und trat aus dem Haus, Þórir jedoch ging hinter ihm, und als Guðbrand zur Türschwelle kam, bückte er sich, und Þórir griff ihn mit der Waffe an, doch als Guðbrand hörte, wie die Axt niedersauste, wich er schnell aus, und Þórir traf nur den Balken, der aus den Dachsparren hervorragte, und die Axt steckte darin fest, Þórir aber rannte weg und Guðbrand hinter ihm her. Þórir sprang über die Schlucht am Fluss, als er diesen erreicht hatte, stürzte ab und blieb liegen. Guðbrand warf sein Schwert nach ihm und traf ihn mitten in den Leib. Þórir hatte noch das Zaumzeug um sich gewickelt, und das Schwert traf den Trensenring. Guðbrand sprang über den Fluss und lief zu Þórir, doch der war schon tot. Er begrub ihn dort unter Erde und Steinen. Das Schwert hatte Scharten bekommen und eine davon war so breit, dass eine Fingerkuppe dazwischenpasste. Später wurde es geschliffen und war wieder die beste Waffe.

Guðbrand suchte seinen Bruder auf und berichtete ihm, was geschehen war, und meinte, dies sei Óttars Werk gewesen, und sagte, sie müssten sich vor so etwas in Acht nehmen. Ingólf sagte, das sei eine miese Hinterlist, und sie ritten sofort nach Süden in den Borgarfjord und stellten Óttar zur Rede, aber der stritt alles ab, denn er hatte gerade viele Männer bei sich, und sie bekamen ihn nicht zu fassen. Dann bemühten sie sich um einen Vergleich und einigten sich darauf, dass Óttar einhundert in Silber zahlen, Þórir aber ungebüßt bleiben sollte. Außerdem wurde beschlossen, dass Ingólf bußlos getötet werden dürfte, falls er Valgerð ohne Guðbrands Begleitung besuchen käme.

Da sagte Ingólf: »Darauf kannst du dich gefasst machen, Óttar, sollten wir noch einmal so hinterhältig angegriffen werden, dann wirst du nicht mit Geld dafür bezahlen, und du bekommst für deine Anschläge das, was du verdienst!«

Óttar erwiderte, viele würden sagen, dass es viele Gründe gegeben habe, ehe er zu diesem Mittel gegriffen habe. Dann trennten sie sich.

40 Svart hieß ein Mann, der mit seinem Schiff nach Minþakseyr kam. Er stammte von den Hebriden, war groß und stark, hatte wenig Freunde und war nicht beliebt. Er erlitt Schiffbruch. Und als die Leute merkten, was er für ein Mensch war, wollte ihn keiner aufnehmen, und er durchstreifte die Gegend, bis er zu Óttar kam und diesen um Aufnahme und Beistand bat.

Er antwortete: »Ich denke, ein Mann wie du hat es nicht verdient, dass ihm Hilfe verweigert wird, aber ich will dich aufnehmen, denn du machst auf mich keinen schlechten Eindruck, und ich bin davon überzeugt, dass auch du etwas für mich tun kannst.«

Er erwiderte, das sei nur recht und billig.

Svart besaß einiges an Vermögen. Er blieb nun bei Óttar, und es dauerte nicht lange, bis dieser zu Svart sagte: »Ich will dich Richtung Norden ins Vatnsdal nach Hof schicken. Dort wohnt ein Mann mit dem Namen Ingólf. Er ist mein Feind und hat mich auf vielerlei Art beleidigt, aber ich kann ihn nicht zur Rechenschaft ziehen, weil er ein einflussreicher Mann ist, doch ich glaube, dass es dir mit meinem Plan gelingen wird, ihn zu bestrafen, denn ich halte viel von dir.«

Svart erklärte, er habe oft einen Weg gefunden, wo andere gescheitert seien, sagte, es sei auch jetzt gut möglich, dass er Erfolg haben werde, und erzählte, er habe auf Wikingerzügen gekämpft und sei oft als Einziger lebend davongekommen.

Ein Handelsschiff lag am Oberlauf des Flusses Hvítá. Sie einigten sich darauf, dass er Ingólf eine Hand oder einen Fuß abschlagen solle oder Guðbrand töten würde, falls er Ingólf nicht in die Finger bekäme, dann würde Óttar ihm ein Winterquartier geben und ihm dabei helfen, außer Landes zu kommen. Svart würde dagegen auf sich allein gestellt sein, wenn die Tat nicht gelingen sollte, andernfalls aber zu seinem Gastgeber zurückkehren. Óttar kaufte bei dem Schiff ein paar Waren und gab sie Svart mit auf den Weg, er gab ihm auch einen Mann zur Begleitung und zwei Pferde, beschrieb ihm die Gegend und auf welchen Wegen man am besten nach Norden käme und von dort zurück.

Svart ritt dort entlang, bis er nach Hvanndalir kam, wo er seine Waren ablud und ausbreitete und die Pferde grasen ließ. Svart kam zu Fuß nach Hof. Es war noch früh am Tage, und Ingólf saß draußen und fertigte Speerschäfte. Svart grüßte Ingólf und sagte, er habe eine beschwerliche Reise gehabt, er habe zwei Pferde auf der Hochebene verloren, und seine Waren lägen jetzt dort, eine Truhe und ein Sack. Dann fragte er Ingólf, ob er ihm ein paar Männer mitgeben könne, die ihm dabei helfen sollten, die Pferde einzufangen und seine Waren zur Siedlung zu schaffen. Er erklärte, er wolle nach Norden zum Eyjafjord, und fügte hinzu, dass er vor einigen Wintern auf Hrafnagil gewesen sei. Ingólf erwiderte, es seien gerade wenig Männer auf dem Hof, »und ich will schon gar nicht mit dir gehen, also mach, dass du fortkommst.«

»Dann kannst du mich vielleicht bis zum Weg begleiten und mir die Richtung zu einem anderen Hof zeigen?«, und das tat er und ging mit ihm bis zum Weg, doch Ingólf blieb auf der Hut, denn er hatte ein ungutes Gefühl, weil Svart die ganze Zeit hinter ihm gehen wollte. Er hatte sein Schwert umgegürtet und trug einen sehr großen Speer in der Hand, der ein breites Blatt und einen langen Schaft hatte, der mit Eisen verstärkt war.

Svart bat Ingólf, ihn doch bei sich aufzunehmen, dann könne Ingólf von den Waren haben, was er wolle, »du bist ein weithin bekannter Mann, und es wäre anständig von dir, einen weitgereisten Mann aufzunehmen, vor allem wenn es nicht an Geld zur Bezahlung dafür mangelt.«

»In aller Regel nehme ich keine Fremden bei mir auf«, sagte Ingólf, »die machen nämlich meistens nur Ärger, und auch du machst auf mich einen solchen Eindruck, so grimmig wie du aussiehst«, und er verlangte sogleich von ihm, dass er sich wegscheren solle, und sagte, er wolle nichts bei ihm kaufen, und kehrte um.

Svart zog weiter und kam zu Guðbrand und erzählte ihm die gleiche Geschichte. Guðbrand sagte: »Ihr Fremden führt euch zwar nicht gut auf, aber ich kann deine Waren suchen lassen, und dann werden wir sehen, was sich wegen der Unterkunft machen lässt.«

Sie gingen los und fanden die Ware und dachten, die Pferde seien davongelaufen. Sie waren schnell gefunden. Guðbrand ließ alles zu sich nach Hause bringen und nahm Svart bei sich auf. Aber als Ingólf davon erfuhr, ging er zu seinem Bruder und fand sein Handeln unvorsichtig, »und ich will, dass er fortgeht.«

Guðbrand erklärte, er glaube nicht, dass dieser Mann ihm Schaden zufügen wolle, und sagte, er habe nie diesen Anschein erweckt, seit er da war.

Ingólf antwortete: »Dann sind wir in dieser Sache eben verschiedener Ansicht, denn ich halte den Mann für einen Mörder, und es wird sich noch zeigen, was für ein übler Kerl er ist. Ich will nicht, dass er bei dir bleibt, denn ich habe eine böse Vorahnung, und ich rate dir dringend: Sei auf der Hut, bevor es zu spät ist!«

Aber nichts dergleichen geschah, und Svart blieb den Winter über dort.

Und im Frühjahr, kurz vor Sommeranfang, verlegte Guðbrand Hof und Vieh zu den Sommerunterkünften, und es war so angeordnet, dass die Hausherrin allein ritt, aber Guðbrand und Svart gemeinsam auf einem Pferd saßen und Svart hinten aufstieg. Und als sie zu den Sümpfen kamen, die nun Svartfellsmýrar heißen, sinkt das Pferd unter ihnen ein, und Guðbrand fordert Svart auf, sich vom Pferd gleiten zu lassen, und das tut er, aber jetzt, als Svart sieht, dass Guðbrand nicht aufpasst, da richtet er den Speer auf ihn. Das sieht die Hausfrau und ruft: »Hab Acht, dieser Hund will dich verraten und töten!« Aber im selben Augenblick stößt Svart Guðbrand den Speer unter dem Arm hindurch in die Brust. Guðbrand schafft es, sein Schwert zu ziehen, holt von der Seite aus und trifft Svart mitten in die Brust.

Die Hausherrin erreichte die Sommerhütte und berichtete vom Tod der beiden Männer, und das hielt man für schlechte Neuigkeiten. Ingólf erfuhr davon und sagte, es sei so gekommen, wie er befürchtet hätte, und bereitete sofort eine Klage gegen Óttar auf dem Allthing vor wegen Mordanschlags auf sich und seinen Bruder. Und als sich die Leute zum Thing versammelten, war es sehr schwierig, mit Ingólf zu verhandeln. Und aufgrund dessen, weil viele redliche Männer daran teilnahmen, und auch, weil Ingólf die Abmachung mit Óttar über die Besuche bei Valgerð nicht eingehalten hatte, nahm er schließlich den Vergleich an und erhielt für den Mord an Guðbrand dreihundert in Silber. Damit sollte auch der Vertragsbruch mit Óttar wegen Valgerð ausgeglichen sein. Damit waren sie sich nun einig und gingen ihrer Wege.

Ingólf hatte mit seiner Frau zwei Söhne. Sie hießen Surt und Högni und waren beide fähige Männer. Die Leute hielten Ingólf für einen fähigen Mann, der seinem Vater in vielen Dingen gleichkam. Während dieser Zeit begann Ólaf auf Haukagil sehr zu altern.

41 Wegelagerer und Räuber gab es in dieser Zeit sowohl im Süden als auch im Norden so viele, dass man sich kaum davor schützen konnte. Eines Nachts stahlen sie auf Haukagil eine Menge Lebensmittel, denn dort hatten sie von allem reichlich Vorrat. Ólaf kam zu Ingólf und berichtete ihm davon. Ingólf wollte mit vierzehn Mann von zu Hause aufbrechen. Ólaf bat ihn, vorsichtig zu sein, und sagte, ihm liege mehr daran, dass er heil nach Hause komme, als dass er herausfinde, wo seine Vorräte abgeblieben seien.

Sie ritten über das Hochland nach Süden und sprachen über den Raub auf Ólafs Hof. Die Diebe hatten Güter im Wert von fünfzehnhundert Ellen Fries geraubt. Ingólf und seine Männer entdeckten ihre Spuren und verfolgten diese, bis sie davon überrascht wurden, dass die Spuren auf einmal in zwei Richtungen verliefen. Da teilten sie ihre Mannschaft auf, acht Männer gingen in die eine Richtung und sieben in die andere, und beide Gruppen suchten lange. Da tauchten nicht weit vor ihnen ein paar Hütten auf, und sie schlichen sich an. Sie sahen achtzehn Pferde vor einem Haus stehen und vermuteten, dass die Diebe dort ihren Unterschlupf haben mussten und es am besten wäre, zuerst die anderen wiederzufinden. Ingólf sagte, das wäre in mancher Hinsicht nicht ratsam, »denn in der Zeit könnten sie die Felshöhle erreichen, die hier ganz in der Nähe liegt, und wenn sie es bis dorthin schaffen, sind sie gerettet und dann war unser Unternehmen erfolglos, außerdem wissen wir gar nicht, wo die anderen stecken.«

Ingólf sprang vom Pferd, sprang in eine Kluft ganz in der Nähe und griff sich zwei flache Steine, legte sich den einen vor die Brust und den anderen zwischen die Schulterblätter und band sie fest. Mit dem Schwert Ættartangi in der Hand ging er dann auf das Haus zu. Es hatte zwei Eingänge. Die Leute erzählen, dass Ingólf damals nicht mehr als einen einzigen Mann dabeihatte. Da sagte Ingólfs Begleiter, dass sie lieber die anderen dazuholen sollten.

Ingólf erwiderte, er werde die Tür im Auge behalten, und er solle zu ihrer Gruppe gehen. Er sagte, er werde jetzt nicht weggehen, »denn wie mir scheint, hast du nicht allzu viele Begleiter.«

Ingólf wollte gleich hineinstürmen und die Räuber angreifen und forderte ihn auf, ihm tapfer zu folgen. Die Diebe gingen sofort auf Ingólf los, als er hereinkam, aber die Steinplatten, die er angelegt hatte, schützten ihn, und die Schwertstiche prallten von ihm ab, dann griffen sie ihn von allen Seiten an, aber er wehrte sich geschickt und kühn. Da schwang er Ættartangi in weitem Bogen und das Schwert traf den am Kopf, der hinter ihm stand, so dass er tot umfiel, aber mit demselben Hieb traf Ingólf auch den, der vor ihm stand, und so erschlug er beide mit einem Schwertstreich. Sie fochten einen harten Kampf, der damit endete, dass Ingólf fünf Männer getötet hatte, aber auch sein Begleiter gefallen war. Sie waren aus dem Haus gekommen, und Ingólf war schwerverwundet. Da kamen seine Männer herbei. Die Diebe flohen, nahmen aber das Diebesgut, luden es auf ihre Pferde und trieben sie zurück nach Norden.

Ingólf musste den kommenden Winter im Bett verbringen, um sich von seinen Wunden zu erholen. Seine Verletzungen heilten jedoch nur oberflächlich. Im Frühjahr, als die Sommerhitze kam, platzten alle seine Wunden wieder auf, wodurch er starb. Aber bevor Ingólf starb, verlangte er, dass er in einem anderen Hügel begraben werden sollte als seine Verwandten, und sagte, er bliebe den Mädchen aus dem Vatnsdal besser im Gedächtnis, wenn er nahe am Weg begraben würde. Dann starb er.

Der Ort, an dem er begraben wurde, heißt Ingólfsholt. Alle Leute waren sehr traurig über diesen Verlust. Zwölf Jahre lang hatte Ingólf nach dem Tod seines Vaters ein ehrenvolles Leben geführt. Óttar verheiratete seine Tochter Valgerð mit einem Mann aus Stafholt. Aber nachdem Ingólf gestorben war, blieb das Vatnsdal ohne Anführer, da Ingólfs Söhne noch zu jung waren, um das Godenamt zu verwalten. Nun wurde darüber beraten, was geschehen sollte. Zu dieser Zeit war es Gesetz, dass, solange die Erben noch unmündig waren, derjenige der Thingmänner das Godenamt vertreten sollte, der am besten dazu geeignet schien.

42 Þorkell Krafla Þorgrímsson war ein großer und starker Mann, er war damals zwölf Winter alt, als sich dies ereignete. Þorgrím erkannte ihn nicht als Sohn an, obwohl Þorkell mutiger war als seine ehelichen Söhne. Þorkell Silfri vom See Helgavatn war ein mächtiger Berserker und zauberkundig dazu, er war sehr reich an Besitz. Er war sehr unbeliebt und wurde von vielen gehasst, war aber trotzdem ein achtenswerter Mann.

Am selben Tag, an dem auf Kárnsá eine Versammlung einberufen wurde, um die Nachfolge für das Godenamt zu besprechen, sagte Þorkell Silfris Frau: »Was hast du heute vor?«

Þorkell antwortete: »Zu der Versammlung zu gehen und am Abend, wenn ich nach Hause komme, ein Gode zu sein.«

»Ich möchte nicht, dass du gehst«, sagte sie, »wenn du beabsichtigst, der Gode von Vatnsdal zu werden, denn dieses Amt wird dir nicht zufallen, und dazu bist du auch nicht geeignet.«

Er antwortete: »Sonst mag es ja zutreffen, was du sagst, aber heute nicht.«

Zu der Versammlung wollten auch Klakka-Orm und Þorgrím von Kárnsá, Ingimunds Enkelsohn, kommen. Þorgrím schien aufgrund seiner Verwandtschaft mit der Familie von Vatnsdal am ehesten für das Godenamt in Frage zu kommen, aber es musste trotzdem durch das Los entschieden werden, da sich viele für gut geeignet hielten. Die Versammlung sollte im letzten Wintermonat im Forsæludal auf Klakka-Orms Hof stattfinden. In der Nacht vor dem Treffen hatte Þorkell Silfri einen Traum und erzählte seiner Frau Signý davon. Er sei im Traum auf einem roten Pferd hinab ins Vatnsdal geritten, und dabei schien das Tier kaum den Boden berührt zu haben, »und das will ich so deuten, dass mir etwas Gutes bevorsteht und ich Ehre und Ansehen erringen werde.«

Signý erwiderte, dass sie das anders sehe, »für mich war das ein böser Traum«, und sagte, das Pferd sei ein Hengst gewesen, und der Hengst sei die Fylgja eines Mannes, und sie meinte, die rote Farbe erscheine immer dann, wenn es blutig ausgehe, »und es kann sein, dass du auf der Versammlung getötet wirst, wenn du das Godenamt für dich beanspruchst, denn die meisten werden es dir missgönnen.«

Þorkell tat so, als hätte er das nicht gehört, und legte feine Kleider und prächtige Waffen für die Reise an, denn er war ein ausgesprochen eitler Mensch, und kam als einer der Letzten.

Þorgrím war früh am Tage angekommen und saß im Hochsitz neben Orm. Er hatte Þorkell Krafla nie als seinen Sohn anerkannt. Dieser spielte damals noch mit den anderen Kindern auf dem Fußboden und war sowohl groß als auch stark und von allen Jungen der hübscheste. Er stellte sich vor Þorgrím auf und schaute ihm lange in die Augen und dann auf die kleine Streitaxt, die Þorgrím in der Hand hielt. Þorgrím fragte, warum ihn dieses Sklavenkind so anstarre.

Þorkell sagte, es mache ihm nicht gerade Freude, ihn anzuschauen.

Þorgrím fragte: »Was willst du dafür tun, Krafla, dass ich dir diese Axt schenke, denn wie ich sehe, gefällt sie dir sehr, und dass ich noch dazu die Verwandtschaft zu dir anerkenne?«

Þorkell bat ihn, etwas dafür zu verlangen.

Þorgrím sagte: »Du sollst die Axt in Silfris Kopf schlagen, so dass er niemals der Gode von Vatnsdal werden wird. Ich glaube, so kannst du beweisen, dass du dem Vatnsdal-Geschlecht auch wirklich angehörst.«

Þorkell erklärte, das wolle er tun. Þorgrím riet ihm nun, er solle sich jetzt zusammen mit den anderen Jungen so schlecht aufführen wie möglich. Silfri legte beim Sitzen immer einen Fuß auf das Knie und stützte dabei das Kinn in die Hand. Þorkell sollte sich draußen im Schlamm schmutzig machen, dann wieder ins Haus gerannt kommen, Silfris Kleidung streifen und sehen, ob er wütend wird.

Nun berieten die Männer über das Godentum, wurden sich aber nicht einig, weil jeder seine eigene Meinung durchsetzen wollte. Da ließen sie das Los entscheiden, und jedes Mal fiel es auf Silfri, weil er einen Zauber wirkte. Da ging Þorgrím nach vorne und trat zu Þorkell Krafla, der mit den Jungen nahe bei der Tür stand.

Dann sagte Þorgrím: »Nun sollst du für die Axt bezahlen.«

Da erwiderte Þorkell: »Ich bin ganz wild auf die Axt und ich werde jetzt gut dafür zahlen, obwohl es vielleicht nicht auf die Art geschehen wird, die du dir vorgestellt hast.«

Þorgrím antwortete: »Mach es wie du willst, aber bring es zu Ende.«

Þorkell fragte: »Willst du, dass ich Silfri jetzt töte?«

»Ja«, sagte Þorgrím.

Silfri war gerade abermals das Godentum durch das Los zugefallen. Þorkell Krafla kam in die Halle und ging so nahe an Silfri vorbei, dass er an seinen Fuß stieß. Silfri schleuderte ihn von sich und beschimpfte ihn als Kind einer Sklavin. Þorkell sprang auf den Sitz neben ihm und schlug ihm die Axt in den Schädel, und Þorkell Silfri war sofort tot, worauf Krafla bemerkte, es sei ein Leichtes gewesen, die Axt zu gewinnen. Þorgrím sagte, Silfri habe den Jungen ja auch aufs Übelste gereizt, »und das hat er sich nicht gefallen lassen, womit er sich schon fast als echtes Mitglied des Vatnsdal-Geschlechtes erwiesen hat, also erkenne ich hiermit die Vaterschaft zu dir an!«

Danach übernahm Þorgrím das Godenamt und wurde der Gode von Kárnsá genannt. Für die Erschlagung von Silfri wurde ein Vergleich geschlossen, da seine Söhne noch jung waren. Þorkell ging zusammen mit seinem Vater heim nach Kárnsá und bat um die Erlaubnis, auf Wikingerfahrt gehen zu dürfen, denn er wolle gerne herausfinden, wie es ausginge, wenn er seinem Verwandten Jarl Sigurð Hlöðvesson begegnete. Þorgrím sagte, er könne haben, was er wolle.

43 Ein Mann aus Norwegen hieß Björn und hatte ein Schiff, das bereit war, in See zu stechen. Mit ihm fuhr Þorkell Krafla fort von Island, und sie erreichten die Orkneys. Zu dieser Zeit hielt sich Jarl Sigurð dort auf. Björn kannte den Jarl und bat ihn um Aufnahme für sich und Þorkell und erzählte, Þorkell stamme aus einer angesehenen Familie und sei sehr fähig und einer der besten Männer Islands. Der Jarl sagte, er werde sie aufnehmen, und fragte nach Þorkells Herkunft, und dieser erklärte, wer er war, doch der Jarl hörte ihm kaum zu. Dann nahm er sie bei sich auf. Die Gefolgsmänner des Jarls fanden Þorkell sonderbar, denn er verließ nie seinen Platz, außer wenn auch der Jarl hinausging, und dann folgte er ihm auf Schritt und Tritt.

Einmal im Frühjahr waren bereits alle zum Spiel hinausgegangen, nur der Jarl blieb mit ein paar Männern in der Halle sitzen und meinte: »Du bist ausdauernder als die meisten anderen Männer, Þorkell, dass du nicht mit zum Spiel gehst, aber sag, was hast du mir noch gleich über deine Herkunft erzählt?«

Darauf führte Þorkell die Mitglieder seiner Familie an, und da ging dem Jarl ein Licht auf und er antwortete: »Du musst mit mir verwandt sein! Damit hast du dir aber ganz schön lange Zeit gelassen.«

So vergrößerte sich Þorkells Ansehen beim Jarl.

Als er im darauffolgenden Sommer einen Wikingerzug plante, fragte er Þorkell, ob er mit ihm kommen wolle. Þorkell erwiderte, dass er mitfahren wolle, wenn der Jarl es wünsche. Den ganzen Sommer über waren sie auf Raubzügen unterwegs.

Aber einmal, als sie in Schottland eingefallen waren und zurück zum Schiff kamen, fragte der Jarl, wie viele Männer vermisst würden. Da wurde nachgesehen, und Þorkell fehlte als Einziger, er gehörte zur Schiffsmannschaft des Jarls. Die anderen meinten, um einen so trägen Mann sei es sowieso nicht schade. Der Jarl befahl, auf der Stelle nach ihm zu suchen, und das taten sie. Sie fanden Þorkell auf einer Waldlichtung bei einer Eiche, zwei Männer wollten gerade auf ihn losgehen, doch vier lagen bereits tot um ihn herum. Als der Jarl mit seinen Männern kam, liefen die Angreifer davon. Der Jarl fragte, was ihn aufgehalten habe.

Þorkell sagte: »Ihr habt doch gesagt, dass wir von den Schiffen runter- und das Land hinaufrennen sollen, aber nicht, dass wir so zu den Schiffen zurückrennen sollen, als würde einer vor dem anderen davonlaufen!«

Der Jarl antwortete: »Da hast du recht, mein Freund, und so soll es auch von nun an sein, aber wer es dennoch macht und sich zu weit vom Banner entfernt, soll keinen Beuteanteil bekommen.«

Der Jarl fragte, ob die Männer, die tot zu seinen Füßen lagen, Bewohner dieses Landes seien oder zu ihm gehörten. Þorkell sagte, es seien Einheimische. Er erzählte, er habe ein Kastell entdeckt, »und als ich an der Mauer entlangging, brachen plötzlich ein paar Steine heraus, und dahinter entdeckte ich einen nicht gerade kleinen Schatz, aber die Wachen sahen mich und griffen mich an, den Rest habt Ihr ja selbst gesehen.«

Da lobte ihn der Jarl vor den anderen für seine Kühnheit. Dann fragte der Jarl, wie groß der Schatz denn gewesen sei. Þorkell sagte, er entspreche zwanzig Mark in Silber. Der Jarl erklärte, dass Þorkell den Schatz erhalten solle und kein anderer. Þorkell erwiderte, der Jarl solle ihn nehmen und auch seinen ganzen Beuteanteil. Darauf sagte der Jarl, sie sollten ihn beide bekommen, und der Schatz wurde diesmal nicht aufgeteilt.

Nach dieser Fahrt stand Þorkell beim Jarl in hohem Ansehen. Er blieb zwei Jahre lang bei ihm, dann wollte Þorkell zurück nach Island und sagte das dem Jarl. Er antwortete: »Ich denke, dass deine Verwandten stolz auf dich sein werden.«

Er schwor dem Jarl Treue und Gefolgschaft, und dieser schenkte ihm eine mit Gold verzierte Axt und kostbare Kleidung und erklärte, sie würden nun für immer Freunde sein. Der Jarl gab Þorkell ein Handelsschiff, das mit Waren seiner Wahl beladen wurde. Þorgrím sandte er für Nereiðs Freiheit einen goldenen Armreif, der eine halbe Mark wog. Nereið schickte er die feinsten und schönsten Kleider zum Zeichen ihrer Verwandtschaft.

Dann stach Þorkell in See und hatte eine gute Reise. Er segelte mit seinem Schiff in die Mündung des Húnavatn. Þorgrím, der Gode von Kárnsá, ritt zum Schiff und begrüßte seinen Sohn freudig. Er lud ihn zu sich ein, und das nahm Þorkell an. Þorgrím schenkte Nereið die Freiheit, so wie der Jarl es gewünscht hatte. Kurze Zeit darauf wurde Þorgrím krank und starb, und seine ehelichen Söhne übernahmen das volle Erbe, wie es das Gesetz verlangte. Þórorm war der Bruder von Klakka-Orm, dem Vater von Þorgrím, der der Vater von Þorkell war. Þórorm suchte Þorkell auf und bot ihm an, auf seinem Hof zu wohnen, und das nahm er gerne an. Þorkell war ein freundlicher Mensch und hatte einen guten Charakter.

44

Þorgils hieß ein Mann, der am See Svínavatn wohnte, er war verheiratet und hatte mit seiner Frau vier Söhne, und hier werden zwei davon genannt, Þorvald und Orm. Þorgils' Neffe hieß Glæðir, seine Mutter war die Schwester von Guðmund dem Mächtigen aus Möðruvellir. Glæðir liebte es, sich prächtig herauszuputzen, war geschwätzig und dumm und der größte Angeber. Vater und Sohn, Þorgils und Þorvald, besuchten Klakka-Orm, um um die Hand seiner Tochter Sigríð anzuhalten. Er stimmte dem Antrag zu, und sie legten fest, dass die Hochzeit in den Winternächten im Forsæludal stattfinden sollte.

Es waren wenige Leute auf dem Hof, aber es gab eine Menge Arbeit. Sowohl Schafe als auch Schweine mussten auf dem Hochland zusammengetrieben werden, und noch vieles mehr war zu erledigen. Þorkell bot sich an, mit den Knechten hinauf ins Hochland zu gehen. Orm war damit einverstanden. Dann gingen sie los, hatten aber nur wenig Erfolg, da das Vieh sehr scheu geworden war. Keiner strengte sich mehr an als Þorkell. Am schwierigsten war es, die Schweine einzufangen. Þorkell schonte sich nicht und stellte sich stets zur Verfügung, wenn die anderen etwas nicht machen wollten. Und als sie gerade eine Verschnaufpause einlegen wollten, sagte Þorkell: »Wäre es nicht eine gute Idee, uns für das Mittagessen ein Ferkel einzufangen?« Þorkell fing eins und bereitete es zum Braten vor. Alle waren sich darin einig, dass Þorkell in allem eine große Hilfe war. Sie kamen nach Hause.

Ávaldi hieß ein Mann, der bei Klakka-Orm lebte, er war Ingjalds Sohn. Er verwaltete die Hofwirtschaft, und seine Frau war für das Haus zuständig, sie war die Tochter von Eyvind Sörkvi.

Kurz bevor die Hochzeit stattfinden sollte, kam Glæðir aus den Ostfjorden zurück und hörte von dieser Neuigkeit und den Hochzeitsvorbereitungen. Glæðir erzählte, er habe auch noch von einer weiteren Neuigkeit erfahren, »und damit meine ich Þorkell Kraflas Viehsuche. Er wurde nämlich zum Schweinehüten geschickt!«

Er sagte, das sei ja auch die richtige Aufgabe für den Sohn einer Sklavin, und erzählte, Þorkell habe ein Ferkel getötet, das erst eine Nacht an der Zitze gehangen hatte, und beim Eber gelegen, »weil ihm kalt war, so wie der anderen Hündin.«

Þorgils sagte: »Deine dummen Witze soll einer verstehen, jedenfalls erzählen alle, dass Þorkell sich in jeder Weise äußerst vorbildlich verhalten hat, ob es nun dort war oder anderswo.«

»Ich finde, er hat sich erbärmlich aufgeführt«, sagte Glæðir.

Nun kamen die Leute zur Hochzeitsfeier. Da sagte Þorkell zu Orm, seinem Großvater: »Ich werde die Gäste bewirten und halte mich für alle Arbeiten und deine Anweisungen zur Verfügung.« Orm erklärte, dieses Angebot werde er gerne annehmen. Þorkell bediente geschickt und zuvorkommend. Orm und seine Verwandten saßen auf der Hochsitzbank und Þorgils mit seiner Familie auf der gegenüberliegenden Seite. Þorkell bediente mit großem Einsatz und war dabei sehr bescheiden. Die Leute aus Svínadal machten sich über ihn lustig und meinten, der Sklavenjunge sei aber groß geworden. Þorkell sagte, es zeugte mehr von feinem Benehmen, mit der Bedienung zu lachen und zu scherzen, als sie zu verspotten und zu beleidigen. Glæðir erwiderte, er habe eine ziemlich aufsehenerregende Tat vollbracht, »du kannst wirklich stolz auf dich sein, vor nicht allzu kurzer Zeit hast du ein Ferkel geschlachtet, das erst eine Nacht an der Zitze gehangen hatte, und das tust du ja auch gern.«

Þorkell antwortete: »Ich habe nicht viele große Taten vorzuweisen, Glæðir, aber trotzdem werden es sicher mehr sein als deine, außerdem gehört es sich nicht für dich, so zu reden.«

Glæðir lachte Þorkell vor Þorvald aus und sagte, er stelle sich bei der Zubereitung des Essens äußerst geschickt an. Þorvald bemerkte, Glæðir rede nur Unsinn. Und am späten Abend gingen alle zu Bett.

Am Morgen ging Þorkell ins Speicherhaus und schärfte seine Axt, die Jarlsgabe, und ging danach in den Vorraum. Dort war Glæðir und nahm ein Bad. Da kamen Männer mit einem Schlachttrog an ihm vorbei.

Glæðir rief Þorkell zu: »Du bist bestimmt diesen Morgen beim Melken gewesen, aber wir dürfen nun den Eber genießen, also sieh zu, dass ich und meine Freunde die fettesten Stücke abbekommen, das ziemt sich für den Sohn einer Sklavin!«

»Wäre es nicht gut, dafür zuerst den Kopf zu zerhauen«, erwiderte Þorkell, »und dann die Fleischstücke für dich auszuwählen? Ich hätte mir nie träumen lassen, dass du so gierig bist, dass dir keiner dein großes Maul stopfen kann!«

An diesem Tag sollten die Hochzeitsgäste nach Hause reiten. Þorgils fragte, ob das Frühstück fertig sei. Þorkell sagte, es sei fertig, sobald es gar sei, und meinte, es sei gleich so weit, ging durch den Nebeneingang hinaus und bei einer anderen Tür wieder hinein und nahm seine Axt, die neben der Tür stand. Und als Glæðir hinausging, trat Þorkell hinter ihn und schlug ihm in den Kopf, und Glæðir starb sofort. Þorkell lief zur Nordtür, da sich die anderen vor der Südtür aufhielten. Die Speisen standen im ganzen Haus verteilt. Þorgils hatte viel Gefolge dabei, und seine Männer durchsuchten das Haus, wollten Þorkell nicht entwischen lassen und setzten alles daran, ihn zu ergreifen. Þorkell versteckte sich unter den Sitzbänken. Ein schmaler Gang verlief zwischen der Hauswand und den Schlafkammern, und von einer der Schlafkammern aus konnte man in diesen Gang gelangen. Þorkell wandte sich dorthin, wo sich die Frauen aufhielten und sich gerade den Kopfputz anlegten. Er lief dahin, wo Hild saß. Sie fragte, warum er es so eilig habe. Þorkell sagte ihr die Wahrheit. Sie sagte ihm, er solle hier bei ihr in den Gang schlüpfen, und so entkam er.

Þorgils sagte: »Lasst uns dort suchen, wo die Frauen sind, denn ich glaube, er ist dorthin gelaufen.«

Hild ergriff eine Axt und sagte, keiner von ihnen werde sie ihr entreißen. Nun dachte Þorgils, dass sich Þorkell hier aufhalten musste, und befahl seinen Männern, die Kleider aufzuheben und über die Frauen zu werfen, und das taten sie, aber sie fanden Þorkell nicht. Þorgils erkannte jetzt, dass dies nur eine List gewesen war, um sie aufzuhalten, und sie gingen hinaus, und als sie aus dem Haus kamen, glaubten sie die Gestalt eines Mannes unten am Fluss zu sehen. Þorgils befahl, dort zu suchen, und das taten sie, aber er wurde nicht entdeckt. Þorkell wusste, dass sich am Flussufer eine Felshöhle befand, die heute Krafla-Höhle heißt, und in dieser versteckte er sich.

Þórorm und Klakka-Orm wollten einen Vergleich schließen. Þorgils wollte sich nicht mit einer Bußzahlung zufriedengeben. Seine Familie löste die Heirat auch nicht, erklärte aber, dass sie für Glæðirs Erschlagung Blutrache nehmen würden. Þórorm begleitete das Gefolge des Bräutigams dann bis zur Grenze des Hofs und bemühte sich noch um einen Friedensschluss, erreichte jedoch keine Einigung, und so gingen sie auseinander.

Þorkell war diesen Winter abwechselnd auf Kárnsá bei seinen Brüdern und bei seinen anderen Verwandten, denn alle wollten ihn unterstützen und hielten es für vorteilhaft, dass sie bald wieder einen tatkräftigen Mann in ihrem Bezirk hätten, so dass sich niemand von außerhalb über sie stellen könnte. Um Þorkell zu helfen, suchten die Leute aus dem Vatnsdal Þórdís die Seherin auf, die am Spákonufell, dem Seherinnenberg, wohnte. Sie war hochgeachtet und hatte Zauberkräfte. Sie baten sie um Hilfe und Beistand für Þorkell und erklärten, es liege ihnen äußerst viel daran, dass sie ihm helfe. Sie sagte, das solle auch geschehen.

Þorgils stattete Guðmund dem Mächtigen einen Besuch ab und sagte, er hätte die Verpflichtung, die Totschlagsklage für seinen Neffen zu führen, »und ich werde dich dabei unterstützen.«

Guðmund sagte: »Ich denke, die Sache wird nicht so leicht, denn ich glaube, dass Þorkell mittlerweile ein bedeutender Mann ist und von vielen Verwandten Beistand bekommen wird, außerdem habe ich erfahren, dass Þorkell die Tat nicht ohne Grund begangen hat. Leite du also die Klage ein, und ich werde dann auf dem Thing im Sommer den Prozess führen.«

Im Frühjahr brachte Þorgils die Klage auf dem Allthing vor. Sowohl die Vatnsdalleute als auch ihre Gegner sammelten viele Männer zu ihrer Unterstützung. Þorgils ritt mit einer großen Schar zum Thing. Auch Þorkell ritt mit seinen Verwandten zum Thing. Þórdís die Seherin begleitete sie und erhielt für sich und ihr Gefolge eine eigene Thinghütte. Da leitete Guðmund die Klage ein. Die Leute aus dem Vatnsdal schlugen einen Vergleich vor, aber Guðmunds Seite bestand auf einer Ächtung.

Þórorm ging zu Þórdís und beriet sich mit ihr, da sie sehr weise war und in die Zukunft blicken konnte und bei schwierigen Prozessen schon oft geholfen hatte, ein Urteil herbeizuführen.

Da sprach sie: »Þorkell soll zu meiner Hütte kommen, und dann sehen wir, was geschehen wird.« Das tat Þorkell.

Þórdís sagte zu Þórorm: »Geh du zu Guðmund und schlag ihm einen Vergleich vor, und ich werde die Sache für dich regeln.«

Þorkell gab Þórdís zweihundert in Silber. Þórorm tat, wozu Þórdís ihm geraten hatte, doch Guðmund lehnte seinen Vorschlag ab und erklärte, er wolle keine Bußzahlung annehmen.

Þórdís sagte: »Ich denke, ich habe Guðmund gegenüber keine Verpflichtung.«

Dann sagte sie zu Þorkell: »Nun schlüpfe in meinen schwarzen Kapuzenumhang und nimm diesen Stab namens Högnuð, Glücksbringer, in die Hand. Meinst du, du wagst es, dich in dieser Verkleidung unter Guðmunds Männer zu stehlen?«

Er erwiderte, auf ihren Rat hin werde er es wagen.

Sie antwortete: »Dann lass es uns riskieren! Du wirst nun zu Guðmund gehen und ihm mit dem Stab dreimal auf die linke Wange klopfen, und da ich in der nahen Zukunft deinen Tod nicht sehen kann, hoffe ich, dass es gelingt.«

Þorkell schlich sich zu Guðmunds Männern, doch niemand konnte ihn sehen. Er ging zu Guðmund und konnte alles so ausführen, wie es ihm die Seherin aufgetragen hatte. Nun kam die Verhandlung ins Stocken, und die Klage musste aufgeschoben werden.

Þorgils fragte: »Warum wird denn nicht weiterverhandelt?«

Guðmund sagte, der Prozess werde bald weitergehen, aber dazu kam es nicht, und es verging so viel Zeit, dass die Klage ihre Gültigkeit vor Gericht verlor. Þórdís ging zu den Leuten aus dem Vatnsdal und forderte sie auf, sich zum Rechtsspruch einzufinden und nun Geld für den Toten zu bieten, »und es könnte sein, dass sie es nun annehmen, und somit wäre die Sache entschieden.«

Das taten sie, versammelten sich für das Urteil, traten Guðmund gegenüber und boten ihm einen Vergleich sowie eine Geldbuße an.

Guðmund antwortete: »Ich weiß zwar nicht, wie viel ihr mir bieten wollt, aber ich finde, es muss berücksichtigt werden, dass der Getötete durch seine Reden sein Recht auf Rache verwirkt hat.«

Sie erwiderten, sie wollten für seine Erschlagung viel Geld bieten, und baten ihn, über die Höhe der Buße zu entscheiden. Und als Guðmund begriff, wie es um die Klage stand und dass sie gerichtlich nicht mehr entschieden werden konnte, da nahm er von Þorkell das Selbsturteil an, dass er so viel bezahlen sollte, wie Guðmund festsetzte, jedoch von Landesverweisung oder Ächtung keine Rede mehr sein sollte. Die Klage wurde nun fallengelassen, was sie durch Handschlag bekräftigten. Da schickte Þórdís Þorkell noch einmal zu Guðmund, um ihn mit dem Stab an der rechten Wange zu berühren, und das tat er. Da erlangte Guðmund das Gedächtnis wieder und konnte sich nicht erklären, was mit ihm geschehen war. Guðmund setzte einhundert in

Silber für Glæðirs Erschlagung fest, und damit fielen alle Gegenklagen nieder, und Þórorm und Þórdís bezahlten die gesamte Summe, und sie gingen versöhnt auseinander.

Þorkell begleitete Þórdís nach Spákonufell.

Þorgils sagte zu Guðmund: »Woher kam denn heute dein plötzlicher Sinneswandel?«

Guðmund antwortete: »Ich konnte einfach kein Wort rausbringen, deshalb habe ich auch so seltsam gesprochen. Vielleicht hatte da ein mächtiger Gegner seine Finger im Spiel!«

Nun ritten alle vom Thing nach Hause.

45

Die Leute aus dem Vatnsdal verhalfen Þorkell Krafla in allen Dingen zu Ehre und Ansehen. Sie warben um eine Frau für ihn, und ihm wurde das Godentum übergeben, da Ingólfs Söhne Surt und Högni erst elf und fünfzehn Winter zählten und sich nicht gegen Þorkell durchsetzen konnten, und die Ländereien von Hof wurden für ihn gekauft, und Þorkell wurde nun der Anführer der Vatnsdalleute.

Óttars Männer zerstreuten sich in die nördlichen Gegenden und wurden nicht weiter beachtet. Óttars Söhne, Hallfreð und Galti, und noch einige seiner anderen Kinder zogen nach Norden. Oft kam Hallfreð zu Skegg-Ávaldi und unterhielt sich mit dessen Tochter, die Kolfinna hieß. Grís Sæmingsson bekam sie zur Frau, und doch gab es trotzdem Gerüchte über sie und Hallfreð, wie in der Saga über ihn berichtet wird. Und einmal, als er nach Island zurückkam, denn er war ein Seemann, und Grís auf dem Thing war, da kam Hallfreð zu Kolfinna ins Sommerhaus, und schlief dort mit ihr. Und als Grís das herausfand, wurde er sehr wütend, aber Hallfreð segelte noch im gleichen Sommer fort.

Zum Herbstthing im Vatnsdal kamen viele Leute, und die Thinghütten wurden hergerichtet, da die Versammlung zwei Nächte dauern sollte. Þorkell hatte die größte Hütte und die größte Mannschaft dabei. Skegg-Ávaldi hatte zusammen mit seinem Sohn Hermund eine Hütte. Und als Galti Óttarsson gerade seine Notdurft verrichtet hatte, begegnete er Hermund, und er dachte daran, was Hallfreð ihnen angetan hatte, stürmte auf Galti zu und erschlug ihn und lief dann zurück in die Hütte zu seinem Vater.

Als Þorkell von dieser Tat erfuhr, sprangen er und seine Männer sofort auf und wollten Rache nehmen. Hild, die Mutter von Hermund, stellte sich vor den Eingang, und sagte: »Þorkell, du wärst nun besser beraten, wenn du nichts überstürzt, oder hättest du damals, als wir uns zum ersten Mal begegneten, gedacht, dass du einmal meinen Sohn vor meinen Augen töten würdest?«

Þorkell antwortete: »Seitdem ist vieles passiert, womit wir nicht rechnen konnten. Jetzt verlasse diese Hütte«, sagte Þorkell, »denn wenn du jetzt gehst, musst du nicht mit ansehen, wie dein Sohn erschlagen wird.«

Da erkannte sie, dass er Hermund in Wirklichkeit helfen wollte, und sie fand seinen Plan schlau und mutig. Dann nahm sie ihren Kopfschmuck ab, setzte ihn Hermund auf und nahm seinen Platz ein, damit nicht zu viele Frauen aus der Hütte kämen. Þorkell forderte die Frauen auf, sich zu beeilen, drängte sie vorwärts und sagte: »Steht hier nicht so herum, damit die Frau nicht sieht oder hört, wie der Mann erschlagen wird, denn ihr Leid ist schon groß genug.«

Die Männer wollten sofort hineinstürmen und Hermund töten. Da stellte sich Þorkell vor den Eingang und sagte: »Überlegt doch erst, ob es nicht besser wäre, wenn wir nicht auf unsere eigenen Nachbarn und Thingmänner losgehen würden. Lasst uns lieber eine friedliche Lösung finden.«

Da wurde ein Vergleich zwischen ihnen geschlossen, und mit dieser Abmachung waren beide Seiten zufrieden. Die Bußzahlungen waren so hoch, dass diejenigen, die sie erhielten, große Ehre davontrugen. So löste Þorkell diesen Konflikt mit großem Edelmut, und alle waren zufrieden. In allen Angelegenheiten wandten sich die Leute aus der Gegend an ihn, denn sie hielten ihn für den fähigsten Mann aus der Familie von Vatnsdal nach Þorsteinn Ingimundarson.

46 Um diese Zeit kamen Bischof Friðrek und Þorvald Koðránsson der Weitgereiste nach Island. Kurz darauf fuhr ein weiteres Schiff ein, auf dem zwei Berserker waren. Beide hießen Hauk und verfeindeten sich sofort mit den Leuten, denn sie erpressten mit Gewalt Frauen oder Geld, und wer nichts herausgeben wollte, wurde zum Holmgang gefordert. Sie heulten wie Wölfe, bissen in die Ränder ihrer Schilde und liefen mit nackten Füßen durchs Feuer. Der Bischof reiste zusammen mit Þorvald umher, um das Christentum zu predigen und den Menschen einen anderen Glauben zu bringen als den, der zuvor hier verbreitet gewesen war. Den ersten Winter verbrachten sie auf Giljá. Die Isländer waren sehr aufgebracht über die Neuerungen, die der Bischof und sein Begleiter mitbrachten. Koðrán und seine Frau hatten den neuen Glauben zuerst angenommen und sich taufen lassen.

Ólaf von Haukagil war so alt, dass er das Bett hüten und aus einem Saughorn trinken musste. Im Herbst, zu Beginn des Winters, lud Ólaf alle seine Freunde zu sich ein, auch seinen Verwandten Þorkell. Der Bischof und Þorvald waren auch dort. Nur Þorkell begrüßte die beiden freundlich und ließ sie alleine in einem Haus wohnen, da sie dem anderen Glauben anhingen.

Am ersten Abend des Festes sahen sie, dass die Berserker im Anmarsch waren, und die Leute hatten große Angst vor ihnen. Þorkell fragte den Bischof, ob er dabei helfen wolle, die Berserker zu töten. Der Bischof schlug vor, sie sollten den neuen Glauben annehmen und sich taufen lassen, dann, sagte er, werde er diesen Teufeln den Garaus machen, »mit eurer Hilfe.«

Þorkell sagte: »Wenn Ihr den Männern ein Wunder zeigt, wird alles leichter.«

Der Bischof erwiderte: »Lasst drei Feuer auf dem Boden der Halle anzünden«, und das wurde gemacht.

Dann weihte der Bischof die Feuer und sprach: »Nun sollen sich die Männer, die am mutigsten sind, auf die Bänke setzen, aber mit großen Knüppeln, da Eisen sie nicht schneidet, und damit werden sie dann totgeschlagen.«

Dann, als die Berserker am Hof angelangt waren, stürmten die

Namensgeschwister in die Halle und liefen durch das erste Feuer, dann durch das zweite, aber da verbrannten sie sich heftig und erschraken so sehr vor der Feuersglut, dass sie sofort zu den Bänken flüchten wollten. Da wurden sie zu Tode geprügelt und anschließend in die Bergkluft hinaufgeschafft, die seitdem Haukagil heißt.

Der Bischof dachte, seinen Teil der Abmachung erfüllt zu haben, und dass Þorkell nun den neuen Glauben annehmen und sich taufen lassen würde.

Þorkell sagte, er wolle keinen anderen Glauben haben als den, »den Þorsteinn Ingimundarson und mein Ziehvater Þórir hatten. Sie glaubten an den, der die Sonne geschaffen hat und alle Geschicke lenkt.«

Der Bischof antwortete: »Ich verkünde dir denselben Glauben, mit dem einen Unterschied, dass man an den Einen Gott glaubt, den Vater, den Sohn und den Heiligen Geist, und in seinem Namen im Wasser getauft wird.«

Das fand Þorkell am seltsamsten, dass er ins Wasser getaucht werden sollte, und erklärte, er habe jetzt noch keine Lust, diese wunderliche Veränderung mitzumachen, aber, sagte er, er glaube dennoch, dass es eine gute Sache sei, »und dieser Wandel wird sich auch hier vollziehen. Herr Ólaf, mein Verwandter, ist sehr alt. Er soll den neuen Glauben annehmen und alle anderen, die es wollen, aber ich selbst werde noch ein wenig warten.«

Dann wurde Ólaf getauft und starb in seinem weißen Taufgewand. Noch viele andere wurden auf diesem Fest getauft. Þorkell wurde getauft, als das Christentum auf Island durch gesetzlichen Beschluss eingeführt wurde, und mit ihm alle Leute aus dem Vatnsdal. Þorkell war ein sehr mächtiger Mann, er ließ eine Kirche auf seinem Hof erbauen und stand fest zu seinem Glauben.

47

Zwei Brüder wohnten auf Engihlíð im Langadal, Föstólf und Þróttólf, sie waren fähige Männer. Sie nahmen einen Mann bei sich auf, um ihm Schutz zu bieten. Sie versteckten ihn auf Kjöl, nahe Reykjavellir, und wollten für ihn zum Thing reiten und den Streit schlichten. Zwei andere Brüder wohnten auf Móberg im Langadal und hießen Húnröð und Úlfhéðinn, sie waren die Söhne von Véfröð Einarson dem Alten. Úlfhéðinn war der beliebtere der Brüder. Þórólf hieß ein Mann und wurde Leikgoði, der Spiele-Gode, genannt. Er begleitete die Brüder. Úlfhéðinn war sehr gut mit Holmgang-Starri befreundet, und die Leute erzählten über ihn Folgendes:

Als Þórarinn der Grimmige ihn zum Holmgang forderte, zog Úlfhéðinn mit ihm zum Kampfplatz, und während sie unterwegs waren, kam ein Unwetter auf, und sie glaubten, es sei durch Zauber herbeigerufen worden. Bárð hieß ein Mann und wurde der Eigensinnige genannt, er ging mit ihnen. Sie baten ihn, den Sturm abzuwenden, da er zauberkundig war. Er forderte sie auf, einander bei den Händen zu fassen, dann umkreiste er sie dreimal gegen den Sonnenlauf und murmelte etwas auf Irisch, dazu sollten sie jedes Mal laut »ja« sagen. Das taten sie. Danach schwang er seinen Zauberbeutel in Richtung der Berge, und das Unwetter ließ nach.

Þróttólf und Föstólf kamen zum Thing, wie schon erzählt wurde, aber der Angeklagte saß währenddessen in Þjófadal und hoffte, dass weniger Geld bezahlt werden musste, wenn er nicht selbst dort erschien. Zum Thing ritten auch Húnröð und Þórólf Leikgoði. Nahe Reykjavellir entliefen ihnen ein paar Pferde, und sie suchten sie weit und breit, fanden sie aber nicht. Da erblickten sie in der Nähe einen Mann und dachten, er sei ein Dieb und hätte vielleicht ihre Pferde gestohlen. Sie fragten ihn jedoch nicht lange, sondern stürmten sofort auf ihn los und erschlugen ihn. Dann ritten sie zum Thing und berichteten den Brüdern Þróttólf und Föstólf davon. Die beiden waren sehr wütend darüber, verlangten eine Buße und erklärten, sie hätten für den Erschlagenen einen Vergleich mit den Verwandten geschlossen und Frieden durchgesetzt sowie Geld für ihn bezahlt. Húnröð sagte, er glaube, dass andere Zahlungen dringender seien, und damit ritten sie fort vom Thing.

Die Brüder kauften Land auf den Kólkumýrar, das Holt heißt.

Þorfinn hieß ein Mann, der auf Breiðabólstad im Vatnsdal wohnte, er war ihr Verwandter. Er machte eine Reise nach Skagaströnd und es ergab sich so, dass auch Úlfhéðinn dorthin kam, und mit ihm Þórólf Leikgoði. Und als sie zur Furt Breiðavað am Fluss Blanda kamen, ritten Þorfinn und die Brüder Föstólf und Þróttólf ein kurzes Stück hinter ihnen. Föstólf und seine Begleiter meinten, es treffe sich gut, Úlfhéðinn zu begegnen, »denn er und sein Bruder haben im Sommer unseren Mann getötet, und wir wollen ihnen nachreiten.«

»Ich werde nicht mitreiten«, sagte Þorfinn, und so geschah es. Dann stürmten die Brüder hinterher.

Das sah Þórólf Leikgoði und sagte: »Treibt die Pferde an, los! Die Brüder sind hinter uns her!«

»Nein«, rief Úlfhéðinn, »das tu' ich nicht, sonst denken die noch, ich will vor ihnen davonlaufen.«

Þórólf sprang hinunter in den Fluss, aber die Brüder griffen Úlfhéðinn an und ließen ihn dort liegen. Dann ritten die Brüder zurück und erzählten Þorfinn, was passiert war. Er sagte, ein guter Mann habe so etwas nicht verdient. Dann kehrte er heim ins Vatnsdal.

Úlfhéðinn war tödlich verwundet. Sein Bruder Húnröð fand ihn und brachte ihn nach Hause. Er bat seinen Bruder Húnröð, nach seinem Tod einen Vergleich für ihn zu schließen, und sagte, es gebe kein Recht auf Rache, »denn ich erinnere mich nun an den vorherigen Ritt und ich weiß, dass keiner von denen, die dabei waren, an einer Krankheit gestorben ist.«

Dann starb Úlfhéðinn, aber Húnröð wollte von einem Vergleich nichts wissen und brachte die Sache vor das Allthing. Þorfinn bot ihm an, eine Buße zu zahlen, doch Húnröð erklärte, er gebe sich nur zufrieden, wenn sie geächtet würden, und das geschah, und damit ritt er nach Hause. Die Brüder errichteten eine Verteidigungsanlage in Holt auf Kólkumýrar, und so wurde es schwer für Húnröð, sie anzugreifen.

Skúm hieß ein Freigelassener, der sich Geld verdient hatte und reich geworden war. Húnröð nahm ihm das Geld weg, und so verließ Skúm Island, kam nach Norwegen und reiste nordwärts nach Trondheim. Er erlangte dort ein Vermögen, blieb dort und wurde zum zweiten Mal reich. Húnröð verschwendete seinen gesamten Besitz und auch das Geld, das Skúm gehört hatte, so dass er beinahe mittellos wurde. Er suchte den Goden Þorkell von Vatnsdal auf und erzählte ihm von seiner Not. Þorkell sagte: »Es war eine schlechte Entscheidung, keine Buße für deinen Bruder anzunehmen, obwohl er dir doch sagte, dass du keine andere Wahl haben wirst, und jetzt bleibt dir weder das Geld noch die Rache. Aber weil du mich hier auf meinem Hof um Hilfe bittest, werde ich mitkommen und mich um einen Vergleich bemühen.«

Dann ging Þorkell zu den Brüdern und fragte, ob sie einen Vergleich mit Húnröð schließen wollten, wenn sich eine Möglichkeit dazu böte. Sie antworteten nur zögernd und erklärten, sie würden ihm jetzt aber auch keinen besseren Vergleich anbieten als beim letzten Mal.

Þorkell sagte: »Ihr könnt euch nun für eines entscheiden: Entweder ihr verlasst Island, so wie es abgemacht war, oder ich werde euch meine Unterstützung entziehen.«

Sie erklärten, dass sie seine Worte sehr achteten, »und dich wollen wir als Allerletztes gegen uns haben.«

Nun segelten sie fort und kamen nach Trondheim. Da sagte Þróttólf: »Irgendwie finde ich das nicht richtig, dass der gute Húnröð mittellos geworden ist und das hauptsächlich wegen uns, aber sein Sklave Skúm dagegen so reich wird wie Njörd selbst.«

Dann gingen sie hin und töteten Skúm, nahmen seinen gesamten Besitz und schickten ihn Húnröð. Kurze Zeit später kam Þróttólf zurück nach Island und suchte Þorkell Krafla auf. Er bat ihn, einen Vergleich zwischen ihnen und Húnröð herbeizuführen. Þorkell sagte, das werde er tun. Dann suchte er Húnröð auf, und aufgrund seiner Klugheit und mit seinem guten Willen konnte er vollkommene Einigung erzielen, so dass beide Seiten mit seinem Urteil sehr zufrieden waren.

Þorkell wurde alt, und als er im Sterben lag, rief er seine Freunde, Verwandten und Thingmänner zu sich.

Dann sagte Þorkell: »Ich möchte euch mitteilen, dass mich eine

Krankheit befallen hat, und ich denke, dass unsere gemeinsame Zeit bald enden wird, und ihr habt ja immer auf meine Voraussicht vertraut. Ihr wart mir stets ergeben und treu, habt meinen Dank dafür.«

Danach starb er, und all seine Thingmänner und die Leute aus der Umgebung trauerten schmerzlich um ihn, denn sie hielten ihn, und das war er tatsächlich, für den größten Goden ihres Bezirks, einen Mann, dem das Glück stets treu geblieben war, und der am meisten seinen Vorfahren gleichkam, Þorsteinn und Ingimund von Vatnsdal. Þorkell aber übertraf diese beiden darin, dass er den rechten Glauben hatte und Gott liebte und sich in christlicher Weise auf seinen Tod vorbereitete.

UND HIERMIT SCHLIESSEN WIR DIE SAGA
VON DEN LEUTEN AUS DEM VATNSDAL.

DIE SAGA VON DEN VERBÜNDETEN

BANDAMANNA SAGA

AUS DEM ALTISLÄNDISCHEN
UND MIT EINER EINLEITUNG
VON MATHIAS KRUSE

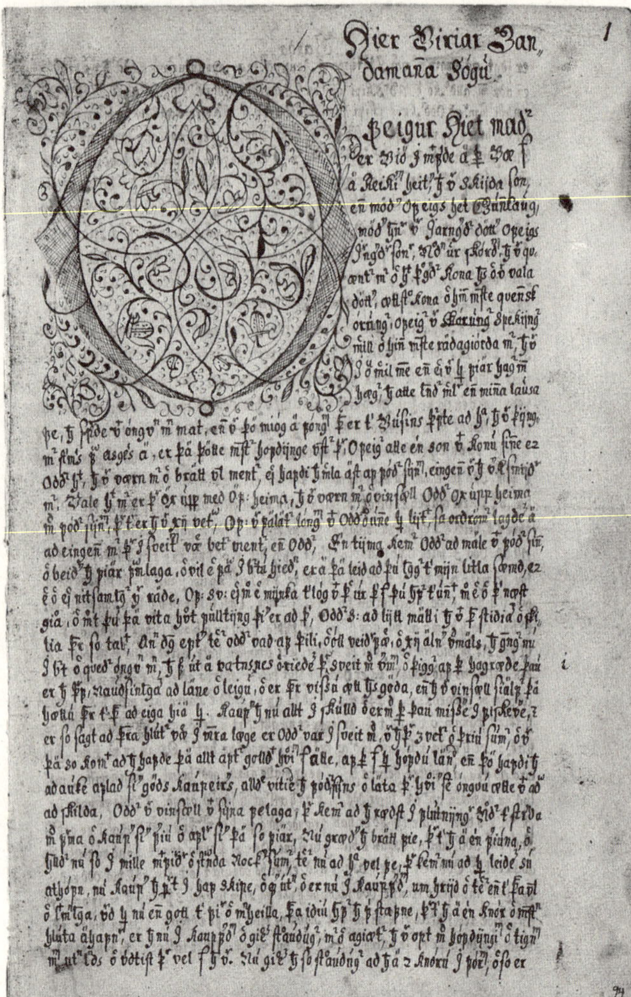
Hier Byriar Ban damana Sögu

Mit einer prachtvollen, über zwölf Zeilen reichenden O-Initiale beginnt die *Saga von den Verbündeten* in dieser sonst ganz schmucklosen Handschrift vom Ende des 17. Jahrhunderts, in Kanzleischrift von der Hand des Schreibers Þórður Þórðarson.

EINLEITUNG

Bei der *Saga von den Verbündeten* hat man es einmal nicht mit der tragischen Geschichte eines Nachbarschafts- oder Familienstreits zu tun, der eskaliert und viele der Beteiligten ins Unglück stürzt, sondern mit einer kurzweiligen Geschichte von den Verlockungen der Macht und des Geldes, die mehr Komödie ist als Tragödie.

Die Geschichte spielt im Vergleich zu anderen Isländersagas spät, etwa um die Mitte des 11. Jahrhunderts. Ihren Namen trägt sie ausnahmsweise nicht nach der zentralen Figur der Saga, dem jungen und aufstrebenden Odd Ófeigsson – heutzutage würde man ihn wohl als Selfmademan bezeichnen –, sondern nach dessen Widersachern, den sogenannten *Bandamenn*, den »Verbündeten«, einer Gruppe von acht mächtigen Männern, die sich gegen ihn zusammenschließen. Sein enormes, mit ausgeprägtem Geschäftssinn und einem Quäntchen Glück erworbenes Vermögen ist es, das die Missgunst und den Neid jener Männer weckt, die ihn gemeinsam um sein Gold erleichtern wollen.

Den Auftakt der Auseinandersetzung bildet ein Prozess, den Odd gegen Óspak zu führen beginnt, einen kräftigen Hünen von zweifelhafter Gesinnung, der sich zunächst Odds Freundschaft erworben hatte, dessen wahrer Charakter sich jedoch offenbart, als auch er den Verlockungen der Macht zu erliegen beginnt und es durch unglückliche Umstände dazu kommt, dass Óspak Odds Ziehbruder Váli erschlägt. Schon in diesem Prozess wenden sich zwei der späteren Verbündeten gegen Odd und lassen die gegen Óspak erhobene Klage wegen einer bloßen Formsache scheitern, so dass schließlich nur das Eingreifen des alten Ófeig, der die Richter besticht, noch die Ächtung Óspaks herbeiführen kann. Gerade dieser Bestechungsakt ist es jedoch, der nun die acht »Großen« auf den Plan ruft, die ihre Chance wittern, an Odds

Vermögen zu gelangen. Sie nehmen die Bestechung zum Anlass, Odd zu verklagen. Durch geschicktes Taktieren und unter Anwendung weiterer Bestechungsgelder und Heiratsversprechungen, aber auch mit Hilfe offener Drohungen beginnt der alte Ófeig, der sich wiederum in der Verantwortung sieht, auf dem Allthing schließlich die Anklage der Verbündeten zu sabotieren.

Als eigentlicher Held der Geschichte entpuppt sich damit der weise und verschlagene Ófeig, der seinem Sohn Odd im Verlauf der Saga auch zunehmend den Rang abläuft – ein Grund, weshalb die Saga auch schon als die »Geschichte vom durchtriebenen Ófeig« herausgegeben wurde. Während die Figur des Odd selbst nämlich vergleichsweise blass bleibt und kaum Eigenleben entwickelt, gehört der alte Ófeig unzweifelhaft zu den Figuren, die der Leser im Gedächtnis behält.

Mit ihren außergewöhnlich zahlreichen Dialogen und den unzähligen darin enthaltenen, offenen wie versteckten Anklagen und Vorwürfen, wie man sie sich etwa auf dem Allthing gegenseitig an den Kopf wirft, entpuppt sich die *Saga von den Verbündeten* als Satire, die vor allem die sozialen Verhältnisse der Entstehungszeit der Saga – wohl des ausgehenden 13. Jahrhunderts – offenlegt und kritisiert. So werden die meisten der Verbündeten, mächtige Männer, die man fast alle auch aus anderen Sagas kennt – Hermund etwa aus der *Saga von Gunnlaug Schlangenzunge*, Gellir aus der *Saga von den Leuten aus dem Laxárdal*, der *Saga von den Leuten am Ljósavatn* und dem *Isländerbuch*, wo man ihm deutlich mehr Achtung entgegenbringt –, hier der Lächerlichkeit preisgegeben und regelrecht vorgeführt.

DIE SAGA VON DEN VERBÜNDETEN

1 Ófeig hieß ein Mann, der wohnte auf der westlichen Seite des Miðfjordes auf jenem Hof, der den Namen Reykir trägt. Er war ein Sohn Skíðis, und seine Mutter hieß Gunnlaug. Deren Mutter war Járngerð, die Tochter Ófeig Járngerðarsons aus dem Norden aus Skörð. Er war verheiratet, und seine Frau hieß Þorgerð und war eine Tochter Vális. Sie war eine Frau, die aus einer angesehenen Familie stammte und der niemand an Tüchtigkeit gleichkam. Ófeig war ein Mann von außergewöhnlichem Verstand und in seiner Weitsicht auch ein äußerst beliebter Ratgeber. Er war in jeglicher Hinsicht ein bedeutender Mann, auch wenn ihm das Geld bisweilen etwas knapp war. Er besaß viel Land, doch kaum anderweitiges Vermögen. Und auch wenn die notwendige Versorgung des Hofes schon schwierig genug war, geizte er niemandem gegenüber mit dem Essen. Er gehörte zu den Thingleuten von Styrmir aus Ásgeirsá, der damals dort im Westen als der wichtigste Mann galt.

Ófeig hatte mit seiner Frau einen Sohn, der Odd hieß. Er war ein gutaussehender junger Mann, der schnell erwachsen wurde. Von seinem Vater wurde ihm nicht viel Liebe entgegengebracht. Odd zeigte keine große Lust, auf dem Hof mit anzupacken.

Ein Mann hieß Váli, der im Hause Ófeigs aufwuchs. Man hielt große Stücke auf ihn, und er war sehr beliebt. Odd wuchs zu Hause bei seinem Vater heran, bis er zwölf Winter alt war. Ófeig war Odd gegenüber lange Zeit verschlossen und schätzte ihn wenig. Unter den Leuten erzählte man sich, dass niemand dort in der Gegend ein tüchtigerer Kerl sei als Odd.

Eines Tages kommt Odd zu seinem Vater, um mit ihm zu reden, und bittet ihn um Geld, »denn ich möchte von hier fort. Es ist wohl so«, sagt er, »dass du wenig von mir hältst. Für euren Hof hier bin ich auch kaum von Nutzen.«

Ófeig antwortet: »Ich werde dir keinen geringeren Anteil auszahlen als den, den du dir verdient hast. Ich werde dir zukommen lassen, was deinem Wert hier am ehesten entspricht, und dann wirst du schon sehen, wie weit du damit kommst.«

Odd sagte, dass er damit keine großen Sprünge machen könne, und damit endete das Gespräch.

Am Tag darauf nimmt Odd eine Angelschnur von einer der Holzwände im Haus, dazu alles andere, was man zum Fischen braucht, sowie zwölf Ellen Wollstoff. Er verlässt dann das Haus und verabschiedet sich von niemandem. Er geht nach Vatnsnes hinaus und schließt sich dort einer Gruppe von Fischern an, bei denen er auf Vorschuss und gegen Leihgebühr erhält, was er am dringendsten benötigt. Und als sie erfahren, dass er aus einer angesehenen Familie stammt, und auch er selbst sich Freunde gemacht hatte, lassen sie es darauf ankommen und beteiligen ihn. Er erwarb dann alles auf Kredit und war das Jahr über mit ihnen bei ihren Fanggründen, und man erzählt sich, dass die, die mit Odd unterwegs waren, stets den besten Fang nach Hause brachten. Dort war er drei Winter und drei Sommer lang, bis es schließlich dahin gekommen war, dass er jedem zurückgezahlt hatte, was er ihm schuldete, und sich darüber hinaus noch Handelsware erworben hatte. Seinen Vater besuchte er nie, und sie taten beide so, als hätten sie nichts miteinander zu schaffen. Bei seinen Kameraden war Odd beliebt.

Da kommt es, dass er auch Transporte unternimmt und mit Waren in den Norden nach Strandir segelt, und er besorgt sich ein Fährschiff. So kommt er dann zu Geld. Schnell wächst sein Vermögen, bis er eine ganz eigene Fähre hat. Einige Sommer lang pendelt er nun zwischen Miðfjord und Strandir, und es beginnt eine Zeit, in der er zu ordentlichem Wohlstand gelangt. Da kommt es wiederum, dass ihn die Arbeit zu langweilen beginnt. Daraufhin kauft er sich bei einem Handelsschiff ein, fährt außer Landes und ist eine Zeitlang auf Handelsfahrten unterwegs, und auch dies geht ihm gut von der Hand, und seinen Gefährten ist er eine große Hilfe. So kommt er nicht nur zu einem Vermögen, sondern findet auch sein Glück. Dieser Arbeit geht er so lange nach, bis er einen eigenen Knörr besitzt und auch den Großteil der Ladung. Damit ist er auf Handelsfahrten unterwegs und wird zu einem sehr reichen und angesehenen Mann. Oft war er im Ausland bei Fürsten und Herrschern und anderen Mächtigen, und wo immer er hinkam, stand er in hohem Ansehen. Mit der Zeit wurde er so wohlhabend, dass er zwei Knörre besaß, die beide auf Handelsfahrt waren. Und so sagt man sich, dass es zu jener Zeit keinen Kauffahrer mehr gegeben hätte, der so reich gewesen wäre wie Odd. Er hatte auf seinen Fahrten auch mehr Glück als andere Leute. Nördlicher als bis zum Eyjafjord kam er auf seinem Schiff nie, und auch nicht weiter in den Westen als bis zum Hrútafjord.

2 Man erzählt sich, dass Odd eines Sommers mit seinem Schiff in den Hrútafjord nach Borðeyri kam und vorhatte, den Winter dort zu verbringen. Da wurde von seinen Freunden der Vorschlag gemacht, er möge sich doch dort niederlassen, und auf ihre Bitte hin erklärte er sich einverstanden und kaufte sich Land am Miðfjord, da wo es Mel heißt. Er errichtete dort eine große Wirtschaft und wurde ein angesehener Hausherr auf seinem Hof, und es wird erzählt, dass diese Leistung nicht geringer geachtet wurde als seine Fahrten zuvor, und damit gab es nun im ganzen Nordland niemanden mehr, der vergleichbaren Reichtum besaß. Was Geld anging, war er besser gestellt als die meisten anderen Leute, und denen gegenüber, die bei ihm waren und seiner Hilfe bedurften, zeigte er sich hilfsbereit. Seinen Vater aber unterstützte er nie. Sein Schiff zog er am Hrútafjord an Land. Man sagt, dass hier auf Island niemand so reich wie Odd gewesen sei. Die Leute behaupten vielmehr, er habe nicht weniger Geld besessen als die drei Reichsten zusammengenommen. Sein Vermögen war in jeder Hinsicht enorm, sei es an Gold oder Silber, an Grundbesitz oder an Vieh. Váli, sein Ziehbruder, war stets an seiner Seite, ob er hier im Land war oder im Ausland. Odd saß nun auf seinem Hof in solchem Ansehen, wie jetzt erzählt wurde.

Ein Mann wurde Glúm genannt. Er wohnte auf Skriðinsenni.

Das liegt zwischen dem Bitrufjord und dem Kollafjord. Er war mit einer Frau verheiratet, die Þórdís hieß. Sie war die Tochter von Ásmund Grauhaar, dem Vater von Grettir Ásmundarson. Der Sohn Glúms und seiner Frau hieß Óspak. Er war ein Hüne von kräftiger Statur, aber auch ein dreister und unangenehmer Mensch, mit dem nur schwer auszukommen war. Er fuhr schon in jungen Jahren zwischen Strandir und den nördlichen Bezirken hin und her, um Leute und Waren zu befördern. Er war ein tüchtiger Kerl und wurde stark und kräftig.

Eines Sommers kam er in den Miðfjord und bot dort seinen Fang zum Verkauf an. Und eines Tages besorgte er sich ein Pferd und ritt nach Mel hinauf, wo er Odd aufsuchte. Sie grüßten einander und tauschten Neuigkeiten aus, die man sich gerade so erzählte.

Óspak sprach: »Man darf wohl behaupten, Odd«, sagte er, »dass man über eure wirtschaftliche Lage hier nur Gutes hört. Alle loben dich in den höchsten Tönen, und jeder, der bei dir ist, ist davon überzeugt, es gut erwischt zu haben. Nun hatte ich gehofft, dass es mir genauso ergehen könnte. Ich würde gern bei dir unterkommen.«

Odd antwortet: »Über dich erzählt man sich nicht viel Gutes, und beliebt bist du wohl nicht. Du scheinst es faustdick hinter den Ohren zu haben und schlägst in der Hinsicht wohl ganz nach deiner Familie.«

Óspak erwidert: »Darüber solltest du dir dein eigenes Urteil bilden und nicht auf das Geschwätz anderer hören, denn über Gebühr lobt man wohl kaum einen. Ich verlange keine Almosen von dir. Ich würde gern unter deinem Dach unterkommen. Um die Verpflegung würde ich mich selbst kümmern, und dann wirst du sehen, was du an mir hast.«

Odd antwortet: »Du und deine Sippschaft, ihr seid schon beeindruckend, und es ist nicht leicht, es mit euch aufzunehmen, wenn euch einmal etwas gegen den Strich geht. Und so wie du mich darum bittest, dich aufzunehmen, werden wir es wohl einen Winter lang darauf ankommen lassen können.«

Óspak nimmt das dankbar an, kommt im Herbst mit seinen

Vorräten nach Mel und stimmt sich Odd dort bald gewogen. Er arbeitet gut auf dem Hof mit und schuftet für zwei. Odd gefällt er sehr.

Das Winterhalbjahr vergeht, und als es Frühling wird, bietet Odd ihm an, bei ihm zu bleiben, und meint, das wäre ihm am liebsten. Er ist damit einverstanden. Óspak übernimmt nun die Verwaltung des Hofes, und der macht große Fortschritte. Allen kommt es beachtlich vor, wie sich dieser Mann entwickelt. Auch Freunde hatte er inzwischen gewonnen. Der Hof steht nun in großer Blüte, und kein anderer Haushalt kann sich an Pracht noch mit dem von Odd messen. Nur eines noch, so schien es den Leuten, fehlte Odd zum größten Ansehen, nämlich ein Godentum. Damals war es häufiger Brauch, ein neues Godentum zu errichten oder sich eines zu kaufen, und dies tat er nun. Binnen kurzem hatte er eine Schar von Thingleuten beisammen. Sie rissen sich regelrecht darum. Es blieb jetzt eine Weile lang ruhig.

3 Odd ist zufrieden mit Óspak und überlässt ihm auf dem Hof weitgehend die Entscheidung. Er arbeitet schwer und ist fleißig, und für den Hof ist er eine große Hilfe. Der Sommer geht vorüber, und Odd ist nun mit Óspak zufriedener als zuvor, da er jetzt noch mehr leistet. Im Herbst treibt er die Schafe von den Bergen, und sie kehren alle wohlbehalten zurück, kein Einziges geht verloren.

Der Winter verstreicht, und es wird Frühling. Odd lässt verlauten, er wolle im Sommer außer Landes fahren, und meint, dass Váli, sein Ziehbruder, solange den Hof übernehmen solle.

Váli erwidert: »Die Sache ist nur die, Bruder, dass ich keine große Übung in so etwas habe, und ich würde mich lieber um unsere Geldgeschäfte und die Handelsware kümmern.«

Odd wendet sich daraufhin an Óspak und bittet ihn, sich des Hofes anzunehmen.

Óspak erwidert: »Es läuft zwar ganz gut, solange du dabei bist, aber für mich allein ist die Verantwortung zu groß.«

Odd lässt nicht locker, doch Óspak bleibt ablehnend, obwohl

er der Sache eigentlich gar nicht abgeneigt ist. So kommt es, dass er es Odd überlässt, ob er ihm seine Unterstützung und sein Vertrauen aussprechen möchte. Odd meint, so solle er seinen Besitz übernehmen, mit dem er zum mächtigsten und einflussreichsten Mann aufsteigen werde, und fügt hinzu, er habe bereits gezeigt, dass niemand anders besser für seinen Besitz sorgen könne oder wolle. Óspak meint, es liege ganz in seiner Hand. Damit endet nun ihr Gespräch.

Odd machte jetzt sein Schiff bereit und ließ Waren dorthin bringen. Das sprach sich schnell herum und war bald in aller Munde. Odd brauchte nicht lange für die Vorbereitungen. Váli begleitete ihn. Und als er alles vorbereitet hatte, kamen seine Leute noch mit ihm zum Schiff. Óspak blieb lange an seiner Seite. Sie hatten viel zu besprechen. Und als es nicht mehr weit war bis zum Schiff, sprach Odd: »Da ist noch eine Sache, die nicht geklärt ist.«

»Und was ist das?«, fragte Óspak.

»Für mein Godentum ist nicht gesorgt«, sagte Odd, »und ich möchte, dass du es übernimmst.«

»Das kommt nicht in Frage«, sagt Óspak, »so etwas liegt mir nicht. Ich habe schon mehr aufgeladen bekommen, als ich wahrscheinlich bewältigen oder gut hinbekommen werde. Dafür ist niemand so gut geeignet wie dein Vater. Er ist weiser und sehr erfahren, was Rechtsangelegenheiten angeht.«

Odd meint, dem würde er es nicht überlassen, »und ich möchte, dass du es übernimmst.«

Óspak lehnt noch ab, obwohl er es eigentlich will. Odd sagt, er würde zornig, sollte er es nicht übernehmen, und bei ihrem Abschied nimmt Óspak das Godentum an. Odd fährt nun außer Landes, und seine Reise verläuft gut, ganz wie man es von ihm gewohnt ist. Óspak kehrte nach Hause zurück, und es wurde viel über diese Sache geredet. Man war der Ansicht, Odd habe diesem Mann große Macht in die Hände gelegt.

Im Sommer ritt Óspak mit einer Gruppe Männer zum Thing, und es verlief dort gut für ihn, und er erwies sich als tüchtiger Vertreter seiner Leute. Alles ging ihm gut von der Hand, wozu er dort dem Gesetz nach verpflichtet war. Geachtet ritt er vom Thing. Er kümmerte sich sorgsam um seine Leute, so dass jeder seinen Anteil bekam, und es wurde kaum gegen sie vorgegangen. Allen seinen Nachbarn gegenüber war er zuvorkommend und hilfsbereit. Niemand war der Ansicht, der Hof wäre nun weniger prachtvoll und gastfreundlich als zuvor. Nirgendwo fehlte es an Sorgfalt, und die Wirtschaft entwickelte sich gut. Der Sommer ging nun vorüber. Er ritt zum Herbstthing und eröffnete es mit der vorgeschriebenen Zeremonie. Und als es Herbst wurde, zog er in die Berge, als die Leute die Schafe heimtrieben, und man brachte sie alle wohlbehalten nach Hause. Die Beteiligung am Abtrieb war groß, und kein einziges Schaf ging verloren, weder von seinen eigenen noch von denen, die Odd gehörten.

4 Da geschah es im Herbst, dass Óspak nach Norden ins Víðidal nach Svölustaðir kam. Dort wohnte die Frau, die Svala hieß. Er wurde dort in aller Gastfreundlichkeit bewirtet. Sie war eine schöne Frau und noch jung. Sie unterhielt sich mit Óspak und bat ihn darum, sich um ihren Hof zu kümmern: »Ich habe gehört, dass du ein Mann bist, der gut zu wirtschaften versteht.«

Er nahm das gut auf, und sie redeten viel. Sie fanden Gefallen aneinander und warfen sich freundliche und liebevolle Blicke zu. Und ihr Gespräch kam darauf, dass er sich erkundigte, wer die Entscheidung habe, was die Wahl ihres Mannes angehe.

»Unter den Männern, die da in Frage kommen«, sagt sie, »ist niemand näher mit mir verwandt als Þórarinn der Weise, der Gode aus dem Langadal.«

Óspak reitet daraufhin los, um sich mit Þórarinn zu treffen, und er wird dort recht freundlich empfangen. Er bringt sein Anliegen vor und bittet darum, Svala zur Frau zu bekommen.

Þórarinn antwortet: »Ich habe kein großes Verlangen, mich mit dir zu verschwägern. Es wird viel über dein Auftreten gesprochen. Mir ist klar, dass man einem wie dir gegenüber Entschlossenheit zeigen muss, und entweder übernehme ich ihren Hof und hole sie hierher zu mir, oder ihr zwei macht, was euch gefällt. Damit will ich mich jetzt nicht abgeben. Ich behaupte aber nicht, dass das nach meinem Willen geht.«

Danach reitet Óspak fort, kommt nach Svölustaðir und berichtet dort vom Stand der Dinge. Sie treffen nun selbst die Entscheidung, und Svala geht von sich aus die Verlobung mit ihm ein und zieht mit ihm nach Mel. Den Hof auf Svölustaðir aber besitzen sie gemeinsam, und sie setzen Leute ein, ihn zu verwalten. Óspak ist jetzt in Mel und führt auf dem Hof ein aufwendiges Leben. Er erschien als ein sehr überheblicher Mensch.

Der Winter geht nun vorüber, und im Sommer kommt Odd aus dem Ausland in den Hrútafjord zurück. Wieder einmal war er nicht nur zu Geld gekommen, sondern auch das Glück war ihm gefolgt. Er kehrte nach Mel zurück und verschaffte sich einen Eindruck von seinem Besitz. Er schien ihm gut verwaltet worden zu sein, und damit war er zufrieden. Der Sommer verstrich nun.

Einmal geschah es, dass Odd sich an Óspak wandte und meinte, es wäre gut, wenn er sein Godentum wieder übernähme.

Óspak sagte: »Ja«, meint er, »das ist die Sache, die ich am wenigsten gern übernommen habe und zu der ich mich auch am schlechtesten eigne. Ich bin sofort bereit dazu, glaube allerdings, dass es sich für die Leute am ehesten so gehört, das auf dem Herbstthing oder dem Allthing vorzunehmen.«

Odd antwortete: »Das mag sein.«

Der Sommer verging nun bis zum Herbstthing. Und am Morgen des Things, als Odd erwachte, da blickte er sich um und sah kaum Leute in der Halle. Er hatte fest und lange geschlafen, sprang aus dem Bett und stellte fest, dass die Männer ausnahmslos die Halle verlassen hatten. Dies kam ihm seltsam vor, doch verlor er kaum ein Wort darüber. Er machte sich fertig und einige Leute mit ihm. Er wunderte sich, aber sie ritten nun zum Thing. Als sie dort ankamen, waren viele Leute dort, und einige von ihnen waren schon wieder zur Abreise bereit, und das Thing war eröffnet. Odd zog jetzt die Brauen hoch, ihm kam dieses Verhalten seltsam vor. Man kehrte nach Hause zurück, und danach vergingen einige Tage.

Da kam es eines Tages wieder einmal dazu, dass Odd bei Tisch saß und Óspak ihm gegenüber, und als der es am wenigsten vermutete, verließ Odd den Tisch, trat zu Óspak, die Axt in der Hand erhoben, und forderte ihn auf, das Amt des Goden abzugeben.

Óspak antwortete: »So streitlustig hättest du nicht danach fragen brauchen. Sobald du es willst, hast du dein Godentum. Ich hatte ja keine Ahnung, dass es dir dermaßen wichtig ist, es wiederzuhaben.« Damit streckte er ihm die Hand entgegen und übergab Odd das Godentum.

Jetzt kehrte eine Zeitlang Ruhe ein, und zwischen Odd und Óspak wurde es von nun an ziemlich still. Óspak war eher gereizt im Umgang. Die Leute argwöhnten, dass Óspak das Godentum für sich selbst hatte haben wollen, an Stelle von Odd, wenn er nicht gezwungen worden wäre, es zurückzugeben. Mit der Sorgfalt in der Verwaltung des Hofes war es nun dahin. Odd zog ihn nicht mehr zur Arbeit heran, und sie sprachen auch nicht miteinander.

Eines Tages kam es dann, dass Óspak seine Abreise vorbereitete. Odd tat so, als bekäme er das gar nicht mit. Sie gingen dann auseinander, ohne sich zu verabschieden. Óspak zog jetzt nach Svölustaðir zu seinem Hof. Odd dagegen tat so, als ob nichts weiter geschehen wäre, und es blieb nun eine Zeitlang ruhig.

Es wird gesagt, dass im Herbst die Leute in die Berge zogen, und es bestand ein gewaltiger Unterschied zwischen dem, was Odd jetzt an Vieh nach Hause brachte, und dem, wie es früher gewesen war. Bei diesem Schafabtrieb im Herbst fehlten ihm vierzig Hammel, darunter seine prächtigsten Tiere. Man suchte die Berge und das Hochland weiträumig ab, doch fand man sie nicht. Dies erschien merkwürdig, da Odd für gewöhnlich mehr Glück mit seinem Vieh zu haben schien als andere. Die Suche wurde mit so großem Eifer betrieben, dass man sie vom heimischen in die benachbarten Bezirke ausdehnte, doch es half nichts. Nach einer Weile dann ließ man die Sache erst einmal auf sich beruhen, doch wurde noch immer viel darüber geredet, was dahinterstecken mochte.

Odd war den Winter über nicht sehr froh. Váli, sein Ziehbruder, erkundigte sich, weshalb er so schlechter Stimmung sei, »oder machst du dir etwas aus diesem großen Hammelverschwinden? So mächtig und stolz bist du nicht, wenn du dir von so etwas die Laune verderben lässt.«

Odd antwortet: »Das Verschwinden der Hammel kümmert mich nicht. Schlimmer finde ich, dass ich nicht weiß, wer sie gestohlen hat.«

»Bist du dir denn sicher«, sagt Váli, »dass das aus ihnen geworden ist, und in welche Richtung denkst du da am ehesten?«

Odd antwortet: »Es ist nicht zu leugnen, dass ich glaube, Óspak hat sie gestohlen.«

Váli erwidert: »Vorbei ist es nun mit eurer Freundschaft aus der Zeit, als du ihm deinen ganzen Besitz anvertraut hast.«

Odd sagte, das sei ein sehr großer Fehler gewesen und es sei besser gelaufen als erwartet.

Váli sprach: »Damals haben viele Leute gemeint, es wäre verwunderlich gewesen. Ich möchte jetzt, dass du nicht so schnell dabei bist, ihn zu verurteilen. Wenn man so etwas sagt, besteht immer die Gefahr, dass es sich als unzutreffend erweist. Wir beide werden jetzt verabreden«, sagte Váli, »dass du es mir überlässt, wie in der Sache vorgegangen werden soll, und ich werde die Wahrheit herausfinden.«

Diese Verabredung treffen sie nun. Váli bereitet danach seinen Aufbruch vor und macht sich mit seiner Ware auf den Weg. Er reitet hinaus ins Vatnsdal und ins Langadal und verkauft die Güter dort. Er war beliebt und hilfsbereit. So zieht er seines Weges, bis er nach Svölustaðir kommt, wo er freundlich aufgenommen wird. Óspak war bester Laune. Am Morgen machte sich Váli zur Abreise von dort bereit. Óspak begleitete ihn vom Hof und erkundigte sich ausführlich nach Odd.

Váli sagte, bei ihm sei alles bestens.

Óspak ließ nur Gutes über ihn verlauten und meinte, er sei ein äußerst großzügiger Mensch, »aber hat er nicht im Herbst einigen Schaden erlitten?«

Váli sagte, das sei wahr.

»Gibt es irgendwelche Vermutungen, was das Verschwinden der Schafe angeht? Bisher hatte Odd doch immer Glück mit seinen Tieren.«

Váli antwortet: »Da gibt es nicht nur eine mögliche Erklärung. Einige vermuten, dass Leute sie geholt haben.«

Óspak sagt: »Damit ist wohl kaum zu rechnen, denn wer würde so etwas tun?«

»Das stimmt auch wieder«, sagt Váli.

Óspak sprach: »Hat Odd denn irgendwen im Verdacht?«

Váli sprach: »Er äußert sich kaum dazu, aber es gibt andere, die viel darüber spekulieren, wer es gewesen sein könnte.«

»Das war nicht anders zu erwarten«, sagte Óspak.

»Es ist nur so«, sagte Váli, »wo wir jetzt schon einmal darüber sprechen, dass einige Leute es nicht für unwahrscheinlich halten, dass du dahinterstecken könntest. Die Leute zählen da eins und eins zusammen, dass ihr beide im Schlechten auseinandergegangen seid, und die Tiere verschwanden nur wenig später.«

Óspak erwidert: »Das hätte ich nicht gedacht, dass du so etwas behaupten könntest, und wenn wir zwei nicht so gute Freunde wären, würde ich mich bitter dafür rächen.«

Váli erwidert: »Du brauchst es gar nicht zu leugnen oder deshalb so aus der Haut zu fahren. Du wirst das nicht abstreiten können; ich habe mir einen Überblick über deinen Bestand hier verschafft, und ich sehe, dass du viel mehr Tiere hast, als dass man noch annehmen könnte, du hättest sie dir auf redliche Art und Weise erworben.«

Óspak antwortet: »Das ist unmöglich zu beweisen, und ich möchte nicht wissen, was sich unsere Feinde erzählen, wenn schon die Freunde so daherreden.«

Váli erwidert: »Ich sage dir das auch nicht als Feind, da wir ja jetzt unter vier Augen reden. Wenn du dich jetzt so verhältst, wie ich es will, und es mir gegenüber eingestehst, dann wirst du keine Schwierigkeiten bekommen, denn ich werde eine Lösung finden. Ich habe meine Ware hier überall weit umher in der Gegend verkauft. Ich werde sagen, du hättest sie mir abgenommen, mitsamt Fleisch und anderen Dingen. Da wird niemand argwöhnisch werden. Ich werde es so einrichten, dass du in der Sache davonkommst, ohne dass ein schlechtes Licht auf dich fällt, wenn du meinem Plan folgst.«

Óspak sagte, er werde das nicht zugeben.

»Dann wird es schlechter für dich ausgehen«, sagt Váli, »aber es ist deine Entscheidung.«

Danach gingen sie auseinander, und Váli kehrte nach Hause zurück. Odd fragte, ob er Gewissheit erlangt habe über das Verschwinden der Schafe. Váli ging kaum darauf ein.

Odd sprach: »Dann ist es jetzt wohl nicht mehr zu verheimlichen, dass Óspak sie gestohlen hat, denn du hättest ihn wohl nur zu gerne entlastet, wenn du gekonnt hättest.«

Den Winter über blieb es nun ruhig. Aber als es Frühling wurde und die Vorladungstage kamen, brach Odd mit zwanzig Mann auf, bis er in die Nähe des Hofes auf Svölustaðir kam. Da sagte Váli zu Odd: »Lasst jetzt hier eure Pferde weiden, während ich zum Haus reiten werde, um mich mit Óspak zu treffen und in Erfahrung zu bringen, ob er sich auf einen Vergleich einlassen will, denn dann bräuchte die Sache nicht zur Anklage gebracht werden.«

So machten sie es. Váli ritt auf den Hof. Draußen war dort niemand. Die Tür stand offen. Váli ging hinein. Im Haus war es dunkel. Und als er am wenigsten damit rechnet, springt ein Mann von der Seite herab und versetzt Váli einen Hieb zwischen die Schultern, so dass er sofort zu Boden geht.

Váli sagt: »Nimm dich in Acht, elender Nichtsnutz, denn Odd ist in der Nähe des Hofes und hat vor, dich zu töten. Schick deine Frau zu Odd hinaus, und sie soll sagen, wir zwei hätten uns geeinigt und du hättest die Sache zugegeben, ich aber sei schon zu meinen Geldgeschäften draußen im Tal unterwegs.«

Da sagt Óspak: »Schlimmer hätte es nicht kommen können. Ich wollte, dass Odd dies trifft, aber nicht dich!«

Svala geht nun zu Odd und sagt, sie hätten sich geeinigt, Óspak und Váli, »und Váli bat dich darum, zurückzureiten.« Odd schenkt dem Glauben und reitet nach Hause. Váli ließ sein Leben, und seine Leiche wurde nach Mel gebracht. Für Odd war das eine wahrlich schlimme Nachricht. Sein Ansehen nahm dadurch Schaden, und die ganze Sache schien unglücklich verlaufen zu sein. Óspak macht sich nun davon, so dass niemand weiß, was mit ihm ist.

5 Jetzt ist davon zu berichten, dass Odd die Klage in dieser Sache vor das Thing bringt und Leute von seinem Hof zur Thingfahrt auswählt. Dabei geschieht es, dass einer seiner Geschworenen stirbt. Odd bestimmt einen anderen an seiner Stelle. Die Männer ziehen nun zum Thing, und dort verläuft bis zu den Gerichtsverhandlungen alles ruhig. Als dann das Gericht zu tagen beginnt, bringt Odd die Anklage wegen des Totschlags vor, und es geht ihm alles reibungslos von der Hand. Nun wird Gelegenheit gegeben, Einspruch zu erheben.

Nicht weit vom Gerichtsplatz entfernt saßen die beiden Goden Styrmir und Þórarinn mit ihren Gefolgsleuten.

Da sprach Styrmir zu Þórarinn: »Jetzt wird in dieser Totschlagsklage zum Einspruch aufgerufen. Willst du nicht noch irgendetwas dagegen vorbringen?«

Þórarinn antwortete: »In die Angelegenheit werde ich mich nicht einmischen, denn Odd hat es meiner Meinung nach mehr als nötig, sich dafür einzusetzen, die Totschlagsklage für einen solchen Mann zu führen, wie Váli einer war, während da einer angeklagt wird, der meiner Ansicht nach zur übelsten Sorte zählt.«

»Ja«, sagte Styrmir, »ein anständiger Kerl ist er sicher nicht, aber dennoch bist du ihm gegenüber doch irgendwie verpflichtet.«

»Das ist mir gleichgültig«, sagte Þórarinn.

Styrmir sprach: »Man sollte aber auch sehen, dass euch dadurch Unannehmlichkeiten entstehen, und die sind umso größer und ärgerlicher, falls er geächtet wird. Es scheint mir eine erwägenswerte Sache zu sein, und wir sollten uns da etwas einfallen lassen, denn wir wissen beide, dass ein Einspruch nicht abwegig erscheint.«

»Das habe ich mir schon längst durch den Kopf gehen lassen«, sagte Þórarinn, »und es schien mir nicht ratsam, die Klage aufzuhalten.«

Styrmir sprach: »Dich trifft das allerdings am meisten, und die Leute werden finden, du hättest wie ein Feigling gehandelt, falls es zum Urteil kommt, obwohl ein Einspruch offensichtlich möglich gewesen wäre. Und um ganz ehrlich zu sein, wäre es auch nicht schlecht, wenn Odd vor Augen geführt wird, dass es außer ihm auch noch andere gibt, die etwas zu sagen haben. Er tritt uns und unsere Thingleute allesamt mit Füßen, so dass am Ende nur noch sein Wille zählt. Es schadet durchaus nicht, wenn einmal auf die Probe gestellt wird, wie gesetzeskundig er ist.«

Þórarinn antwortete: »Ich überlasse das dir und ich werde dir dabei zur Seite stehen. Aber das verheißt nichts Gutes und wird sicher ein böses Ende nehmen.«

»So schlimm wird es schon nicht werden«, sagte Styrmir, springt auf und tritt vor das Gericht und fragt, wessen Anklage dort gerade verhandelt werde. Das wird ihm mitgeteilt.

Styrmir sprach: »Die Sache ist die, Odd, dass es in deiner Anklage einen Grund zum Einspruch gibt, denn du hast sie falsch vor Gericht gebracht, als du schon zu Hause deine zehn Geschworenen benanntest. Das ist gegen das Gesetz. Das hättest du erst auf dem Thing tun dürfen, nicht aber in deinem Bezirk. Du hast nun zwei Möglichkeiten: Entweder ziehst du dich unter diesen Umständen vom Gericht zurück, oder wenn du das nicht tust, werden wir Einspruch erheben.«

Odd schweigt und lässt sich die Sache durch den Kopf gehen, stellt fest, dass es berechtigt ist, und verlässt mit seinen Leuten den Gerichtsplatz und kehrt zu den Thinghütten zurück.

Als er zu einem Durchgang zwischen den Hütten kommt, tritt ihm ein Mann entgegen. Er war schon alt. Er trug einen schwarzen Mantel, der recht verschlissen war. Der Mantel hatte nur noch einen Ärmel, und der hing ihm hinten am Rücken herunter. In der Hand hatte er einen Stab mit einer Eisenspitze, die Kapuze hing ihm tief ins Gesicht, und die Augen blitzten darunter hervor, er klopfte mit dem Stab auf den Boden und ging ziemlich gebeugt. Es war der alte Ófeig, sein Vater.

Da sprach Ófeig: »Ihr kommt aber früh vom Gericht«, sagte er, »da gibt es wohl eine Sache, in der ihr nicht so gut seid, dass es schnell vonstatten geht. Ist er jetzt geächtet worden, der Óspak?«

»Nein«, sagte Odd, »er wurde nicht geächtet.«

Ófeig sprach: »Das ist aber nicht die feine Art, einen Alten wie mich zum Narren zu halten. Denn weshalb hätte er nicht geächtet werden sollen? War er etwa nicht der Schuldige in dieser Sache?«

»Natürlich war er schuldig«, sagte Odd.

»Was dann?«, fragte Ófeig, »ich hatte angenommen, die Klage gegen ihn hätte Erfolg haben müssen. Oder hat er Váli nicht auf dem Gewissen?«

»Niemand hat das Gegenteil behauptet«, sagte Odd.

Ófeig fragt: »Warum ist er dann nicht geächtet?«

Odd antwortet: »Es wurde Einspruch erhoben gegen die Klage, und daher musste sie zurückgezogen werden.«

Ófeig sprach: »Wie kann man denn Einspruch erheben gegen die Klage eines so wohlhabenden Mannes?«

»Sie meinten, es sei schon zu Hause falsch vorbereitet worden«, sagte Odd.

»Das kann doch nicht sein! Wo du doch selbst die Sache in die Hand genommen hast«, sagte Ófeig, »aber mag sein, dass du mehr Wert darauf legst, Geld zu machen und auf Reisen zu gehen, als einen Prozess vernünftig vorzubereiten. Ich glaube trotzdem, dass du mir noch nicht die Wahrheit sagst.«

Odd erwiderte: »Mich interessiert nicht, was du glaubst oder nicht.«

»Das mag sein«, sagte Ófeig, »aber schon als du aus dem Bezirk daheim aufgebrochen bist, wusste ich, dass die Anklage falsch vorbereitet worden war. Du aber hast geglaubt, es ganz allein schaffen zu können, und hattest keine Lust, jemanden zu fragen. Jetzt wirst du auch ganz allein zurechtkommen müssen. Aber du wirst das schon ordentlich hinbekommen, und das sind solche Leute, die auf alle anderen herabblicken, nur allzu gewohnt.«

Odd antwortete: »Klar ist jedenfalls, dass von dir keine Hilfe zu erwarten ist.«

Ófeig sprach: »Das ist das Einzige, was dir noch bleibt, dass du meine Hilfe annimmst. Wie viel würdest du denn jetzt springen lassen, damit dir jemand die Sache wieder zurechtbiegt?«

Odd erwiderte: »An Geld soll es nicht fehlen, falls jemand bereit wäre, sich der Sache anzunehmen.«

Ófeig sprach: »Dann lass diesem alten Mann einen prall gefüllten Geldbeutel zukommen, denn es schielt doch jeder aufs Geld.«

Odd gibt ihm einen ordentlichen Beutel Silber. Da fragt Ófeig: »Ist denn Einspruch erhoben worden oder nicht?«

»Wir sind schon davor vom Gericht fort«, sagt Odd.

Ófeig antwortet: »Nur an dem einen, was du unwissentlich tatest, kann man jetzt noch ansetzen.«

Nun trennen sie sich, und Odd kehrt zu seiner Thinghütte zurück.

6 Die Geschichte ist jetzt damit fortzusetzen, dass der alte Ófeig zum Platz hinaufgeht und zu den Richtern, wo er zum Gericht des Nordviertels kommt und sich erkundigt, wie es dort mit den Klagen der Leute vorangehe. Man sagt ihm, dass in einigen schon ein Urteil gesprochen wurde, andere kurz vor der Zusammenfassung stünden.

»Wie steht es mit der Klage von Odd, meinem Sohn? Ist man da schon zum Abschluss gekommen?«

»Die ist soweit abgeschlossen«, sagten sie.

Ófeig fragte: »Ist er geächtet worden, der Óspak?«

»Nein«, sagen sie, »das ist er nicht.«

»Wie konnte es dazu kommen?«, fragte Ófeig.

»Es wurde Einspruch erhoben gegen die Klage«, sagten sie, »denn sie wurde falsch vorgebracht.«

»Aha«, sagte Ófeig, »erlaubt ihr mir, vor das Gericht zu treten?«

Sie gestanden es ihm zu. Er tritt in den Kreis, in dem die Richter sitzen, und nimmt Platz.

Ófeig fragt: »Wurde über die Klage von Odd, meinem Sohn, schon entschieden?«

»Was entschieden werden musste, wurde entschieden«, sagen sie.

»Was soll das heißen?«, fragt Ófeig. »Wurden in der Anklage gegen Óspak falsche Angaben gemacht? Hat er Váli etwa nicht grundlos erschlagen? Stand im Weg, dass die Sache nicht offensichtlich war?«

Sie sagen: »Es wurde Einspruch erhoben gegen die Klage, und sie wurde abgewiesen.«

»Was für eine Art von Einspruch soll das sein?«, fragte Ófeig. Es wurde ihm mitgeteilt.

»Das war ja klar«, sagte er. »Findet ihr es etwa gerecht, solchen Nebensächlichkeiten Beachtung zu schenken, den übelsten Kerl aber, einen Dieb und Mörder, nicht zu ächten? Nimmt man da nicht einige Verantwortung auf sich, einen straffrei zu lassen, der den Tod verdient hat, und damit ein Urteil zu sprechen ohne jede Rücksicht auf Recht und Gesetz?«

Sie meinten, gerecht fänden sie es auch nicht, fügten aber hinzu, dass es ihnen so vorgeschrieben sei.

»Das mag sein«, sagte Ófeig. »Habt ihr einen Eid darauf abgelegt?«

»Natürlich«, sagten sie.

»So wird es gewesen sein«, sagte er. »Und welchen Wortlaut habt ihr dabei verwendet? Nicht vielleicht den, dass ihr euer Urteil danach richten solltet, was eures Wissens nach der Wahrheit, der Gerechtigkeit und dem Gesetz am ehesten entspricht? So etwas in der Art werdet ihr gesagt haben.«

Sie meinten, das sei richtig.

Da sprach Ófeig: »Und was ist nun Wahrheit und Gerechtigkeit näher, als diesen Übeltäter zu ächten, ihn für vogelfrei und jeglicher Hilfe verlustig zu erklären, der des Diebstahls überführt wurde und dessen, dass er einen unschuldigen Mann getötet hat, nämlich Váli? Das Dritte, auf das ihr euren Eid geschworen habt, das Gesetz, darf man dann vielleicht gebeugt nennen. Nun denkt darüber nach, was mehr wert ist, die beiden Worte des Eides, die Wahrheit und Gerechtigkeit fordern, oder das dritte, das sich auf das Gesetz bezieht. Dann wird euch klar werden, wie es sich verhält, denn ihr werdet schon in der Lage sein zu erkennen, dass es ein größeres Wagnis ist, jemanden freizusprechen, der den Tod verdient hat – zumal ihr zuvor einen Eid darauf geschworen habt, ein Urteil zu sprechen, das ihr für gerecht haltet. Es wäre auch zu bedenken, dass euch das schwer zu schaffen machen könnte und ihr euch da kaum aus der Verantwortung stehlen könnt.«

Ófeig lässt den Geldbeutel ab und zu unter seinem Mantel hervorbaumeln, dann lässt er ihn wieder darunter verschwinden. Er meint zu erkennen, dass ihre Blicke dem Beutel folgen. Da sprach er zu ihnen: »Es wäre klüger, gerecht und der Wahrheit entsprechend zu urteilen, wie ihr es geschworen habt, und euch dafür im Gegenzug die Dankbarkeit und Gewogenheit aller klugen und verständigen Leute zu sichern.«

Daraufhin nahm er den Geldbeutel, schüttete das Silber heraus und zählte es vor ihnen. »Ich will euch nun einen Beweis meiner Freundschaft geben«, sagte er, »und ich denke dabei mehr an euch als an mich. Ich tue das, weil einige von euch meine Freunde sind, einige aber auch mit mir verwandt. Allerdings habt ihr alle eines gemeinsam, nämlich dass es die Notwendigkeit gebietet, sich auch um den eigenen Säckel zu sorgen. Eine Öre Silber will ich jedem geben, der zum Gericht gehört, dem jedoch, der den Stand des Prozesses vor der Urteilsfindung noch einmal zusammenfasst, eine halbe Mark, und dann habt ihr nicht nur das Geld, sondern seid auch aus der Verantwortung und müsst keinen eurer Eide brechen, worauf es doch am meisten ankommt.«

Sie lassen sich die Sache durch den Kopf gehen, und an seinen Worten schien ihnen etwas Wahres zu sein. Man meinte vorhin bei der Sache mit dem Eid in eine üble Lage geraten zu sein, und sie gehen auf das Angebot ein, das Ófeig ihnen gemacht hatte. Man schickte gleich nach Odd. Der kam, und die Goden waren da schon zu ihren Thinghütten zurückgekehrt. Nun wurde sofort die Anklage vorgebracht, Óspak wurde geächtet, und man benannte Zeugen, die die Urteilsverkündung bestätigten. Als das geschehen war, kehrten die Leute zu ihren Zelten und Hütten zurück.

Die Nacht über sprach sich noch nichts davon herum. Am Morgen aber stellte Odd sich am Gesetzesfelsen auf und verkündete mit lauter Stimme: »Hier wurde diese Nacht ein Mann für geächtet erklärt, der Óspak heißt, im Gericht der Leute aus dem Nordviertel, wegen des Totschlags an Váli. Was die Merkmale des Geächteten angeht, so ist zu sagen, dass er von großer, männlicher Statur ist. Er hat braunes Haar und breite Gesichtsknochen, schwarze Augenbrauen, große Hände, kräftige Beine, und in seiner ganzen Gestalt ragt er ziemlich heraus, und er sieht aus wie ein übelster Schurke.«

Erstaunt hoben die Leute die Brauen. Viele hatten vorher nichts davon gehört. Die Leute fanden, dass Odd die Sache hartnäckig verfolgt habe und dass sie für ihn glücklich verlaufen sei, verglichen damit, wie die Sache vorher ausgesehen hatte.

7 Man erzählt sich, dass Styrmir und Þórarinn sich miteinander unterhielten.

Styrmir sprach: »Eine große Schmach und Schande haben wir da davongetragen.«

Þórarinn meinte, das sei zu erwarten gewesen, – »und da werden gerissene Leute ihre Finger im Spiel gehabt haben.«

»Allerdings«, sagte Styrmir, »aber hast du eine Idee, wie wir das jetzt wieder hinbiegen können?«

»Ich glaube nicht, dass das so schnell gehen wird«, sagt Þórarinn.

»Und was sollen wir jetzt am besten tun?«, meint Styrmir.

Þórarinn antwortet: »Es wurde das Gesetz gebrochen, indem Geld vor dem Gericht ins Spiel gebracht wurde, und so werden wir sie drankriegen.«

»Das ist es«, sagt Styrmir.

Danach kehren sie zu ihren Thinghütten zurück. Sie trommeln nun ihre Freunde und Verwandten zu einer Beratung zusammen. Der Erste war Hermund Illugason, der Zweite Gellir Þorkelsson, der Dritte Egill Skúlason, der Vierte Járnskeggi Einarson, der Fünftc Skegg-Broddi Bjarnason, der Sechste Þorgeir Halldóruson, dazu Styrmir und Þórarinn. Diese acht Männer treffen sich zur Unterredung. Styrmir und Þórarinn erklären den Sachverhalt und wie es dazu gekommen war, und welch großen Nutzen man aus Odds Geld ziehen könne, und dass sie alle sehr reich dabei werden könnten. Sie treffen nun die feste Vereinbarung, in dieser Angelegenheit zusammenzuhalten, bis es zu einer Ächtung oder einem Selbsturteil käme. Danach gehen sie ein Bündnis ein, das sie mit Eiden bekräftigen, und sind überzeugt, dass es niemandem durch seine Macht oder sein Geschick gelingen sollte, dagegen anzugehen. Nachdem sie dies alles miteinander besprochen haben, trennen sie sich, und die Leute reiten vom Thing wieder nach Hause zurück, ihre Absprache aber hielten sie zunächst noch geheim.

Odd ist mit seiner Thingfahrt sehr zufrieden, und auch das Verhältnis von Vater und Sohn ist jetzt viel besser als zuvor. Das Winterhalbjahr über bleibt es nun ruhig in der Sache. Im Frühling treffen sich Vater und Sohn bei den heißen Quellen, und Ófeig erkundigt sich, wie die Dinge stehen. Odd sagt, er wisse nichts zu berichten, und stellt dieselbe Frage. Ófeig sagt, dass Styrmir und Þórarinn eine Mannschaft gesammelt hätten und planten, nach Mel zu kommen und ihn vor Gericht zu laden. Odd möchte wissen, was sie ihm vorzuwerfen hätten, woraufhin Ófeig ihm von ihrem ganzen Vorhaben berichtet.

Odd antwortet: »Das scheint mir keine schwerwiegende Sache zu sein.«

Ófeig sagt: »Gut möglich, dass es eure Kräfte nicht übersteigt.«

Die Zeit bis zu den Vorladungstagen vergeht nun, und Styrmir und Þórarinn tauchen mit großer Mannschaft in Mel auf. Auch Odd hatte viele Männer dort versammelt. Sie brachten ihre Anklage vor und luden Odd vor das Gericht auf dem Allthing, aus dem Grund, dass er das Gesetz gebrochen und das Gericht habe bestechen lassen. Weiter geschieht dort nichts, und sie reiten mit ihrer Mannschaft wieder davon.

Nun geschieht es erneut, dass Vater und Sohn sich treffen und miteinander ins Gespräch kommen. Ófeig fragt, ob ihm die Sache noch immer nicht der Rede wert erscheine.

Odd erwidert: »Diese Anklage scheint mir nicht sehr schwerwiegend zu sein.«

»Das sehe ich anders«, sagt Ófeig, »wie genau weißt du denn Bescheid über den Stand der Dinge?«

Odd meinte, er wisse Bescheid, was da ablaufe.

Ófeig antwortet: »Es wird weitreichendere Folgen haben, als ich dachte, da noch sechs andere Höfdinge von Rang und Namen mit ihnen gemeinsame Sache machen.«

Odd erwidert: »Nun, die scheinen sich ja mächtig ins Zeug zu legen.«

Ófeig sprach: »Was ist deiner Meinung nach jetzt zu tun?«

Odd antwortet: »Was soll man schon anderes machen, als sich eine Mannschaft zu sammeln und zum Thing zu reiten?«

Ófeig erwidert: »So wie die Dinge stehen, scheint mir das nicht sehr vielversprechend zu sein, und es ist nicht gut, wenn Ehre und Ansehen davon abhängen, dass man das größere Gefolge hat.«

»Was soll ich denn sonst tun?«, fragt Odd.

Ófeig sprach: »Mein Rat ist der, dass du, sobald es auf das Thing zugeht, dein Schiff bereitmachen lässt, so dass du mit all deiner beweglichen Habe abreisebereit bist, noch bevor die Leute vom Thing reiten. Denn wie scheint dir das Geld besser aufgehoben, wenn sie es dir beschlagnahmen, oder wenn ich es habe?«

»Das geringere Übel für mich wäre wohl, wenn du es hättest.«

Daraufhin überreicht Odd seinem Vater einen prall gefüllten Geldbeutel, bis oben hin voll mit Silber, und damit trennen sie sich. Odd lässt jetzt sein Schiff bereitmachen und besorgt sich eine Mannschaft. Die Zeit bis zum Thing vergeht, und man bewahrt Stillschweigen über dieses Vorhaben, so dass nur wenige davon etwas mitbekommen.

8 Die beiden Höfdinge ritten nun mit großem Gefolge zum Thing. Der alte Ófeig war in Styrmirs Mannschaft. Die Verbündeten hatten verabredet, sich im Hochland von Bláskógaheiði zu treffen, Egill und Styrmir, Hermund und Þórarinn. Alle gemeinsam ritten sie dann nach Süden in die Ebene hinab. Die anderen kamen von Osten, Skegg-Broddi und Þorgeir Halldóruson aus dem Laugardal, Járnskeggi dagegen aus dem Norden, und sie trafen sich bei Reyðarmúli. Alle diese Scharen ritten nun von oben in die Ebene hinab und dann zum Thing.

Dort wurde über kaum etwas anderes gesprochen als über die Klage gegen Odd. Allen schien es gewiss, dass niemand Odd verteidigen würde. Man war der Ansicht, dass kaum jemand den Mut dazu hätte und dass auch nichts auszurichten sei gegen so bedeutende Männer, wie sie auf der Gegenseite versammelt waren. Die Verbündeten waren sich ihrer Sache auch sehr sicher und sie spuckten große Töne. Es gab niemanden, der auch nur ein einziges Wort gegen sie erhoben hätte. Odd hatte in der Sache keinen einzigen Mann aufgeboten. Er bereitete im Hrútafjord sein Schiff vor, sobald die Leute zum Thing aufgebrochen waren.

Eines Tages geschah es, dass der alte Ófeig seine Hütte auf dem Thing verließ und sehr unruhig war. Er hatte niemanden, der ihm helfen würde, und es schien ihm schwierig, es mit der Gegenseite aufzunehmen. Er sieht kaum eine Chance für sich gegen so mächtige Männer, und gegen die Klage gab es nichts anzuführen. Gesenkten Hauptes und auf unsicheren Beinen schwankt er zwischen den Thinghütten umher. So ist er lange unterwegs. Nach einer Weile kommt er zu der Hütte von Egill Skúlason. Diesen hatten gerade ein paar Männer zu einem Gespräch aufgesucht. Ófeig ging zur Tür der Hütte und wartete dort, bis die Männer wieder gingen. Egill geleitete sie hinaus, und als er wieder hineingehen wollte, trat Ófeig zu ihm und grüßte ihn. Der musterte ihn und fragte, wer er sei.

»Ich heiße Ófeig«, sagte er.

Egill sprach: »Bist du Odds Vater?«

Er meinte, das stimme.

»Dann wirst du über die Klage gegen ihn reden wollen, aber damit brauchst du nicht zu mir zu kommen. In der Angelegenheit ist schon zu viel passiert, als dass ich da noch etwas tun könnte. In der Sache stehen auch andere viel mehr im Vordergrund als ich, nämlich Styrmir und Þórarinn. Es ist im Wesentlichen ihre Angelegenheit, auch wenn wir ihnen unsere Unterstützung zugesagt haben.«

Ófeig antwortete, und er tat dies in Form einer Strophe:

Es war einst angebrachter,
sich um den Sohn zu sorgen;
Odds Gastfreundschaft
genoss ich nie;
ihn kümmerte kaum
das Gesetz, den Esel,
hat er auch mit Geld
die Pranken voll.

Und weiter dichtete er:

Des Alten, der daheim versauert,
einzige Freude es ist,
Schwätzchen zu halten
mit schlauen Leuten;
ein Gespräch mir verweigern,
das wirst du doch nicht,
wo weise dich nennen
die Männer hier.

»Ich weiß mir unterhaltsamer die Zeit zu vertreiben, als über Odds Anklage zu reden. Es sah für ihn schon mal besser aus. Aber ein Gespräch wirst du mir doch nicht verweigern wollen. Denn das ist die höchste Freude eines alten Mannes, sich mit Männern wie dir zu unterhalten und sich damit die Zeit zu vertreiben.«

Egill erwidert: »Ein Gespräch soll dir nicht verwehrt werden.«

Sie suchen sich nun einen Ort, wo sie unter vier Augen sind, und nehmen dort Platz. Dann begann Ófeig: »Bist du ein tüchtiger Bauer, Egill?«

Er meinte, das sei der Fall.

»Wohnst du dort auf Borg?«

»So ist es«, sagt Egill.

Ófeig sprach: »Man hat mir bisher nur Gutes und Erfreuliches von dir berichtet. Man sagte mir, du würdest jedermann reichlich bewirten und seiest ein großzügiger und freigebiger Mensch, und wir seien einander nicht unähnlich. Beide sind wir von bedeutender Herkunft und auch selbst recht tüchtig, wenn auch das Geld bisweilen etwas knapp ist. Und man sagte mir, du wärst hilfsbereit deinen Freunden gegenüber.«

Egill erwidert: »Es würde mich freuen, würde man mich mit dir in einem Atemzug nennen, da ich weiß, dass du weise bist und aus einer angesehenen Familie stammst.«

Ófeig meint: »Das kann man allerdings nicht vergleichen, da du ein bedeutender Höfding bist und unbeeindruckt bleibst, was auch geschieht. Und du lässt dir niemals deinen Anteil streitig machen, gleichgültig mit wem du es zu tun bekommst; dagegen bin ich ein Niemand. Vom Charakter her jedoch ähneln wir uns schon eher, und es ist wirklich bedauerlich, dass es solch prächtigen Kerlen wie uns an Geld fehlt.«

Egill antwortet: »Es ist gut möglich, dass sich das bald ändert und ich dann besser dastehe.«

»Wie soll das gehen?«, meint Ófeig.

»Ich denke nur in die Richtung«, sagt Egill, »dass es uns kaum noch an etwas fehlen wird, wenn wir erst Odds Vermögen unter uns aufgeteilt haben, denn über seinen Reichtum erzählt man sich einiges.«

Ófeig erwidert: »Ohne Übertreibung kann man ihn als den reichsten Mann Islands bezeichnen. Dich wird wohl brennend interessieren, wie groß dein Anteil an dem Vermögen sein wird, du hast es ja am nötigsten.«

»Das ist wahr«, sagt Egill, »und du bist doch ein guter Kerl und ein kluger Kopf, und wirst sicher über Odds Vermögen Bescheid wissen.«

Er antwortet: »Das will ich wohl meinen, dass darüber niemand besser Bescheid weiß als ich, und das eine kann ich dir sagen, dass niemand es so hoch veranschlagen wird, dass es nicht trotzdem noch größer ist. Ich habe schon vor einer Weile darüber nachgedacht, wie viel du wohl davon abbekommen wirst.«

Und aus seinem Mund kam wieder eine Strophe:

Wahr ist es, dass Achte sind
heimgesucht von Gier nach Gold,
und Übeltat; betäubend sind
der reichen Njörde Worte;
ich gönnte euch, vor aller Augen,
Thunde des Wetters der Wunden
des Schildes, Ehrenschwund,
Verlust des Riesenlachens.

die reichen Njörde = die reichen Männer, gemeint sind die acht Verbündeten; Thund = Odin; Wunden des Schildes = Schläge, Hiebe; Wetter der Hiebe = Schlacht; Odin der Schlacht = Krieger, gemeint sind auch hier die acht Verbündeten; Riesenlachen = Gold bzw. Reichtum (der den Riesen freut).

»Das wird so schnell nicht passieren«, sagt Egill, »aber als Skalde bist du nicht schlecht.«

Ófeig sprach: »Es soll dir nicht verschwiegen werden, welch gewaltigen Reichtum du erlangen wirst, nämlich ein Sechzehntel des Grundbesitzes von Mel.«

»Hat man so etwas je gehört!«, sagte Egill. »Dann ist das Vermögen ja gar nicht so groß, wie ich dachte. Wie kommst du darauf?«

Ófeig antwortete: »Das stimmt nicht, das Vermögen ist gewaltig. Doch meiner Rechnung nach ist das alles, was du kriegst. Habt ihr nicht beschlossen, dass ihr die Hälfte von Odds Vermögen bekommen sollt, die andere Hälfte aber die Leute aus dem betroffenen Landesviertel? Das ergibt meine Rechnung, wenn ihr acht Verbündete seid, die zusammen die Hälfte des Grundbesitzes von Mel bekommen. Auch wenn ihr dabei auf so beispiellose

Art und Weise vorgegangen seid, so werdet ihr euch doch untereinander so geeinigt haben. Oder habt ihr tatsächlich gehofft, dass mein Sohn Odd ruhig dasitzen würde, wenn ihr bei ihm angeprescht kommt? Nein«, fuhr Ófeig fort, »so hilflos wird Odd euch nicht entgegentreten, und bei all dem Geld, das er hat, so ist er doch nicht weniger geschickt im Pläneschmieden und im Aushecken von Listen, sollte er es für nötig halten. Und ich nehme stark an, dass sein Knörr auch dann mit ihm auf See entschwinden wird, wenn ihr ihn einen Geächteten nennt. Was so widerrechtlich zur Anklage gebracht wurde, wird man auch kaum Acht nennen können, und es wird dann wohl eher auf die Ankläger zurückfallen. Ich vermute, dass er bereits auf hoher See ist – mit allem, was ihm gehört, außer dem Land von Mel. Das wird er euch zugedacht haben. Er weiß auch, dass es nach Borg nicht besonders weit ist, falls er mal in den Borgarfjord kommt. Nun wird es so ähnlich enden, wie es angefangen hat, nämlich dass ihr nur Schmach und Schande davon habt, und das ganz zu Recht. Alle werden sie über euch herziehen.«

Da sagte Egill: »Das klingt einleuchtend; die ganze Sache hat also einen Haken. Es war in der Tat zu erwarten, dass Odd nicht tatenlos dasitzen würde – aber ausplaudern werde ich davon nichts. Es gibt da nämlich einige, die an der Sache beteiligt sind, denen ich die Schande wohl gönne und die das Ganze am heftigsten angeheizt haben, so wie Styrmir, Þórarinn und Hermund.«

Ófeig sprach: »Alles wird sich zum Guten wenden. Sie werden kriegen, was sie verdient haben, nämlich Vorwürfe von allen Seiten. Ich fände es jedoch schade, wenn du nicht gut aus der Sache herauskommen würdest, denn du gefällst mir, und von euch Verbündeten kann ich dich am besten leiden.«

Daraufhin lässt er einen dicken Geldbeutel unter seinem Mantel zum Vorschein kommen. Egills Blick fällt darauf. Ófeig sieht das, lässt den Beutel unverzüglich wieder unter dem Mantel verschwinden und spricht: »Es ist nun so, Egill«, sagt er, »dass ich vermute, es wird etwa so verlaufen, wie ich es dir gesagt habe. Ich möchte dir nun meine Wertschätzung zeigen.« Dann hebt er den Beutel hoch und schüttet das Silber in Egills Schoß. Das waren zweihundert Münzen vom besten Silber, das es gab. »Dies sollst du von mir bekommen, wenn du dich nicht sträubst. Es ist nur ein kleines Zeichen meiner Wertschätzung.«

Egill antwortet: »Ich meine, du bist ein ganz übler Bursche. Erwarte bloß nicht, dass ich tatsächlich bereit bin, meine Eide zu brechen.«

Ófeig sagt: »Ihr seid nicht solche Kerle, wie du vielleicht glaubst. Ihr wollt, dass man euch als Höfdinge und Anführer bezeichnet, wisst aber nicht, was euch zum Vorteil gereicht, wenn ihr mal in eine schwierige Lage geratet. So musst du dem nicht zustimmen, sondern ich werde einen Weg finden, wie du deinen Eid halten kannst.«

»Wie soll das gehen?«, sagt Egill.

Ófeig spricht: »Habt ihr nicht auf Ächtung oder Selbsturteil geklagt?«

Egill sagte, so sei es.

»Es ist möglich«, sagte Ófeig, »dass uns, Odds Verwandten, zugestanden wird, zwischen diesen beiden Möglichkeiten zu wählen. Nun könnte das so laufen, dass dir das Urteil in der Sache zufällt. Dann möchte ich, dass du es entsprechend fällst.«

Egill erwidert: »Das stimmt, was du sagst, du bist wirklich ein schlauer und durchtriebener alter Mann! Doch werde ich nicht dazu in der Lage sein, da ich weder die Macht habe noch ausreichend Leute, um mich allein gegen all diese mächtigen Männer zu stellen – und zu Feindseligkeiten wird es kommen, sollte sich jemand gegen sie wenden.«

Ófeig sprach: »Wie wäre es denn, wenn sich noch ein Zweiter deiner Sache anschlösse?«

»Dann sähe es schon besser aus«, sagte Egill.

Ófeig sprach: »Wen von den Verbündeten würdest du dir dann am ehesten aussuchen, angenommen, ich hätte die freie Wahl?«

»Da gibt es zwei«, sagte Egill. »Hermund ist mein nächster Nachbar, allerdings steht es schlecht zwischen uns, und der andere ist Gellir, und den würde ich wählen.«

»Das wird mir einiges abverlangen«, sagte Ófeig, »da ich allen in dieser Sache nur Übles wünsche außer dir allein. Aber er wird schon klug genug sein, zu erkennen, was die bessere Entscheidung ist, Geld und Ehre zu haben oder leer auszugehen und dazu noch eine Schmach zu erleiden. Und willst du dich der Sache nun anschließen, falls dir nun das Urteil zukommen sollte, und nur eine geringfügige Buße fordern?«

»Sicher will ich das«, sagte Egill.

»Dann soll das so zwischen uns abgemacht sein«, sagte Ófeig, »und ich werde in Kürze wieder hier bei dir vorbeikommen.«

9 Nun bricht Ófeig auf, und Egill und er trennen sich. Ófeig treibt sich daraufhin zwischen den Hütten und Zelten herum. Ganz so betrübt ist er jedoch nicht, wie er schwach auf den Beinen ist, und auch im Gespräch nicht so leicht unterzukriegen, wie sein Gang gebrechlich ist. Nach einer Weile kommt er zu der Hütte von Gellir Þorkelsson und lässt ihn herausbitten. Er tritt heraus und grüßt Ófeig zuerst, da er bescheiden ist, und fragt nach seinem Anliegen.

Ófeig antwortet: »Ich komme hier eben so vorbei.«

Gellir sagte: »Du wirst über Odd und die Klage reden wollen.«

Ófeig antwortet: »Darüber will ich nicht sprechen, ich finde, dass ich nichts damit zu tun habe, und ich weiß mir auch angenehmer die Zeit zu vertreiben.«

Gellir sagt: »Worüber möchtest du dann reden?«

Ófeig spricht: »Mir wurde gesagt, du seiest ein kluger Kopf, und es ist mir eine Freude, mich mit gewitzten Männern zu unterhalten.«

Daraufhin setzen sie sich und beginnen ein Gespräch. Da fragt Ófeig: »Wie sieht es bei euch im Westen denn so mit jungen Burschen aus, die deiner Meinung nach einmal bedeutende Männer werden könnten?«

Gellir sagt, in der Hinsicht habe man mehr als genug Auswahl, und nennt die Söhne des Goden Snorri und der Leute auf Eyr.

»Ich habe schon gehört, wie es ist«, meint Ófeig, »doch habe ich es jetzt aus sicherer Quelle erfahren, wo ich mit einem rede, der ehrlich und aufrichtig ist. Und was gibt es für Frauen da im Westen, die am meisten hermachen?«

Er nennt die Töchter des Goden Snorri und die Töchter Steinþórs von Eyr.

»Die hat man mir auch genannt«, meint Ófeig, »aber wie ist das, hast du keine Töchter?«

Gellir sagt, natürlich habe er welche.

»Wieso nennst du sie dann nicht?«, fragt Ófeig. »Man wird wohl annehmen dürfen, dass niemand hübscher ist als deine Töchter. Sind sie denn bereits verheiratet?«

»Das sind sie nicht«, sagt er.

»Wie kommt das?«, fragt Ófeig.

Gellir sagt: »Das kommt daher, weil noch niemand um ihre Hand angehalten hat, der wirklich reich ist, auf den man sich aber auch verlassen kann und der aus einer angesehenen Familie stammt, und der überdies noch ein tüchtiger Kerl ist. Denn auch wenn ich nicht besonders reich bin, werde ich nichtsdestotrotz wählerisch sein, was Herkunft und Ansehen des Kandidaten angeht. Ich werde dir das jetzt aber nicht alles auf die Nase binden. Wie ist es denn bei euch im Norden um Kerle bestellt, die das Zeug zu bedeutenden Männern haben?«

Ófeig erwidert: »Da stehen einige zur Auswahl. Allen voran würde ich Einar nennen, den Sohn Járnskeggis, und Hall Styrmisson. Manche behaupten auch, dass Odd, mein Sohn, recht vielversprechend sei, und nun möchte ich dir auch ausrichten, was er mir aufgetragen hat, dass er sich nämlich gerne mit dir verschwägern und deine Tochter Ragnheið heiraten würde.«

»Ja«, sagt Gellir, »es gab eine Zeit, in der ich dem freudig zugestimmt hätte, aber so, wie die Dinge jetzt stehen, glaube ich, dass das so bald nicht passieren wird.«

»Wie kommt das?«, fragt Ófeig.

Gellir spricht: »Beim jetzigen Stand der Dinge scheint es mir ziemlich düster auszusehen für deinen Sohn Odd.«

Ófeig erwidert: »Ich versichere dir, dass du sie niemals besser verheiraten wirst als mit Odd; wo sich doch alle einig darüber sind, dass er ein tüchtiger Kerl ist und zu den Besten zählt, und dass es ihm weder an Geld mangelt noch an der vornehmen Abstammung. Du dagegen bist recht knapp bei Kasse, und es ist gut möglich, dass du von ihm etwas Unterstützung bekommen kannst, denn seinen Freunden gegenüber ist er ein sehr großzügiger Mann.«

Gellir sagt: »Ich hätte das schon in Erwägung gezogen, wenn da nicht dieser Prozess wäre.«

Ófeig erwidert: »Reden wir nicht von diesem Unsinn, dem überhaupt keine Beachtung zu schenken ist. Schande über all die Dummköpfe, die sich daran beteiligen!«

Gellir antwortet: »Das macht es nicht weniger wahrscheinlich, dass die Sache anders ausgeht, und deshalb möchte ich dein Angebot nicht annehmen. Doch wenn sich das Problem lösen sollte, wäre ich nur zu gern dazu bereit.«

Ófeig meint: »Es mag sein, Gellir, dass ihr alle hier noch euer Glück machen werdet. Allerdings will ich dir sagen, was dein Anteil davon sein wird, denn das weiß ich genau, und im besten Fall wird es so sein, dass ihr acht Verbündeten die Hälfte des Grundbesitzes von Mel zugesprochen bekommt. Dann wirst du gar nicht gut dastehen. Du wirst kaum Geld sehen, und Anstand und guter Ruf sind dann dahin, auch wenn man dich zuvor noch einen der achtenswertesten Männer im ganzen Land nannte.«

Gellir fragte, wie das der Fall sein könne.

Ófeig antwortete: »Ich glaube, es ist höchstwahrscheinlich damit zu rechnen, dass Odd inzwischen mit seinem ganzen Besitz auf hoher See ist, ausgenommen dem Land von Mel. Ihr werdet doch nicht erwartet haben, er würde tatenlos zusehen und zulassen, dass ihr nach Belieben alles zwischen euch aufteilt. Nein«, sagte Ófeig, »was er sagte, war vielmehr, dass er, falls er in den Breiðafjord käme, deinen Hof schon finden und sich dort aus deinem Hause schon eine Braut aussuchen werde, und er meinte auch, dass er genug Zunder habe, um deinen Hof niederzubrennen, falls er das wolle. Zudem habe er gehört, dass es nicht sehr weit sei nach Borg, falls er in den Borgarfjord käme. Er sagte auch, dass er den Hof Járnskeggis schon finden werde, wenn er in den Eyjafjord käme, und genauso, dass er das Haus von Skegg-Broddi finden werde, falls er in die Ostfjorde käme. Selbst wenn er nie wieder nach Island kommen kann, wird ihm das jetzt nichts ausmachen, wohingegen ihr bekommt, was ihr verdient, nämlich Schimpf und Schande. Mir täte es leid, wo du doch bisher ein so ordentlicher Höfding gewesen bist, wenn es mit dir ein so schlimmes Ende nehmen würde, und davor wollte ich dich bewahren.«

Gellir erwiderte: »Da magst du recht haben! Ich fände es nicht weiter schlimm, wenn es zu dieser Beschlagnahmung noch eine Alternative gäbe. Ich habe meinen Freunden einfach freie Hand gelassen, selbst war ich nie so versessen danach!«

Ófeig sprach: »Jetzt, wo du die Dinge nicht mehr so übereilst, wird dir wohl klarwerden, dass es die ehrenvollere Entscheidung ist, wenn du Odd, meinem Sohn, deine Tochter zur Frau gibst, wie ich es anfangs gesagt habe. Schau, hier ist das Geld, das er dir sendet, und er meinte, er würde sie selber mit einer Mitgift ausstatten, weil er wisse, wie wenig Geld du hast. Und das sind zweihundert Silber in einer Qualität, wie man sie kaum bekommt. Denk einmal nach. Wann wird sich dir schon noch einmal die Gelegenheit bieten, deine Tochter einem Mann zu verheiraten, der selbst für die Mitgift aufkommt? Und darüber hinaus kannst du davon ausgehen, dass er dich reichlich versorgt und deine Tochter in Luxus leben wird.«

Gellir antwortete: »Das ist so großzügig, dass man es kaum hoch genug veranschlagen kann, doch werde ich eines auf keinen Fall tun, nämlich die zu hintergehen, die mir vertrauen; auch wenn mir klar ist, dass ich durch diese Anklage nur Hohn und Spott ernten werde.«

Darauf erwiderte Ófeig: »Ihr Höfdinge seid außerordentlich dämlich. Wer hat denn von dir verlangt, dass du diejenigen hintergehen sollst, die dir vertrauen, oder deine Eide zu brechen? Es kann doch gut sein, dass es dir zufallen wird, das Urteil zu sprechen, und dann wirst du es gnädig ausfallen lassen, ohne dass du dadurch deinen Eid brichst.«

Gellir sagte: »Das ist wohl wahr. Du bist ein schlauer Kerl und ganz schön gerissen. Trotzdem kann ich mich nicht allein mit all den anderen anlegen.«

Ófeig sprach: »Wie wäre es denn, wenn ich noch jemanden dazu bewegen könnte, würdest du die Sache dann unterstützen?«

»Das würde ich«, sprach Gellir, »wenn du es hinbekommst, dass ich in der Sache zu entscheiden habe.«

Ófeig sprach: »Wen würdest du dir dann dazu aussuchen?«

Gellir antwortete: »Egill würde ich wählen. Er steht mir am nächsten.«

Ófeig erwiderte: »Hat man so etwas je gehört! Da wählt er genau den, der am schlimmsten ist von eurer ganzen Bande, und ausgerechnet ihm diese Ehre zu erweisen, das gefällt mir gar nicht. Ich weiß wirklich nicht, ob ich Lust habe, mich dafür einzusetzen.«

»Das musst nun du entscheiden«, meinte Gellir.

Ófeig sprach: »Du bist also bereit, dich auf die Sache einzulassen, wenn ich ihn dazu bringe, sich auf deine Seite zu schlagen? Denn er wird schon begreifen können, was besser ist, sich noch etwas von seinem Ansehen zu bewahren oder es ganz einzubüßen.«

»Bei all dem, was für mich bei der Sache herausspringt«, sagte Gellir, »denke ich, werde ich es darauf ankommen lassen.«

Da sprach Ófeig: »Egill und ich haben bereits darüber gesprochen, und der Plan schien ihm durchaus durchführbar, und er ist bereits dabei. Ich werde dir jetzt einen Rat geben, wie du dich an der Sache beteiligen kannst. Ihr Verbündete steckt mit euren Leuten hier fast immer zusammen. Da wird nun niemand argwöhnisch werden, wenn Egill und du euch auf dem Weg zur Abendmesse unterhaltet, ganz wie es euch gefällt.«

Gellir steckt das Geld ein, und damit ist die Sache zwischen ihnen abgemacht. Danach macht sich Ófeig auf den Weg zur Thinghütte Egills, und er geht nun weder langsam noch krumm und gebeugt, und er berichtet dort Egill, was er erreicht hat. Er ist ziemlich zufrieden. Später am Abend gehen die Leute zur

Abendandacht, und Egill und Gellir unterhalten sich und sprechen sich ab. Niemand hegt einen Verdacht.

10 Jetzt ist davon zu erzählen, dass sich die Leute am Tag darauf zum Gesetzesfelsen begeben. Viele waren gekommen. Egill und Gellir versammeln ihre Gefährten um sich. Auch Ófeig gesellt sich zur Gruppe von Styrmir und Þórarinn. Und als alle Leute zum Gesetzesfelsen gekommen waren, die dort erwartet wurden, bat Ófeig um Ruhe, um sich Gehör zu verschaffen, und sprach: »Bisher war ich nicht geneigt, mich in die gegen meinen Sohn Odd erhobene Klage einzumischen, doch weiß ich, dass jetzt die Männer anwesend sind, die am meisten an dieser Anklage beteiligt sind. Als Erstes möchte ich Hermund dazu aufrufen, sich zu dieser Klage zu äußern, auch wenn sie auf eine derart beispiellose Art und Weise erhoben wurde, dass niemandem etwas Vergleichbares einfallen wird, und sie in der gleichen Weise weiterverfolgt wurde, und es daher auch keine Überraschung wäre, wenn sie auch ein entsprechendes Ende nimmt. Ich möchte nun erfahren, ob es eine Möglichkeit gibt, zu einem Vergleich zu kommen.«

Hermund antwortete: »Wir werden nichts anderes als ein Selbsturteil akzeptieren.«

Ófeig sprach: »Es wird schwerlich jemand einen vergleichbaren Fall nennen können, in dem ein einzelner Mann in einer einzigen Klage gleich acht Männern das Selbsturteil gewährt hat. Es gibt aber vergleichbare Fälle, in denen ein Einzelner dies genau einem anderen gewährte. Da man hier nun aber in so beispielloser Art und Weise vorgegangen ist, verglichen mit anderen Fällen, möchte ich anbieten, dass zwei aus eurer Schar das übernehmen dürfen.«

Hermund erwiderte: »Dem wollen wir gern zustimmen, und es spielt auch keine Rolle, welche zwei es sein werden.«

»Dann werdet ihr mir die Ehre zugestehen«, sagte Ófeig, »unter euch Verbündeten die beiden auszuwählen, die ich möchte?«

»Ja, ja«, sagte Hermund.

Da warf Þórarinn ein: »Gewähre heute nur das, was du morgen nicht bereust.«

»Es soll nicht widerrufen werden«, sagte Hermund.

Ófeig suchte sich nun Bürgen, und das war leicht, da allen die Zahlungsfähigkeit gesichert schien. Daraufhin gaben sich die Männer die Hand, und per Handschlag einigten sie sich auf eine Zahlung in der Höhe, wie sie diejenigen festlegen wollten, die Ófeig dazu benannte. Ebenfalls per Handschlag gelobten die Verbündeten, die Klage damit fallenzulassen.

Nun beschloss man, dass die Verbündeten mitsamt ihrem Gefolge zum Gerichtsplatz gehen sollten. Die Anhänger Gellirs und Egills blieben unterwegs zusammen und nahmen an einer Stelle des Kreises Platz.

Ófeig tritt in die Mitte des Kreises, blickt sich um, schlägt die Kapuze seines Mantels zurück, fährt sich über die Unterarme und bleibt nach hinten gebeugt dort stehen. Er schielt in die Runde und spricht dann: »Dort sitzt du, Styrmir, und den Leuten wird es seltsam vorkommen, wenn ich dich in dieser Sache, die mich betrifft, nicht zum Zuge kommen lasse, wo ich doch einer deiner Thingleute bin und bei dir um Rückhalt suchen kann. Du hast schon so manche gute Gabe von mir erhalten und sie mir stets schlecht vergolten. Es macht mir auch ganz den Eindruck, als ob du in dieser Angelegenheit Odd, meinem Sohn, gegenüber von allen die größte Feindschaft an den Tag gelegt hättest und auch hauptsächlich dafür verantwortlich seist, dass diese Anklage überhaupt erhoben wurde, und daher schließe ich dich aus. – Und da sitzt du, Þórarinn«, sagt Ófeig, »und sicher, du hättest wohl den nötigen Verstand, um in dieser Sache ein Urteil zu fällen, doch hast du es in dieser Streitigkeit nur darauf angelegt, Odd zu schaden, und hast mit Styrmir zusammen gleich die Führung übernommen, und deshalb will ich auch dich nicht in Betracht ziehen. – Da drüben sitzt du, Hermund, der hohe Herr, und man könnte meinen, dass es gar nicht so schlecht wäre, wenn dir die Entscheidung in dieser Angelegenheit überlassen würde. Allerdings war von Beginn an niemand so vehement in dieser Sache wie du, und das zeigt, dass du gewillt bist, deine

Unverschämtheit ganz offen zur Schau zu stellen. Dich hat auch nichts dazu bewogen als Frechheit und Gier, wo es dir doch an Geld wahrlich nicht mangelt; ich schließe dich aus. – Dort sitzt du, Járnskeggi, und dir fehlt es nicht an Hochmut, in dieser Sache zu richten, und du fändest es sicher nicht schlecht, wenn man dir hier die Entscheidung ließe. Dein Stolz war sogar so groß, dass du dir auf dem Vöðla-Thing ein Banner vorantragen ließest wie ein König, und daher sollst du in dieser Sache auch kein König sein, und ich sortiere dich aus.«

Jetzt sieht Ófeig sich weiter um und spricht: »Dort sitzt du, Skegg-Broddi, und stimmt das wirklich, dass König Harald Sigurðarson, als du bei ihm warst, meinte, du schienst ihm von allen Isländern am ehesten einen guten König abzugeben?«

Broddi antwortet: »Oft sagte der König Gutes über mich, aber das heißt noch nicht, dass er auch alles meinte, was er sagte.«

Da spricht Ófeig: »Du sollst in anderen Dingen den König abgeben als in dieser hier, denn ich schließe dich aus. – Und da sitzt du, Gellir«, sagt Ófeig, »und dich hat nichts anderes dazu bewogen, bei dieser Sache mitzumachen, als alleine die Geldgier. Das ist allerdings auch verständlich, da du knapp bei Kasse bist, gleichzeitig aber einen großen Haushalt zu versorgen hast. Jetzt weiß ich nicht so recht ... Auch wenn mir alle eine schlechte Wahl erscheinen, so muss doch irgendjemandem die Ehre zuteil werden, die Sache zu entscheiden. Es sind jetzt nur noch wenige übrig, und ich habe nicht vor, doch noch einen von denen auszusuchen, die ich bereits aussortiert habe. Und deshalb bestimme ich dich dazu, da du bisher noch nicht dafür bekannt bist, gegen das Gesetz gehandelt zu haben. – Da sitzt du, Þorgeir Halldóruson«, sagt Ófeig, »und es kann als erwiesen gelten, dass du noch niemals in einer Sache entschieden hast, die irgendwie von Belang war, da du die Bedeutung eines Prozesses gar nicht einschätzen kannst und nicht mehr Verstand dazu hast als ein Ochse oder Esel, und dich schließe ich aus.«

Daraufhin ließ Odd den Blick weiterschweifen, und eine Strophe kam aus seinem Mund:

Kaum mag es ein Mann
ins Alter zu kommen,
das Verstand uns raubt
und Augenlicht;
zur Wahl ich hatte
manchen Mann, der was taugt;
nur den Schwanz des Wolfes
kann jetzt im Kreis ich noch fassen.

»Mir ist es jetzt auch wie einem Wolf ergangen. Die zerfleischen sich gegenseitig und merken das erst, wenn sie beim Schwanz angekommen sind. Ich hatte die Wahl zwischen vielen hohen Herrschaften, und nun ist nur noch der eine übrig, von dem alle wohl nur das Schlimmste erwarten – und es ist wohl etwas Wahres daran, dass er viel eher als alle anderen dazu neigt, andere zu kränken und ihnen Unrecht zu tun, und dass er für Geld alles tut, solange er es am Ende auch bekommt. Obwohl er auch hier nicht aufrichtig gewesen ist, muss man ihm immerhin zugutehalten, dass viele jetzt eine Kehrtwende gemacht haben, die man zuvor als rechtschaffen bezeichnete, und die Mut und Anstand aufgegeben haben, um sich stattdessen Unredlichkeit und Gier hinzugeben. So wird es jetzt wohl niemandem in den Sinn kommen, dass ich ausgerechnet ihn dazu auserwähle, der allgemein das Schlimmste erwarten lässt, wo man in eurer Schar keinen finden wird, der gerissener ist, und doch wird es darauf jetzt hinauslaufen, da alle anderen bereits ausgeschlossen wurden.«

Egill grinste und sprach: »Es ist wie so oft. Nicht dem wird die Ehre zuteil, dem man sie gegönnt hätte. Stehen wir auf und ziehen wir uns zurück, Gellir, um die Sache zu besprechen.«

Dies taten sie nun, entfernten sich von dort und setzten sich zusammen. Da fragte Gellir: »Was sollen wir denn jetzt sagen?«

Egill sprach: »Ich würde vorschlagen, dass wir eine geringe Geldstrafe verlangen, auch wenn ich nicht weiß, was das noch für Folgen haben wird, außer dass wir uns dadurch nicht gerade beliebt machen werden.«

»Wäre das viel zu viel, wenn wir dreizehn gewöhnliche Öre

verlangen?«, sagte Gellir. »Von Anfang an wurde in dieser Sache ja das Recht verdreht, und je unzufriedener sie sind, desto besser. Allerdings bin ich nicht gerade versessen darauf, die Verkündung des Urteilsspruchs zu übernehmen, da mir schwant, dass sie sehr missfallen wird.«

»Mach, was du lieber willst«, sagte Egill, »verkünde den gerichtlichen Vergleich, oder übernimm die Urteilsbegründung und steh ihnen Rede und Antwort.«

»Ich übernehme die Urteilsverkündung«, sagte Gellir.

Jetzt gehen sie zurück zu den Verbündeten. Da sprach Hermund: »Stehen wir auf und lauschen wir der Schande.«

Dann sprach Gellir: »Klüger werden wir später auch nicht sein, und es wird ohnehin alles auf dasselbe hinauslaufen. Das Urteil von Egill und mir lautet folgendermaßen, dass uns, den Verbündeten, dreizehn Öre Silber zu zahlen sind.«

Da sagt Hermund: »Habe ich das richtig verstanden? Sagtest du hundertdreißig Öre Silber?«

Egill antwortet: »Da hast du dich verhört, Hermund, und du sitzt wohl noch auf den Ohren, auch wenn du dich eigens erhoben hast. Dreizehn Öre sind es, und es ist Geld, für dessen Annahme sich jeder schämen sollte. Bezahlt werden soll es in zertrümmerten Schalen und Bruchsilber und in allem, was dich am wenigsten freut und dir am wertlosesten erscheint.«

Da spricht Hermund: »Hintergangen hast du uns, Egill!«

»Ist das so?«, sagt Egill. »Fühlst du dich hintergangen?«

»Ich fühle mich hintergangen, und du bist es, der mich hintergangen hat.«

Egill erwidert: »Das gefällt mir, dass ich denjenigen hintergehe, der niemandem über den Weg traut, noch nicht einmal sich selbst – und was ich hier behaupte, kann ich auch beweisen: Du bist losgezogen, dein Geld in einem derartigen Nebel zu verstecken, dass du hofftest, du würdest es selbst dann nicht wiederfinden, sollte es dir einmal einfallen, danach zu suchen.«

Hermund erwidert: »Wie immer verbreitest du Lügen, Egill, genau wie in der Geschichte im Winter, als du nach Hause kamst, nachdem ich dich über Weihnachten aus deiner armseligen Hütte befreit und dich zu mir eingeladen hatte, worüber du dich gefreut hast, wie es nicht anders zu erwarten gewesen war. Aber als Weihnachten vorbei war, da bekamst du schlechte Laune, was ja vorherzusehen war, und hattest keine Lust, wieder in dein Hungerloch zurückzukehren, und als ich das mitbekam, da bot ich dir an, mit einem deiner Männer dazubleiben, und das nahmst du an und warst froh darüber. Im Frühling aber, nach Ostern, als du nach Borg zurückkamst, da hast du behauptet, bei mir seien von den Pferden, die sich im Winter draußen ihr Futter suchen, dreißig gestorben, und sie seien alle gegessen worden!«

Egill erwidert: »Ich glaube nicht, dass man übertreiben könnte, wenn man deine Misswirtschaft beschreiben wollte, aber ich glaube, dass keins von den Pferden gegessen wurde, und wenn, dann nur ein paar. Andererseits weiß jeder, dass es bei mir und meinen Leuten niemals an Essen mangelt, auch wenn das Geld etwas knapp sein sollte, während die Verhältnisse bei dir zu Hause ja auf jeden Fall so sind, dass du wohl besser den Mund hältst.«

»Wenn es nach mir ginge«, sagt Hermund, »dann sollten wir uns nächsten Sommer auf dem Thing besser nicht über den Weg laufen.«

»Jetzt werde ich etwas aussprechen«, sagt Egill, »von dem ich dachte, es würde niemals über meine Lippen kommen: gepriesen seien deine Worte! Mir nämlich wurde prophezeit, ich würde an Altersschwäche sterben, doch je früher dich die Trolle holen, desto besser!«

Da spricht Styrmir: »Es hat recht, Egill, wer das Schlimmste über dich behauptet und dich einen Betrüger nennt.«

»Mach nur weiter so«, sagt Egill, »um so besser für mich, je mehr du über mich lästerst und es untermauerst, da mir nämlich erzählt wurde, ihr hättet euch in bierseliger Runde einen Spaß daraus gemacht, euch mit anderen Männern zu vergleichen, und du hättest dich mit mir verglichen. Nun ist allerdings klar«, fuhr er fort, »dass du etwas ziemlich Gemeines und Feiges an dir hast, wie man es von anderen Männern nicht so kennt, und du wirst dich selbst schon am besten einschätzen können. Einen Unterschied gibt es aber zwischen uns. Wenn wir anderen Hilfe versprechen, dann lege ich mich ins Zeug so gut ich kann und tue mein Möglichstes, während du die Beine in die Hand nimmst, sobald jemand eine Axt in die Luft reckt. Es ist auch wahr, dass ich so meine Mühe habe mit dem Hof, doch geize ich niemandem gegenüber mit dem Essen, du aber bist ein alter Geizhals, was das angeht, und es ist bezeichnend, dass du diese Schale besitzt, die ›Gesegnete Mahlzeit‹ heißt, und keiner deiner Gäste hat jemals erfahren, was darin ist; nur du allein weißt es. Man kann es mir doch nicht vorwerfen, wenn ich meine Leute mal etwas knapp halten muss, wenn nun einmal nichts da ist, aber die, die ihre Leute hungern lassen, wenn es an gar nichts fehlt, die sind viel übler, und jetzt denk mal nach, wer so einer ist.«

Styrmir verstummt nun. Dann steht Þórarinn auf. Da spricht Egill: »Halt du besser den Mund, Þórarinn, setz dich hin und misch dich da nicht ein; ich würde dir solche Vorwürfe an den Kopf werfen, dass du so besser bedient bist. Und auch wenn die Knechte über dich lachen, wie du so verkniffen dasitzt und mit den Beinen wetzt, finde ich das gar nicht komisch.«

Þórarinn antwortet: »Einen guten Rat sollte man annehmen, von wem er auch kommt.« Er setzt sich hin und sagt nichts mehr.

Da spricht Þorgeir: »Das sieht doch wohl jeder, dass diese Urteilsverkündung belanglos und töricht ist, wenn nicht mehr als dreizehn Öre Silber für eine so bedeutende Sache erhoben werden.«

»Und ich dachte«, sagt Egill, »dir würde dieses Urteil vorzüglich erscheinen. Das wird auch sicher der Fall sein, wenn du noch einmal darüber nachdenkst, denn du wirst dich mit Sicherheit an die Sache auf dem Herbstthing an der Rangá erinnern, als einer der Kleinbauern deinen Schädel mit dreizehn Beulen schmückte, und du nahmst dafür dreizehn Mutterschafe, und ich dachte, dass du dich daran gern erinnern lassen würdest.«

Da sagte Þorgeir nichts mehr, und auch Skegg-Broddi und Járnskeggi hatten keine Lust mehr, weiter mit Egill Worte zu wechseln.

Da spricht Ófeig: »Ich will euch jetzt eine Strophe aufsagen, damit sich noch viele an dieses Thing, den Ausgang dieser Klage und die Ereignisse, die hier stattgefunden haben, erinnern werden:

Die meisten Hölzer des Erzes
rühmen sich geringerer Dinge;
mich freut es; ich bezeuge es im Frieden
der Zwerge mit dem Riesen;
nicht reich an Ringen bin ich zwar,
doch glückte es, den Herren Hutes Land
mit Lumpen zu umwickeln,
Sand zu streuen in die Augen.«

Hölzer des Erzes = bewaffnete Männer, Krieger; der Frieden der Zwerge mit dem Riesen = die Dichtkunst bzw. der Skaldenmet, auf dessen Entstehung die Worte anspielen: Zwei Zwerge übergaben den Met an den Riesen Suttung, als Buße für den Tod seiner Eltern; Land des Hutes = der Kopf: Ófeig machte die Verbündeten blind, indem er ihnen bildlich gesprochen Sand in die Augen streute und ihnen die Augen verband.

Egill erwidert: »Dessen kannst du dich wohl rühmen, dass kaum je ein einzelner Mann ähnlich vielen Großen den Wind aus den Segeln genommen hat.«

Danach nun kehrten die Leute zu ihren Hütten zurück. Da sagte Gellir zu Egill: »Ich möchte, dass wir beide mit unseren Leuten zusammenbleiben.« So hielten sie es jetzt. In der Zeit, die das Thing noch andauerte, war die Stimmung sehr gereizt, und die Verbündeten waren mehr als unzufrieden über den Ausgang dieser Klage. Das Geld aber wollte niemand haben, und man warf es auf die Wiese. Die Leute ritten dann vom Thing nach Hause.

11 Nun treffen sich Vater und Sohn, und Odd hatte schon alles vorbereitet, um in See zu stechen. Ófeig erzählt Odd nun davon, dass er den Verbündeten in der Sache das Selbsturteil gewährt habe.

Odd erwidert: »Dann hat das Ganze ein äußerst unglückliches Ende für dich genommen.«

Ófeig antwortet: »Noch ist nicht alles verloren, mein Sohn«, und er legt jetzt alles dar, was geschehen ist, und teilt Odd mit, dass dieser nun eine Verlobte habe.

Da dankt ihm Odd für die Unterstützung und meint, er habe weit mehr erreicht, als er je erwartet hätte, und verspricht, dass es ihm von nun an niemals an Geld mangeln solle.

»Und du segle jetzt los«, sagt Ófeig, »wie du es vorhattest. Sechs Wochen vor Winteranfang soll auf Mel deine Hochzeit stattfinden.«

Danach trennen sich Vater und Sohn in großer Zuneigung, und Odd läuft aus, und der Wind steht ihm günstig, bis in den Norden am Þorgeirsfjord, wo bereits andere Kaufleute mit ihren Schiffen liegen. Dann flaut der Wind ab, und sie liegen dort einige Nächte lang. Odd dauert es zu lange, bis wieder günstiger Wind aufkommt, er steigt auf einen hohen Berg und sieht, dass draußen, außerhalb des Fjordes, ganz andere Windverhältnisse herrschen. Er kehrt zum Knörr zurück und lässt ihn aus dem Fjord hinausrudern. Die norwegischen Kaufleute machen sich über ihn lustig und meinen, bis nach Norwegen zu rudern würde wohl etwas lange dauern. Odd sagt: »Wer weiß, vielleicht seid ihr im Frühjahr immer noch da.«

Und als sie aus dem Fjord herauskommen, haben sie sofort günstigen Wind. Sie holen das Segel nicht wieder ein, bis sie zu den Orkneys kommen. Odd kauft Malz und Korn, hält sich eine Zeitlang dort auf und lässt dann sein Schiff wieder klarmachen, und als er abfahrbereit ist, kommt Ostwind auf, und sie setzen Segel. Sie haben gute Fahrt und kommen in den Þorgeirsfjord, und dort saßen die Kaufleute noch immer fest. Odd segelt nach Westen an der Küste entlang und kommt in den Miðfjord. Da war er sieben Wochen lang fort gewesen.

Nun wird alles für das Fest vorbereitet, alles ist im Überfluss vorhanden, und man lässt es an nichts fehlen. Viele Leute kommen, darunter Gellir und Egill, und manch anderer bedeutender Mann. Das Fest verläuft prächtig und macht großen Eindruck. Die Leute meinten, nie hätte es hier im Land eine bessere Hochzeit gegeben. Und als das Fest vorüber war, wurden die Leute mit großartigen Geschenken verabschiedet, und das wertvollste von allen erhielt Gellir.

Da sprach Gellir zu Odd: »Ich fände es gut, wenn auch Egill etwas Schönes bekäme. Er hat es verdient.«

»Ich glaube«, sagte Odd, »dass mein Vater sich ihm gegenüber bereits sehr großzügig gezeigt hat.«

»Trotzdem solltest du noch etwas drauflegen«, sagt Gellir.

Gellir reitet nun fort mit seinen Leuten. Auch Egill bricht auf, und Odd begleitet ihn noch ein Stück des Weges und dankt ihm für seine Unterstützung, »mein Dank an dich wird vielleicht nicht so groß ausfallen, wie er eigentlich sein sollte, aber ich ließ gestern sechzig Hammel in den Süden nach Borg treiben und zwei Ochsen. Die warten zu Hause auf dich, und ich werde es dir an nichts fehlen lassen, solange wir beide leben.«

Damit verabschieden sie sich voneinander, und Egill ist überaus zufrieden, und sie schlossen Freundschaft miteinander. Egill kehrt nach Hause nach Borg zurück.

12 Im selben Herbst trommelt Hermund eine Mannschaft zusammen und zieht aufs Herbstthing nach Hvamm, und will weiter nach Borg, um dort Egills Hof anzuzünden und ihn darin zu verbrennen. Und als sie an den Hängen des Valfell entlangkommen, hören sie ein Geräusch oben im Berg wie das Schnalzen einer Bogensehne, und im nächsten Moment fühlt Hermund sich krank und spürt einen stechenden Schmerz unter dem Arm. Sie müssen den Zug abbrechen und umkehren, und die Krankheit wird schlimmer. Und als sie auf die Höhe von Þorgautsstaðir kommen, muss man ihn aus dem Sattel heben. Daraufhin wird nach dem Priester aus Síðumúli geschickt, und

als dieser kommt, kann Hermund schon nicht mehr sprechen, und der Priester blieb dann bei ihm. Und einmal, als der Priester sich zu ihm herabbeugt, da kommt es von seinen Lippen: »Zweihundert in einer Schlucht, zweihundert in einer Schlucht ...« – und danach starb er, und so endete sein Leben, wie es hier jetzt erzählt worden ist.

Odd sitzt nun auf seinem Hof in hohem Ansehen und liebt seine Frau sehr. Die ganze Zeit über hört man nichts mehr von Óspak. Svala nahm ein Mann namens Már zur Frau, ein Sohn Hildirs, und er zog auf den Hof nach Svölustaðir. Sein Bruder hieß Bjálfi und war geistig ein wenig zurückgeblieben, aber ein kräftiger Kerl.

Ein Mann hieß Bergþór, der wohnte auf Böðvarshólar. Er war es gewesen, der bei der Ächtung Óspaks vor der Urteilsverkündung die Anklage zusammengefasst hatte. Da geschah es eines Abends auf Böðvarshólar, als die Leute beim Feuer saßen, dass ein Mann dort auftauchte, an die Tür klopfte und den Bauern aufforderte herauszukommen. Der Bauer aber erkannte, dass es sich bei dem Ankömmling um Óspak handelte, und sagte, er werde nicht herauskommen. Óspak fordert ihn weiter mit Nachdruck dazu auf, vor die Tür zu treten, doch er geht weiterhin nicht hinaus und verbietet auch allen Leuten, das Haus zu verlassen, und dabei bleibt es dann auch. Am Morgen aber, als die Frauen in den Kuhstall kommen, sind dort neun Kühe an schweren Wunden verendet. Dies sprach sich weit herum. Und ein andermal, als eine Weile vergangen war, geschah es, dass ein Mann in Svölustaðir auf den Hof kam und in das Haus ging, wo Már im Bett lag. Das war früh am Morgen. Der Mann trat an das Bett und stieß mit dem Kurzschwert nach Már, so dass der Stich sofort bis in die Brusthöhle drang. Es war Óspak.

Er sprach eine Strophe:

Zog aus der Scheide
frischgewetztes Schwert,
ließ dieses dringen
Már in den Magen;

nicht gönne ich
Hildirs Erben
der schöngewachsenen
Svala Umarmung.

Und als er sich zur Tür wendet, stößt er gegen Bjálfi, und der rammt ihm ein Schnitzmesser in den Leib. Óspak geht zu jenem Hof, der Borgarhóll heißt, und gibt dort den Totschlag bekannt. Dann verschwindet er, und eine Zeitlang hört man nichts mehr von ihm. Der Totschlag an Már sprach sich weit herum und wurde scharf verurteilt.

Eine weitere ungewöhnliche Begebenheit war, dass die besten Zuchtpferde, die Odd besaß, fünf an der Zahl, allesamt tot aufgefunden wurden, und die Leute glaubten, dass auch dies Óspaks Werk war. Jetzt verging eine lange Zeit, ohne dass man etwas von Óspak hörte. Im Herbst aber, als Leute auf der Suche nach ihren Schafen waren, entdeckten sie zwischen Felsklippen eine Höhle und darin die Leiche eines Mannes. Neben ihm stand eine Schale voller Blut, das pechschwarz war. Es war Óspak, und die Leute glaubten, dass die Verletzung ihn dahingerafft hatte, die Bjálfi ihm zugefügt hatte, da er sich danach nicht ausreichend versorgen konnte. Damit war sein Leben vorbei. Es wird nichts darüber gesagt, dass der Totschlag an Már oder der an Óspak gerichtlich verfolgt worden wäre.

Odd wohnte auf Mel bis ins hohe Alter und galt als ein sehr angesehener Mann. Von ihm stammen die Leute aus dem Miðfjord ab, Snorri Kálfsson und viele andere bedeutende Männer. In all der verbleibenden Zeit herrschte zwischen dem Vater, Ófeig, und seinem Sohn Freundschaft und ein gutes verwandtschaftliches Verhältnis.

UND DAMIT ENDET DIESE GESCHICHTE.

DIE ERZÄHLUNG VON ODD ÓFEIGSSON

ODDS ÞÁTTR ÓFEIGSSONAR

AUS DEM ALTISLÄNDISCHEN
UND MIT EINER EINLEITUNG
VON MATHIAS KRUSE

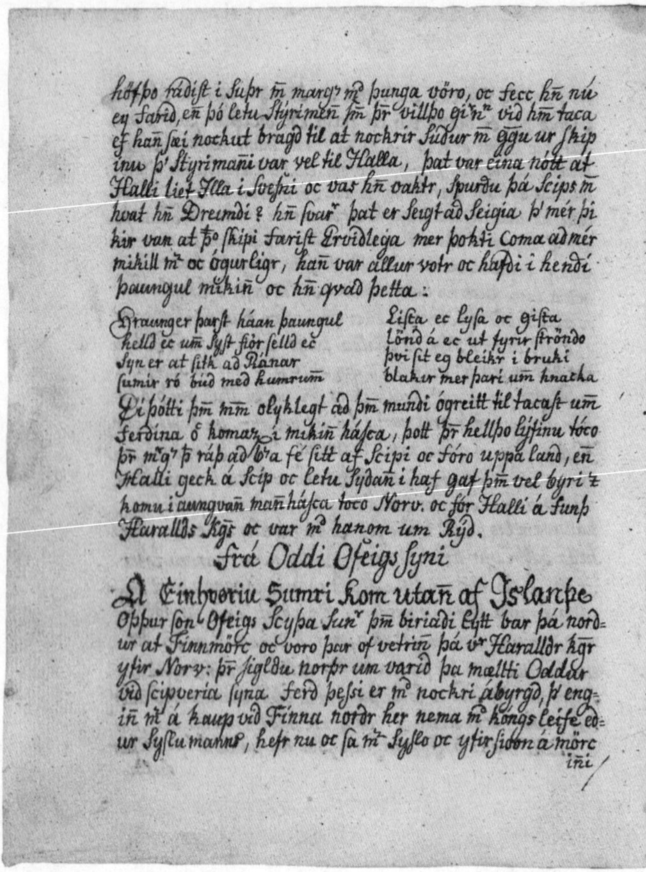
höfþo rádist i Suþr m̄ marg mᵈ þunga vöro, oc fecc hn̄ nú
ey farid, en̄ þó letu Styrimen̄ þm̄ þr villþo gi̇ṅᵃ vid hm̄ taca
ef han̄ sæi nockut bragd til at nockrir Sudur m̄ ggu ur skip
inu þ' Styrimani var vel til Halla, þat var eina nótt at
Halli liet Illa i Svefni oc vas hn̄ vaktr, spurdu þá Scips m̄
hvat hn̄ Dreimdi? hn̄ svarᵈ þat er seigt ad seigia þ' mér þi
kir van at þ° skipi farist Ervidlega mer þokti Coma ad mér
mikill mᵃ oc ógurligr, han̄ var allur votr oc hafdi i hendi
þaungul mikin̄ oc hn̄ qvad þetta:

Draunger þarst háan þaungul
helld ec um̄ syst fiór sélld ec
syn er at sith ad Ránar
sumir ró búd med kumrum̄

Lista ec lysa oc gista
Löndá ec ut fyrir ströndo
þvi sit eg bleikr i bruki
blakur mer þari um̄ knatha

Di þótti þm̄ mm̄ olyklegt ad þm̄ mundi ógreitt til tacast um̄
ferdina ° komaz i mikin̄ háśca, þott þr hellþo lýsinu toco
þr mg' þ ráþ ad bᵉa fé sitt af Scipi oc fóro uppá land, en̄
Halli geck á Scip oc letu Sydan̄ i haf gaf þm̄ vel byri z
komu i aungvan̄ man̄háśca toco Norv. oc fór Halli á funþ
Haralldz Kgs oc var mᵈ hanom um Ríd.

Frá Oddi Ofeigs syni

A Einhveriu Sumri kom utan̄ af Islanþe
Oþþur son Ofeigs Scyþa sunᵛ þm̄ biriadi Eytt bar þá nord=
ur at Finnmörc oc voro þar of vetrin̄ þá vʳ Haralldr kgr
yfir Norv: þr sigldu norþr um varid þa mælti Oddur
vid scipveria syna ferd þessi er mᵈ nockri ábyrgd, þ' eng=
in̄ m̄ á kaup vid Finna nordr her nema mᵈ kongs leife ed=
ur Syslumanns, hefr nu oc sa m̄ Syslo oc yfirsioon á mörc
ini /

Der Beginn der *Erzählung von Odd Ófeigsson* in einer Handschrift vom Anfang des 19. Jahrhunderts. Darüber endet die *Erzählung vom scharfzüngigen Halli.*

EINLEITUNG

Die *Erzählung von Odd Ófeigsson* berichtet eine kurze Episode aus dem Leben Odd Ófeigssons, der zentralen Figur der *Saga von den Verbündeten*. Diesen hat es auf einer seiner Handelsfahrten – von denen auch die *Saga von den Verbündeten* zu berichten weiß – in die Finnmark verschlagen, das Land der Samen im Norden Skandinaviens. Als seine Mannschaft sich über das Handelsverbot des norwegischen Königs hinwegsetzt – denn dieser allein besitzt das Vorrecht, mit den Samen Handel zu treiben –, gerät man auf der Heimreise in Schwierigkeiten, als man ausgerechnet dem Bevollmächtigten des Königs über den Weg läuft. Es gelingt zwar, die Schmuggelware rechtzeitig zu verstecken und ihn zu täuschen, doch läuft man kurz darauf auch noch dem König persönlich in die Arme.

Überliefert ist die Geschichte in der *Morkinskinna*, dem »Verfallenen Pergament«, einer Sammlung von Königssagas aus dem 13. Jahrhundert, deren Wortlaut auch die vorliegende Übersetzung folgt, nur an wenigen, dort unleserlichen Stellen ergänzt durch eine spätere Fassung, die sich in der berühmten *Flateyjarbók* findet.

Während die Geschichte in der überlieferten Form erst gegen Anfang des 13. Jahrhunderts entstanden zu sein scheint, lassen sich die geschilderten Ereignisse dank eines Hinweises auf eine Hungersnot in Island mit einiger Wahrscheinlichkeit auf das Jahr 1056 datieren. Die Episode wäre damit erst nach den in der *Saga von den Verbündeten* geschilderten Ereignissen anzusetzen.

DIE ERZÄHLUNG VON ODD ÓFEIGSSON

Eines Sommers kam Odd, der Sohn Ófeig Skíðasons, von Island her in den Norden in die Finnmark, wo er den Winter verbrachte. Damals war Harald König in Norwegen. Als sie im Frühling aus dem Norden fortsegelten, sprach Odd zu seiner Mannschaft: »Diese Fahrt ist mit einer gewissen Gefahr verbunden, da eigentlich niemand hierherkommen darf, um Handel zu treiben, ohne die Erlaubnis des Königs oder des zuständigen Verwalters. Zur Zeit ist auch ein Mann eingesetzt, der die Abgaben von den Finnen eintreibt und dort die Oberhoheit hat, der als ziemlich unerbittlich gilt, nämlich Einar Fliege. Ich will jetzt also wissen, was ihr von den Finnen alles erstanden habt.«

Sie aber bestritten, etwas gekauft zu haben.

Als sie jetzt aus dem Norden kamen und an Tjøtta vorübersegelten, sahen sie, dass hinter der Insel ein Langschiff hervorkam und auf sie zu hielt. Das war Einar. Als sie es bemerkten, bat Odd die Männer, dafür zu sorgen, dass man bei ihnen keine Ware von den Finnen fände, – »und falls doch nicht alles in Ordnung ist, wie mir schwant, und ihr doch etwas von den Finnen erstanden habt, dann schafft das jetzt alles an einen Ort zusammen, falls das Schiff durchsucht wird.« Und nun bestätigte sich, was Odd vermutet hatte, und ein jeder schaffte herbei, was er erworben hatte, und versteckte es dort, wo es Odd am besten aufgehoben schien. Man war damit fertig, noch ehe Einar sie erreicht hatte.

Die Snekkja schnitt dem Schiff den Weg ab; es wehte eine schwache Brise, die jedoch an Stärke eher zunahm und kräftiger wurde. Odd grüßte Einar, da sie sich kannten, und Einar sprach: »Du, Odd«, sagte er, »bist bekannt dafür, zu wissen, was Recht ist, doch seid ihr den Winter über bei den Finnen gewesen, und da mag es schon sein, dass einige von deinen Männern es nicht so genau genommen und von den Finnen etwas erworben haben; die Vollmacht darüber hat der König jedoch uns gegeben, und daher wollen wir euer Schiff durchsuchen.«

Odd meinte, es stehe ihm frei, einen Blick auf die Ladung zu werfen, und die Männer öffneten ihre Kisten. Einar kam mit seinen Leuten an Bord, und sie durchsuchten alles, fanden jedoch keinerlei Handelsgut, das von den Finnen stammte.

Da sprach Einar: »Da haben die Männer wohl besser achtgegeben, als ich dachte. Die an Deck verschnürten Ballen jetzt noch aufreißen zu lassen, dafür bleibt kaum noch Zeit, schätze ich, da der Wind zunimmt und es wohl besser sein wird, wenn wir jetzt wieder auf unser Schiff zurückkehren.«

Da sprach ein Mann, der auf der Ladung saß, die man dort zu Ballen verschnürt hatte: »Den Packen, den ich hier habe, solltest du dir vorher noch ansehen und nachschauen, was er enthält«, und er nimmt ihn und beginnt ihn zu öffnen, und Einar wartet.

Um den Packen ist allerdings ein langer Lederriemen gewickelt, der nur schwer zu entknoten ist, so dass der Mann recht lange damit beschäftigt ist. Einar fordert ihn auf, etwas schneller zu machen. Er sagt, das werde gemacht, und holt einen weiteren Packen daraus hervor und beginnt ihn zu öffnen, um den viele Lederriemen gewickelt sind, die sich gehörig verheddern.

Da sprach Einar: »Du lässt dir aber ganz schön Zeit«, sagte er, wartete aber noch weiter ab, ob in seinem Packen nicht doch noch etwas zum Vorschein käme, was seinen Verdacht bestätigen würde. Als Nächstes kam aber nur ein drittes Paket zum Vorschein, und als er das aufgenestelt hatte, befand sich darin nichts als ein paar Lumpen und anderes altes Zeug.

Da sprach Einar: »Du elender Kerl!«, sagte er. »Du hast uns dermaßen aufgehalten und zum Narren gehalten, dass man die Insel schon gar nicht mehr sieht!«

Danach kehrte er auf sein Schiff zurück, da der Wind inzwischen immer stärker geworden war und sie sich nicht mehr gefahrlos neben dem Handelsschiff halten konnten. Und damit trennten sie sich.

Da sprach Odd: »Einar Fliege sind wir damit entronnen. Ich

glaube, jetzt kommt es noch darauf an, nicht auch noch dem König in die Arme zu segeln.«

Einar schickte sofort Nachricht an den König und teilte ihm mit, was geschehen war. Und als man daraufhin in den Süden nach Meløy kam, war es so, dass König Harald schon vor ihnen dort war und man das Handelsschiff erspähte. Und da der König über das Vorgefallene bereits unterrichtet war, sprach er: »Es mag sein«, sagte er, »dass das ein sehr glücklicher Zufall ist. Das wird Odds Schiff sein, und es ist durchaus erfreulich, dass wir aufeinanderstoßen, denn Einar wurde selten so ins Schlingern gebracht wie von Odd.« Der König war wütend.

Odd und seine Leute legen nun an der Insel an, während der König und seine Männer nicht lange fackeln, sondern sich sofort zu Odd und seiner Mannschaft begeben. Der begrüßt den König freundlich, worauf der König allerdings kaum ein Wort erwidert, einen recht zornigen Eindruck macht und meint, Odd habe sich ihm gegenüber ungebührlich verhalten. Er sei der Ansicht, er habe Odd stets in Ehren bei sich aufgenommen, doch nun sei dieser zu den Finnen gefahren und habe ohne seine Erlaubnis Handel mit ihnen getrieben.

Odd sagt: »Herr, wir wären froh gewesen«, sagt er, »wären wir weiter südlich an Land gekommen als in der Finnmark, und außerdem würde ich mich wohl niemals über ein Handelsverbot von Euch hinwegsetzen.«

Der König spricht: »Ich vermute«, sagt er, »ihr hättet es verdient, allesamt aufgeknüpft und am höchsten Baum gehängt zu werden. Und auch wenn du selbst nicht dahinterstecken magst, sollen es von mir aus eben nur deine Männer gewesen sein. Die werden es sich nicht haben entgehen lassen, unerlaubt einzukaufen. Wir wollen euch also durchsuchen.«

»Das steht Euch frei, Herr«, sagt Odd.

Das taten sie nun, doch man fand nichts.

Ein Mann hieß Þorsteinn, ein Verwandter von Þórir Hund. Er war ein gutaussehender junger Mann und ein guter Freund von Odd, und er hielt sich damals beim König auf. Þorsteinn blieb beim Schiff zurück, als sich der König und seine Leute wieder entfernten, und anschließend sprach er Odd unter vier Augen an und erkundigte sich, ob sie sich in der Sache etwas vorzuwerfen hätten; der König, meinte er, sei aufgebracht, und man werde die Suche sicher noch weiter fortsetzen.

»Ich fürchte, dass wir in der Sache nicht ganz unschuldig sind. Erst haben sie es gegen mein Verbot auf eigene Faust betrieben, aber dann habe ich ihnen einen Rat gegeben, wie sie die Sache verheimlichen könnten.«

»Wo sind die Sachen jetzt abgeblieben?«, fragt Þorsteinn.

Odd sagt ihm, dass alles in einem der Fellsäcke sei.

Þorsteinn spricht: »Der König wird noch einmal wiederkommen und alles durchsuchen, aber diesen Sack nimmst du und platzierst ihn dort, wo der König sitzen wird, und errichtest einen Hochsitz darauf. Ich nehme an, er wird als Letztes daraufkommen, dass das, was er sucht, sich unter ihm selbst befinden könnte; freilich ist das alles mit einem gewissen Risiko verbunden.«

Þorsteinn ging danach fort, während Odd tat, wie ihm geraten wurde. Wenig später kam der König wieder zum Schiff und setzte sich auf den Platz, oder besser Sitz, der ihm bereitet worden war, während die Männer des Königs nach der Ware suchten, und das nicht nur in den Kisten; auch alles andere wurde aufgebrochen, wo man am ehesten vermutete, dass sie dort etwas versteckt haben könnten. Doch man fand nichts.

Der König sprach: »Ich verstehe das nicht, denn es kann gar nicht anders sein, als dass die Sachen sich hier auf dem Schiff befinden, das wir gerade durchsucht haben.«

Odd antwortete: »Es ist ein altes Sprichwort, Herr, dass sich oft irrt, wer raten muss.«

Der König zog nun davon und mit ihm seine Männer, nur Þorsteinn blieb noch ein wenig auf dem Schiff zurück und meinte zu Odd: »Diese List wird nicht mehr lange vorhalten. Der König wird bald dahinterkommen, und es wird lange dauern, bis er die Suche aufgibt. Damit solltet ihr rechnen. Ihr solltet die Waren jetzt ins Segel schaffen lassen, und zieht das Segel ein wenig am Mast empor, denn sie werden jetzt alles auf dem Schiff aufbrechen, die verstaute Fracht und alles andere.«

Odd und seine Männer tun, was Þorsteinn ihnen sagt, und er geht wieder fort. Und als er die Leute des Königs einholt, will der König wissen, weshalb er zurückgeblieben sei.

»Ich hatte noch etwas zu erledigen, Herr«, sagt er. »Ich musste meinen Strumpf wieder richten.«

Der König sagt nichts weiter dazu.

Wenig später aber kommt der König auf Odds Schiff und spricht: »Es ist möglich«, sagt er, »dass ihr meinen Sitz über den Waren der Finnen errichtet habt, und dort soll nun zuallererst gesucht werden, und danach überall auf dem Schiff, und je mehr Steine ihr uns in den Weg legt, desto härter sollt ihr es danach zu spüren bekommen.«

Jeder denkbare Winkel wird nun durchsucht, doch findet sich nichts. Der König geht wieder an Land, während Þorsteinn noch ein wenig auf dem Schiff bleibt und zu Odd sagt: »Das wird auch nicht länger gutgehen, und jetzt wird wohl nichts anderes übrigbleiben, als die Sachen vom Schiff zu schaffen. Bringt es auf die Landzunge hinaus. Ich aber werde einen anderen Rückweg nehmen als der König. Dann wird er nicht so schnell merken, dass ich noch hiergeblieben bin. Und heute Abend, wenn die Sonne untergegangen ist, holt ihr die Anker ein, und du, Odd, wirst deine Geschicklichkeit als Seemann unter Beweis stellen müssen, denn sonst wird der König euch bald einholen und ihr könnt nicht mehr entrinnen. Er ist nämlich äußerst scharfsinnig und verfolgt hartnäckig, was er sich einmal in den Kopf gesetzt hat.«

Odd sagt, die Hilfe, die Þorsteinn ihnen leiste, sei wohl unbezahlbar. Sie verabschieden sich. Þorsteinn bricht auf, und Odd und seine Männer tun, was er gesagt hat, und gehen die Nacht über zu Werke.

Am Morgen aber kam der König und ließ nun auch im Segel suchen, doch sie fanden nichts, und so kam dem König jedes Mal erst im Nachhinein ein Verdacht, wo sie die Waren versteckt haben könnten.

Odd sprach: »Herr, jetzt werdet Ihr uns wohl nicht länger im Verdacht haben, da jeder Fetzen auf unserem Schiff umgedreht wurde.«

Der König erwiderte, er sei sicher, es sei etwas faul an dem, was er sage, und meinte, so etwas sei ihm noch nicht untergekommen. Man wagte kaum mehr das Wort an den König zu richten, so wütend war er.

Der Tag geht nun vorüber. Als es Nacht wird, schaffen sie die Ware wieder auf ihr Schiff und machen sich zur Abfahrt bereit, und noch vor Tagesanbruch kommt Fahrtwind auf, so dass man ablegen kann.

Der König erwacht in aller Frühe und spricht: »Ich glaube, jetzt im Nachhinein erkenne und durchschaue ich ihr ganzes Unterfangen, und es werden mehrere daran beteiligt sein als nur sie allein. Ich vermute, dass wir jetzt auf dem Schiff finden werden, wonach wir suchen. Solange ich nur auf Vermutungen angewiesen war, konnte ich sie ja nicht zum Tode verurteilen. Wir werden jetzt aufbrechen und mit der Suche beginnen.«

Doch als sie aus den Zelten kommen und sich umsehen, erblicken sie Odds Segel weit draußen vor den Inseln. Da spricht der König: »Für dieses Mal ist uns Odd entkommen, aber du, Þorsteinn, verstehst es, deinen Freunden zu helfen. Dann bedeutet dir Odd offensichtlich mehr als ich, und wahrscheinlich ist der Verrat typisch für deine Sippschaft.«

Þorsteinn sagt: »Es handelt sich nicht um Verrat, Herr. Wenn du Odd, der dir ein guter Freund gewesen ist, und all die anderen Männer nicht auf bloßen Verdacht hin getötet hast, so halte ich es eher für ein Zeichen der Treue dir gegenüber, dich von einer solch schändlichen Tat abgehalten zu haben.«

Odd und seine Mannschaft stachen in See und hatten guten Fahrtwind. Da sprach Odd zu seiner Besatzung: »Ich werde euch jetzt sagen, wie es sich zugetragen hat und was mich zu den einzelnen Schritten bewogen hat. Ich bat euch, bei den Finnen nicht mehr zu kaufen, als erlaubt war, doch ihr habt euch nicht darum geschert. Und als es nun einmal passiert war, und wir Einar begegneten, da sprach ich zu euch, dass ihr ihn ehrenvoll behandeln, euch aber möglichst lange mit ihm unterhalten und ihn so möglichst lange hinhalten solltet. Denn ich wusste ja, dass ihr zu Recht beschuldigt wurdet. Ich gab Befehl, weiterzusegeln, während er sich bei uns aufhielt, so dass er sich dann möglichst schnell wieder von uns verabschieden müsste. Und dann, als der König erfuhr, dass ein Schiff in Sicht gekommen war, da erkundigte er sich, ob es unser Schiff sei, und Þorsteinn, unser Freund, behauptete, dort wären nur Leute am Fischen. ›Einen guten Fang‹, sagte der König, ›macht der, der weiß, was er tut – und den Fang werde ich machen.‹ Wir aber haben den Fang nun behalten und sind davongekommen, und das ist vor allem Þorsteinn zu verdanken.«

Odd kehrte nach Island zurück und zog zu seinem Hof. Ein Mann war damals auf Reisen, der hieß Hárek, ein Verwandter Þorsteinns, und er kam in den Miðfjord. Damals hatte es hier eine sehr schlechte Ernte gegeben, doch Odd lud ihn zu sich ein und gab ihm wertvolle Pferde mit auf die Reise, Füchse mit weißer Mähne, die für Þorsteinn bestimmt waren, denn er meinte, dieser sei sein Lebensretter gewesen. Hárek fuhr im Sommer fort und traf Þorsteinn, der noch immer beim König war, übergab ihm die Pferde und sagte, Odd habe sie ihm geschickt.

Þorsteinn sagt: »Diese Gabe kommt mir äußerst ungelegen, denn ohne sie wäre jetzt Gras über die Sache gewachsen. Jetzt wird man das aber kaum noch verheimlichen können, und nun ist guter Rat teuer.«

Þorsteinn zeigt die Pferde dann dem König und sagt, Odd habe sie diesem zum Geschenk gemacht.

Der König sagt: »Von Odd habe ich keine Geschenke verdient. Dir hat er sie geschickt, und nicht mir, und du sollst sie haben.« Und er befiehlt, ihn zu töten.

Die Männer waren allerdings nicht bereit, dies zu tun, und Þorsteinn machte sich aus dem Gefolge des Königs davon und war nicht länger dessen Freund.

DIE ERZÄHLUNG VON HRAFN GUÐRÚNARSON

HRAFNS ÞÁTTR GUÐRÚNARSONAR

DIE ERZÄHLUNG VON ÞÓRHALL BIERMÜTZE

ǪLKOFRA ÞÁTTR

DIE ERZÄHLUNG VOM LAHMEN HRÓMUND

HRÓMUNDAR ÞÁTTR HALTA

AUS DEM ALTISLÄNDISCHEN
UND MIT EINER EINLEITUNG
VON THOMAS ESSER

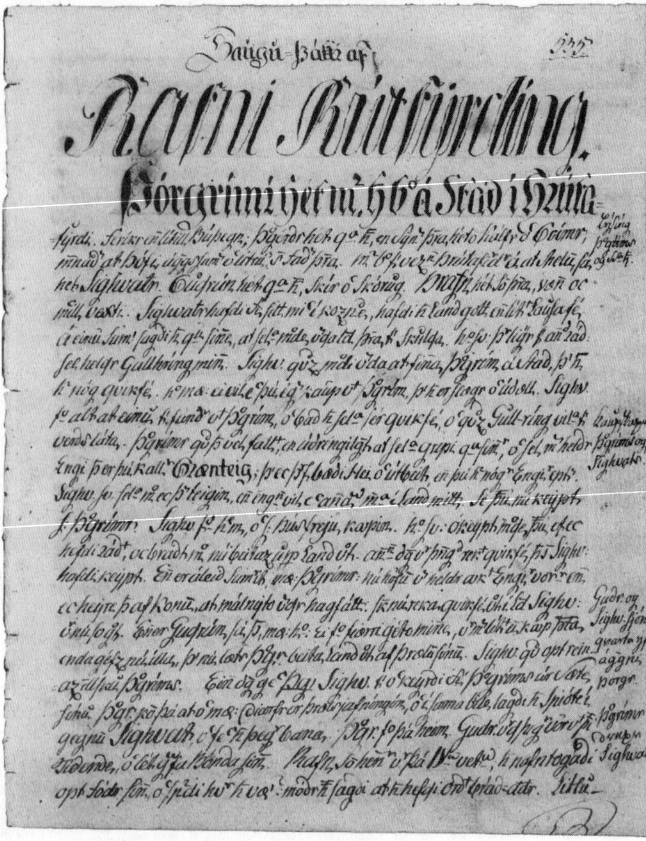

Eine Sagahandschrift vom Anfang des 19. Jahrhunderts, geschrieben von Jón Jónsson und Ólafur Sívertsen. Zu sehen ist der Beginn der *Erzählung von Hrafn Guðrúnarson*. Der Protagonist wird in der Überschrift nach seiner Herkunft »Hrafn aus dem Hrútafjord« genannt. Auf dem rechten Rand hat der Schreiber Inhaltsregesten angelegt.

EINLEITUNG

Die *Erzählung von Hrafn Guðrúnarson* stammt aus dem 14. Jahrhundert und zählt zu den Erzählungen, die die norwegischen Bekehrerkönige Ólaf Tryggvason und Ólaf den Heiligen glorifizieren. Die Handlung selbst spielt zur Zeit Magnús' des Guten, eines Sohnes Ólafs des Heiligen.

Hrafn hat auf Island seinen Vater gerächt, wird geächtet und flieht nach Norwegen. Als ihm sein dortiger Gastgeber übel mitspielen will, wehrt sich Hrafn und tötet auch diesen. Dies trägt ihm den Zorn des Königs Magnús des Guten ein, der ihn zum Tode verurteilt. Nach einigen kurzweiligen Episoden, in denen der König unfreiwillig dem Delinquenten zur Flucht verhilft, gelingt es durch die Anrufung des heiligen Ólaf und das Vortragen eines Preisliedes auf den König, Hrafns Ruf wiederherzustellen.

Die ungefähr um 1250 entstandene *Erzählung von Þórhall Biermütze* ist eine amüsante Satire, die häufig als Kritik an der isländischen Oberschicht des 13. Jahrhunderts verstanden wurde. Der vermögende, aber unbeliebte Bierbrauer Þórhall brennt aus Versehen ein Waldstück nieder, das mehreren Goden gehört. Die wittern eine gute Gelegenheit, an Þórhalls Geld zu kommen, und verklagen ihn. Auf dem Allthing soll es zum Prozess kommen. Als Þórhall Biermütze schon fast jede Hoffnung verloren hat, findet er zwei Unterstützer, die ihm im Prozess beistehen wollen. Es folgt eine Gerichtsposse, die dem Leser, und ebenso auch den klagenden Goden, die Feinheiten des isländischen Rechtssystems vor Augen führt.

Diese Erzählung weist einige Parallelen zu der *Saga von den Verbündeten* (in diesem Band) auf.

Die *Erzählung vom lahmen Hrómund* ist eine der wenigen kurzen Erzählungen, die ausschließlich auf Island spielen und keinen Isländer ins Ausland begleiten. Sie steht den Isländersagas daher inhaltlich näher als andere Erzählungen und ist eine Saga-Miniatur mit reduziertem Personal und einem einzigen Konflikt.

Die Erzählung schildert die Auseinandersetzung der Leute aus dem Gebiet des Hrútafjords mit norwegischen Wikingern, die dort an Land gehen. Hrómund bezichtigt sie des Diebstahls seiner Pferde und lässt sie dafür auf dem Allthing ächten. Bevor die Wikinger das Land verlassen, wollen sie Hrómund die Verurteilung heimzahlen.

DIE ERZÄHLUNG VON HRAFN GUÐRÚNARSON

1 Ein Mann hieß Þorgrím und lebte auf Stad im Hrútafjord. Er besaß zwar viel Geld, war aber nur ein kleiner Bauer. Seine Frau hieß Þorgerð, ihre Söhne Kálf und Grím. Die beiden waren wenig mannhaft, gewalttätig und unzuverlässig, ganz wie ihr Vater.

Ein Mann hieß Sighvat und lebte auf Melar im Hrútafjord. Seine Frau hieß Guðrún, sie war klug und tüchtig. Ihr Sohn war Hrafn, ein junger, vielversprechender und hochaufgeschossener Mann. Sighvat hatte hohe Ausgaben, er besaß fruchtbares Land, dennoch ging ihm das Geld aus. Eines Sommers erzählte er seiner Frau, er werde Land veräußern müssen, um Schulden begleichen und Vieh kaufen zu können.

Sie antwortet: »Ich habe eine bessere Idee: Verkauf statt dem Land lieber meinen goldenen Armreif, um die Schulden zu begleichen.«

Sighvat erwidert: »Dann werde ich Þorgrím aufsuchen müssen. Ihm mangelt es nicht an Vieh.«

Sie entgegnet: »Ich will dir davon abraten, mit Þorgrím Geschäfte zu machen. Er ist durchtrieben und hinterlistig.« Sighvat ging dennoch zu Þorgrím und sprach: »Ich möchte von dir Vieh erwerben.«

Þorgrím erwidert: »Das passt mir gut.«

Sighvat sagt: »Diesen goldenen Armreif kann ich anbieten.« Þorgrím entgegnet: »Es ist unanständig, den Schmuck seiner Frau zu veräußern. Verkauf mir lieber die Wiese, die du Grænateig nennst. Ich brauche sowohl Heu als auch Weidefläche, und du hast dann immer noch mehr als genug Weiden übrig.«

Sighvat antwortet: »Ich werde dir die Weide verkaufen, aber ich will, dass niemand sonst auf meinem Land sein Vieh weiden lässt.«

»Einverstanden«, sagt Þorgrím.

Sighvat kehrte heim und berichtete seiner Frau von dem Geschäft. Sie antwortet: »Die Weide wäre noch in unserem Besitz, wenn ich zu entscheiden gehabt hätte. Schon bald wird er unser ganzes Land abweiden, wenn er meint, er besitze ein kleines Stück davon.«

Tags darauf wurde das Vieh, das Sighvat gekauft hatte, dorthin getrieben. Gegen Ende des Sommers sprach Þorgrím: »Wir haben unser Weideland vergrößert, aber mir kommt von den Frauen zu Ohren, dass das Vieh zu wenig Weideland hat und wenig Milch gibt. Ich werde ab sofort unser Vieh zum Weiden auf Sighvats Land treiben. Das Land habe ich rechtmäßig erworben.« So geschah es. Und als Guðrún dies bemerkte, sagte sie: »Da lag ich mit meiner Vermutung doch nicht daneben. Mir lag wenig an diesem Geschäft. Es ist schlimm, dass Þorgrím seine Knechte anweist, unsere Weiden und unser Heu abweiden zu lassen.«

Sighvat antwortet: »Es hat sich schon häufig herausgestellt, dass Þorgrím Gutes mit Schlechtem entlohnt.«

Eines Tages machte sich Sighvat daran und vertrieb Þorgríms Vieh von seiner Sommerweide. Da kam Þorgrím und sprach: »Jetzt wirst du aber dreist und benimmst dich wie ein Knecht.«

Er durchbohrte Sighvat mit dem Speer, so dass er auf der Stelle tot war. Þorgrím lief unverzüglich heim. Guðrún erfuhr schon bald von diesem Ereignis und ließ ihren Mann beerdigen, und das tat sie in aller Stille. Ihr Sohn Hrafn war zu dem Zeitpunkt vier Jahre alt. Er sprach oft von seinem Vater und fragte, wo er sei. Seine Mutter erklärte ihm, dass er plötzlich krank geworden und nun tot war.

Kurz darauf suchte Þorgrím Guðrún auf und sprach: »Du wirst annehmen, dass ich gegen dich übereilt gehandelt habe. Ich will für den Tod deines Mannes büßen und mich an seiner Stelle als Buße anbieten. Solltest du mein Angebot annehmen, wird es dir an nichts fehlen.« Sie erwidert: »Am besten wird sein, jeder lebt für sich alleine. Ich bin nicht so mannstoll, dass ich mich mit dem Töter meines Mannes einließe, selbst dann nicht, wenn du keine Frau hättest.«

2 Hrafn wuchs bei seiner Mutter auf. Er war groß und stark, umgänglich und bei allen beliebt und immer zu Scherzen aufgelegt. Er ging oft zum Spielen nach Stad. Þorgrím behandelte ihn freundlich, und Hrafn ließ sich das gerne gefallen. Er und Kálf, der Sohn Þorgríms, spielten oft miteinander. Damals war Hrafn fünfzehn Jahre alt. Kálf war älter, aber nicht so stark wie Hrafn. Hrafn setzte ihm ordentlich zu, weil er ehrgeizig beim Spielen war.

Eines Tages, nachdem sie miteinander gespielt hatten, sagte Kálf: »Hrafn, du kannst deine Körperkraft kaum zügeln. Es wird dir so wie deinem Vater ergehen.«

Hrafn antwortet: »Es ist unumgänglich, dass Menschen sterben, so wird es auch mir ergehen.«

Kálf erwiderte: »Man hat dir verschwiegen, wodurch er zu Tode kam: er wurde erschlagen, mein Vater tat es, ich aber werde dich töten.«

Hrafn machte auf der Stelle kehrt und sagte nichts darauf. Am Abend kam er niedergeschlagen nach Hause. Seine Mutter erkundigte sich danach, was ihn bedrückte.

Er antwortet: »Du erzähltest mir, mein Vater wäre an einer Krankheit gestorben, aber Kálf verriet mir heute, dass er erschlagen wurde. Es ist merkwürdig, dass du mir dies verschweigst.«

Sie erwidert: »Das lag daran, dass ich dachte, du wärst zu jung und mächtige Männer stünden uns entgegen. Aber nun macht es auch nichts mehr, dass das Feuer raucht, das sie entfacht haben.«

Hrafn sprach: »Wo wurde mein Vater beigesetzt?«

Sie sagte, Gras sei über die Stelle gewachsen. Hrafn erwiderte: »Ich werde die Stelle dennoch finden. Ich bin froh darüber, die Wahrheit zu kennen. Ihm wäre es am wichtigsten, dass er einen tüchtigen Sohn hat.«

Er ging dann wie früher zum Spielen, und niemand sah ihm seine Trauer an.

Die Zeit verging, bis er achtzehn Jahre alt war.

Eines Tages, als Hrafn sich nach dem Spiel seine Sachen angezogen hatte, sprach Kálf: »Hrafn liegt mehr daran, seine Knöchel beim Ballspiel zu härten als seinen Vater zu rächen.«

Hrafn antwortet: »Das wollen wir nun doch sehen.«

Er ging auf Kálf los und gab ihm den Todesstoß.

Þorgrím sprach: »Es kam, wie es zu erwarten war. Aber wir dürfen es doch nicht auf sich beruhen lassen.«

Hrafn kehrte heim und erzählte seiner Mutter von dem Totschlag. Sie sagte, das werde sie noch teuer zu stehen kommen. »Ich werde nun«, sprach sie, »meinen Sohn wie meinen Mann zuvor verlieren. Geh lieber fort von hier, da ich dir keinen Beistand gewähren kann.«

Sie ging mit ihm hinaus und bat ihn, sie zum Vorratshaus zu begleiten, das auf der Hauswiese stand. Dort gab es einen unterirdischen Raum, der gut ausgestattet war. Er ging dort hinein, und ihm fehlte es an nichts.

Am Morgen darauf erschien Þorgrím mit elf weiteren Männern. Aber Guðrún hatte in der Nacht auf umliegenden Gehöften eine Schar gesammelt, und sie hatte mehr Männer um sich als Þorgrím.

Þorgrím sprach: »Wir sind gekommen, um deinen Sohn zu holen. Rück ihn heraus!«

Guðrún antwortet: »Es ist nicht verwunderlich, dass du nach dem Töter deines Sohnes suchst, aber hier ist er nicht. Es war nicht zu erwarten, dass ich die Kraft und die Kühnheit dazu hätte, ihn vor dir in einem Haus, das deinem so nahe liegt, zu verstecken.«

Er erwidert: »Ich halte es für wahrscheinlich, dass du es nicht frei heraus sagtest, wenn er hier wäre. Wir werden dein Gehöft durchsuchen.«

Sie entgegnet: »Bisher hat man mich noch nicht eine Hehlerin genannt, du wirst wohl keine Hausdurchsuchung durchführen, solange du weniger Männer als ich zur Verfügung hast.«

Dann ließ sie ihre Schar vortreten. Þorgrím sprach: »Du bist um keinen Ausweg verlegen.«

Er ritt unverrichteter Dinge von dannen.

Im Sommer darauf ließ Þorgrím Hrafn auf dem Allthing ächten. Als sich das ereignete, lag gerade ein Handelsschiff abreisebereit im Hrútafjord, das Norwegern gehörte. Der eine hieß Einar und stammte aus dem Namdal, der andere hieß Bjarni. Einar war wohlhabend, ein tüchtiger Kerl und ein naher Freund des Königs Magnús des Guten. Ein Bruder Einars, der ihn auf dem Schiff begleitete, hieß Sigurð. Sigurð war jung an Jahren und ein vielversprechender Mann.

Þorgrím ritt zum Schiff, sobald er vom Thing zurückkam. Da standen die Kaufleute kurz vor der Abreise. Er sprach zu ihnen: »Ich möchte euch darüber in Kenntnis setzen, dass ich einen Mann ächten ließ, der Hrafn heißt, und ich will euch davor warnen, ihn nach Norwegen fortzuschaffen, auch wenn ihr darum gebeten werdet.«

Sie sagten, es falle ihnen nicht schwer, jeglichen Übeltäter abzuweisen. Wenig später kamen Mutter und Sohn zum Schiff und riefen den Schiffsführer Einar an Land. Als sie sich trafen, sprach Guðrún: »Hier bringe ich Euch meinen Sohn, der hier in einer schwierigen Lage ist, auch wenn manche Leute seine Tat ehrenvoll nennen werden. Mir mangelt es an Macht, um ihn vor Þorgrím zu schützen, da er nun geächtet wurde. Ich möchte, dass Ihr ihn außer Landes schafft. Ich hoffe, Ihr wisst in dieser Angelegenheit seine vornehmen Verwandten in Norwegen und die Umstände höher einzuschätzen als Þorgríms Übermut und Beleidigungen, der meinen Mann, Hrafns Vater, ohne Grund erschlug und keine Buße zahlte.«

Einar sagte: »Wenig Gutes wurde uns über diesen Mann berichtet, und mir liegt nichts daran, verurteilte Männer mitzunehmen.«

Da sprach sein Bruder Sigurð: »Warum hältst du es für angebracht, ihn abzuweisen? Siehst du nicht, was für ein vielversprechender Mann er ist und wie tapfer er das ihm angetane Leid gerächt hat? Komm zu mir, Hrafn, auch wenn ich dir weniger Beistand als mein Bruder geben kann. Komm sofort an Bord, weil wir kurz vor der Abreise stehen und guten Fahrtwind haben. Welche Verwandte hast du in Norwegen?«

Hrafn antwortet: »Meine Mutter erzählt, der Skalde Sighvat sei ihr Bruder.«

Sigurð sprach: »Schon seinetwegen wirst du es gut bei mir haben.«

Er ließ umgehend den Landungssteg hinunter und holte den Anker ein, und das Schiff glitt rasch davon.

In dem Moment kam Þorgrím hinunter ans Ufer und rief den Kaufleuten zu: »Mir scheint, ihr seid mir wortbrüchig geworden.«

Sigurð antwortete: »Zeig dich ruhig, Hrafn. Þorgrím hat einen gebührenden Abstand.«

Hrafn sprang auf die Ladung an Deck und rief: »Dann wäre er in gebührendem Abstand, wenn meine Axt ihn erreichte.«

Bjarni befahl, Hrafn an Land zu bringen. Sigurð sagte: »Ich wünschte, dass es einigen dabei schlecht ergeht, sollte Hrafn gegen seinen Willen an Þorgrím ausgeliefert werden. Mir scheint es vielmehr geboten, das Segel zu hissen.«

Und so geschah es auch. Sie hatten guten Fahrtwind und gelangten nach Trondheim.

3 Ein Mann hieß Ketill Ríp und verwaltete im Auftrag des Königs die Stadt. Seine Frau hieß Signý, seine Tochter Helga, sie war ein tüchtiges und hübsches Mädchen.

Als die Kaufleute das Schiff verließen und ihre Häuser aufsuchten, sagte Einar zu Hrafn: »Es ist wohl unumgänglich, für dich zu sorgen, auch wenn nicht ich so übereilt gehandelt habe, sondern Sigurð. Möchtest du, dass ich dir hier in der Stadt eine Unterkunft verschaffe und dir dafür Geld gebe? Das erscheint mir zunächst besser, als dich mit zu mir zu nehmen.«

Hrafn antwortete: »Ich werde deinen Ratschlägen gehorchen, wenn du es gut mit mir meinst. Ich habe nicht vor, irgendjemanden als Erster zu reizen, werde aber Kränkungen und Ehrabschneidungen unerbittlich heimzahlen.«

Anschließend suchten sie Ketill auf. Einar sprach: »Diesen Mann übergebe ich in deine Obhut, behandle ihn gut. Und du, Hrafn, such mich auf, wenn es dir beliebt und sobald es Zeit dazu ist.«

Hrafn hielt sich bei Ketill auf. Er benahm sich ruhig und zurückhaltend, er war aber freundlich zu jedem, der ihn ansprach.

Oft redete er mit Helga, Ketills Tochter. Eine Weile gefiel dies Ketill, weil sich Hrafn anständig benahm. Es dauerte nicht lange, bis Ketill, unzuverlässig und eigensinnig wie er war, seine Meinung änderte. Er hielt es seiner Frau und seiner Tochter vor, dass Hrafn mürrisch sei, nicht arbeiten wolle und allzu vertraut mit ihnen umgehe.

Beide erwiderten, Hrafns Verhalten sei angemessen und tadellos: »Es ist genau dasselbe wie damals, als du ihn mochtest. Er kann sich unter vornehmen Leuten gut benehmen.«

Ketill sagte, sie seien betört worden. Er behandelte Hrafn herablassend und redete verächtlich über ihn. Hrafn tat so, als bemerke er es nicht.

Kaufleute waren von Westen übers Meer in die Stadt gekommen und kurz davor, wieder abzureisen. Eines Tages suchte Ketill sie auf und sagte, er habe einen Sklaven, den er an sie verkaufen wolle. Sie sagten, das komme ihnen gelegen. Er sprach: »Keineswegs möchte ich euch bei diesem Geschäft übers Ohr hauen: er ist ein Lügner und hat auch manche anderen schlechten Eigenschaften. Zunächst müsst ihr ihn fest anpacken und Strenge spüren lassen.«

Sie tätigten noch manch anderes Geschäft miteinander. Dann ging Ketill heim zu seinem Haus und sprach zu Hrafn: »Willst du mit mir zu einem Schiff gehen und ein wenig Unterhaltung haben?«

Hrafn antwortet: »Gerne folge ich dir, wenn du nichts im Schilde führst.«

Sobald die Kaufleute Hrafn sahen, liefen sie ihm entgegen und ergriffen ihn. Hrafn wehrte sich und fragte, was dieses Spiel sollte. Sie sagten, das werde er schon noch erfahren. Er war kräftiger als sie und schüttelte sie von sich ab. Sie schimpften ihn einen dreisten Sklaven.

Hrafn erwidert: »So ist es also. Das Ringen ist eine Sklavenarbeit ganz nach meinem Geschmack, auch wenn ich mich zuvor nicht besonders damit abgegeben habe.«

Dann packte er einen von ihnen und wehrte mit ihm die anderen ab, bis dieser nicht mehr wusste, wo oben und unten war.

Ketill kehrte in die Stadt um. Hrafn lief ihm hinterher und erschlug ihn. Als die Kaufleute dies sahen, machten sie sich schleunigst aus dem Staub, weil sie fürchteten, der Totschlag könnte ihnen zur Last gelegt werden. Hrafn tat den Totschlag Ketills kund. Er ging daraufhin hinauf in das Haus, das Ketill gehört hatte, suchte Mutter und Tochter auf und erklärte, so wie die Dinge liegen, käme ein Zusammenleben wohl nicht mehr in Frage. Sie sagten, etwas Schlimmes habe sich zugetragen, aber sie äußerten sich doch so, als könnten sie die Tat nachvollziehen. Sie verschafften ihm Kleidung und Lebensmittel und baten ihn, er solle sich lieber vor dem Zorn des Königs als vor ihrem in Sicherheit bringen. Da zog er sich heimlich in die Wälder zurück.

4 König Magnús kehrte kurz darauf in die Stadt zurück und erfuhr, was sich zugetragen hatte. Darüber wurde er zornig und sprach: »Es ist eine Ungeheuerlichkeit, dass Isländer hierher ins Land kommen, um meine Bevollmächtigten und Verwalter zu töten. Der Mann wird geächtet, der diese Tat verübte.«

Einar aus dem Namdal hielt sich gerade beim König auf und sprach: »Ein Mann kann seine Pflichten aber auch so schlecht erfüllen, dass er sein Leben verwirkt hat.«

Wenig später begab sich der König mit Falken und Hunden auf die Jagd. Die Männer schwärmten aus, so dass er schließlich alleine war. Da kam aus dem Wald ein großer Mann in einem Pelzmantel auf ihn zu und bat ihn um Beistand.

Der König sprach: »Welche Verpflichtung habe ich dir gegenüber?«

Der Mann antwortet: »Keine andere, als dass meine Verwandten deine Freunde sind, außerdem entspricht es deiner vornehmen Gesinnung, dass du keinem Mann die Hilfe verweigerst, der dich darum bittet.«

Der König erwiderte: »Ein Mann heißt Kol, der südlich im Þauskadal lebt. Dorthin werde ich dich schicken, damit er dich aufnimmt. Aber wer bist du denn?«

Er antwortet: »Ich bin ein Übeltäter gewesen, aber das will ich nun ablegen. Ich bin mit den Leuten verfeindet, daher bitte ich um Schutz. Wenn Ihr mich nun zu Kol schicken wollt, dann gebt mir eindeutige Erkennungszeichen, damit er mich aufnimmt. Dort werde ich den Winter über bleiben.«

Der König sprach: »Mach das! Ich werde eine Woche nach Ostern dorthin kommen.«

Dann nahm der König einen Ring vom Finger, legte ihn auf die Spitze eines Speeres und reichte ihn ihm so hin, damit er nicht näher kam.

Der König sagte zu ihm: »Was denkst du, was wohl dieser geächtete Hrafn treibt?«

Er antwortet: »Herr, er wird wohl seinen Freund Einar aus dem Namdal aufsuchen. Dort werdet Ihr seiner sofort habhaft werden.«

Dann nahm er den Ring von der Speerspitze und verschwand ebenso schnell wieder im Wald, wie er gekommen war. Da sprach der König: »Hrafn hat mich überlistet und zum Narren gehalten.«

Hrafn traf bei Kol ein und zeigte ihm für seine Aufnahme die Erkennungszeichen des Königs.

Kol sprach: »Das ist sehr merkwürdig: du hast tatsächlich Wahrzeichen des Königs, obwohl du ihn dir zuvor zum Feind gemacht hast.«

Hrafn verbrachte dort den Winter, und jeder mochte ihn. Aber er wollte dort nicht auf den König warten und brach am Sonnabend der Osterwoche auf.

Als der König dorthin kam, sagte er zu Kol: »Wo ist Hrafn Guðrúnarson? Ich muss ihn sehen.« Kol antwortet: »Er ist nun schon fort, Herr.«

Der König sprach: »Das ist schlecht. Aber alle Leute sollen wissen, dass er geächtet und friedlos ist. Mir erscheint es auch als die größere Schmach, dass er mich zum Narren hielt, als dass er Ketill erschlug, daher setze ich drei Mark Silber auf seinen Kopf aus. Niemand soll es wagen, für ihn um Hilfe oder Gnade zu bitten.«

Dann zog der König mit einem großen Heer durch den Süden

des Landes und wollte nach Dänemark gehen, weil zu dieser Zeit sein Streit mit Sveinn Úlfsson den Höhepunkt erreicht hatte.

5 Als ein halber Monat des Sommers vergangen war, kam Hrafn aus den Wäldern zu einer Stelle am Meer. Dort erblickte er eine große Flotte. Er ging zu einigen Jungen, die am Strand Essen zubereiteten. Er näherte sich vorsichtig und fragte: »Wem gehört diese große Flotte?«

Sie antworteten: »Ihr müsst ein dummer und törichter Mann sein. König Magnús sitzt hier fest, weil er keinen günstigen Wind bekommt, um nach Dänemark zu segeln.«

Hrafn erkundigte sich weiter: »Welche Männer von Rang und Namen begleiten den König?«

Sie berichteten, dass dort Einar aus dem Namdal, ein Freund des Königs, zugegen war, ebenso Einar Þambarskelfir mit dreizehn Schiffen. Außerdem befinde sich der Skalde Sighvat auf dem Schiff des Königs.

Hrafn sprach: »Teilt Sighvat mit, dass ein Mann ihn dringend an Land sehen muss.«

Das taten sie. Hrafn hielt sich derweil am Waldrand auf. Sighvat kam zu ihm und sprach: »Wer ist dieser große Mann?«

»Er heißt Hrafn«, antwortet er. Sighvat erwiderte: »Bring dich in Sicherheit! Ich werde nicht dein Kopfgeld beanspruchen, ich werde dich aber auch nicht verraten, auch wenn ich dich gefunden habe.«

Hrafn entgegnet: »So einfach ist es nicht. Du bist als geldgierig bekannt, und mir liegt nichts daran, mein Leben zu verlieren. Mancher Mann musste schon mehr leisten für weniger Geld, aber selbst wenn du mich verrietest und des Königs Axt einen langen Schaft hätte, wird sie dennoch nicht zu mir bis in den Wald reichen. Solltest du mir aber Hilfe gewähren, stünde dir dies überaus gut zu Gesicht, da du der Bruder meiner Mutter bist.«

Er antwortet: »Ich erkenne unser Verwandtschaftsverhältnis an, aber ich wage nicht, dir Hilfe zu geben. Warte hier auf mich.«

Hrafn entgegnet: »Ich will mit dir aufs Schiff. Mir scheint es besser, dort bei dir erschlagen zu werden, wenigstens das könntest du für mich tun.«

Sighvat erwidert: »Du bist ein schwieriger Mensch. Es ist keine gute Idee, dich der Axt auszuliefern, weil es für uns beide ein schlimmes Ende nehmen könnte, selbst wenn ich die Unterstützung und Fürbitten aller hier Anwesenden hätte. Befolge das, was ich vorschlug: warte hier auf mich, während ich meine Freunde aufsuche.«

Hrafn antwortet: »Ich werde eine kurze Zeitlang das tun, was du vorschlägst. Ich werde dir aber bald hinterherkommen, weil ich weder dem Tod entgegengehen noch lange darauf warten will.«

Sighvat suchte Einar aus dem Namdal auf und sagte: »Es steht so, Gefährte, dass ich in Schwierigkeiten stecke. Hrafn ist hierhergekommen und will nichts anderes, als sich in die Gewalt seiner Feinde zu begeben. Kann ich von dir Beistand erwarten?«

Er antwortet: »Er ist ein Unglücksrabe, aber wir sind verpflichtet, ihn vor dem Tod zu bewahren. Wir können uns aber mit unserer geringen Kraft für ihn nicht gegen den König erheben. Der König würde anschließend nie mehr unseren Beistand haben wollen, wenn wir uns ihm nun entgegenstellen.«

Als Nächstes suchte Sighvat Einar Þambarskelfir auf und sprach: »Kann ich von dir Rückhalt bekommen, Einar?«

Er antwortet: »Worum geht's?«

Sighvat berichtete: »Mein Neffe Hrafn ist hierhergekommen.«

Einar entgegnete: »Ich bin nicht bereit, mich seinetwegen gegen den König zu wenden. Ich habe schon einmal einen Mann versteckt, dem der König zürnte, und es fehlte nicht viel, und es wäre mir schlecht ergangen. Nun befehligen Eindriði und ich dreizehn Schiffe und wollen mit dem König in den Krieg gegen die Dänen ziehen. Schick den Mann fort, damit er sich in Sicherheit bringt, und lass ihn nicht auf unsere Schiffe gelangen. Dort findet er nur den Tod, da ich die Dickköpfigkeit König Magnús' kenne: eher würde er auf unsere Unterstützung verzichten als Bedingungen von uns zu akzeptieren.«

Während sie darüber redeten, suchte Einar aus dem Namdal

Hrafn an Land auf und sagte: »Bitte, Gefährte, sei so gut und bring nicht alle Leute in Schwierigkeiten. Beherzige meinen Rat und flieh. Ich werde dich in den Norden nach Hitra zu meinem Gehöft schicken. Dort wirst du eine Weile in Sicherheit sein.«

Hrafn erwidert: »Zuvor will ich Sighvat treffen.« Einar kehrte um, und Sighvat kam kurz darauf dorthin.

Hrafn sprach: »Wie steht es mit dem Beistand der Anführer?« Er antwortet: »Nicht gut, du hast das Glück nicht gerade gepachtet. Was schlägst du nun vor?«

Er erwidert: »Das, was ich zuvor gesagt habe: mit dir auf das Königsschiff zu gehen.«

Sighvat sprach: »Warum willst du unbedingt sterben?« Hrafn entgegnet: »Ich denke, es ist besser, dass ich sterbe, als dass der Zorn des König über euch alle kommt, die ihr über mich Bescheid wusstet, und das wird bestimmt passieren, sobald der König erfährt, dass ihr mich habt entkommen lassen.«

Sighvat antwortet: »Das sind ehrenwerte Worte. Aber es gibt noch meinen Schutzpatron, und wir werden ihn nun um Beistand anrufen, da er mich nie im Stich ließ. Ich spreche vom heiligen König Ólaf.«

Da sank er nieder zum Gebet und rief König Ólaf an. Anschließend bestiegen sie das Königsschiff. König Magnús war auf dem Deck im Achterschiff eingeschlafen und erwachte in dem Moment, als Sighvat und Hrafn in den Vorraum gekommen waren. Er sprang blitzschnell auf und rief: »Auf, auf, alle meine Männer, Fahrtwind kommt auf, und der Sieg ist gewiss, wenn wir nach Dänemark kommen.«

Ein jeder machte sein Schiff seeklar, und sie liefen aus, sobald sie bereit waren. Als sie Dänemark erreichten, gingen alle Männer an Land. Dort stand ihnen ein großes Heer der Dänen gegenüber, und eine überaus harte Schlacht begann. König Magnús befand sich an der Spitze der Schlachtreihe, Hrafn Guðrúnarson aber rückte vor dem König vor und kämpfte überaus tapfer. Aber niemand sprach mit ihm. Bei dieser Schlacht erkannten manche Männer den heiligen König Ólaf in den Reihen des Königs Magnús, der an diesem Tag einen glänzenden Sieg errang.

6 Am Abend kehrten sie auf ihre Schiffe zurück und dankten Gott für den Sieg. Als sie aufs Schiff gelangt waren, sprach der König: »Wo ist Hrafn? Er soll hervortreten und sich nicht verstecken.«

Einar und Sighvat sagten dem König: »Schenkt ihm die Freiheit, Herr, so tapfer wie er ist.«

Der König erwidert: »Das kann ich nicht versprechen, aber ich will ihn anhören.«

Da ging Einar aus dem Namdal zu Hrafn und sagte: »Tritt nun vor den König, und gebrauche ehrerbietige, aber auch direkte Worte. Beantworte seine Fragen wahrheitsgemäß und genau das, wonach er dich fragt.«

Hrafn trat vor den König und begrüßte ihn. Der König sprach: »Warum schafftest du, Einar, einen Geächteten aus Island hierher?«

Er erwidert: »Herr, er wurde aus dem Grund geächtet, weil er seinen Vater rächte, der völlig schuldlos getötet worden war.«

Der König fragte: »Warum tötetest du Ketill, Hrafn?« Er antwortet: »Herr, er hat mich in Gedichten verspottet und später in die Sklaverei verkauft. Und nachdem ich ihn erschlagen hatte, sprach ich ein nicht sehr kunstvolles Preisgedicht über ihn.«

»Lass es hören«, sagte der König.

»Ganz wie Ihr wollt«, erwidert Hrafn, »aber dann werdet Ihr auch ein weiteres Gedicht anhören müssen.«

Der König fragte: »Welches Gedicht soll das sein?«

»Es wurde auf Euch gedichtet«, entgegnete Hrafn.

»Dann trage es vor«, sagte der König. Er tat es. Als beide Gedichte zu Ende waren, sprach der König: »Die Gedichte sind völlig unterschiedlich. Warum trägst du über mich ein so gelungenes Gedicht vor, wo ich dich töten will?«

»Weil Ihr ein gelungenes Gedicht verdient habt«, antwortet Hrafn.

Der König fragte: »Warum kamst du im Wald zu mir?«

Hrafn erzählt: »Weil ich mir davon das Glück erhoffte, das mir nun zuteilwurde. Davor war ich in einer schwierigen Lage, weil mir niemand Beistand in diesem mir unbekannten Land gewährte. Ich kam in arge Bedrängnis, als ich einen mächtigen Mann erschlug, obwohl es, glaube ich, nicht grundlos geschah.«

Der König sprach: »Es wurde deine gesamte Angelegenheit angehört. Und nun soll das erzählt werden, was mich betrifft. Als ich auf dem Schiff eingeschlafen war, besuchte mich König Ólaf, mein Vater, und sprach aufgebracht: ›Dort liegst du, König Magnús, und bist mehr damit beschäftigt, einen Verwandten meines Skalden wegen einer geringen Sache zu töten, als bei den Dänen, deinen Feinden, einen glänzenden Sieg zu erringen, jetzt, da günstiger Wind aufkommt. Behandle jeden Einzelnen gut, der nun auf dem Schiff ist, anderenfalls wird dich noch in dieser Welt eine Strafe treffen, die dir gar nicht gefallen wird.‹

Sobald ich erwachte, erkannte ich sowohl Sighvat als auch Hrafn im Vorraum. Da hatte ich viel zu viel Angst vor den Verheißungen meines Vaters, als dass ich mich länger um den Totschlag an Ketill oder die anderen Verfehlungen Hrafns kümmern wollte. Hrafn, sei uns ab sofort hier willkommen. So will es mein Vater. Und als Wiedergutmachung dafür, dass ich dir Ungemach bereitet habe, werde ich dir Helga Ketilsdóttir mit einer großen Mitgift zur Frau geben.«

Hrafn antwortet: »Das nehme ich dankend an. Aber ich will im Sommer nach Island segeln, um einen Freispruch von meiner Acht zu erwirken, anschließend werde ich Euch aber so schnell wie möglich aufsuchen und noch im selben Sommer zurückkehren, wenn das machbar ist.«

Der König sagte, das solle er tun. Da erzählte der Skalde Sighvat dem König, dass er König Ólaf um Beistand für Hrafn gebeten hatte, nachdem er bei seinen Gefährten keine Hilfe bekommen konnte.

Der König sprach: »Hoch schätzt mein Vater deine Freundschaft ein, wenn er dir dies und anderes erfüllt, um das du ihn bittest, als ob er noch in dieser Welt lebte.«

Hrafn brach im Sommer auf und erreichte Island zur Zeit des Allthings. Seine Befreiung aus der Acht wurde umgehend erwirkt. Anschließend segelte er zusammen mit seiner Mutter nach Norwegen zurück. Er heiratete Helga, und der König schenkte ihnen großen Grundbesitz. Hrafn begleitete seitdem König Magnús, solange der König lebte. Man hielt Hrafn für einen tapferen Mann, der sich in allen Gefahren bewährte.

UND HIER ENDET SEINE ERZÄHLUNG.

DIE ERZÄHLUNG VON ÞÓRHALL BIERMÜTZE

1 Ein Mann hieß Þórhall und wohnte auf Þórhallsstaðir in Bláskógar. Er war sehr vermögend und schon ziemlich alt, als sich diese Geschichte zutrug. Þórhall war ein kleiner und hässlicher Mensch ohne besondere Fähigkeiten, wenn es nicht gerade um die Bearbeitung von Eisen oder Holz ging. Er verdiente sein Geld damit, auf Thingversammlungen Bier zu brauen und zu verkaufen. Dadurch kam er in kurzer Zeit mit sämtlichen einflussreichen Männern ins Gespräch, da sie sein Bier kauften. Doch das Gebräu war, was oft vorkam, nicht immer beliebt, was dann auf den Brauer zurückfiel. Man hielt Þórhall nicht für einen freigebigen Mann, er war sogar als ziemlich geizig bekannt. Außerdem war er schwachsichtig. Für gewöhnlich hatte er eine Mütze auf dem Kopf, bei Thingversammlungen trug er sie sogar immer. Weil er kein berühmter Mann war, gaben ihm die Thingleute einen Namen, den er seitdem nicht mehr loswurde: sie nannten ihn Biermütze.

Eines Tages im Herbst ging Biermütze in ein Waldstück, das ihm gehörte, um Holzkohle zu brennen, was er oft tat. Dieses Waldgebiet befand sich im Landesinneren bei Hrafnabjörg und östlich von Lönguhlíð. Dort hielt er sich nun mehrere Tage auf und brannte Holzkohle, anschließend zündete er das Holz an und wachte in der Nacht über die Feuergruben. Doch im Laufe der Nacht schlief er ein, und das Feuer breitete sich über die Gruben hinaus auf das Laub- und Astwerk aus, das schnell in

Flammen stand. Danach griff das Feuer auf den ganzen Wald über. Da zog ein scharfer Wind auf. Nun wachte Biermütze auf und hatte gerade noch Glück, dass er sich in Sicherheit bringen konnte. Das Feuer breitete sich in dem Waldstück aus. Erst wurde Biermützes eigener Wald ein Raub der Flammen, dann griff das Feuer auch auf die Waldgebiete über, die an seines angrenzten, und schließlich brannten die Wälder weit und breit auf dem Lavafeld. Dieses Gebiet nennt man heute Sviðning.

Eines der abgebrannten Waldgebiete wurde Goðaskóg genannt. Es gehörte sechs Goden: der erste war der Gode Snorri, der zweite Guðmund Eyjólfsson, der dritte der Gesetzessprecher Skafti, der vierte Þorkell Geitisson, der fünfte Eyjólf, ein Sohn des Þórð Gellir, der sechste Þorkell Rauða-Bjarnarson, genannt Schal. Diese sechs Männer hatten das Waldstück erworben, um es zu Thingzeiten nutzen zu können.

Nach dem Brennen der Holzkohle ging Biermütze heim. Die Nachricht vom Waldbrand machte schnell die Runde im Bezirk, von denjenigen, denen ein Schaden entstanden war, hörte sie Skafti als Erster. Im Herbst gab er den Männern, die immer zwischen den Bezirken unterwegs waren, eine Botschaft mit auf den Weg in den Norden zum Eyjafjord. Sie sollten Guðmund von dem Waldbrand erzählen und ebenso, dass in dieser Angelegenheit Geld in Aussicht sei. Ähnliche Botschaften wurden auch in den Westen des Bezirks zu denjenigen gesandt, die ebenfalls Anteile an dem Wald besessen hatten. Im Winter darauf schickten sie einander Botschaften mit dem Inhalt, dass die sechs Goden sich auf dem Thing treffen und in der Sache gemeinsam vorgehen sollten. Skafti sollte die Anklage vorbereiten, da er am nächsten wohnte.

Als das Frühjahr kam und mit ihm die gesetzlichen Vorladungstage, ritt Skafti mit großem Gefolge zu Biermütze, lud ihn wegen des Waldbrandes vor und beantragte den Waldgang als Strafe. Biermütze schimpfte wütend und machte große Worte und sagte, Skafti würde wohl nicht so großspurig auftreten, wenn seine Freunde auch zum Thing kämen. Skafti sagte nur wenig dazu und ritt von dannen.

Im darauffolgenden Sommer erschienen die sechs Goden, die

den Wald besessen hatten, beim Thing, und berieten sich untereinander. Sie beschlossen, dass die Klage vorgebracht werden sollte, sofern man ihnen nicht das Recht zum Selbsturteil übertrage und sie ein Vermögen verlangen könnten.

Biermütze kam zum Thing, bot Selbstgebrautes zum Verkauf an und traf da mit seinen Freunden zusammen, die für gewöhnlich bei ihm Bier kauften. Er bat sie um Unterstützung und bot ihnen für ihre Hilfe sein Gebräu an. Ihre Antworten fielen alle gleich aus: keines der Geschäfte, die sie mit ihm bisher getätigt haben, sei für sie von Nutzen gewesen. Sie sagten, der Gefahr würden sie sich nicht aussetzen, ihn in der Sache gegen solche übermächtigen Männer zu unterstützen. Niemand versprach ihm seine Hilfe, und Biermütze blieb auch auf seinem Gebräu sitzen. Ihm scheint, dass seine Sache eine ziemlich missliche Wendung nimmt. Er ging von Thinghütte zu Thinghütte, aber obwohl er die Leute um Unterstützung bat, fand er nirgends Gehör. Da war es mit seiner Überheblichkeit und seinem stolzen Gebaren schlagartig vorbei.

Eines Tages ging Biermütze zur Thinghütte von Þorsteinn Síðu-Hallsson, trat vor ihn und bat um Unterstützung. Þorsteinn gab ihm die gleiche Antwort wie alle anderen.

2 Ein Mann hieß Broddi Bjarnason, ein Schwager Þorsteinns, und er saß neben ihm. Er war zu der Zeit in seinen Zwanzigern. Biermütze trat aus der Thinghütte hinaus, nachdem ihm Þorsteinn die Unterstützung verweigert hatte.

Da sprach Broddi: »Schwager, mir scheint es unangemessen, dass dieser Mann als Friedloser leben soll. Es ist unter der Würde derer, die sich für große Männer halten, ihn ächten zu wollen. Es ist angebracht, Schwager, ihm Beistand zu gewähren. Das wirst du doch wohl auch so sehen.«

Þorsteinn erwiderte: »Dann erweise ihm deinen Beistand, wenn du so erpicht darauf bist. Ich werde dich in dem Fall, so wie immer, unterstützen.«

Broddi befahl einem Mann, Biermütze zu folgen. Dieser tat das, ging hinaus und entdeckte Biermütze an der Außenwand der Thinghütte. Er weinte jämmerlich. Der Mann forderte ihn auf, in die Thinghütte zurückzugehen und das Jammern zu lassen, »du sollst Þorsteinn nicht schluchzend vor die Augen treten.« Biermütze lächelte unter Tränen und befolgte die Worte.

Als sie vor Þorsteinn standen, ergriff Broddi das Wort: »Mir scheint, Þorsteinn will dir seinen Beistand zusagen, weil er es für eine nur aus purem Eigennutz eingebrachte Klage hält. Du konntest nicht auch noch auf deren Wald achten, als du deinen eigenen abfackeltest.«

Biermütze sagte: »Wer ist dieser ehrenwerte Mann, der mit mir spricht?« »Broddi heiße ich«, entgegnet er. Da erwiderte Biermütze: »Bist du Broddi Bjarnason?« »Der bin ich«, gibt Broddi zurück. »Du bist nicht nur würdiger anzuschauen als andere«, sagte Biermütze, »sondern stammst auch noch aus einer entsprechenden Familie.« Er machte noch viele Worte darüber und wurde zunehmend zuversichtlicher, was seine Anklage betraf.

»Nun ist es an dir, Broddi«, sagte Þorsteinn, »wenn du willens bist, ihm irgendeine Form von Beistand zu gewähren, wo er dich so in den Himmel lobt.«

Da erhob sich Broddi, und zahlreiche andere Männer taten es ihm nach. Er trat aus der Thinghütte hinaus. Dann nahm er Biermütze zu einem Gespräch unter vier Augen beiseite. Anschließend traten sie auf das Thingfeld, wo sich viele Leute befanden, die in der Lögretta gewesen waren. Guðmund und Skafti blieben noch sitzen, nachdem die anderen Männer fortgegangen waren, und redeten über Gesetze. Broddi und seine Begleiter schlenderten über das Feld, während Biermütze zur Gesetzeskammer ging.

Er warf sich der Länge nach auf die Erde, kniete zu ihren Füßen nieder und sagte: »Welch Glück, euch gefunden zu haben, ihr noblen Männer und Anführer. Werdet ihr mir wohl helfen wollen, ihr guten Leute, auch wenn ich es nicht verdiene? Ich gerate in eine sehr schlimme Lage, wenn ihr mir nicht helft.« Es würde zu lange dauern, alles zu erwähnen, was Biermütze gesagt hat, aber er benahm sich, als wäre er in jeglicher Hinsicht äußerst beklagenswert.

Da sagte Guðmund zu Skafti: »Dieser Mann führt sich wirklich erbärmlich auf.«

Skafti antwortet: »Wo ist nun deine Überheblichkeit, Biermütze? Im Frühjahr, als wir dich vorluden, hättest du nicht gedacht, dass es deine beste Wahl sein könnte, mir die Entscheidung in deiner Rechtssache zu überlassen. Wo ist denn nun der Beistand deiner mächtigen Freunde, mit denen du mir im Frühjahr drohtest?«

Biermütze erwidert: »Damals war ich von Sinnen oder noch Schlimmeres, als ich dir nicht die Entscheidung in der Sache überlassen wollte. Sprich nicht von den Mächtigen, die sind alle feige, sobald sie euch beide kommen sehen. Ich wäre froh, wenn ich euch nun die Entscheidung überlassen dürfte. Lohnt es sich, darauf zu hoffen? Es wäre nicht verwunderlich, wenn es nun aussichtslos wäre, wo du, lieber Skafti, so wütend auf mich gewesen bist. Damals war ich ein Narr und ein Dummkopf, als ich dein Urteil ausschlug. Nun wage ich nicht, diese unversöhnlichen Männer anzuschauen, die mich auf der Stelle töten würden, solltet ihr beide mir nicht beistehen.«

Er wiederholte sich mehrmals und sagte, er würde sich glücklich schätzen, wenn sie in seiner Sache das Urteil sprechen sollten. »Ich habe den Eindruck, mein Geld ist am besten bei euch aufgehoben.«

Guðmund sagte zu Skafti: »Mir scheint dieser Mann die Strafe der Friedlosigkeit nicht zu verdienen. Wäre es nicht angebracht, ihn glücklich zu machen und ihm zu erlauben, Männer auszuwählen, die in dieser Sache entscheiden? Ich weiß allerdings nicht, wie es die anderen sehen, die gegen ihn klagen.«

»Nun denn, ihr guten Männer«, sagt Biermütze, »nun werdet ihr mir doch irgendeine Art Hilfe erweisen.«

Skafti erwiderte: »Mir obliegt der Abschluss dieser Rechtssache, weil ich die Klage führe. Guðmund und ich werden es wagen, Biermütze, dem Ganzen ein Ende zu bereiten und den Rechtsstreit abzuschließen. Ich nehme an, unsere Unterstützung wird dir dienlich sein.«

Da erhob sich Biermütze und reichte ihnen die Hand. Sogleich benannte Biermütze einen Zeugen nach dem anderen. Als der Zeugenaufruf erging, strömten die Leute herbei. Zunächst rief Biermütze Broddi und seine Gefährten als Zeugen auf.

Skafti sprach: »Unser Gegner im Rechtsstreit bittet Guðmund und mich um eine Entscheidung in dieser Sache. Obwohl wir alle, denen ein Schaden entstanden ist, miteinander vereinbart hatten, dass uns das Recht zum Selbsturteil übertragen werden sollte, wollen Guðmund und ich nun seiner Bitte nachkommen, dass wir beide anstelle von anderen einen Schiedsspruch fällen sollen, wenn Þórhall diese Entscheidung akzeptieren will. Ihr sollt bezeugen, dass die Anklage nun auf Entschädigung und nicht mehr auf Ächtung lautet. Ich gelobe durch Handschlag, dass die Klage fallengelassen wird, zu der ich ihn im Frühjahr vorlud.«

Dann hörten sie auf, einander die Hände zu schütteln. Da sagte Skafti zu Guðmund: »Wäre es nicht gut, die Sache direkt zu Ende zu bringen?«

»Das wäre gut«, erwiderte Guðmund.

Biermütze warf ein: »Überstürzt mal nichts, ich habe mich noch nicht entschieden, ob ich euch anderen Männern vorziehen werde.«

Guðmund sagte: »Es war doch abgemacht, dass wir beide einen Schiedsspruch fällen sollen, es sei denn, du ziehst andere Männer von denjenigen vor, die mit uns gegen dich klagen.«

Biermütze erwidert: »Ich war von Anfang an dagegen, dass sie das tun sollten. Es wurde durch Handschlag vereinbart, dass ich zwei Männer meiner Wahl bestimmen solle.«

Da befragte man die Zeugen des Handschlags. Die Thingleute von Guðmund und Skafti waren vollkommen uneins darüber, was abgemacht worden war, während Broddi und seine Gefährten klar und deutlich der Meinung waren, dass es so beschlossen worden sei, wie Biermütze behauptete, dass nämlich er Männer zur Entscheidung frei wählen könne.

Da sprach Skafti: »Daher weht also der Wind, Biermütze. Ich sehe, dass du den Kopf nun um einiges höher trägst als noch vor kurzem. Welche Männer wirst du zur Entscheidung bestimmen?«

Biermütze entgegnete: »Darüber muss ich nicht lange nachdenken. Ich wähle Þorsteinn Hallsson und seinen Schwager Broddi Bjarnason. Mir scheint, meine Sache ist bei ihnen besser aufgehoben als bei euch beiden.«

Skafti sagte, er nehme an, die Rechtssache sei in guten Händen, auch wenn diese beiden darüber bestimmten, »weil der Sachverhalt klar und deutlich ersichtlich ist. Und sie sind so weise, dass sie erkennen werden können, dass du dafür eine harte Strafe verdient hast.«

Biermütze mischte sich unter Broddis Gefährten, und die Leute suchten ihre Hütten auf.

3 Am nächsten Tag sollte der Schlichterspruch verkündet werden. Þorsteinn und Broddi berieten sich miteinander. Þorsteinn sprach sich für eine höhere Geldbuße aus, aber Broddi meinte, es sei am besten, wenn er einfach entscheide, was er für richtig halte, und dann auch das Urteil selbst verkünde. Er solle nur sagen, ob er entweder das Urteil sprechen oder es verteidigen wolle, falls es jemand anfechten sollte. Þorsteinn sagte, er wolle lieber den Vergleich verkünden als sich auf Sticheleien mit diesen Goden einzulassen. Anschließend sagte Þorsteinn, Biermütze werde nicht lange auf sein Urteil warten müssen, ebenso, dass er die Bußgeldzahlung vor Ort am Lögberg zu leisten habe.

Dann gingen sie zum Lögberg hinüber. Nachdem die Rechtsargumente vorgebracht worden waren, fragte Þorsteinn Hallsson, ob die Goden am Lögberg anwesend seien, die die Klage gegen Biermütze führten. »Mir wurde berichtet, dass Broddi und ich in dieser Angelegenheit eine Entscheidung fällen sollen. Wir werden sie euch nun mitteilen, wenn ihr sie hören wollt.«

Sie sagten, es sei nichts zu befürchten, da sie in der Angelegenheit gerecht vorgehen würden.

Dann sagte Þorsteinn: »Uns kommt es so vor, als seien die Wälder, die euch Goden gehörten, nicht viel wert gewesen. Vielmehr brachten sie wenig ein und waren zu weit entfernt, um euch Nutzen zu bringen. Diese Männer waren sehr eigennützig, denn sie hatten günstige Bedingungen und nannten neben ihrem eigenen Besitz noch den anderer ihr Eigen, doch Biermütze war für euren Wald nicht verantwortlich, als er seinen eigenen abbrannte. Solche Dinge geschehen aus Fahrlässigkeit und ohne Vorsatz, aber weil es nun zu einem Schiedsspruch kommen muss, soll ein Urteil ergehen. Ihr sechs habt das Waldgebiet besessen. Dafür wollen wir jedem von euch sechs Ellen Lodenstoff zusprechen, der sofort hier entrichtet werden soll.«

Broddi hatte sich vorbereitet und Lodenstoff abgemessen. Er wirft nun jedem Einzelnen einen Fetzen zu und sagt: »Das nenne ich eine Buße für Schurken.«

Skafti erwiderte: »Es ist offensichtlich, Broddi, dass du dich mit uns anlegen willst. Du hast dich sehr in diesen Prozess eingemischt, aber mit uns wirst du gewiss keinen Streit anfangen wollen. In anderen Rechtsangelegenheiten werden wir womöglich leichteres Spiel haben.«

Broddi antwortet: »Da, Skafti, wirst du aber noch andere Prozesse gewinnen und mehr Bußgelder kassieren müssen, wenn das Loch gestopft werden soll, das der Prozess um das Liebesgedicht, das du auf die Frau deines Verwandten Orm gemacht hast, in deiner Kasse hinterlassen hat. Das war eine üble Tat, und sie wurde übel vergolten.«

Da sprach Þorkell Schal: »Ein solcher Mann wie Broddi schätzt die Dinge vollkommen falsch ein. Für Biermützes Freundschaft, irgendwelches Bestechungsgeld oder Geschäfte macht er sich solche Männer zu Feinden, wie sie ihm hier gegenüberstehen.«

Broddi erwidert: »Es ist keineswegs eine Fehleinschätzung der Dinge, wenn man sich treu bleibt, auch wenn zwischen euch und Biermütze ein Unterschied besteht. Im Frühjahr war es aber ein grober Fehler von dir, zum Thing zu reiten und dich nicht vor Steingríms fettem Deckhengst in Acht zu nehmen. Er hat dich von hinten bestiegen, und die Stute, auf der du rittest, war mager und brach unter dir zusammen. Ich kann nicht mit Sicherheit sagen, mit wem er verkehrte, aber die Leute haben doch immerhin gesehen, dass du lange eingeklemmt warst, weil der Hengst seine Vorderläufe über deinen Mantel geschlagen hatte.«

Eyjólf Þórðarson sprach: »Man kann wohl sagen, dass dieser Mann uns die Beute vor der Nase weggeschnappt hat, weil wir von Biermütze keine hohe Geldbuße bekamen, und nun putzt er uns auch noch herunter.«

Broddi erwidert: »Ich habe damit nichts zu tun. Dir aber hat man tatsächlich die Beute vor der Nase weggeschnappt, als du in den Norden zum Skagafjord fuhrst und Ochsen von Þorkell Eiríksson stahlst. Guðdal-Starri ritt dir hinterher, und als ihr ins Vatnsdal kamt, da merktet ihr, dass man euch verfolgte. Da bekamst du es dermaßen mit der Angst zu tun, dass du dich wie eine Stute im wilden Galopp davongemacht hast, und so etwas ist doch wirklich unglaublich. Dann trieben Starri und seine Leute die Ochsen heim. In diesem Fall hat man dir wirklich die Beute vor der Nase weggeschnappt.«

Da sprach der Gode Snorri: »Alles ist uns nützlicher, als mit Broddi kränkende Worte auszutauschen. Aber es ist sehr wahrscheinlich, dass wir uns an die Feindseligkeiten erinnern werden, die Broddi uns hier gezeigt hat, wenn wir die Gelegenheit haben werden, ihn anzugreifen.«

Broddi sagt: »Du hast eine verdrehte Auffassung von Ehre, Snorri, wenn du alle Gedanken darauf richtest, dich an mir zu rächen, deinen Vater aber nicht rächst.«

Da spricht Þorkell Geitisson: »Mir scheint, dass du deine Neigung, es dir mit jedem verderben zu wollen, von demjenigen geerbt hast, nach dem du benannt wurdest. Außerdem ist zu erwarten, dass die Männer dir das nicht durchgehen lassen werden und du schon bald tot sein wirst.«

Broddi erwidert: »Für uns liegt keine Ehre darin, Verwandte, uns gegenseitig das Unglück unserer Familien vorzuhalten. Und niemand kann verhehlen, was viele wissen, dass nämlich Brodd-Helgi erschlagen wurde. Mir wurde auch berichtet, dass dein Vater schließlich doch noch seinen Lohn bekam. Ich nehme aber an, dass du mit den Fingern die Narben fühlen kannst, wenn du danach suchst, wo dich mein Vater im Böðvarsdal verwundet hat.«

Daraufhin gingen sie auseinander und kehrten zurück zu ihren Hütten. Biermütze kommt in der Erzählung nun nicht mehr vor.

4 Tags darauf ging Broddi zur Thinghütte von Þorkell Geitisson. Er trat ein und richtete das Wort an Þorkell. Dieser antwortete wortkarg und war äußerst wütend.

Broddi sagte: »Ich bin hierhergekommen, Verwandter, weil ich bereue, was ich zu dir gesagt habe. Ich möchte dich darum bitten, es meiner Jugend und meinem Unverstand anzulasten und unser gutes Verwandtschaftsverhältnis nicht darunter leiden zu lassen. Hier habe ich ein goldverziertes Schwert, das ich dir schenken möchte. Außerdem will ich dich im Sommer zu mir nach Hause einladen. Dort wirst du sehen, dass ich keine wertvolleren Kostbarkeiten besitze als jene, die du erhältst.«

Þorkell nahm es dankend an und sagte, ihm sei daran gelegen, ein gutes verwandtschaftliches Verhältnis zu ihm zu haben. Daraufhin kehrte Broddi zu seiner Hütte zurück.

Am Abend vor dem Ende des Things ging Broddi nach Westen über den Fluss und traf dort am Ende der Brücke auf Guðmund. Sie grüßten einander nicht. Als sie aneinander vorbeigingen, drehte sich Guðmund um und sprach: »Welchen Weg nimmst du vom Thing zurück, Broddi?«

Dieser wandte sich um und sagte: »Wenn du neugierig bist, das zu erfahren, dann sage ich es dir: ich werde die Kjölur-Route zum Skagafjord reiten, dann zum Eyjafjord und von dort zum Ljósavatn-Gebirgspass, dann weiter zum Mývatn und anschließend zur Möðrudalsheiði.«

Guðmund erwiderte: »Halte dich daran und reite über den Ljósavatn-Gebirgspass.«

Broddi antwortet: »Das werde ich tun. Hast du vor, Guðmund, mir den Zugang zum Pass zu verwehren? Damit tätest du ganz bestimmt das Falsche, wenn du mir den Zugang zum Pass verstelltest, so dass ich ihn nicht mit meinen Gefährten nehmen kann, wo du doch nicht einmal den Pass zwischen deinen Arschbacken anständig vor Eindringlingen schützen kannst.«

So gingen sie auseinander, aber diese Worte machten auf dem ganzen Thing die Runde. Als Þorkell Geitisson sie hörte, suchte er Broddi auf und bat ihn, die Sprengisandur-Route zu nehmen oder sogar eine, die noch weiter im Osten liegt. Broddi antwortet:

»Ich werde die Route nehmen, die ich Guðmund beschrieben habe, weil er mich sonst feige nennen wird, wenn ich es nicht tue.«

Da sagte Þorkell: »Dann werden wir beide zusammen mit unserem kleinen Gefolge reiten.«

Broddi erwiderte, er halte es für ehrenhaft, sein Fahrtgenosse zu sein, und nahm dies gerne an.

Dann ritten Þorkell und Broddi zusammen mit ihrem Gefolge nach Norden zur Öxnadalsheide. Þorkells Schwiegervater Einar Eyjólfsson nahm denselben Weg. Broddi und Þorkell ritten mit Einar zur Þverá und verbrachten dort die Nacht. Anschließend begleitete Einar sie mit großer Mannschaft ihres Weges, und sie trennten sich erst beim Skjálfandafljót. Dann ritt Einar heim, Þorkell und Broddi setzten ihren Weg fort, bis sie in den Osten heim zu ihren Höfen am Vopnafjord kamen. Noch im selben Sommer suchte Þorkell Broddi auf seinem Gehöft auf und erhielt dort überaus kostbare Geschenke. Sie hatten ein besonders herzliches Verwandtschaftsverhältnis, und so blieb es auch, solange sie lebten.

UND HIER ENDET DIE ERZÄHLUNG VON ÞÓRHALL BIERMÜTZE.

DIE ERZÄHLUNG VOM LAHMEN HRÓMUND

1 Ein Mann hieß Eyvind Sörkvir, der zusammen mit Ingimund dem Alten nach Island kam. Er ließ sich im Blöndudal westlich des Skagafjords nieder. Eyvind wollte Ingimund nicht überleben und nahm sich deshalb das Leben. Als alter Mann hatte Eyvind mit seiner Magd einen Sohn, der Hrómund hieß. Dieser war mit Auðbjörg verheiratet, der Tochter von Már, dessen Vater Jörund Háls war. Sie war die Tochter einer Sklavin. Hrómund lebte lange zusammen mit Már auf Másstaðir. Als er bei Deildarhjalli gegen Ingimunds Söhne kämpfte, erschlug Hrómund Hög-

ni, einen Sohn Ingimunds, und wurde dafür im Bezirk zwischen der Jökulsá im Skagafjord und der Hrútafjarðará geächtet. Hrómund wurde am Bein verletzt und ging fortan lahm, daher wurde er Hrómund der Lahme genannt. Er erwarb Ländereien bei Fagrabrekka westlich der Hrútafjarðará und lebte dort eine Weile. Er errichtete einen großen Wall zur Verteidigung um sein Gehöft, er war ein überaus ansehnlicher und tüchtiger Mann. Sein Sohn hieß Þorbjörn Þyna, dessen Mutter Auðbjörg war. Er war mit Guðrún verheiratet, einer Tochter des Þorkell auf Kerseyr, der Land südlich des Hrútafjarðarháls genommen hatte. Ihr Sohn hieß Þorleif, der Hrómunds Ziehsohn genannt wurde. Hallsteinn hieß ein weiterer Sohn des Hrómund.

Alle diese Verwandten waren große und starke Leute. Ein Sohn des Þorkell auf Kerseyr hieß Þórir, ein Bruder von Þorbjörns Frau Guðrún. Er wohnte in der Nähe auf Melar. Seine Tochter hieß Helga, und sie war eine schöne und überaus tüchtige Frau.

2 Eines Sommers segelte ein Schiff vom offenen Meer bei Borðeyri in den Hrútafjord hinein. Sleitu-Helgi hieß der Schiffsführer, sein Bruder Jörund. Insgesamt waren sie zu zwölft auf dem Schiff. Sie waren rücksichtslose und schmähsüchtige Männer, wenige trieben Handel mit ihnen, und die Leute begaben sich in Geschäftsangelegenheiten lieber zu anderen Schiffen außerhalb des Bezirks. Die Leute kriegten heraus, dass sie Wikinger und Räuber waren und nichts als gestohlene Waren feilboten.

Als der Sommer zu Ende ging, kam noch immer niemand zu ihnen.

Da sprach Helgi: »Ich will, dass ihr nicht aggressiv auftretet und euch gegenüber den Leuten des Bezirks besser benehmt. Verschafft euch Unterkunft bei den Bauern, da mir scheint, die Leute hier werden widerspenstig sein und keine Übergriffe dulden. Auch ist mir zu Ohren gekommen, dass die Leute hier stark und gewalttätig sind.«

Einen halben Monat später hatten nur drei Männer eine Unterkunft gefunden. Da sprach Helgi: »Die Leute hier in der Gegend sind nicht gewillt, uns aufzunehmen, was nicht verwunderlich ist. Wir sollten uns ein weiteres Mal um sie bemühen.«

Und das taten sie, aber die Lage war wie zuvor: niemand nahm sie auf.

Einmal ritt Þórir aus Melar zum Schiff und traf Helgi. Helgi begrüßte ihn sehr freundlich und fragte, was er kaufen wolle. Þórir sagte, er brauche dringend etwas: »Meine Häuser sind einsturzgefährdet.«

Helgi sagte, er habe die Gelegenheit, so viel Holz, wie er benötigte, zu kaufen: »Im Gegenzug lässt du uns im Winter bei dir unterkommen.«

Er antwortete, dazu sei er nicht in der Lage: »Aber ich kann jede Menge Waren zum Tausch anbieten. Auch hört man, ihr seid keine beliebten Männer.«

Er lehnte ab, sie aufzunehmen.

Helgi sprach: »Die Leute hier legen uns gegenüber eine überaus ablehnende Haltung an den Tag, und es ist sehr wahrscheinlich, Bauer, dass du uns nicht ohne Blessuren entkommst, solltest du uns nicht aufnehmen.«

Þórir sagte, das sei der Grund, warum sie hier keine Freunde hätten.

Helgi antwortet, wenn er sie aufnähme, könnte er die Bedingungen dafür festlegen: »Anderenfalls ist es ungewiss, ob du lebend zurückkehrst.«

Als es so gekommen war, sprach Bauer Þórir: »Wenn du mich so eindringlich bittest, dann sollst du Eide auf das geltende Recht in unserem Land stellvertretend für euch alle ablegen, dass ihr im Winter keinem Menschen ein Unrecht antun noch andere ungesetzliche Taten verüben werdet, weder gegen mich noch andere, auch nicht gegen meine Hausleute oder meine Nachbarn. Ich werde euch beherbergen, aber ihr müsst selbst für eure Nahrung sorgen.« Helgi sprach: »Du bestimmst die Bedingungen, Bauer.«

Anschließend gingen sie dorthin, und sie aßen für sich in einem Gebäude und schliefen auch in diesem. Die Leute des Bezirks nahmen Þórirs Entscheidung übel auf, und man dachte, das sei ein großer Fehler gewesen. Nachdem sie sich dort eine

Weile aufgehalten hatten, kamen der Schiffsführer und die Tochter des Bauern oft ins Gespräch, und daraus entwickelten sich Küsse und Umarmungen voller Zuneigung und Zärtlichkeit, und sie wurde seine Geliebte.

Þórir sprach: »Helgi, ich will, dass du dich an deine Versprechen, die du mir gabst, hältst und mir weder Schmach noch Schande zufügst. Hör auf, dich mit meiner Tochter zu unterhalten, und denk an deine Eide.«

Helgi antwortete, er glaube, er könne die Liebe zwischen ihm und Helga nicht so schnell beenden: »Und darin liegt auch keine Schande, Bauer, wenn ich entsprechend der Gesetze, die hier gelten, und mit einer so hohen Aussteuer, wie du wünschst, um ihre Hand anhalte.«

Und als der Bauer dachte, es bestehe keine Aussicht auf eine Verbesserung der Lage, auch im Hinblick auf die rücksichtslosen Männer, da willigte er ein, dass Sleitu-Helgi seine Tochter Helga heiratete, und ihre Hochzeit fand früh im Winter statt, und danach waren sie den Leuten gegenüber nicht mehr ganz so böswillig, wenn man sie in Ruhe ließ.

3 Während des Winters kam es dazu, dass Hrómund fünf Zuchtpferde abhandenkamen, allesamt überaus wohlgenährt. Manche Vermutungen wurden darüber angestellt, was mit den Pferden geschehen sei. Hrómunds Söhne sagten, sie glaubten, dass Leute sie gegessen haben werden, da man nirgends etwas über sie hörte und die Rosse zahm seien.

Hrómund sagte: »Mir wurde erzählt, diese Norweger hätten mehr Schlachtfleisch an Bord, als sie nach Meinung der Leute gekauft haben konnten. Sie sind schlecht beleumundet. Es gibt zwei Möglichkeiten: es entweder nicht mehr zur Sprache zu bringen, dann hat es auch keine schlimmen Folgen, oder man lässt es darauf ankommen, was daraus wird, und geht der Sache nach.«

Sie erklärten, es sei gewiss besser und angebrachter als alles andere, dem nachzugehen.

Dann suchte Hrómund Miðfjord-Skeggi auf, der damals auf

Skeggjastaðir im Miðfjord lebte und der Anführer der Leute in diesem Bezirk war, und beriet sich mit ihm, wie vorgegangen werden sollte. Skeggi antwortet: »Mir ist zu Ohren gekommen, dass diesen Norwegern schwer beizukommen ist, aber ich werde euch meine Unterstützung gewähren, egal was passiert.«

Hrómund machte sich anschließend auf und ritt mit seinen Söhnen kurz darauf nach Melar, insgesamt waren sie zu zehnt. Einige der Norweger befanden sich draußen, ein paar kamen in dem Moment erst heraus, als sie heranritten. Beide Seiten begrüßten sich kaum.

Da sprach Hrómund: »Die Sache ist die, Helgi«, sagte er, »dass mir Pferde abhandengekommen sind, und ich habe die Vermutung, dass sie hierhergelangt sind.«

Helgi erwiderte: »So hat noch nie jemand zu uns gesprochen, und ab sofort werden wir euch so große Feindschaft entgegenbringen, wie wir euch nur erweisen können.«

Hrómund sprach: »Es ist die Art der Wikinger, sich Vieh durch Raub und Erpressung zu verschaffen, es dann aber zu verhehlen, das ist die Art von Dieben.«

Hrómund wollte von Þórir wissen, was wahr sei und was er darüber wisse.

Þórir sagte, er wisse nicht, ob sie in dieser Angelegenheit schuldig oder unschuldig seien.

Hrómund erwiderte, er verhalte sich schäbig.

Daraufhin befahl Hrómund seinen Männern, jene vor Gericht vorzuladen, und es wurde ein Mann bestimmt, der jeden Einzelnen von ihnen gerichtlich vorlud. Anschließend wurden die Vorladungen ausgesprochen, und die Norweger fluchten und waren wütend und drohten, sich dafür zu rächen. Bei diesem Zusammentreffen kam es zu keinen Tätlichkeiten. Bei diesem Stand der Dinge gingen sie auseinander.

4 Hrómund und seine Leute ritten dann heim. Nachdem sie eine Weile zu Hause gesessen hatten, sprach Hrómund: »Wir werden uns drei Männer zur Verstärkung holen und unse-

ren Verteidigungswall ausbessern lassen, der ziemlich verfallen ist. Wir müssen mit dem Schlimmsten rechnen, was sie uns angedroht haben. All die Feindseligkeiten, die sie uns angedroht haben, werden sie uns nicht ersparen.«

Anschließend übertrugen sie sämtliche Rechtssachen an Skeggi aus dem Miðfjord, und sie kamen vor das Allthing, wo alle Norweger wegen des Pferdediebstahls verurteilt wurden.

Hrómund und seine Söhne hielten sich während des Things daheim auf, die Norweger hingegen machten sich zur Abreise aus Melar bereit und verabschiedeten sich freundlich von Þórir. Sie wollten ihr Schiff seetüchtig machen, und ihre Route verlief über Fagrabrekka, wo sich Hrómund und seine Söhne draußen aufhielten.

Helgi sprach: »Es wird so sein, dass euch dieser Wall nichts nützen wird, und er wird euch am wenigsten nützen, wenn für euch am meisten auf dem Spiel steht. Und gerne möchte ich Hrómund und seine Söhne bluten sehen.«

Hrómund sprach: »Wir zweifeln nicht an euren üblen Absichten, doch glauben wir, dass einige von euch sich eine blutige Nase einhandeln werden, ehe wir tot auf der Erde liegen.« Für diesmal gingen sie auseinander.

5

Eines Morgens landete ein Rabe auf einer Dachluke und krächzte laut. Hrómund lag in seinem Bett, erwachte und sprach eine Strophe:

Es kreischt schwarzgefiederter Schwan
des Schweißes des Wunddorns,
als der neue Tag anbrach,
Beute lockt den trägen Raben;
Kampfes Falke krähte zuvor schon,
als Krieger ihr Leben ließen,
als das Schicksal beschworen wurde
von Schlachtenkuckucken des Gaut.

Wunddorn = Waffen; Schweiß = Blut; schwarzgefiederter Schwan des Blutes der Waffen = Rabe; Beute des Raben = Leichen; Kampfes Falke = Rabe; Gaut = ein Name Odins; Schlachtenkuckucke Odins = Raben

Er sprach eine weitere Strophe:

Es kräht hagelbeschlagene Möwe
der Leichenbergwogen,
– müde verlangt sie nach Morgenfutter –
wenn das Meer der Leichen heranrollt;
so lärmte der Leichenkuckuck
von Linden einst herab,
wenn der Habicht des Krieges heischte
der Helden Wundenmet, den roten.

Leichenbergwogen = Blut; Möwe des Blutes = Rabe; Meer der Leichen = Blut; Leichenkuckuck = Rabe; Habicht des Krieges = Rabe; Wundenmet = Blut

Wenig später brachen die Knechte des Bauern auf, und sie achteten nicht darauf, das Tor des Verteidigungswalls hinter sich zu schließen.

Am selben Morgen rückten die Norweger zu zwölft heran. Sie tauchten dort auf, kurz nachdem die Knechte den Wall verlassen hatten.

Da sprach Helgi: »Das läuft wie geschmiert. Lasst uns in den Verteidigungswall eindringen und dabei an ihre höhnischen Worte und Taten denken. Wenn es an mir liegt, soll der Wall ihnen keinesfalls einen Nutzen verschaffen.«

Þorbjörn Þyna erwachte von den Stimmen, sprang sofort auf und lief zur Eingangstür der Halle. Er schaute durch ein Guckloch, das nach alter Sitte in die Tür geschnitten worden war, und erkannte die Norweger und ebenso, dass sie den Wall überwunden hatten, und lief wieder hinein.

Da sprach Hrómund: »Welche Neuigkeiten bringst du, Sohn?«

Þorbjörn antwortet: »Ich glaube, dass die Norweger in kriegerischer Absicht den Wall überwunden haben und sich für die Worte rächen wollen, die wir ihnen gegenüber geäußert haben. Ich weiß aber nicht, wie sie den Wall überwinden konnten.«

Hrómund sprang auf und sprach: »Dann auf! Wir müssen uns diese erbärmlichen Kerle vom Hals halten und uns guten Nachruhm erwerben. Erweisen wir uns als mannhaft.«

So stachelte er seine Söhne und auch seinen Ziehsohn Þorleif an, der fünfzehn Jahre alt war, er war groß und sah tapfer aus. Auch er machte sich bereit hinauszulaufen, obwohl die Frauen sagten, er sei zu jung und werde den Tod finden, Hrómund hingegen sei zu alt, um Gegenwehr zu leisten.

Da sprach Hrómund eine Strophe:

Weder heute noch gestern
bin ich dem Tod bestimmt,
– will lieber zum Lärm der Ilm –
Linde des Flachlandrundes;
meine Schenkel schlottern nicht,
– mein Schicksal ist vorherbestimmt –
wenn rötende Gerte von Hedins Saum
auf blutige Schilde schlägt.

Ilm = Walküre; Lärm der Walküre = Schlacht; Flachlandrund = Schild; Linde des Schildes = Krieger, Mann; Hedin = ein legendärer Sagenheld; Saum des Sagenhelden = Brünne; Gerte der Brünne = Schwert

Dann griffen alle Verwandten zu ihren Waffen, sie waren zu viert: Hrómund der Lahme, Þorleif, Þorbjörn Þyna und Hallsteinn.

Sie traten aus der Tür, die am Ende des Gebäudes war, und gingen über den Querbalken. Sie verschlossen die Türen, die in den Seitenwänden waren. Die Norweger sprangen auf den Wall und schossen mit Speeren unnachgiebig auf sie, da Helgi ein überragender Krieger war, groß, stark und tapfer. Er war nun rasend vor Wut, und es war schwer und hart, ihnen allen im Kampf gewachsen zu sein.

Sie sagten, sie werden Hrómund dazu zwingen müssen, sich daran zu erinnern, sie Diebe genannt zu haben.

Hrómund erwiderte, sie würden genug zu tun haben, sollten sie sie im Wall angreifen. Sie wehrten sich genauso heftig mit Schilden und Holzknüppeln wie mit Waffen, aber die Norweger bewarfen sie mit Steinen und Geschossen und griffen unerbittlich an, aber jene wehrten sich tapfer, obwohl sie nur zu viert waren. Sie warfen ebenfalls von oben mit großen Steinen, und auch wenn Hrómund gebrechlich war, kämpfte er gut und war dazu in der Lage, heftige Hiebe auszuteilen. Mit Hilfe seiner Söhne und seines Ziehsohnes Þorleif tötete er sechs Norweger. In diesem Kampf kamen auch Hrómund und sein Ziehsohn Þorleif um.

Die überlebenden Norweger zogen sich aus der Befestigung zurück, doch Þorbjörn Þyna setzte ihnen nach und trieb sie aus der Wallanlage heraus.

Aber als Þorbjörn das Tor verschließen wollte, warf Helgi einen Speer nach ihm, der ihn mitten in den Leib traf. Er zog sich den Speer aus der Wunde und warf ihn den Norwegern hinterher und traf Jörund, den Bruder Helgis, mitten in den Leib.

Helgi packte ihn, als er zu Boden fiel, schwang ihn auf seinen Rücken und lief aus der Umfriedung hinaus, mit ihm seine fünf Gefährten, die noch lebten.

Hallsteinn setzte ihnen nach, aber sie entkamen. Sie erreichten einen Bach außerhalb von Fagrabrekka. Über diesen wollte Helgi mit seinem Bruder Jörund springen, aber das Ufer war zu beiden Seiten steil. Ihm schwanden die Kräfte, und Jörund rutschte von seinen Schultern herunter und war tot.

Helgi drehte sich um, und in dem Moment griff Hallsteinn ihn an und schlug ihm einen Arm ab. Dann nahmen die Norweger Reißaus, und Hallsteinn kümmerte sich um Jörund und erkannte, dass er tot war. Inzwischen entkamen die anderen, Hallsteinn sah dies und kehrte heim.

Da erfuhr er, dass sein Vater und Þorbjörn Þyna tot waren. Þorleif atmete noch, er trug ihn hinein. Die Frauen fragten, wie es abgelaufen war. Er erzählte es ihnen.

Helgi und seine Gefährten stachen noch am selben Tag in See

und kamen alle bei Skriðinsenni ums Leben. Þorleif wurde wieder gesund und lebte auf Fagrabrekka, und man hielt ihn für einen tüchtigen Bauern. Hallsteinn hingegen verließ Island und kam an den Hof von Ólaf Tryggvason. Der König verkündete ihm den christlichen Glauben, den er bereitwillig annahm. Dann wurde Hallsteinn ein Mann des Königs und begleitete ihn von da an. Er war ein überaus tapferer Kerl, fest entschlossen im Kampf, und stand beim König in hohen Ehren. Es wird berichtet, dass er auf der Langen Schlange, Ólafs Langschiff, fiel, nachdem er sich tapfer gewehrt und großen Ruhm erworben hatte.

UND HIER ENDET DIESE ERZÄHLUNG.

DIE SAGA VON GRETTIR ÁSMUNDARSON

GRETTIS SAGA ÁSMUNDARSONAR

AUS DEM ALTISLÄNDISCHEN
UND MIT EINER EINLEITUNG
VON KRISTOF MAGNUSSON

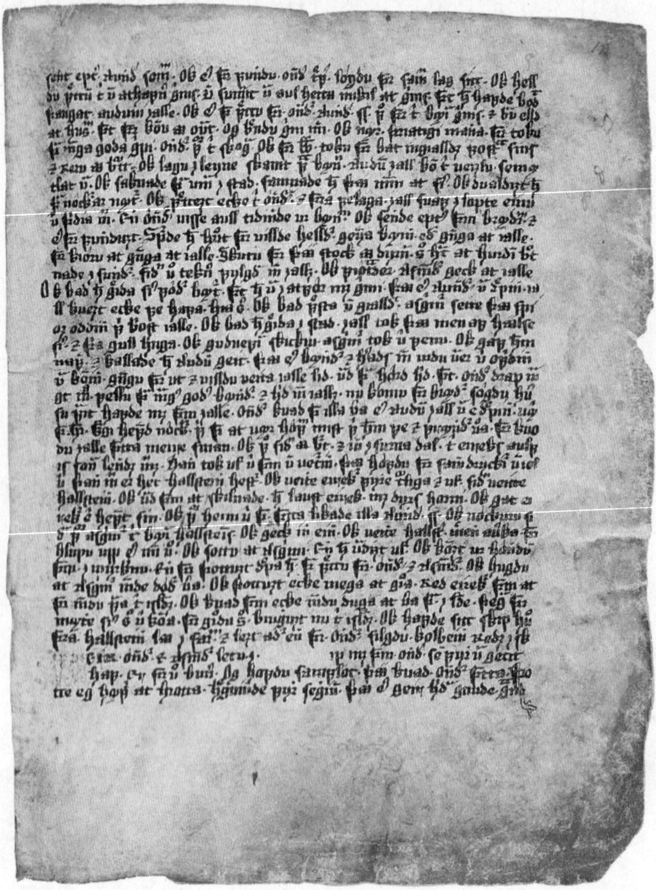

Der Text der *Saga von Grettir Ásmundarson* in einer Pergamenthandschrift vom Ende des 15. Jahrhunderts mit der Hand eines unbekannten Schreibers. Unten auf der Seite hat der Schreiber am Beginn des achten Kapitels Platz für die Überschrift gelassen, davor für eine kleine Initiale, jedoch ist an diesen Stellen nie etwas eingetragen worden.

EINLEITUNG

Als Grettir Ásmundarson seinen Halbbruder Þorsteinn Drómund in Norwegen besucht, betrachtet dieser Grettirs muskulöse Oberarme und sagt: »Ich hätte dir weniger Kraft und mehr Glück gewünscht« (Kap. 41).

Dieser Satz beschreibt den zentralen Konflikt der *Saga von Grettir Ásmundarson*, denn sie erzählt die Geschichte eines Menschen, der ein Held sein könnte und doch zum Antihelden wird.

An Kraft mangelt es Grettir Ásmundarson wahrlich nicht. Er bedient sich der rustikalen Kampftechnik, Gegner mitsamt Waffen und Rüstung bis über seinen Kopf zu heben und dann auf den Boden zu schmettern. Er rettet Bauersfrauen vor Berserkern und befreit von Spuk verheerte Bauernhöfe von Trollfrauen und Wiedergängern. Er ist intelligent, schlagfertig und selten darum verlegen, seine Ruhmestaten mit Skaldenstrophen zu besingen. Doch obwohl er damit fast alle Eigenschaften besitzt, über die ein klassischer Held verfügen muss, scheitert Grettir immer wieder am Schicksal und an seinem aufbrausenden Temperament.

Bis Grettir Ásmundarson zum ersten Mal auftritt, vergeht einiges an Zeit. In den ersten Kapiteln erzählt die Saga von Grettirs Vorfahren, seinem Urgroßvater Önund und seinem Vater Ásmund, die dieselbe Unbeherrschtheit und Reizbarkeit an den Tag legen, die bei Grettir so verhängnisvolle Ausmaße annehmen wird. Der Name Grettir, der »Schlange« bedeuten kann und hier wohl eine Grimasse, eine Art mürrisch-grantiges Grinsen, bezeichnet, kommt anfangs als Beiname zweier Männer namens Ófeig vor – Grettir Ásmundarson hat erst in Kapitel 14 den ersten Auftritt in seiner eigenen Saga.

Über seine ersten Jahre auf dem Hof Bjarg in Nordwestisland

heißt es in der Saga: »Schon als Kind war er überheblich, maulfaul und ungehorsam und unverschämt in allem, was er sagte und tat.« Bereits bei seinen Kinderstreichen erweist Grettir sich als ziemlich grausam, er bricht den Hausgänsen die Flügel und häutet die Lieblingsstute seines Vaters, wobei er seine Taten mit Dichtung oder markigen Sinnsprüchen kommentiert, die den Lesern von Anfang an vor Augen führen, dass hier kein gedankenloser Gewalttäter am Werk ist, sondern ein zwar skrupelloser, aber auch intelligenter junger Mann.

Bald darauf tötet Grettir einen Knecht und wird für drei Jahre aus Island verbannt. Als er sich auf den Weg nach Norwegen macht, heißt es über die Leute auf seinem Heimathof: »Viele wünschten ihm eine gute Reise, wenige wünschten, er käme zurück« (Kap. 17).

Doch Grettir kommt zurück, nachdem er sich in Norwegen mit seinen Heldentaten beträchtlichen Ruhm erworben hat, und hätte sich wahrscheinlich auch noch in die isländische Gesellschaft eingliedern können. Aus vielen der ehemals wilden Jugendlichen, die mit Grettir zusammen aufwuchsen, sind inzwischen respektable Bauern geworden – eine gewisse Anzahl an Gewalttaten wurde offenbar als postadoleszente Überspanntheit toleriert. Aber Grettir ist nachtragend. Sofort nach seiner Rückkehr reitet er zu Auðunn Ásgeirson, von dem er einst bei einem Ballspiel brutal verprügelt wurde, und will eine Revanche. Doch es zeigt sich schnell, dass den früheren Raufbold nun ganz andere Dinge interessieren. Grettir lauert Auðunn in dessen Haus auf und sagt: »Ich will mit dir kämpfen.« Doch Auðunn antwortet nur: »Ich muss mich erst um das Essen kümmern« (Kap. 28).

Es kommt nur noch zu einem Ringkampf, den der bald eintreffende Barði Guðmundarson mit den Worten beendet: »Du bist ein streitsüchtiger, unbeherrschter Mann, Grettir. Auðunn hingegen ist gutmütig und besonnen, und du lässt ihn jetzt sofort aufstehen.«

Es fällt auf, wie oft Personen in der Saga als gutmütig, verträglich oder friedlich bezeichnet werden. Das auf Ehre und Großfamilie ausgerichtete vorchristliche Wertesystem, in dem

Angehörige nicht nur berechtigt, sondern verpflichtet sind, ihre erschlagenen Verwandten zu rächen, scheint nicht mehr uneingeschränkt gültig. Die Zeit der Besiedlung ist vorbei, die inzwischen etablierten Bauern freunden sich allmählich mit den Werten des Christentums an. Ein impulsiver, rachsüchtiger Mann wie Grettir passt nicht mehr in diese Zeit oder, besser gesagt, nur die Hälfte seines Wesens passt.

Die Leute bewundern Grettir zwar für seinen Mut und seine Stärke, wollen aber im Alltag möglichst wenig mit ihm zu tun haben. Immer wieder versucht Grettir, andere junge Isländer in Kämpfe zu verwickeln, doch alle seine Versuche werden vereitelt. Grettirs Drang, seine Kraft zu erproben, wird derart stark, dass er es schließlich mit einem Wiedergänger aufnimmt, dem Schafhirten Glám, der nach einer gotteslästerlichen Rede an Weihnachten zu Tode gekommen ist und nun im Vatnsdal Angst und Schrecken verbreitet (Kap. 35).

Es wird Grettirs bisher schwerster Kampf. Es gelingt ihm zwar, Glám zu besiegen, doch bevor der Wiedergänger stirbt, spricht er über Grettir einen Fluch: »Bis jetzt bist du berühmt für deine Taten, doch von nun an werden Ächtung, Mord und Totschlag dein Schicksal sein, denn ich habe dich verflucht. Die meisten Dinge, die du tust, werden dir Leid und Unglück bringen.«

Hier zeigt sich Grettirs Situation in ihrer ganzen tragischen Ambivalenz. Der Sieg über Glám bringt ihm noch größeren Ruhm ein, doch der Fluch des Wiedergängers macht es Grettir endgültig unmöglich, ein normales Leben zu führen. Zu seiner Reizbarkeit kommt jetzt noch schicksalhaftes Pech hinzu, und sogar wenn Grettir Anerkennung von seiner Umgebung sucht, wird er zum Schuldigen: Kurz nach dem Kampf mit Glám will er einigen Kaufleuten helfen, mit denen er an der norwegischen Küste strandet, indem er zum nächsten Haus schwimmt, um Feuer zu holen (Kap. 38). Die Männer in dem Haus halten ihn für einen Troll und greifen ihn an, Grettir will sich nur verteidigen, doch das Haus fängt Feuer, und die Männer kommen um. Hiernach bemüht Grettir sich nach Kräften, seine Unschuld zu beweisen, doch als der norwegische König ihm einen Unschuldsbeweis zugesteht, schlägt er mitten in der Kirche einen Jungen nieder, der ihn verhöhnt hat (Kap. 39).

Wenig später wird Grettir auf dem Allthing zum Gesetzlosen erklärt und darf fortan nicht mehr unter Menschen leben – und das, obwohl er im Dunkeln nicht mehr allein sein kann, ohne die Augen des von ihm besiegten Wiedergängers vor sich zu sehen. Von nun an sind alle Aktionen des sonst so furchtlosen Grettir von dieser Angst vor der Dunkelheit geprägt.

Wie die meisten Isländersagas erzählt die *Saga von Grettir Ásmundarson* auch von den blutigsten Gefechten in knappem, lakonischem Stil. Hierbei finden sich immer wieder Episoden, die einen frappierend modernen Humor haben, wie diese Beschreibung des Todes von Grettirs Bruder Atli (Kap. 45):

»Da sprang Þorbjörn hervor und rammte Atli seinen Spieß mit beiden Händen in den Bauch, so dass er ganz hindurchging.

Als er den Stoß bekam, sagte Atli: ›Breite Spieße werden immer beliebter.‹«

Manche Passagen gehen gar ins Parodistische, wie zum Beispiel bei dem Kampf um den Wal von Rifsker, wenn sich die aufgebrachten Bauern in Ermangelung richtiger Waffen mit Walknochen schlagen (Kap. 12), oder als Grettir gegen den Berserker Snækoll kämpft (Kap. 40) und sich dessen Einschüchterungstaktik zunutze macht, auf möglichst martialische Art in seinen Schild zu beißen. Grettir tritt so heftig gegen den Schild, dass es dem Berserker den Kiefer abreißt.

In diesen humorvoll-beiläufigen Gewaltdarstellungen erinnert die *Saga von Grettir Ásmundarson* an *American Psycho* von Bret Easton Ellis oder Anthony Burgess' *A Clockwork Orange.* Und nicht nur der Stil, auch die Erzählweise macht es zumindest wahrscheinlich, dass die Autoren der *Saga von Grettir Ásmundarson* für das Vergnügen ihrer Leser sorgen wollten: Retardierende Momente, Schnitte und Perspektivwechsel wie im modernen Roman oder Film erhöhen immer wieder die Spannung.

Zu einem zeitgenössischen Text wird die *Saga von Grettir Ásmundarson* durch diese erzählerischen Mittel natürlich nicht. Die von Geistern, Vorhersehungen und Verwünschungen durchzogene Welt, in der Grettir Ásmundarson lebte, bleibt heutigen Lesern letztendlich fremd. In einem Moment kämpft Grettir erbittert um seine Ehre, die ihm mehr wert ist als das eigene Leben, und erweist sich doch im nächsten Augenblick als schicksalsergebener Fatalist. Dies zeigt sich schon vor dem großen Wendepunkt der Saga, dem Kampf gegen den Wiedergänger Glám. Grettirs Schwager Jökull, bei dem er unterwegs Station macht, warnt ihn davor, sein Schicksal herauszufordern (Kap. 34). Auch Grettir ahnt vermutlich, dass ihm dieser Kampf nichts als Unglück bringen wird, ist aber davon überzeugt, seinem Schicksal nicht entkommen zu können. Er sagt: »Des einen Unglück wartet vor der Tür, beim anderen ist es schon hereingekommen«, dann zieht er los.

So präsentiert sich die *Saga von Grettir Ásmundarson* heutigen Lesern als überraschend modern erzählter und gleichzeitig rätselhaft fremder Text.

DIE SAGA VON GRETTIR ÁSMUNDARSON

1 Es war ein Mann namens Önund. Er war der Sohn von Ófeig Burlufót, dessen Vater Ívar Beytill war. Önund war der Bruder von Guðbjörg, der Mutter von Guðbrand Kúla, dessen Tochter Ásta die Mutter von König Ólaf dem Heiligen war. Die Familie von Önunds Mutter kam aus Opplönd, während die Vorfahren seines Vaters zum größten Teil aus Rogaland und Hordaland stammten.

Önund war ein großer Wikinger und segelte nach Westen, um zu plündern. Auf seinen Raubzügen begleiteten ihn Bálki Blængsson von Sótanes und Orm der Wohlhabende. Ihr dritter Begleiter hieß Hallvarð. Sie hatten fünf Schiffe, die alle gut ausgerüstet waren. Sie plünderten auf den Hebriden, und als sie die Insel Barra erreichten, trafen sie auf einen König namens Kjarval, der auch fünf Schiffe hatte. Sie griffen ihn an, und es kam zu einem heftigen Kampf. Önunds Männer kämpften erbittert. Auf beiden Seiten fielen zahlreiche Männer, doch am Schluss floh der König mit einem seiner Schiffe. Die anderen Schiffe und viele Reichtümer fielen Önund und seinen Leuten in die Hände, und sie überwinterten dort. Die nächsten drei Sommer plünderten sie in Irland und Schottland. Dann fuhren sie nach Norwegen zurück.

2 Zu dieser Zeit war in Norwegen großer Unfriede. Harald Zottelkopf, der Sohn von Hálfdan dem Schwarzen, griff nach der Herrschaft über das ganze Reich. Bisher war er König von Opplönd, doch nun zog er erst nach Norden, wo er viele Schlachten schlug, die er alle gewann. Dann zog er nach Süden und eroberte alles, was er betrat. Erst als er nach Hordaland kam, stellte sich ihm ein großes Heer von Männern entgegen, angeführt von

Kjötvi dem Wohlhabenden und Þórir Haklang und den Leuten aus Süd-Rogaland und König Súlki.

Geirmund Heljarskinn war damals im Westen in Britannien und nahm nicht an dieser Schlacht teil, obwohl er in Hordaland viel Land besaß.

In diesem Herbst kam nun Önund mit seinen Leuten aus dem Westen zurück. Das erfuhren Þórir Haklang und König Kjötvi und schickten Männer zu ihnen, baten um Hilfe und versprachen Belohnung. Önund und seine Männer schlugen sich auf Þórirs Seite, denn sie brannten darauf, sich zu beweisen, und sagten, sie wollten da sein, wo der Kampf am härtesten war.

Sie trafen in Rogaland mit König Harald aufeinander, in einem Fjord namens Hafrsfjord. Beide Seiten hatten viele Männer. Diese Schlacht ist eine der größten in ganz Norwegen gewesen. Viele Sagas erzählen davon, da dort meist von den Leuten berichtet wird, die Geschichte machen. Es kamen Leute aus ganz Norwegen und anderen Ländern und viele Wikinger.

Önund positionierte sein Schiff mitten in der Flotte an der Seite des Schiffs von Þórir Haklang. König Harald fuhr auf Þórir Haklang zu, denn Þórir war ein großer Berserker und mutiger Krieger, und zwischen ihnen entbrannte ein erbitterter Kampf. Dann trieb der König seine Berserker voran. Sie wurden Wolfshäute genannt, kein Eisen verletzte sie, und als sie vorstürmten, hielt sie niemand auf. Nach langem, tapferem Kampf fiel Þórir auf seinem Schiff. Daraufhin räumten sie das Schiff mit Stangen und hieben alle Taue durch, so dass es zurücktrieb. Dann griffen die Männer des Königs das Schiff von Önund an, er stand ganz vorn und kämpfte furchtlos.

Da sagten die Männer des Königs: »Der wagt sich bis in den Bug vor. Lasst uns ihm ein Andenken an diese Schlacht verpassen.«

Önund stand mit einem Fuß auf der Bordwand und hieb auf jemanden ein, da griffen sie ihn an. Als er sie abwehrte, rutschte er aus. Da hieb einer aus dem Vorschiff im Boot des Königs nach Önund, traf sein Bein und schlug es unterhalb des Knies ab. Önund war kampfunfähig. Danach fielen die meisten seiner Leute.

Önund wurde auf das Schiff eines Mannes namens Þránd gebracht, sein Bruder war Eyvind der Norweger, und ihr Vater hieß Björn. Auch Þránd war gegen König Harald und lag auf der anderen Seite von Önunds Schiff.

Gleich darauf ergriffen fast alle die Flucht. Þránd und andere Wikinger machten sich davon, so sie es denn konnten, und segelten nach Westen. Önund fuhr mit ihm und Bálki und Hallvarð Súgandi.

Önund wurde geheilt und ging seitdem mit einem Holzbein, darum nannte man ihn Önund Holzbein, solange er lebte.

3 Damals gab es viele vorzügliche Männer auf den Britischen Inseln, die ihre Ländereien in Norwegen zurücklassen mussten, denn König Harald verbannte alle, die gegen ihn gekämpft hatten, und beschlagnahmte ihre Güter.

Als Önunds Wunden geheilt waren, fuhr er mit Þránd zu Geirmund Heljarskinn, der damals der berühmteste Wikinger westlich von Norwegen war, und sie fragten ihn, ob er nicht sein Herrschaftsgebiet in Hordaland zurückerobern wolle, und boten an, ihn zu begleiten. Sie bedauerten den Verlust ihres Besitzes sehr, denn Önund kam aus einer mächtigen Familie und war reich. Geirmund sagte, König Harald sei inzwischen so stark geworden, dass es kaum Hoffnung gebe, durch Kampf etwas zu erreichen, schließlich habe man sogar verloren, als man aus allen Landesteilen Männer zusammengesammelt hatte. Und ein Sklave des Königs wollte er nicht werden und um das bitten, was ihm von Recht her gehörte; da wollte er sich lieber an einem anderen Ort niederlassen. Er war damals auch kein junger Mann mehr. Önund und die anderen fuhren zurück auf die Hebriden und trafen dort viele ihrer Freunde.

Es war ein Mann namens Ófeig, der Grettir genannt wurde. Er war der Sohn von Einar, dessen Vater Ölvir Barnakarl war. Ófeigs Bruder war Óleif Breið, und dessen Sohn hieß Þormóð Skafti. Ein weiterer Sohn von Ölvir Barnakarl war Steinólf, der Vater von Una, die Þorbjörn Laxakarl heiratete. Steinmóð war auch einer von Ölvirs Söhnen. Er war der Vater von Konáll, dessen Tochter Álfdís von Barra war. Konálls Sohn Steinmóð war der Vater von Halldóra, die Eilíf heiratete, den Sohn von Ketill Einhendi. Ófeig Grettir heiratete Ásný, die Tochter von Vestar Hængsson. Ófeigs Söhne hießen Ásmund Skegglaus und Ásbjörn, seine Töchter waren Aldís, Æsa und Ásvör.

Ófeig war mit seinen Leuten vor König Harald über das Meer nach Westen geflohen, genau wie sein Verwandter Þormóð Skafti. Sie unternahmen viele Raubzüge auf den Britischen Inseln.

Þránd und Önund Holzbein beschlossen, nach Irland zu fahren und Eyvind den Norweger zu treffen, den Bruder von Þránd. Er war für die Verteidigung Irlands zuständig. Eyvinds Mutter war Hlíf, die Tochter von Hrólf Ingjaldsson, dem Enkel von König Fróði, während Þránds Mutter Helga war, die Tochter von Öndótt Krähe.

Der Vater von Þránd und Eyvind war Björn, der Sohn von Hrólf von Ár. Er war aus Gautland geflohen, nachdem er Sigfast, den Schwager von König Sölvi, in seinem Haus verbrannt hatte. Er fuhr im Sommer nach Norwegen und verbrachte den Winter bei dem Sohn von Kolbjörn Sneypir, einem Hersen namens Grím. Der wollte Björn seines Geldes wegen ermorden, woraufhin Björn zu Öndótt Krähe weiterzog, der im Hvinisfjord in Agder wohnte. Öndótt nahm Björn gut auf, er verbrachte die Winter dort und unternahm im Sommer Raubzüge, bis Björns Frau Hlíf starb. Danach verheiratete Öndótt seine Tochter Helga mit Björn, und Björn unternahm keine Raubzüge mehr.

Zu dieser Zeit hatte Eyvind die Kriegsschiffe seines Vaters übernommen und war einer der großen Anführer im Westen geworden. Er heiratete Rafarta, die Tochter des irischen Königs Kjarval, ihre Söhne waren Helgi der Magere und Snæbjörn.

Als Þránd und Önund auf die Hebriden kamen, trafen sie dort Ófeig Grettir und Þormóð Skafti und wurden gute Freunde, denn es schien ihnen, als hätte jeder den anderen aus der Hölle gerettet, als die Kämpfe in Norwegen auf ihrem Höhepunkt waren.

Önund wurde sehr still, und als Þránd das bemerkte, fragte er, was in ihm vorgehe.

Als Antwort sprach Önund diese Strophe:

Froh kann ich kaum sein, seit mich
der Feuerdonner des Schildes traf,
vieles geschieht allzu früh,
mir bleibt der Schaden durch
das Zauberlied der Riesin,
ich glaube, die meisten Männer
halten wenig von mir.
Das reicht aus, um die Freude zu verlieren.

Feuerdonner des Schildes = Kampf; Zauberlied der Riesin = Axt

Þránd sagte, dass Önund stets als tapferer Mann gelten würde, wohin er auch käme. »Du solltest dich niederlassen und heiraten. Ich werde dir helfen so gut ich kann, wenn du mir sagst, wen du im Auge hast.«

Önund fand das ehrenwert von ihm, sagte aber, die Aussichten auf eine gute Partie seien schon einmal besser gewesen.

Da antwortete Þránd: »Ófeig hat eine Tochter namens Æsa. Bei ihr könnten wir es versuchen, wenn du willst.«

Önund sagte, dass er das wollte.

Dann redeten sie mit Ófeig. Er nahm ihr Anliegen freundlich auf und sagte, er wisse, aus welch guter Familie Önund kam und dass er ein reicher Mann sei, »doch sein Land ist nichts wert. Auch scheint er mir nicht mit beiden Beinen im Leben zu stehen, und meine Tochter ist noch ein Kind.«

Þránd sagte, dass Önund kampfeslustiger sei als viele Männer mit zwei Beinen, und durch die Fürsprache von Þránd wurde die Sache beschlossen. Ófeig sollte seiner Tochter Wertsachen als Mitgift geben, weil die beiden nicht bereit waren, Land in Norwegen zu akzeptieren.

Bald danach wurde Þránd die Tochter von Þormóð Skafti versprochen. Beide Frauen sollten drei Jahre verlobt bleiben. Währenddessen fuhren Þránd und Önund weiterhin jeden Sommer auf Raubzug und verbrachten die Winter auf Barra.

4 Es waren zwei Wikinger namens Vígbjóð und Vestmar. Sie kamen von den Hebriden und fuhren sommers wie winters hinaus auf See. Sie hatten acht Schiffe und plünderten in Irland, wo sie viel Verwüstung anrichteten, bis Eyvind der Norweger dort die Landesverteidigung übernahm. Danach wandten sie sich den Hebriden zu, plünderten dort und bis in die Fjorde von Schottland hinein. Þránd und Önund machten sich auf die Suche nach ihnen und erfuhren, dass sie zu einer Insel namens Bute gesegelt waren.

Dorthin kamen Önund und Þránd mit fünf Schiffen. Die Wikinger zählten die Schiffe, merkten, dass sie in der Überzahl waren, griffen zu ihren Waffen und hielten auf sie zu. Da befahl Önund seinen Männern, die Schiffe zwischen zwei Klippen in Position zu bringen. Zwischen diesen Klippen war ein enger und tiefer Sund, der nur auf einer Seite befahren werden konnte und an dieser Stelle von nicht mehr als fünf Schiffen zugleich. Önund war klug und ließ seine Schiffe so in den Sund fahren, dass sie jederzeit auf das offene Meer zurückrudern konnten, das hinter ihnen lag. Auf der einen Seite war eine Art kleine Insel, dort ließ er ein Schiff hinfahren und viele Felsbrocken auf eine der Klippen bringen, so dass sie von den Schiffen niemand sah.

Die Wikinger stürmten nach vorn und dachten, die anderen wären in eine Falle geraten. Vígbjóð fragte, wer die Männer seien, die dort so eingeklemmt waren. Þránd sagte, er sei der Bruder von Eyvind dem Norweger, »und dies ist mein Gefährte Önund Holzbein.«

Da lachten die Wikinger und sprachen:

Trolle sollen das Holzbein holen.
Trolle sollen sie alle umstürzen.

»Selten sehen wir Männer zum Kampf schreiten, die nicht einmal stehen können.« Önund sagte, dass sie das erst wissen können, wenn sie es ausprobiert hatten. Dann brachten sie ihre Schiffe in eine geschlossene Reihe, und ein harter Kampf entbrannte. Beide Seiten griffen an. Als der Kampf in vollem Gange war, befahl

Önund, sein Schiff zu den Klippen zurückzurudern, und als die Wikinger das sahen, dachten sie, er wollte fliehen, und verfolgten ihn. Als sie direkt unter den Klippen waren, kamen die Männer hervor, die dort oben standen, und warfen so große Felsbrocken auf die Wikinger, dass diese sich kaum wehren konnten. Viele kamen um, andere wurden so schwer verwundet, dass sie nicht mehr kämpfen konnten. Da wollten die Wikinger sich davonmachen, doch sie konnten es nicht, weil sie nun an der Stelle lagen, wo der Sund am schmalsten war und sie sowohl von den Schiffen als auch von der Strömung bedrängt wurden. Önund und seine Männer gingen mutig auf Vígbjóð los, und Þránd griff Vestmar an, allerdings ohne großen Erfolg. Als immer weniger Männer auf Vígbjóðs Schiff standen, machten Önund und seine Leute sich bereit zum Entern. Vígbjóð sah das und trieb seine Männer voran. Dann wandte er sich Önund zu, woraufhin viele von Önunds Männern zurückwichen, doch Önund befahl ihnen zuzusehen, wie es zwischen den beiden ausginge, denn Önund strotzte vor Kraft. Sie schoben einen Holzklotz unter sein Knie, so dass er ganz fest stand. Der Wikinger stürmte auf dem Schiff nach hinten, bis er Önund erreicht hatte, und hieb nach ihm, so dass sein Schwert Önunds Schild spaltete, dann aber auf den Holzklotz unter Önunds Knie traf und dort steckenblieb. Vígbjóð bückte sich, um es herauszuziehen. Da hieb Önund ihm so auf die Schulter, dass der ganze Arm abfiel. Nun war der Wikinger kampfunfähig. Als Vestmar sah, dass sein Gefährte verwundet war, sprang er auf das Schiff, das ganz außen lag, und floh mit allen, die es erreichen konnten. Danach durchsuchten Önund und seine Männer die Gefallenen. Vígbjóð war bereits dem Tode nah. Önund ging zu ihm und sprach:

Sieh, wie deine Wunden bluten,
mich zurückweichen sahst du nicht.
Der einbeinige Schatzvergeuder bekam
nicht eine Schramme von dir,
vielen ist Geschwätzigkeit gegeben
aber keine Klugheit,

der Brecher des Schlages der Riesin zeigt
keine Tapferkeit im Kampf.

einbeiniger Schatzvergeuder = Mann = Önund; Schlag der Riesin = Axt; Brecher der Axt = Krieger

Sie machten große Beute und segelten im Herbst zurück nach Barra.

5 Im folgenden Sommer machten sie sich auf, gen Westen nach Irland zu segeln. Bálki und Hallvarð segelten weiter über das Meer bis nach Island, wo es angeblich viel gutes Land gab. Bálki siedelte im Hrútafjord und lebte auf zwei Höfen, die er beide Bálkastaðir nannte. Hallvarð nahm den Súgandafjord und Skálavík bis hinter Stigi und siedelte dort.

Þránd und Önund fuhren zu Eyvind dem Norweger. Er hieß seinen Bruder willkommen, aber als er merkte, dass Önund auch dabei war, wurde er wütend und wollte ihn angreifen. Þránd hielt ihn zurück und sagte, dass man nicht auf einen Norweger losgehen dürfe, schon gar nicht einen, der selber nicht auf einen Kampf aus war. Eyvind sagte, dass Önund früher König Kjarval angegriffen hatte und nun dafür büßen sollte. Die beiden Brüder redeten lange darüber, und erst als Þránd drohte, auf Önunds Seite zu kämpfen, ließ Eyvind die Sache auf sich beruhen. Sie wohnten die meiste Zeit des Sommers dort und zogen mit Eyvind auf Raubzüge; Önund schien ihm ein äußerst mutiger Mann. Im Herbst fuhren sie auf die Hebriden. Eyvind versprach Þránd das ganze Erbe ihres Vaters Björn, falls dieser vor Þránd sterben sollte. Dann blieben sie auf den Hebriden, bis sie heirateten, und noch einige weitere Jahre.

6 Als Nächstes starb Björn, der Vater von Þránd, und als Grím der Herse das hörte, ging er zu Öndótt Krähe und forderte Björns Erbe, doch Öndótt sagte, dass Þránd das Vermögen seines Vaters bekommen solle. Grím sagte, Þránd sei nach Westen nach

Britannien gegangen, Björn aber stamme aus Gautland, und es sei nun einmal so, dass der König von allen erbe, die im Ausland waren. Öndótt sagte, er wolle das Erbe für seinen Enkel Þránd einbehalten. Daraufhin ging Grím wieder fort, ohne von dem geforderten Vermögen etwas bekommen zu haben.

Als Þránd vom Tod seines Vaters erfuhr, segelte er sofort mit Önund Holzbein von den Hebriden los. Ófeig Grettir und Þormóð Skafti hingegen segelten samt Familien und Gesinde nach Island und kamen im Süden bei Eyrar an Land, wo sie ihren ersten Winter mit Þorbjörn Laxakarl verbrachten. Danach siedelten sie im Gnúpverjahrepp. Ófeig siedelte im Westteil zwischen den Flüssen Þverá und Kálfá und wohnte auf Ófeigsstaðir bei Steinsholt. Þormóð nahm den östlichen Teil in Besitz und wohnte auf Skaftaholt. Die Töchter von Þormóð hießen Þórvör, deren Sohn Þórodd der Gode von Hjalli war, und Þórvé, die Mutter von Þorsteinn dem Goden, dessen Sohn Bjarni der Weise war.

Von Þránd und Önund ist zu erzählen, dass sie einen so günstigen Wind nach Norwegen bekamen, dass niemand von ihrer Reise erfuhr, bevor sie bei Öndótt Krähe ankamen. Er nahm Þránd freundlich auf und erzählte ihm von dem Anspruch, den Grím der Herse auf Björns Erbe geltend machte: »Ich möchte, dass du als mein Verwandter das Erbe deines Vaters bekommst und nicht irgendwelche Knechte des Königs. Noch weiß zum Glück niemand von deiner Ankunft, aber ich ahne, dass Grím einen von uns beiden angreifen wird, sobald er kann. Nimm dein Erbe und geh ins Ausland.« Þránd sagte, das werde er tun. Er nahm das Geld und machte sich umgehend daran, Norwegen zu verlassen. Bevor Þránd in See stach, fragte er Önund Holzbein, ob er nicht mit nach Island kommen wolle. Önund sagte, er wolle erst seine Verwandten und Freunde in Südnorwegen sehen. Þránd sagte: »Dann trennen wir uns nun. Bitte steh meinen Verwandten bei, denn sie wird die Rache treffen, falls ich entkomme. Ich fahre nun nach Island und möchte, dass du das auch tust.«

Önund versprach es ihm, sie trennten sich als Freunde, und Þránd segelte nach Island. Ófeig und Þormóð Skafti nahmen ihn gut auf. Þránd wohnte auf Þrándarholt. Das ist westlich des Flusses Þjórsá.

7 Önund ging Richtung Süden nach Rogaland und traf dort viele seiner Verwandten und Freunde. Er wohnte heimlich bei einem Mann namens Kolbeinn und erfuhr, dass König Harald seine Ländereien beschlagnahmt und einen Mann namens Hárek als Verwalter eingesetzt hatte. Eines Nachts ging Önund hin und überfiel ihn. Hárek wurde geköpft. Önund nahm alle Wertsachen, die sie finden konnten, dann brannten sie den Hof nieder. Den Winter verbrachte er an wechselnden Orten.

In diesem Herbst tötete Grím der Herse Öndótt Krähe, weil der ihm den Erbteil des Königs verweigert hatte; doch Signý, Öndótts Frau, brachte noch in derselben Nacht alles Geld auf ein Schiff und fuhr mit ihren Söhnen Ásmund und Ásgrím zu ihrem Vater Sighvat. Wenig später schickte sie ihre Söhne ins Sóknadal zu ihrem Ziehvater Héðinn, doch sie fühlten sich dort nicht lange wohl und wollten zu ihrer Mutter zurück. Zum Julfest fuhren sie zu Ingjald Tryggvi nach Kvinesdal. Seiner Frau Gyða zuliebe nahm er sie auf, und sie verbrachten den Winter dort.

Im Frühjahr kam Önund in den Norden der Provinz Agder, weil er von Öndótts Tod gehört hatte und dass er getötet worden war. Als er Signý traf, fragte er, wie er ihnen am ehesten helfen könne. Sie sagte, dass sie sich gerne an Grím dem Hersen für den Mord an Öndótt rächen würden. Es wurde nach Öndótts Söhnen geschickt, und als sie Önund Holzbein kennenlernten, taten sie sich zusammen und kundschafteten aus, was Grím der Herse unternahm.

Im Sommer braute Grím viel Bier, da er Jarl Auðunn zu sich eingeladen hatte. Als Önund und die Söhne von Öndótt Krähe das hörten, zogen sie zu Grím, zündeten den Hof an, und da sie überraschend kamen, verbrannte Grím der Herse mit nahezu dreißig Leuten darin. Sie nahmen viele Wertsachen mit sich, und Önund versteckte sich im Wald, die Brüder hingegen nahmen das Boot von ihrem Ziehvater Ingjald, ruderten davon und versteckten sich in der Nähe des Hofes.

Jarl Auðunn kam wie verabredet zu dem Fest und vermisste seinen Freund sofort. Er rief seine Männer zusammen und blieb einige Nächte dort, ohne Önund und seine Gefährten zu bemerken. Der Jarl schlief mit zwei weiteren Männern in einem Haus unter dem Dach.

Önund verfolgte alles, was auf dem Hof vor sich ging, schickte nach den Brüdern, und als sie kamen, fragte Önund, ob sie lieber den Hof im Auge behalten oder auf den Jarl losgehen wollten; sie entschieden sich dafür, sich den Jarl vorzunehmen. Mit einem Balken brachen sie die Tür zu dem Dachboden auf, dann griff Ásmund die beiden, die mit dem Jarl dort oben lagen, und stieß sie so heftig zu Boden, dass sie fast zu Tode kamen. Ásgrím packte Jarl Auðunn und forderte eine Entschädigung für den Tod seines Vaters, denn Auðunn hatte Grím dem Hersen dabei geholfen, Öndótt zu ermorden. Der Jarl sagte, er habe kein Geld bei sich, und bat darum, später bezahlen zu dürfen, doch Ásgrím setzte dem Jarl die Spitze seines Speeres auf die Brust und befahl ihm, sofort zu zahlen. Daraufhin gab der Jarl ihm seine Halskette, drei goldene Ringe und einen kostbaren Brokatumhang; Ásgrím nahm diese Wertsachen und gab dem Jarl den Spitznamen Auðunn Ziege.

Als die Bauern und andere Männer aus der Gegend von dem Angriff erfuhren, kamen sie herbei und wollten dem Jarl beistehen. Ein erbitterter Kampf entbrannte, denn Önund hatte viele Männer. Viele angesehene Bauern und Männer aus dem Gefolge des Jarls kamen um. Dann gingen die Brüder zu Önund und berichteten, wie sie mit dem Jarl verfahren waren. Önund fand es schlecht, dass der Jarl nicht getötet worden war, »das wäre eine Rache an König Harald gewesen für all das, was wir durch ihn verloren haben.« Die Brüder sagten, dass für den Jarl auf diese Weise alles viel beschämender sei, und zogen dann weiter in das Súrnadal zu einem Landverwalter namens Eirík Ölfús. Er nahm sie alle den Winter über bei sich auf. Am Julfest hielten sie ein großes Trinkgelage ab mit einem Mann namens Hallsteinn

Hest. Eirík bewirtete sie großzügig und gut. Als aber Hallsteinn als Gastgeber an der Reihe war, gab es dort Streit, und er schlug Eirík mit einem Trinkhorn. Eirík konnte keine Rache nehmen und kehrte unverrichteter Dinge nach Hause zurück.

Den Söhnen von Öndótt gefiel das überhaupt nicht, und nur wenig später zog Ásgrím zu Hallsteinns Hof, ging alleine hinein und verpasste Hallsteinn eine schwere Wunde. Die anderen Bewohner sprangen auf und hieben nach ihm, doch er verteidigte sich gut und entkam in die Dunkelheit, während sie dachten, sie hätten ihn getötet.

Önund und Ásmund hörten davon und dachten, Ásgrím wäre tot, ohne dass sie noch etwas tun könnten. Daraufhin riet Eirík ihnen, nach Island zu fahren, denn es wäre nicht klug, noch im Land zu sein, sobald der König käme, um sich der Sache anzunehmen. Sie stimmten zu, bereiteten die Fahrt nach Island vor und nahmen sich jeder ein Schiff. Hallsteinn lag im Wundfieber und starb, bevor Önund und seine Männer in See stachen. Kolbeinn, von dem schon einmal die Rede war, fuhr auf Önunds Schiff mit.

8

Sobald sie bereit waren, liefen Önund und Ásmund mit ihren Schiffen aus und segelten zusammen.
Da sprach Önund diese Strophe:

Einst hielt man mich und Hallvarð Súgandi
für tapfer im Sturmwind des Schwertes,
so stark der verderbliche Speersturm
auch war.
Nun muss man mit einem Bein
auf das Pferd der Planken steigen,
um nach Island zu gehen,
dieser Skalde sinkt.

Sturmwind des Schwertes = Schlacht; verderblicher Speersturm = verlustreicher Kampf; Pferd der Planken = Schiff

Sie hatten eine raue Überfahrt, ein starker Wind aus Süden trieb sie nach Norden ab. Als sie Island fanden und sich wieder orientieren konnten, waren sie nördlich von Langanes. Ihre Schiffe waren in Rufweite voneinander, und Ásmund meinte, sie sollten Richtung Eyjafjord fahren, und Önund stimmte zu. Sie kreuzten vor der Küste, da zog aus Südosten ein Sturm herauf, und als Önund und seine Männer versuchten, hart am Wind zu segeln, wurde die Rahe beschädigt, so dass sie die Segel einholten und auf das Meer hinaustrieben.

Ásmund suchte bei der Insel Hrísey Schutz und wartete, bis er einen günstigen Wind in den Eyjafjord bekam. Helgi der Magere gab ihm den ganzen Kræklingahlíð, er selber wohnte am südlichen Teil des Flusses Glerá.

Sein Bruder Ásgrím kam einige Jahre später nach Island und wohnte am nördlichen Teil der Glerá, er bekam einen Sohn namens Elliða-Grím, der seinen Sohn Ásgrím nannte.

9

Von Önund Holzbein bleibt zu erzählen, dass sie einige Tage mit ihrem Schiff umhertrieben. Dann drehte der Wind, und sie segelten Richtung Land. Die, die schon einmal diese Reise gemacht hatten, erkannten, dass sie westlich von Skagi waren. Sie segelten in den Strandaflói, und in der Nähe von Suður-Strandir ruderten sechs Männer in einem Boot mit zehn Rudern auf sie zu und fragten, wer den Befehl über das Schiff habe. Önund nannte seinen Namen und fragte, woher sie kämen. Sie sagten, sie seien Knechte von Þorvald aus Drangar.

Önund fragte, ob alles Land bei Strandir inzwischen in Besitz genommen worden sei. Ein kleiner Teil im inneren Strandir-Gebiet sei noch zu haben, sagten sie, Richtung Norden hingegen nichts mehr. Önund fragte seine Mannschaft, ob sie weiter im Westen suchen wollten oder das nehmen, was sich ihnen hier bot. Sie wollten sich das Land erst einmal näher ansehen, segelten weiter in den Fjord hinein und ankerten an einem Kap bei Árnes, unweit der Mündung eines Baches, setzten ein Boot aus und ruderten an Land.

Dort wohnte ein reicher Mann namens Eirík Snara, der das Land zwischen dem Ingólfsfjord und Ófæra im Veiðileysufjord in Besitz genommen hatte. Als Eirík erfuhr, dass Önund gekommen war, bot er ihm an, alles freie Land zu nehmen, was er wollte, wendete aber ein, dass nur noch wenig übrig sei. Önund sagte, er wolle das Land erst sehen.

Sie fuhren also weiter in den Fjord hinein, und als sie Ófæra erreichten, sagte Eirík: »Da seht ihr es. Von hier an ist alles frei, bis zu dem Land, das Björn beansprucht hat.«

Auf dieser Seite des Fjords ragte ein großer Berg auf, und dessen Rücken war bedeckt mit Schnee.

Önund blickte auf den Berg und sprach diese Strophe:

Diesen Speerschärfer treibt das Leben
schwankend fort von Macht und Land,
doch das Pferd der Planken durchzieht die See,
viele Verwandte habe ich verlassen
genau wie Land und jetzt noch dies:
ein schlechter Handel,
wenn ich Kaldbak bekomme
und Ackerland dafür gebe.

Speerschärfer = Krieger; Pferd der Planken = Schiff; Kaldbak = Kalter Bergrücken (der Name von Önunds Hof)

Eirík antwortete: »Mancher hat in Norwegen so viel verloren, dass er hier keinen Ersatz finden wird. Außerdem glaube ich, dass fast alles Land in den Hauptbezirken besiedelt ist, und kann dir daher nicht empfehlen, von hier fortzugehen. Ich halte mein Wort und gebe dir von diesem Land, was du willst.«

Önund sagte, er werde das Angebot annehmen, und nahm Land von Ófæra über die drei Buchten Byrgisvík und Kolbeinsvík und Kaldbaksvík bis zu den Felsen des Kaldbak. Später überließ Eirík ihm den ganzen Fjord Veiðileysa, den Reykjafjord und den Teil von Reykjanes, der auf ihrer Seite lag. Über das Treibgut redeten sie nicht weiter, es war so viel, dass jeder davon nahm, was er wollte.

Önund baute einen Hof in Kaldbak und hatte viele Leute. Als sein Vieh sich vermehrt hatte, baute er einen zweiten Hof im Reykjafjord.

Kolbeinn wohnte in Kolbeinsvík, und Önund blieb einige Winter friedlich zu Hause.

10 Önund war so kühn, dass es nur wenige mit ihm aufnehmen konnten, auch wenn sie unversehrt waren. Aufgrund seiner Abstammung war er in ganz Island wohlbekannt.

Bald darauf gab es einen Streit zwischen Ófeig Grettir und Þorbjörn Jarlakappi, der damit endete, dass Þorbjörn Ófeig in der Schlucht Grettisgeil in der Nähe von Hæll tötete. Ófeigs Söhne versammelten viele Männer, um den Mörder anzuklagen. Sie schickten nach Önund Holzbein, und er ritt im Frühling nach Süden und wohnte in Hvamm bei Auð der Tiefsinnigen. Sie nahm ihn freundlich auf, denn er war schon mit ihr in Britannien gewesen.

Ihr Enkel Ólaf Feilan war zu dieser Zeit bereits erwachsen, Auð war gebrechlich und alt. Sie erzählte Önund von ihrem Wunsch, dass ihr Enkel Ólaf um die Hand von Álfdís von Barra anhielt, die eine entfernte Kusine von Önunds Frau Æsa war. Önund fand das vielversprechend, und Ólaf ritt mit ihm nach Süden.

Als Önund seine Freunde und Verwandten traf, luden sie ihn zu sich ein. Es wurde über die Tötung von Ófeig geredet, und die Sache wurde vor das Thing von Kjalarnes gebracht, denn das Allthing gab es damals noch nicht. Es wurde ein Vergleich geschlossen, eine große Entschädigung gezahlt, und Þorbjörn Jarlakappi wurde verbannt. Sein Sohn hieß Sölmund, der Vater von Sviðu-Kári, und sie blieben hiernach eine lange Zeit im Ausland.

Þránd lud Önund zusammen mit Ólaf und Þormóð Skafti zu sich ein. Sie brachten Ólafs Antrag vor, was leicht war, da alle wussten, was Auð für eine angesehene und wohlhabende Frau war. Die Sache wurde beschlossen, und Önund und Ólaf ritten wieder nach Hause. Auð dankte Önund, dass er Ólaf geholfen hatte.

Im selben Herbst heiratete Ólaf Feilan Álfdís von Barra, dann starb Auð die Tiefsinnige, wie in der Saga von den Leuten aus dem Laxárdal berichtet wird.

11 Önund und Æsa bekamen zwei Söhne. Der ältere hieß Þorgeir, und den jüngeren nannten sie Ófeig Grettir. Wenig später starb Æsa. Danach heiratete Önund eine Frau namens Þórdís. Sie war eine Tochter von Þorgrím aus Gnúp im Miðfjord und mit Miðfjord-Skeggi verwandt. Mit ihr hatte Önund einen Sohn, der Þorgrím hieß. Er wuchs schnell zu einem großen und starken Mann heran und wurde ein erfolgreicher Bauer und kluger Mensch.

Önund lebte auf Kaldbak, bis er alt wurde. Er starb an einer Krankheit und ist in Tréfótshaug begraben. Es hat in Island nie einen mutigeren und flinkeren Einbeinigen gegeben.

Þorgrím war der wichtigste von Önunds Söhnen, obwohl er nicht der Erstgeborene war. Als er fünfundzwanzig Jahre alt war, hatte er bereits graue Haare. Daher wurde er Graukopf genannt. Seine Mutter Þórdís heiratete später Auðunn Skökull aus dem Víðidal im Norden. Ihr Sohn hieß Ásgeir aus Ásgeirsá. Þorgrím Graukopf und seine Brüder hatten zusammen viel Besitz und teilten ihn nie untereinander auf.

Eirík lebte, wie bereits erwähnt, auf Árnes und war mit Ólöf verheiratet, der Tochter von Ingólf aus dem Ingólfsfjord. Ihr Sohn hieß Flosi. Er war ein begabter Mann und hatte eine große Verwandtschaft. Drei Brüder kamen hierher nach Island, Ingólf und Ófeig und Eyvind, sie nahmen drei Fjorde, die nach ihnen benannt wurden, und lebten seitdem dort. Eyvinds Sohn Ólaf siedelte erst im Eyvindarfjord, zog dann nach Drangar und war ein mächtiger Mann.

Solange die älteren Männer lebten, gab es keinen Streit. Aber nachdem Eirík gestorben war, fand Flosi, dass die Leute von Kaldbak von Rechts wegen keinen Anspruch auf die Ländereien hatten, die Önund von Eirík bekommen hatte. Daraus erwuchs ein großes Zerwürfnis. Önunds Nachfahren konnten zwar trotzdem dort bleiben, aber sie konnten keine gemeinsamen Spiele mehr abhalten.

Þorgeir führte den Hof der Brüder im Reykjafjord und ruderte oft zum Fischen hinaus, weil die Fjorde damals voller Fische waren.

Dann machten die Menschen in Vík einen Plan. Es war ein Mann namens Þorfinn. Er war einer der Knechte von Flosi auf Árnes. Ihn setzte Flosi auf Þorgeirs Kopf an. Er versteckte sich im Bootsschuppen. Als Þorgeir am nächsten Morgen hinausrudern wollte, waren zwei Männer bei ihm, einer hieß Hámund und der andere Brand. Þorgeir ging voraus. Er hatte eine Lederflasche mit saurer Molke auf dem Rücken. Es war sehr dunkel. Als er vom Bootsschuppen zum Wasser ging, lief Þorfinn ihm hinterher, schlug ihm mit der Axt zwischen die Schulterblätter, und die Waffe sank ein, wobei es platschte. Er ließ die Axt los, denn er glaubte, dass es hier nichts mehr zu verbinden gäbe, und wollte sich so schnell wie möglich in Sicherheit bringen.

Von Þorfinn gibt es zu sagen, dass er nach Árnes zurücklief und dort ankam, bevor es ganz hell war. Er behauptete, Þorgeir getötet zu haben, und suchte bei Flosi Schutz; er sagte, ihnen bleibe wohl nichts übrig, als dafür eine Entschädigung zu zahlen, »das wird uns am ehesten helfen, bei allem, was passiert ist.«

Flosi sagte, er wolle erst abwarten, »außerdem merke ich, dass du nach deiner großen Tat eine ziemliche Angst hast.«

Um auf Þorgeir zurückzukommen: der hatte sich zur Seite gedreht, als der Hieb ihn traf, so dass die Axt in die Lederflasche auf seinem Rücken fuhr und er gar nicht verletzt wurde. Sie suchten nicht nach dem Mann, weil es noch dunkel war. Sie ruderten hinaus auf den Fjord und kamen nach Kaldbak, wo sie erzählten, was passiert war.

Sie lachten sehr über diesen Vorfall und nannten ihn Þorgeir Flaschenrücken, und so hieß er seitdem.

Dann dichteten sie dieses:

Einst wuschen berühmte Ehrenmänner
die Glanzfische der Schilde

im spitzgiebeligen Haus
des Wundenmeeres.
Nun rötet ein jämmerlicher Kerl,
dem man weithin schon die Ehre nahm,
beide Wangen des Werkzeugs der Wunde
in der Molke aus Feigheit.

Glanzfische der Schilde = Schwerter; spitzgiebeliges Haus des Wundenmeeres = tiefe Wunde; Werkzeug der Wunde = Schwert

12 Zu dieser Zeit kam eine so große Hungersnot über Island, wie es sie seitdem nie mehr gab. Fast alle Fische blieben aus, und es trieb auch nichts an Land. Sie dauerte viele Jahre.

In einem Herbst kamen Kaufleute von ihrem Kurs ab und erlitten Schiffbruch vor Vík. Flosi nahm vier oder fünf von ihnen bei sich auf. Ihr Schiffsführer hieß Steinn. Sie wohnten in verschiedenen Orten in der Gegend von Vík und wollten ein neues Schiff aus den Wrackteilen bauen, was ihnen nicht gelang; an den Enden war das Schiff zu schmal und mittschiffs zu breit.

Im Frühjahr kam ein schwerer Nordsturm auf, der fast eine Woche anhielt. Danach sahen die Leute nach dem Treibgut.

Auf Reykjanes wohnte ein Mann namens Þorsteinn. Er fand einen Wal, der an der inneren Seite der Landzunge angespült worden war, die Rifsker hieß. Es war ein großer Finnwal. Er schickte sofort einen Mann zu Flosi nach Vík und zu den Nachbarhöfen.

Ein Mann namens Einar wohnte auf Gjög. Er hatte von den Leuten aus Kaldbak Land gepachtet und sollte auf seiner Seite des Fjords das Treibgut bergen. Als er den gestrandeten Wahl sah, nahm er sein Schiff und ruderte über den Fjord nach Byrgisvík. Von dort schickte er einen Mann nach Kaldbak. Þorgrím und seine Brüder hörten das, handelten sofort und ruderten mit zwölf Mann in einem Boot mit zehn Rudern los. Kolbeinns Söhne Ívar und Leif waren auch dabei, zusammen mit vier von ihren Leuten. Alle Bauern, die konnten, machten sich auf den Weg zu dem Wal.

Von Flosi ist zu erzählen, dass er nach seinen Verwandten aus dem Ingólfsfjord und Ófeigsfjord schickte und nach Ólaf Eyvindarson, der damals auf Drangar wohnte. Flosi und die Leute aus Vík waren zuerst da. Sie begannen sofort, den Wal zu zerlegen, und zogen aufs Land, was abgeschnitten war. Anfangs waren sie um die zwanzig, doch es wurden schnell mehr.

Dann kamen die Leute aus Kaldbak mit vier Schiffen. Þorgrím forderte den Wal für sich und verbot den Leuten aus Vík, ihn zu zerschneiden, aufzuteilen und fortzuschaffen. Flosi forderte ihn auf, zu beweisen, dass Önund Holzbein von Eirík ausdrücklich das Recht auf alles Treibgut bekommen hatte, sonst würde er den Wal mit Gewalt verteidigen. Þorgrím Graukopf fand, er hatte zu wenig Männer, und entschied sich gegen einen Angriff.

Da kam ein Schiff mit voller Kraft über den Fjord und landete bald darauf an. Es waren Svan aus Hóll im Bjarnarfjord und seine Knechte. Und als er ankam, sagte Svan zu Þorgrím, er solle sich nicht berauben lassen. Sie waren schon länger gute Freunde, und Svan bot ihm seine Unterstützung an. Die Brüder nahmen dies an und gingen unerschrocken auf die anderen los. Þorgeir Flaschenrücken sprang zuerst auf den Wal und griff Flosis Knechte an. Þorfinn, der bereits erwähnt wurde, zerlegte den Wal. Er stand vorn am Kopf in einer Kuhle, die er sich hineingeschnitten hatte.

Þorgeir rief: »Hier hast du deine Axt zurück.«

Dann hieb er ihm in den Hals, so dass der Kopf abfiel.

Flosi stand auf dem Kies am Ufer und sah das. Er trieb seine Männer an, den Angriff abzuwehren. Sie kämpften lange, dann gewannen die Leute von Kaldbak die Oberhand. Abgesehen von den Äxten und Messern, mit denen sie den Wal zerlegten, hatten nur wenige Männer Waffen dabei. Die Leute aus Vík zogen sich vom Wal auf den Strand zurück. Die Norweger hingegen waren bewaffnet und gefährlich. Steinn, ihr Schiffsführer, schlug Ívar Kolbeinsson das Bein weg, Ívars Bruder Leif jedoch erschlug einen von Steinns Leuten mit einer Walrippe. Nun kämpften sie mit allem, was herumlag, und es gab Tote auf beiden Seiten.

Als Nächstes kam Ólaf aus Drangar mit vielen Schiffen an und schlug sich auf Flosis Seite. Die Leute von Kaldbak waren nun in der Unterzahl, hatten ihre Schiffe aber schon beladen. Svan befahl seinen Leuten, an Bord zu gehen, und sie liefen zu den Schiffen. Die Leute aus Vík verfolgten sie. Als Svan das Meer erreicht hatte, schlug er dem Schiffsführer Sveinn eine tiefe Wunde, dann sprang er auf sein Schiff. Þorgrím konnte entkommen, nachdem er Flosi schwer verwundete. Ólaf hieb nach Ófeig Grettir und traf ihn tödlich. Þorgeir packte Ófeig mit beiden Armen und sprang mit ihm auf das Schiff. Dann ruderten die Leute aus Kaldbak über den Fjord und trennten sich dort.

Über diese Begegnung wurde folgende Strophe gemacht:

Ich hörte, sie hatten bei Rifsker
recht harte Waffen dabei,
denn viele waffenlose Männer kämpften
meist mit Teilen des Wals,
doch die anderen wehrten sich tapfer
und warfen mit Walfleisch zurück,
mir scheint dieser Kampf
wie ein schlechter Scherz.

Sie schlossen Waffenruhe und brachten die Sache vor das Allthing. Þórodd der Gode, Skeggi von Miðfjord und viele Männer aus dem Süden von Island setzten sich für die Leute aus Kaldbak ein. Flosi und viele, die auf seiner Seite gewesen waren, wurden verbannt. Es wurde sehr kostspielig für ihn, da er alle Entschädigungen selber bezahlen wollte. Þorgrím und sein Bruder konnten nicht beweisen, dass sie Geld für die Ländereien und das Strandrecht bezahlt hatten, das Flosi für sich beanspruchte.

Þorkell Máni war damals der Gesetzessprecher und wurde gebeten, ein Urteil zu fällen. Er meinte, vor dem Gesetz gelte etwas auch dann als Kauf, wenn dafür nicht der volle Preis gezahlt worden sei, »so hatten es ja auch Steinuð die Alte und mein Großvater Ingólf gemacht, als sie von ihm ganz Rosmhvalanes bekam und ihm nur einen schäbigen Kapuzenmantel dafür gab. Diese Vereinbarung wurde nie für ungültig erklärt, obwohl es da um viel größere Werte ging. Aber hier schlage ich vor«, sagte er, »dass das umstrittene Stück Land geteilt wird und beide Parteien gleich viel bekommen. Von nun an soll jeder rechtmäßig das bekommen, was an seinem Land antreibt.«

So wurde es gemacht. Es wurde so geteilt, dass Þorgrím und sein Bruder den Reykjafjord und alles Land auf dessen Nordseite abgaben und dafür Kamb bekamen. Für Ófeigs Tod wurde eine große Geldbuße gezahlt. Für Þorfinn gab es keine Entschädigung. Þorgeir erhielt eine Entschädigung dafür, dass man versucht hatte, ihn umzubringen. Dann schlossen sie Frieden.

Flosi entschied sich dafür, mit dem Schiffsführer Steinn nach Norwegen zu fahren, und verkaufte seine Ländereien bei Vík an Geirmund Hvikatimb. Seitdem wohnte der dort. Das Schiff, das die Kaufleute gebaut hatten, war sehr breit geraten. Sie nannten es Trékyllir und benannten danach die Bucht. Flosi wollte mit ihm außer Landes segeln, wurde aber im Öxarfjord wieder angetrieben. Davon erzählt die Saga von Böðmóð, Grímólf und Gerpir.

13 Hiernach teilten Þorgrím und sein Bruder ihren Besitz untereinander auf. Þorgrím nahm das bewegliche Gut und Þorgeir die Ländereien. Dann zog Þorgrím in den Miðfjord und kaufte dort mit Hilfe von Skeggi Land bei Bjarg. Þorgrím heiratete Þórdís, die Tochter von Ásmund von Ásmundargnúp, der das Land um Þingeyr besiedelt hatte.

Þorgrím Graukopf und Þórdís hatten einen Sohn namens Ásmund. Er war groß, stark und klug und hatte schönes Haar. Er ergraute früh und wurde daher Grauhaar oder Graulocke genannt.

Þorgrím wurde ein erfolgreicher Bauer und ließ seine Leute hart arbeiten. Ásmund wollte wenig arbeiten und verstand sich mit seinem Vater nicht besonders gut. So ging es, bis Ásmund erwachsen wurde. Dann bat er seinen Vater um Geld, damit er ins Ausland fahren konnte. Þorgrím sagte, Ásmund hätte von ihm nicht viel zu erwarten, gab ihm aber doch ein paar Handelswaren. Ásmund verließ Island und kam bald zu Geld. Er bereiste viele Länder und wurde ein bedeutender, reicher Kaufmann. Außerdem war er beliebt und vertrauenswürdig und hatte viele hochgestellte Verwandte in Norwegen.

Eines Herbstes wohnte Ásmund in Norwegen in Vík bei einem mächtigen Mann namens Þorsteinn. Er kam aus Opplönd und hatte eine Schwester, die Rannveig hieß und eine sehr gute Partie war. Ásmund hielt um ihre Hand an, und nachdem Þorsteinn eingewilligt hatte, bekam er sie zur Frau. Ásmund ließ sich eine Zeitlang dort nieder und war sehr respektiert.

Rannveig und er hatten einen Sohn, der Þorsteinn hieß, einen besonders schönen und starken Mann mit voller Stimme. Er war groß, aber eher behäbig in seinen Bewegungen, weswegen man ihn Drómund nannte.

Dieser Þorsteinn konnte kaum laufen, da erkrankte seine Mutter Rannveig und starb, und Ásmund wurde in Norwegen nicht mehr froh. Er gab seinen Sohn und Besitz in die Obhut von Rannveigs Familie, fuhr wieder zur See und brachte es zu Ruhm.

Zu der Zeit, als Þorkell Krafla ein Oberhaupt der Leute aus dem Vatnsdal war, landete Ásmund mit seinem Schiff am Húnavatn. Als Þorkell von Ásmunds Ankunft hörte, ritt er zu ihm und lud ihn zu sich ein. Þorkell wohnte auf Másstaðir im Vatnsdal. Ásmund blieb einige Zeit bei ihm. Þorkell war der Sohn von Þorgrím, dem Goden von Kárnsá, einem sehr gelehrten Mann.

All dies geschah, nachdem Bischof Friðrek und Þorvald Koðránsson nach Island gekommen waren. Die beiden wohnten zu dieser Zeit auf Lækjamót und fingen in Nordisland an, die Leute zum christlichen Glauben zu bekehren. Þorkell und viele andere ließen sich das Zeichen des Kreuzes geben. Zwischen dem Bischof und den Leuten aus Nordisland passierten viele Dinge, die diese Saga nicht weiter betreffen.

Zur gleichen Zeit wie Þorkell wuchs eine Frau namens Ásdís auf. Sie war die Tochter von Bárð, dessen Vater Jökull hieß und wiederum der Sohn von Ingimund dem Alten war. Ingimund war der Sohn von Þorsteinn und der Enkel von Ketill dem Riesigen. Die Mutter von Ásdís hieß Aldís, deren Vater der bereits erwähnte Ófeig Grettir war. Ásdís war unverheiratet und galt aufgrund ihrer Herkunft und ihres Vermögens als äußerst gute Partie.

Ásmund hatte genug von seinen Reisen. Er wollte sich in Island niederlassen und beschloss, um die Hand dieser Frau anzuhalten. Þorkell wusste genau, dass Ásmund ein mächtiger Mann war, der gut mit Geld umgehen konnte, und sorgte dafür, dass er Ásdís bekam. Ásmund blieb sein Leben lang Þorkells Freund und führte erfolgreich seinen Hof, war ehrgeizig und kannte sich gut mit den Gesetzen aus.

Þorgrím Graukopf starb wenig später auf Bjarg, Ásmund wurde sein Erbe und wohnte seitdem dort.

14

Ásmund Grauhaar führte auf Bjarg einen großen stattlichen Hof und hatte viele Leute bei sich. Er war ein beliebter Mann.

Dies waren die Kinder, die er mit Ásdís hatte: Atli war der Älteste. Er war ein ehrlicher Mann und sanftmütig, zurückhaltend und bescheiden. Jeder mochte ihn. Ihr zweiter Sohn hieß Grettir. Schon als Kind war er überheblich, maulfaul und ungehorsam und unverschämt in allem, was er sagte und tat. Sein Vater war ihm nicht besonders zugeneigt, aber seine Mutter liebte ihn sehr. Grettir Ásmundarson sah gut aus, hatte rote Haare und ein breites, kurzes Gesicht mit vielen Sommersprossen. Als Kind entwickelte er sich eher langsam. Außerdem hatte Ásmund eine Tochter namens Þórdís, die später Glúm heiratete, den Sohn von Óspak Kjallaksson aus Skriðinsenni. Ásmunds zweite Tochter hieß Rannveig. Sie heiratete Gamli, den Sohn von Þórhall Vínlending. Sie lebten bei Melar im Hrútafjord und bekamen einen Sohn namens Grím. Glúm und Ásmunds Tochter Þórdís hatten einen Sohn namens Óspak, von dessen Streit mit Odd Ófeigsson in der Saga von den Verbündeten berichtet wird.

Grettir wuchs auf Bjarg heran, bis er zehn Jahre alt war, dann wurde er langsam kräftiger, und sein Vater Ásmund wollte, dass er etwas arbeitete. Grettir antwortete, das würde ihm nicht gut gefallen, fragte aber dennoch, was für Arbeit es denn wäre.

Ásmund sagte: »Du sollst meine Gänseherde hüten.«

»Das ist etwas für Schwächlinge«, antwortete Grettir.

»Mach deine Arbeit gut«, sagte Ásmund, »dann werden wir besser miteinander auskommen.«

Also hütete Grettir die Gänse. Es waren fünfzig und darunter viele Küken. Schon bald liefen ihm die Gänse zu sehr durcheinander, und die Küken fand er zu lahm. Unbeherrscht wie er war, regte ihn das ziemlich auf. Wenig später kamen Landstreicher vorbei und fanden die Küken tot und die Hausgänse mit gebrochenen Flügeln. Das war im Herbst. Ásmund ärgerte sich sehr und fragte, ob Grettir die Vögel umgebracht habe. Der grinste und antwortete:

Das tu ich wohl, sobald es wintert,
drehe ich den Gänsen die Hälse um;
und sollten sie auch schon älter sein,
ich kümmere mich um jede Einzelne.

»Ab jetzt kümmerst du dich um keine Einzige mehr«, sagte Ásmund.

»Wer einen anderen vom Bösen abhält, ist sein Freund«, sagte Grettir.

»Du bekommst etwas anderes zu tun«, sagte Ásmund.

»Mehr weiß der, der mehr versucht«, sagte Grettir, »was soll ich denn jetzt tun?«

Ásmund antwortete: »Du sollst mir den Rücken reiben, wie ich es oft machen lasse, wenn ich am Feuer sitze.«

»Das wäre zwar warm an den Händen«, sagte Grettir, »aber auch nur etwas für Schwächlinge.«

Grettir tat dies für eine Weile, und der Herbst schritt voran. Ásmund begann, die Wärme zu genießen, und forderte Grettir auf, seinen Rücken fester zu reiben.

Zu dieser Zeit hatten die Höfe einen großen Hauptraum, in dem die Leute abends um das Feuer saßen und später auch dort schliefen. In dem Raum standen Tische, tagsüber kämmten die Frauen dort Wolle.

Eines Abends, als Grettir seinem Vater den Rücken reiben sollte, sagte der Alte zu ihm: »Deine Faulheit werde ich dir schon noch austreiben, du Nichtsnutz.«

Grettir antwortete: »Tollkühne soll man nicht reizen.«

»Du bist wirklich zu gar nichts gut«, sagte Ásmund, da sieht Grettir einige Wollkämme auf einer Bank liegen, nimmt einen und zieht ihn Ásmund über den Rücken. Ásmund springt wütend auf und schlägt nach Grettir mit seinem Stock, doch Grettir weicht aus. Da kommt Grettirs Mutter und fragt, was passiert sei, und Grettir sprach diese Strophe:

Der Verstreuer der Ringe will mich
an den Händen verbrennen.
Land des Goldes, ich spüre sehr,
wie schwer das für uns beide ist.
Ich packe, Leinen-Göttin,
den Ringverschleuderer
mit ungekürzten Nägeln an
und sehe das Nass großer Wunden.

Verstreuer der Ringe = Mann; Land des Goldes = Frau; Leinen-Göttin = Frau; Ringverschleuderer = Mann; Nass der Wunden = Blut

Grettirs Mutter gefiel es überhaupt nicht, wie er sich aufführte, und sie sagte, er würde wohl niemals vorsichtig sein. Das Verhältnis zwischen Ásmund und Grettir wurde hiernach nicht mehr besser.

Etwas später befahl Ásmund seinem Sohn, er solle auf seine Pferde aufpassen. Grettir sagte, das gefiele ihm besser als Rückenreiben am Feuer.

»Du wirst genau das machen, was ich dir sage«, sagte Ásmund. »Ich habe eine Stute namens Kengála mit einem dunklen Streifen auf dem Rücken. Sie hat ein so sicheres Gespür für das Wetter und den Wasserstand der Flüsse, dass du dir sicher sein kannst, dass ein Schneesturm kommt, wenn sie nicht mehr grasen will. Sobald das passiert, sollst du die Pferde in den Stall bringen. Und sobald es Winter wird, treibst du sie auf die Nordseite des Berggrats. Aber diesmal musst du dich anständiger verhalten als bei den letzten beiden Aufgaben, die ich dir gegeben habe.«

Grettir antwortete: »Das ist kalte, männliche Arbeit. Aber einer Stute zu trauen, gefällt mir ganz und gar nicht. So was hat noch nie jemand gemacht.«

Grettir hütete die Pferde, und das Weihnachtsfest kam und ging. Dann wurde es bitterkalt und schneite so viel, dass die Tiere kaum noch Gras fanden. Da Grettir dünn bekleidet und noch nicht sehr abgehärtet war, begann er zu frieren; Kengála hingegen stand in jedem Sturm genau dort, wo das Unwetter am meisten wütete. Nie kehrte sie früh genug auf die Weide zurück, damit sie vor Einbruch der Dunkelheit nach Hause kamen. Grettir beschloss, Kengála einen Streich zu spielen, um ihr das Ausharren im Freien heimzuzahlen.

Eines Morgens ging Grettir früh zum Stall und öffnete ihn. Kengála stand am Trog, denn sie fraß allein das Futter, das alle Pferde bekamen. Grettir stieg mit einem scharfen Messer in der Hand auf ihren Rücken und machte einen Schnitt quer über ihre Schultern und dann zwei weitere auf beiden Seiten ihres Rückgrats. Die Stute wehrte sich sehr, denn sie war fett und menschenscheu, sie bäumte sich auf, bis ihre Hufe gegen die Wände schlugen. Grettir fiel herunter, doch sobald er auf die Füße kommt, versucht er erneut, auf sie zu steigen. Nach einem heftigen Kampf schafft Grettir es schließlich, ihr die Haut bis zur Hüfte abzuziehen, dann treibt er die Pferde raus auf die Weide. Kengála wollte nichts fressen und biss nur nach ihrem Rücken, kurz nach Mittag machte sie sich auf und lief zurück zum Stall.

Grettir verschließt den Stall und geht nach Hause. Ásmund fragt, wo die Pferde seien. Grettir sagt, er habe sie wie immer in den Stall gebracht. Ásmund sagte, da müsse wohl ein Schneesturm heraufziehen, wenn die Pferde bei diesem Wetter nicht draußen blieben, und Grettir sagte: »Oft irren die, von denen man Weisheit erhofft.«

Die Nacht verging, und kein Schneesturm kam. Grettir trieb die Pferde auf die Weide, doch Kengála hielt es dort nicht aus. Ásmund wunderte sich, dass sich das Wetter nicht änderte.

Am dritten Morgen ging Ásmund zu den Pferden und zu Kengála und sagte: »Mir scheint, die Pferde halten sich eher schlecht in diesem guten Winter. Aber dein Rücken ist bestimmt noch so straff wie immer, Kengála.«

Grettir sagte: »Das Erwartete geschieht, das Unerwartete auch.«

Als Ásmund über den Rücken der Stute strich, löste sich die Haut. Er war entsetzt und sagte, dass Grettir das getan haben musste. Grettir grinste und sagte nichts.

Der Hausherr ging nach Hause und schimpfte sehr. Als er in den Wohnraum kam, hörte er, wie seine Frau sagte:

»Mein Sohn hat wohl gut auf die Pferde aufgepasst.«

Ásmund sprach eine Strophe:

Er hat vor allem die Kengála
gehäutet, Grettir betrügt mich,
und stolze Frauen
reden meist zu viel.
Der kluge Junge hat es mir abgewöhnt,
bald wieder etwas von ihm zu fordern,
doch die schöne Göttin des Rings
soll hören mein Gedicht.

Göttin des Rings = Frau

Seine Frau antwortete: »Ich weiß nicht, was mir irrsinniger erscheint: dass du ihm immer wieder Aufgaben gibst oder dass er sie alle auf die gleiche Weise erledigt.«

»Damit ist jetzt Schluss«, sagte Ásmund, »doch behandeln werde ich ihn jetzt noch schlechter.«

»Dann soll auch keiner von uns dem anderen einen Vorwurf machen«, sagte Grettir, und dabei blieb es erst einmal. Ásmund ließ Kengála töten.

Grettir spielte noch viele andere Kinderstreiche, die nicht in dieser Saga stehen. Er wuchs zu einem kräftigen Mann heran, doch wie stark er wirklich war, wusste niemand, da er noch nicht an Ringkämpfen teilnahm. Er dichtete oft Strophen und Verse, die eher spöttisch waren, schlief nicht im Wohnraum am Feuer und redete wenig.

15 Im Miðfjord gab es damals viele junge Männer. Skalden-Torfa, die auf Torfustaðir lebte, hatte einen Sohn namens Bersi. Er war ein fähiger junger Mann und guter Dichter. Auf Mel lebten die Brüder Kormák und Þorgils. Bei ihnen wuchs ein Junge auf, der Odd hieß. Er war mittellos und wurde Odd Ómagaskáld genannt. Es war ein Mann namens Auðunn, der auf Auðunarstaðir im Víðidal groß wurde. Er war ein ehrlicher, freundlicher Mann und der Stärkste unter seinen Altersgenossen im Norden. Kálf Ásgeirsson und sein Bruder Þorvald lebten in Ásgeirsá. Grettirs Bruder Atli war inzwischen zu einem rechtschaffenen, vom Glück begünstigten Mann herangewachsen, jeder hatte ihn gern.

Am Miðfjarðarvatn trafen sie sich alle zum Ballspielen, insbesondere die Leute aus dem Miðfjord und dem Víðidal, aber auch viele aus Vesturhóp, Vatnsnes und aus dem Hrútafjord. Die, die es am weitesten hatten, blieben über Nacht. Man ließ die Gleichstarken gegeneinander antreten, und es war meist der größte Spaß im ganzen Herbst.

Als Grettir vierzehn Jahre alt war, bat sein Bruder Atli ihn, zu den Spielen mitzukommen. Dann wurden die Männer eingeteilt. Grettir sollte gegen Auðunn antreten, der bereits erwähnt wurde und einige Jahre älter war. Er schlug den Ball über Grettirs Kopf hinweg, so dass der ihn nicht fangen konnte und der Ball weit über das Eis davonrollte. Grettir ärgerte das. Er dachte, Auðunn wolle ihn blamieren, holt trotzdem den Ball, kommt zurück, und als er nah genug an Auðunn dran ist, schleudert er ihm den Ball gegen die Stirn, so dass sie blutet. Auðunn schlug nach Grettir mit dem Schlagholz, das er zum Ballspiel in der Hand hielt, doch das brachte nicht viel, denn Grettir wich aus.

Da packten sie einander und begannen zu ringen, und alle merkten, dass Grettir überraschend viel Kraft hatte, denn Auðunn war sehr stark. Sie kämpften lange, doch am Ende ging Grettir zu Boden, woraufhin Auðunn ihm das Knie auf den Bauch setzte und ihn übel zurichtete. Da kamen Atli und Bersi und viele andere angelaufen und trennten sie.

Grettir meinte, es gebe keinen Grund, ihn festzuhalten wie einen wütenden Hund, dann sagte er:

»Ein Sklave nur rächt sich sofort, ein Schwächling tut es nie.«

Man wollte nicht, dass es zu einem großen Streit kam, denn Kálf und sein Bruder Þorvald wollten, dass alle sich vertrugen; Auðunn und Grettir waren außerdem entfernte Verwandte. Die Spiele wurden fortgesetzt, und es gab keinen weiteren Streit.

16

Þorkell Krafla war inzwischen sehr alt. Er war Gode im Vatnsdal und ein mächtiger Mann. Ásmund Grauhaar und er waren enge Freunde, wie es sich für Männer aus angeheirateten Familien gehörte. Für gewöhnlich ritt er daher jedes Frühjahr nach Bjarg, um dort alle zu besuchen, und tat das auch in dem Frühjahr nach den Ereignissen, von denen eben die Rede war.

Ásmund und Ásdís nahmen ihn mit offenen Armen auf. Er verbrachte drei Nächte bei ihnen und redete mit seinem Schwager über viele Dinge. Þorkell fragte Ásmund, was er über seine Söhne dachte und wie tüchtig sie einmal sein würden. Ásmund sagte, Atli würde einmal ein besonnener, reicher Mann und erfolgreicher Bauer werden.

»Ein nützlicher Mann wie du«, sagte Þorkell. »Und was ist mit Grettir?«

Da sagte Ásmund: »Von dem kann ich nur sagen, dass er sehr stark und unberechenbar sein wird. Er ist ein echter Dickschädel und macht es mir sehr schwer.«

»Das verheißt nichts Gutes, Schwager«, antwortete Þorkell. »Wie steht es eigentlich diesen Sommer mit unserer Reise zum Allthing?«

»Ich kann mich nicht mehr gut bewegen und möchte lieber zu Hause bleiben.«

»Soll Atli für dich hingehen?«

»Auf den kann ich nicht verzichten«, sagte Ásmund, »es ist einfach zu viel zu tun, und Grettir will nicht arbeiten. Aber klug genug, um unter deiner Aufsicht meine Angelegenheiten vor Gericht zu vertreten, ist er, glaube ich, schon.«

»Das entscheidest du«, sagte Þorkell.

Bald danach ritt er nach Hause, und Ásmund verabschiedete ihn mit teuren Geschenken.

Etwas später machte Þorkell sich bereit, zum Allthing zu reiten. Aus dem Bezirk, in dem er Gode war, kamen alle mit, so dass er mit mehr als sechzig Männern ritt. Er erreichte Bjarg, und Grettir schloss sich ihnen an. Sie ritten nach Süden über die sumpfige Hochebene, die man Tvídægra nennt. Da die Pferde im Hochland kaum Futter fanden, ritten sie schnell, bis sie wieder besiedeltes Gebiet erreicht hatten. Bei Fljótstunga beschlossen sie, dass es an der Zeit war zu schlafen, nahmen den Pferden das Zaumzeug ab und ließen sie mit den Sätteln laufen. Die Männer schliefen lange. Als sie aufwachten, machten sie sich auf die Suche nach den Pferden, die sich in alle Richtungen verteilt hatten, manche wälzten sich auf der Erde herum. Grettir fand sein Pferd als Letzter.

Damals war es Sitte, dass man sich auf dem Allthing selbst verpflegte, daher hatten die meisten einen Essensbeutel an ihrem Sattel hängen. Bei Grettirs Pferd war der Sattel aber bis auf den Bauch heruntergerutscht, und der Essensbeutel war weg. Er machte sich auf die Suche, fand ihn aber nicht. Da sah er einen Mann, der eilig umherlief. Grettir fragte ihn, wer da unterwegs sei. Er sagte, sein Name sei Skeggi und er sei Knecht auf Ás im Vatnsdal.

»Ich gehöre zu Þorkells Leuten«, sagte er dann, »und habe dummerweise meinen Essensbeutel verloren.«

Grettir antwortete: »Nichts ist schlimmer, als alleine Pech zu haben. Auch ich habe mein Essen verloren, lass uns zusammen suchen.«

Das gefiel Skeggi gut. Sie gingen eine Weile herum, dann lief Skeggi plötzlich über die Wiese davon und hob einen Sack auf. Grettir sah, dass er sich bückte, und fragte, was er da habe.

»Meinen Essensbeutel«, sagte Skeggi.

»Wer außer dir behauptet denn das?«, sagte Grettir. »Viele Dinge sehen einander ähnlich. Zeig mal her.«

Skeggi sagte, keiner werde ihm nehmen, was ihm gehörte. Grettir packte den Sack, sie zerrten daran, und keiner wollte nachgeben.

»Du scheinst wirklich zu denken, dass sich keiner traut, sein Eigentum zu verteidigen, nur weil ihr aus dem Miðfjord hier die Mächtigsten seid«, sagte der Knecht.

Grettir meinte, jeder sollte das haben, was ihm gehörte, ganz gleich, wie hoch oder niedrig er gestellt war.

Skeggi antwortete: »Auðunn ist leider zu weit weg, sonst würde er dich jetzt würgen wie damals bei dem Ballspiel.«

»Mag sein«, sagte Grettir, »doch wie das auch immer war, du wirst mich nicht würgen.«

Skeggi nahm seine Axt und schlug nach Grettir. Als der das sah, packte er mit der linken Hand den Schaft der Axt oberhalb der Stelle, wo Skeggi sie hielt und wand sie ihm aus der Hand. Dann schlug Grettir ihm dieselbe Axt in den Kopf, so dass sie im Gehirn stecken blieb. Der Knecht fiel tot zu Boden.

Grettir nahm den Sack, warf ihn über seinen Sattel und ritt seinen Leuten hinterher. Þorkell ritt voraus und wusste nicht, was passiert war. Den Männern war bereits aufgefallen, dass Skeggi fehlte, und als Grettir sie erreichte, fragten sie, ob er Skeggi gesehen hatte.

Grettir sprach folgende Strophe:

Ich denke, dass der Felsentroll
vor gar nicht langer Zeit
mit Zauberkraft zu Skeggi lief.
Die Riesin des Kampfes war gierig nach Blut,
die Verhärmte, die über seinem Kopf das Maul aufriss
und kaum die Reißzähne schonte,

zerschlug seine Stirn,
und ich war dabei.

Felsentroll = Axt; Riesin des Kampfes = Axt

Da ereiferten Þorkells Begleiter sich und sagten, es könne wohl kaum ein Troll gewesen sein, der ihn am helllichten Tag holte. Þorkell schwieg. Etwas später sagte er: »Da steckt etwas anderes dahinter. Grettir wird ihn umgebracht haben. Was ist da passiert?«

Da erzählte Grettir von ihrem Streit, und Þorkell sagte: »Das ist alles gar nicht gut. Skeggi war einer von meinen Männern und kam aus einer guten Familie. Ich werde die Verantwortung übernehmen und die Geldbuße zahlen, die für seinen Tod festgesetzt wird, doch ich habe keinen Einfluss darauf, ob du verbannt wirst oder nicht. Du hast zwei Möglichkeiten, Grettir. Entweder du kommst zum Allthing mit allen Gefahren, die das für dich birgt, oder du kehrst um.«

Grettir entschied sich, mit ihnen weiter zum Allthing zu reiten. Die nächsten Verwandten des Knechtes brachten die Klage vor. Þorkell einigte sich mit ihnen und zahlte eine Geldbuße als Entschädigung, Grettir hingegen wurde für drei Jahre aus Island verbannt.

Auf dem Rückweg vom Allthing machten die Anführer bei Sleðaás Rast, bevor ihre Wege sich trennten. Da hob Grettir einen Felsbrocken hoch, der dort im Gras lag und jetzt Grettishaf heißt. Viele Menschen gingen dorthin, um sich den Felsbrocken anzusehen, und wunderten sich sehr, dass so ein junger Mann ihn heben konnte.

Grettir ritt nach Bjarg zurück und erzählte seinem Vater, was unterwegs passiert war. Ásmund kümmerte das wenig. Er sagte nur, Grettir werde immer ein Unruhestifter sein.

17 Auf Reyðarfell in Hvítársíða lebte ein Mann namens Hafliði. Er war Kaufmann und besaß ein Handelsschiff, das an der Hvítá lag. Einer der Männer auf seinem Schiff hieß Bárð. Der hatte eine junge und schöne Frau.

Ásmund schickte einen Boten zu Hafliði und bat ihn, Grettir mitzunehmen und ihn im Auge zu behalten. Hafliði sagte, er habe gehört, Grettir sei ein schwieriger Mensch, aber aufgrund seiner Freundschaft zu Ásmund nahm er ihn mit. Grettir bereitete sich auf die Fahrt nach Norwegen vor. Ásmund wollte ihm nichts mitgeben außer Proviant und einem kleinen Stück Wollstoff. Grettir bat seinen Vater um eine Waffe, doch Ásmund antwortete:

»Du hast mir nie gehorcht. Woher soll ich wissen, was du mit einer Waffe anstellst, wenn du einmal glaubst, sie zu brauchen? Von mir bekommst du keine.«

Grettir sagte: »Für das, was nicht getan wird, muss man wenigstens nicht dankbar sein.«

Sie verabschiedeten sich wenig herzlich. Viele wünschten ihm eine gute Reise, wenige wünschten, er käme zurück.

Seine Mutter brachte ihn noch ein Stück des Weges, und bevor sie sich verabschiedeten, sagte sie: »Du bist nicht so ausgerüstet, wie es einem Mann von deinem Stand gebührt, mein Sohn. Am meisten fehlt dir eine Waffe, und ich glaube, du wirst eine brauchen.«

Dann nahm sie ein verziertes Schwert unter ihrem Umhang hervor, ein wertvolles, gutes Stück. Dann sagte sie: »Dieses Schwert hatte meinem Großvater Jökull und den besten Leuten aus dem Vatnsdal gehört und brachte ihnen viele Siege. Nun sollst du es haben. Benutze es klug.«

Grettir dankte ihr sehr und sagte, dass es ihm mehr bedeutete als alle anderen Geschenke, auch wenn sie wertvoller wären. Dann zog er seines Weges, und Ásdís wünschte ihm alles Gute.

Grettir ritt über das Hochland nach Süden und hielt nirgends an, bis er das Schiff erreicht hatte. Hafliði nahm ihn freundlich auf und fragte, wie er für die Reise ausgestattet sei.

Grettir sprach eine Strophe:

Ich sage dir, Baum des Pferdes des Windmantels,
dass die reichen Verfolger des Weges der Schlange
mich eher ärmlich
auf die Reise schicken.
Doch die Norne des Reichtums
schenkt mir das Werkzeug der Wunden und macht
das alte Sprichwort wahr:
Niemand ist so gut wie die Mutter zum Kind.

Windmantel = Segel; Pferd des Segels = Schiff; Baum des Schiffs = Mann; Weg der Schlange = Gold; Verfolger des Goldes = Mann; Norne des Reichtums = Frau; Werkzeug der Wunden = Schwert

Hafliði sagte, es sei offensichtlich, dass seine Mutter ihn am meisten liebte. Sie stachen in See, als sie bereit waren und ein günstiger Wind aufkam. Als sie die Untiefen hinter sich gelassen hatten, setzten sie Segel. Grettir machte sich einen Schlafplatz unter dem Beiboot und weigerte sich, ihn zu verlassen, um Wasser aus dem Schiff zu schöpfen, zu segeln oder irgendwelche der anderen Arbeiten an Bord zu tun, die er ebenso wie die anderen Männern erledigen musste, und zahlte auch nichts, damit jemand das für ihn übernahm.

Sie umrundeten Reykjanes und segelten an der Südküste von Island entlang. Als das Land außer Sicht war, gerieten sie in schwere See. Das Schiff war undicht und hielt dem Seegang nicht gut stand. Bald waren alle durchnässt. Da fing Grettir an, Schmähverse zu dichten, was den Männern überhaupt nicht gefiel.

Eines Tages, es war stürmisch und kalt, riefen die Männer, Grettir solle mit anpacken, »denn uns erfrieren die Finger.«

Grettir sah auf und sprach:

Und wenn den Jammerlappen sich jeder Finger
vor Kälte krümmt, ist es nur gut.

Sie konnten ihn nicht zum Arbeiten bringen, und das missfiel ihnen immer mehr. Sie sagten, er würde noch teuer dafür bezahlen, dass er sie beleidigte und im Stich ließ.

»Du streichelst wohl lieber der Frau von unserem Steuermann Bárð den Bauch, anstatt hier deine Pflicht zu tun«, sagten sie. »Das lassen wir uns nicht bieten.«

Als der Sturm so stark wurde, dass sie Tag und Nacht Wasser schöpfen mussten, begannen sie, Grettir zu drohen.

Hafliði hörte das, ging zu Grettir und sagte: »Mir gefällt nicht, wie du und die Männer miteinander umgeht. Du willst deine Arbeit nicht tun und verhöhnst sie auch noch, wenn das so weitergeht, schmeißen sie dich noch ins Meer.«

»Warum kümmern sie sich nicht um ihren eigenen Kram?«, sagte Grettir. »Und wenn die mich über Bord schmeißen wollen, werde ich schon einen oder zwei von ihnen mitnehmen.«

»Hör auf damit«, sagte Hafliði. »Wenn du so weitermachst, wird das für uns alle böse enden. Ich schlage dir etwas vor.«

»Und zwar?«, fragte Grettir.

»Sie ärgern sich darüber, dass du sie beleidigst«, sagte Hafliði. »Nun will ich, dass du einige Spottverse über mich machst. Dann sind sie vielleicht nicht mehr so wütend auf dich.«

»Über dich dichte ich nur Gutes«, sagte Grettir. »Ich vergleiche dich doch nicht mit diesem Lumpenpack.«

Hafliði antwortete: »Man kann doch etwas dichten, das im Grunde schön ist, auch wenn es erst mal unschön klingt.«

»Das kann ich wohl«, sagte Grettir.

Hafliði ging zu seinen Leuten, die Wasser schöpften, und sagte: »So hart wie ihr arbeiten müsst, ist es kein Wunder, dass ihr Grettir nicht mögt.«

»Seine Schmähverse sind schlimmer als alles andere«, sagten sie.

Hafliði sagte laut: »Dafür wird der Kerl noch büßen.«

Und als Grettir hörte, wie Hafliði ihn rügte, sprach er eine Strophe:

Vor langer Zeit, da aß
der laute Hafliði seine Dickmilch
und saß im Reyðarfjall
und fühlte sich als Herr im Haus.

Aber nun isst jeder Krieger
zweimal so viel
wie der Mann
auf dem Rentier des Fjordes.

Rentier des Fjordes = Schiff

Die Männer ärgerten sich sehr und sagten, er werde es noch bereuen, ihren Schiffsführer so zu verspotten.

Da sagte Hafliði: »Grettir hat es verdient, dass ihr ihn beleidigt, doch ich setze meine Ehre nicht gegen seine Gemeinheiten und seinen Leichtsinn aufs Spiel. Solange wir in solcher Gefahr sind, rächen wir uns nicht. Aber sobald wir an Land sind, könnt ihr gerne daran denken, wenn ihr wollt.«

Sie sagten: »Das sollte uns doch auch gelingen. Warum soll sein Spott uns mehr ärgern als dich?«

Hafliði sagte, das sollten sie tun. Und von nun an ärgerten die Männer sich weniger über Grettirs Spottverse als zuvor. Die Überfahrt war rau und lang. Das Schiff schlug an mehreren Stellen leck, die Männer schufteten bis zur Entkräftung.

Die junge Frau des Steuermanns nähte Grettir immer die Ärmel zusammen, worüber die Mannschaft viele Witze machte.

Hafliði ging zu Grettir und sprach eine Strophe:

Erhebe dich aus der Grube, Grettir,
tief gräbt sich das Schiff ins Meer,
erinnere dich voll Freude
an deine Worte an die fröhliche Frau.
Die Walküre, die Leinen-Göttin,
hat eng an deinen Händen genäht,
sie will, dass du dich gut bewährst,
solange wir keine Länder sehen.

Leinen-Göttin = Frau

Grettir sprang auf und sprach:

Ich stehe auf, wenngleich das Schiff
so heftig auf den Wellen schwankt.
Ich weiß, dass es die Frau nicht freut,
wenn ich im Schiff nur liege,
die treue, weiße Frau
wird furchtbar Schlechtes
von mir denken,
wenn andere meine Arbeit tun.

Dann lief er nach achtern, wo die Männer Wasser schöpften, und fragte, was zu tun war. Sie sagten, er sei zu nichts nutze.

Grettir antwortete: »Auf die Anzahl der Männer kommt es an.«

Hafliði befahl ihnen, seine Hilfe anzunehmen: »Vielleicht will er ja etwas wiedergutmachen, indem er uns jetzt hilft.«

Damals hatten die Schiffe keine Lenzrinnen, und die Mannschaft musste das Wasser mit Eimern oder Bottichen herausschöpfen, was sowohl nass als auch beschwerlich war. Man benutzte zwei Bottiche, von denen einer hinunterging, wenn der andere hinaufging. Die Männer sagten, nun beim Wasserschöpfen werde sich zeigen, was in Grettir stecke. Er sagte, er wolle es auf einen Versuch ankommen lassen, stieg hinunter in den Rumpf und schöpfte, und sie brauchten zwei Männer, um die Bottiche auszuschütten. Es dauerte nicht lange, dann waren sie am Ende ihrer Kräfte. Vier andere lösten sie ab, und es passierte dasselbe. Manche sagen, dass am Schluss acht Männer die Bottiche ausschütten mussten. Dann war das Schiff vollkommen leer. Hiernach redete die Schiffsbesatzung anders mit Grettir, denn sie hatten gesehen, was er mit seiner Kraft bewirken konnte. Von nun an half er eifrig bei allem, was anfiel.

Es verschlug sie immer weiter nach Osten. Ein großer Nebel zog auf, und bevor sie wieder Sicht hatten, liefen sie eines Nachts auf eine Klippe, die den untersten Teil des Rumpfes zerschlug. Das Beiboot wurde mit allen Frauen und Wertsachen beladen. Unweit von ihnen war ein großer Felsen, dort brachten sie in dieser Nacht so viel von ihren Waren hin, wie sie konnten.

Als es hell wurde, überlegten sie, wo sie wohl waren. Die, die schon einmal über das Meer gefahren sind, erkannten, dass sie im norwegischen Sunnmøre waren. In Richtung Festland lag nicht weit von ihnen eine Insel namens Haramsøy, auf der viele Menschen lebten. Dort wohnte auch der Landverwalter der Gegend.

18 Der Landverwalter, der seinen Hof auf der Insel hatte, hieß Þorfinn. Er war der Sohn von Kár dem Alten, der dort lange gelebt hatte. Þorfinn war ein mächtiger Mann.

Als es ganz hell war, entdeckten die Leute auf der Insel die Seefahrer in ihrer misslichen Lage und sagten es Þorfinn. Er handelte sofort und schickte sein großes Schiff mit sechzehn Mann an den Rudern los. Mit insgesamt fast dreißig Männern an Bord fuhren sie so schnell es nur ging hinüber und bargen die Waren der Kaufleute. Dann versank das Handelsschiff, was ein großer Verlust war. Þorfinn nahm alle Schiffbrüchigen bei sich auf. Sie blieben eine Woche und trockneten ihre Waren, dann setzten sie aufs Festland über, machten sich auf den Weg nach Süden und verließen somit diese Saga.

Grettir blieb bei Þorfinn zurück und verhielt sich unauffällig. Er sagte meist wenig, Þorfinn ließ ihm Essen geben und scherte sich sonst wenig um ihn. Grettir hatte keine Lust, Þorfinn tagsüber zu begleiten. Þorfinn fand das zwar nicht gut, wollte Grettir aber trotzdem nicht das Essen verweigern. Þorfinn war ein freigebiger, fröhlicher Mann und wollte auch, dass seine Gäste fröhlich waren.

Grettir besuchte viele der benachbarten Höfe auf der Insel. Ein Mann namens Auðunn lebte an einem Ort namens Vindheim. Dorthin kam Grettir täglich, freundete sich mit ihm an und blieb oft bis in den Abend.

Als Grettir sich einmal spät am Abend auf den Rückweg machen wollte, sah er auf einer Landzunge unterhalb von Auðunns

Hof ein großes Feuer. Grettir fragte, was da los sei, und Auðunn antwortete, das brauche er nicht zu wissen.

»Wenn man so etwas in meinem Land sähe«, sagte Grettir, »würde man sagen, dass dort große Reichtümer leuchten.«

Der Bauer antwortete: »Über dieses Feuer herrscht jemand, auf den man besser nicht neugierig ist.«

»Ich will es aber wissen«, sagte Grettir.

»Auf der Landzunge ist ein Grabhügel«, sagte Auðunn, »dort liegt Kár der Alte, Þorfinns Vater. Früher hatten die beiden nur einen Hof hier auf der Insel, doch nach seinem Tod fing Kár an, so lange den Bauern zu erscheinen, die hier Land besaßen, bis er sie alle vertrieben hatte. Nun gehört Þorfinn die ganze Insel, und keiner, der unter seinem Schutz steht, kommt zu Schaden.«

»Gut, dass du mir das gesagt hast«, sagte Grettir. »Ich komme morgen wieder. Leg schon mal Werkzeug zum Graben bereit.«

»Halt dich bloß aus dieser Sache heraus«, sagte Auðunn, »denn Þorfinn wird dich dafür hassen.«

Grettir sagte, darauf ließe er es ankommen.

Dann verging die Nacht. Als Grettir früh am nächsten Morgen wiederkam, lag das Werkzeug bereit. Der Bauer brachte ihn zu dem Grabhügel.

Grettir brach den Grabhügel auf und arbeitete wie wild, ohne jede Pause, bis er auf Holz stieß. Inzwischen war es spät geworden. Grettir riss das Holz fort. Auðunn tat, was er konnte, um ihn davon abzuhalten, in die Grabkammer zu steigen, doch Grettir bat ihn nur, auf das Seil aufzupassen, »denn ich möchte wissen, was da drin ist.«

Dann stieg Grettir in die Grabkammer hinab. Es war dunkel und roch nicht gut. Er sah sich um, denn er wollte wissen, was für ein Grab es war. Er fand einige Pferdeknochen, dann stieß er an die Lehne eines Stuhls und fühlte, dass ein Mann darin saß. Um ihn herum lag eine große Menge Gold und Silber, und zu seinen Füßen stand eine Kiste voll mit Silber. Grettir nahm all diese Reichtümer und trug sie zu dem Seil. Als er jedoch aus der Grabkammer herauswollte, packte ihn jemand mit festem Griff. Er ließ den Schatz fallen und wehrte sich. Die zwei kämpften erbittert und zerbrachen alles, was ihnen im Weg war, so heftig griff der Grabbewohner an. Grettir wich immer weiter zurück, bis er feststellte, dass es so nicht weiterging. Nun schenkten sie sich nichts mehr. Bald waren sie wieder dort, wo die Pferdeknochen lagen, und rangen lange miteinander, wobei mal der eine, mal der andere in die Knie ging, doch schließlich fiel der Grabbewohner mit großem Krach nach hinten über. Auðunn lief fort von dem Seil, denn er dachte, Grettir wäre tot. Grettir jedoch zog das Schwert Jökulsnaut, das seine Mutter ihm geschenkt hatte, und schlug auf den Hals des Untoten, so dass er ihm den Kopf abtrennte, und drückte den Kopf auf seinen Hintern. Dann ging Grettir mit dem Schatz zu dem Seil, doch Auðunn war verschwunden. Also musste er allein das Seil hinaufklettern und die Schätze hochziehen, die er unten befestigt hatte.

Grettir konnte sich kaum bewegen nach dem Kampf mit Kár und brachte den Schatz zu Þorfinns Hof, wo bereits alle zu Tisch saßen. Als Grettir hereinkam, sah Þorfinn ihn mit zusammengekniffenen Augen an und fragte, was er so Wichtiges zu tun habe, dass er sich nicht an die Zeiten der anderen Leute hielt.

Grettir sagte: »Viele Kleinigkeiten passieren am Abend.«

Dann legte er den Schatz aus dem Grabhügel auf den Tisch. Besonders auf eine Sache hatte Grettir ein Auge geworfen, und zwar auf ein Kurzschwert. Noch nie habe er eine so gute Waffe gesehen, sagte er. Erst ganz zum Schluss holte er es hervor. Þorfinn riss die Augen auf, als er das Schwert sah, denn es war ein Erbstück der Familie, das nie in fremde Hände geraten war.

»Woher kommt dieser Schatz?«, fragte Þorfinn.

Da sprach Grettir eine Strophe:

Vergeuder des Glanzes der Welle,
meine Hoffnung auf Ringe im Hügelgrab
wurde enttäuscht.
Bald wird man das erfahren, doch ich ahne,
nur wenige Götter des Schwertsturms
werden dort noch froh

auf ihrer Suche
nach des Fafnirs Moor.

Glanz der Welle = Gold; Vergeuder des Goldes = Mann; Schwertsturm = Kampf; Gott des Kampfes = Krieger; Fafnir = Name eines Drachens; Moor des Drachen = Gold

Þorfinn antwortete: »Du bist wohl nicht leicht zu erschrecken. Noch nie hat jemand gewagt, den Grabhügel aufzubrechen. Doch ich weiß, dass Reichtümer in der Erde und in Grabhügeln schlecht aufgehoben sind, und werde dir nichts vorwerfen, schließlich hast du ja alles zu mir gebracht. Aber wo hast du dieses gute Schwert gefunden?«

Grettir antwortete mit dieser Strophe:

Vergeuder des Feuers der Welle,
in einem furchtbar dunklen Hügel
nahm ich mir dieses Schwert, durch das
die Wunden vieler Krieger wachsen werden.
Der Untote fiel, und
ich gäbe diese gefährliche
Flamme der lärmenden Helmvernichtung
nie mehr her, gehörte sie mir.

Feuer der Welle = Gold; Vergeuder des Goldes = Mann; lärmende Helmvernichtung = Kampf; Flamme des Kampfes = Waffe, hier: Schwert

Þorfinn antwortete: »Du hast gut gesprochen, doch ich will, dass du mir deine Tapferkeit beweist, ehe du das Schwert bekommst. Mein Vater hat es mir nie gegeben, solange er am Leben war.«

Grettir antwortete: »Wer weiß, wem es am Ende den größten Nutzen bringt.«

Þorfinn nahm den Schatz an sich und verwahrte das Schwert an seinem Bett. Dann verging der Winter, und bis Weihnachten geschah nichts Erwähnenswertes mehr.

19 In dem Sommer, der diesem vorausging, wollte der Jarl Eirík Hákonarson gen Westen nach England fahren, um seinen Schwager König Knút den Großen zu treffen. Er setzte seinen Sohn Hákon in Norwegen als Herrscher ein, trug aber seinem Bruder Jarl Sveinn auf, die Regierungsgeschäfte zu führen und sich um Hákon zu kümmern, denn Hákon war noch ein Kind.

Bevor Jarl Eirík das Land verließ, rief er die Landverwalter und mächtigen Bauern zu sich. Sie sprachen über viele rechtliche Angelegenheiten und die Regierungsgeschäfte, denn Eirík war ein guter Herrscher. Die Männer hielten es für eine große Unsitte, dass Herumtreiber und Berserker überall im Land angesehene Männer zum Holmgang herausfordern konnten und dann mit ihnen um Geld oder ihre Frauen kämpften, ohne dass für den, der dabei starb, eine entsprechende Geldbuße gezahlt wurde. Viele hatten dadurch ihre Ehre oder viel Geld verloren und manche sogar ihr Leben, daher schaffte Jarl Eirík den Holmgang nun in ganz Norwegen ab. Außerdem erklärte er alle Räuber und Berserker, die den Frieden störten, zu Gesetzlosen. Der Landbesitzer Þorfinn Kársson von Haramsøy war bei diesen Beratungen dabei, denn er war ein kluger Mann und guter Freund der Jarle.

Zwei Brüder galten als die schlimmsten Unruhestifter. Einer hieß Þórir Þömb, der andere Ögmund der Böse. Sie kamen aus Hálogaland und waren besonders groß und stark. Sie waren Berserker und verschonten niemanden, wenn sie wüteten. Sie nahmen den Männern ihre Frauen und Töchter weg, behielten sie eine Woche oder einen halben Monat und brachten sie dann zurück. Sie plünderten, wohin sie auch kamen, und richteten viel Schaden an. Jarl Eirík erklärte sie in ganz Norwegen zu Gesetzlosen. Da Þorfinn sich ganz besonders dafür eingesetzt hatte, fanden die beiden nun, dass sie es ihm heimzahlen müssten. Dann verließ Jarl Eirík das Land, wie in seiner Saga beschrieben ist, und in Norwegen regierte fortan sein Bruder Jarl Sveinn.

Þorfinn fuhr nach Hause und verbrachte die Zeit bis Weihnachten größtenteils auf seinem Hof, wie bereits erwähnt. Kurz vor Weihnachten fuhr er aufs Festland zu einem seiner anderen

Höfe namens Slysfjord. Dorthin hatte er viele Freunde eingeladen. Seine Frau konnte nicht mitkommen, denn ihre schon erwachsene Tochter war krank, so dass die beiden zu Hause blieben, zusammen mit Grettir und acht Knechten; Þorfinn hatte dreißig freie Männer zu dem Weihnachtsfest mitgenommen, das sehr groß und fröhlich werden sollte.

Nun kommt der Tag vor Weihnachten. Das Wetter war heiter und ruhig. Grettir verbrachte die meiste Zeit des Tages draußen und sah den Schiffen zu, die nach Norden und Süden an der Küste entlangsegelten, denn jeder fuhr dorthin, wo er Weihnachten feiern wollte. Der Tochter des Hausherren ging es inzwischen besser, und sie war mit ihrer Mutter unterwegs. So verging der Tag.

Da sah Grettir, wie ein Schiff auf die Insel zuruderte. Es war nicht groß und vom Bug bis zum Heck mit Schilden bestückt und über der Wasserlinie bemalt. Sie ruderten mit voller Kraft und hielten auf Þorfinns Bootshaus zu. Als das Boot anlandete, sprangen die Männer von Bord. Grettir zählte sie, es waren zwölf, und sie machten keinen friedlichen Eindruck. Nachdem sie ihr Schiff an Land gezogen hatten, liefen sie zu dem Bootshaus, in dem Þorfinns großes Schiff stand. Normalerweise brauchte man mindestens dreißig Männer, um es klarzumachen, diese zwölf jedoch zogen es einfach heraus auf den Kiesstrand. Dann nahmen sie ihr eigenes Schiff und trugen es in das Bootshaus hinein.

Grettir ahnte, dass sie sich selbst eingeladen hatten, ging zu ihnen, grüßte sie freundlich, fragte, wer sie seien und wie ihr Anführer heiße.

Der, den er angesprochen hatte, entgegnete sofort, dass er der Þórir sei, den man Þömb nannte, und sagte dann die Namen von seinem Bruder Ögmund und ihren Begleitern.

»Þorfinn, dein Herr, hat bestimmt von uns gehört. Ist er vielleicht zu Hause?«, fragte Þórir.

Grettir antwortete: »Wenn ihr die seid, die ich meine, habt ihr großes Glück und seid zur richtigen Zeit gekommen. Der Hausherr ist mit allen freien Männern weggefahren und kommt erst nach dem Weihnachtsfest zurück, doch seine Frau und seine

Tochter sind zu Hause. Wollte ich mit ihm eine Rechnung begleichen, wäre ich auch gerne zu dieser Zeit gekommen, denn hier findet ihr alles, was ihr braucht, Bier und andere Freuden.«

Þórir schwieg, während Grettir auf ihn einredete. Dann sagte er zu Ögmund: »Das läuft wohl etwas anders als erwartet. Ich hätte Lust, es Þorfinn heimzuzahlen, dass er uns zu Gesetzlosen erklärt hat, und dieser Mann erzählt uns ziemlich deutlich, was los ist. Wir müssen ihm nicht einmal die Worte aus der Nase ziehen.«

»Über seine Worte bestimmt jeder selbst«, sagte Grettir. »Ich werde mich um euch kümmern, so gut ich kann. Und jetzt kommt mit.«

Sie dankten ihm und nahmen seine Einladung an. Als sie den Hof erreichten, nahm Grettir Þórir am Arm, führte ihn hinein und redete dabei viel. Die Hausherrin war im Wohnraum, hängte Wandschmuck auf und bereitete alles für das Weihnachtsfest vor. Doch als sie Grettir hörte, blieb sie stehen und fragte, wen er denn da begrüßte.

Grettir antwortete: »Die Hausfrau wird ihre Gäste doch wohl freundlich empfangen? Der ehrenwerte Þórir Þömb mit seinen elf Begleitern ist hier, und sie wollen über Weihnachten bleiben. Das ist gut, denn uns fehlt ja Gesellschaft.«

Sie antwortete: »Für mich sind das keine ehrenwerten Männer, sondern die schlimmsten Räuber und Verbrecher. Fast alles hätte ich dafür gegeben, wenn sie nicht ausgerechnet jetzt gekommen wären. Ist das der Dank dafür, dass Þorfinn dich als mittellosen Schiffbrüchigen gerettet und den ganzen Winter als freien Mann durchgefüttert hat?«

Grettir antwortete: »Hilf lieber den Gästen aus ihren nassen Kleidern, anstatt mich zu beschimpfen. Dafür ist noch Zeit genug.«

Da sagte Þórir: »Seid uns nicht böse, gute Frau. Obwohl Euer Mann nicht zu Hause ist, wird es Euch an nichts fehlen. Ihr sollt einen Mann an seiner Stelle haben und Eure Tochter und alle anderen Frauen auch.«

»So spricht ein wahrer Mann«, sagte Grettir, »keine soll sich beklagen, dass man sie vernachlässigt.«

Nun rannten alle Frauen hinaus und hatten große Angst und weinten.

Grettir sagte zu den Berserkern: »Gebt mir, was ihr ablegen wollt, eure Waffen und nassen Kleider, dann habt ihr die Frauen besser im Griff, wenn sie so ängstlich sind.«

Þórir sagte, er schere sich nicht um das Gezeter von Frauen. »Aber dich werden wir ganz anders behandeln als die anderen Männer auf dem Hof. Ich denke, wir können uns auf dich verlassen.«

»Macht das, wie ihr wollt«, sagte Grettir, »ich behandele auch nicht alle Leute gleich.«

Dann legten sie die meisten Waffen ab, und Grettir sagte:

»Ich schlage vor, ihr setzt euch und trinkt etwas, ihr seid doch bestimmt durstig vom Rudern.«

Sie sagten, das würden sie gerne annehmen, wüssten aber nicht, wo der Keller sei. Grettir fragte, ob sie das nicht ihm überlassen wollten, und die Berserker stimmten zu. Also geht Grettir, holt Bier und gibt ihnen zu trinken. Sie waren sehr erschöpft und tranken in vollen Zügen. Er schenkte ihnen großzügig nach von dem stärksten Bier, das da war, und erzählte ihnen viele lustige Geschichten. Es wurde ein lautstarkes Gelage. Die Hofbewohner hatten kein Bedürfnis, sich dazuzusetzen.

Da sagte Þórir: »Ich habe noch keinen Fremden getroffen, der uns so gut behandelt wie dieser Mann. Was willst du dafür von uns als Lohn?«

Grettir antwortete: »Im Moment will ich gar nichts als Lohn, aber falls wir noch so gute Freunde sind, wenn ihr wegfahrt, will ich mich euch anschließen. Ich mag zwar weniger können als viele von euch, doch ich werde großen Taten nicht im Wege stehen.«

Das hörten sie gerne und wollten seine Gefolgschaft sofort mit einem Schwur beschließen.

Grettir lehnte ab: »Wie sagt man so schön? Bier ist ein anderer Mann. Daher wollen wir nichts überstürzen und es bei dem belassen, was ich bereits gesagt habe; unberechenbar, wie wir nun einmal sind.«

Sie sagten, sie würden zu ihrem Versprechen stehen. Der Abend verging, und es wurde sehr dunkel.

Da sah Grettir, dass das Bier sie müde gemacht hatte, und sagte: »Findet ihr nicht, wir sollten schlafen gehen?«

»So ist es«, sagte Þórir. »Nun werde ich einlösen, was ich der Hausfrau versprochen habe.«

Grettir verließ den Raum und rief: »Ins Bett mit euch, Frauen, der ehrenwerte Þórir will es so.«

Sie verwünschten ihn, und es gab ein großes Geheule und Geschrei. Als die Berserker hinzukamen, sagte Grettir:

»Lasst uns rausgehen, dann zeige ich euch, wo Þorfinn seine Kleider aufbewahrt.«

Das fanden sie gut. Sie gingen in ein geräumiges Nebengebäude. An der Außentür war ein schweres Schloss, und das Gebäude war sehr massiv. Daneben gab es einen großen, solide gebauten Abort, der durch eine feste Bretterwand von dem anderen Gebäude getrennt war. Die Häuser lagen recht hoch, so dass man einige Stufen zum Eingang hinaufsteigen musste. Die Berserker wurden nun ziemlich wild und schubsten Grettir herum. Er ließ es eine Weile geschehen, doch als keiner damit rechnete, wich er ihnen plötzlich aus, sprang hinaus und griff nach dem Riegel, warf die Tür zu und schloss sie ab. Þórir und seine Männer dachten zuerst, die Tür wäre nur zugefallen, und scherten sich nicht darum. Sie hatten ein Licht bei sich, denn Grettir hatte ihnen viele von Þorfinns kostbaren Sachen gezeigt, und sahen sich eine Weile um. Grettir rannte zum Hof zurück, und sobald er durch die Tür kam, rief er laut nach der Hausherrin. Sie schwieg, denn sie traute sich nicht zu antworten.

Grettir sagte: »Auf uns wartet ein guter Fang. Gibt es hier irgendwelche brauchbaren Waffen?«

»Waffen gibt es schon«, antwortete sie, »aber ich weiß nicht, was sie dir nützen sollen.«

»Darüber sprechen wir später«, sagte er. »Erst mal muss jeder helfen, der kann. Wenn nicht jetzt, dann nie.«

Die Hausherrin sagte: »Wenn jemand unsere missliche Lage bessern könnte, wäre das ein Geschenk Gottes. Über Þorfinns Bett hängt der große Speer mit Widerhaken, der noch von Kár dem Alten stammt. Da ist auch ein Helm und ein Brustpanzer und das gute Kurzschwert. Diese Waffen lassen dich nicht im Stich, solange dein Mut dich nicht verlässt.«

Grettir greift den Helm und den Speer, schnallt sich das Schwert um und eilt wieder hinaus. Die Hausherrin ruft die Knechte und befiehlt ihnen, diesem mutigen jungen Mann zu folgen, vier von ihnen griffen zu den Waffen, doch die vier anderen trauten sich nicht.

Von den Berserkern ist zu erzählen, dass sie sich langsam wunderten, wie viel Zeit Grettir sich ließ, und den Verdacht schöpften, man habe sie betrogen. Sie laufen zur Tür, bemerken, dass sie verschlossen ist, und werfen sich so heftig gegen die Holzwände, dass alle Balken krachen. Schließlich gelingt es ihnen, die Trennwand aufzubrechen und über den Vorraum die Treppe zu erreichen. Die Berserkerwut hat sie gepackt, und sie heulen wie die Hunde.

In dem Moment kam Grettir zurück, fasste den Speer mit beiden Händen und stieß ihn Þórir in die Brust, als der gerade die Treppe herunterlaufen wollte Der Speer ging direkt durch ihn hindurch. Die Spitze war lang und breit. Ögmund der Böse rannte direkt hinter Þórir her und prallte auf seinen Rücken. Die Speerspitze, die zwischen Þórirs Schulterblättern herauskam, bohrte sich in Ögmunds Brust, und beide fielen tot zu Boden.

Nun lief einer nach dem anderen die Treppe herunter, und Grettir griff sie der Reihe nach an, hieb nach ihnen mit dem Schwert oder stach mit dem Speer. Sie verteidigten sich mit herumliegenden Holzlatten und allem, was sie fanden. Auch ohne Waffen hatten sie so viel Kraft, dass es kaum gefährlichere Männer gab, mit denen man sich einlassen konnte. Als Grettir zwei der Hálogaländer dort auf der Hofwiese getötet hatte, kamen die vier Knechte. Sie waren darüber in Streit geraten, wer welche Waffen haben sollte, und griffen an, solange die Berserker zurückwichen, doch als sie sich wehrten, rannten die Knechte zurück zum Gehöft.

Sechs der Wikinger fielen dort und alle durch Grettirs Hand.

Die anderen sechs flohen. Sie liefen zum Bootshaus und verteidigten sich dort mit Rudern. Grettir musste so harte Schläge einstecken, dass er fast ernstlich verletzt wurde.

Die Knechte liefen nach Hause und lobten sich für ihren Mut. Die Hausherrin befahl ihnen, nach Grettir zu sehen, doch sie wollten nicht wieder hinaus.

Grettir tötete zwei im Bootshaus, die anderen vier entkamen ihm. Sie flohen zu zweit, und er verfolgte die beiden, an denen er näher dran war. Inzwischen war es stockfinster. Sie liefen in eine Scheune auf dem bereits erwähnten Bauernhof Vindheim. Dort kämpften sie lange, doch schließlich tötete Grettir alle beide, fühlte sich nun sehr steif und müde, und die Nacht war fast vorbei. Es wurde kalt, und es gab Schneetreiben. Er hatte keine Lust, die beiden Wikinger zu suchen, die noch übrig waren, und ging zum Hof zurück.

Die Hausfrau ließ ein Licht in einem Dachfenster anzünden, damit er den Hof fand, und dieses Licht war es auch, das ihm den Rückweg wies.

Als er durch die Tür trat, kam die Hausfrau auf ihn zu und hieß ihn willkommen.

»Du hast dir großen Ruhm erworben und mich und meinen Haushalt vor einer Schande bewahrt, von der wir uns nie erholt hätten, wenn du nicht gewesen wärst«, sagte sie, doch Grettir antwortete: »Eigentlich bin ich noch genau derselbe, den du am Abend so beschimpft hast.«

»Ich wusste ja nicht, dass du dich als ein solcher Held erweisen würdest. Nimm dir alles auf diesem Hof, das wir geben dürfen und du in Ehren nehmen kannst, und ich bin mir sicher, dass Þorfinn dich noch großzügiger belohnen wird, sobald er nach Hause kommt.«

Grettir antwortete: »Für eine Belohnung gibt es vorerst kaum Verwendung, aber bis der Hausherr zurückkommt, nehme ich dein Angebot an. Ansonsten vermute ich, dass ihr ohne Angst vor den Berserkern schlafen könnt.«

Grettir trank nicht viel an diesem Abend und legte sich mit seinen Waffen schlafen. Als es am Morgen hell wurde, riefen sie

Männer von der ganzen Insel zusammen und suchten nach den Berserkern, die in der Nacht entkommen waren. Am Ende des Tages fanden sie die beiden an einen Felsen gelehnt, sie waren an ihren Wunden und der Kälte gestorben. Sie schleppten die Leichen ans Ufer und bedeckten sie mit Steinen. Danach gingen die Inselbewohner nach Hause und wussten, dass es nun wieder friedlich war.

Grettir sprach diese Strophe, als er wieder bei der Hausherrin war:

Zwölf Bäume des Kampffeuers bekamen
von mir ein brausendes Grab am Meer.
Ganz allein und ohne Zittern brachte
ich ihnen den sicheren Tod.
Welche Taten, von einem vollbracht,
gelten als groß,
wenn du solche für klein hältst,
anmutige vornehme Weide des Goldes?

Kampffeuer = Schwert; Baum des Schwertes = Krieger; Weide des Goldes = Frau

Die Hausherrin sagte: »Es gibt heutzutage nur wenige Männer wie dich.«

Sie ließ ihn auf dem Hochsitz Platz nehmen und tat alles, damit es ihm gutging. So verging die Zeit, bis sie Þorfinn zurückerwarteten.

20

Nach Weihnachten bereitete Þorfinn seine Heimreise vor und verabschiedete viele seiner Gäste mit guten Geschenken. Dann fährt er mit seinem Gefolge los. Doch als sie sich seinem Bootshaus näherten, sahen sie dort ein Schiff am Strand und stellten bald fest, dass es sein großes Schiff war. Þorfinn hatte bisher noch nicht von den Wikingern erfahren.

Er befahl seinen Leuten, so schnell wie möglich an Land zu gehen, »denn hier waren wohl kaum Freunde am Werk.«

Þorfinn sprang als Erster von Bord und lief gleich zum Bootshaus hin, sah dort ein Schiff und erkannte das Schiff der Berserker.

Er sagte zu seinen Männern: »Ich fürchte, hier sind Dinge passiert, die zu verhindern ich die ganze Insel gegeben hätte und alles, was auf ihr steht.«

Sie fragten ihn, warum.

»Die schlimmsten Wikinger von ganz Norwegen sind hier«, sagte er, »Þórir Þömb und Ögmund der Böse, und die sind kaum gekommen, um uns Glück zu bringen. Und dem Isländer traue ich auch nicht recht.«

Er redete lange mit seinen Männern darüber.

Grettir war zu Hause, sorgte dafür, dass niemand sofort zum Strand ging, und meinte, es sei ihm gleich, ob der Hausherr sich Sorgen machte. Aber als die Hausherrin um Erlaubnis bat, sagte er, sie könne selbst entscheiden, wohin sie gehe, er jedoch bleibe hier.

Sie eilte zu Þorfinn und begrüßte ihn froh.

Er freute sich und sagte: »Gott sei Dank, dass ich dich und meine Tochter gesund wiedersehe. Was ist denn passiert, seit ich fort war?«

»Es ist alles gutgegangen«, antwortete sie, »doch wir hätten fast ein so schändliches Schicksal erlitten, dass wir uns nie davon erholt hätten, wenn dein Wintergast uns nicht geholfen hätte.«

Da sagte Þorfinn: »Setzen wir uns. Dann erzählst du mir, was passiert ist.«

Sie erzählte ihm ausführlich von allem, was vorgefallen war, und lobte Grettirs Tapferkeit und Mut.

Þorfinn schwieg währenddessen, und als sie mit der Geschichte fertig war, sagte er: »Es stimmt also, wenn man sagt, dass man einen Mann lange auf die Probe stellen soll. Wo ist Grettir denn jetzt?«

»Er ist bei uns auf dem Hof«, sagte die Hausherrin.

Dann gingen sie heim. Þorfinn ging zu Grettir, umarmte ihn und dankte ihm mit freundlichen Worten für die Treue, die er ihm erwiesen hatte.

»Und nun werde ich dir etwas sagen«, meinte Þorfinn, »was nur wenige zu ihren Freunden sagen: Ich hoffe, dass du einmal Hilfe brauchen wirst, denn dann würdest du bald wissen, ob ich mich dir gegenüber als Mann erweise oder nicht. Ehe du nicht einmal in Not gerätst, werde ich dir deine Taten nie vergelten können. Aber sei dir meiner Gastfreundschaft gewiss, wann immer du sie in Anspruch nehmen willst. Du wirst immer Vorrang unter allen meinen Männern haben.«

Grettir dankte ihm sehr und sagte: »Dieses Angebot hätte ich auch schon früher angenommen.«

Grettir blieb den Winter über bei Þorfinn, und sie wurden gute Freunde. Nun war er in ganz Norwegen und besonders in den Gegenden, wo die Berserker am schlimmsten gewütet hatten, für seine Taten berühmt.

Im Frühling fragte Þorfinn Grettir, was er nun vorhabe. Er sagte, er wolle nach Norden nach Vogi gehen, während dort Markt abgehalten werde. Þorfinn sagte ihm, er solle so viel Geld mitnehmen, wie er wollte, Grettir erwiderte, er brauche vorerst nur ein paar Münzen für die Reise. Þorfinn sagte, das stehe ihm zu, und brachte ihn zum Schiff. Dort schenkte er Grettir das gute Kurzschwert. Grettir trug es, solange er lebte, und es war wunderschön. Þorfinn sagte, er solle zurückkommen, wann immer er Hilfe bräuchte.

Grettir ging nun nach Vogi, wo viele Leute zusammengekommen waren. Wegen der Ruhmestat, die er mit der Tötung der Wikinger vollbracht hatte, begrüßten ihn viele Menschen freundlich, die er noch nie gesehen hatte. Viele der führenden Männer luden ihn ein, mit ihnen zu kommen, doch er wollte zu seinem Freund Þorfinn zurück. Er ging auf ein Frachtschiff, das einem Mann namens Þorkell gehörte, der bei Sálpti in Hálogaland wohnte und aus einer mächtigen Familie stammte. Als Grettir zu Þorkell nach Hause kam, nahm dieser ihn herzlichst auf und lud ihn wortreich ein, den Winter über zu bleiben. Grettir nahm an, blieb den Winter über bei Þorkell und war ein angesehener Gast.

21 Es war ein Mann namens Björn. Er wohnte bei Þorkell, seinem entfernten Verwandten, war aus guter Familie und von eher reizbarem Gemüt. Bei den einfachen Leuten war er nicht sehr beliebt, weil er die Menschen verleumdete, die bei Þorkell waren, und viele auf diese Art vertrieb. Grettir und er verstanden sich besonders schlecht. Björn verspottete Grettir, der hingegen gab sich stur, so dass es immer wieder zu Reibereien kam. Da Björn ein lauter, angeberischer Mensch war, suchten viele junge Männer seine Gesellschaft und trieben sich abends mit ihm herum.

Zu Winteranfang passierte es, dass ein Bär seine Höhle verlassen hatte und so wild war, dass er weder Mensch noch Tier verschonte. Alle dachten, es sei der Lärm von Björn und seinen Kumpanen gewesen, der ihn aus dem Winterschlaf geweckt hatte. Das Tier wütete überall und raubte den Bauern viel Vieh, und da Þorkell der größte Bauer in der Gegend war, hatte er auch den größten Schaden.

Eines Tages rief Þorkell seine Männer zusammen, um nach der Höhle des Bären zu suchen. Sie entdeckten sie in einer Felswand über dem Meer. Dort war eine einzige Höhle, und der Pfad, der zu ihr führte, war sehr schmal. Unter der Höhle ging es steil hinab bis zu den Felsen am Meeresufer. Wer hier herunterfiel, war sicher tot. Der Bär lag tagsüber in seiner Höhle und kam heraus, sobald es dunkel geworden war; keine Zäune konnten das Vieh schützen, und Hunde trauten sich nicht an ihn heran. Jeder hielt ihn für eine furchtbare Plage.

Þorkells Verwandter Björn meinte, nun, wo die Höhle gefunden war, wäre das Schwierigste geschafft, und sagte: »Mal sehen, wer nun gewinnt, der Bär oder der Björn.«

Grettir tat so, als hörte er das nicht.

Björn ging oft noch abends hinaus, wenn alle im Bett waren. Eines Nachts ging er zu der Höhle und hörte, wie der Bär darin furchterregend brüllte. Björn legte sich auf dem schmalen Weg nieder, bedeckte sich mit einem Schild und wartete darauf, dass der Bär sich wie gewöhnlich auf den Weg machte. Der Bär jedoch witterte ihn und wartete ab. Björn wurde sehr müde, wie er dort lag, und kann nicht wach bleiben, da läuft das Tier aus der Höhle, sieht Björn schlafend da liegen und schlägt mit der Pranke nach seinem Schild, so dass er von der Klippe fliegt. Björn schreckt hoch, nimmt die Beine in die Hand und rennt nach Hause, fast hätte das Tier ihn erwischt. Seine Kumpane bekamen das mit, denn sie spionierten ihm hinterher. Am Morgen fanden sie den Schild und machten sich sehr über Björn lustig.

Um die Weihnachtszeit ging Þorkell selbst zu der Höhle und nahm sieben Männer mit, Björn und Grettir waren auch dabei. Grettir trug einen Pelzumhang, den er ablegte, als sie den Bär angriffen. Sie kamen nicht recht voran, denn sie konnten nur mit Speeren nach ihm stechen, und er wehrte sie beißend ab. Björn drängte sie, den Bären härter anzugreifen, kam ihm jedoch nie so nah, dass er selbst in Gefahr gewesen wäre. Dann greift er plötzlich Grettirs Umhang und wirft ihn in die Bärenhöhle. Sie erreichten weiter nichts und machten sich auf den Heimweg, als der Tag zu Ende ging. Als Grettir sich bereitmachen wollte, stellte er fest, dass sein Umhang nicht mehr da war, und sah wenig später, dass der Bär darauf lag.

»Wer will mich ärgern und hat meinen Umhang in die Höhle geworfen?«, fragte er.

Björn antwortete: »Jemand, der sich traut, es zuzugeben.«

»Was kümmert mich das schon?«, sagte Grettir.

Dann machen sie sich auf den Heimweg. Und nachdem sie eine Zeitlang gegangen waren, riss das Band, das Grettirs Langstrumpf hielt. Þorkell befahl den anderen, auf ihn zu warten. Grettir sagte, das sei nicht nötig.

Da sagte Björn: »Ihr denkt doch wohl nicht, dass Grettir seinen Umhang zurücklässt? Er will den ganzen Ruhm für sich und allein den Bären töten, an den wir heute zu acht nicht herangekommen sind. Damit würde er seinem Ruf alle Ehre machen, was ihm bisher nicht besonders gut gelungen ist.«

»Ich weiß ja nicht, wie das Ganze für dich ausgehen wird«, sagte Þorkell, »aber an Grettir reichst du nie heran. Also halt den Mund.«

Björn meinte, keiner von beiden könne ihm den Mund verbieten.

Als die anderen hinter einer Anhöhe verschwanden, drehte Grettir um in Richtung Höhle. Nun konnte er den Bären in Ruhe allein angreifen. Er zog sein Schwert Jökulsnaut, dessen Griff er sich mit einem Band um das Handgelenk gebunden hatte, denn er dachte, er könnte sich besser bewegen, wenn er beide Hände frei hatte.

Er betrat den schmalen Pfad zur Höhle. Als der Bär ihn sah, stürzte er wütend auf ihn zu und schlug nach ihm mit der Pranke, die nicht auf der Seite des Abgrunds war. Grettir wehrte den Hieb mit dem Schwert ab und traf die Pranke oberhalb der Krallen und trennte sie ab. Daraufhin wollte der Bär mit der gesunden Pranke nach ihm schlagen und sich dabei auf den Stumpf stützen, doch der war kürzer als erwartet, so dass das Tier in Grettirs Arme fiel. Grettir packte den Bären an den Ohren und hielt ihn von sich fern, so dass er ihn nicht beißen konnte. Später sagte er, dass ihn das die meiste Kraft gekostet hatte. Und da das Tier so wild um sich schlug und der Pfad so schmal war, fielen sie beide von der Klippe. Nun war das Tier schwerer und schlug daher zuerst auf den Felsen am Ufer auf. Grettir fiel auf den Bären, der sich am Rücken schwer verletzte. Da nimmt Grettir sein Kurzschwert, sticht dem Bären ins Herz und tötet ihn. Dann nahm er seinen Fellumhang mit, den der Bär völlig zerfetzt hatte, und ging nach Hause. Den Teil, den er von der Pranke abgehauen hatte, nahm er auch mit.

Þorkell trank mit seinen Männern, als Grettir eintrat. Als sie seinen zerfetzten Umhang sahen, lachten sie ihn aus. Da legte er den abgeschlagenen Teil der Pranke auf den Tisch.

Þorkell sagte: »Wo ist denn Björn, mein Verwandter? Nie habe ich gesehen, dass du mit deinen Waffen so etwas geschafft hast. Ich will, dass du Grettir eine Buße leistest für deine Beleidigung von vorhin.«

Björn sagte, dazu würde es so bald nicht kommen, »und es ist mir gleich, ob ihm das passt oder nicht.«

Grettir sprach diese Strophe:

Der Kampfgott kam oft im Morgengrauen
von seiner Bärensuche heim
und hatte Angst,
selbst, wenn niemand blutete.
Mich sah keiner spät am Tag
vor der Bärenhöhle sitzen,
und doch kam ich heraus
aus dem Felsloch des Otters der Wolle.

Kampfgott = Krieger; Otter der Wolle = Bär

»Du hast gut gekämpft und kannst auch so davon erzählen, dass ich nicht gut dabei wegkomme. Du denkst wohl, diese Sticheleien beleidigen mich«, sagte Björn.

Daraufhin sagte Þorkell: »Grettir, ich will, dass du dich nicht an Björn rächst. Wenn ihr euch versöhnt, zahle ich dir die volle Geldbuße für das Leben eines Mannes.«

Björn sagte ihm, er solle etwas Besseres mit seinem Geld anstellen: »Ich denke, du solltest dich nicht einmischen, wenn Grettir und ich aneinandergeraten.«

Grettir sagte, dass ihm das gut gefalle.

»Dann tu es mir zuliebe, Grettir«, sagte Þorkell, »fordere Björn nicht heraus, solange ihr bei mir wohnt.«

»So soll es sein«, sagte Grettir.

Björn sagte, er würde Grettir furchtlos begegnen, wo immer sie auch aufeinanderträfen. Grettir grinste und weigerte sich, Geld als Entschädigung für Björns Beleidigungen anzunehmen. Sie blieben den Winter über dort.

22 Im Frühling fuhr Grettir mit einigen Leuten von Þorkell nordwärts nach Vogi. Þorkell und er verabschiedeten sich als Freunde, während Björn als Schiffsführer auf einem von Þorkells Schiffen nach England fuhr. Dort verbrachte Björn den Sommer, kaufte für Þorkell die Sachen, um die er gebeten hatte, und kehrte im Herbst nach Norwegen zurück.

Grettir blieb in Vogi, bis die Handelsschiffe weiterfuhren. Dann segelte er mit einigen Kaufleuten nach Norden zu einem Hafen namens Garten, das liegt am Ausgang des Fjordes von Trondheim. Dort bauten sie ihre Stände auf. Kurz nachdem sie damit fertig waren, sahen sie ein Schiff von Süden herankommen und erkannten sofort, dass es eines von den Schiffen war, die aus England kamen. Es landete weiter draußen am Strand, und einige gingen an Land.

Grettir und seine Gefährten gingen zu ihnen hin. Als sie dort waren, bemerkte Grettir, dass Björn dabei war, und sagte: »Wie gut, dass wir uns hier treffen. Wir haben noch eine alte Rechnung zu begleichen. Nun soll sich zeigen, wer von uns der Stärkere ist.«

Björn meinte, das sei nun wirklich lange her, »aber falls ich irgendetwas getan haben sollte, will ich dir die Buße zahlen, die du für angemessen hältst.«

Da sprach Grettir eine Strophe:

Ich konnte den Spitzzahn besiegen,
darüber sprach man einst,
wütend riss man mir damals und rasch
den schönen langen Pelz vom Leib,
des Ringes unverschämter Gott tat dies,
nun soll er dafür büßen,
ich bin kein großer Aufschneider
in Wortgefechten.

Spitzzahn = Bär; Gott des Ringes = Mann, hier: Björn

Björn meinte, größere Vergehen als diese seien bereits mit Geld beglichen worden.

Grettir sagte, nicht viele hätten es bisher gewagt, so mit ihm umzugehen wie Björn, und er habe niemals Geld dafür angenommen und wolle auch jetzt nicht damit anfangen.

»Wenn es nach mir geht, wird einer von uns nicht gesund von hier fortgehen. Und wenn du dich nicht traust zu kämpfen, erkläre ich dich zum Feigling.«

Björn sah, dass es aussichtslos war, sich aus der Sache herausreden zu wollen, nahm seine Waffen und ging an Land. Dann griffen sie einander an, und schon nach kurzem Kampf war Björn verwundet und wenig später tot. Björns Gefährten sahen das, bestiegen wieder ihr Schiff, segelten nach Norden zu Þorkell und berichteten es ihm, und er sagte, das sei nicht schneller passiert, als er es erwartet hatte. Wenig später ging Þorkell nach Trondheim zu Jarl Sveinn.

Grettir ging in den Süden nach Møre, nachdem er Björn getötet hatte, traf seinen Freund Þorfinn und erzählte ihm, was geschehen war, und Þorfinn hieß ihn herzlich willkommen.

»Es ist gut, dass du einen Freund brauchst. Bleib bei mir, bis die Sache vorbei ist.«

Grettir dankte ihm für sein Angebot und nahm es an.

Als Jarl Sveinn von dem Totschlag an Björn erfuhr, war er in Steinkjer bei Trondheim. Einer der Männer in seinem Gefolge, Hjarrandi, war ein Bruder von Björn. Der wurde sehr wütend, als er hörte, dass sein Bruder tot war, und bat den Jarl, er möge ihm helfen, die Sache zu verfolgen. Der Jarl sagte es ihm zu. Dann schickte er einen Mann zu Þorfinn und lud ihn und Grettir vor. Sofort nachdem sie von dem Befehl des Jarls gehört hatten, bereiteten sie die Reise vor und zogen nach Trondheim. Der Jarl wollte die Sache verhandeln. Hjarrandi sollte ebenfalls anwesend sein.

Hjarrandi sagte, er werde seinen Bruder nicht im Geldbeutel herumtragen. »Entweder ich räche ihn oder ich teile sein Schicksal«, sagte er.

Bei näherer Betrachtung der Sache fand der Jarl, dass Björn sich gegenüber Grettir auf viele Art schuldig gemacht hatte, und Þorfinn bot an, eine Buße in der Höhe zu zahlen, die der Jarl gegenüber den Hinterbliebenen als ehrenwert erachtete. Dann stellte Þorfinn in einer langen Rede dar, was für eine Befreiung es für die Leute im Norden war, dass Grettir, wie bereits erwähnt, die Berserker getötet hatte.

»Da hast du recht, Þorfinn«, antwortete der Jarl. »Er hat das Land von einer großen Plage befreit, daher wäre es mir eine Ehre, deine Geldbuße anzunehmen. Außerdem ist Grettir bekannt für seinen Mut und seine Stärke.«

Hjarrandi wollte diesen Vergleich nicht annehmen, und damit lösten sie die Verhandlung auf. Þorfinn befahl seinem Verwandten Arnbjörn, Grettir auf Schritt und Tritt zu begleiten, denn er wusste, dass Hjarrandi ihm nach dem Leben trachtete.

23 Eines Tages, als Grettir und Arnbjörn zum Spaß durch Trondheim gingen und an einem Toreingang vorbeikamen, schoss ein Mann mit erhobener Axt daraus hervor und schlug nach Grettir. Grettir hatte nicht damit gerechnet und wich zu spät aus, Arnbjörn jedoch hatte den Angreifer gesehen, packte Grettir und stieß ihn so heftig nach vorn, dass er auf die Knie fiel. Die Axt traf Grettir am Schulterblatt und drang ein bis unter den Arm, das gab eine große Wunde. Grettir fuhr herum und zog sein Kurzschwert, denn er wusste, dass Hjarrandi gekommen war. Die Axt steckte im Boden fest, und er schaffte es nicht gleich, sie herauszuziehen. In diesem Moment hieb Grettir auf Hjarrandi ein und traf ihn so an der Schulter, dass der Arm abfiel. Daraufhin kamen Hjarrandis Begleiter, insgesamt waren es fünf. Es entbrannte ein Kampf zwischen ihnen, allerdings kein besonders langer, denn Grettir und Arnbjörn töteten alle bis auf einen, der davonlief und dem Jarl alles erzählte.

Der Jarl wurde furchtbar wütend, als er das hörte, und berief für den nächsten Tag eine Verhandlung ein. Þorfinn und Grettir kamen auch.

Der Jarl klagte Grettir an, und der gab die Tötungen zu, sagte aber, er habe aus Notwehr gehandelt.

»Ich habe eine Wunde, um es zu beweisen«, sagte Grettir, »wenn Arnbjörn mich nicht gerettet hätte, wäre ich jetzt tot.«

Der Jarl sagte, es sei schlecht, dass er nicht getötet worden war, »denn es bedeutet den Tod vieler Männer, wenn du lebst.«

Grettirs Freund und Begleiter Bersi, der Sohn von Skalden-Torfa, war um diese Zeit am Hof des Jarls. Zusammen mit Þorfinn ging er nun zum Jarl, und sie baten ihn, Grettir zu verschonen und schlugen vor, der Jarl möge in dieser Angelegenheit alleine urteilen, sofern er Grettir am Leben ließ und er in Norwegen bleiben konnte. Der Jarl ließ sich ungern auf Vergleiche ein, stimmte aber einem Waffenstillstand zu, der es Grettir erlaubte, in Frieden bis zum Frühling zu bleiben. Einen endgültigen Vergleich wollte der Jarl jedoch erst schließen, wenn Gunnar dabei war, der Bruder von Hjarrandi und Björn. Gunnar hatte ein Stadthaus in Tönsberg.

Im Frühling lud der Jarl Grettir und Þorfinn in den Osten nach Tönsberg vor, denn er wollte dort sein, während der größte Schiffsverkehr da im Osten war. Also machten sie sich auf nach Tönsberg, und als sie ankamen, war der Jarl schon in der Stadt.

Grettir traf seinen Bruder Þorsteinn Drómund dort. Der nahm Grettir sehr freundlich auf und lud ihn ein, bei ihm zu wohnen. Þorsteinn hatte ein Stadthaus. Grettir erzählte ihm von der Klage, in die er verwickelt war, und Þorsteinn war ihm wohlgesonnen, sagte aber, er solle sich vor Gunnar in Acht nehmen. Das Frühjahr schritt voran.

24

Gunnar war in Trondheim und wartete auf eine Gelegenheit, Grettir anzugreifen. Eines Tages saß Grettir in einer Schänke und trank, denn er wollte es vermeiden, Gunnar zu begegnen. Da warf sich plötzlich jemand so heftig gegen die Tür, dass sie aufbrach. Vier schwerbewaffnete Männer stürmten herein. Gunnar war gekommen mitsamt seinen Begleitern, und sie griffen Grettir an. Er packte seine Waffen, die über ihm hingen, wich in eine Ecke zurück und verteidigte sich von dort. Er hielt seinen Schild vor sich und schlug mit dem Kurzschwert nach ihnen, so dass sie nicht herankamen. Da versetzte er einem von Gunnars Männern einen Hieb. Weitere brauchte dieser nicht. Grettir machte immer mehr Boden gut, seine Angreifer wichen weiter und weiter in Richtung Ausgang zurück, dann fiel der Nächste von Gunnars Begleitern. Nun wollte Gunnar mit seinem letzten Mann fliehen. Dieser erreichte die Tür, stolperte über die Schwelle, stürzte und kam nur langsam wieder hoch. Gunnar schützte sich mit seinem Schild und wich vor Grettir zurück, Grettir griff ihn heftig an und sprang plötzlich auf eine Querbank neben der Tür. Da ragten Gunnars Hände, mit denen er den Schild hielt, noch durch die Türöffnung herein. Grettir schlug von oben zwischen Gunnar und den Schild und hieb ihm beide Hände an den Handgelenken ab. Gunnar fiel rückwärts aus der Tür. Als Grettir Gunnar den Todesstoß gab, kam der andere endlich auf die Beine, lief sofort zu Jarl Sveinn und erzählte ihm, was passiert war.

Der Jarl wurde furchtbar wütend, als er das hörte, und berief sofort eine Versammlung ein. Als Þorfinn und Þorsteinn Drómund das erfuhren, riefen sie ihre ganzen Freunde und Verwandten zusammen und erschienen mit sehr vielen Leuten. Der Jarl war sehr aufgebracht, und man wagte kaum, ihn anzusprechen.

Þorfinn trat als Erster vor den Jarl und sagte: »Ich bin gekommen, um Euch einen Vergleich anzubieten und eine Geldbuße zu zahlen für die Männer, die Grettir getötet hat. Die Höhe sollt Ihr ganz allein bestimmen, solange Ihr Grettirs Leben schont.«

Da wurde der Jarl sehr zornig: »Du wirst wohl nie müde, darum zu bitten, dass Grettir verschont wird. Aber es sieht schlecht aus für euch, denn Grettir hat drei Brüder getötet, einen nach dem anderen. Alle waren so stolz, dass sie keine Geldbuße annehmen wollten. Es ist zu spät, um Grettirs Leben zu bitten, Þorfinn, denn solche Gräueltaten mit einer Geldbuße zu ahnden, wäre ein Unrecht, mit dem ich in meinem Land gar nicht erst anfangen will.«

Dann trat Bersi, der Sohn von Skalden-Torfa, nach vorn und bat den Jarl, den Vergleich anzunehmen: »Dafür biete ich Euch mein ganzes Vermögen, denn Grettir ist ein Mann aus einer angesehenen Familie und ein guter Freund von mir. Seht doch, Herr: Es ist besser, einem Mann das Leben zu schenken und dafür den Dank vieler anderer zu bekommen und dann sogar noch die Höhe der Geldbuße zu bestimmen, als eine ehrenvolle Geste auszuschlagen. Zumal, wenn man sich nicht sicher sein kann, ob man den Mann überhaupt zu fassen bekommt.«

Der Jarl antwortete: »Deine Worte ehren dich, Bersi, und du zeigst wieder einmal, was für ein aufrechter Mann du bist. Aber ich gedenke trotzdem nicht, die Gesetze dieses Landes zu brechen und das Leben von Männern zu schonen, die den Tod verdient haben.«

Da trat Þorsteinn Drómund vor, grüßte den Jarl und unterbreitete ihm mit vielen schönen Worten ein Angebot für Grettir. Der Jarl fragte, wie er dazu komme, sich für diesen Mann einzusetzen, und Þorsteinn antwortete, sie seien Brüder.

Das habe er nicht gewusst, sagte der Jarl, »und das ist sehr edel von dir, aber da ich beschlossen habe, dass es hier keine Geldbuße geben wird, werde ich all eure Bitten gleich behandeln. Ich will Grettirs Leben, was es auch kostet, und zwar so bald wie möglich.«

Damit sprang der Jarl auf und wollte nichts mehr von ihren Vorschlägen hören. Þorsteinn und die anderen gingen zurück zu seinem Stadthaus und bereiteten sich vor. Als der Jarl das sah, ließ er alle seine Männer bewaffnen, und sie zogen in Schlachtordnung dorthin. Als sie ankamen, hatten sich die anderen bereits für die Verteidigung vor dem Hoftor aufgestellt. Þorfinn, Þorsteinn und Grettir standen ganz vorn und dann Bersi. Jeder hatte viele Männer bei sich.

Der Jarl sagte, sie sollten besser Grettir ausliefern als sich ins Verderben zu stürzen. Sie machten dieselben Angebote wie zuvor, doch der Jarl wollte nichts davon hören.

Þorfinn und Þorsteinn sagten dem Jarl, dass es nicht einfach für ihn würde, Grettir zu töten: »Denn Ihr müsst erst einmal an uns vorbei, und man wird sich erzählen, was Ihr alles getan habt, nur um einem Mann das Leben zu nehmen, wenn wir alle tot auf der Erde liegen.«

Der Jarl sagte, er werde keinen von ihnen schonen, und es fehlte nicht viel und der Kampf wäre ausgebrochen. Dann gingen viele gemäßigte Männer zu dem Jarl. Sie sagten, dass es große Verluste geben würde, bevor sie alle umgebracht hätten, und baten ihn, es nicht zu einem solchen Blutvergießen kommen zu lassen. Der Jarl erkannte darin einen guten Rat und beruhigte sich etwas. Dann wurde über eine Geldbuße gesprochen. Þorfinn und Þorsteinn wollten sie annehmen, wenn Grettir so am Leben blieb.

»Eins lasst euch gesagt sein«, sagte der Jarl. »Ich mache euch ein großes Zugeständnis bei diesen Totschlägen, aber ich nenne das keinen Vergleich. Ich tue das nur, weil ich nicht gegen meine eigenen Leute kämpfen will, auch wenn ich sehe, wie sehr ihr mich missachtet.«

»So ist es eine viel größere Ehre für Euch, Herr«, sagte Þorfinn. »Schließlich könnt Ihr allein die Höhe der Geldbuße bestimmen.«

Der Jarl sagte, wenn sie die Buße annähmen, solle Grettir unbehelligt zurück nach Island reisen, sobald Schiffe dorthin führen. Da zahlten sie dem Jarl die Geldbuße, die er forderte, und verabschiedeten sich wenig herzlich. Grettir ging mit Þorfinn. Sein Bruder Þorsteinn und er verabschiedeten sich in Freundschaft. Þorfinn erntete viel Ruhm dafür, wie er angesichts dieser Übermacht zu Grettir gehalten hatte. Keiner der Männer wurde danach jemals wieder ein Freund des Jarls, mit Ausnahme von Bersi.

Dann dichtete Grettir:

Þorfinn, Freund
von Odins Männern,
wurde zu unserer Hilfe
geschickt, als die Frau,
eingeschlossen,
eingesperrt
in die Stätte der Toten,
mein Leben forderte.

Odins Männer = Krieger; Stätte der Toten = Hel (Unterwelt); dort eingesperrte Frau = die Todesgöttin Hel

Und Riesentöter,
Haus des Zwerges,
des Roten Meeres
großes Schiff,

schützte mich
am allerbesten
von allen Männern
vor Lokis Tochter.

Riesentöter = Thor; Haus des Zwerges = Stein; Riesentöter, Haus des Zwerges = Þorsteinn (Thor-Stein); des Roten Meeres großes Schiff = Drómund (Schiffstyp im Mittelmeer und Beiname von Þorsteinn); Lokis Tochter = Hel

Und dann noch dieses:

Da dachten sie,
die Männer des Königs,
es sei nicht leicht,
mich anzugreifen,
denn mit des Schildes Feuer
war Bersi bereit,
die Burg der Hinterlist
in Brand zu stecken.

des Schildes Feuer = Schwert; Burg der Hinterlist = Kopf/Brust

Grettir ging mit Þorfinn nach Norden und blieb dort, bis Þorfinn ihm eine Überfahrt auf einem Handelsschiff besorgte, das nach Island fuhr. Þorfinn schenkte Grettir viele kostbare Kleidungsstücke und einen bemalten Sattel und ein dazu passendes Zaumzeug. Sie trennten sich als Freunde. Þorfinn sagte, er solle sich bei ihm sehen lassen, wenn er wieder nach Norwegen käme.

25 Ásmund Grauhaar lebte auf Bjarg, während Grettir fort war, und galt als einer der wichtigsten Männer im Miðfjord. Þorkell Krafla starb, als Grettir nicht in Island war. Þorvald Ásgeirsson lebte damals in Ás im Vatnsdal und wurde zu einem mächtigen Mann. Er war der Vater von Dalla, die Ísleif heiratete, der später Bischof in Skálholt wurde. Þorvald war Ás-

mund eine große Hilfe in rechtlichen und vielen anderen Angelegenheiten.

Auf Ásmunds Hof wuchs ein Mann namens Þorgils heran. Er wurde Þorgils Máksson genannt und war ein enger Verwandter von Ásmund. Þorgils war sehr stark und wurde mit Ásmunds Hilfe reich, als der das Land von Lækjamót kaufte, wo Þorgils dann wohnte. Þorgils verstand es, gut zu wirtschaften, und fuhr jedes Jahr hinaus nach den Strandir, wo er sich Wale und andere Dinge beschaffte. Þorgils war sehr tollkühn und wagte sich tief in den Teil des Landes vor, den alle nutzen durften.

Zu dieser Zeit waren die Schwurbrüder Þorgeir Hávarsson und Þormóð Kolbrúnarskáld auf dem Höhepunkt ihrer Macht. Sie besaßen ein Boot und plünderten, wo sie Lust hatten, und galten als nicht sehr verträglich.

Eines Sommers geschah es, dass Þorgils Máksson einen gestrandeten Wal fand und sich mit seinen Leuten sofort daranmachte, ihn zu zerlegen. Als die Schwurbrüder davon erfuhren, kamen sie hinzu. Zunächst schienen sich alle ganz gut zu verstehen. Als Þorgils ihnen jedoch die Hälfte von dem anbot, was noch an dem Wal dran war, forderten sie alles, was noch an dem Wal hing, oder die Hälfte von dem, was noch nicht abgeschnitten war, und die Hälfte von dem bereits Abgeschnitteten dazu. Þorgils weigerte sich hartnäckig, etwas von dem Walfleisch herzugeben, das er bereits abgeschnitten hatte. Die Stimmung heizte sich auf, bald griffen sie zu den Waffen, und es kam zum Kampf. Þorgeir und Þorgils kämpften lange, ohne dass sich jemand einmischte. Es war ein erbitterter Zweikampf, der damit endete, dass Þorgils von Þorgeir tödlich getroffen zu Boden fiel. Sein Schwurbruder Þormóð kämpfte währenddessen weiter weg mit anderen Gefolgsleuten von Þorgils, und auch er trug den Sieg davon und tötete drei von ihnen.

Nach dem Tod von Þorgils kehrten seine Männer in den Miðfjord zurück und nahmen Þorgils' Leiche mit. Er wurde sehr betrauert. Die Schwurbrüder nahmen den ganzen Wal. Þormóð dichtete eine Drápa, in der er von dem Kampf seines Schwurbruders erzählt.

Ásmund Graukopf hörte vom Tod seines Verwandten Þorgils und war dafür verantwortlich, die Sache zu verfolgen. Er ließ die zugefügten Wunden bezeugen und brachte den Fall vor das Allthing, denn so sahen die Gesetze es vor, da sich alles in einem anderen Landesteil abgespielt hatte. Dann verging einige Zeit.

26 Es war ein Mann namens Þorsteinn Kuggason, er war der Sohn von Þorkell Kuggi und Enkel von Þórð Gellir, dessen Vater Ólaf Feilan war. Dessen Vater Þorsteinn der Rote war der Sohn von Auð der Tiefsinnigen. Þorsteinn Kuggasons Mutter hieß Þuríð und war die Tochter von Ásgeir Æðikoll, der ein Bruder des Vaters von Ásmund Graukopf war.

Þorsteinn Kuggason war genauso dazu verpflichtet, die Tötung von Þorgils Máksson zu verfolgen, wie Ásmund Graukopf. Ásmund schickte eine Nachricht an Þorsteinn, dass er zu ihm kommen möge. Þorsteinn war ein guter Krieger und sehr angriffslustig. Er machte sich sofort zu Ásmund auf, und sie besprachen den geplanten Prozess. Þorsteinn brannte auf einen Kampf und forderte sehr entschieden, man solle sich keinesfalls mit einer Geldbuße abspeisen lassen. Er sagte, sie hätten mit ihren Freunden und Verwandten genügend Macht, um eine Ächtung oder Verbannung durchzusetzen. Ásmund sagte, er würde ihm helfen, egal wie Þorsteinn sich entschiede. Sie ritten nach Norden zu ihrem Verwandten Þorvald, baten ihn um Unterstützung und bekamen sie sofort. Dann bereiteten sie ihre Klage gegen Þorgeir und Þormóð vor. Þorsteinn ritt nach Hause zu seinem Hof Ljárskógar bei Hvamm.

In Hvamm wohnte auch Skeggi. Er schlug sich auf Þorsteinns Seite. Skeggi war der Sohn von Þórarinn Fylsenni, einem Sohn von Þórð Gellir. Skeggis Mutter hieß Friðgerð, die Tochter von Þórð aus Höfði.

Sie sammelten viele Männer zusammen, ritten zum Allthing und vertraten ihre Anklage mit großem Nachdruck. Ásmund und Þorvald rückten mit sechzig Männern aus dem Norden an und verbrachten einige Nächte in Ljárskógar.

27 Þorgils wohnte auf Reykjahólar. Er war der Sohn von Ari Másson. Sein Großvater, Atli der Rote, war der Sohn von Úlf Skjálgi, der Reykjanes besiedelt hatte. Þorgils Arasons Mutter Þorgerð war die Tochter von Álf aus den Dalir. Eine zweite Tochter von Álf war Þórelf, die Mutter von Þorgeir Hávarsson. Aufgrund ihrer Verwandtschaft konnte Þorgeir auf die Hilfe von Þorgils zählen, der einer der mächtigsten Männer in den Westfjorden war. Er war so großzügig, dass er jedem freien Mann zu essen gab, solange der es annehmen wollte, weswegen immer eine große Anzahl von Leuten bei ihm auf Reykjahólar war. Þorgils war hoch angesehen für seine Großzügigkeit und ein milder und weiser Mann. Þorgeir wohnte im Winter bei ihm und verbrachte die Sommer auf den Strandir.

Nachdem er Þorgils Máksson getötet hatte, ritt Þorgeir nach Reykjahólar und erzählte Þorgils davon.

Þorgils sagte, er könne bei ihm wohnen. »Ich glaube allerdings, dass sie in diesem Fall ziemlich hart bleiben werden, und will es nicht noch schlimmer machen. Ich schicke jetzt jemanden zu Þorsteinn und biete ihm an, eine Geldbuße für den Tod von Þorgils zu zahlen, aber wenn er ablehnt, werde ich mich nicht mit Waffengewalt in die Sache einmischen.«

Þorgeir sagte, er würde tun, was Þorgils für richtig hielt.

Im Herbst schickte Þorgils einen Boten zu Þorsteinn Kuggason, um einen Vergleich zu erwirken, doch der war strikt dagegen, eine Geldbuße für den Totschlag an Þorgils anzunehmen. Was hingegen die anderen Toten betraf, sagte er, dem Rat vernünftiger Männer folgen zu wollen. Als Þorgils das erfuhr, rief er Þorgeir zu sich und fragte, wie er ihm nun helfen könne. Þorgeir sagte, er würde am liebsten das Land verlassen, sollte er geächtet werden. Þorgils sagte, er werde sich darum kümmern.

Am Ufer der Norðurá im Borgarfjord überwinterte ein Schiff, und Þorgils kaufte den Schwurbrüdern heimlich eine Überfahrt ins Ausland darauf. Dann ging der Winter vorbei.

Als Þorgils erfuhr, dass Þorsteinn in Ljárskógar viele Männern versammelt hatte und mit ihnen zum Allthing reiten wollte, brach er nicht gleich auf, sondern wartete, bis Þorsteinn und seine Leute sich vor ihm auf den Weg nach Süden gemacht hatten. Dann ritt Þorgils mit den Schwurbrüdern nach Süden. Auf dieser Reise tötete Þorgeir erst Böggul-Torfi in Márskelda und dann Skúf und Bjarni im Hundadal.

In seiner Drápa über Þorgeir sagt Þormóð:

Gut gelang es dem Mann,
dem Sohn des Mák
die Streitsucht heimzuzahlen,
es kam zum Sturm der Schwerter,
der Rabe kam zu rohem Fleisch.
Der Reiter des Pferdes der Meere
war auch dabei, als Skúf und Bjarni fielen,
der Kluge langte gern im Kampfe zu.

Sohn des Mák = Þorgils Máksson; Sturm der Schwerter = Kampf;
Pferd der Meere = Schiff; Reiter des Schiffs = Krieger/Seefahrer

Da Þorgils sofort einen Vergleich über den Tod von Skúf und Björn aushandelte, hielt er sich länger dort im Tal auf als vorgesehen. Þorgeir ritt zu dem Schiff, Þorgils hingegen ritt zum Allthing, kam aber erst dort an, als man bereits zu Gericht ging.

Ásmund Graukopf forderte, jemand möge im Fall um den Totschlag von Þorgils Máksson die Verteidigung übernehmen, und Þorsteinn Kuggason stand mit all seinen schwerbewaffneten Männern dabei. Þorgils trat vor das Gericht und bot an, eine Geldbuße zu zahlen, wenn Þorgeir daraufhin freigesprochen würde. Þorgils brachte zur Verteidigung vor, dass sich auf allgemeinem Land jeder nehmen könne, was er wolle, und man fragte den Gesetzessprecher, ob eine solche Verteidigung den Gesetzen entspreche. Der damalige Gesetzessprecher hieß Skafti und unterstützte Ásmund Graukopf, denn sie waren miteinander verwandt. Er sagte, dass dieses Gesetz nur unter Männern gleichen Ranges gelte, ein freier Bauer aber gegenüber unverheirateten Männern ohne festen Wohnsitz Vorrang habe. Ásmund sagte, dass Þorgils den Schwurbrüdern angeboten hatte, mit ihnen das zu teilen, was zur Zeit ihrer Ankunft noch an dem Wal dran gewesen war, und damit war diese Verteidigung erledigt. Þorsteinn und seine Leute klagten die Sache mit großer Leidenschaft an und forderten Þorgeirs Ächtung und ließen sich auf nichts anderes ein. Þorgils erkannte, dass er entweder mit seinen Männern einen Angriff wagen könnte, ohne zu wissen, wie das ausging, oder sich dem Willen der anderen beugen musste. Und da Þorgeir schon an Bord des Schiffes war, setzte sich Þorgils nicht weiter für seinen Fall ein. Þorgeir wurde geächtet, während Þormóð die Acht erlassen wurde, nachdem für die Leute, die er getötet hatte, eine Geldbuße gezahlt worden war.

Durch diesen Totschlagsprozess erwarben Ásmund und Þorsteinn sich großen Respekt. Die Männer ritten vom Allthing nach Hause. Manche meinten, Þorgils habe sich bei der Verteidigung nicht allzu viel Mühe gegeben, doch der gab nichts darauf und ließ jeden sagen, was er wollte.

Als aber Þorgeir erfuhr, dass sie ihn geächtet hatten, sagte er: »Wenn es nach mir ginge, sollen alle, die mich geächtet haben, irgendwann den vollen Preis dafür bezahlen.«

Es war ein Mann namens Gaut Sleituson. Er war ein Verwandter von Þorgils Máksson. Gaut hatte auf dem Schiff angeheuert, das Þorgeir außer Landes bringen sollte. Er reizte und bedrohte ihn immer wieder. Als die Kaufleute auf dem Schiff das bemerkten, wurde ihnen schnell klar, dass diese beiden Männer nicht auf demselben Schiff fahren sollten. Obwohl Þorgeir sagte, er schere sich nicht um Gauts Provokationen, entschieden sie, dass Gaut von Bord gehen sollte, und er zog nach Nordisland. In dieser Zeit gerieten Gaut und Þorgeir nicht aneinander, aber wie sich später zeigen wird, hatte dieser Vorfall einige Zwietracht zwischen den beiden gesät.

28

In diesem Sommer kam Grettir Ásmundarson nach Island zurück und landete im Skagafjord. Inzwischen war er derart für seine Kraft bekannt, dass es keinen jungen Mann zu geben schien, der es mit ihm aufnehmen konnte. Er ritt sofort nach Hause nach Bjarg, und sein Vater Ásmund nahm ihn recht gut auf. Sein Bruder Atli, mit dem Grettir gut auskam, führte damals den Hof. Bald wurde Grettir so ungestüm, dass ihm nichts unmöglich schien.

Die meisten Jungen, mit denen er am Miðfjarðarvatn Ball gespielt hatte, bevor er außer Landes ging, waren nun erwachsen. Einer von ihnen hieß Auðunn und wohnte auf Auðunarstaðir im Víðidal. Sein Vater war Ásgeir und sein Großvater Auðunn, der Sohn von Ásgeir Æðikoll. Auðunn war ein guter Bauer und ehrlicher Mann. Er war stärker als alle anderen dort im Norden und galt als einer der friedlichsten Männer in seinem Bezirk.

Grettir fiel ein, wie Auðunn ihn damals bei dem bereits erwähnten Ballspiel gedemütigt hatte, und wollte sich mit ihm messen und herausfinden, wer von ihnen seitdem am stärksten geworden war. Also machte Grettir sich auf den Weg nach Auðunarstaðir. Das war zu Beginn der Heuernte. Grettir zog sich außerordentlich gut an und ritt auf dem kostbar bemalten Sattel, den Þorfinn ihm geschenkt hatte. Er nahm ein gutes Pferd und seine besten Waffen mit.

Früh am nächsten Morgen hatte Grettir Auðunarstaðir erreicht und klopfte an die Tür. Nur wenige waren zu Hause. Grettir fragte, ob Auðunn da sei, und man sagte, er sei zu einer der Vorratshütten gegangen, um Essen zu holen. Grettir nahm seinem Pferd das Zaumzeug ab. Die Hauswiese war noch nicht gemäht, und das Pferd ging dorthin, wo das meiste Gras war. Grettir ging hinein, setzte sich auf eine Querbank und schlief ein.

Wenig später kam Auðunn zurück und sah auf der Hauswiese ein Pferd mit einem bemalten Sattel. Er führte zwei mit verschiedenen Vorräten beladene Pferde mit sich und ein drittes, das mit Skyr gefüllte Hautsäcke trug, die oben zugebunden waren und Quarksäcke genannt wurden. Auðunn lud die Pferde ab und trug einen der Säcke mit dem Skyr auf seinen Armen hinein. Seine Augen hatten sich noch nicht an die Dunkelheit gewöhnt, da streckte Grettir von seiner Querbank ein Bein aus und brachte Auðunn zu Fall, so dass der auf dem Sack landete, und die Schnur, mit der der Sack zugebunden war, löste sich. Auðunn sprang auf und fragte, was für ein Blödmann denn da sei, und Grettir sagte seinen Namen.

»Das hättest du nicht tun sollen«, sagte Auðunn. »Was willst du hier?«

»Ich will mit dir kämpfen«, sagte Grettir.

»Ich muss mich erst um das Essen kümmern«, sagte Auðunn.

»Wie du meinst«, sagte Grettir, »wenn du niemanden hast, der das für dich erledigt.«

Da bückte Auðunn sich, hob den Sack mit dem Skyr auf, warf ihn Grettir in die Arme und sagte, er solle ihn erst einmal fangen. Nun war Grettir überall mit Skyr beschmiert, und das fand er schlimmer, als wenn Auðunn ihm eine blutige Wunde verpasst hätte. Sie gingen aufeinander los und rangen heftig miteinander. Grettir greift immer wilder an, Auðunn weicht zurück und merkt da, dass Grettir nun stärker ist als er. Sie schieben sich kreuz und quer durch den Raum und werfen alles um, was ihnen im Weg steht. Beide kämpfen mit all ihrer Kraft, aber schließlich erhält Grettir die Oberhand und bringt Auðunn zu Fall. Inzwischen hatte Auðunn alle von Grettirs Waffen heruntergerissen. Sie werfen sich derart herum, dass der ganze Hof erbebt, da hört Grettir, wie jemand heranreitet, absteigt und hereinstürmt. Dann sieht er einen feingekleideten Mann in einem roten Umhang mit einem Helm auf dem Kopf, der sich sofort dem Hauptraum zuwendet, aus dem er den Lärm der beiden Kämpfenden gehört hat. Er fragte, was dort vor sich ging. Grettir nannte seinen Namen, »und wer will das wissen?«

»Ich heiße Barði«, sagte der, der gekommen war.

»Bist du etwa Barði Guðmundarson aus Ásbjarnarnes?«

»Genau der«, sagte Barði. »Was machst du denn da?«

»Auðunn und ich spielen ein kleines Spiel«, antwortete Grettir.

»Nach einem Spiel sieht mir das nicht gerade aus«, sagte Barði. »Und ebenbürtig seid ihr euch auch nicht. Du bist ein streitsüchtiger, unbeherrschter Mann, Grettir. Auðunn hingegen ist gutmütig und besonnen, und du lässt ihn jetzt sofort aufstehen.«

Grettir antwortete: »Manche greifen um die Tür herum nach dem Riegel. Du solltest lieber deinen Bruder Hall rächen, anstatt dich in Dinge einzumischen, die nur Auðunn und mich etwas angehen.«

»Das höre ich oft«, sagt Barði, »und ich weiß nicht, ob er jemals gerächt wird. Doch wie dem auch sei, ich will, dass du Auðunn in Ruhe lässt, denn er ist ein friedlicher Mann.«

Grettir tat schließlich, was Barði sagte, und doch gefiel es ihm nicht. Barði fragte, wie es zu ihrem Streit gekommen sei.

Grettir sprach eine Strophe:

Ich weiß nicht, ob Auðunn auch dir einmal
für deine Kampfeslust und Kraft
den Hals anschwellen ließ,
bis es dich quälte.
Doch ich weiß, dass er auf diese Art,
als ich noch zu Hause lebte,
dem jungen Grettir
das Wort abschnitt.

Barði meinte, es sei nicht verwunderlich, dass Grettir sich da rächen wollte:

»Doch ich werde euch jetzt miteinander versöhnen. Ich will, dass ihr die Sache auf sich beruhen lasst. Damit soll zwischen euch alles erledigt sein.«

Und da sie Verwandte waren, ließen sie die Sache ruhen, wenngleich Grettir Barði und seinen Brüdern die Sache übelnahm. Dann ritten sie gemeinsam davon.

Und auf dem Weg sagte Grettir zu Barði: »Ich habe gehört, dass du im Sommer in den Borgarfjord ziehen willst, und biete dir an, dich zu begleiten. Das ist ein besseres Angebot, als du es verdient hättest.«

Barði freute sich darüber, nahm Grettirs Vorschlag sofort an und dankte ihm. Sie verabschiedeten sich.

Dann drehte Barði sich noch einmal um und sagte:

»Unter einer Bedingung. Du kannst nur mitkommen, wenn mein Ziehvater Þórarinn es erlaubt, denn er hat in dieser Sache das Sagen.«

»Du könntest ruhig selbst entscheiden, was du tust«, antwortete Grettir. »Ich lasse mir nicht von anderen vorschreiben, wohin ich zu gehen habe, und würde es dir ziemlich übelnehmen, wenn du mich ausschließt.«

Dann zogen sie ihrer Wege, und Barði sagte: »Ich gebe dir Bescheid, wenn Þórarinn will, dass du mitkommst.« Andernfalls müsse er zu Hause bleiben. Grettir ritt nach Bjarg zurück und Barði zu seinem Hof.

29

In dem Sommer fand auf der Langafit unterhalb von Reykir ein großer Pferdekampf statt. Viele Leute kamen. Atli aus Bjarg hatte einen guten grauen Hengst mit einem Streifen auf dem Rücken, der von Kengála abstammte. Atli und sein Vater hielten sehr viel von ihm. Die Brüder Kormák und Þorgils aus Mel hatten einen braunen Hengst, der zuverlässig im Kampf war. Die beiden Pferde sollten aufeinander losgelassen werden. Es waren auch noch viele andere gute Pferde dort.

An diesem Tag sollte Odd Ómagaskáld, ein Verwandter von Kormák, den Hengst seines Verwandten führen. Odd war ein starker Mann und großer Angeber geworden und überheblich und aufbrausend. Grettir fragte seinen Bruder Atli, wer dessen Pferd führen sollte.

»Das weiß ich noch nicht so genau«, antwortete er.

»Soll ich bei ihm stehen?«, fragte Grettir.

»Dann musst du dich aber zusammenreißen«, sagte Atli, »denn die Leute hier sind ziemliche Hitzköpfe.«

»Wenn die ihren Übermut nicht zügeln können, sollen sie auch dafür bezahlen«, sagte Grettir.

Nun wurden die Hengste vorgeführt, während die anderen Pferde zusammengebunden dort am Ufer standen, wo sich im Flussbett eine tiefe Stelle gebildet hatte. Die Pferde bissen sich gut, und alle hatten großen Spaß. Odd spornte sein Pferd voller Leidenschaft an, Grettir hingegen wich zurück, hielt das Pferd mit der einen Hand am Schweif fest und hatte in der anderen den Stock, mit dem er es antrieb. Odd stand bei seinem Hengst so weit vorn, dass man nicht sicher sagen konnte, ob er nicht mit seinem Stock nach Atlis Pferd stach, um es zurückzutreiben. Grettir tat so, als merke er nichts. Inzwischen kämpften die Pferde nah am Fluss. Da stößt Odd mit dem Stock nach Grettir und trifft ihn am Schulterblatt, denn Grettir hatte ihm halb den Rücken zugedreht. Der Stoß war so hart, dass das Fleisch anschwoll, doch es blutete nicht. In diesem Moment bäumten sich die Pferde auf. Grettir duckte sich unter die Flanke seines Pferdes und stieß Odd mit seinem Stock so hart in die Seite, dass er ihm drei Rippen brach und Odd an der tiefen Stelle in den Fluss fiel. Auch sein Hengst und die anderen zusammengebundenen Pferde fielen hinein. Leute sprangen hinein und zogen ihn wieder heraus.

Nun gab es ein großes Geschrei. Kormák und seine Männer griffen zu den Waffen, ebenso die Leute aus Bjarg. Als die Leute aus dem Hrútafjord und aus Vatnsnes das sahen, gingen sie dazwischen und brachten sie auseinander, und alle zogen nach Hause und verwünschten sich gegenseitig, verhielten sich jedoch vorerst ruhig. Atli redete nicht viel darüber, Grettir hingegen war nachtragend und wollte am liebsten, dass sie bald wieder aufeinandertrafen.

30

Es war ein Mann namens Þorbjörn, der auf Þóroddsstaðir im Hrútafjord lebte. Er war der Sohn von Arnór Hýnef, dessen Vater Þórodd diese Seite des Hrútafjord bis hinüber nach Bakki besiedelt hatte. Þorbjörn war unglaublich stark, und sein Spitzname war Ochsenkraft. Sein Bruder hieß Þórodd und wurde Drápustúf genannt. Ihre Mutter war Gerð, die Tochter von Böðvar aus Böðvarshólar.

Þorbjörn war ein großer Streithahn und hatte immer viele Männer bei sich. Er war dafür bekannt, dass er nur schwer Arbeiter für seinen Hof bekam und fast keinen Lohn zahlte. Er galt als eher unverträglich.

Einer seiner Verwandten hieß auch Þorbjörn und wurde der Reisende genannt. Er machte viele Reisen und trieb dabei Handel, auch für seinen gleichnamigen Verwandten. Er hielt sich die meiste Zeit auf Þóroddsstaðir auf, und man fand, dass sein Einfluss den anderen Þorbjörn nicht besser machte. Er war schnippisch und verhöhnte viele Leute.

Es war ein Mann namens Þórir, der Sohn von Þorkell aus Borðeyri. Þórir lebte zuerst auf Melar im Hrútafjord. Seine Tochter hieß Helga und heiratete Sleitu-Helgi. Aber nach dem Kampf von Fagrabrekka zog Þórir nach Süden ins Haukadal und wohnte auf Skarð, sein Land auf Melar verkaufte er an Þórhall Vínlending, den Sohn von Gamli. Der Sohn von diesem Þórhall hieß Gamli und heiratete Rannveig, die eine Tochter von Ásmund Graukopf und Schwester von Grettir war. Zu dieser Zeit wohnten sie auf Melar, und es ging ihnen gut.

Þórir auf Skarð hatte zwei Söhne. Einer hieß Gunnar und der andere Þorgeir. Sie waren vielversprechende Männer und hatten bereits von ihrem Vater den Hof übernommen, verbrachten aber so viel Zeit mit Þorbjörn Ochsenkraft, dass sie langsam überschnappten.

In dem Sommer, von dem nun erzählt wird, ritten Kormák und Þorgils und ihr Verwandter Narfi nach Süden ins Norðurárdal, denn sie hatten dort zu tun. Odd Ómagaskáld begleitete sie. Er hatte sich inzwischen von der Verletzung bei dem Pferdekampf erholt. Und während sie im Süden waren, ritt Grettir mit zwei von Atlis Knechten fort aus Bjarg und nach Búrfell hinüber und von dort über den Höhenzug zum Hrútafjord und erreichte Melar gegen Abend. Sie blieben drei Nächte dort. Rannveig und Gamli nahmen Grettir sehr gut auf und luden ihn ein, länger zu bleiben, doch er wollte zurück nach Hause. Da erfuhr Grettir, dass Kormák und seine Leute gerade auf dem Rückweg aus dem Süden waren und auf Tunga übernachtet hatten.

Grettir machte sich früh von Melar auf den Weg. Gamli mahnte ihn zur Vorsicht und bot ihm ein paar Männer zur Begleitung an. Gamlis Bruder hieß Grím, ein sehr tapferer Mann. Er begleitete Grettir zusammen mit einem weiteren, so dass sie insgesamt fünf waren. Sie ritten, bis sie den Höhenzug Hrútafjarðarháls westlich von Búrfell erreichten. Dort ist ein großer Felsbrocken, der heute Grettishaf heißt. Grettir versuchte die meiste Zeit des Tages, ihn anzuheben, und wartete, bis Kormák und seine Leute kamen. Dann ritt Grettir ihnen entgegen, und alle sprangen ab. Grettir sagte, es würde besser zu freien Männern wie ihnen passen, richtig zuzuhauen, statt mit Stöcken nach einander zu stechen wie Landstreicher. Kormák befahl seinen Leuten, wie Männer darauf zu antworten und alles zu geben.

Hiernach gingen sie aufeinander los. Grettir führte seine Männer an und ließ dafür sorgen, dass ihn niemand von hinten angreifen konnte. Sie kämpften eine Weile, und auf beiden Seiten gab es Verwundete.

Þorbjörn Ochsenkraft war an demselben Tag über den Höhenzug nach Búrfell geritten, und als sie zurückkamen, sieht er den Kampf. Þorbjörn der Reisende war bei ihm und Þórirs Söhne Gunnar und Þorgeir und Þórodd Drápustúf. Als sie ankamen, befiehlt Þorbjörn seinen Männern dazwischenzugehen, aber die anderen kämpfen so verbissen, dass nicht an sie heranzukommen war. Grettir schlug um sich wie wild. Þórirs Söhne waren ihm im Weg, er stieß sie von sich weg, so dass beide hinfielen. Das machte sie so zornig, dass Gunnar einen von Atlis Knechten erschlug. Als Þorbjörn das sah, ruft er, sie sollten sich trennen, und sagte, er werde sich auf die Seite derer schlagen, die auf seine Worte hörten. Inzwischen waren zwei von Kormáks Knechten tot. Da erkannte Grettir, dass er nichts mehr ausrichten könnte, wenn Þorbjörn sich auf die Seite seiner Gegner schlug, und gab auf. Alle, die gekämpft hatten, waren verwundet. Grettir missfiel es sehr, dass man sie getrennt hatte. Hiernach ritten sie auseinander, ohne einen Vergleich zu schließen.

Þorbjörn der Reisende lästerte sehr über diesen Vorfall, was das Verhältnis zwischen Grettirs Leuten und Þorbjörn Ochsenkraft so weit verschlechterte, dass es zu einer offenen Feindschaft wurde, wie sie sich später zeigen wird. Atli wurde keine Entschädigung für seinen toten Knecht angeboten, doch er tat so, als bemerke er es nicht. Grettir blieb auf Bjarg bis zur Heuernte. Davon, dass Kormák und er sich noch einmal begegneten, ist nichts bekannt.

31 Nachdem Barði Guðmundarson und seine Brüder sich von Grettir getrennt hatten, ritten sie heim nach Ásbjarnarnes. Sie waren die Söhne von Guðmund Sölmundarson. Sölmunds Mutter war Þorlaug, die Tochter von Sæmund Suðureyski, dessen Schwurbruder Ingimund der Alte war. Barði war ein hoch angesehener Mann. Er machte sich bald auf den Weg zu seinem Ziehvater Þórarinn dem Weisen. Der empfing Barði freundlich und fragte, ob es ihm gelungen sei, Verstärkung für seine Reise aufzutreiben, über die sie sich schon früher einmal beraten hatten. Barði antwortete, er habe einen Mann als Begleiter gewonnen, dessen Hilfe mehr als doppelt so viel wert sei wie die von anderen.

Þórarinn schwieg eine Weile und sagte: »Das muss Grettir Ásmundarson sein.«

»Weise können weissagen«, sagte Barði, »genau der ist es, Ziehvater.«

»Grettir ist sicher einer der fähigsten Männer, die in unserem Land zu finden sind«, antwortete Þórarinn, »und wenn er bei Gesundheit bleibt, wird es lange dauern, bis ihn jemand im Kampf bezwingt. Aber so übermütig wie er inzwischen ist, weiß ich nicht, ob ihn das Schicksal begünstigen wird. Du darfst dich nicht mit Unglücksmenschen umgeben, es wird schon so genug geschehen, auch wenn Grettir nicht dabei ist. Wenn es nach mir geht, reitet er nirgendwohin.«

»Ich hätte nie gedacht, dass du meinen besten Mann ablehnst, bei allem, was mir bevorsteht«, sagte Barði zu seinem Ziehvater. »In der schwierigen Lage, in der ich wohl bin, kann ich nicht auf alles Rücksicht nehmen.«

»Du wirst es schaffen«, sagte Þórarinn, »auch wenn ich hier entscheide.«

Es endete damit, dass Grettir keine Nachricht bekam, ganz wie Þórarinn es wollte. Dann zog Barði nach Süden in den Borgarfjord, und es kam zu dem großen Hochlandkampf.

Grettir war auf Bjarg, als er erfuhr, dass Barði nach Süden geritten war. Er tobte vor Zorn, weil ihm niemand Bescheid gesagt hatte, und meinte, das letzte Wort in dieser Sache sei noch nicht gesprochen. Sobald er hörte, dass Barði aus dem Süden zurückerwartet wurde, ritt er ihnen entgegen, um ihnen aufzulauern. Als er den Hof Þóreyjargnúp erreicht hatte, stieg er den Berghang dahinter hoch und wartete dort.

Am selben Tag ritten Barði und seine Leute über die Tvídægra von dem großen Hochlandkampf zurück. Sie waren zu sechst und alle schwer verwundet. Und als sie an dem Hof vorbeikamen, sagte Barði: »Da oben am Hang ist ein riesiger Mann mit Waffen, seht ihr, wer das ist?«

Sie sagten, sie wüssten nicht, wer das sei.

»Ich glaube, das ist Grettir Ásmundarson«, sagte er, »und wenn das so ist, wartet er bestimmt auf uns. Er wird sich darüber geärgert haben, dass er nicht mit uns reiten durfte, und wenn er uns jetzt Schwierigkeiten macht, haben wir ihm wenig entgegenzusetzen. Ich schicke lieber nach Männern aus Þóreyjargnúp, als diesem Streithammel nachzugeben.«

Auch die anderen hielten dies für ratsam, und es wurde getan. Dann ritten Barði und die anderen weiter. Grettir sah das und schnitt ihnen den Weg ab, und als sie aufeinandertrafen, begrüßten sie sich. Grettir fragte, was es Neues gebe, und Barði erzählte ihm ohne eine Miene zu verziehen, was passiert war. Grettir fragte, wer mit ihm unterwegs war. Barði sagte, das seien seine Brüder und sein Schwager Eyjólf.

»Dann hast du ja deine Ehre wiederhergestellt«, sagte Grettir. »Als Nächstes finden wir heraus, wer von uns der Stärkere ist.«

»Ich habe schon Besseres zu tun gehabt, als mich ohne Grund mit dir zu schlagen. Ich denke, das muss nun wirklich nicht mehr sein.«

Grettir sagte zu Barði: »Wenn du nicht mit mir kämpfen willst, hat dich wohl der Mut verlassen.«

»Nenn es, wie du willst«, sagte Barði, »suche dir jemand anderen, um deine Streitlust auszuleben. Das wird dir sicher gelingen, denn dein Übermut kennt ja gar keine Grenzen mehr.«

Grettir ärgerte sich über diese Worte und überlegte, einen von ihnen anzugreifen, was ihm dann aber leichtsinnig erschien, schließlich waren sie zu sechst und er allein. Genau in diesem

Moment kamen Männer von Þóreyjargnúp, um Barði zu unterstützen. Grettir wendet sich von ihnen ab und geht zu seinem Pferd. Barði und seine Leute zogen ihres Weges, eine Verabschiedung gab es nicht. Von weiteren Begegnungen zwischen Barði und Grettir ist nichts erwähnt.

Grettir hat einmal gesagt, dass er jederzeit gegen drei Männer kämpfen würde, bei vieren würde er es auf einen Versuch ankommen lassen, gegen mehr Männer aber nur kämpfen, wenn es um sein Leben ginge, wie es in dieser Strophe heißt:

Kenner des Kampfes,
ich nehme es gern mit dreien auf,
gleich was der Walkürensturm
an Streitkraft fordert,
doch sind die Feinde mehr als vier,
will ich, geht es nach mir,
im Lärm der gierigen Speere
nicht vor ihnen stehen.

Kenner des Kampfes = Krieger; Walkürensturm = Kampf; Lärm der Speere = Kampf

Nachdem sie auseinandergegangen waren, ritt Grettir zurück nach Bjarg. Er litt sehr darunter, dass er nirgendwo seine Kraft erproben konnte, und hörte sich um, ob es nicht irgendwo eine wirkliche Herausforderung für ihn gäbe.

32

Es war ein Mann namens Þórhall. Er wohnte auf Þórhallsstaðir im Forsæludal, das vom Vatnsdal abzweigt. Sein Vater hieß Grím und dessen Vater Þórhall, der Sohn von Friðmund, der als Erster im Forsæludal siedelte. Þórhall hatte eine Frau namens Guðrún und mit ihr einen Sohn, der Grím hieß, und eine Tochter namens Þuríð, die damals bereits erwachsen waren. Þórhall war ein wohlhabender Mann. Er besaß hauptsächlich Vieh, davon hatte niemand so viel wie er. Er war nicht mächtig, aber ein angesehener Bauer.

Allerdings spukte es bei ihm so sehr, dass er kaum einen Schäfer fand, den er für gut hielt. Er fragte viele kluge Männer, was er tun sollte, aber nichts, was sie ihm rieten, half.

Þórhall ritt jeden Sommer auf das Allthing. Er hatte gute Pferde. Eines Sommers auf dem Allthing ging Þórhall zu der Thinghütte des Gesetzessprechers Skafti Þóroddsson. Skafti war einer der klügsten Männer und gab gute Ratschläge, wenn man ihn darum bat. Im Unterschied zu seinem Vater Þórodd, der in die Zukunft sehen konnte und nicht wenigen als hinterlistiger Mensch galt, sagte Skafti den Leuten einfach, was sie seines Erachtens am besten tun sollten. Deswegen galt er als der Bessere von beiden.

Þórhall ging also zu Skaftis Hütte, wo dieser ihn freundlich begrüßte, denn der wusste, dass er ein reicher Mann war, und fragte ihn, was es Neues gebe.

Þórhall sagte: »Ich möchte dich um einen guten Rat bitten.«

»Ich weiß nicht, ob ich dazu in der Lage bin«, antwortete Skafti, »aber was hast du auf dem Herzen?«

Þórhall sagte: »Es ist so, dass meine Schäfer nicht lange bei mir bleiben wollen. Ihnen wird so übel mitgespielt, dass manche gehen, bevor ihre Zeit um ist. Und nun will niemand, der weiß, was ihn erwartet, mehr die Arbeit übernehmen.«

»Da muss ein böser Geist am Werk sein, wenn die Leute lieber die Schafe von anderen Männern hüten wollen als deine. Und weil du mich nun einmal um Rat fragst, werde ich dir einen Schäfer besorgen. Glám heißt er und stammt aus Sylgsdalir in Schweden und kam im letzten Sommer hierher, ein großer starker Mann, wenn auch nicht gerade jemand, der allen gefällt.«

Þórhall sagte, das sei ihm gleich, so lange der sich gut um die Schafe kümmern würde.

Skafti sagte, wenn es Glám bei all seiner Kraft und seinem Mut nicht gelänge, sie anständig zu hüten, würde es auch niemand anders schaffen. Daraufhin ging Þórhall hinaus. Das war gegen Ende des Allthings.

Þórhall bemerkte, dass zwei seiner hellbraunen Pferde fehlten, und er machte sich selbst auf die Suche, was dazu führte, dass man ihn nicht für einen vornehmen Mann hielt. Er ging hinauf zum Sleðaás und von dort südlich um den Berg Ármannsfell herum.

Da sah er einen Mann aus dem Wald Goðaskóg kommen, der ein mit Reisig beladenes Pferd mit sich führte. Bald darauf begegneten sie sich. Þórhall fragte ihn nach seinem Namen, und der Mann sagte, er heiße Glám. Der Mann war sehr groß und sah merkwürdig aus, hatte große blaue Augen und wolfsgraues Haar. Þórhall erschrak ziemlich, als er ihn sah, doch er begriff, dass Glám ihm geschickt worden war.

»Was kannst du am besten?«, fragte Þórhall.

Glám sagte, er könne gut im Winter die Schafe hüten.

»Wirst du meine Schafe hüten?«, fragte Þórhall. »Skafti hat dich an mich abgetreten.«

»Am ehesten werde ich dir von Nutzen sein, wenn du mich machen lässt, wie ich will, denn ich ärgere mich schnell, wenn mir etwas nicht gefällt«, sagte Glám.

»Dann soll es so sein«, sagte Þórhall, »ich will, dass du zu mir kommst.«

»Das kann ich tun«, sagte Glám, »gibt es dort denn irgendwelche Schwierigkeiten?«

»Es soll dort spuken«, sagte Þórhall.

»Ich habe keine Angst vor Gespenstern«, sagte Glám, »das macht es weniger langweilig.«

»Das ist die richtige Einstellung«, sagte Þórhall, »und es ist sicher auch hilfreich, nicht allzu schmächtig zu sein.«

Sie einigten sich darauf, dass Glám bei ihm anfangen sollte, sobald die langen Nächte kamen. Dann verabschiedeten sie sich, und Þórhall fand seine Pferde, wo er kurz zuvor gesucht hatte. Þórhall ritt zurück und dankte Skafti für die Hilfe.

Der Sommer verging, und Þórhall hörte nichts von dem Schäfer, und niemand wusste etwas von ihm, aber zu der verabredeten Zeit tauchte er auf Þórhallsstaðir auf. Der Bauer hieß ihn herzlich willkommen, doch sonst mochte ihn keiner, am wenigsten die Frau des Bauern. Er versorgte die Schafe, und es bereitete ihm keine Mühe. Er musste nur mit seiner tiefen, klangvollen Stimme rufen, und die Schafe kamen zusammen. Auf Þórhallsstaðir war eine Kirche, aber Glám blieb ihr fern. Er betete nicht und glaubte nicht, war reizbar und unfreundlich. Alle fanden ihn unausstehlich.

So verging die Zeit bis zu dem Tag vor Weihnachten. Da stand Glám früh auf und verlangte sein Essen.

Die Hausherrin antwortete: »Es ist bei Christen nicht üblich, an diesem Tag zu essen, denn morgen ist der erste Weihnachtstag, daher müssen wir heute fasten.«

Er antwortete: »Ich schere mich nicht um diesen nutzlosen Aberglauben, den ihr hier habt. Ich wüsste nicht, dass es den Leuten nun besser geht als zu der Zeit, als man ihn noch nicht hatte. Mir gefiel es besser, als die Menschen noch Heiden waren, und jetzt will ich mein Essen und keine Ausflüchte.«

Da sagte die Hausherrin: »Wenn du nicht mit dieser Lästerei aufhörst, weiß ich, dass es dir heute noch schlecht ergehen wird.«

Glám befahl ihr, sofort sein Essen zu bringen, falls sie nicht wollte, dass es ihr schlecht erginge. Sie traute sich nichts anderes, als ihm zu gehorchen. Und als er satt war, ging er hinaus und war sehr wütend. Der Himmel verfinsterte sich, es gab Schneetreiben und einen Sturm, der immer weiter zunahm. Im Laufe des Tages hörten die Leute den Schäfer immer seltener. Dann schneite es heftig, und am Abend gab es einen Schneesturm. Die Leute kamen zur Messe, und die Nacht brach herein. Glám kam nicht nach Hause. Sie überlegten, ob sie ihn suchen sollten, doch es war so stürmisch und finster, dass sie nichts unternahmen. Er kam am Heiligen Abend nicht nach Hause. Man wartete, bis die Messe vorbei war.

Als es wieder hell wurde, machten die Leute sich auf die Suche. Das Unwetter hatte die Schafe auseinandergetrieben, so dass sie vereinzelt im Schnee standen oder in die Berge geflohen waren. Dann entdeckten sie etwas weiter oben im Tal eine große plattgestampfte Stelle, die aussah, als hätte dort ein gewaltiger Kampf stattgefunden, denn Felsen und Erdreich waren an vielen Stellen herausgerissen. Als sie die Stelle näher betrachteten, sahen sie Glám vor ihren Augen liegen. Er war tot und schwarz wie die Hölle und aufgebläht wie ein Rindvieh. Sie ekelten sich vor ihm und erschraken sehr. Dennoch versuchten sie, ihn zur Kirche zu bringen, schafften es aber nur, ihn ein Stück bergab bis an den Rand einer Schlucht zu ziehen, und gingen dann zurück und erzählten dem Hausherren davon.

Er fragte, wie Glám gestorben sein könnte. Sie sagten, auf eine Spur gestoßen zu sein, die so groß war, als hätte jemand einen Fassboden in den Schnee gestampft, und die von der plattgetrampelten Stelle bergauf bis zu den Felsen führte. Da sich entlang der Spur riesige Blutflecke fanden, nahm man an, dass das böse Wesen, das schon früher dort gespukt hatte, Glám getötet haben musste und dabei schwere Verletzungen erlitt, denn es kam nie wieder zurück.

Am zweiten Weihnachtstag versuchten sie abermals, Glám zur Kirche zu schaffen. Doch auch als sie Zugtiere vor die Leiche spannten, brachten sie ihn nicht vom Fleck, denn er lag nun auf ebenem Boden ohne jegliches Gefälle. Also ließen sie ihn dort liegen. Am dritten Tag nahmen sie den Priester mit und fanden Glám nicht mehr. Beim nächsten Mal wollte der Priester nicht mitkommen, und der Schäfer wurde gefunden, als der Priester nicht dabei war. Hiernach gaben sie es auf, ihn zur Kirche schaffen zu wollen, und bedeckten ihn an Ort und Stelle mit Steinen.

Bald darauf wurde den Leuten klar, dass Glám nicht in Frieden ruhte. Er verbreitete so viel Schrecken, dass manche in Ohnmacht fielen, wenn sie ihn sahen, andere verloren den Verstand. Gleich nach Weihnachten meinten einige, ihn in der Nähe des Hofes zu sehen, und bekamen so große Angst, dass sie einfach davonliefen. Hiernach begann Glám, nachts derart auf den Dächern herumzuwüten, dass sie fast einstürzten. Dann ging er bei Tag und bei Nacht um. Die Leute trauten sich kaum in das Tal, selbst wenn sie dort etwas zu tun hatten. Die Menschen in der Gegend hielten das für ein furchtbares Unheil.

33 Im Frühjahr holte Þórhall sich neues Gesinde herbei und begann, sein Land zu bestellen. Mit zunehmender Sonne nahm der Spuk ab. So verging die Zeit bis Mittsommer.

In diesem Sommer legte am Húnavatn ein Schiff an. An Bord war ein Mann namens Þorgaut. Er kam aus dem Ausland und war groß und stark wie zwei Männer. Er war alleinstehend, brauchte Geld und suchte Arbeit.

Þórhall ritt zu dem Schiff, traf Þorgaut und fragte ihn, ob er Arbeit haben wolle. Þorgaut zeigte sich durchaus bereit und sagte, er sei nicht wählerisch.

»Mit einem musst du rechnen«, sagte Þórhall, »Feiglinge haben es bei uns schwer, denn es hat bei uns eine Zeitlang gespukt, das will ich dir nicht verschweigen.«

Þorgaut antwortete: »Ich werde nicht gleich aufgeben, nur weil ich einen kleinen Untoten sehe. Solange es irgendjemand dort aushält, werde auch ich keine Angst haben und bleiben.«

Sie wurden sich einig, und Þorgaut sollte den Winter über die Schafe hüten. Der Sommer verging, und Þorgaut übernahm bei Anbruch der Winternächte das Vieh. Jeder mochte ihn. Doch Glám kam weiterhin und ritt auf den Dächern.

Þorgaut amüsierte dies und er sagte, der arme Kerl müsse schon näher kommen, »um mich das Fürchten zu lehren.«

Þórhall bat ihn, den Mund nicht so voll zu nehmen: »Es ist besser, wenn ihr beiden es nicht auf eine Kraftprobe ankommen lasst.«

»Der Schrecken hat dir den Mut verjagt«, sagte Þorgaut, »redet ihr nur, ich lasse mich so schnell nicht umhauen.«

So verging der Winter bis zum Weihnachtsfest. Am Heiligen Abend ging der Schäfer zu seinen Tieren.

Die Hausherrin sagte: »Es wäre besser, wenn sich die alte Geschichte nicht wiederholte.«

»Keine Angst«, antwortete er. »Wenn ich nicht zurückkomme, gibt es wenigstens etwas zu erzählen.«

Dann ging er wieder zu den Schafen. Es war ziemlich kalt, und es herrschte starkes Schneetreiben. Þorgaut kam normalerweise bei Einbruch der Dämmerung zurück, heute jedoch nicht. Die Leute kamen zur Messe wie sonst auch, und man vermutete, dass sich dasselbe ereignen würde wie im Jahr zuvor. Der Hausherr wollte nach dem Schäfer suchen lassen, aber die Kirchgänger waren dagegen. Sie sagten, sie wollten nicht mitten in der Nacht dem Troll in die Arme laufen, und allein traute der Hausherr sich nicht, und aus der Suche wurde nichts.

Nachdem sie am ersten Weihnachtstag gegessen hatten, machten sie sich auf die Suche nach dem Schäfer. Zuerst gingen sie zu Gláms Steingrab, weil sie ihm die Schuld daran gaben, dass der Schäfer verschwunden war. Und als sie das Steingrab erreichten, sahen sie, wie der Schäfer dort lag, mit gebrochenem Genick und keinem heilen Knochen im Körper. Sie brachten ihn zur Kirche, woraufhin er keinem Menschen je etwas tat. Glám hingegen ging nun noch mehr um als zuvor. Er wütete so schlimm, dass alle von Þórhallsstaðir flohen bis auf den Hausherrn und seine Frau.

Þórhall hatte über lange Zeit denselben Kuhhirten gehabt und wollte ihn nicht fortlassen, weil er ein freundlicher Mann war und die Tiere gut hütete. Er war schon recht alt und zögerte lange, zu gehen. Er wusste, dass ohne ihn alles Vieh zugrunde gehen würde, das sein Herr besaß. Und eines Morgens nach Mittwinter ging die Frau des Bauern wie gewohnt zum Melken in den Stall. Es war bereits hell, denn niemand traute sich vorher hinaus, abgesehen von dem Kuhhirten, der das Haus verließ, sobald es dämmerte. Da kam lauter Krach aus dem Stall, und sie hörte die Kühe entsetzlich brüllen und lief schreiend zurück ins Haus und sagte, im Stall sei etwas Furchtbares geschehen. Der Hausherr ging hinaus und sah, dass die Rinder sich gegenseitig mit den Hörnern stießen. Das machte ihm große Sorgen und er ging weiter in den Stall hinein. Da sah er den Kuhhirten dort liegen, mit dem Kopf in einem Viehstand und den Füßen in einem anderen. Er lag auf dem Rücken. Der Hausherr ging zu ihm, betastete ihn und merkte bald, dass er tot war. Sein Rücken war gebrochen über den Steinen, die die beiden Viehstände voneinander trennten.

Nun hielt es auch der Bauer nicht mehr aus, und er verließ den Hof mit allem, was er fortschaffen konnte. Glám brachte alles Vieh um, das zurückblieb, und zog danach quer durch das Tal und verwüstete alle Höfe oberhalb von Tunga.

Þórhall hielt sich den Rest des Winters bei Freunden auf. Niemand konnte mit Pferden oder Hunden in das Tal gehen, denn alle Tiere wurden gleich getötet.

Als der Frühling kam und die Tage länger wurden, ließ der Spuk nach. Þórhall wollte auf sein Land zurückkehren. Er hatte es zwar nicht leicht, Gesinde zu bekommen, konnte aber doch schließlich mit der Landwirtschaft beginnen. Alles kam wie zuvor. Als es Herbst wurde, nahm der Spuk wieder zu. Am schlimmsten wurde die Tochter des Bauern heimgesucht, und sie starb schließlich daran. Sie versuchten alles Erdenkliche, aber nichts half. Alle gingen davon aus, dass das ganze Vatnsdal unbewohnbar würde, wenn nicht bald etwas geschah.

34

Von Grettir Ásmundarson ist zu erzählen, dass er nach seiner Begegnung mit Víga-Barði bei Þóreyjargnúp den Herbst über zu Hause auf Bjarg verbrachte. Kurz vor Winteranfang ritt Grettir nach Norden über den Bergrücken nach Víðidal und übernachtete auf Auðunarstaðir. Auðunn und er söhnten sich vollends aus, und Grettir schenkte ihm eine gute Axt, und sie versprachen sich Freundschaft. Auðunn wohnte schon lange auf Auðunarstaðir und hatte viele Nachkommen. Sein Sohn hieß Egill, der Úlfheið heiratete, die Tochter von Eyjólf Guðmundarson. Ihr Sohn war der Eyjólf, der auf dem Allthing erschlagen wurde. Eyjólfs Sohn Orm war der Kaplan von Bischof Þorlák.

Grettir ritt nach Norden ins Vatnsdal und besuchte die Leute auf Tunga. Dort wohnte damals sein Schwager Jökull Bárðarson. Jökull war ein großer und starker Mann und sehr streitlustig. Er unternahm Handelsreisen, war nicht sehr verträglich, aber trotzdem gut angesehen. Grettir wurde freundlich empfangen und blieb drei Nächte.

Man hörte so viel über den Spuk des Untoten Glám, dass die Leute kaum über etwas anderes redeten. Grettir erkundigte sich sehr genau nach allem, was geschehen war.

Jökull sagte, dass die Leute nicht übertrieben. »Du überlegst doch nicht etwa, dort hinzugehen?«

Grettir sagte, genau das habe er vor.

Jökull bat ihn, das nicht zu tun, »denn du darfst dein Schicksal nicht so herausfordern, dafür bist du für deine Familie zu wichtig. Wir kennen zwar keinen jungen Mann, der es mit dir aufnehmen kann, aber bei Glám folgt auf Böses nur noch mehr Böses. Es ist viel besser, sich mit Menschen anzulegen als mit solchen Geistern.«

Grettir sagte, es würde ihn reizen, nach Þórhallsstaðir zu gehen und zu sehen, wie dort die Lage sei.

Jökull sagte: »Ich merke schon, ich kann dich nicht davon abhalten. Es ist wohl etwas dran an den Worten, dass Glück und Geschick nicht immer Hand in Hand gehen.«

»Des einen Unglück wartet vor der Tür, beim anderen ist es schon hereingekommen«, sagte Grettir. »Denk lieber daran, wie es dir selbst am Ende ergehen wird.«

Jökull antwortete: »Vielleicht können wir beide ein wenig in die Zukunft sehen, doch ändern können wir sie nicht.«

Danach verabschiedeten sie sich, und beiden war unwohl mit der Weissagung des anderen.

35

Grettir ritt nach Þórhallsstaðir, und der Bauer hieß ihn willkommen. Er fragte, wohin Grettir wolle. Grettir antwortete, dass er gerne über Nacht bleiben würde, wenn dem Bauern das recht wäre.

Þórhall sagte, er wisse das zu schätzen, »denn im Moment halten es nur wenige für angebracht, sich hier blicken zu lassen. Du wirst gehört haben, was hier vor sich geht, und ich möchte, dass du unbeschadet davonkommst. Doch selbst dann wirst du dein Pferd verlieren, da bin ich mir sicher, denn so geht es allen, die herkommen.«

Grettir sagte, Pferde seien leicht zu beschaffen, was diesem auch passieren möge. Þórhall war froh, dass Grettir bleiben wollte, und nahm ihn mit offenen Armen auf. Grettirs Pferd wurde sicher im Stall eingeschlossen. Sie legten sich schlafen und die Nacht verging, ohne dass Glám kam.

Da sagte Þórhall: »Deine Ankunft hat die Dinge zum Guten verändert, denn Glám kommt normalerweise in jeder Nacht und reitet auf den Dächern und bricht die Türen auf, wie du ja selber siehst.«

»Dann wird er sich entweder bald blicken lassen oder mehr als eine Nacht fortbleiben. Ich will noch eine Nacht bleiben und schauen, was passiert.«

Dann gingen sie zu Grettirs Pferd, und niemand hatte es angerührt. Der Bauer hielt all das für gute Zeichen.

Grettir bleibt eine zweite Nacht, und der Untote ließ sich nicht blicken. Das erschien dem Bauern noch erfreulicher, und er ging hinaus und sah nach Grettirs Pferd. Da war der Stall aufgebrochen, das Pferd herausgezogen und jeder Knochen in seinem Leib zertrümmert.

Þórhall erzählte Grettir davon und sagte, er solle sich in Sicherheit bringen, »denn wenn du auf Glám wartest, bist du ein toter Mann.«

Grettir antwortete: »Den Kerl zu Gesicht zu bekommen, ist ja wohl das mindeste, was ich für mein Pferd erwarten kann.«

Der Bauer sagte, es sei nicht unbedingt von Vorteil, ihn zu sehen, »denn er hat nichts Menschliches mehr an sich. Doch ich freue mich über jede Zeit, die du noch bleiben willst.«

So vergeht der Tag, und als die Leute schlafen gingen, wollte Grettir sich nicht ausziehen und legte sich auf eine Bank gegenüber vom Bettverschlag des Bauern. Er bedeckte sich mit einem zerschlissenen Mantel aus Fell und stopfte ein Ende unter seine Füße, das andere hinter seinen Kopf, so dass er aus einer Öffnung am Hals heraussehen konnte, und stemmte seine Füße gegen den massiven Rahmen am Fußende der Bank. Der Türrahmen war an der Außenseite zerschmettert, und man hatte notdürftig eine aus Holzresten zusammengezimmerte Tür davorgebunden. Die Bretterwand, die den Wohnraum vom Eingang trennte, war sowohl unter- als auch oberhalb des Querbalkens weggebrochen. Alle Betten waren herausgerissen, und es war sehr unwohnlich. Sie ließen die Nacht über ein Licht brennen.

Und als die Nacht zu einem Drittel vorbei war, hörte Grettir ein lautes Dröhnen. Jemand war auf das Haus geklettert und ritt auf dem Dachfirst und trat mit den Hacken auf das Dach ein, so dass alle Balken krachten. So ging es lange. Dann kletterte er hinab und ging zur Tür. Und als die Tür sich öffnete, sah Grettir, wie der Untote seinen Kopf hineinsteckte, der Grettir durch seine Größe und die verzerrten Gesichtszüge ganz entstellt schien. Langsam kam er herein, und als er sich zu voller Größe aufrichtete, reichte er bis an die Dachbalken heran. Er wandte sich dem Wohnraum zu, legte einen Arm an den Querbalken, überragte alles und spähte tiefer in den Raum hinein. Der Hausherr gab kein Geräusch von sich, er hatte schon genug, als er gehört hatte, was vor sich ging. Grettir lag still und bewegte sich nicht.

Da sah Glám etwas auf der Bank liegen, ging darauf zu und zog kräftig an dem Fellmantel. Grettir presste seine Füße gegen den Rahmen und gab nicht nach. Glám zog ein zweites Mal mit noch mehr Kraft, doch das Fell gab nicht nach. Das dritte Mal zerrte er so heftig mit beiden Händen, dass er Grettir von der Bank hochzog und sie das Fell entzweirissen. Glám sah auf den Fetzen, den er hielt, und fragte sich, wer ihm so viel Kraft entgegensetzen konnte. In diesem Moment lief Grettir ihm unter die Arme, umfasste seine Körpermitte und drückte so fest es ging gegen sein Rückgrat und hoffte, Glám würde sich beugen lassen. Aber der Untote packte Grettirs Arme mit solcher Kraft, dass sie schwach wurden und er seinen Griff lösen musste. Grettir wich auf eine Querbank nach der anderen aus, da lösten sich die Bänke, und alles ging zu Bruch, was ihnen in den Weg kam. Glám wollte Grettir nach draußen bekommen, Grettir stemmte sich ihm verbissen entgegen, doch schließlich konnte Glám Grettir aus dem Wohnraum ziehen. Es folgte ein erbitterter Kampf, als der Untote versuchte, ihn ganz aus dem Haus zu zerren. Aber so schwer es auch war, drinnen mit Glám zu kämpfen, sah Grettir doch, dass es draußen noch schwieriger würde, und er widersetzte sich, so gut er konnte. Als sie den Eingang erreicht hatten, sammelte Glám alle seine Kräfte und riss Grettir an sich. Und als Grettir merkt, dass er sich nicht halten kann, wirft er sich dem Untoten auf einmal mit aller Wucht in die Arme und presst beide Füße gegen einen Stein, der am Eingang im Boden war. Damit hatte der Untote nicht gerechnet. Er hatte so heftig an Grettir gezogen, dass er nun nach hinten stolperte und mit den Schultern durch den Türrahmen krachte. Das Dach zerbarst, Holzbalken und die gefrorenen Grassoden, mit denen das Dach gedeckt war, kamen herunter, und Glám fiel mit dem Rücken zuerst aus dem Haus und Grettir auf ihn drauf. Der Mond schien hell, wurde jedoch manchmal von einzelnen Wolken verdeckt.

Gerade in dem Augenblick, als Glám fiel, verzog sich eine Wolke, die den Mond bedeckt hatte, und Glám starrte hinauf. Grettir sagte später selber, dass dies der einzige Anblick war, der ihn jemals erschreckt hatte. Plötzlich verließ ihn seine Kraft, und zwar nicht so sehr vor Erschöpfung, sondern vielmehr vor Entsetzen, denn er hatte gesehen, wie besessen Glám mit den Augen rollte. Grettir konnte sein Schwert nicht ziehen, er bewegte sich nicht mehr und war fast wie tot.

Und weil Glám über mehr böse Kräfte verfügte als die meisten anderen Untoten, sprach er nun: »Viel hast du auf dich genommen, um mich zu treffen, Grettir, und es wird dich nicht wundern, wenn ich dir kein Glück bringe. Ich sage dir, du hast gerade einmal die Hälfte der Reife und Stärke erlangt, die dir bestimmt war, hättest du mich nicht getroffen. Die Kraft, die du jetzt hast, kann ich dir nicht nehmen, aber ich werde dafür sorgen, dass du nie mehr stärker wirst als jetzt, was stark genug ist, wie noch viele zu spüren bekommen werden. Bis jetzt bist du berühmt für deine Taten, doch von nun an werden Ächtung, Mord und Totschlag dein Schicksal sein, denn ich habe dich verflucht. Die meisten Dinge, die du tust, werden dir Leid und Unglück bringen. Man wird dich ächten, so dass du unter freiem Himmel leben musst. Dabei wirst du immer meine Augen vor dir sehen und nicht allein sein können. Und das wird es sein, was dir den Tod bringt.«

Als der Untote das gesprochen hatte, kehrten Grettirs Kräfte zurück. Er zog sein Kurzschwert, schlug Glám den Kopf ab und drückte ihn auf dessen Hintern. Dann kam der Bauer heraus. Er hatte sich angezogen, während Glám diese Worte sprach, traute sich aber erst näher heran, als Glám tot war. Þórhall lobte Gott und dankte Grettir sehr dafür, dass er den bösen Geist bezwungen hatte. Dann machten sie sich daran, Glám zu verbrennen, füllten seine Überreste in einen Sack aus Leder und begruben ihn so weit entfernt wie möglich von allem Weideland und allen Wegen. Als sie nach Hause gingen, dämmerte es bereits. Grettir legte sich hin, denn er war sehr erschöpft.

Þórhall ließ die Nachbarn holen, um ihnen zu zeigen und zu erzählen, was passiert war. Jeder, der die Geschichte hörte, war sehr beeindruckt. Man sagte, dass es in ganz Island keinen Mann gebe, der es, was Stärke, Mut und Heldenhaftigkeit betraf, aufnehmen könnte mit Grettir Ásmundarson.

Þórhall beschenkte Grettir großzügig, gab ihm ein gutes Pferd und auch feine Kleider mit auf den Weg, denn alles, was er am Körper getragen hatte, war zerfetzt. Sie verabschiedeten sich als Freunde. Grettir ritt weiter nach Ás im Vatnsdal, wo Þorvald ihn herzlich empfing und ihn über alle Einzelheiten der Begegnung mit Glám ausfragte, und Grettir erzählte ihm von dem Kampf mit Glám und meinte, dass seine Stärke nie zuvor auf eine solche Probe gestellt worden sei, so lange hatten sie miteinander gerungen.

Þorvald sagte: »Wenn es dir nun gelingt, dich zu mäßigen, wird alles gut werden. Wenn nicht, wird es dich ins Unglück stürzen.«

Grettir sagte, er könne sich auch nicht besser beherrschen als zuvor. Im Gegenteil, es falle ihm immer schwerer, sich unter Kontrolle zu behalten, und Beleidigungen kränkten ihn nun noch mehr als zuvor. Er bemerkte, er habe nun eine solche Angst vor der Dunkelheit, dass er sich nach Einbruch der Nacht nicht mehr allein nach draußen traute; überall schienen ihm Geister und Wesen zu sein. Seitdem sagt man über jemanden, der die Dinge anders sieht als sie sind, dass ihm Glám die Augen gibt oder er den Glámsblick hat.

Grettir ritt heim nach Bjarg, nachdem er alles erledigt hatte, und blieb den Winter über dort.

36 In dem Herbst, als Grettir im Norden im Vatnsdal war, feierte Þorbjörn Ochsenkraft ein großes Fest mit vielen Gästen.

Þorbjörn der Reisende war auch dabei. Es wurde über vieles geredet. Die Leute aus dem Hrútafjord erkundigten sich nach dem Zusammenstoß von Grettir und den anderen auf dem Hrútafjarðarháls im letzten Sommer. Þorbjörn Ochsenkraft redete gut von Grettir und meinte, es wäre für Kormák um einiges schlimmer ausgegangen, wenn niemand sie getrennt hätte.

Da sagte Þorbjörn der Reisende: »Es war so: Grettir hat nicht gerade Heldentaten vollbracht, und ihm ist ziemlich das Herz in die Hose gerutscht, als wir kamen, und er war sofort bereit, den Kampf abzubrechen. Und den Knecht seines Bruders Atli, der getötet wurde, hat er bis heute nicht gerächt. Grettir hat nur Mut, wenn er genügend Männer hat.«

Darüber machte Þorbjörn einige Witze. Viele sagten, dass Grettir das nicht auf sich sitzen lassen würde, wenn er davon hören sollte. Weiter passierte nichts Erzählenswertes auf dem Fest, und alle ritten heim. Im folgenden Winter gab es eine Menge Reibereien zwischen beiden Seiten, doch niemand griff den anderen an. Weiter passierte in diesem Winter nichts.

37 Kurz nach Frühlingsanfang, noch vor dem Bezirksthing, kam ein Schiff aus Norwegen. Die Menschen an Bord hatten viele Neuigkeiten, und die wichtigste war, dass die norwegische Krone sich in neuen Händen befand. Es regierte nun König Ólaf Haraldsson, und Jarl Sveinn war nach der Schlacht von Nesjar in diesem Frühjahr aus dem Land geflohen. Man erzählte sich viele bemerkenswerte Dinge über König Ólaf, zum Beispiel, dass er Männer, die etwas geleistet hatten, äußerst wohlwollend empfing und sie in seinen Dienst stellte. Dies begeisterte viele junge Männer und weckte in ihnen den Wunsch, ins Ausland zu gehen.

Und als Grettir das hörte, bekam auch er Lust, fortzusegeln, denn er hoffte, dort Ehren vom König zu empfangen wie die anderen auch. Bei Gásir im Eyjafjord überwinterte ein Schiff, Grettir handelte aus, dass sie ihn mitnahmen, und bereitete seine Abreise vor. Er hatte nicht viel mitzunehmen.

Ásmund war inzwischen sehr gebrechlich geworden und verließ kaum noch sein Bett. Ásdís und er hatten einen besonders vielversprechenden jungen Sohn namens Illugi. Atli übernahm nun Landwirtschaft und Viehzucht, was als große Verbesserung galt, da er sowohl umsichtig war als auch klug.

Grettir ging zu dem Schiff. Þorbjörn der Reisende hatte sich einen Platz auf demselben Schiff besorgt, bevor man wusste, dass auch Grettir an Bord sein würde. Viele versuchten, Þorbjörn davon abzubringen, zusammen mit Grettir zu fahren, aber Þorbjörn sagte, er würde es trotzdem tun. Er traf seine Reisevorbereitungen und verspätete sich ziemlich. Er kam erst nach Gásir, als das Schiff schon bereit zum Auslaufen war.

Bevor Þorbjörn sich auf den Weg gemacht hatte, war Ásmund Graukopf krank geworden und stand nun gar nicht mehr auf. Þorbjörn der Reisende erreichte das Schiff am späten Nachmittag, da hatten die Männer bereits gegessen und wuschen bei einer der Hütten ihre Hände. Als Þorbjörn zu den Hütten ritt, begrüßten sie ihn und erkundigten sich nach Neuigkeiten.

Er sagte, es gebe weiter nichts Neues, »abgesehen davon, dass der alte Krieger Ásmund Graukopf inzwischen gestorben sein müsste.«

Viele bekräftigten, dass da ein angesehener Mann die Welt verlassen würde. »Wie ist es denn dazu gekommen?«, fragten sie.

»Dieser Krieger fand ein klägliches Ende«, antwortete er. »Er erstickte im Rauch seines eigenen Herdfeuers wie ein Hund, doch ein großer Verlust war es nicht, er war so alt, dass er schon wieder kindisch wurde.«

»Du redest seltsam über diesen großen Mann. Wenn Grettir das hört, wird ihm das bestimmt nicht gefallen.«

»Damit kann ich leben«, sagte Þorbjörn. »Bevor ich vor Grettir Angst bekomme, muss er sein Schwert schon höher halten als letzten Sommer am Hrútafjarðarháls.«

Grettir hörte genau, was er sagte, unterbrach Þorbjörn aber

nicht. Als er fertig war, meinte Grettir: »Ich sage dir jetzt schon, dass du nicht am Rauch deines Herdfeuers ersticken wirst, Reisender. Und auch an Altersschwäche wirst du nicht sterben. Wie seltsam, so höhnisch über unbescholtene Männer zu reden.«

»Ich habe nichts zurückzunehmen«, antwortete Þorbjörn. »Mir scheint, du hast den Mund nicht so voll genommen, als wir dich vor den Leuten aus Melar retten mussten, die dich geprügelt haben wie einen Ochsenkopf.«

Da sprach Grettir diese Strophe:

Dem Krieger wird die Zunge zu lang
vor lauter Worten,
und es kommt immer wieder vor,
dass jemanden hart die Rache trifft.
Viele Feinde der Burg der Wundenschlange
gaben mir weniger Grund
dazu als du, Reisender,
und ließen doch ihr Leben.

Wundenschlange = Schwert; Burg des Schwertes = Schild; Feinde des Schildes = Krieger

Þorbjörn sagte: »Du kannst faseln, was du willst, ich fühle mich dem Tod nicht näher als zuvor.«

Grettir antwortete: »Meine Weissagungen sind noch nie besonders alt geworden, und mit dieser wird es nicht anders sein. Verteidige dich, wenn du willst, eine günstigere Gelegenheit bekommst du nicht.«

Da schlug Grettir nach Þorbjörn, der seine Hand ausstreckte, um ihn abzuwehren. Doch der Hieb traf ihn am Handgelenk, und die Klinge ging glatt weiter durch den Hals, und sein Kopf flog ab. Die norwegischen Händler waren beeindruckt von diesem Schlag. So seien die wahren Männer des Königs, sagten sie und fügten hinzu, dass es kein Verlust sei, wenn ein derart streitsüchtiger und boshafter Mann wie Þorbjörn tot war.

Wenig später stachen sie in See und landeten gegen Ende des Sommers etwas südlich von Hordaland in Norwegen an. Dann hörten sie, dass König Ólaf sich im Norden in Trondheim aufhielt. Grettir verschaffte sich bei einigen Kaufleuten eine Überfahrt nach Norden, denn er wollte zum König.

38 Auf Garð im Aðaldal wohnte ein Mann namens Þórir. Er war der Sohn von Skeggi Böðólfsson. Skeggi hatte das Land in der Gegend von Kelda bis hoch nach Keldunes in Besitz genommen. Seine Frau war Helga, eine Tochter von Þorgeir aus Fiskilæk. Sein Sohn Þórir war ein mächtiger Mann und trieb Handel zur See. Er hatte zwei Söhne, Þorgeir und Skeggi. Sie waren beide begabte Männer und zu dieser Zeit bereits erwachsen.

In dem Sommer, als König Ólaf aus England zurückkam, war Þórir in Norwegen gewesen und wurde ein enger Freund des Königs und auch von Bischof Sigurð, was daran ersichtlich ist, dass Þórir sich im Wald ein großes Frachtschiff bauen ließ und Bischof Sigurð bat, es zu weihen, was dieser auch tat. Wenig später segelte Þórir nach Island und ließ das Schiff auseinanderhauen, denn er hatte das Reisen satt. Die Vorder- und Hintersteven setzte er über die Tür seines Hofes, wo sie eine lange Zeit blieben und so gut auf das Wetter ansprachen, dass es in dem einen bei Südwind pfiff und im anderen bei Nordwind.

Als Þórir erfuhr, dass König Ólaf Alleinherrscher über ganz Norwegen war, hatte er das Gefühl, dass ihm seine alte Freundschaft etwas nützen könnte. Also schickte Þórir seine Söhne nach Norwegen und wollte, dass sie in die Dienste des Königs traten. Sie kamen spät im Herbst in Südnorwegen an und besorgten sich ein Boot und ruderten an der Künste entlang Richtung Norden, um den König zu treffen. Sie erreichten einen Hafen etwas südlich von Stad, blieben dort einige Tage und versorgten sich gut mit Essen und Trinken und gingen kaum vor die Tür, denn das Wetter war nicht gut.

Von Grettir ist zu erzählen, dass er an der Küste von Norwegen entlang nach Norden segelte und dabei oft raues Wetter bekam, denn der Winter hatte begonnen. Und als sie Kurs auf Stad nahmen, gerieten sie in einen heftigen Sturm mit Schneeregen und Frost und schafften es eines Abends mit knapper Not an einen grasbewachsenen Uferstreifen, legten an und brachten ihre Waren und Vorräte in Sicherheit. Die Kaufleute waren alle übel mitgenommen und in schlechter Verfassung, denn sie konnten kein Feuer machen, und nun schien es ihnen, als ob ihre Gesundheit und ihr Leben davon abhing. Sie legten sich nieder und gaben ein jämmerliches Bild ab.

Im Laufe des Abends sahen sie ein großes Feuer, das auf der anderen Seite der Meerenge loderte, in die sie hineingefahren waren. Als Grettirs Begleiter das Feuer sahen, sagten sie, wie glücklich doch derjenige wäre, der es holen könnte, überlegten, das Schiff wieder loszumachen, doch dann erschien es ihnen zu gefährlich. Als Nächstes überlegten sie, ob jemand das Feuer holen könnte. Grettir sagte nicht viel dazu, nur, dass es früher Männer gegeben habe, die da nicht gezögert hätten.

Die Kaufleute sagten, dass ihnen das, was einmal gewesen war, heutzutage nicht viel helfe, »oder würdest du dich trauen, Grettir? Du hast schließlich von allen Isländern die meisten Heldentaten vollbracht und weißt nun wirklich, wie dringend es ist.«

Grettir antwortete: »Es scheint mir keine große Leistung, das Feuer zu holen, aber ich weiß nicht, ob ihr es besser belohnen werdet, als der es erwartet, der sich auf die Suche macht.«

»Meinst du etwa, wir sind so ehrlos, dass wir dich nicht gut belohnen würden?«

»Wenn ihr meint, dass ihr es so nötig braucht, will ich es versuchen. Doch ich ahne jetzt schon, dass mir das nur Übel bringen wird.«

Sie versprachen, dass es dazu nicht kommen würde, und sagten, er rede wie ein wahrhaft anständiger Mann.

Also machte Grettir sich bereit loszuschwimmen. Er legte alle Kleider ab und zog nur eine Kutte und eine Hose aus grobem Wollstoff über. Er raffte die Kutte und band sich eine Bastschnur um und nahm ein Gefäß mit. Dann sprang er von Bord. Er schwamm quer über die Meerenge und ging drüben an Land. Da sah er ein Haus, aus dem lautes Stimmengewirr und Gelächter drang. Grettir ging hin.

Bei denen, die dort drinnen waren, handelte es sich um die bereits erwähnten Söhne von Þórir. Sie waren bereits einige Tage hier und warteten darauf, dass das Wetter sich beruhigte, damit sie weiter nach Norden segeln konnten. Sie hatten sich zum Trinken hingesetzt und waren insgesamt zwölf. Ihr Boot lag im inneren Hafen, wo für die Leute, die an der Küste entlangreisten, eine Schutzhütte stand. Man hatte jede Menge Stroh hineingetragen, und auf dem Boden brannte ein großes Feuer.

Da betritt Grettir das Haus, ohne zu wissen, wer dort drinnen war. Auf dem Weg war seine Kutte so steif gefroren, dass er furchterregend groß wirkte wie ein Troll. Die Menschen drinnen erschraken sehr, hielten ihn für ein böses Wesen und schlugen nach ihm mit allem, was sie in die Hände bekamen. Es kam zu einem großen Handgemenge. Grettir wehrte sie mit den Armen ab, manche schlugen mit brennenden Holzscheiten nach ihm, und schließlich stand das ganze Haus in Flammen. Grettir schaffte es mit dem Feuer nach draußen und machte sich auf den Rückweg zu seinen Gefährten. Sie lobten ihn sehr für seine mutige Tat und sagten, es gebe niemanden, der ihm gleiche.

So verging die Nacht, und die Leute von Grettirs Schiff fühlten sich in Sicherheit, nun, wo sie das Feuer hatten. Am nächsten Morgen war das Wetter gut. Die Kaufleute wachten früh auf, machten sich bereit zur Weiterreise und sagten, sie wollten die Leute treffen, die das Feuer gemacht hatten, um zu erfahren, wer sie waren. Sie machten das Schiff klar und fuhren über die Meerenge, doch anstatt die Hütte zu finden, entdeckten sie einen großen Haufen Asche mit menschlichen Knochen darin und vermuteten, die Schutzhütte sei verbrannt mit allen, die darin waren. Sie fragten Grettir, ob er dieses Unheil angerichtet hatte, und sprachen von einem schlimmen Verbrechen. Grettir sagte, nun trete ein, was er vorausgesagt hatte, dass sie es ihm schlecht lohnen würden, wenn er das Feuer holte, und fügte hinzu, es sei immer schlecht, Schwächlingen zu helfen. Grettir schadete es sehr, dass die Kaufleute nun überall, wo sie hinkamen, erzählten, Grettir habe die Leute in der Hütte verbrannt.

Bald spricht sich herum, dass es die bereits erwähnten Söhne von Þórir aus Garð samt ihren Begleitern waren, die in der Hütte verbrannten. Nun wollten sie Grettir nicht mehr dabeihaben und jagten ihn von ihrem Schiff. Er war so verachtet, dass fast niemand etwas mit ihm zu tun haben wollte. Doch obwohl ihm die Aussichten nicht besonders gut erschienen, wollte er zum König, koste es, was es wolle, und er zog weiter nach Trondheim. Dort hielt der König sich auf und hatte bereits viel Schlechtes über Grettir gehört, bevor dieser ankam. Grettir musste einige Tage in der Stadt bleiben, ehe er den König treffen durfte.

39

Eines Tages, während der König Rat hielt, trat Grettir vor und begrüßte ihn höflich.

Der König sah ihn an und sprach: »Bist du nicht Grettir der Starke?«

Er antwortete: »So hat man mich manchmal genannt. Ich bin gekommen, weil ich hoffe, dass Ihr etwas gegen die Verleumdungen tun könnt, die man über mich verbreitet, denn ich sage Euch, ich habe mit der Sache nichts zu tun.«

König Ólaf sprach: »Du bist sicher ein großer Mann, aber ich weiß nicht, ob du genug Glück hast, um dich von diesen Anschuldigungen zu befreien. Und doch scheint es mir wahrscheinlicher, dass du diese Leute nicht absichtlich verbrannt hast.«

Grettir sagte, er würde diese Vorwürfe gerne aus der Welt schaffen, wenn der König eine Möglichkeit sähe, und der König sagte ihm, er solle erzählen, was in der Nacht in Wahrheit passiert war.

Da erzählte Grettir alles, was hier bereits beschrieben wurde, und betonte, dass alle noch am Leben waren, als er mit dem Feuer hinauslief, »und um das zu beweisen, will ich jeden Unschuldsbeweis auf mich nehmen, den die Gesetze Eurer Ansicht nach fordern.«

Da antwortete König Ólaf: »Wir werden dir erlauben, ein heißes Eisen zu tragen, um dich von diesen Anschuldigungen zu befreien, so es dir beschieden ist.«

Grettir war damit einverstanden. Er begann zu fasten, um sich auf das Eisentragen vorzubereiten, und so verging die Zeit, bis der Tag kam, an dem der Unschuldsbeweis geführt werden sollte. Der König ging zusammen mit dem Bischof in die Kirche, die voller Menschen war, denn alle waren neugierig auf Grettir, von dem sie schon viel gehört hatten. Dann wurde Grettir zur Kirche geführt. Und als er hereinkam, sahen ihn viele an und sagten, er sei der größte und stärkste Mann, den sie jemals gesehen hätten.

Als Grettir den Gang entlangging, rannte ein fast erwachsener, ziemlich hässlicher Junge auf ihn zu und rief: »Was ist das für eine komische Sitte in einem Land, in dem die Leute sich jetzt Christen nennen, solche Räuber und Diebe und böses Gesindel frei herumlaufen zu lassen und ihnen sogar noch zu erlauben, ihre Unschuld zu beweisen. Würde nicht jeder Übeltäter versuchen, sein Leben zu retten, solange er nur kann? Hier steht ein Verbrecher, der unschuldige Menschen bei lebendigem Leib in ihrem Haus verbrannt hat, und obwohl das erwiesen ist, darf er einen Unschuldsbeweis ablegen. Das ist doch unerhört.«

Er ging zu Grettir und zeigte mit dem Finger auf ihn, schnitt Grimassen und nannte ihn Sohn eines Meerweibs und beleidigte ihn sehr. Grettir ärgerte das derart, dass er die Fassung verlor. Er hob die Faust und schlug dem Jungen auf das Ohr, der sofort bewusstlos war; manche behaupten gar, er sei auf der Stelle tot gewesen. Woher der Junge kam, wusste hingegen niemand zu sagen, und auch nicht, was aus ihm wurde. Die meisten glauben, er war ein unreiner Geist, der geschickt wurde, um Grettir Unglück zu bringen.

Nun gab es einen großen Tumult, und dem König wurde gesagt, dass der Mann, der das Eisen tragen sollte, um sich schlug. König Ólaf trat hervor und sah, was vor sich ging, und sprach:

»Du bist ein großer Unglücksmensch, Grettir. Die Prüfung, für die alles bereit war, wird nicht stattfinden, gegen dein Unglück kann niemand etwas tun.«

»Ich hatte mir eine größere Ehre von Euch erhofft, als jetzt zu erwarten ist, schon um meiner Familie willen«, antwortete Grettir und legte dar, wie er mit Ólaf verwandt war, was hier bereits erwähnt wurde. »Ich würde gerne in Eure Dienste treten. Viele Eurer Leute gelten nicht gerade als bessere Kämpfer als ich.«

»Das weiß ich wohl«, sagte der König, »es gibt nur wenige Männer, die stärker oder tapferer sind als du, aber du bist ein viel zu großer Unglücksmensch und kannst daher nicht bei uns bleiben. Was mich betrifft, sollst du in Frieden ziehen. Den Winter über darfst du bleiben, wo du möchtest, aber im nächsten Sommer sollst du zurück nach Island gehen, denn es ist dir bestimmt, dass dort deine Gebeine liegen sollen.«

Grettir antwortete: »Wenn ich darf, möchte ich mich erst von der Schuld in dieser Brandsache befreien, denn ich habe das nicht absichtlich getan.«

»Das mag ja sein«, sagte der König, »aber du hast diese Gelegenheit durch deine eigene Unbesonnenheit verwirkt und wirst dich nun nie besser von diesen Vorwürfen befreien, als es dir bisher gelungen ist. Unbesonnenheit bringt nichts als Unheil. Wenn jemals auf einem Mann ein Fluch gelastet hat, dann auf dir.«

Hiernach blieb Grettir eine Weile in der Stadt, ohne bei König Ólaf mehr zu erreichen, als schon gesagt wurde. Dann ging er nach Süden und wollte von dort weiter nach Osten ziehen, um seinen Bruder Þorsteinn Drómund in Tönsberg zu treffen. Von seiner Reise ist nichts bekannt, bis er im Osten in Jæren ankam.

40

An Weihnachten kam Grettir zu einem Bauern namens Einar. Er war reich und hatte eine Frau und eine noch nicht vergebene Tochter namens Gýríð, die war hübsch und galt als sehr gute Partie. Einar lud Grettir ein, über Weihnachten bei ihm zu bleiben, und Grettir nahm an.

In vielen Teilen von Norwegen kamen zu dieser Zeit Verbrecher und Gesetzlose aus den Wäldern und forderten Männer zum Zweikampf um ihre Frauen oder raubten die Leute aus, wenn sich kein Widerstand bot.

Während der Weihnachtstage passierte es nun, dass eine große

Gruppe von Räubern zu Einar kam. Ihr Anführer war ein riesenhafter Berserker namens Snækoll. Er forderte Einar heraus, ihm seine Tochter zu geben oder sie zu verteidigen, wenn er Manns genug wäre. Doch der Bauer war nicht besonders kampfeslustig und auch nicht mehr jung.

Dies machte dem Bauern ziemlich große Sorgen, und er fragte Grettir leise, was er tun sollte: »Denn du bist doch ein berühmter Mann.«

Grettir sagte, er solle sich auf nichts einlassen, was ihm Schande bringen würde. Der Berserker saß auf seinem Pferd, trug einen Helm auf dem Kopf und hatte den Wangenschutz nicht zugebunden. Er trug einen eisenbeschlagenen Schild und gab sich sehr kriegerisch.

»Los, entscheide dich«, sagte er zu dem Bauern. »Oder was hat der große Trampel da neben dir gesagt? Will der etwa Spielchen mit mir treiben?«

»Mir geht es wie dem Bauern, wir sind beide nicht so für das Kämpfen«, sagte Grettir, und Snækoll antwortete: »Ihr würdet es auch ganz schön mit der Angst zu tun bekommen, wenn ich zum Berserker werde.«

»Das weiß man erst, wenn man es versucht hat«, sagte Grettir.

Nun dachte der Berserker, sie wollten sich aus der Sache herausreden. Daraufhin heulte er laut und riss den Mund weit auf und biss in den Rand seines Schildes hinein wie ein Wahnsinniger. Grettir rennt zu ihm hin, bis er neben das Pferd des Berserkers kommt, dann tritt er so hart gegen die Unterseite des Schildes, dass er ihm in den Rachen fährt und ihm den Mund so weit aufreißt, dass der Kiefer auf seine Brust hinabfiel. Im selben Moment packte er mit dem linken Arm den Helm des Berserkers, riss ihn vom Pferd und zog gleichzeitig mit der rechten Hand sein Schwert, das er am Gürtel trug, hieb ihm in den Hals und trennte den Kopf ab. Als Snækolls Begleiter das sahen, flohen sie in alle Richtungen. Grettir hatte keine Lust, sie zu verfolgen, da sie ihm nicht gerade tapfer erschienen. Der Bauer und viele anderen dankten ihm sehr für seine Tat, die sie für besonders kühn und großartig hielten.

Grettir blieb bis zum Ende des Weihnachtsfestes und wurde gut versorgt. Dann verabschiedete der Bauer ihn mit großzügigen Geschenken, und Grettir zog nach Osten nach Tönsberg und traf seinen Bruder Þorsteinn, der ihn wärmstens empfing und sich nach der Reise und seinem Sieg über den Berserker erkundigte.

Grettir sprach diese Strophe:

Der Streitbuckel des Schlachtlärmpflegers
bekam vom Dorn des Knöchels
einen Tritt und traf
Snækolls Tor der Speise,
die eiserne Wand der fliegenden Pfeile
schlug den Platz der Zähne entzwei
und zerriss den Kiefer
bis auf die Brust hinab.

Streitbuckel = Schild; Schlachtlärmpfleger = Krieger; Dorn des Knöchels = Fuß; Tor der Speise = Mund; Wand der Pfeile = Schild; Platz der Zähne = Mund

Þorsteinn sagte: »Es ist schade, dass deinen Ruhmestaten immer auch das Unglück folgt.«

Grettir antwortete: »Immerhin erzählt man sich von den Taten.«

41

Grettir blieb den Rest des Winters und bis in den Frühling hinein bei Þorsteinn. Eines Morgens, als die beiden Brüder auf dem Dachboden lagen, wo sie schliefen, wachte Þorsteinn auf und sah, dass Grettir seine Arme über der Decke ausgestreckt hatte. Wenig später wurde auch Grettir wach.

Þorsteinn sagte zu seinem Bruder: »Wenn ich deine Arme sehe, wundert es mich nicht, wie schwer deine Hiebe sind, denn ich habe noch nie einen Mann mit solchen Armen gesehen.«

»Du kannst davon ausgehen, dass ich nie tun könnte, was ich tue, wenn ich nicht so stark wäre«, sagte Grettir.

»Ich hätte dir weniger Kraft und mehr Glück gewünscht.«

»Es ist richtig, was die Leute sagen: Niemand hat sich selbst gemacht. Lass mich deine Arme sehen.«

Þorsteinn zeigte sie ihm. Er war außergewöhnlich groß und schlaksig.

Grettir lächelte und sagte: »Ich habe genug gesehen. Deine Rippen sehen aus wie Haken, und ich glaube nicht, dass ich jemals solche Zangen gesehen habe, wie du sie mit dir herumträgst. Ich kann mir nicht vorstellen, dass du auch nur die Kraft einer Frau besitzt.«

»Mag sein«, sagte Þorsteinn, »doch ich sage dir, wenn diese dünnen Arme deinen Tod nicht rächen, wird es niemand tun.«

»Wer weiß schon, wie alles enden wird«, sagte Grettir, »und doch erscheint mir das ziemlich unwahrscheinlich.«

Weiteres ist von ihrem Gespräch nicht überliefert. Das Frühjahr ging vorbei, und im Sommer bekam Grettir eine Überfahrt auf einem Schiff und kehrte nach Island zurück. Die Brüder trennten sich als Freunde und sahen sich nie wieder.

42

Nun geht es dort weiter, wo vorhin aufgehört wurde, beim Tod von Þorbjörn dem Reisenden. Als Þorbjörn Ochsenkraft davon erfuhr, wurde er sehr wütend und sagte, dass nun viele Männer miteinander eine Rechnung offen hätten.

In diesem Sommer lag Ásmund Graukopf schon eine Weile in seinem Krankenbett, und als er spürte, wie seine Kraft ihn verließ, rief er seine Verwandten zusammen und sagte, Atli solle nach seinem Tod seinen Besitz übernehmen.

»Doch ich fürchte, dass die Unruhestifter dich kaum in Frieden lassen werden«, sagte Ásmund. »Ich will, dass alle meine Verwandten Atli unterstützen, so gut sie können. Was Grettir betrifft, kann ich nichts verfügen, zu sehr scheint mir all sein Geschick auf einem sich drehenden Rad zu sein. So stark er auch sein mag, fürchte ich, dass er mehr Schwierigkeiten anziehen wird, als er seiner Familie an Hilfe geben kann. Auch wenn Illugi noch jung ist, wird er zu einem mutigen Mann heranwachsen, wenn er auf sich aufpasst.«

Nachdem Ásmund den Söhnen seinen Letzten Willen mitgeteilt hatte, verschlechterte sich sein Zustand. Wenig später starb er und wurde auf Bjarg begraben, denn dort hatte er beizeiten eine Kirche bauen lassen. Im ganzen Bezirk wurde er sehr betrauert.

Atli wurde nun ein angesehener Bauer und führte einen Haushalt mit vielen Leuten. Er war ein rechtschaffener Mann. Gegen Ende des Sommers ritt er nach Snæfellsnes, um Stockfisch zu holen. Er nahm viele Pferde mit sich und ritt von Bjarg nach Melar im Hrútafjord zu seinem Schwager Gamli. Gamlis Bruder Grím Þórhallsson und ein anderer Mann begleiteten ihn. Sie ritten über den Haukadalsskarð in Richtung Westen und von dort weiter hinaus auf die Halbinsel, kauften dort viel Stockfisch, den sie auf sieben Pferde luden, und als sie fertig waren, machten sie sich auf den Heimweg.

43

Þorbjörn Ochsenkraft erfuhr, dass Atli und Grím nicht zu Hause waren. Da waren gerade Gunnar und Þorgeir bei ihm, die Söhne von Þórir auf Skarð. Þorbjörn war neidisch darauf, wie beliebt Atli war, und stiftete die Brüder dazu an, ihm auf dem Rückweg von Snæfellsnes aufzulauern. Also ritten die Brüder nach Skarð zurück und warteten dort darauf, dass Atli mit seinen Pferden vorbeikam. Kurz nachdem sie Skarð erreicht hatten, erblickten sie Atli. Sie handelten sofort und verfolgten ihn zusammen mit ihren Knechten.

Als Atli sie kommen sah, befahl er den anderen, die Ladung von den Pferden zu nehmen: »Die kommen wohl, um mich für meinen Knecht zu entschädigen, den Gunnar letzten Sommer erschlagen hat. Wir werden nicht anfangen, aber wenn sie uns angreifen, verteidigen wir uns.«

Nun kommen die anderen und springen sofort von ihren Pferden ab. Atli begrüßt sie und fragt, was es Neues gebe, »oder willst du mir endlich die Geldbuße für meinen Knecht bezahlen, Gunnar?«

Gunnar antwortete: »Ihr Leute aus Bjarg habt alles andere verdient, aber keine Entschädigung. Viel eher sollten wir etwas von euch bekommen, schließlich hat dein Bruder Grettir unseren Þorbjörn erschlagen.«

»Damit habe ich nichts zu tun«, sagte Atli, »außerdem bist du in dieser Sache nicht klageberechtigt.«

Gunnar sagte, er wolle sie trotzdem verfolgen:

»Kommt, wir greifen sie an und nutzen die Gelegenheit, dass Grettir nicht dabei ist.«

Sie gingen auf Atli los und waren insgesamt acht, während Atli fünf Männer bei sich hatte. Atli stellte sich vor seine Leute und zog sein Schwert Jökulsnaut, das Grettir ihm geschenkt hatte.

Da sagte Þorgeir: »Wie sich doch die Männer ähneln, die sich für tapfer halten. Auch Grettir hat sein Schwert im letzten Sommer am Hrútafjarðarháls hochgehalten.«

»Der hat mit Heldentaten auch mehr Erfahrung als ich«, sagte Atli.

Dann kämpften sie. Gunnar ging wie ein Wahnsinniger auf Atli los.

Als sie eine Weile gekämpft hatten, sagte Atli: »Uns gegenseitig die Knechte zu töten, wird uns keinen Ruhm bringen, es wäre viel besser, wenn wir es unter uns ausmachten, denn ich habe noch nie im Kampf jemanden getötet.«

Das wollte Gunnar nicht.

Atli befahl seinen Knechten, auf die Lastpferde aufzupassen: »Ich werde schon sehen, was sie tun.«

Dann ging er so hart gegen Gunnar vor, dass er mit seinen Männern zurückwich. Atli erschlug zwei seiner Knechte. Danach wandte er sich Gunnar zu und versetzte ihm einen Hieb, der Gunnars Schild unter dem Griff spaltete und ihm unterhalb des Knies ins Bein fuhr. Sofort schlug er ein zweites Mal zu und verpasste ihm eine tödliche Wunde.

Währenddessen ging Grím Þórhallsson auf Þorgeir los, und sie kämpften lange, denn sie waren beide kräftige Männer. Als Þorgeir sah, wie sein Bruder Gunnar fiel, wollte er fliehen. Grím lief hinterher und verfolgte ihn, bis Þorgeir stolperte und vornüberstürzte. Da hieb Grím ihm die Axt derart zwischen die Schultern, dass sie ganz versank. Die vier verbliebenen Knechte der beiden Brüder verschonten sie. Dann verbanden sie ihre Wunden, luden den Stockfisch wieder auf die Pferde, ritten nach Hause und bekannten sich zu den Totschlägen.

Atli hielt den ganzen Herbst über sehr viele Männer bei sich. Þorbjörn Ochsenkraft tobte vor Zorn, konnte aber nichts machen, weil Atli so beliebt war. Grím blieb den Winter über bei ihm, ebenso sein Schwager Gamli und auch Glúm Óspaksson, ein anderer Schwager von ihm aus Eyri in Bitra. Sie waren eine Menge Leute auf Bjarg in diesem Winter und feierten viel.

44

Þorbjörn Ochsenkraft übernahm es, die Tötung der beiden Brüder vor das Thing zu bringen. Er bereitete den Prozess gegen Grím und Atli vor, die sich damit verteidigten, dass die Brüder sie überfallen und daher das Recht auf eine Geldbuße im Falle ihres Todes verwirkt hatten. Der Fall wurde vor das Bezirksthing am Húnavatn gebracht, und beide Seiten erschienen mit vielen Männern. Atli hatte viele Unterstützer, darunter zahlreiche Verwandte. Freunde beider Parteien versuchten zu vermitteln und einen Vergleich auszuhandeln, und alle waren sich einig, dass Atli ein ehrenwerter Mann sei, der zwar friedlich war, sich aber durchaus zu wehren wüsste. Þorbjörn wurde klar, dass er nicht anders sein Gesicht wahren konnte als durch die Annahme eines Vergleichs. Atli stellte die Bedingung, dass es weder zu einer Vertreibung aus dem Bezirk noch zu einer Verbannung ins Ausland käme.

Beide Seiten benannten einen Mann für das Schiedsgericht, Þorvald Ásgeirsson für Atli und Sölvi Prúði für Þorbjörn. Sölvi war ein Sohn von Ásbrand Þorbrandsson, sein Großvater Harald Hring hatte die Halbinsel Vatnsnes im Westen ganz bis hinauf zum Fluss Ambáttará und im Osten bis zur Þverá in Besitz genommen und hinüber bis Bjargaós mit all dem Land auf dieser Seite der Björg ganz bis zum Meer. Sölvi war ein hochnäsiger, aber nicht unkluger Mann, daher wählte Þorbjörn ihn als seinen Unterhändler aus.

Bald verkündeten sie den Schiedsspruch. Er sah vor, dass für Þórirs Söhne die halbe Geldbuße fällig wurde, die andere Hälfte entfiel, da die beiden Brüder Atli aufgelauert, überfallen und nach dem Leben getrachtet hatten. Atlis Knecht, der am Hrútafjarðarháls erschlagen wurde, und die beiden Knechte, die Atli selber erschlagen hatte, wurden miteinander verrechnet. Grím Þórhallsson wurde dazu verurteilt, den Bezirk zu verlassen, und Atli wollte die Geldbußen allein bezahlen.

Atli gefiel dieser Schiedsspruch, Þorbjörn hingegen nicht, und obwohl sie nun vor Gericht verglichen waren, hörte man, wie Þorbjörn sagte, dass von seiner Seite in dieser Sache noch nicht das letzte Wort gesprochen war. Atli ritt vom Thing nach Hause und dankte Þorvald sehr für seine Hilfe. Grím Þórhallsson zog nach Süden in den Borgarfjord, ließ sich auf Gilsbakki nieder und wurde ein angesehener Bauer.

45

Auf dem Hof von Þorbjörn Ochsenkraft arbeitete ein Knecht namens Áli. Er war ziemlich ungehorsam und faul. Þorbjörn drohte ihm Schläge an, wenn er nicht besser arbeitete. Áli antwortete, er habe keine Lust, und wurde frech. Þorbjörn warnte ihn, so etwas noch einmal zu wagen, doch Áli mäßigte sich nicht, bis Þorbjörn es nicht mehr aushielt und ihn zu Boden stieß und ihm eine Abreibung verpasste.

Hiernach verließ Áli den Hof und zog nach Norden über den Bergrücken in den Miðfjord und geradewegs nach Bjarg. Atli war zu Hause und fragte, wohin er wolle. Der Knecht sagte, er sei auf der Suche nach Arbeit.

»Du bist doch Knecht bei Þorbjörn, oder?«, fragte Atli.

»Wir sind nicht miteinander ausgekommen«, sagte Áli. »Ich bin nicht lange geblieben, und während ich da war, fand ich es schlecht. Und als ich gehen wollte, schien er auf einmal etwas gegen mich zu haben. Was auch passiert, der sieht mich nicht wieder. Jeder weiß, dass ihr beiden eure Arbeiter sehr unterschiedlich behandelt. Wenn es geht, würde ich nun gerne bei dir arbeiten.«

Atli antwortete: »Ich habe genug Arbeiter, auch ohne dass ich Þorbjörn die wegnehme, die er angeheuert hat. Und außerdem scheinst du mir ein Schwächling zu sein. Geh zurück zu ihm.«

Áli sagte: »Dazu muss man mich schon zwingen.«

Dann blieb Áli eine Weile. Eines Morgens ging er mit Atlis Knechten los und arbeitete so hart, dass seine Hände überall waren. Dies tat Áli den ganzen Sommer über. Atli beachtete ihn nicht, verpflegte ihn aber, da ihm sein Fleiß gefiel.

Als Þorbjörn erfuhr, dass Áli nun auf Bjarg war, ritt er mit zwei Männern hin und verlangte, mit Atli zu reden. Atli kam und begrüßte sie.

Þorbjörn sagte: »Willst du schon wieder Streit mit mir? Oder warum bist du so unverschämt und nimmst mir einfach meinen Knecht weg?«

Atli antwortete: »Ich wüsste nicht, dass er dein Knecht ist. Wenn du beweisen kannst, dass er zu deinen Leuten gehört, werde ich ihn hier nicht halten, aus dem Haus zerren will ich ihn aber auch nicht.«

»Für dieses Mal belasse ich es dabei«, sagte Þorbjörn, »aber ich fordere den Mann zurück und verbiete ihm, für dich zu arbeiten. Ich komme wieder und bin mir nicht sicher, dass wir uns dann als bessere Freunde trennen als jetzt.«

»Ich nehme es so, wie es kommt. Wo du mich findest, weißt du ja.«

Dann ritt Þorbjörn zurück. Als aber die Knechte am Abend heimkamen, erzählte Atli von seinem Gespräch mit Þorbjörn und befahl Áli fortzugehen und sagte, er wolle ihn nicht weiter auf dem Hof haben.

Áli antwortete: »Das alte Sprichwort ist also wahr, am bittersten enttäuschen uns die, die wir zu sehr gelobt haben. Nie hätte ich gedacht, dass du mich wegschickst, nachdem ich einen ganzen Sommer bis zum Umfallen für dich gearbeitet habe in der Hoffnung, dass du mich dann nicht im Stich lässt. Doch so bist du eben, auch wenn du immer freundlich tust. Nun soll ich vor deinen Augen geschlagen werden, weil du mir deinen Schutz verweigerst.«

Als Atli das hörte, bekam er Mitleid und konnte ihn nicht fortjagen. So verging die Zeit bis zur Heuernte.

Eines Tages kurz vor Mittsommer kam Þorbjörn Ochsenkraft erneut nach Bjarg geritten. Er trug einen Helm, hatte ein Schwert am Gürtel und einen Spieß mit einem langen, breiten Blatt in der Hand. An diesem Tag regnete es. Atli hatte seine Knechte zum Mähen geschickt, manche waren auch nach Horn gegangen, um zu fischen. Bei Atli auf dem Hof waren nur einige wenige Männer.

Þorbjörn kam gegen Mittag. Er war allein unterwegs und ritt ganz bis zur Hoftür. Die Tür war verschlossen, und niemand war draußen. Þorbjörn klopfte und versteckte sich danach hinter dem Haus, so dass ihn von der Tür her niemand sah. Drinnen hörte man das Klopfen, und eine Frau ging zur Tür. Þorbjörn warf einen kurzen Blick auf die Frau, ließ sich aber nicht sehen, denn er hatte anderes vor. Als sie wieder hereinkam, fragte Atli, wer da sei. Sie sagte, sie habe niemanden gesehen. Und während sie noch redeten, schlug Þorbjörn abermals laut an die Tür.

Da meinte Atli: »Der da draußen will wohl zu mir. Er wird ein Anliegen haben, was auch immer es sein mag.«

Doch auch als er zur Tür ging, konnte er niemanden entdecken. Da es stark regnete, ging er nicht hinaus und hielt sich mit den Händen am Türrahmen fest und sah sich um.

Da sprang Þorbjörn hervor und rammte Atli seinen Spieß mit beiden Händen in den Bauch, so dass er ganz hindurchging.

Als er den Stoß bekam, sagte Atli: »Breite Spieße werden immer beliebter.«

Dann fiel er vornüber auf die Türschwelle. Da kamen die Frauen von drinnen zur Tür und sahen, dass Atli tot war. Þorbjörn saß bereits wieder im Sattel, bekannte sich zu der Tat und ritt zurück zu seinem Hof.

Atlis Mutter Ásdís schickte nach Hilfe. Atli wurde aufgebahrt und dann bei seinem Vater begraben.

Man trauerte sehr um ihn, da er sowohl klug als auch beliebt gewesen war. Eine Entschädigung für seinen Tod wurde nie gezahlt, und es forderte auch niemand eine Geldbuße, denn es war

Grettirs Pflicht, wegen der Sache zu klagen, sobald er aus Norwegen zurückkäme. Also ließ man den Fall den Sommer über ruhen. Þorbjörn machte sich durch seine Tat sehr unbeliebt, wurde aber auf seinem Hof in Ruhe gelassen.

46

Kurz bevor in diesem Sommer das Allthing stattfand, kam ein Schiff nach Gásir. Man erzählte von Grettirs Reisen und auch von dem Haus, das abgebrannt war. Als Þórir aus Garð das hörte, wurde er sehr zornig und fühlte sich verpflichtet, für seine Söhne Rache an Grettir zu nehmen. Er ritt mit sehr vielen Männern zum Allthing und brachte die Klage wegen des Brandes dort vor, doch die anderen wollten das nicht verhandeln, solange niemand da war, der die Verteidigung übernahm. Þórir sagte, er würde sich mit nichts anderem zufriedengeben als damit, dass Grettir für eine derart furchtbare Tat in ganz Island geächtet würde.

Darauf antwortet Skafti der Gesetzessprecher: »Sicher ist das ein schlimmes Verbrechen, wenn sich alles so verhält, wie es hier dargestellt wird. Doch jeder Mann spricht nur die halbe Wahrheit, und wenn eine Geschichte zwei Seiten hat, bevorzugen die meisten die schlechtere Hälfte. So, wie es jetzt aussieht, werde ich Grettir nicht zum Gesetzlosen erklären.«

Þórir war ein sehr mächtiger Mann in einem großen Bezirk und war bei vielen einflussreichen Leuten beliebt. Er setzte sich so entschieden für seine Sache ein, dass es für Grettir keine Aussicht mehr auf einen Freispruch gab. Þórir sorgte dafür, dass Grettir im ganzen Land für gesetzlos erklärt wurde, und erwies sich später immer wieder als sein schlimmster Feind. Er setzte ein Kopfgeld auf Grettir aus, wie es bei anderen Gesetzlosen üblich war, dann ritt er heim. Viele sagten, die Gewalt habe hier über das Gesetz gesiegt, doch es blieb dabei. Bis nach Mittsommer passierte nichts Erzählenswertes mehr.

47 Gegen Ende des Sommers kam Grettir Ásmundarson an der Hvítá im Borgarfjord an Land. Einige Leute aus der Gegend gingen zu dem Schiff, so dass Grettir alle Neuigkeiten auf einmal erfuhr, erst vom Tod seines Vaters, dann von dem Mord an seinem Bruder und als Drittes, dass er in ganz Island geächtet worden war.

Da sprach Grettir diese Strophe:

Alles trifft zugleich den klugen
Strophenpflücker, meine Ächtung
und des Vaters und des Bruders Tod,
die ich still ertragen soll.
Doch ich sage dir, Schwertbrecher,
morgen wird mancher Krieger
über seine Sorgen
trauriger sein als ich.

Strophenpflücker = Skalde/Dichter; Schwertbrecher = Krieger

Man berichtet, dass diese Nachrichten Grettirs Stimmung nicht im Geringsten beeinträchtigte, er blieb genauso gutgelaunt wie zuvor. Grettir blieb noch eine Weile auf dem Schiff, da er kein Pferd finden konnte, das ihm gefiel.

Auf Bakki in der Nähe von Þingnes wohnte ein Mann namens Sveinn. Er war ein guter Bauer und fröhlicher Mensch, der oftmals lustig dichtete. Er besaß eine braune Stute, die er Söðulkolla genannt hatte, ein besonders schnelles Pferd.

Grettir verließ Hvítárvellir bei Nacht, denn er wollte nicht, dass die Kaufleute es bemerkten. Er nahm sich eine schwarze Kutte und zog sie zur Tarnung über seine Kleider. Er ging an Þingnes vorbei und dann nach Bakki. Inzwischen war es hell geworden. Da sah er ein braunes Pferd auf der Wiese, ging zu ihm und legte ihm Zaumzeug an, dann stieg er auf und ritt am Ufer der Hvitá entlang ins Land hinein, unterhalb von Bær zum Fluss Flókadalsá und dann auf dem Weg oberhalb von Kálfanes. Die Knechte auf Bakki waren zu der Zeit gerade aufgestanden und sagten dem Bauern, dass jemand auf seinem Pferd davonritt.

Sveinn stand auf, lächelte und sprach:

Da reitet fort des Schildsturms Treiber,
nachdem er Söðulkolla
mit bloßen Händen
von meiner Weide stahl.
Baum des Helmes,
dieser Gott der Wolke des Odin
ist stark genug für größere Übel
als diesen Streich, den er mir spielt.

Schildsturm = Kampf; Treiber des Schildsturms = Krieger; Baum des Helmes = Krieger; Wolke des Odin = Schild; Gott des Schildes = Krieger

Dann nahm er ein Pferd und verfolgte ihn. Grettir ritt weiter, bis er das Land oberhalb von einem Hof namens Kropp erreichte. Dort traf er einen Mann namens Halli, der sagte, er sei auf dem Weg zu dem Schiff bei Hvítárvellir.

Grettir sprach diese Strophe:

Aufbrausender Baum des Helmes,
erzähle weit und breit,
dass du Söðulkolla
ganz oben bei Kropp gesehen hast
und auf ihr einen Mann
in schwarzer Kutte, und der
setzt gern viel aufs Spiel.
Nun mach schnell, Halli.

Baum des Helmes = Krieger

Sie verabschiedeten sich, und Halli hatte bereits den Weg oberhalb von Kálfanes erreicht, als Sveinn ihm begegnete. Sie begrüßten sich kurz, und Sveinn sprach:

Sahst du, wohin der Verbrecher,
der listige Faulpelz auf dem Pferd,
von hier aus geritten ist?
Er hat mir Schlimmes angetan,
die Männer aus der Gegend zeigen ihm schon,
was sie unter Rache verstehen;
wenn ich ihn erwische, trägt er
jedenfalls einen blauen Körper davon.

»Das sollte dir gelingen«, sagte Halli, »denn ich habe einen Mann getroffen, der auf Söðulkolla ritt und mir sagte, ich solle das überall herumerzählen. Er war sehr groß und hatte eine schwarze Kutte an.«

»Was glaubt der eigentlich, wer er ist?«, sagte der Bauer. »Nun, ich werde es schon herausfinden.« Dann setzte er die Verfolgung fort.

Grettir erreichte Deildartunga. Dort stand draußen eine Frau. Grettir ging zu ihr und sprach diese Strophe:

Übermittle du, edle Göttin des Goldes,
dem Hüter der Flamme des Meeres
diese lustige Strophe;
der Aal der Erde hat das Pferd entführt,
der nicht um Worte verlegene
Spender von Odins Bier
wird reiten so schnell er kann,
denn er will in Gilsbakki schlafen.

Göttin des Goldes = Frau; Flamme des Meeres = Gold; Hüter des Goldes = Mann; Aal (Schlange) der Erde = Midgardschlange = Grettir; Odins Bier = Skaldenmet/Dichtung; Spender des Skaldenmets = Dichter/Skalde

Die Frau merkte sich die Strophe, und er ritt seines Weges. Als Sveinn wenig später kam, war die Frau noch draußen, und er sprach dies:

Welcher Gebieter des Schwertsturms
reitet vor mir her,
schnell auf einem schwarzen Pferd
durch dieses schlechte Wetter?
Der wird sicher heute noch
lange ängstlich fliehen,
so der das denn wenigstens kann,
der nutzlose Lump.

Schwertsturm = Kampf; Gebieter des Schwertsturms = Krieger

Sie sagte ihm die Strophe, die sie gelernt hatte.

Nachdem er darüber nachgedacht hatte, sagte er: »Dieser Mann mag eine Nummer zu groß für mich sein, und doch will ich ihn treffen.«

Er ritt weiter, und sie konnten einander immer sehen. Es regnete und es wehte starker Wind. Grettir erreichte Gilsbakki noch bei Tageslicht, und als Grím Þórhallsson das hörte, empfing er ihn auf das Herzlichste und lud ihn zu sich ein. Das nahm er an. Er ließ Söðulkolla laufen und erzählte Grím, wie sie hierhergekommen war.

Da kam Sveinn, stieg ab, sah seine Stute und sprach:

Wer ritt meine Stute?
Wo ist mein Lohn dafür?
Wer kennt einen größeren Dieb?
Was spielt der Kuttenträger für ein Spiel?

Grettir hörte diese Halbstrophe, als er seine nasse Kleidung bereits ausgezogen hatte, und vollendete sie:

Ich ritt die Stute zu Grím,
er ist mehr als nur ein Kleinbauer,
das werde ich kaum belohnen,
wir sollten uns versöhnen.

»Darauf einigen wir uns«, sagte Sveinn, »und damit ist der Ritt voll und ganz bezahlt.«

Hiernach trugen sie abwechselnd ihre Strophen vor, und Grettir sagte, er finde nichts Falsches daran, dass Sveinn hinter seinem Besitz her sei. Der Bauer blieb die Nacht über dort und Grettir ebenso, und sie hatten viel Spaß und nannten ihre Dichtung »Söðulkolla-Strophen«. Als der Bauer am nächsten Morgen heimritt, verabschiedeten Grettir und er sich als Freunde.

Grím erzählte Grettir viel davon, was im Norden im Miðfjord passiert war, während er im Ausland war, und auch, dass der Tod seines Bruders Atli noch nicht gesühnt worden war und dass Þorbjörn Ochsenkraft so mächtig wurde, dass Grettirs Mutter Ásdís vielleicht bald nicht mehr auf Bjarg wohnen könnte, wenn sich daran nichts änderte.

Grettir blieb nur wenige Nächte bei Grím, denn die Nachricht von seiner Ankunft sollte den Norden nicht vor ihm erreichen.

Grím sagte, Grettir möge zu ihm kommen, wenn er einmal Hilfe bräuchte, »aber ich muss die Gesetze befolgen und will nicht dafür geächtet werden, dass ich dich beherbergt habe.«

Grettir wünschte ihm alles Gute, »und ich denke, dass ich deine Hilfe später einmal dringender brauche.«

Dann ritt Grettir nach Norden über die Hochebene Tvídægra und erreichte Bjarg mitten in der Nacht. Alle schliefen, bis auf seine Mutter. Er ging um den Hof herum zu einer Tür, von der er wusste, dass dahinter ein Gang ins Haus führte, dann weiter in den Wohnraum und tastete sich zum Bett seiner Mutter vor. Sie fragte, wer da sei. Grettir sagte seinen Namen.

Sie fuhr hoch und umarmte ihn mit einem tiefen Seufzer und sagte: »Willkommen zu Hause, mein Sohn. Wie wenig Glück habe ich doch mit euch. Der Sohn, der mir am meisten nutzte, ist tot, und du bist geächtet, so dass man dich straflos töten kann, und der dritte ist zu jung, um etwas dagegen zu tun.«

»Ein altes Sprichwort sagt«, antwortete Grettir, »dass ein doppeltes Unglück das einfache leichter macht. Menschen können auch mit etwas anderem als Geldbußen getröstet werden, und es ist ziemlich wahrscheinlich, dass Atli gerächt wird. Ich glaube, einige werden ganz schön froh sein, wenn es in dieser Sache zum Kampf zwischen mir und Þorbjörn kommt.«

Sie sagte, das sei durchaus möglich. Grettir blieb eine Weile dort, nur wenige wussten davon, und er versuchte herauszufinden, was die Leute im Bezirk taten. Niemand ahnte, dass Grettir bereits am Miðfjord war. Er hörte, dass Þorbjörn Ochsenkraft auf seinem Hof war und nur ein paar Männer bei sich hatte. Dies war nach der Heuernte.

48 Eines schönen Tages ritt Grettir nach Westen über die Berge nach Þóroddsstaðir. Er kam kurz vor Mittag dort an und klopfte an die Tür. Einige Frauen kamen heraus und begrüßten ihn. Sie erkannten ihn nicht. Er fragte nach Þorbjörn. Sie sagten, dass er mit seinem sechzehnjährigen Sohn Arnór zu den Wiesen gegangen sei, um Heu zu binden. Þorbjörn war ein fleißiger Arbeiter und hatte fast immer etwas zu tun. Nachdem Grettir dies erfahren hatte, sagte er ihnen Lebewohl und ritt auf dem Weg Richtung Reykir davon.

Unterhalb des Bergrückens war ein Sumpfgebiet und einige Wiesen. Þorbjörn hatte dort eine Menge Heu machen lassen, das inzwischen getrocknet war. Eine Frau harkte es zusammen, und Þorbjörn wollte es mit seinem Sohn binden, um es dann zum Hof zu bringen. Grettir ritt von unten auf die Wiese, während Þorbjörn und sein Sohn weiter oben gerade einen Ballen gebunden hatten und sich an den nächsten machten. Þorbjörn hatte Schild und Schwert bei dem Ballen abgelegt, aber der Junge trug seine Handaxt bei sich.

Als Þorbjörn den Mann sah, sagte er zu seinem Sohn: »Da reitet jemand auf uns zu. Lass uns aufhören mit dem Heubinden und herausfinden, was er will.« Und das taten sie auch.

Grettir stieg ab. Er trug einen Helm auf dem Kopf, sein Schwert am Gürtel und in der Hand einen großen Speer ohne Widerhaken, dessen Spitze an der Fassung silbern eingelegt war. Er setzte sich und zog den Nagel heraus, der die Speerspitze am Schaft befestigte, um zu verhindern, dass Þorbjörn ihn zurückwerfen konnte.

Þorbjörn sagte: »Das ist ein großer Mann, und wenn ich jemals einen Menschen erkannte habe, ist das Grettir Ásmundarson, und er wird glauben, uns noch einiges heimzahlen zu müssen. Wir müssen ihm mutig entgegentreten und dürfen keine Furcht zeigen. Lass uns einen Plan machen: Ich stelle mich ihm, denn von Mann zu Mann traue ich mir zu, es mit jedem aufzunehmen. Du schleichst dich von hinten an und fasst deine Axt mit beiden Händen und schlägst sie ihm zwischen die Schulterblätter. Solange er dir den Rücken zuwendet, brauchst du keine Angst zu haben, dass er dir etwas tut.«

Weder Þorbjörn noch sein Sohn hatten einen Helm. Grettir ging in den Sumpf, und als er nah genug herangekommen war, schleuderte er den Speer auf Þorbjörn, doch er war lockerer am Schaft als erwartet und flog schief; die Spitze löste sich und fiel zu Boden. Þorbjörn hob seinen Schild auf und hielt ihn vor sich, zog sein Schwert und ging auf Grettir los, als er ihn erkannte. Grettir zog sein Kurzschwert, und als er sich etwas drehte, bemerkte er den Jungen hinter sich und blieb in Bewegung. Als er sah, dass der Junge nah genug war, hob er sein Schwert hoch empor, dann schlug er Arnór die Rückseite so heftig an den Kopf, dass er ihm den Schädel brach und ihn tötete. Þorbjörn stürzte auf Grettir zu und schlug auf ihn ein, doch Grettir wehrte ihn mit seinem Faustschild in der linken Hand ab, dann schlug er zu. Sein Schwert spaltete Þorbjörns Schild und erwischte ihn so hart am Kopf, dass es im Gehirn steckenblieb, Þorbjörn fiel tot um. Weitere Wunden brachte Grettir ihm nicht bei. Er suchte nach seinem Speer, fand ihn aber nicht. Also ging er zu seinem Pferd und ritt nach Reykir, wo er sich zu den Tötungen bekannte.

Die Frau, die auf der Wiese arbeitete, hatte alles gesehen und rannte voller Angst nach Hause und erzählte, dass man Þorbjörn getötet hatte und seinen Sohn noch dazu. Das überraschte alle auf dem Hof, denn keiner wusste, wo Grettir unterwegs war. Sie schickten nach Leuten von den Nachbarhöfen, bald darauf waren viele Männer gekommen, und sie brachten die Leichen zur Kirche. Þórodd Drápustúf übernahm es, die Tötungen zu ahnden, und sammelte sofort Männer um sich.

Grettir ritt nach Hause nach Bjarg, und als er seine Mutter sah, erzählte er ihr alles.

Sie freute sich und sagte, das sei eine Tat, wie sie die Leute aus der berühmten Familie der Vatnsdælir tun. »Und doch wird hiermit deine Ächtung ihren Anfang nehmen«, sagte sie. »Nach allem, was ich von Þorbjörn und seinen Leuten weiß, wirst du dich hier nie wieder länger aufhalten können, doch wenigstens wissen sie nun, zu was du fähig bist.«

Grettir sprach folgende Strophe:

Den Gegner der Riesen im Ringkampf
griff er in Odins Wind
im Hrútafjord mit Waffen an;
Ochsenkraft schlug hart zurück,
doch nun wurde ihm der Totschlag an Atli,
den bisher niemand büßte, heimgezahlt,
denn soeben sank er tot
auf die schöne Erde.

Gegner der Riesen im Ringkampf = Þorbjörn; Odins Wind = Kampf

Grettirs Mutter Ásdís sagte, dies sei wohl wahr, »aber ich weiß nicht, was du jetzt machen kannst.«

Grettir sagte, er würde zu seinen Freunden und Verwandten im Westen gehen, »jedenfalls sollst du durch mich nicht in Schwierigkeiten geraten.«

Er machte sich bereit für die Reise, seine Mutter und er verabschiedeten sich liebevoll. Grettir ritt erst nach Melar im Hrútafjord und erzählte seinem Schwager Gamli genau, wie die Tötung von Þorbjörn sich abgespielt hatte.

Gamli sagte, er solle schnell den Hrútafjord verlassen, »denn bald werden Þorbjörns Leute ausschwärmen. Und bei dem Prozess um Atlis Tötung unterstützen wir dich, so gut wir können.«

Wenig später ritt Grettir über die Laxárdalsheiði und hielt erst an, als er den Hof von Þorsteinn Kuggason bei Ljárskógar erreicht hatte, und blieb einen großen Teil des Herbstes dort.

49 Þórodd Drápustúf hörte sich um, denn er wollte herausfinden, wer Þorbjörn und seinen Sohn getötet hatte. Als sie nach Reykir kamen, erfuhr er, dass Grettir sich dort zu den Tötungen bekannt hatte. Þórodd ahnte nun, was passiert war, und zog nach Bjarg, wo viele Leute versammelt waren, und fragte, ob Grettir bei ihnen sei.

Grettirs Mutter sagte, er sei fort, und meinte, sie würde ihn nicht verstecken, wenn er da wäre: »Und ihr gebt euch jetzt damit zufrieden, und dabei belassen wir es«, sagte Ásdís. »Was Grettir getan hat, war nicht ungerechtfertigt als Rache für meinen Sohn Atli. Habt ihr euch jemals vorgestellt, wie schwer ich es nach seinem Tod hatte? Nun ist alles in Ordnung, so wie es ist.«

Daraufhin wussten sie nicht, was sie tun sollten, und ritten nach Hause.

Der Speer, den Grettir verloren hatte, fand sich erst zu einer Zeit wieder, die die Leute noch erinnern, die heute leben. Kurz bevor der Gesetzessprecher Sturla Þórðarson starb, fand man ihn auf der Sumpfwiese, wo Þorbjörn getötet worden war, und heute nennt man sie Speermoor. Dies gilt als Beweis dafür, dass Þorbjörn dort getötet worden war, obwohl es an manchen Stellen heißt, er sei bei Miðfitjar gestorben.

Þorbjörns Verwandte erfuhren, dass Grettir in Ljárskógar war. Sie sammelten ihre Männer und machten sich auf den Weg. Als Gamli sie jedoch von Melar aus sah, ließ er Þorsteinn und Grettir mitteilen, dass aus dem Hrútafjord Leute kamen. Und als Þorsteinn das erfuhr, schickte er Grettir nach Tunga zu dem Goden Snorri und riet ihm, Snorri um Hilfe zu bitten, denn sie verstanden sich damals recht gut. Falls er ablehnte, sollte Grettir weiter nach Reykjahólar zu Þorgils Arason ziehen. »Der nimmt dich bestimmt den Winter über auf. Bleib in den Westfjorden, bis sich alles etwas beruhigt hat.«

Grettir versprach, seinen Rat zu befolgen. Dann ritt er nach Tunga zu Snorri dem Goden und bat ihn um Unterkunft.

Snorri antwortete: »Ich werde alt und will keine Gesetzlosen bei mir unterbringen, wenn es nicht unbedingt sein muss. Warum hat der große Þorsteinn dich überhaupt weggeschickt?«

Grettir sagte, Þorsteinn habe ihm viel Gutes getan. »Doch wenn es wirklich helfen soll, brauche ich mehr Leute, die mich unterstützen.«

»Ich kann für dich ein gutes Wort einlegen, wenn das etwas hilft«, sagte Snorri, »aber wohnen musst du woanders.«

So verabschiedeten sie sich. Während Grettir weiter nach Westen bis Reykjanes ritt, erreichten seine Verfolger aus dem Hrútafjord den Hof Sámsstaðir. Dort erfuhren sie, dass Grettir nicht länger in der Gegend war, und kehrten um.

50

Kurz vor Winteranfang erreichte Grettir Reykjahólar und bat Þorgils, den Winter über bei ihm bleiben zu können. Þorgils sagte, dass er Essen bekommen könne wie jeder freie Mann, »besonders gut gekocht wird hier allerdings nicht.«

Grettir sagte, er sei nicht wählerisch.

»Dann wäre da noch ein anderes Problem«, sagte Þorgils. »Es gibt da zwei ziemlich unverträgliche Männer, die Schwurbrüder Þorgeir und Þormóð. Ich weiß nicht, ob ihr euch gut verstehen werdet, aber sie dürfen hier wohnen, so lange sie wollen. Auch du kannst bleiben, wenn du willst, aber nur wenn ihr keinen Streit anfangt.«

Grettir sagte, er würde sich mit niemandem anlegen, erst recht nicht, wenn der Hausherr das so wollte.

Wenig später kamen die Schwurbrüder. Þorgeir und Grettir konnten sich von Anfang an nicht leiden, mit Þormóð hingegen kam er gut aus. Der Hausherr teilte den Schwurbrüdern mit, was er auch Grettir gesagt hatte, und obwohl sie sich selten einig waren, behandelten sie sich aus Respekt gegenüber ihrem Gastgeber leidlich gut. So verging der erste Teil des Winters.

Man sagt, dass dem Bauern Þorgils damals die Inseln gehörten, die man Óláfseyjar nennt. Sie liegen im Fjord, ungefähr anderthalb Seemeilen von Reykjanes entfernt. Þorgils hatte auf der Insel einen stattlichen Ochsen, den im Herbst niemand geholt hatte. Þorgils sprach oft davon, dass er ihn vor Weihnachten zurückhaben wollte.

Eines Tages machten die Schwurbrüder sich bereit, den Ochsen zu holen, wollten aber, dass ein dritter Mann mit ihnen käme. Grettir bot an, sie zu begleiten, den Schwurbrüdern gefiel das, und die drei machten sich in einem Boot mit zehn Rudern auf den Weg. Es war kalt an diesem Tag, und der Wind kam aus Norden. Das Boot lag bei Hvalshausshólm. Als sie hinausfuhren, frischte der Wind auf. Sie erreichten die Inseln und fingen den Ochsen ein.

Dann fragte Grettir, ob sie lieber den Ochsen an Bord tragen oder das Boot festhalten wollten, da die Brandung ziemlich stark war. Sie sagten, er solle das Boot festhalten. Grettir stand an der Mitte des Schiffes auf der dem Meer zugewandten Seite, war bis zu den Schulterblättern im Wasser und hielt das Boot so fest, dass es sich kein bisschen drehte. Þorgeir packte das Hinterteil des Ochsen und Þormóð fasste vorne an, sie hoben ihn in das Boot und machten sich daran, wegzurudern. Þormóð ruderte vorn, Þorgeir mittschiffs und Grettir hinten, und sie fuhren hinaus auf die Bucht. Als sie aber die Klippen von Hafraklett umfuhren, gerieten sie in einen Sturm.

Da sagte Þorgeir »Wir machen hinten nicht genug Fahrt.«

Grettir sagte: »Wir wären schneller, wenn vorne ordentlich gerudert würde.«

Daraufhin legte Þorgeir sich so hart in die Ruder, dass er beide Dollen herausriss, und sagte dann zu Grettir: »Rudere stärker, während ich die Dollen wieder einsetze.«

Grettir ruderte mit ganzer Kraft, während Þorgeir sie wieder befestigte. Als Þorgeir jedoch wieder anfing zu rudern, waren Grettirs Ruder so brüchig geworden, dass er sie über der Bordwand in zwei brach. Þormóð sagte, sie sollten vorsichtiger rudern, anstatt Dinge zu zerbrechen. Grettir griff zwei Planken, die im Boot lagen, schlug Löcher in die Bordwand und ruderte so heftig, dass es in allen Balken krachte. Und da es ein ziemlich gutes Boot war und die Männer durchaus kräftig, schafften sie es nach Hvalshausshólm.

Grettir fragte, ob sie lieber den Ochsen zum Hof bringen oder das Boot aus dem Wasser ziehen wollten. Sie entschieden sich dafür, das Schiff herauszuziehen, und taten das auch; es war voll mit Wasser und über und über bedeckt mit Eis. Grettir führte den Ochsen, der sich sehr unsicher bewegte, ziemlich fett war und bald nicht mehr konnte. Als sie Tittlingsstaðir erreicht hatten, ging er nicht mehr weiter.

Die Schwurbrüder gingen zurück zum Hof, denn keiner von ihnen würde je einem anderen bei dessen Aufgabe helfen. Þorgils erkundigte sich nach Grettir, und sie sagten, wo sie ihn zurückgelassen hatten. Er schickte Männer zu ihm, doch als sie Hellishólar erreicht hatten, sahen sie, wie ihnen ein Mann entgegenkam, der ein Rind auf den Schultern trug, und das war Grettir mit dem Ochsen. Da wunderten sich alle, wie stark er war, und Þorgeir wurde ganz neidisch auf Grettirs Kraft.

Eines Tages kurz nach Weihnachten ging Grettir allein zu einer warmen Quelle, um zu baden.

Þorgeir bekam das mit und sagte zu Þormóð: »Los, wir gehen hin und schauen was er tut, wenn ich ihn angreife, während er von der Quelle kommt.«

»Mir gefällt das nicht«, sagte Þormóð, »und er wird auch nicht gerade begeistert sein.«

»Ich mache es trotzdem«, sagte Þorgeir und geht mit erhobener Axt den Abhang hinunter.

Grettir ging von der Quelle fort, und als sie sich trafen, fragte Þorgeir: »Grettir, stimmt es eigentlich, dass du nie vor einem einzelnen Mann weglaufen würdest?«

»Da bin ich mir nicht so sicher«, sagte Grettir, »aber vor dir bin ich noch nie sehr weit weggelaufen.«

Da erhob Þorgeir seine Axt. Grettir duckte sich, warf sich gegen Þorgeir und brachte ihn hart zu Fall.

Þorgeir sagte zu Þormóð: »Willst du einfach da herumstehen und zusehen, wie dieser Irre mich niedermacht?«

Da packte Þormóð Grettir an den Füßen und wollte ihn von Þorgeir wegziehen, was ihm nicht gelang. Er trug ein Kurzschwert am Gürtel und wollte es gerade ziehen, da kam Bauer Þorgils und befahl ihnen, friedlich zu sein und Grettir in Ruhe zu lassen. Sie gehorchten und taten so, als sei es ein Witz gewesen. Es ist nicht berichtet, dass sie noch einmal aneinandergeraten sind. Þorgils wurde für einen Mann von glücklichem Schicksal gehalten, weil er diese Unruhestifter unter Kontrolle halten konnte. Als es Frühling wurde, zogen sie alle davon.

Grettir ging in den Þorskafjord, und als man ihn fragte, wie ihm Unterkunft und Verpflegung auf Reykjahólar gefallen hatten, antwortete er: »Am meisten habe ich mich über die Mahlzeiten gefreut, von denen ich etwas abgekriegt habe.«

Dann ritt er über das Hochland nach Westen.

51 Þorgils Arason ritt mit vielen Leuten zum Allthing. Alle wichtigen Männer aus dem Land kamen dort zusammen. Bald traf er den Gesetzessprecher Skafti, und sie unterhielten sich.

»Stimmt es, Þorgils, dass den Winter über drei der größten Unruhestifter des Landes bei dir waren, die noch dazu Gesetzlose sind, und du es geschafft hast, dass sie sich nichts angetan haben?«, fragte Skafti.

Þorgils sagte, das sei wahr.

»Das zeugt von einem starken Charakter. Was hältst du denn nun von denen, sind die wirklich so mutig?«, fragte Skafti.

»Mut haben sie alle drei«, sagte Þorgils, »und zwei von ihnen können auch Angst empfinden, allerdings auf ganz unterschiedliche Weise. Þormóð ist ein gläubiger und gottesfürchtiger Mann, und Grettir hat so viel Angst vor der Dunkelheit, dass er allein im Dunkeln niemals freiwillig vor die Tür gehen würde. Mein Verwandter Þorgeir hingegen weiß glaube ich nicht, was Angst bedeutet.«

»Wenn du das sagst, wird es so sein«, antwortete Skafti, und sie verabschiedeten sich.

Auf diesem Allthing brachte Þórodd Drápustúf die Tötung von Þorbjörn Ochsenkraft vor, denn nachdem er sich auf dem Bezirksthing von Húnavatn nicht gegen Atlis Verwandte hatte durchsetzen können, hoffte er, dass seine Klage hier weniger schnell abgewiesen würde. Atlis Verwandte sprachen mit Skafti, und er sagte, er sehe eine gesetzmäßige Verteidigung, durch die sie möglicherweise die volle Geldbuße erhalten könnten.

Dann wurde ein Schiedsgericht gebildet, und die meisten erwarteten, dass die Tötungen von Atli und Þorbjörn einander ausglichen. Als Skafti dies erfuhr, ging er zu den Schlichtern hin und fragte, wie sie darauf kämen. Sie sagten, dass die beiden Getöteten freie Bauern waren.

»Und was war zuerst, Grettirs Ächtung oder der Tod von Atli?«, fragte Skafti dann.

Sie errechneten, dass eine Woche dazwischen lag, denn Grettir wurde auf dem Allthing schuldig gesprochen und Atli erst kurz nach dem Allthing getötet.

»Ich habe mir schon gedacht, dass ihr das übersehen würdet. Ihr habt jemanden als Hauptkläger angesehen, der zu dieser Zeit schon ein Gesetzloser war und weder verteidigen noch anklagen durfte. Ich erkläre hiermit, dass Grettir mit diesem Fall nichts mehr zu tun hat, möge sein nächster Verwandter den Totschlag verfolgen.«

Da entgegnete Þórodd Drápustúf: »Und wer entschädigt uns für den Tod von meinem Bruder Þorbjörn?«

»Das ist eure Sache«, sagte Skafti, »aber ich glaube nicht, dass Grettirs Familie für ihn oder seine Taten eine Geldbuße zahlen wird, solange damit nicht seine Ächtung aufgehoben wird.«

Als Þorvald Ásgeirsson klarwurde, dass Grettir nichts mehr mit dem Fall zu tun hatte, überlegten sie, wer die nächsten Verwandten waren. Es waren Gamlis Sohn Skeggi aus Melar und Óspak, der Sohn von Glúm aus Eyri in Bitra. Beide waren reizbare und hartnäckige Männer. Þórodd musste nun eine Entschädigung für die Tötung von Grettirs Bruder Atli in Höhe von zwei Hundert in Silber zahlen.

Dann schlug Snorri der Gode vor: »Oder wollt ihr, Leute aus dem Hrútafjord, dass euch die Geldbuße erlassen wird, und dafür heben wir Grettirs Ächtung auf? Ich fürchte, er wird eine Menge Unheil anrichten, solange er geächtet ist.«

Grettirs Verwandte waren sehr einverstanden und sagten, das Geld wäre ihnen egal, wenn Grettir nur frei und in Frieden leben könnte. Þórodd sah sich in einer schwierigen Position und sagte, auch er würde einer solchen Entscheidung zustimmen.

Snorri meinte, sie sollten zuerst herausfinden, ob Þórir aus Garð etwas gegen einen Freispruch von Grettir hätte. Aber als der das hörte, bekam er einen Wutausbruch und sagte, Grettirs Ächtung solle nie aufgehoben werden.

»Stattdessen sollte man eine höhere Belohnung auf seinen Kopf aussetzen als auf irgendeinen anderen Gesetzlosen«, sagte er.

Und da Þórir aus Garð sich so erbittert gegen Grettirs Begnadigung wehrte, wurde daraus nichts. Gamli nahm das Geld in Gewahrsam, Þórodd Drápustúf hingegen bekam keine Entschädigung für seinen Bruder Þorbjörn. Sowohl Þórodd als auch Þórir setzten je drei Silbermark auf Grettirs Kopf aus. Das galt als unerhört, denn bis dahin waren noch nie mehr als drei Silbermark insgesamt auf den Kopf eines Gesetzlosen ausgesetzt worden. Snorri hielt es für unklug, die Ächtung eines Mannes zu verlängern, der in der Lage war, so viel Unheil anzurichten, und sagte, dass viele dafür bezahlen würden. Dann trennte man sich und ritt vom Allthing nach Hause.

52

Als Grettir die Hochebene am Þorskafjord überquert und das Langadal erreicht hatte, nahm er sich von den dortigen Kleinbauern das, was er brauchte. Von manchen nahm er Waffen, von anderen Kleidung. Manche gaben es ihm freiwilliger als andere, doch als Grettir weg war, sagten alle, sie hätten keine Wahl gehabt.

Im Vatnsfjord wohnte zu dieser Zeit Vermund der Dünne, ein Bruder von Víga-Styr. Er war mit Þorbjörg verheiratet, der Tochter von Ólaf Pfau Höskuldsson, die auch Þorbjörg die Dicke genannt wurde.

Vermund war gerade auf dem Allthing, als Grettir ins Langadal kam. Grettir ging über den Bergrücken nach Laugaból. Dort lebte ein Mann namens Helgi. Er war einer der mächtigsten Bauern in der Gegend, Grettir stahl ihm ein gutes Pferd und ritt nach

Gervidal, wo ein Mann namens Þorkell wohnte. Er war wohlhabend, aber ein Feigling. Grettir nahm von Þorkell alles, was er brauchte, Þorkell leistete keinen Widerstand und widersprach nicht einmal. Von dort zog Grettir nach Eyri und dann am Fjord entlang, stahl überall Essen und Kleidung und behandelte die Leute schlecht, was diese mit einigem Widerwillen hinnahmen.

Mit der Zeit wurde Grettir immer leichtsinniger. Er zog ganz bis ins Vatnsfjarðardal und verbrachte dort viele Nächte in einer Vorratshütte und lag in den Wäldern und schlief, ohne sich um seine Sicherheit Gedanken zu machen.

Als die Hirten das merkten, zogen sie zu den umgebenden Höfen und sagten, ein brutaler Kerl sei in die Gegend gekommen, mit dem man so leicht nicht fertig würde. Die Bauern sammelten mehr als dreißig Mann zusammen, versteckten sich im Wald, so dass Grettir sie nicht bemerkte, und ließen die Hirten nach einer Möglichkeit Ausschau halten, Grettir zu fangen, obwohl keiner genau wusste, mit wem sie es da zu tun hatten.

Eines Tages, als Grettir schlief, kamen die Bauern. Sie sahen ihn und überlegten, wie sie ihn auf möglichst ungefährliche Weise fangen könnten, und beschlossen, dass zehn von ihnen sich auf ihn stürzen sollten, während andere seine Füße fesselten. So kam es dann auch, sie warfen sich auf ihn, Grettir wehrte sich aber heftig, schüttelte sie ab und hatte es gerade geschafft, auf alle viere zu kommen, da gelang es ihnen, ihm Seile um die Füße zu legen. Zwei Männern trat Grettir so fest gegen die Ohren, dass sie bewusstlos wurden. Nun warf sich einer nach dem anderen auf ihn, er wehrte sich nach Kräften, doch nach einiger Zeit erlangten sie endlich die Oberhand, überwältigten Grettir und fesselten ihn. Hiernach überlegten sie, was zu tun sei.

Sie baten Helgi auf Laugaból, ihn in Gewahrsam zu nehmen, bis Vermund vom Allthing zurückkäme, doch Helgi antwortete: »Meine Knechte haben Wichtigeres zu tun, als diesen Kerl zu bewachen, mein Land ist schwer zu bestellen. Ich nehme ihn nicht.«

Daraufhin baten sie Þorkell aus Gervidal, ihn zu nehmen, und nannten ihn einen wohlhabenden Mann.

Þorkell widersprach und sagte, dies sei ihm ganz unmöglich, »denn ich lebe allein auf dem Hof mit meiner alten Frau, weit weg von euch anderen, diesen Klotz bindet ihr mir nicht ans Bein.«

»Du, Þórálf von Eyri«, sagten sie dann, »du nimmst Grettir und passt auf ihn auf, bis das Allthing zu Ende ist, oder du bringst ihn zu einem der Nachbarhöfe und sorgst dafür, dass sie ihn sicher verwahren und er sich nicht losmacht. Er muss genau so gefesselt werden wie jetzt.«

»Das kommt nicht in Frage«, sagte Þórálf. »Um Grettir zu halten, fehlt es mir an Vorräten und Vermögen. Außerdem ist er nicht auf meinem Land gefangen worden. Ihn zu nehmen oder irgendwo hinzubringen, scheint mir eine große Last für wenig Lohn, der kommt mir nicht ins Haus.«

Sie fragten reihum alle Bauern, und niemand wollte Grettir nehmen.

Lustige Männer haben zur allgemeinen Freude aus diesem Ereignis ein Gedicht mit scherzhaften Sprüchen gemacht und es ›Gib den Grettir weiter‹ genannt.

Nachdem sie lange beratschlagt hatten, beschlossen sie, dass das Glück, das sie bisher hatten, sich nicht in Unglück umkehren sollte, und stellten, ohne weitere Zeit zu verlieren, mitten im Wald einen Galgen auf, denn sie wollten Grettir sofort aufhängen, und machten sich laut lärmend ans Werk.

Da sahen sie weiter unten im Tal drei Leute vorbeireiten, von denen jemand gefärbte Kleider trug. Sie nahmen an, dass das Þorbjörg war, die Hausherrin vom Vatnsfjord, und so war es auch. Sie wollte zu einer ihrer Vorratshütten. Sie war eine charakterstarke Frau und sehr klug und hatte im Bezirk das Sagen und entschied alles, wenn ihr Mann Vermund nicht zu Hause war.

Sie ritt auf die versammelte Menge zu, und man half ihr vom Pferd. Die Bauern begrüßten sie freundlich.

Da sagte sie: »Was habt ihr denn alle hier verloren? Und wer ist der Mann mit dem dicken Hals, der dort gefesselt sitzt?«

Grettir sagte seinen Namen und begrüßte sie.

»Grettir, wie kommst du dazu, meinen Leuten solche Scherereien zu machen?«

»Ich kann nicht auf alles Rücksicht nehmen. Irgendwo muss ich ja sein«, sagte Grettir.

»Du bist wirklich vom Unglück verfolgt, dass du dich von diesen jämmerlichen Kerlen fangen und fesseln lässt. Was habt ihr mit ihm vor?«

Die Bauern sagten, sie wollten ihn für seine Verbrechen aufhängen.

»Das mag er auch verdient haben«, antwortete sie. »Doch Grettir hinzurichten ist für euch Bauern aus dem Ísafjord eine Nummer zu groß, denn auch wenn es das Schicksal nicht gut mit ihm meint, ist er doch ein berühmter Mann aus einer mächtigen Familie. Was würdest du tun, Grettir, wenn ich dir das Leben rette?«

»Was schlägst du vor?«, antwortete er.

»Du sollst schwören, in der Gegend von Ísafjord kein Unheil mehr anzurichten. Du wirst dich an keinem rächen, der dich hier angegriffen hat.«

Grettir sagte, das könne sie bestimmen. Dann wurde er losgemacht. Später meinte er, er habe sich nie so beherrschen müssen wie jetzt, als er nicht auf die Feiglinge losging, die sich auf seine Kosten derart aufgespielt hatten. Þorbjörg sagte, er solle mit zu ihr kommen, und ließ ihm ein Pferd geben. Grettir ritt mit ihr nach Vatnsfjord und wartete dort, bis Vermund nach Hause kam. Die Hausherrin kümmerte sich gut um ihn und wurde dafür später weit über ihren Landkreis hinaus bekannt.

Als Vermund heimkam und erfuhr, dass Grettir dort war, bekam er schlechte Laune. Þorbjörg erzählte ihm, was im Ísafjord passiert war.

»Womit hat er es verdient, dass du ihm das Leben gerettet hast?«, fragte Vermund.

»Da kommt einiges zusammen«, sagte Þorbjörg. »Erstens wird es deinem Ruf nicht schaden, wenn sich herumspricht, dass deine Frau sich traut, so etwas zu tun. Zweitens hätte seine Verwandte Hrefna es nicht gutgefunden, wenn ich ihn hätte hinrichten lassen. Drittens ist er ein Mann, der in vieler Hinsicht Großes leistet.«

»Du bist eine kluge Frau«, sagte Vermund, »in den meisten Fällen. Ich danke dir.«

Da sagte er zu Grettir: »Wie ein großer Krieger hast du dich nicht gerade geschlagen, wenn diese Bauerntölpel dich überwältigen konnten. Aber so ergeht es euch Unruhestiftern eben.«

Da sprach Grettir diese Strophe:

Meinem Unglück
fehlte nichts
im Fjord
vom Dach des Meeres,
als alte
Schweine mich
am Schädelknochen
packten.

Dach des Meeres = Eis; Fjord des Eises = Ísafjord

»Was wollten sie denn mit dir machen?«, fragte Vermund.

Grettir sprach:

Viele sagten,
mir gebühre die Schlinge
wie Sigar sie einst
als Mitgift gab,
dann sahen die Krieger
die mit Ehrenlaub
und Lob bewachsene
Eberesche.

Sigar = ließ einen Mann erhängen, der um seine Tochter warb; Eberesche = hier: Þorbjörg

»Und wenn es nach ihnen gegangen wäre, hätten sie dich gehängt?«, fragte Vermund.

Grettir sprach:

Da hätte ich schon selber
den Kopf
in die fertige
Schlinge gesteckt,
wenn Þorbjörg,
klug wie sie ist,
dem Dichter nicht
geholfen hätte.

»Und dann hat sie dich hierher eingeladen?«, fragte er.

Grettir antwortete:

Þorbjörg
bat mich,
mit ihr zu gehen.
Sie gab dem Band
der Gattin des Odin
ein gutes Pferd
und schenkte
mir Frieden.

Gattin des Odin = Jörd (Göttin) = Erde; Band der Erde = Schlange = Grettir

»Bedeutend wird dein Leben sein und hart«, sagte Vermund. »Nun hast du gelernt, dass du vor deinen Feinden auf der Hut sein musst. Ich habe nicht vor, dich hierzubehalten und den Zorn vieler mächtiger Männer auf mich zu ziehen. Am besten, du gehst zu deinen Verwandten, denn sonst wird kaum jemand bereit sein, dich aufzunehmen, wenn es sich irgendwie vermeiden lässt. Du machst ja auch nicht gerne das, was andere von dir verlangen.«

Grettir blieb noch eine Weile im Vatnsfjord, dann zog er in die Westfjorde und besuchte viele wichtige Männer, doch es gab für jeden einen Grund, ihn nicht bei sich aufzunehmen.

53 Als der Herbst zu Ende ging, machte Grettir sich wieder auf nach Süden und zog ohne Halt zu seinem Verwandten Þorsteinn Kuggason nach Ljárskógar und wurde dort freundlich aufgenommen. Þorsteinn lud ihn ein, den Winter über zu bleiben, und Grettir nahm an.

Þorsteinn war ein fleißiger Mann und guter Handwerker und sorgte dafür, dass auch seine Männer viel zu tun hatten. Grettir machte sich nicht viel aus körperlicher Arbeit, weswegen sie nicht gut zusammenpassten. Auf seinem Hof hatte Þorsteinn eine Kirche bauen lassen und auch eine Brücke, die zu seinem Haus führte und sehr kunstvoll gebaut war. Außen an den Balken, auf denen die Brücke ruhte, waren Ringe und Glocken befestigt, die großen Lärm machten, wenn jemand über die Brücke ging, so dass man es mehr als eine halbe Meile weit bis nach Skarfsstaðir hörte. Þorsteinn hatte sich mit diesem Bau viel Mühe gemacht, denn er war ein ausgezeichneter Schmied. Grettir hämmerte mit großer Begeisterung Eisen, aber nur, wenn er Lust dazu hatte, ansonsten verhielt er sich den Winter über so ruhig, dass es weiter nichts zu berichten gibt. Als die Leute aus dem Hrútafjord jedoch erfuhren, dass Grettir bei Þorsteinn wohnte, schickten sie eine Mannschaft los, sobald der Frühling kam.

Þorsteinn erfuhr dies und sagte Grettir, er solle sich einen anderen Zufluchtsort suchen, »denn ich sehe, dass du nicht arbeiten willst, und jemanden, der nicht arbeiten will, kann ich hier nicht gebrauchen.«

»Und wo schickst du mich hin?«, fragte Grettir.

Þorsteinn sagte, er solle zu seinen Verwandten in den Süden gehen, »und wenn sie dich im Stich lassen, komm zu mir zurück.«

Grettir tat dies und zog bis in den Borgarfjord zu Grím Þórhallsson und wohnte da bis nach dem Allthing. Dann schickte Grím ihn nach Hjalli zu Skafti dem Gesetzessprecher. Grettir zog unterhalb des Hochlands weiter Richtung Süden und machte erst Rast, als er bei Þórhall Ásgrímsson, dem Enkel von Elliða-Grímsson, in Tunga war, ansonsten hielt er sich von den Bauernhöfen fern. Þórhall wusste, von wem Grettir abstammte, inzwischen war Grettir auch im ganzen Land für seine mutigen Taten berühmt.

Þórhall war ein kluger Mann und behandelte Grettir gut, achtete aber darauf, dass sich sein Besuch nicht zu sehr in die Länge zog.

54 Von Tunga zog Grettir ins Haukadal und von dort nach Norden auf den Kjöl und blieb einen großen Teil des Sommers dort, und keiner, der hier in der einen oder anderen Richtung über das Hochland zog, konnte sich sicher sein, dass Grettir ihm nicht seine Sachen abnahm, denn anders konnte er sich kaum versorgen.

Eines Tages war Grettir wie gewöhnlich auf dem Dúfunefsskeið, da sah er einen Mann aus dem Norden über den Kjöl reiten. Er war groß, hatte ein gutes Pferd, dessen Zaumzeug mit Nieten verziert war, und führte ein zweites Pferd hinter sich her, das mit Säcken beladen war. Der Mann trug einen Hut mit weiter Krempe, so dass man sein Gesicht nicht sah.

Da Grettir das Pferd und seine Ladung gefiel, ging er dem Mann entgegen und grüßte ihn und fragte nach seinem Namen.

Er sagte, er heiße Loft, »und wer du bist, weiß ich ja, du dürftest Grettir der Starke sein, der Sohn von Ásmund. Wo willst du denn hin?«

»Das habe ich noch nicht entschieden«, sagte Grettir, »erst einmal würde ich gerne herausfinden, ob du nicht einen Teil der Sachen, die du dabeihast, bei mir zurücklassen möchtest.«

Loft antwortete: »Warum sollte ich dir geben, was meins ist? Was bekomme ich dafür?«

»Hast du nicht gehört«, antwortete Grettir, »dass ich nicht für die Sachen bezahle, die ich fordere, und die meisten den Eindruck haben, dass ich trotzdem bekomme, was ich will?«

»Das kannst du denen anbieten, die bereit sind, darauf einzugehen«, sagte Loft. »Ich werde dir nichts von meinen Sachen geben. Hier trennen sich unsere Wege.«

Dann trieb er sein Pferd an und ritt an Grettir vorbei, doch Grettir sagte: »Nicht so hastig.«

Dann packte er die Zügel von Lofts Pferd und hielt sie mit beiden Händen fest.

»Geh deiner Wege«, sagte Loft. »Solange ich dich davon abhalten kann, bekommst du von mir nichts.«

»Das werden wir sehen«, sagte Grettir.

Da beugte sich Loft herunter und packte die Zügel zwischen den Ringen und der Stelle, wo Grettir sie hielt, und zog so heftig daran, dass er Grettir die Zügel der ganzen Länge nach durch die Hände riss, woraufhin der das Zaumzeug losließ.

Grettir besah sich die Handflächen, erkannte, dass dieser Mann kräftig zupacken konnte, und sah ihn an und sagte: »Und wo willst du hin?«

Loft antwortete mit dieser Strophe:

Dorthin, wo der große Frost
hinabkriecht
zum lärmenden Kessel
des Sturms,
dort kann
Grettir
den Hallmund
treffen.

hinabkriechender Frost = Gletscher; lärmender Kessel des Sturms = Höhle

Grettir sagte: »Wenn du dich nicht klarer ausdrückst, wird dich keiner finden.«

Darauf sprach Loft:

Ich kann es dir nicht leicht
verheimlichen,
wenn du dahin
kommen willst;
es ist oberhalb von dort,
wo die Borgarfjord-Leute wohnen,
und die Männer
nennen es Balljökull.

Dann verabschiedeten sie sich. Grettir hatte eingesehen, dass er sich mit diesem Mann nicht messen konnte, und sprach folgende Strophe:

Der kühne Illugi und Atli,
der nicht so schnell die Waffen zieht,
waren weit weg von mir.
Selten möchte ich fortan erleben,
wie mir der jämmerliche Loft so dreist
die Zügel aus den Händen reißt.
Die kluge Frau reibt sich die Augen
wenn ich ängstlich werde.

Illugi und Atli = Grettirs Brüder; kluge Frau = Grettirs Mutter Ásdís

Hiernach zog Grettir von Kjöl Richtung Süden zu Skafti und bat ihn um Hilfe.

Skafti antwortete: »Wie ich höre, hast du dich zu einer echten Landplage entwickelt und raubst die Leute aus, was einem Mann aus einer so angesehenen Familie nicht gut zu Gesicht steht. Wir könnten jetzt besser reden, wenn du niemanden ausrauben würdest. Aber da ich hierzulande nun mal der Gesetzessprecher bin, kann ich keinen Gesetzlosen bei mir aufnehmen. Ich will, dass du irgendwo hingehst, wo du nicht dauernd stehlen musst.«

Grettir sagte, das würde er gerne tun, räumte aber ein, dass er sich aufgrund seiner Angst vor dem Dunkeln kaum zutrauen würde, allein zu sein.

Skafti sagte, Grettir könne nicht mehr nur danach gehen, was für ihn am besten sei, »und außerdem solltest du niemandem mehr vertrauen, sonst ergeht es dir nur wieder so wie in den Westfjorden. An Selbstüberschätzung sind schon viele gestorben.«

Grettir dankte ihm für den Rat und kehrte im Herbst in den Borgarfjord zurück, traf dort seinen Freund Grím Þórhallsson und erzählte, was Skafti gesagt hatte. Grím riet ihm, er solle nach

Norden zu den Fiskivötn-Seen auf der Arnarvatnsheiði gehen, und das tat er.

55

Grettir ging auf die Arnarvatnsheiði und baute sich dort eine Hütte, deren Überreste bis heute zu sehen sind, und richtete sich dort ein. Er wollte alles tun, nur keine Leute mehr ausrauben, und besorgte sich ein Netz und ein Boot, fing sich Fisch zum Essen und führte ein trostloses Leben dort in den Bergen, denn er fürchtete sich sehr vor dem Dunkeln. Dann erfuhren andere Gesetzlose davon, dass Grettir dorthin gegangen war, und machten sich auf die Suche nach ihm, denn sie hofften, bei ihm sicher zu sein.

Ein Mann aus dem Norden hieß Grím. Er war ein Gesetzloser. Die Leute aus dem Hrútafjord stifteten ihn an, Grettir zu töten, und boten ihm Geld dafür und versprachen, seine Ächtung aufzuheben, wenn es ihm gelingen sollte. Er ging zu Grettir und bat ihn um Unterkunft.

Grettir antwortete: »Ich glaube nicht, dass du bei mir sicherer bist, und außerdem finde ich, ihr Gesetzlosen seid schwer zu durchschauen. Und doch würde ich ungern weiter allein bleiben, wenn es sich vermeiden lässt. Aber ich will nur jemanden bei mir haben, der bereit ist, alle Arbeiten zu erledigen.«

Grím meinte, er habe nichts anderes erwartet, und bat ihn inständig darum, bleiben zu dürfen. Schließlich ließ Grettir sich überreden und nahm ihn bei sich auf. Er blieb bis zum Winter und wartete auf eine Gelegenheit, Grettir anzugreifen, was sich als schwierig herausstellte. Grettir misstraute ihm und trug seine Waffen Tag und Nacht, und Grím traute sich nicht an Grettir heran, während er wach war.

Eines Morgens kam Grím vom Fischen zurück, betrat die Hütte und stampfte mit den Füßen auf, um herauszufinden, ob Grettir schlief, aber der rührte sich nicht. Grettirs Schwert hing über seiner Schlafstelle, und Grím sah seine Gelegenheit gekommen. Er machte großen Lärm, um zu sehen, ob Grettir reagierte, doch er bewegte sich nicht. Da dachte Grím, dass Grettir fest schlief, schlich sich ans Bett, streckte sich nach dem Schwert, nahm es herunter und zog es. In dem Moment sprang Grettir auf, packte das Schwert, das Grím gerade hob, und griff mit der anderen Hand nach Gríms Schulter und warf ihn so hart zu Boden, dass er fast das Bewusstsein verlor.

»Erst tust du so friedfertig und dann das«, sagte Grettir. Er zwang Grím, die ganze Geschichte zu erzählen, dann tötete er ihn. Nun war Grettir klargeworden, was es bedeutete, einen Gesetzlosen aufzunehmen. Der Winter verging. Am schlimmsten war für Grettir seine Angst im Dunkeln.

56

Þórir aus Garð hatte inzwischen erfahren, wo Grettir sich aufhielt, und wollte ihn töten lassen. Es war ein Mann namens Þórir Rauðskegg. Er war ein sehr kräftiger Mann und großer Totschläger, wofür er im ganzen Land geächtet war. Þórir aus Garð schickte ihm eine Nachricht, und als sie sich trafen, bat er Þórir Rauðskegg, Grettir den Starken zu töten. Rauðskegg sagte, das würde nicht einfach, denn Grettir sei ein kluger und vorsichtiger Mann.

Þórir meinte, er sollte es trotzdem versuchen: »Eine solche Tat würde gut zu einem Ehrenmann wie dir passen. Und außerdem werde ich dafür sorgen, dass deine Ächtung aufgehoben wird, und eine Menge Geld gebe ich dir auch.«

Daraufhin nahm Rauðskegg das Angebot an, und Þórir sagte, wie er vorgehen sollte. Wenig später zog Rauðskegg nach Ostisland, da er annahm, so am wenigsten Aufmerksamkeit zu erregen. Als er die Arnarvatnsheiði erreichte, hatte Grettir bereits ein Jahr dort verbracht. Als sie sich begegneten, bat er Grettir, ihn bei sich aufzunehmen.

Grettir antwortete: »Ich will nicht, dass einer mit mir dasselbe Spiel spielt wie der Kerl, der im letzten Jahr so schön daherredete und dann versuchte, mich umzubringen. Ich werde keine Gesetzlosen mehr aufnehmen.«

Þórir antwortete: »Ich verstehe gut, dass du keinem Gesetzlosen mehr trauen willst, und von den Männern, die ich getötet habe, und all den anderen Sachen hast du bestimmt auch gehört. Doch obwohl niemand je behauptet hat, dass ich so etwas Mieses tun würde, wie meinen Herren zu verraten, hält man mich für hinterhältig. Damit tut man mir Unrecht, dies ist eine schlechte Zeit für schlechte Männer, und ich wäre auch nicht hergekommen, wenn ich eine andere Wahl hätte. Doch wenn wir zusammenhalten, glaube ich, dass wir eine Chance haben. Wage es doch einfach und schaue, ob es dir mit mir gefällt. Und wenn du meinst, mir nicht trauen zu können, schick mich einfach wieder fort.«

Grettir antwortete: »Ich werde es noch einmal versuchen, aber wenn ich auch nur den geringsten Verdacht schöpfe, ist das dein Tod.«

Þórir stimmte zu. Also nahm Grettir ihn auf und merkte bald, dass Þórir für zwei Männer arbeiten konnte, was immer er auch tat. Er erledigte alles, was Grettir ihm auftrug, so dass Grettir gar keine lästigen Arbeiten mehr tun musste. In der ganzen Zeit seiner Acht hatte er nie so ein angenehmes Leben gehabt, war aber die ganze Zeit so auf der Hut, dass Þórir keine Gelegenheit sah, ihn anzugreifen.

Þórir Rauðskegg blieb zwei Jahre bei Grettir in den Bergen. Dann wurde ihm allmählich langweilig und er überlegte, welche Hinterlist er sich ausdenken konnte, die Grettir nicht durchschaute.

Eines Nachts im Frühling kam, während sie schliefen, ein starker Sturm auf. Grettir wurde wach und fragte, wo ihr Boot sei. Þórir sprang auf, lief zu dem Boot und schlug es in Stücke und warf die Teile durch die Gegend, so dass es so aussah, als hätte der Sturm sie fortgeweht.

Dann ging er zurück zu Grettir und rief: »Es sieht nicht gut aus, mein Freund. Unser Boot ist kaputt, und die Netze treiben draußen auf dem See.«

»Dann hol sie doch«, sagte Grettir. »Wenn das Boot kaputt ist, habe ich den Eindruck, du hast da nachgeholfen.«

Þórir antwortete: »Schwimmen ist nun ausgerechnet das, was ich am schlechtesten kann. In allem anderen würde ich mich mit jedem gewöhnlichen Mann messen. Du weißt nur zu gut, dass ich dich um nichts gebeten habe, seit ich hier bin, und ich würde es auch jetzt nicht tun, wenn ich es selber könnte.«

Grettir stand auf, nahm seine Waffen und ging zum See. Eine schmale Landzunge ragte da in den See hinein, auf deren anderer Seite eine kleine Bucht war. Das Wasser war gleich am Ufer sehr tief und hatte die Landzunge unterspült.

Grettir sagte: »Los, hol die Netze und zeige mir, was in dir steckt.«

»Ich habe dir doch gesagt, dass ich nicht schwimmen kann«, sagte Þórir. »Was ist eigentlich aus deinem heldenhaften Mut geworden?«

»Ich hole die Netze«, sagte Grettir, »aber wehe, du enttäuschst mein Vertrauen.«

Þórir antwortete: »Hör auf, mir immer zu unterstellen, ich hätte etwas Böses im Sinn.«

Grettir antwortete: »Wer du wirklich bist, wirst du dir selber beweisen.«

Dann legte er Kleidung und Waffen ab und schwamm zu den Netzen hinaus. Er holt sie zusammen, schwimmt zurück und wirft sie ans Ufer. Und als er an Land kommen will, greift Þórir plötzlich das Schwert und zieht es, und als Grettir gerade auf das Ufer stieg, rannte er auf ihn zu und schlug nach ihm. Grettir ließ sich rückwärts wieder ins Wasser fallen und sank wie ein Stein. Þórir schaute auf den See hinaus, um das Ufer zu verteidigen, sobald Grettir auftauchte. Grettir jedoch tauchte dorthin, wo der See die Landzunge unterspült hatte, so dass Þórir ihn nicht mehr sehen konnte, erreichte schließlich die Bucht auf der anderen Seite und stieg dort aus dem Wasser. Das hatte Þórir nicht erwartet. Er bemerkte Grettir erst, als der ihn bis über seinen Kopf anhob und dann so hart auf den Boden warf, dass ihm das Schwert aus der Hand flog. Grettir fing es auf und schlug ihm den Kopf ab, ohne ein weiteres Wort zu verlieren. So endete Þórirs Leben.

Hiernach wollte Grettir nie wieder Gesetzlose bei sich aufnehmen, obwohl er das Alleinsein kaum aushielt.

57 Auf dem Allthing erfuhr Þórir aus Garð, dass Grettir Þórir Rauðskegg getötet hatte, und erkannte nun, dass die Sache sich nicht so einfach lösen ließ. Also ritt er auf dem Rückweg vom Allthing unterhalb des Hochlands nach Westen zurück und nahm fast achtzig Männer mit, um Grettir zu töten. Als aber Grím Þórhallsson davon erfuhr, ließ er Grettir warnen und richtete ihm aus, er solle vorsichtig sein. Grettir achtete ohnehin darauf, wer in seine Gegend kam.

Eines Tages sah er eine Gruppe von Männern dorthin reiten, wo er wohnte. Da er jedoch nicht sehen konnte, wie viele Männer es wirklich waren, floh er nicht, sondern rannte in eine Schlucht. Dort stellte Þórir ihn mit all seinen Männern und befahl, sie sollten Grettir nun endgültig einen Kopf kürzer machen, denn diesmal habe der Verbrecher keine Chance.

Grettir antwortete: »Nur weil einem eingeschenkt ist, hat man noch nicht getrunken. Du hast einen ganz schön weiten Weg auf dich genommen, dafür bekommen einige von euch jetzt auch ein paar Narben mit nach Hause.«

Þórir ließ seine Männer angreifen. Die Schlucht war so schmal, dass Grettir sich ohne Mühe nach vorne verteidigen konnte, doch er wunderte sich darüber, dass niemand von hinten kam und ihm in den Rücken fiel. Einige von Þórirs Männern fielen, andere wurden verwundet, doch sie kamen nicht voran.

Da sagte Þórir: »Ich habe gehört, dass Grettir ein starker und tapferer Kämpfer sei, aber ich wusste nicht, dass er solche Zauberkräfte besitzt, wie ich es gerade sehe, denn hinter seinem Rücken fallen doppelt so viele Männer wie vor ihm. Ich habe es nicht mit einem Menschen zu tun, sondern mit einem Troll.«

Er befahl den Rückzug, und so geschah es. Grettir wunderte das, denn er war inzwischen sehr erschöpft. Þórir und seine Männer ritten Richtung Norden davon und fühlten sich zutiefst gedemütigt. Achtzehn Männer hatte Þórir verloren, viele waren verwundet. Grettir ging nun weiter die Schlucht hinauf und sah dort einen großen Mann, der schwer verwundet an einem Felsen saß.

Grettir fragte ihn nach seinem Namen, und er sagte, er heiße

Hallmund: »Du wirst wissen, wer ich bin, wenn ich dir sage, dass du einmal im Sommer auf dem Kjöl fandest, ich könne mit ziemlicher Kraft an den Zügeln meines Pferdes ziehen. Ich glaube, das habe ich dir hiermit vergolten.«

»Du hast mir einen großen Dienst erwiesen, wer weiß, ob ich ihn dir jemals vergelten kann.«

Hallmund sagte: »Ich will, dass du mit zu mir kommst, die Zeit in den Bergen muss dir allmählich lang erscheinen.«

Grettir nahm das Angebot gerne an. Dann zogen sie beide nach Süden bis an den Gletscher Balljökull. Dort lebte Hallmund in einer großen Höhle zusammen mit einer schönen Tochter von sehr beeindruckendem Wuchs. Sie versorgte die Wunden der Männer, und beide behandelten Grettir gut, und er blieb in diesem Sommer eine lange Zeit dort.

Über Hallmund machte er ein Gedicht, das diese Verse enthält:

Hoch steigt mit schrägem Fuß
Hallmund in den Saal der Berge.

Saal der Berge = Höhle

Auch diese Strophe findet sich darin:

Bissig kroch
des Waffensturms Natter
auf dem Weg der Wunden
im Kampf am Hrútafjord.
Wer sich gut schlug, wird nun
von den Leuten aus Kelduhverfi erben,
und dass ich entkam,
verdanke ich Höhlen-Hallmunds Mut.

Waffensturm = Kampf; Natter des Kampfes = Schwert

Man erzählt sich, dass Grettir in dem Kampf sechs Männer getötet hatte und Hallmund zwölf. Im Laufe des Sommers wuchs in

Grettir der Wunsch, unter Menschen zu gehen und seine Freunde und Verwandten zu besuchen. Hallmund sagte ihm, er solle wiederkommen, wann auch immer er im Süden sei, und Grettir versprach es.

Dann zog er nach Westen in den Borgarfjord und von dort nach Breiðafjarðardal, um Þorsteinn Kuggason zu fragen, wohin er nun gehen könnte.

Doch Þorsteinn war der Meinung, dass Grettirs Feinde immer mehr würden und nur noch wenige bereit wären, ihn aufzunehmen, »aber du kannst es mal Richtung Süden in Mýrar versuchen und schauen, was dich dort erwartet.«

Also ging Grettir in diesem Herbst nach Mýrar.

58

Der kriegerische Björn aus dem Hítardal wohnte zu dieser Zeit in Hólm. Sein Vater war Arngeir, der Sohn von Bersi Goðlaus, dessen Vater Bálki wie bereits erwähnt einer der ersten Siedler im Hrútafjord war. Björn war ein großer Anführer und beherbergte oft geächtete Männer. Als Grettir in Hólm ankam, empfing Björn ihn freundlich, denn ihre Vorfahren waren gute Freunde gewesen. Grettir bat Björn um Hilfe.

Björn sagte, Grettir habe inzwischen so viel angerichtet, dass ihm kaum noch jemand helfen könne, ohne selbst geächtet zu werden. »Aber ich helfe dir trotzdem, wenn du dafür die Leute in Frieden lässt, die unter meinem Schutz stehen. Was du mit den anderen hier in der Gegend machst, ist deine Sache.«

Als Grettir zustimmte, sagte Björn: »Mir ist aufgefallen, dass es in dem Berg am anderen Ufer der Hítará ein Versteck gibt, das man gut verteidigen kann, wenn man sich einigermaßen geschickt anstellt. Da ist eine Höhle, die einmal quer durch den Felsen geht. Von dem Weg, der weiter unten verläuft, kann man sie zwar sehen, doch der Berghang, der zu ihr führt, ist so steil und voller Geröll, dass ihn kaum jemand hinaufkommt, wenn oben ein erfahrener Kämpfer steht und die Höhle verteidigt. Ich schlage vor, du gehst da hin, denn von dort hast du es nicht weit nach Mýrar und auch nicht zum Meer, so dass du dich gut versorgen kannst.«

Grettir sagte, er würde den Rat befolgen, wenn Björn ihm ein wenig half. Dann ging er zum Fagraskógafjall und richtete sich dort eine Unterkunft ein. Den Höhleneingang bedeckte er so mit einem grauen Wollstoff, dass man von unten den Eindruck bekam, als wäre sie noch immer offen. Dann beschaffte Grettir sich Vorräte von den Höfen, und die Leute von Mýrar hielten ihn für eine große Plage.

Þórð Kolbeinsson wohnte zu dieser Zeit in Hítarnes. Er war ein guter Skalde. Björn und Þórð waren damals erbitterte Feinde, weswegen es Björn nicht ganz unrecht war, wenn Grettir sich an Þórðs Leuten oder Vieh vergriff.

Grettir verbrachte viel Zeit bei Björn, und sie forderten sich gegenseitig zu Mutproben und Wettkämpfen heraus. Die Saga vom kriegerischen Björn aus dem Hítardal berichtet davon, dass sie einander ebenbürtig waren, und doch glauben die meisten Leute, dass Grettir der stärkste Mann von ganz Island war, seit der Zeit, als Orm Stórólfsson und Þórálf Skólmsson aufgehört hatten, ihre Kräfte zu messen. Grettir und Björn schwammen die ganze Hítará hinunter, vom See bis hinaus ins Meer. Sie legten Trittsteine in den Fluss, die seitdem weder Fluten noch Frost oder Eisgang von der Stelle bewegt haben. Grettir blieb den Winter über auf dem Fagraskógafjall, ohne dass jemand ihn angriff. Es gab zwar viele Leute, denen er Schaden zufügte, doch er konnte die Höhle leicht verteidigen und kam gut mit den Leuten in seiner unmittelbaren Nähe aus.

59 Es war ein Mann namens Gísli. Er war der Sohn von Þorsteinn, den der Gode Snorri hatte töten lassen. Gísli war ein großer, starker Mann. Er kleidete und bewaffnete sich gerne gut, nahm sich oft wichtig und war etwas selbstverliebt. Er war auf einem Handelsschiff unterwegs, das in dem Sommer an der Hvítá anlegte, der auf den ersten Winter folgte, den Grettir in der Berghöhle verbracht hatte. Þórð Kolbeinsson ritt zu dem Schiff. Gísli begrüßte ihn freundlich und bot ihm alle Waren an, die die-

ser haben wollte. Þórð nahm das an, und sie begannen, sich zu unterhalten.

»Stimmt es, dass du händeringend nach einem Weg suchst, um diesen Gesetzlosen loszuwerden, der dir so viel Schaden zufügt?«, fragte Gísli.

»Wir haben es noch nicht versucht. Aber viele andere haben am eigenen Leib erfahren, wie schwer er zu überwältigen ist.«

»Kein Wunder, dass du mit Björn nicht zurechtkommst, so lange du diesen anderen nicht verjagt hast. Wenn ich diesen Winter nicht so weit weg wäre, könnte ich mich um die Sache kümmern.«

»Von Grettir lässt man sich besser erzählen, als dass man ihm begegnet.«

»Du brauchst mir von Grettir nichts zu erzählen«, sagte Gísli. »Ich habe schon schwerere Prüfungen bestanden, als ich mit König Knút dem Mächtigen in England auf Kriegszug war, da hat mich keiner zurückgedrängt, das sagen alle. Und wenn es zu einem Kampf mit Grettir kommen sollte – auf mich und meine Waffen kann ich mich verlassen.«

»Wenn du Grettir wirklich beseitigst, wird das für dich nicht umsonst gewesen sein«, sagte Þórð. »Auf seinen Kopf ist mehr Geld ausgesetzt als auf irgendeinen anderen Gesetzlosen, bisher waren es schon sechs Mark Silber, nun hat Þórir aus Garð noch einmal drei Mark draufgeschlagen, und alle sind sich einig, dass derjenige, der diese Belohnung bekommen wird, genug dafür tun muss.«

»Für Geld tut man alles«, sagte Gísli. »Das gilt nicht nur für uns Kaufleute. Doch dieses Gespräch bleibt unter uns. Wir wollen ja nicht, dass er von unseren Absichten erfährt und noch vorsichtiger wird. Ich werde auf Ölduhrygg überwintern, liegt seine Höhle nicht dort am Weg? Er wird vollkommen überrascht sein, denn ich werde nicht viele Leute mitnehmen.«

Þórð gefiel das alles gut. Er ritt nach Hause und erzählte niemandem davon.

Nun bewahrheitete sich allerdings das Sprichwort: Oft ist im Wald ein Mithörer nah. Einige Freunde von Björn aus dem Hítardal hörten dieses Gespräch mit an und erzählten ihm in aller

Ausführlichkeit davon. Und Björn sagte es Grettir weiter, als er ihn traf, und sagte, dass sie nun sehen werden, was an dem Kerl dran sei.

»Es wäre nicht unschön«, sagte Björn, »wenn du ihm eine Abreibung verpassen könntest, ihn aber, wenn möglich, am Leben lässt.«

Grettir grinste und sagte nichts.

Ungefähr zur Zeit des herbstlichen Schafabtriebs ging Grettir in die Gegend von Flysja und nahm sich einige Schafe. Er fing vier Hammel, doch die Bauern bemerkten ihn und nahmen die Verfolgung auf. Und als er den Berghang erreichte, waren sie so weit herangekommen, dass sie ihm den Weg versperrten und versuchten, die Schafe von ihm wegzutreiben, ohne ihn mit Waffen anzugreifen. Die Aussicht, die Schafe zu verlieren, machte Grettir so wütend, dass er zwei der sechs Bauern packte und so weit den Abhang hinunterwarf, dass sie ohnmächtig liegen blieben. Als die anderen das sahen, machten sie nur noch halbherzig weiter. Grettir nahm die Schafe, hakte jeweils zwei von ihnen an ihren Hörnern zusammen und warf sie über seine Schultern, dann stieg er hinauf zu seiner Höhle. Die Bauern machten sich enttäuscht davon und waren noch unzufriedener mit ihrer Lage als zuvor.

Gísli blieb den Herbst über bei dem Schiff, bis es zum Überwintern aufs Land gezogen wurde. Da ihn immer wieder etwas aufhielt, konnte er sich erst kurz vor Winteranfang auf den Weg nach Norden machen und übernachtete auf Hraun am Südufer der Hítará.

Bevor Gísli am nächsten Morgen weiterritt, sagte er zu seinen beiden Begleitern: »Wir werden heute farbige Kleider tragen, damit der Gesetzlose sieht, dass wir keine normalen Reisenden sind, wie sie jeden Tag bei ihm vorbeikommen.«

Und das taten sie alle drei. Als sie den Fluss überquert hatten, sagte Gísli noch: »Hier oben an diesem Berg soll er sich angeblich aufhalten, der Gesetzlose, an einer schwer zugänglichen Stelle. Doch vielleicht will er ja zu uns herunterkommen und sich unsere Sachen ansehen?«

Sie sagten, dass er das gewöhnlicherweise tat.

An diesem Morgen war Grettir in seiner Höhle früh aufgestanden. Es war kalt, es fror, und es fiel Schnee, allerdings nur wenig. Da sah er die drei Männer aus dem Süden über die Hítará reiten, deren elegante Kleider und glasierten Schilde von weither leuchteten. Grettir ahnte, wer sie waren, und fand, er könne sich ein bisschen bei ihnen bedienen. Neugierig auf eine Begegnung mit solchen Aufschneidern, nimmt er seine Waffen und läuft den Berghang hinab.

Als Gísli hörte, wie das Geröll ins Rutschen kam, sagte er: »Da kommt ein Mann den Hang herunter, und zwar ein ziemlich großer. Der ist auf dem Weg zu uns. Wir müssen uns jetzt tapfer schlagen, denn hier ist ein guter Fang zu machen.«

Seine Begleiter entgegneten, dass dieser Mann ihnen kaum direkt in die Arme laufen würde, wenn er sich nicht einiges zutrauen würde. »Das wäre dann einer, der bekommt, worum er bittet.«

Dann sprangen sie ab.

In dem Moment hatte Grettir sie erreicht und griff sich einen Sack mit Kleidung, den Gísli hinten an seinen Sattel gebunden hatte, und sagte: »Das gehört jetzt mir. Ich nehme gern mal eine Kleinigkeit mit.«

Gísli antwortete: »Das kommt gar nicht in Frage. Weißt du nicht, wen du vor dir hast?«

Grettir antwortete: »Nicht, dass es mir bewusst wäre. Aber da ich nur so wenig will, könnt ihr das auch nicht von mir verlangen.«

»Dir mag das wenig erscheinen«, sagte Gísli, »doch ich würde mich eher von dreißig Hundert Ellen Wollstoff trennen. Männer, wir greifen ihn an. Dann werden wir sehen, ob er etwas anderes kann, als unverschämt zu sein.«

Und das taten sie. Grettir wich zurück zu einem Felsbrocken am Wegesrand, der Grettishaf genannt wird, und verteidigte sich von dort. Gísli trieb seine Begleiter voran und hielt sich selber hinter ihnen, woran Grettir bald merkte, dass er nicht so mutig war, wie er tat. Grettir hatte bald genug von dem Herumgeplänkel, schwang sein Schwert und versetzte einem von Gíslis Begleitern einen tödlichen Hieb, drängte nach vorn und ging so erbittert auf Gísli los, dass dieser an der Bergflanke entlang immer weiter zurückwich.

Dann fiel Gíslis anderer Begleiter, und Grettir sagte: »Es fällt kaum auf, dass du so ein mutiger Kämpfer bist, und wie du dich von deinen Männern getrennt hast, war auch nicht gut.«

Gísli antwortete: »Das Feuer ist dort am heißesten, wo man selbst steht. Mit so einem Teufelskerl wie dir kämpft es sich schlecht.«

Nach ein paar weiteren Hieben lässt Gísli seine Waffen fallen und flieht an der Bergflanke entlang. Grettir gibt ihm Zeit, um loszuwerden, was er will, und jedes Mal, wenn sich Gísli dazu imstande sieht, wirft er einen Teil seiner Kleidung ab. Grettir lief nur so schnell, dass immer ein Abstand zwischen ihnen blieb. Gísli rannte über den ganzen Berg und durch das Kaldárdal, dann über die Áslaugarhlíð und an Kolbeinsstaðir vorbei bis in das Lavafeld von Borg. Inzwischen trug Gísli nur noch seine lange Unterwäsche und war völlig außer Atem. Grettir verfolgte ihn mit kaum mehr als einer Armlänge Abstand. Dann riss er einen großen Strauch aus der Erde. Gísli hielt nicht an, bis sie das Ufer der Haffjarðará erreicht hatten. Der Fluss führte viel Wasser und war schwer zu überqueren. Als Gísli gerade ins Wasser wollte, holte Grettir ihn ein und zeigte ihm, wer stärker war.

Grettir warf ihn zu Boden und fragte: »Bist du der Gísli, der Grettir Ásmundarson treffen wollte?«

Gísli antwortete: »Gefunden habe ich ihn nun, doch ich weiß nicht, wie wir uns wieder trennen werden. Du kannst alles behalten, was du mir genommen hast, aber lass mich laufen.«

Grettir sagte: »Was ich dir sage, wirst du kaum verstehen, daher gebe ich dir etwas, an das du dich erinnerst.«

Dann zieht er ihm das Hemd über den Kopf und peitscht ihn mit dem Strauch aus. Gísli versucht, sich herauszuwinden, doch Grettir schlägt ihn so lange, bis sein Rücken und beide Seiten voller Striemen sind, dann lässt er ihn frei. Gísli wollte lieber auf weitere Lektionen von Grettir verzichten, als noch einmal so ausgepeitscht zu werden, und gab ihm nie wieder einen Anlass dazu.

Als Gísli auf die Beine gekommen war, lief er in den Fluss, schwamm durch eine große tiefe Stelle und lief weiter zu dem Hof Hrossholt, den er spät in der Nacht und vollkommen erschöpft erreichte. Dort lag er eine Woche im Bett, denn sein ganzer Körper war angeschwollen.

Grettir ging zurück und hob die Kleidungsstücke auf, die Gísli von sich geworfen hatte, und nahm sie mit, Gísli bekam sie nie zurück.

Vielen erschien dies genau die richtige Strafe für Gíslis Angeberei.

Grettir dichtete über ihre Begegnung folgende Strophe:

Ein Pferd, das nur ein bisschen knabbert,
wo es beißen soll,
nimmt vor einem anderen schnell Reißaus
und steht so bald nicht wieder still.
Der weltläufige Gísli aber rannte
furzend vor mir her an jenem Tag
quer über Mýrar und ist
Ehre und Ansehen los.

Im folgenden Frühling machte Gísli sich auf den Weg zurück zum Schiff und achtete genau darauf, dass nicht auch nur ein Teil seines Besitzes auf dem Weg südlich der Berge befördert wurde, denn er sagte, da wohne der Teufel selbst. Gísli ritt immer an der Küste entlang, bis er das Schiff erreichte, und Grettir und er begegneten sich nie wieder. Nach diesem Ereignis hielt niemand mehr etwas von ihm, und er kommt in dieser Saga nicht mehr vor.

Das Verhältnis zwischen Þórð Kolbeinsson und Grettir verschlechterte sich indes weiter. Þórð überlegte hin und her, wie er Grettir vertreiben oder töten könnte.

60 Als Grettir zwei Jahre in der Höhle auf dem Fagraskógafjall gelebt hatte und der dritte Winter kam, ging er nach Mýrar zu einem Hof namens Lækjarbug und holte sich dort gegen den Willen des Besitzers sechs Hammel. Von dort ging er nach Akrar und trieb zwei Rinder und viele Schafe fort, um sie zu schlachten, und folgte dem südlichen Ufer der Hítará.

Als die Bauern dies bemerkten, sagten sie Þórð auf Hítarnes Bescheid und drängten ihn, endlich etwas zu tun, um Grettir loszuwerden. Þórð redete sich aus der Sache heraus, schickte ihnen allerdings seinen Sohn Arnór mit, den man später Jarlaskáld nannte, und sagte, sie sollten Grettir nicht entkommen lassen. Dann wurden Boten in die ganze Gegend geschickt.

Auf Jörvi im Bezirk Flysja wohnte ein Mann namens Bjarni. Er sammelte Männer auf dem anderen Ufer der Hítará zusammen, denn sie wollten von beiden Seiten des Flusses kommen.

Grettir hatte zwei Männer bei sich. Einer hieß Eyjólf, er war der Sohn eines Bauern aus Fagraskógar und sehr tapfer, dann war da noch ein weiterer Mann dabei. Þórarinn auf Akrar und Þorfinnn aus Lækjarbug kamen zuerst an und hatten fast zwanzig Männer dabei. Gerade als Grettir den Fluss überqueren wollte, hatten Þorgeir, Arnór und Bjarni das andere Ufer erreicht. Auf Grettirs Seite ragte eine schmale Landzunge in den Fluss hinein. Als er die Männer sah, trieb er das Vieh auf die Spitze der Landzunge, denn er wollte sich nie von etwas trennen, was er einmal in den Händen hatte.

Die Leute aus Mýrar griffen ihn sofort und sehr mutig an. Grettir befahl seinen Gefährten, ihm den Rücken freizuhalten, so dass ihn nur wenige gleichzeitig angreifen konnten. Ein erbitterter Kampf begann. Grettir hieb nach beiden Seiten mit seinem Schwert, und sie kamen nicht richtig an ihn heran. Einige Leute aus Mýrar fielen, andere wurden verwundet. Die Leute von der anderen Seite des Flusses kamen erst später hinzu, da es in ihrer Nähe keine Furt gab. Sie hatten noch nicht lange gekämpft, da wichen sie bereits zurück. Þórarinn auf Akrar war bereits ein sehr alter Mann und nahm nicht an dem Angriff teil.

Als der Kampf gerade vorbei war, kam Þórarinns Sohn Þránd

zusammen mit Þórarinns Neffen Þorgils Ingjaldsson und einem Sohn von Þorgeir Þórhaddsson aus Hítardal namens Finnbogi und Steinólf Þorleifsson aus Hraundal. Sie drängten die Männer, erneut auf Grettir loszugehen, und es folgte ein weiterer schwerer Kampf.

Grettir merkte, dass es nur zwei Möglichkeiten gab: entweder zu fliehen oder niemanden zu verschonen. Daraufhin schlug er sie alle mit einer heftigen Attacke zurück, denn seine Gegner waren so zahlreich, dass er seine Lage ohnehin für aussichtslos hielt, da wollte er zumindest so viele wie möglich besiegen, bevor sie ihn töteten. Außerdem hoffte er, so einen würdigen Gegner zu finden. Er sprang auf Steinólf aus Hraundal zu, schlug ihm auf den Schädel und spaltete ihn bis zu den Schultern, und mit dem nächsten Schlag traf er bereits Þorgils Ingjaldsson in der Mitte und trennte ihn fast vollkommen durch. Als Þránd herbeilief, um seinen Verwandten zu rächen, hieb Grettir nach seiner rechten Wade und trennte alle Muskeln durch, so dass er kampfunfähig war. Hiernach versetzte er Finnbogi eine schwere Wunde.

Nun rief Þórarinn, sie sollten sich zurückziehen: »Es wird nur um so schlimmer, je länger ihr kämpft, er nimmt sich von euch doch einen nach dem anderen vor.«

Sie folgten seinem Rat und wichen zurück. Da waren bereits zehn Leute gefallen und fünf weitere waren verstümmelt oder lagen im Sterben, und fast alle, die gekämpft hatten, trugen Wunden davon. Grettir war sehr erschöpft, aber kaum verletzt. Die Leute aus Mýrar machten sich davon und hatten einen großen Verlust erlitten, denn viele ihrer Gefallenen waren tapfere Männer gewesen.

Nun, als alles vorbei war, hatten die Männer von der anderen Seite des Flusses endlich den Kampfschauplatz erreicht. Und als sie sahen, wie es ihren Verbündeten ergangen war, wagte Arnór sich nicht weiter vor, weswegen sein Vater und viele andere ihm später Feigheit vorwarfen und fanden, er habe nicht wie ein Krieger gehandelt. Die Landzunge, auf der sie gekämpft hatten, heißt nun Grettisoddi.

Grettir und seine Männer nahmen sich einige Pferde und ritten den Berg hinauf, denn sie waren alle verwundet. Als sie Eyjólfs Heimathof Fagraskógar erreichten, blieb Eyjólf dort. Die Tochter des Bauern stand draußen und fragte, was es Neues gebe.

Grettir beschrieb alles sehr deutlich und sprach diese Strophe:

Bewahrerin der Flut des Trinkhorns,
die große Wunde in Steinólfs Kopf
wird wohl nicht mehr heilen,
obwohl es nicht nur er war, der fiel.
Auch Þorgils zerbrochenen Knochen
hilft keine Hoffnung mehr,
und acht andere Geldverstreuer
sind ebenfalls tot.

Flut des Trinkhorns = Bier; Bewahrerin des Bieres = Frau; Geldverstreuer = Mann

Dann kehrte Grettir in seine Höhle zurück und verbrachte den Winter dort.

61 Bei ihrem nächsten Treffen sagte Björn zu Grettir, dass nun ziemlich viel passiert sei, »und ich glaube nicht, dass du dich hier noch lange halten kannst. Du hast viele meiner Verwandten und Freunde getötet, und doch werde ich mein Versprechen halten, solange du bleibst.«

Grettir sagte, er habe sein Leben verteidigen müssen, »und ich bedauere, dass dich das verärgert.«

Björn sagte, so sei es nun eben.

Wenig später kamen diejenigen, die durch Grettir Verwandte verloren hatten, und drängten Björn dazu, diesen Unruhestifter hier nicht länger zu dulden, wo er ihnen so viel Schaden zufügte. Björn sagte, so solle es nach Ende des Winters sein.

Þránd, der Sohn von Þórarinn auf Akrar, überlebte seine Verletzungen. Aus ihm wurde ein angesehener Mann. Er heiratete Steinunn, die Tochter von Hrút auf Kambsnes. Þorleif aus Hraundal, Steinólfs Vater, war ein bedeutender Mann, und die Leute aus dem Hraundal stammen von ihm ab.

Es ist nicht bekannt, dass Grettir und die Leute aus Mýrar nochmals aneinandergerieten, solange Grettir in der Höhle wohnte. Björn blieb Grettirs Freund und duldete Grettir dort, obwohl ihn das einige andere Freundschaften kostete, denn die Leute ärgerten sich darüber, dass sie für ihre getöteten Verwandten keine Entschädigung bekamen.

Zu der Zeit, als das Bezirksthing stattfand, zog Grettir fort. Er ging abermals in den Borgarfjord zu Grím Þórhallsson und fragte ihn, was er tun sollte. Grím meinte, er könne ihn nicht aufnehmen, also zog er weiter zu seinem Freund Hallmund und blieb dort bis zum Ende des Sommers.

Im Herbst ging Grettir nach Geitland und wartete, bis er gutes Wetter bekam. Dann stieg er auf den Gletscher Geitlandsjökull und überquerte ihn Richtung Südosten, er hatte einen Kessel und Sachen zum Feuermachen dabei. Man nimmt an, dass Hallmund ihm den Weg beschrieben hatte, denn der kannte sich dort gut aus.

Grettir ging, bis er ein langes Tal erreichte, das so schmal war, dass der Gletscher es an allen Seiten überragte. Er fand einen Abstieg und sah schöne Berghänge, auf denen Gras und Sträucher wuchsen. Auch heiße Quellen gab es dort, und Grettir nahm an, dass sich das Eis des Gletschers deswegen nicht über dem Tal schloss. Ein kleiner Bach floss hindurch, und seine flachen Ufer waren bedeckt mit Geröll. Die Sonne schien nur kurz in das Tal hinein, und es erstaunte Grettir, wie viele Schafe dort lebten, die besser und fetter waren als alle, die er zuvor gesehen hatte.

Grettir ließ sich dort nieder und baute sich eine Hütte aus dem Holz, das er fand. Dann fing er sich Schafe zum Essen und hatte hier von einem mehr als von zwei Schafen anderswo.

Am stattlichsten schien ihm ein Mutterschaf mit graubraunem Kopf. Es hatte ein Lamm, auf das Grettir Lust bekam, also schlachtete er es und erhielt so vierzig Pfund Fett, und das Fleisch war noch besser. Doch als das Mutterschaf ihr Lamm vermisste, kam sie jede Nacht zu Grettirs Hütte und blökte, so dass er kein

Auge zubekam und es schließlich sehr bereute, das Lamm getötet zu haben.

Wenn es dämmerte, hörte er Rufe von weiter oben im Tal, und dann liefen die Schafe jeden Abend zu derselben Stelle.

Grettir hat gesagt, dass ein Halbtroll über das Tal herrschte, ein Riese namens Þórir, der Grettir unter seinen Schutz gestellt hatte. Daher nannte Grettir das Tal Þórisdal. Þórir hatte Töchter, und Grettir erzählte, er habe sich mit ihnen vergnügt, was bei denen gut ankam, denn sie bekamen dort im Tal nicht viel Besuch. Und zur Fastenzeit machte Grettir es sich zur Regel, nur Fett und Leber zu essen.

Den Winter über passierte weiter nichts Erzählenswertes. Dann jedoch wurde es Grettir so langweilig dort, dass er nicht länger bleiben konnte. Also verließ er das Tal, überquerte den Gletscher geradewegs nach Süden und gelangte auf die Nordseite des Skjaldbreið. Dort stellte er einen flachen Stein auf, schlug ein Loch hinein und sagte, dass jeder, der hindurchblickte, die Schlucht sehen könne, die aus dem Þórisdal herausführt.

Dann zog er durch das Südland in die Ostfjorde. Den ganzen Sommer und Winter verbrachte er damit, alle wichtigen Leute zu treffen, doch jeder wies ihn ab, und er fand weder Essen noch eine Bleibe. Dann ging er zurück in den Norden und hielt sich dort an verschiedenen Orten auf.

62 Kurz nachdem Grettir von der Arnarvatnsheiði fortgegangen war, kam ein Mann dorthin, der Grím hieß. Er war der Sohn der Witwe aus Kropp und war für gesetzlos erklärt worden, weil er den Sohn von Eið Skeggjason aus Ás getötet hatte. Er ließ sich dort nieder, wo Grettir gewesen war, und fing viele Fische aus dem See. Hallmund ärgerte es, dass Grím den Platz von Grettir eingenommen hatte, und beschloss, dass ihm das nichts einbringen sollte, ganz gleich, wie viele Fische er fing.

Eines Tages hatte Grím hundert Fische gefangen, trug sie zu seiner Hütte und hängte sie draußen auf. Doch als er am nächsten Morgen herauskam, war jeder einzelne Fisch verschwunden.

Verwundert ging er zum See und fing zweihundert Fische, brachte sie zurück und hängte sie auf, und es kam genauso, am nächsten Morgen waren sie alle weg. Da wurde er misstrauisch.

Am dritten Tag fing er dreihundert Fische, brachte sie zu seiner Hütte und hielt Wache. Er schaute durch ein Loch in seiner Tür hinaus und wartete. Die Zeit verging, doch als die Nacht noch nicht zu einem Drittel herum war, hörte er draußen schwere Schritte. Als Grím das bemerkte, nahm er seine Axt, die eine sehr scharfe Waffe war, denn er wollte wissen, was der Eindringling tat. Der trug einen großen Korb auf dem Rücken, stellte ihn ab und sah sich um. Als er draußen niemanden sah, befühlte er die Fische, befand sie für gut und lud sie in den Korb. Bald war der Korb voll. Es waren so viele Fische, dass Grím dachte, kaum ein Pferd könnte sie tragen, da bückte sich der Mann, um den Korb anzuheben, und in dem Moment, als er aufstehen wollte, rannte Grím heraus, packte die Axt mit beiden Händen und schlug sie dem Fremden so in den Hals, dass sie bis zum Schaft versank. Der andere reagierte schnell und rannte mit dem Korb auf dem Rücken Richtung Süden davon. Grím lief hinterher, denn er wollte wissen, ob er ihn erwischt hatte. So liefen sie bis zum Fuß des Balljökull, wo der Mann in eine Höhle ging, in der ein helles Feuer brannte. Dort saß eine großgewachsene, aber dennoch hübsche Frau, und Grím hörte, wie sie ihren Vater begrüßte und ihn Hallmund nannte. Er ließ seine Ladung fallen und stöhnte laut, und sie fragte, warum er blute.

Er antwortete mit der folgenden Strophe:

Mir scheint,
kein Mann
darf seiner Kraft
vertrauen,
denn so versagt
am Todestag
der Männer Mut,
zerbricht wie Glück.

Dann fragte sie, wie der Zusammenstoß zwischen ihnen genau abgelaufen sei, und er erzählte es ihr.

»Und höre ja gut zu«, sagte er, »während ich dir von meinen Taten erzähle, denn ich werde ein Gedicht daraus machen, und du sollst es in einen Runenstab ritzen.«

Das tat sie, und er sprach das Gedicht von Hallmund, das diese Strophen enthält:

Ich galt als gut,
als ich Grettir
wohl stark genug
die Zügel entriss
und sah,
wie er sehr lang
in seine leeren
Hände starrte.

Kurz darauf
kam Þórir auf
das Hochland
am Arnarvatn,
und Grettir
und ich
spielten gegen
achtzig Speerspitzen.

Grettirs Hiebe,
schräg auf ihre Schilde,
ließen nichts
zu wünschen übrig,
doch die Spuren
meiner Waffen
hielt man
für noch größer.

Den Helden, die Grettir
in den Rücken fielen,
ließ ich die Arme
und Köpfe fliegen,
so dass noch immer
achtzehn Krieger
aus Kelduhverfi
dort am Boden liegen.

Riesen,
Felsbewohner
und dergleichen
habe ich hart angepackt,
Trolle
geschlagen
und Halbtrollen
den Tod gebracht.

Elfen ebenso
wie Ungeheuern,
kaum einer Art
habe ich nicht geschadet.

Hallmund erzählte in diesem Gedicht von vielen seiner Taten, denn er hatte das ganze Land bereist.

Da sagte seine Tochter: »Dieser Mann wollte sich nicht nehmen lassen, was ihm gehört, und das überrascht mich nicht, denn du hast ihn für dumm verkauft. Aber wer soll dich jetzt rächen?«

»Ich weiß nicht, ob das jemals geschehen wird«, sagte Hallmund. »Grettir würde es wohl tun, wenn er die Gelegenheit hätte, doch gegen das Glück, das dieser Mann hat, wird er nur schwer etwas ausrichten können, denn der wird noch Großes vollbringen.«

Während Hallmund das Gedicht weitersprach, wurde er immer schwächer, und sobald er fertig war, starb er. Sie beherrschte sich nicht und weinte sehr.

Da betrat Grím die Höhle und sagte, sie solle nicht verzweifeln, »denn jeder muss gehen, wann es ihm bestimmt ist. Und er hat es selber herausgefordert. Ich konnte ja kaum zusehen, wie er mich beraubt.«

Sie sagte, da sei eine Menge Wahres dran: »Dreistigkeit ist immer schlecht.«

Und im Verlauf des Gesprächs wurde sie fröhlicher. Grím blieb viele Nächte in der Höhle und lernte das Gedicht, und sie kamen gut miteinander aus.

Grím verbrachte den Winter nach Hallmunds Tod auf der Arnarvatnsheiði. Dann kam Þorkell Eyjólfsson, stellte ihn dort, und sie kämpften. Ihr Zweikampf endete damit, dass Grím die Möglichkeit hatte, Þorkell zu töten, und es nicht tat. Daraufhin nahm Þorkell ihn bei sich auf, sorgte dafür, dass er das Land verlassen konnte, und schenkte ihm viele Wertsachen, und beide fanden, sie hätten sich gegenseitig einen großen Dienst erwiesen. Hiernach unternahm Grím zahlreiche Reisen, über die man sich viele Geschichten erzählt.

63

Nun zurück zu Grettir. Nachdem er die Ostfjorde verlassen hatte, versteckte und verkleidete er sich, denn er wollte Þórir aus dem Weg gehen, und schlief den Sommer über unter freiem Himmel auf der Möðrudalsheiði und andernorts. Manchmal war er auch auf der Reykjaheiði.

Als Þórir erfuhr, dass Grettir auf der Reykjaheiði war, rief er seine Männer zusammen, ritt hin und war fest entschlossen, ihn diesmal nicht entkommen zu lassen. Grettir bemerkte sie erst, als sie fast da waren. Er stand an einer Hütte unweit des Weges und hatte einen Mann bei sich. Und als sie die Männer sahen, blieb ihnen nicht viel Zeit. Da sagte Grettir, sie sollen ihre Pferde niederwerfen und in die Hütte ziehen, und das taten sie. Þórir ritt Richtung Norden an ihnen vorbei, doch als sie ihren Freund Grettir dort nicht fanden, drehten sie um.

Als die Gruppe erneut an ihnen vorbeigeritten kam, sagte Grettir: »Sie werden enttäuscht von ihrem Ausritt sein, wenn sie uns nicht finden. Pass auf unsere Pferde auf, ich gehe zu ihnen hin. Es wäre doch witzig, wenn sie mich nicht erkennen.«

Sein Begleiter wollte ihn davon abbringen, doch Grettir zog sich andere Kleidung an, setzte einen Hut mit breiter Krempe auf, der sein Gesicht verdeckte, und stützte sich auf einen Stab, dann ging er hinaus und kreuzte bald ihren Weg. Sie grüßten ihn und fragten, ob er hier in den Bergen einige Männer gesehen habe.

»Ich habe sogar die Männer gesehen, nach denen ihr sucht. Ihr habt sie knapp verpasst, gerade waren sie noch jenseits dieser Sumpfwiesen zu meiner Linken.«

Als sie das hörten, galoppierten sie los in Richtung der Wiesen. Dort jedoch war der Boden so feucht, dass sie nirgendwo vorankamen und immer wieder steckenblieben und ihre Pferde aus dem Morast ziehen mussten, was sie den größten Teil des Tages beschäftigte. Sie verfluchten den Landstreicher, der ihnen so übel mitgespielt hatte.

Grettir eilte zu seinem Begleiter zurück, und als sie sich begegneten, sprach er:

Ich will nicht gegen Bäume reiten,
die in des Schildes Drohung stehen,
dieser Mann ist in Gefahr
und geht alleine fort,
die Eiligen, die Odins Wand besiegen,
will ich nicht treffen,
es wird dir nicht verrückt erscheinen,
für mich kommt noch die Zeit.

Schildes Drohung = Kampf; Bäume, die im Kampf stehen = Krieger;
Odins Wand = Schild; die, die Schilde besiegen = Krieger

Wo Þórir viele Männer hat,
weiche ich zurück.

Dann ritten sie so schnell sie konnten nach Westen und kamen an dem Hof Garð vorbei, bevor Þórir mit seinen Männern zurückgekehrt war. Als sie schon fast beim Hof waren, begegnete ihnen ein Mann, der gleich mitkam, ohne sie zu erkennen. Dann sahen sie, dass vor dem Hof eine junge, vornehm gekleidete Frau stand. Grettir erkundigte sich, wer sie sei, und ihr neuer Begleiter sagte, das sei die Tochter von Þórir.

Da sprach Grettir diese Strophe:

Auch wenn meine Worte
häufig nichts bedeuten,
wird die schlaue Göttin des Lagers des Goldbewachers
ihrem Vater sagen können,
dass ich so nah es geht an seinem schönen Hof
vorbeireite mit zwei anderen,
die Zierde des Bugland-Pferdes
reist mit kleinem Gefolge.

Goldbewacher = Schlange; Lager der Schlange = Gold; Göttin des Goldes = Frau; Bugland = Meer; Meer-Pferd = Schiff; Zierde des Schiffes = Mann

Als ihr Begleiter das hörte, wurde ihm klar, wer sie waren. Er ritt zum Hof und sagte, dass Grettir gerade vorbeigeritten sei.

Als Þórir nach Hause kam, fanden viele, Grettir habe sie an der Nase herumgeführt. Þórir sandte Späher aus, die Grettir finden sollten, wo immer er auch sei. Daraufhin schickte Grettir seinen Begleiter mit beiden Pferden weiter nach Westen, während er sich mit einer Kutte verkleidete und in die Berge zog. Zu Beginn des Winters ging er weiter nach Norden, und niemand erkannte ihn.

Alle sagten, dass die Jagd nach Grettir für Þórir diesmal ähnlich schlecht ausgegangen sei wie beim letzten Mal, wenn nicht gar noch schlimmer.

64

An der Eyjardalsá im Bárðardal lebte ein Priester namens Steinn. Er war ein guter Bauer und wohlhabender Mann. Er hatte einen tatkräftigen Sohn namens Kjartan, der bereits erwachsen war.

Es war ein Mann namens Þorsteinn der Weiße. Er wohnte auf

Sandhaugar, südlich von Eyjardalsá. Seine Frau hieß Steinvör und war jung und fröhlich. Sie hatten einige Kinder, die zu dieser Zeit noch jung waren, und ihr Hof wurde von Trollen heimgesucht.

Zwei Jahre bevor Grettir in den Norden kam, ging Steinvör, die Frau des Bauern, von Sandhaugar zur Weihnachtsmesse nach Eyjardalsá, während ihr Mann zu Hause blieb. Einige Zeit, nachdem man sich schlafen gelegt hatte, gab es im Haus plötzlich ein lautes Krachen, das dem Bett des Bauern immer näher kam. Keiner traute sich aufzustehen und nachzusehen, woher es kam, denn sie waren nur wenige Leute auf dem Hof. Als Steinvör am nächsten Morgen nach Hause kam, war ihr Mann verschwunden, und keiner wusste, was aus ihm geworden war. Dann verging ein ganzes Jahr.

Im nächsten Winter wollte die Bäuerin wieder zur Weihnachtsmesse gehen und wies einen ihrer Knechte an, zu Hause zu bleiben. Er gehorchte nur widerwillig. Dann kam alles wie im Jahr zuvor, und der Knecht verschwand. Die Leute fanden das sehr seltsam. Doch als man Blutspritzer an der Haustür entdeckte, nahm man an, dass Ungeheuer beide Männer geholt hatten, und das verbreitete sich in der ganzen Gegend.

Grettir erfuhr dies, und da er sich mit Geistern und Untoten auskannte, ging er nach Bárðardal und kam am Heiligen Abend in Sandhaugar an. Er verkleidete sich und nannte sich Gest. Die Bäuerin sah gleich, dass er ausgesprochen kräftig gebaut war, die anderen Hofbewohner hingegen fürchteten sich vor ihm. Er bat um Unterkunft.

Essen könne er bekommen, sagte die Bäuerin, »aber für alles andere übernehme ich keine Verantwortung.«

Er stimmte zu. »Ich werde hierbleiben«, sagte er dann, »aber du kannst zur Messe gehen, wenn du willst.«

Sie antwortete: »Wenn du dich traust hierzubleiben, musst du mutig sein.«

»Ich traue mir einiges zu«, sagte er.

»Ich würde ungern hierbleiben«, sagte sie, »aber ich komme nicht über den Fluss.«

»Ich bringe dich hinüber«, sagte Gest.

Dann machte die Bäuerin sich bereit, zur Messe zu gehen, und nahm ihre kleine Tochter mit. Es hatte ziemliches Tauwetter gegeben, der Fluss führte viel Wasser, und Eisschollen trieben darin.

Da sagte die Bäuerin: »Weder Mensch noch Pferd kommen durch diesen Fluss.«

»Eine Furt findet sich immer«, sagte Gest, »habt keine Angst.«

»Trag erst meine Tochter hinüber«, sagte sie dann, »sie ist leichter.«

»Ich habe keine Lust, zweimal zu gehen«, sagte Gest, »ich trage dich auf meinem Arm.«

Sie bekreuzigte sich und sagte: »Der Fluss ist unpassierbar. Und was willst du mit dem Mädchen machen?«

»Da fällt mir schon was ein«, sagte er und setzte der Mutter das Mädchen auf den Schoß und nahm sie beide auf seinen linken Arm, denn er wollte die rechte Hand frei haben. Dann watete er in den Fluss hinein. Sie fürchteten sich so sehr, dass sie es nicht einmal wagten, zu schreien. Das Wasser ging ihm sofort bis zur Brust. Da trieb eine große Eisscholle auf ihn zu, doch er streckte seine freie Hand aus und stieß sie weg. Bald war der Fluss so tief, dass das Wasser seine Schultern überspülte. Er watete weiter mit kräftigen Schritten, bis er das andere Ufer erreichte, dann setzte er sie an Land.

Nun ging er zurück. Als er Sandhaugar erreichte, dämmerte es gerade. Er ließ sich sein Essen geben, und als er satt war, befahl er den anderen Leuten auf dem Hof, tiefer in den Wohnraum hineinzugehen. Dann nahm er die Tische und losen Bretter und stapelte sie quer in den Raum, so dass sie eine Trennwand bildeten, die so hoch war, dass keiner von den Leuten hinübersteigen konnte. Niemand traute sich, ihm zu widersprechen oder zu murren. Der Eingang war in der Seitenwand am Kopfende des Raumes und direkt daneben eine Querbank. Dort legte Gest sich hin und blieb vollständig angezogen. In dem Raum brannte ein Licht in der Nähe der Tür. Gest lag da, und die Nacht brach herein.

Als die Bäuerin zur Messe in Eyjardalsá kam, wunderte man sich, wie sie es über den Fluss geschafft hatte. Sie sagte, sie sei sich nicht sicher, ob sie ein Mensch herübergetragen hatte oder ein Troll.

Der Priester meinte, es sei sicher ein Mann gewesen, »wenn auch einer von der Art, wie es nur wenige gibt. Aber das behalten wir besser für uns«, sagte er. »Es kann sein, dass ihm gegeben ist, dich von deinen Sorgen zu befreien.«

Die Bäuerin blieb die Nacht über dort.

65

Von Grettir ist zu erzählen, dass er gegen Mitternacht draußen ein lautes Rumpeln hörte. Kurz danach stand eine große Trollfrau im Raum. Sie trug in der einen Hand einen Bottich und in der anderen ein ziemlich großes Messer. Sie sah sich um, und als sie Gest entdeckte, rannte sie auf ihn zu. Da sprang er auf, stellte sich ihr entgegen, und sie kämpften erbittert und lange. Sie war stärker als er, doch er wich geschickt aus. Sie zerschmetterten alles, was ihnen im Weg war, selbst die Trennwand im Raum.

Sie zog ihn aus dem Wohnraum heraus und zum Eingang des Hofes hin. Dort wehrte er sich standhaft. Sie wollte ihn aus dem Haus ziehen, doch sie schaffte es nicht. Dann brachen sie den ganzen Türrahmen heraus und schleiften ihn auf den Schultern mit sich hinaus ins Freie. Sie zerrte Gest immer weiter, bis sie oberhalb des Flusses an eine Schlucht kamen. Gest war vollkommen erschöpft, musste jedoch seine ganze Kraft aufbringen, sonst hätte sie ihn in die Schlucht geworfen. Sie kämpften die ganze Nacht. Er fand, sie war das stärkste Wesen, mit dem er jemals gerungen hatte. Sie presste ihn so fest an sich, dass ihm nichts übrigblieb, als die Arme um sie zu legen und sich an sie zu klammern. Und als sie an den Rand der Schlucht kommen, bringt er sie aus dem Gleichgewicht und befreit seinen rechten Arm. Sofort greift er nach seinem Schwert, das er am Gürtel trug, zieht es, schlägt nach ihrer Schulter und trennt ihr den rechten Arm ab, so dass sie ihn in dem Moment losließ, als sie in die Schlucht stürzte und in den Wasserfall fiel.

Gest lag noch lange steif und erschöpft auf dem Felsvorsprung. Erst als es hell wurde, ging er nach Hause und legte sich ins Bett. Sein ganzer Körper war geschwollen und blau.

Als die Bäuerin von der Messe kam, fand sie ihr Haus von innen verwüstet. Sie ging zu Gest und fragte, warum alles so zerschlagen und zerstört sei, und er erzählte es ihr. Sie war sehr beeindruckt und fragte ihn nach seinem Namen. Er sagte ihr seinen richtigen Namen und bat sie, den Priester zu holen, da er mit ihm reden wolle. Es geschah.

Als Priester Steinn in Sandhaugar ankam, wurde ihm sofort klar, dass es Grettir Ásmundarson war, der sich den Namen Gest gegeben hatte. Der Priester fragte ihn, was wohl aus den beiden verschwundenen Männern geworden sei, und Grettir vermutete, sie seien in der Schlucht gelandet. Der Priester sagte, er könne das erst glauben, wenn er einen Beweis sähe. Grettir meinte, dass es dazu schon noch kommen würde, und der Priester ging nach Haus. Grettir lag viele Tage im Bett. Die Bäuerin sorgte sehr gut für sein Wohlergehen. So gingen die Feiertage vorbei.

Grettir hat erzählt, die Trollfrau sei in die Schlucht gefallen, nachdem er sie verwundet hatte, doch die Leute aus Bárðardal glaubten, sie sei während des Kampfes im ersten Tageslicht zu Stein erstarrt und zersprungen, als er ihr den Arm abschlug, denn noch jetzt stehe am Rande der Schlucht ein Fels, der aussieht wie eine Frau. Die Leute aus dem Tal versteckten Grettir den Winter über.

Eines Tages nach Weihnachten ging Grettir nach Eyjardalsá, und als er den Priester traf, sagte er: »Ich weiß, du willst nicht glauben, was ich erzähle. Komm mit zum Fluss, dann sehen wir, ob es dich überzeugt oder nicht.«

Der Priester stimmte zu. Als sie zu dem Wasserfall kamen, sahen sie eine Höhle unter dem Felsvorsprung. Hinunter zum Wasser waren es etwa fünfzehn Meter, und die Felswand war so steil und glatt, dass niemand an ihr hochklettern konnte. Sie hatten ein Seil mitgenommen.

»Selbst du schaffst es nicht, da hinunterzuklettern«, sagte der Priester, und Grettir antwortete:

»Da kann man sich nie sicher sein, schon gar nicht, wenn gute

Leute es versuchen. Ich werde mir ansehen, was da in dem Wasserfall ist, du passt währenddessen auf das Seil auf.«

Der Priester meinte, es sei seine Entscheidung, schlug auf dem Felsen einen Pflock in den Boden, um den er Steine legte, und setzte sich daneben.

66 Grettir machte eine Schlinge in das Seil, befestigte einen Stein daran und ließ ihn ins Wasser hinab.

»Wie willst du denn jetzt da hinunterkommen?«, fragte der Priester.

»Ich will nicht an irgendetwas angebunden sein, wenn ich in den Wasserfall komme«, sagte Grettir, »denn ich habe da eine Vermutung.«

Hiernach machte er sich bereit und legte fast alle Kleider ab, dann band er sich das Schwert wieder um, weitere Waffen trug er nicht. Dann sprang er über den Felsen in den Wasserfall hinein. Der Priester sah, wie seine Fußsohlen verschwanden, und hatte keine Ahnung, was danach mit ihm geschah. Grettir tauchte unter dem Wasserfall hindurch, was schwierig war, da er ganz bis auf den Grund tauchen musste, um nicht in den Strudel zu geraten und auf der anderen Seite des Wasserfalls auftauchen zu können. Dort kletterte er auf einen Felsvorsprung. Da, wo der Fluss über die Felskante stürzte, lag hinter dem Wasserfall eine große Höhle.

Er betrat die Höhle und sah ein großes Feuer. Dann sah Grettir, dass dort ein entsetzlicher Riese saß. Er war fürchterlich anzusehen. Als Grettir auf ihn zukam, sprang der Riese auf, ergriff eine Art Lanze und hieb nach dem Eindringling, es war eine Waffe, mit der man sowohl hauen als auch stechen konnte. Sie hatte einen hölzernen Schaft und war von der Art, die man damals Schaftschwert nannte. Grettir schlug mit seinem Schwert zurück, traf den Schaft und hieb ihn durch. Der Riese versuchte nach einem Schwert zu greifen, das weiter hinten in der Höhle hing, doch da traf Grettir ihn in die Brust, so dass er fast den ganzen Brustkorb und Bauch auftrennte und die ganzen Innereien des Riesen in den Fluss fielen und forttrieben.

Als der Priester oben bei seinem Seil sah, wie die Strömung des Flusses eine blutige Spur davontrug, packte ihn die Angst, denn er war fest davon überzeugt, dass Grettir tot war. Er ließ das Seil allein und rannte nach Hause. Inzwischen war es Abend, und er sagte, Grettir sei ganz sicher tot, und hielt das für einen großen Verlust.

Von Grettir ist zu erzählen, dass er dem Riesen ohne zu zögern einen Hieb nach dem anderen versetzte, bis dieser starb. Dann ging Grettir tiefer in die Höhle hinein, zündete Feuer an und sah sich um. Es ist nicht berichtet, wie viele Schätze er hier fand, aber man nimmt an, dass es einiges war, und er blieb die Nacht über dort. Er fand auch die Gebeine von zwei Menschen und tat sie in einen Sack aus Leder. Dann verließ er die Höhle und schwamm zu dem Seil, zog daran und dachte, der Priester wäre am anderen Ende. Als er bemerkte, dass der Priester nicht mehr da war, musste er sich aus eigener Kraft an dem Seil emporziehen und schaffte es schließlich auf den Felsen zurück.

Er ging nach Eyjardalsá zurück, legte den Sack mit den Gebeinen vor die Kirchentür zusammen mit einem Stab, in den mit schöner Schrift folgende Strophe eingeritzt war:

Ich stieg hinab in die dunkle Schlucht,
wo der Abgrund der stürzenden Steine
vor dem Treiber des Sturmwinds der Schwerter
sein feuchtes, kaltes Maul aufriss.
Heftig schlug die wirbelnde Strömung
gegen die Brust in der Riesinnen Saal,
der harte Hass der Wassermassen
traf den Skalden an den Schultern.

Abgrund der stürzenden Steine = Wasserfall; Sturmwind der Schwerter = Kampf; Treiber des Kampfes = Krieger; Saal der Riesin = Höhle

Und auch diese:

Hässlich rannte aus der Höhle
ein Freund der Trollfrau auf mich zu

und kämpfte wohl lang und
erbittert mit mir,
ich traf den Schaft der scharfen Waffe,
und des Kampfes leuchtende Fackel
schlug den schwarzen Brustkorb
des Riesen entzwei.

Freund der Trollfrau = Riese; Fackel des Kampfes = Schwert

Ebenfalls stand da, dass Grettir die Gebeine in der Höhle gefunden hatte. Als der Priester am nächsten Tag zur Kirche ging, fand er den Runenstab und alles andere und las die Runen. Doch da war Grettir bereits nach Sandhaugar zurückgegangen.

67

Als der Priester und Grettir sich das nächste Mal trafen, wollte der Priester in allen Einzelheiten wissen, was geschehen war. Grettir erzählte es ihm und sagte, der Priester habe das Seil unzuverlässig bewacht. Der Priester gab es zu. Bald wussten alle, dass diese Ungeheuer für die vermissten Leute im Tal verantwortlich waren, und hiernach entstand nie wieder Schaden durch Untote oder Spuk. Man fand, Grettir habe den ganzen Landstrich von einem großen Übel befreit. Der Priester beerdigte die Gebeine auf dem Friedhof.

Grettir verbrachte den Winter auf Sandhaugar und zeigte sich nur selten. Aber als Þórir aus Garð die ersten Gerüchte hörte, dass Grettir im Bárðardal sei, sandte er einige Männer aus, um ihn zu töten. Die Leute rieten Grettir fortzugehen, und er ging nach Westen.

Als er nach Möðruvellir zu Guðmund dem Mächtigen kam, bat er ihn um Hilfe, doch Guðmund sagte, er könne ihn nicht gut aufnehmen. »Dir bleibt nur eins«, sagte Guðmund, »du musst dich irgendwo niederlassen, wo du keine Angst um dein Leben haben musst.«

Grettir sagte, er wisse nicht, wo das sein könnte, und Guðmund sagte: »Im Skagafjord gibt es eine Insel namens Drangey. Sie lässt sich gut verteidigen, denn man kommt nur mit einer Leiter auf sie hinauf. Wenn du es bis dorthin schaffst, kenne ich niemanden, der es wagen würde, etwas gegen dich zu unternehmen, sei es mit Waffen oder List. Du musst nur die Leiter gut bewachen.«

»Das will ich gerne versuchen«, sagte Grettir. »Aber ich habe eine solche Angst vor der Dunkelheit, dass ich nicht allein sein kann, auch wenn mein Leben davon abhängt.«

Guðmund antwortete: »Das mag sein, doch es gibt niemandem, dem du so vertrauen kannst wie dir selbst. Viele sind nicht, wie sie scheinen.«

Grettir dankte ihm für den Rat. Dann verließ er Möðruvellir und ritt so schnell er konnte nach Bjarg. Seine Mutter empfing ihn herzlich und sein Bruder Illugi ebenso. Er blieb einige Nächte dort und erfuhr, dass Þorsteinn Kuggason getötet worden war. Das war im Herbst passiert, bevor Grettir nach Bárðardal gegangen war. Nun wurde ihm klar, dass er seinen Feinden kaum noch entkommen konnte.

Grettir ritt nach Süden über die Holtavörðuheiði und wollte Hallmund rächen, falls er Grím begegnete. Aber als er ins Norðurárdal kam, erfuhr er, dass Grím zwei oder drei Jahre zuvor fortgegangen war, wie bereits erwähnt wurde. Grettir hörte so spät davon, weil er sich zwei Jahre versteckt gehalten und ein drittes im Þórisdal verbracht hatte und niemanden traf, der ihm erzählte, was es Neues gab.

Dann zog er ins Breiðafjarðardal, lauerte Reisenden auf, die über die Brattabrekka zogen, und bestahl wieder einmal die Kleinbauern. Dies war gegen Mittsommer.

Am Ende dieses Sommers brachte Steinvör auf Sandhaugar einen Jungen zur Welt, den sie Skeggi nannte. Erst hielt man ihn für das Kind von Kjartan, dem Sohn von Priester Steinn in Eyjardalsá. Doch Skeggi unterschied sich sehr von seinen Geschwistern in Körperbau und Stärke. Als er fünfzehn Jahre alt wurde, war er der stärkste Mann von ganz Nordisland, und nun galt Grettir als sein Vater. Man vermutete, er würde ein außergewöhnlicher Mann werden, doch er starb schon mit sechzehn, und es gibt keine Geschichten über ihn.

68 Nach dem Tod von Þorsteinn Kuggason hatte der Gode Snorri kein gutes Verhältnis mehr zu seinem Sohn Þórodd und zu Sám, dem Sohn von Börk dem Dicken. Über die Gründe dafür ist nur bekannt, dass sie eine wichtige Tat nicht ausführen wollten, die Snorri von ihnen forderte. Snorri der Gode jagte seinen Sohn Þórodd fort und sagte, er bräuchte erst wiederzukommen, wenn er einen Gesetzlosen getötet habe, und damit war die Sache erledigt. Þórodd macht sich auf in die Dalir.

Auf Breiðabólstad im Sökkólfsdal wohnte eine Witwe namens Geirlaug. Sie beherbergte einen Hirten, der geächtet war, weil er jemanden verletzt hatte; er war gerade erst erwachsen. Als Þórodd Snorrason das erfuhr, ritt er nach Breiðabólstad und fragte nach dem Hirten.

Die Bäuerin sagte, er sei bei seinen Schafen. »Was willst du denn von ihm?«

»Sein Leben«, sagte Þórodd, »denn er ist ein Gesetzloser.«

»Du denkst, du bist ein großer Held. Da wird es dir nicht viel Ehre bringen, diesen armen Teufel zu töten«, antwortete sie. »Wenn du dich erproben willst, weiß ich etwas Besseres.«

»Und was?«, sagte er.

»Grettir Ásmundarson lebt hier oben in den Bergen. Schlage dich mit dem. Der ist ein würdiger Gegner für dich.«

Þórodd fand das gut: »Das werde ich tun«.

Er gab seinem Pferd die Sporen und ritt das Tal hinauf. Als er die Hügel am Fluss Austurá erreichte, sah er ein hellbraunes Pferd mit Sattel und einen großen bewaffneten Mann, dem er sogleich entgegenging.

Grettir grüßte und fragte ihn, wie er heiße.

Þórodd nannte seinen Namen und sagte: »Warum fragst du mich nicht lieber, was ich will?«

»Weil dabei wahrscheinlich nichts Großes herauskommen wird«, sagte Grettir. »Bist du nicht der Sohn von Snorri dem Goden?«

»Ganz genau«, sagte Þórodd, »und jetzt finden wir heraus, wer von uns stärker ist.«

»Das wird nicht so schwer sein«, sagte Grettir. »Oder weißt

du nicht, dass ich für die meisten meiner Gegner nicht gerade ein Glücksbringer bin?«

»Das weiß ich«, sagte Þórodd, »doch darauf lasse ich es ankommen.« Dann zog er sein Schwert und griff Grettir heftig an, der sich mit seinem Schild verteidigte, Þórodd aber nicht mit Waffen angriff. So kämpften sie eine Weile, und Grettir trug nicht einen Kratzer davon.

»Jetzt haben wir genug gespielt«, sagte Grettir. »Du kannst mich ohnehin nicht besiegen.«

Þórodd schlug so hart zu, wie er konnte.

Bald fand Grettir es langweilig, sich mit Þórodd abzugeben. Er packte ihn und setzte ihn neben sich auf den Boden und sagte: »Ich könnte mit dir machen, was ich will, und habe keine Angst, dass du mich tötest, doch vor deinem grauhaarigen Vater Snorri und dem, was er plant, davor habe ich Angst, denn er hat schon viele in die Knie gezwungen. Suche dir einen Gegner, gegen den du etwas ausrichten kannst. Mit mir zu kämpfen, ist nichts für ein Kind.«

Als Þórodd sah, dass ihm nichts anderes übrigblieb, beruhigte er sich etwas, und bald darauf gingen sie ihrer Wege. Þórodd ritt heim nach Tunga und erzählte seinem Vater von der Begegnung mit Grettir.

Snorri der Gode lächelte und sagte: »Viele überschätzen sich, und ihr unterscheidet euch sehr. Du hast auf ihn eingeschlagen, und er hätte mit dir machen können, was er wollte. Aber Grettir hat weise gehandelt, als er dich am Leben ließ, denn ich hätte dich nicht ungerächt gelassen. Was mich betrifft, so werde ich ihm helfen, falls ich mit seinem Fall zu tun bekomme.«

Snorri war gerührt davon, dass Grettir seinen Sohn so gut behandelt hatte, und war fortan Grettirs Freund in allem, was er unternahm.

69 Kurz nachdem Grettir und Þórodd sich getrennt hatten, ritt Grettir nordwärts nach Bjarg und versteckte sich eine Weile dort. Da wurde seine Angst vor dem Dunkeln so stark,

dass er sich nirgends hintraute, nachdem es anfing zu dämmern. Seine Mutter bot ihm an, bei ihr zu bleiben, sagte aber, dass ihm das wohl wenig helfen würde, wo er jetzt Feinde im ganzen Land hatte.

Grettir sagte, er werde ihr keine Schwierigkeiten machen: »Aber allein sein kann ich auch nicht, selbst wenn mein Leben davon abhängt.«

Sein Bruder Illugi war damals fünfzehn Jahre alt und bereits sehr tüchtig. Er war bei diesem Gespräch dabei. Grettir erzählte seiner Mutter, was Guðmund der Mächtige ihm geraten hatte, und sagte, er wolle herausfinden, ob er es nach Drangey schaffen könnte, sagte jedoch auch, dass er da nicht bleiben könne, wenn nicht jemand bei ihm sei, dem er vertraue.

Da sagte Illugi: »Ich werde mit dir gehen, Bruder, doch ich weiß nicht, ob meine Begleitung dir viel nützen wird. Nur dass ich dir treu sein und nicht davonlaufen werde, solange du stehst, das verspreche ich dir, und außerdem werde ich besser wissen, wie es dir ergeht, wenn ich dich begleite.«

»An dir habe ich von allen Menschen die meiste Freude und hätte es gern, dass du mich begleitest, wenn meine Mutter es erlaubt«, sagte Grettir.

Ásdís sagte: »Nun ist die Zeit gekommen, zwischen zwei Übeln zu wählen. Auf Illugi kann ich nicht verzichten, doch ich weiß, Grettirs Not ist groß, und es muss etwas geschehen. Es tut mir weh, euch gehen zu lassen, meine beiden Söhne, und doch will ich genau das, wenn es für Grettir besser ist.«

Illugi freute sich über ihre Worte, denn er wollte gerne mit Grettir gehen. Sie gab ihnen viel Geld, und die Brüder bereiteten ihre Reise vor.

Ásdís begleitete sie von ihrem Land, und bevor sie sich trennten, sagte sie dies: »Da geht ihr nun, meine beiden Söhne. Euer beider Tod wird mich sehr schmerzen, doch niemand kann dem entrinnen, was ihm beschieden ist. Ich werde keinen von euch wiedersehen, tretet vereint dem Schicksal entgegen. Ich weiß nicht, welches Heil ihr auf Drangey sucht, doch ihr werdet dort umkommen, denn vielen wird eure Anwesenheit missfallen.

Passt auf, dass euch niemand verrät, und ihr sterbt im Kampf. Ich habe seltsam geträumt in letzter Zeit, ihr müsst euch hüten vor Hexerei. Wenig ist mächtiger als der Zauber aus alten Tagen.«

Und als sie das gesagt hatte, weinte sie sehr.

Grettir sagte: »Weine nicht, Mutter. Wenn wir durch Waffen sterben, wird man sagen, du hast Söhne gehabt, keine Töchter. Leb wohl.«

Dann gingen sie auseinander.

Sie zogen nach Norden und trafen ihre Verwandten, bei denen sie den Herbst und einen Teil des Winters blieben. Dann gingen sie zum Skagafjord, durchquerten Vatnsskarð und Reykjaskarð und zogen dann über Sæmundarhlíð nach Langholt. Es war schon spät, als sie Glaumbær erreichten. Grettir trug seine Kapuze nicht auf dem Kopf, das tat er nie, gleich welches Wetter draußen war.

Kurz nachdem sie weitergezogen waren, kam ihnen ein Mann entgegen. Er hatte einen großen Kopf, war groß, dürr und ärmlich gekleidet. Er grüßte sie und fragte nach ihren Namen. Sie nannten sie, und er sagte, er heiße Þorbjörn. Er war ein Vagabund und hatte keine Lust zu arbeiten und ein großes Mundwerk, die Leute verspotteten ihn gerne und trieben mit ihm ihren Spaß. Er wollte sie beeindrucken und erzählte ihnen viele Geschichten über die Leute aus der Gegend. Grettir fand ihn sehr lustig.

Er fragte, ob sie nicht jemanden brauchten, der für sie arbeitete: »Dann würde ich gern mit euch kommen.«

Er überredete sie, und sie nahmen ihn mit. Es gab schweres Schneetreiben, und es war kalt. Weil dieser Mann so ein großer Aufschneider und Witzbold war, wurde er auch Glaum genannt.

»Die Leute auf Glaumbær fragen sich, ob du ebenso unerbittlich im Kampf bist wie unempfindlich gegen Kälte, wo du bei diesem Unwetter ohne Kopfbedeckung herumläufst«, sagte Glaum. »Denn die beiden Söhne des Bauern hier sind ziemlich tapfere Kerle, doch als der Hirte sie rief, damit sie ihm mit den Schafen helfen, haben sie gesagt, sie könnten sich vor lauter Kälte kaum anziehen.«

»Und ich habe in der Tür einen jungen Mann gesehen, der

seine Handschuhe überzog, und einen anderen, der vom Stall zum Misthaufen lief«, sagte Grettir. »Angst hätte ich vor beiden nicht.«

Sie zogen weiter nach Reynines und übernachteten dort. Dann gingen sie an die Küste zu einem Hof namens Reykir. Dort wohnte ein Mann namens Þorvald, der ein guter Bauer war. Grettir bat ihn um Hilfe und erzählte, er habe vor, nach Drangey zu gehen. Der Bauer sagte, dass die Leute im Skagafjord ihn nicht gerade als Freundschaftsgeschenk betrachten würden, und antwortete ausweichend. Da nahm Grettir das Geld, das er von seiner Mutter bekommen hatte, und gab es dem Bauern. Seine Miene hellte sich auf, und er wies die Knechte an, sie in der Nacht bei Mondlicht überzusetzen. Von Reykir aus ist es am kürzesten zu der Insel, nämlich eine Seemeile.

Als sie ankamen, gefiel Grettir die Insel sofort. Sie war oben mit Gras bewachsen, hatte aber so steile Klippen, dass man sie nur mit Leitern betreten konnte, und wenn man die oberste Leiter hochzog, war es völlig unmöglich, die Insel zu betreten. Außerdem nisteten im Sommer viele Vögel auf den Klippen, und achtzig Schafe waren auch dort, die den Bauern vom Festland gehörten. Es waren hauptsächlich Widder und Mutterschafe, die bald geschlachtet werden sollten. Grettir ließ sich dort nieder. Sturla Þórðarson zufolge hatte er zu dieser Zeit bereits fünfzehn oder sechzehn Jahre als Gesetzloser gelebt.

70 Dies waren die maßgeblichen Anführer in der Umgebung des Skagafjord, als Grettir nach Drangey kam: Hjalti lebte auf Hof im Hjaltadal, er war der Sohn von Þórð Hjaltason, dessen Vater war Þórð Skálp. Hjalti war ein sehr mächtiger und auch beliebter Mann. Sein Bruder hieß Þorbjörn Öngull, er war ein großer Mann und stark, streitsüchtig und angriffslustig. Ihr Vater Þórð hatte erst spät geheiratet, und seine Frau war nicht die Mutter der Brüder. Sie behandelte ihre Stiefkinder schlecht und Þorbjörn am schlechtesten, denn er war unbeherrscht und böse.

Eines Tages saß Þorbjörn Öngull bei einem Brettspiel, und seine Stiefmutter kam vorbei und sah, dass er Hnettafl spielte. Es war ein großes Spielbrett, und die Spitzen, mit denen die Spielsteine eingesteckt wurden, waren lang. Sie ließ ein paar Worte fallen, denn sie fand ihn faul, und als er eine freche Antwort gab, nahm sie einen der Spielsteine und schlug ihn mit der Spitze in Þorbjörns Jochbein, doch er rutschte ab in sein Auge, dass es danach auf der Wange lag. Er sprang auf und richtete sie so übel zu, dass sie bettlägerig wurde und wenig später starb, man sagt, sie sei schwanger gewesen. Seitdem war er ein sehr gewalttätiger Mensch. Er nahm sein Erbe und ließ sich zuerst auf Viðvík nieder.

Halldór, der Sohn von Þorgeir und Enkel von Þórð aus Höfði, lebte in Hof am Höfðaströnd. Seine Frau hieß Þórdís Þórðardóttir, eine Schwester von Hjalti und Þorbjörn Öngull. Halldór war ein angesehener Bauer und ziemlich reich.

Auf Haganes in Fljót lebte ein Mann namens Björn, der mit Halldór aus Hof befreundet war. Sie unterstützten sich, wo immer sie konnten.

Auf Steinsstaðir lebte ein Mann namens Tungu-Steinn. Er war ein Sohn von Bjarni und Enkel von Ófeig Þunnskegg, dessen Vater Kráku-Hreiðar von seinem Vater Eirík aus den Guðdalir die Halbinsel bis Skálamýri bekommen hatte. Steinn war ein bekannter Mann.

Ein Mann namens Eirík war der Sohn von Holmgang-Starri, dessen Vater Eirík aus den Guðdalir und dessen Großvater Hróald war, der Sohn von Geirmund Örðigskeggi. Er wohnte in Hof in den Guðdalir. Alle diese Männer waren sehr angesehen.

Zwei Brüder lebten auf Breiðá in Sléttahlíð und hießen beide Þórð; sie waren stark, aber trotzdem verträglich.

Alle diese Anführer besaßen einen Teil von Drangey. Man sagt, die Insel habe nicht weniger als zwanzig Leuten gehört, von denen keiner einem anderen seinen Anteil verkaufen wollte. Þórðs Söhnen gehörte der größte Teil, da sie am reichsten waren.

71 Die Zeit bis zur Wintersonnenwende verging, dann machten die Bauern sich auf, ihr Schlachtvieh von der Insel zu holen.

Sie machten ein Boot klar, und jeder von ihnen nahm einen Mann mit sich, manche zwei. Als sie sich der Insel näherten, sahen sie, dass dort Leute unterwegs waren. Sie fanden das seltsam und dachten, ein Schiff wäre gesunken und die Besatzung hätte sich hierhergerettet. Sie ruderten bis zu den Leitern, doch die, die auf der Insel waren, zogen die oberste Leiter hoch. Auch das kam den Bauern komisch vor und sie riefen hinauf und fragten, wer dort oben sei. Grettir nannte seinen Namen und die seiner Begleiter. Die Bauern fragten, wer sie auf die Insel gebracht hatte.

Grettir antwortete: »Jemand mit einem Boot und zwei Armen, der mehr mein Freund war als eurer.«

Die Bauern antworteten: »Lass uns unsere Schafe holen und komm mit uns zurück aufs Festland, dann kannst du umsonst das behalten, was du schon geschlachtet hast.«

Grettir antwortete: »Das ist ein gutes Angebot, aber trotzdem wird nun jeder von uns das behalten, was er gerade hat. Ihr müsst mich schon tot von dieser Insel tragen, das sage ich euch gleich. Was ich einmal habe, gebe ich nicht wieder her.«

Die Bauern waren sprachlos und fanden, ein großer Unglücksbringer sei nach Drangey gekommen. Sie boten ihm vieles an, teure Geschenke und schöne Versprechungen, doch Grettir lehnte alles ab, und die Bauern ruderten davon und waren sehr unzufrieden mit allem. Sie erzählten im ganzen Bezirk, was für ein Raubtier auf der Insel war. Das überraschte die Leute sehr, und es war offensichtlich nicht zu ändern. Sie redeten den ganzen Winter darüber, wie sie Grettir von der Insel jagen könnten, doch ihnen fiel nichts ein.

72 So verging die Zeit bis zum Frühling und bis zum Bezirksthing von Hegranes. Viele Leute aus der ganzen Gegend kamen und verbrachten eine lange Zeit mit Verhandlungen und Festen, denn in dieser Gegend wurde gerne gefeiert.

Als Grettir erfuhr, dass fast alle auf dem Bezirksthing waren, sprach er sich mit seinen engsten Freunden ab, zu denen er immer ein gutes Verhältnis behielt und ihnen stets reichlich von dem abgab, was ihm in die Hände fiel. Er beschloss, die Insel zu verlassen, um Vorräte zu holen, während Illugi und Glaum zurückblieben. Illugi fand das keine gute Idee, tat aber, was Grettir wollte. Grettir befahl den beiden, die Leiter zu bewachen, und betonte, wie wichtig das sei. Hiernach fuhr er aufs Festland und besorgte sich, was er brauchte. Er gab sich keinem zu erkennen, und niemand kam auf die Idee, dass er an Land sein könnte. Dann hörte er, was für eine ausgelassene Stimmung beim Thing herrschte, und wollte dabei sein. Also beschaffte er sich alte schäbige Kleider und kam dort an, als die Leute gerade von einer Gerichtsverhandlung zurück zu ihren Hütten gingen.

Einige junge Männer fanden, das Wetter sei so schön, dass man zum Spaß einen Ringkampf machen sollte. Alle stimmten zu und ließen sich unweit der Thinghütten nieder; insbesondere die Söhne von Þórð begeisterten sich dafür.

Þorbjörn Öngull kommandierte die Leute herum und riss die Leitung der Spiele an sich, jeder musste tun, was Þorbjörn wollte. Er packte die Leute an den Schultern und zerrte sie auf das Kampffeld. Die Schwächsten machten den Anfang, dann kämpften die anderen, und es war ein großer Spaß.

Dann hatten alle gekämpft, nur die Stärksten noch nicht. Die Bauern überlegten, wer gegen einen der beiden bereits erwähnten Brüder kämpfen könnte, die beide Þórð hießen, aber keiner wollte. Sie gingen zu verschiedenen Männern und forderten sie heraus, doch je mehr sie drängten, desto weniger erreichten sie.

Als Þorbjörn Öngull in die Runde sah, entdeckte er einen großgewachsenen Mann und zerrte an ihm, doch der Mann blieb sitzen und rührte sich nicht vom Fleck.

Da sagte Þorbjörn: »Noch nie habe ich erlebt, dass jemand so ungerührt sitzen bleibt, wenn ich an ihm ziehe. Wer ist dieser Mann?«

»Ich heiße Gest«, antwortete der.

Þorbjörn sagte: »Und will unser lieber Gast nicht auch ein bisschen Spaß haben?«

Er antwortete: »Wer weiß, wie lang eure gute Stimmung hält. Ich werde nicht aufspringen und an den Spielen teilnehmen, denn ich bin ein Fremder hier.«

Da meinten viele, der Fremde würde gut behandelt, wenn er für ihre Unterhaltung sorgte, und er fragte, was genau sie von ihm wollten. Sie sagten, er solle mit jemandem ringen.

Gest sagte, er habe die Raufereien aufgegeben, »auch, wenn mir das früher durchaus Spaß gemacht hat«. Da redeten sie weiter auf ihn ein.

Er sagte: »Wenn es euch so wichtig ist, sollt ihr euren Willen bekommen. Aber nur, wenn ihr mir versprecht, dass ihr mir Sicherheit gewährt, bis ich vom Thing wieder nach Hause gekommen bin.«

Da sprangen alle auf und sagten, das würden sie gerne tun. Ein Mann namens Haf drängte am meisten darauf, dem Mann freies Geleit zu versprechen. Er war der Sohn von Þórarinn und der Enkel von Haf, dessen Vater Þórð Hnapp das Land von Stífla in Fljót bis zum Ufer der Tunguá in Besitz genommen hatte. Er lebte auf Hnappsstaðir. Er war sehr wortgewandt und hielt eine flammende Rede, in der er versprach, dass sie für die Sicherheit ihres Gastes sorgen würden, und so begann sie:

»Hiermit verkünde ich Frieden zwischen allen Männern und besonders für diesen Mann namens Gest, der hier und heute bei uns sitzt. Im Namen aller Goden und ehrenwerten Landbesitzer und aller Männer, die frei sind und die Waffen tragen und kämpfen können, und aller anderen Leute auf diesem Thing von Hegranes, mögen sie bekannt sein oder unbekannt, von nah gekommen oder von fern, lasst uns geloben, Sorge zu tragen für die Sicherheit und den Frieden dieses unbekannten Gastes namens Gest, für alle Ringkämpfe und Spiele, seinen Aufenthalt hier und seine Rückkehr nach Hause, zu Wasser, an Land, wie auch immer er reisen mag. Er soll an allen Orten, den bekannten wie den unbekannten, sicher sein, so lange er auch brauchen mag, um wohlbehalten zurückzukehren; so lange wird auch dieser Schwur halten, auf dass der Wettkampf zur Freude aller weitergehen kann.

Ich erkläre diesen Friedensschwur für uns und unsere Familien, unsere Freunde und Verwandten, Männer wie Frauen, Mägde wie Knechte, Sklaven und freie Männer. Jeder wird ein Verräter sein, der diesen Schwur verletzt, und wer ihm zuwiderhandelt, soll verstoßen sein vor Gott und allen Heiligen und nicht unter den Menschen und auch nicht im Himmelreich noch einen Platz finden, sondern als geächtet gelten; wohin der Verräter sich auch wenden mag, wird man ihn abweisen und vertreiben, so weit, wie man sonst nur Wölfe jagt. Überall, wo Christenmenschen sich in Kirchen sammeln, Heiden ihre Opfer bringen, wo eine Flamme brennt, die Erde grünt, ein Kind seine Mutter ruft, eine Mutter einen Sohn gebiert, wo man Feuer schürt, wo ein Schiff ausläuft, Schilde glänzen, die Sonne scheint, Schnee fällt, ein Finne auf Schneeschuhen gleitet, eine Tanne wächst, der Falke den lieben langen Frühlingstag beständigen Wind unter den Schwingen spürt, der Himmel sich wölbt, wo Menschen siedeln und der Wind zum Meer das Wasser trägt und Sklaven abermals die Saat ausbringen. Er wird ausgeschlossen sein aus Kirchen und von der Gemeinschaft der Christen und Heiden, aus Häusern und Höhlen, und keine Zuflucht wird ihm bleiben als die Hölle.

Darauf wollen wir uns jetzt einigen und es wie mit einer Stimme geloben, gleich ob wir uns auf Bergen oder an Küsten treffen, auf Schiffen oder Ski, auf der Erde oder im Eis, zu Wasser oder zu Pferde, so wie ein Mann, der einem Freund auf See begegnet oder seinem Bruder auf dem Land, versöhnt miteinander wie der Sohn mit dem Vater oder der Vater mit dem Sohn in allen unseren Taten. Lasst uns die Hände zusammenlegen und diesen Waffenstillstand und alle in diesem Schwur gesprochenen Worte einhalten vor Gott und allen ehrenwerten Männern als Zeugen und all denen, die meine Stimme hören und hier versammelt sind.«

Viele sagten, das seien große Worte gewesen.

Da sagte Gest: »Du hast gut gesprochen, nun musst du dich

nur noch daran halten. Ich werde jetzt nicht weiter zögern und mache mit.«

Hiernach warf er seinen Umhang ab und machte den Oberkörper frei. Die Männer sahen sich erschrocken an. Sie begriffen, dass dies Grettir Ásmundarson war, denn kein Mann glich ihm an Körperbau und Kraft, so dass alle verstummten. Haf hatte sich zum Narren gemacht. Die Leute aus dem Bezirk standen jeweils zu zweit herum und machten sich gegenseitig Vorwürfe, doch am meisten beschuldigten sie den, der den Friedensschwur gesprochen hatte.

Da sagte Grettir: »Sagt mir ehrlich, was ihr denkt, denn ich werde nicht lange unbekleidet hier sitzen. Für euch steht mehr auf dem Spiel als für mich, gleich ob ihr euren Schwur haltet oder nicht.«

Sie sagten wenig und setzten sich hin. Die Söhne von Þórð und ihr Schwager Halldór steckten die Köpfe zusammen. Manche wollten den Frieden halten, andere nicht. Sie tuschelten miteinander.

Grettir sprach diese Strophe:

Mancher Baum der Halskette hat einen,
den er kannte, heute Morgen nicht erkannt;
nun müssen die Bäume der Schilde selbst
zwischen zwei Masken wählen
und die Männer der scharfen Worte
in einer ziemlichen Zwickmühle stecken,
denn die Menschen halten nicht gern Wort, und
Hafs blumiger Schwur ist verklungen.

Baum der Halskette = Mann; Bäume der Schilde = Männer

Da sagte Tungu-Steinn: »Denkst du das wirklich, Grettir? Und was glaubst du, werden sie beschließen? Sicher, du bist ein starker Mann, aber siehst du nicht, wie sie die Köpfe zusammenstecken?«

Grettir sprach diese Strophe:

Träger der Zelte der Walküre
und Götter des Sturms der Wand der Walküre
steckten die Nasen zusammen
und rauften einander die Bärte,
die mutigen Verschwender des Lagers der Schlange
taten sich zusammen
als sie mich erkannten
und bereuten bald den Frieden.

Zelte der Walküre = Schilde; Träger der Schilde = Mann; Wand der Walküre = Schild; Sturm des Schildes = Kampf; Gott des Kampfes = Mann; Lager der Schlange = Gold; Verschwender des Goldes = Mann

Da sagte Hjalti Þórðarson: »So geht das nicht. Wir werden unseren Schwur halten, obwohl wir nicht so klug gewesen sind wie du. Ich möchte nicht, dass andere dies als schlechtes Beispiel nehmen, wenn wir einen Frieden brechen, den wir erklärt und geschworen haben. Grettir ist frei zu gehen, wohin er will, und wird unbehelligt sein, bis er am Ende seiner Reise ankommt. Danach löst sich unser Schwur, was auch immer zwischen uns passiert.«

Alle dankten ihm und fanden, er habe so ehrenwert gehandelt, wie es eben ging. Þorbjörn Öngull war sehr still geworden.

Dann machte jemand den Vorschlag, einer der beiden Brüder, die beide Þórð hießen, solle mit Grettir ringen, und Grettir überließ die Entscheidung ihnen. Einer der beiden Brüder trat vor. Grettir blieb aufrecht stehen, wo er war, Þórð rannte los und warf sich heftig gegen ihn, doch Grettir blieb unbeeindruckt stehen. Dann griff Grettir über Þórðs Rücken, packte ihn an der Hose, riss ihn hoch und warf ihn über seinen Kopf, so dass er auf die Schultern fiel, und das war ein ziemlich schwerer Sturz. Da meinten alle, nun sollten beide Brüder gegen Grettir kämpfen, und so geschah es. Es folgte ein heftiger Ringkampf, den keiner eindeutig für sich entscheiden konnte. Grettir schaffte es, immer einen der Brüder unter sich zu halten, doch jeder von ihnen wurde einige Male in die Knie gezwungen oder ging zu Boden. Sie kämpften so hart, dass sie überall Schrammen und Beulen hatten. Alle hatten großen Spaß.

Als sie aufhörten, dankten ihnen alle für diesen Kampf, und man war sich einig, dass die beiden Brüder nicht stärker waren als Grettir allein, obwohl jeder der Brüder es mit zwei starken Männern aufnehmen konnte. Die Brüder waren sich so ebenbürtig, dass keiner den anderen beim Ringen überwältigen konnte.

Grettir blieb nicht lange auf dem Thing. Die Bauern drängten ihn, die Insel aufzugeben, doch er weigerte sich, und sie konnten nichts dagegen tun.

Grettir ging nach Drangey zurück, und Illugi war froh, ihn wiederzusehen. Dann blieben sie erst einmal dort, und Grettir erzählte ihnen von seiner Reise. Dann verging der Sommer.

Jeder hielt es für außerordentlich ehrenhaft, wie treu die Leute aus dem Skagafjord ihren Friedensschwur gehalten hatten. Das zeigt, welch vorbildliche Leute es damals gab, gerade wenn man bedenkt, was Grettir ihnen angetan hatte.

Die weniger wohlhabenden Bauern beschlossen, dass es ihnen wenig brachte, einen kleinen Teil von Drangey zu besitzen, und sie boten Þórðs Söhnen ihre Anteile zum Kauf an. Hjalti wollte nicht kaufen, da die Bauern die Bedingung stellten, dass der Käufer Grettir von der Insel vertreiben oder töten müsste. Sein Bruder Þorbjörn Öngull sagte, er würde nicht davor zurückschrecken, einen solchen Angriff anzuführen, wenn er es bezahlt bekäme. Hjalti übertrug seinen Teil der Insel an seinen Bruder, denn der war unbeliebt und von den beiden der Angriffslustigere. Andere Bauern taten es ihm nach. Þorbjörn Öngull bekam einen großen Teil der Insel für einen geringen Preis und verpflichtete sich, Grettir zu vertreiben.

73 Gegen Ende des Sommers fuhr Þorbjörn Öngull mit einem Boot voller Männer nach Drangey. Sie ruderten zum Fuß der Klippe und sprachen mit Grettir; Þorbjörn bat Grettir, ihm den Gefallen zu tun, die Insel zu verlassen. Grettir sagte, da bräuchte er sich keine Hoffnungen zu machen.

Þorbjörn sagte: »Wenn du das tust, kann ich dir helfen, denn viele Bauern haben mir ihre Anteile an der Insel übertragen.«

Grettir antwortete: »Wenn jetzt dir ein großer Teil der Insel gehört, bin ich umso fester entschlossen, für immer hierzubleiben. Es ist doch schön, wenn wir uns etwas teilen. Ich habe nur ungern alle Bauern aus dem Skagafjord gegen mich gehabt, aber nun hält mich nichts mehr auf, denn wir ersticken nun beide nicht gerade vor Beliebtheit. Du brauchst nicht mehr herzukommen, mein Entschluss steht fest.«

»Alles zu seiner Zeit«, sagte Þorbjörn, »und für dich wird bald eine sehr schlechte kommen.«

»Damit muss ich leben«, sagte Grettir, dann trennten sie sich, und Þorbjörn fuhr wieder nach Hause.

74

Es wird berichtet, dass Grettir nach zwei Jahren auf Drangey fast alle Schafe geschlachtet hatte, bis auf einen Widder mit grauem Bauch und großen Hörnern, den sie offensichtlich am Leben ließen. Sie hatten viel Spaß mit ihm, denn er war so zahm, dass er vor der Hütte auf sie wartete und ihnen folgte, wohin sie auch gingen. Abends kam er mit ihnen zurück und rieb die Hörner an ihrer Tür.

Es gefiel ihnen auf der Insel. Es gab genug Vögel und Eier zum Essen, nur Feuerholz gab es kaum. Grettir ließ Glaum nach Treibholz Ausschau halten, und er fand auch oft etwas und brachte es nach Hause, damit sie die Kochstelle befeuern konnten. Die Brüder mussten kaum etwas tun, außer Vögel zu fangen und Eier zu sammeln, wenn sie Lust darauf hatten.

Glaum begann sehr faul zu werden. Er nörgelte immer mehr und tat immer weniger. Er sollte in der Nacht auf das Feuer aufpassen, und Grettir hatte ihm eingeschärft, das auch zu tun, denn sie hatten kein Boot.

Eines Nachts jedoch ging das Feuer aus. Grettir wurde wütend und meinte, man müsste Glaum dafür auspeitschen, doch der Knecht sagte, sein Leben sei in dieser Verbannung schon schlecht genug, auch wenn man ihn nicht beschimpfen und schlagen würde, sobald etwas schiefging. Grettir fragte Illugi, was sie tun sollten. Er antwortete, sie müssten wohl warten, bis ein Boot käme.

Das schien Grettir so aussichtslos, dass er sagte, er würde lieber selber versuchen, an Land zu kommen.

»Ist das nicht zu gefährlich?«, sagte Illugi, »Wenn dir etwas passiert, sind auch wir verloren.«

»Ich werde schon nicht ertrinken«, sagte Grettir. »Doch unserem Knecht werde ich von nun an kaum noch vertrauen, so wichtig, wie das Feuer für uns war.«

Der kürzeste Weg von der Insel zum Festland betrug eine Seemeile.

75 Grettir machte sich zum Schwimmen bereit, indem er einen Umhang aus Wollstoff anlegte, ihn in seine Hose steckte und sich die Finger zusammenbinden ließ. Das Wetter war gut. Er verließ die Insel, als der Tag zu Ende ging. Illugi war äußerst unwohl bei diesem Vorhaben.

Grettir schwamm in den Fjord hinaus und hatte die Strömung mit sich, und es war vollkommen ruhig. Er schwamm kräftig und erreichte Reykjanes, als die Sonne untergegangen war. Er ging zum Hof Reykir und setzte sich dort in die heiße Quelle, da ihm recht kalt geworden war. Er wärmte sich lange in der Quelle, und als er den Hof betrat, war es bereits Nacht. Drinnen war es heiß, denn den Abend über hatte das Feuer gebrannt und es hatte sich kaum abgekühlt. Er war sehr erschöpft, schlief sofort ein und lag dort bis in den nächsten Tag hinein.

Im Laufe des Morgens standen die Leute auf. Zwei Frauen kamen als Erste in den Wohnraum, eine Magd und die Tochter des Bauern. Grettir schlief, und seine Sachen waren auf den Boden gerutscht. Sie entdeckten den Mann und erkannten, wer dort lag. Da sagte die Magd:

»So wahr ich hier stehe, da liegt Grettir Ásmundarson, ganz nackt und, wie mir scheint, sehr gut gebaut. Und doch überrascht es mich, wie klein er unten herum gewachsen ist, das passt so gar nicht zu seinem kräftigen Rest.«

Die Bauerstochter antwortete: »Warum kannst du nicht einmal deinen Mund halten? Sei keine dumme Kuh und schweig.«

»Darüber kann ich nicht schweigen, meine Liebe«, sagte die Magd, »denn wenn mir das jemand erzählen würde, ich hätte es nie geglaubt.«

Sie ging zu ihm hin und schaute, dann lief sie zurück zu der Bauerstochter und lachte laut auf. Grettir hatte gehört, was sie sagte, und als sie wieder zu ihm hinlief, packte er sie und sprach diese Strophe:

Leichtfertig redet das lose Mädchen.
Kaum ein Baum, der den Pfeilsturm sucht,
kann das Schwert im Haar des anderen
genau erkennen, und
ich wette, sie haben keinen größeren
Hodensack als ich,
auch wenn die Bäume des Speersturms
vielleicht größere Äste haben.

Pfeilsturm = Kampf; Baum, der den Kampf sucht = Mann; Schwert im Haar = Penis; Speersturm = Kampf; Bäume des Speersturms = Männer

Dann warf er sie auf eine Bank, und die Bauerstochter rannte hinaus.

Da sprach Grettir diese Strophe:

Die Trägerin des genähten Gewands
behauptete, mein Schwert sei klein;
die dreiste Walküre der Hodensack-Stangen
sagt die Wahrheit,
doch lang kann einem jungen Mann
der Kleine mit der Mähne
im Schenkelwald wachsen,
rüste dich, Göttin der Beine der Insel.

Trägerin des genähten Gewands = Frau; Hodensack-Stangen = Penisse; Walküre der Penisse = Nymphomanin; der Kleine mit der Mähne = Penis; Schenkelwald = Schamhaare; Beine der Insel = Steine; Göttin der Steine = Frau

Die Magd schrie aus Leibeskräften, und als sie auseinandergingen, spottete sie nicht mehr über ihn.

Wenig später stand er auf, ging zu Þorvald, dem Hausherren, erzählte ihm von seinem Problem mit dem Feuer und bat Þorvald, ihn auf die Insel überzusetzen. Das tat er, machte sein Boot klar und setzte ihn über, und Grettir dankte ihm für diese anständige Tat.

Als es sich herumsprach, dass Grettir eine Seemeile geschwommen war, fanden alle, dass er im Wasser ebenso tapfer war wie an Land.

Die Leute aus dem Skagafjord nahmen es Þorbjörn Öngull sehr übel, dass er Grettir nicht von Drangey vertreiben konnte, und sagten, sie würden ihre Anteile an der Insel zurückfordern. Er wusste keine Lösung und bat sie um Geduld.

76

In diesem Sommer kam ein Schiff nach Gönguskarðsós. An Bord war ein Mann namens Hæring. Er war jung und so geschickt, dass er auf jeden Felsen klettern konnte. Er wohnte bei Þorbjörn Öngull und blieb dort bis zum Herbst. Er stachelte Þorbjörn an, mit ihm nach Drangey zu fahren, und sagte, er wolle sehen, ob die Klippen wirklich so steil seien, dass er nicht hinaufkäme. Þorbjörn sagte, er würde nicht ohne Belohnung fortgehen, wenn er es auf die Insel schaffte und Grettir verwunden oder töten würde, und tat so, als wäre das gar nicht einmal schwer.

Wenig später setzten sie nach Drangey über und ließen den Norweger ans Ufer. Während Hæring auf die Insel kletterte, ruderten sie zu der Leiter und redeten mit Grettir und fragten, ob er nicht endlich die Insel verlassen wolle, doch Grettir antwortete, es gebe nichts, was ihm ferner liege.

»Du hast uns übel mitgespielt, selbst wenn wir es schaffen, uns zu rächen«, sagte Þorbjörn. »Viel Angst scheinst du nicht zu haben.«

So ging es lange Zeit, und sie wurden sich nicht einig.

Von Hæring ist zu sagen, dass er an den Felsen hin- und herkletterte und es schließlich schaffte, sie an einer Stelle zu erklimmen, an der es noch keinem und auch danach nie wieder einem gelungen war. Oben angekommen, sah er Grettir und Illugi mit dem Rücken zu ihm stehen und rechnete damit, sehr bald zu Reichtum und Ruhm zu kommen. Die Brüder bemerkten ihn nicht, denn sie dachten, dass man die Insel nur an der Stelle besteigen konnte, wo die Leiter war. Grettir stritt mit Þorbjörn und seinen Leuten, und sie ließen es nicht an scharfen Worten fehlen.

Da drehte Illugi sich unwillkürlich um, sah einen Mann, der ihnen schon sehr nahe war, und sagte: »Da kommt ein Mann mit erhobener Axt auf uns zu und sieht mir ziemlich feindselig aus.«

»Den übernimmst du«, sagte Grettir, »ich bewache die Leiter.«

Illugi stellte sich Hæring entgegen, und als der Norweger das sah, rannte er quer über die Insel davon. Illugi verfolgte ihn, und als Hæring die Klippen erreicht hatte, sprang er hinunter und brach sich alle Knochen. So endete sein Leben, und seither heißt diese Stelle Hæringshlaup.

Illugi kam zurück, und Grettir fragte, wie es mit dem Mann ausgegangen war, um den er sich kümmern sollte.

»Er wollte nicht, dass ich mich um ihn kümmere«, sagte Illugi, »und hat sich selber auf den Felsen den Hals gebrochen. Die Bauern können für ihn das Totengebet sprechen.«

Und als Öngull das hörte, befahl er seinen Männern abzulegen: »Nun habe ich mich zweimal zu Grettir aufgemacht, und ein drittes Mal werde ich nicht fahren, bevor ich keinen besseren Plan habe. Sie werden wohl auf Drangey bleiben, was ich auch tue. Dennoch glaube ich, dass der größere Teil von Grettirs Zeit abgelaufen ist.«

Sie fuhren nach Hause. Diese Fahrt erschien ihnen noch erfolgloser als die erste. Grettir verbrachte den Winter auf Drangey. Þorbjörn und er sahen sich vorerst nicht wieder.

Zu dieser Zeit starb der Gesetzessprecher Skafti Þóroddsson. Für Grettir war das ein schwerer Rückschlag. Skafti hatte versprochen, sich dafür einzusetzen, dass Grettirs Ächtung aufgehoben würde, sobald er zwanzig Jahre als Gesetzloser gelebt hätte, doch als das eben Erwähnte geschah, waren erst neunzehn Jahre vergangen.

Im Frühling starb Snorri der Gode, und es ereigneten sich viele Dinge in dieser Zeit, die nicht in dieser Saga vorkommen.

77 Grettirs Verwandte brachten seine Ächtung in diesem Sommer auf dem Allthing oft zur Sprache, und manche meinten, er sei nun, nach fast zwanzig Jahren, lang genug geächtet gewesen. Die, die ihn angeklagt hatten, wollten das nicht anerkennen und führten alles an, was Grettir seitdem angerichtet hatte, und meinten, er habe es verdient, länger geächtet zu sein. Ein neuer Gesetzessprecher wurde gewählt, Steinn Þorgestsson, dessen Großvater Steinn Mjögsiglandi war, ein Sohn von Þórir Haustmyrk. Die Mutter von Gesetzessprecher Steinn war Arnóra, die Tochter von Þórð Gellir. Steinn war ein kluger Mann. Er wurde gebeten, ein Urteil zu fällen, und ordnete an, man solle herausfinden, ob dies wirklich der zwanzigste Sommer war, seitdem Grettir verurteilt wurde, und so war es.

Da ergriff Þórir aus Garð das Wort, gab sich alle erdenkliche Mühe, Einwände vorzutragen, und konnte darauf verweisen, dass Grettir einen Winter in Island so verbracht hatte, als wäre er noch nicht geächtet gewesen, so dass es letztlich nur neunzehn Jahre waren.

Da sagte der Gesetzessprecher, niemand solle länger als zwanzig Jahre geächtet sein, auch wenn er während dieser Zeit Dinge tat, für die man ihn abermals ächten könnte: »Aber vor Ablauf dieser Zeit werde ich niemandes Strafe aufheben.«

Hiernach wurde Grettirs Begnadigung abgelehnt, es galt jedoch als sicher, dass seine Ächtung im folgenden Sommer aufgehoben würde.

Den Leuten aus dem Skagafjord war die Vorstellung eines begnadigten Grettir ein Graus, und sie drängten Þorbjörn Öngull dazu, ihnen entweder die Anteile an der Insel zurückzugeben oder Grettir zu töten. Er fand sich in einer misslichen Lage, weil er Grettir nicht verjagen konnte, die Insel aber behalten wollte. Also suchte er nach einem Weg, Grettir loszuwerden, sei es mit Gewalt oder List oder allem anderen, was er tun konnte.

78 Þorbjörn Öngull hatte eine Pflegemutter namens Þuríð. Sie war sehr alt und nach Meinung der meisten Leute kaum noch für etwas zu gebrauchen. Als sie noch jung war und die Leute noch Heiden, kannte sie sich gut mit Zauberei aus, nun schienen ihre Kräfte sie verlassen zu haben. Obwohl Island inzwischen christlich war, gab es noch viele Überreste des Heidentums. Opfer und andere Zauber waren von Gesetzes wegen nicht verboten, sofern sie im eigenen Haus stattfanden, in der Öffentlichkeit hingegen wurden sie mit drei Jahren Verbannung bestraft. Nun ist es bei vielen so, dass sie die alten Bräuche am liebsten haben und das in der Kindheit Gelernte am besten kennen. Und da Þorbjörn Öngull inzwischen in großer Bedrängnis war, suchte er dort Hilfe, wo es am unwahrscheinlichsten schien, sie zu finden, und fragte seine alte Pflegemutter um Rat.

»Hier bewahrheitet sich wohl das Sprichwort, dass viele in den Ziegenstall gehen, wenn sie Wolle brauchen«, antwortete sie. »Ich will nicht den Anschein erwecken, ich sei besser als die anderen hier, um mich dann als nutzlos zu erweisen, wenn es darauf ankommt. Doch im Vergleich zu dir könnte ich in dieser Sache schon etwas mehr Erfolg haben, auch wenn ich kaum noch aufstehen kann. Doch wenn du meinen Rat willst, musst du auch tun, was ich dir sage.«

Er willigte ein und sagte, sie habe ihm immer weise Ratschläge gegeben. Dann passierte nichts weiter bis zur Heuernte.

Eines schönen Tages sagte die alte Frau zu Þorbjörn Öngull: »Heute ist das Wetter ruhig und klar. Ich will, dass du nach Drangey fährst und Streit mit Grettir suchst. Ich will mit dir kommen und hören, wie genau er seine Worte wählt. Wenn ich absehen kann, wie lange ihm das Schicksal noch günstig ist, kann ich die richtigen Sprüche über ihn sprechen.«

Öngull antwortete: »Ich habe keine Lust mehr, dauernd nach Drangey zu fahren. Immer, wenn ich von dort zurückkomme, fühle ich mich schlechter als zuvor.«

Da sprach die alte Frau: »Wenn du mich nicht entscheiden lässt, gebe ich dir auch keinen Rat mehr.«

»Das ist schon in Ordnung, Pflegemutter«, sagte er. »Ich will nur nicht ein drittes Mal dorthin fahren, wenn es keine bessere Aussicht auf Erfolg gibt.«

»Darauf musst du es ankommen lassen«, sagte sie. »Du wirst noch viel Mühe haben, bevor Grettir am Boden liegt, ohne zu wissen, welche Folgen das für dich hat, und du musst am Ende auch dafür bezahlen. Aber inzwischen hast du dich so weit in die Sache verstrickt, dass etwas geschehen muss.«

Daraufhin ließ Þorbjörn Öngull das Boot mit den zehn Rudern klarmachen und ging mit elf anderen Männern an Bord. Die alte Frau war auch dabei. Sie ruderten nach Drangey hinaus. Und als die Brüder sie sahen, gingen sie zu der Leiter, und sie besprachen alles noch einmal von vorn. Þorbjörn sagte, er sei gekommen, um zu hören, ob sie nicht vielleicht verschwinden wollten, und versprach, keine von Grettirs Untaten zu verfolgen, wenn sie nur in Frieden fortgingen.

Grettir ließ sich nicht darauf ein: »Da gibt es mit mir nichts zu reden, das habe ich dir oft genug gesagt. Mach, was du willst, ich bleibe hier und nehme die Dinge, wie sie kommen.«

Þorbjörn war nun endgültig klar, dass er so nichts erreichte. Er sagte: »Nun weiß ich wohl, mit was für Teufeln ich es hier zu tun habe. Ein paar Tage werden vergehen, dann komme ich wieder.«

»Wenn du nie wiederkommst, wäre es auch kein großer Verlust«, sagte Grettir.

Die alte Frau lag im Heck unter einigen Kleidern versteckt. Nun rührte sie sich und sprach: »Diese Männer sind mutig, aber ohne Glück, das ist der Unterschied zwischen euch. Du hast ihnen viele gute Angebote gemacht, aber sie lehnen alles ab, und wenn man Unheil auf sich ziehen will, gibt es kaum einen besseren Weg, als das Gute nicht anzunehmen. Nun sage ich dir, Grettir, dass all dein Heil dich bald verlassen wird, alle Gunst und Gnade, aller Schutz und alle Stärke, je länger du lebst, je mehr. Die meisten deiner glücklichen Tage hast du nun bereits erlebt.«

Als Grettir das hörte, erschrak er sehr und sagte: »Wer zum Teufel ist da in dem Boot?«

Illugi antwortete: »Das muss die alte Pflegemutter von Þorbjörn sein.«

»Diese verfluchte Hexe«, sagte Grettir. »Etwas Schlimmeres hätte uns nicht passieren können. Noch nie haben mich Worte so erschreckt wie die, die sie gerade sprach. Ich weiß, dass ihre Zauberei mir Böses bringen wird. Und wo sie mich nun ohnehin schon besucht, gebe ich ihr wenigstens noch etwas mit auf den Weg.«

Und er nahm einen großen Stein, warf ihn auf das Boot, und er traf den Kleiderhaufen. Þorbjörn hätte nie gedacht, dass ein Mann so weit werfen könnte. Im nächsten Augenblick hörte man einen lauten Schrei. Der Stein hatte die alte Frau getroffen und ihr den Oberschenkel gebrochen.

Da sagte Illugi: »Ich wünschte, du hättest das nicht getan.«

»Wirf mir das nicht vor«, sagte Grettir. »Es ist viel schlimmer, dass ich sie nicht richtig getroffen habe, denn um uns zu retten, wäre das Leben einer alten Hexe kein zu hoher Preis gewesen.«

»Was für ein Preis sollte das sein?«, sagte Illugi. »Besonders viel wert wären wir dann ja nicht.«

Þorbjörn fuhr nach Hause, und diesmal verabschiedeten sie sich nicht.

Dann sagte er zu der alten Frau: »Wie ich erwartet habe, hast du uns nicht gerade viel genützt auf dieser Fahrt. Nun bist du verkrüppelt, und zu großem Ruhm sind wir auch nicht gekommen. Er demütigt uns von Mal zu Mal mehr, und wir können nichts dagegen tun.«

Sie antwortete: »Das Unglück wird seinen Lauf nehmen. Ich sage dir, dass sich die Dinge für ihn ab jetzt zum Schlechten wenden. Wenn ich lange genug lebe, habe ich keine Sorge, mich für diesen Vorfall nicht rächen zu können.«

»Du bist sehr zuversichtlich«, sagte Þorbjörn zu seiner Pflegemutter.

Dann kamen sie nach Hause, und die alte Frau legte sich ins Bett und lag fast einen Monat. Dann war ihr Bein zusammengewachsen, und sie begann wieder herumzulaufen.

Die Leute lachten sehr über Þorbjörns Fahrt mit der alten Frau und fanden, Grettir sei immer der Klügere gewesen, zuerst bei dem Friedensschwur auf dem Thing von Hegranes, dann, als

Hæring von der Klippe sprang, und nun zum dritten Mal, als die alte Frau sich das Bein brach und sie nicht an Grettir herankamen. Þorbjörn Öngull ärgerte sich sehr über diese Worte.

79 Der Herbst verging. Als es nur noch drei Wochen bis zum Winteranfang waren, sagte die alte Frau, man solle sie zum Meer bringen. Þorbjörn fragte, was sie vorhabe.

»Was ich tun will, mag unwichtig scheinen«, sagte sie, »könnte aber vieles verändern.«

Er tat, worum sie gebeten hatte, und als sie das Meer erreicht hatten, humpelte sie am Ufer entlang, als ob ihr jemand den Weg wies, und kam zu einem angetriebenen Baumstumpf, der noch seine Wurzeln hatte und so groß war, dass er für einen Mann schwer zu tragen gewesen wäre. Sie betrachtete ihn und ließ ihn umdrehen. Die Unterseite sah verkohlt und abgerieben aus. Diese abgeriebene Stelle ließ sie glätten, dann nahm sie ihr Messer und ritzte Runen in die Wurzel, rötete sie mit ihrem Blut und sagte Zaubersprüche. Sie ging rückwärts gegen den Lauf der Sonne um den Baum herum und sprach viele gewaltige Worte. Dann ließ sie den Baum ins Meer stoßen und sagte, er solle nach Drangey treiben, auf dass er Grettir Unheil bringe.

Dann kehrten sie nach Hause zurück. Þorbjörn sagte, er verstehe nicht, was das bewirken solle. Die alte Frau sagte, er werde es bald erfahren. Vom Fjord aus wehte der Wind in Richtung Land, doch der Baumstumpf trieb aufs Meer hinaus und schien ungewöhnlich schnell voranzukommen.

Grettir war, wie gesagt, noch immer auf Drangey, und ihm und seinen Gefährten ging es gut. Am Tag, nachdem die alte Frau den Baumstumpf mit ihrem Zauber belegt hatte, kletterten Grettir und Illugi die Klippen hinunter und suchten nach Feuerholz. Und auf der Westseite der Insel fanden sie den Baumstumpf.

Da meinte Illugi: »Das ist eine Menge Feuerholz, lass uns den nach Hause tragen.«

Grettir trat mit dem Fuß dagegen: »Das Böse hat uns einen bösen Baum geschickt. Wir werden besser weitersuchen.« Dann schmiss er ihn zurück ins Meer und sagte Illugi, er solle ihn auf keinen Fall nach Hause bringen, »denn er wurde uns zum Schaden geschickt.«

Wenig später gingen sie zu ihrer Hütte zurück und erzählten Glaum nichts davon. Am folgenden Tag sahen sie, dass der Baum noch näher an der Leiter wieder angetrieben war. Grettir schmiss ihn abermals ins Meer zurück und sagte, er dürfe nie in die Nähe ihrer Hütte kommen. Die Nacht verging. Dann regnete es und stürmte, und sie wollten nicht nach draußen gehen, also sagten sie Glaum, er solle Feuerholz suchen. Er wurde böse und beklagte sich, dass sie ihn immer losschickten, wenn das Wetter schlecht war. Als er die Leiter hinabstieg, fand er den Baumstumpf der alten Frau, hob ihn freudig auf und schleppte ihn zurück zur Hütte, wo er ihn mit einem dumpfen Schlag hinwarf. Grettir hörte das.

»Glaum hat etwas gefunden. Ich schaue mal, was das ist«, sagte Grettir, nahm seine Axt und ging hinaus.

Glaum sagte: »Gib dir beim Kleinhacken nicht weniger Mühe, als es mich gekostet hat, ihn herzuschleppen.«

Diese Worte regten Grettir derart auf, dass er seine Axt mit beiden Händen packte, ausholte und nicht beachtete, worauf er da einschlug. Und als die Axt den Baum traf, rutschte sie ab, fuhr in Grettirs Bein oberhalb des Knies und schlug eine Wunde tief bis auf den Knochen.

Er besah sich den Baum und sagte: »Die bösere Macht ist auch die stärkere gewesen, und das wird noch nicht alles sein. Dies ist der Baum, den ich mehrfach zurück ins Meer geschmissen habe. Nun hast du uns zum zweiten Mal Unheil gebracht, Glaum, du hast das Feuer ausgehen lassen und uns diesen Unglücksbaum gebracht. Wenn du uns ein drittes Mal Unheil bringst, wird es nicht nur dein, sondern unser aller Tod sein.«

Illugi verband Grettirs Wunde, die nur wenig blutete. Grettir schlief gut in dieser Nacht, und es vergingen drei weitere Nächte, ohne dass die Wunde schmerzte. Als sie den Verband abnahmen, war der Schnitt so gut zusammengewachsen, dass die Wunde fast verheilt war.

Illugi sagte: »Ich glaube nicht, dass du lange an dieser Wunde zu leiden hast.«

»Das wäre schön«, sagte Grettir, »doch bei diesen merkwürdigen Umständen ahne ich, dass es anders kommen wird.«

80

Am Abend legten sie sich schlafen. Und mitten in der Nacht begann Grettir um sich zu schlagen. Illugi fragte, warum er so unruhig sei.

Grettir sagte, das Bein tue ihm weh, »und wenn mich nicht alles täuscht, hat es eine andere Farbe bekommen.«

Sie machten Licht. Und als sie den Verband abnahmen, war das Bein geschwollen und schwarz wie Pech. Die Wunde hatte sich geöffnet und sah schlimmer aus als zuvor. Sie machte ihm solche Schmerzen, dass er nicht still liegen konnte, geschweige denn schlafen.

»Ich habe es geahnt«, sagte Grettir nun. »Die Krankheit, die mich befallen hat, kommt nicht einfach so. Das ist schwarze Magie, die alte Hexe will sich für den Stein rächen, den ich nach ihr geworfen habe.«

»Ich habe dir gesagt, dass von dieser alten Frau nichts Gutes kommen wird«, sagte Illugi.

»Am Ende kommt es ohnehin, wie es kommen muss«, sagte Grettir und sprach fünf Strophen:

Oft entschied des Schwertes Schneide
über das Schicksal im Kampf,
so auch, als ich mich standhaft wehrte
im Berserkerkampf auf dem Birkenholz-Hof.
Oder als Hjarrandi, der Wächter der Walküre,
seinen Arm verlor und seine Brüder,
Björn und Gunnar, ziemlich schnell
ihren Frieden und ihr Leben.

Birkenholz-Hof = Þorfinns Hof auf Haramsøy; Wächter der Walküre = Mann

Auch kam ich einst auf breitem Schiff
nach Dyrhólmar hinaus
als Krieger, der lange
auf See gewesen war.
Da hieß der tüchtige Torfi
den friedlichen Mann
mit dem Lärmen schwerer Speere
und mit Gewalt willkommen.

Lärmen der Speere = Kampf

So nahm Torfi,
der beherzte Baum des Schildes,
Abschied von dem Skalden Grettir,
dessen Hand den Ahorn des Ruders
kampfunfähig schlug,
obwohl es ein Wundensturm
von vielen Männern war;
am Ende schenkte er mir ein Pferd.

Baum des Schildes = Mann; Ahorn des Ruders = Seefahrer; Wundensturm = Kampf

Þorfinn, Sohn des Arnór,
galt nach allem, was ich hörte,
als standhaft im Streit.
Der Baum der Pfeilspitzen versprach, mich zu töten,
doch obwohl der Verschwender des Lagers der Schlange
alleine draußen auf mich traf,
verließ ihn der Mut,
als ich nicht gerade gastfreundlich war.

Baum der Pfeilspitzen = Krieger; Lager der Schlange = Gold; Verschwender des Goldes = Mann

Vor Speerbesitzern konnte ich mich schützen,
denn ich vertraute meiner Kraft
gegen die Arglist der Welt

und das war nicht selten nötig.
Nun hat der mächtige, uralte Rain
der Steine den Baum der Feuer
des Kampfes besiegt mit Zauberei;
ihre Ratschläge sind wirksam und böse.

Speerbesitzer = Krieger; Rain der Steine = Frau; Feuer des Kampfes = Schwerter; Baum der Schwerter = Krieger

»Nun müssen wir sehr vorsichtig sein«, sagte Grettir, »denn dies wird bestimmt nicht das Einzige bleiben, was Þorbjörn und die Alte gegen uns unternehmen. Glaum, ich will, dass du die Leiter den ganzen Tag bewachst, und nachts ziehst du sie hoch, und pass ja genau auf, denn für uns steht alles auf dem Spiel. Und wenn du uns enttäuschst, wirst du es bald bereuen.«

Glaum versprach, es gut zu machen. Dann verschlechterte das Wetter sich weiter, und es kam ein kalter Wind aus Nordosten. Grettir fragte jeden Abend, ob die Leiter hochgezogen sei.

Glaum sagte: »Zu dieser Zeit kann man wohl kaum Besuch erwarten. Oder gibt es vielleicht jemanden, der dich so dringend töten will, dass er sich erst einmal selbst umbringt? Es ist völlig unmöglich, bei diesem Wetter hierher durchzukommen. Wenn du fürchtest, dass alles dir den Tod bringt, hat dein Heldenmut dich wohl endgültig verlassen.«

»Du wirst deine Sache noch sehr viel schlechter machen als wir«, sagte Grettir, »was auch immer geschehen mag. Und wenn du die Leiter nicht weiter bewachst, werde ich dich dazu zwingen.«

Also trieben sie Glaum jeden Morgen hinaus, was ihm sehr missfiel.

Die Schmerzen in Grettirs Bein wurden schlimmer. Inzwischen war es überall angeschwollen, und Ober- und Unterschenkel begannen zu eitern. Die Wunde wurde immer größer, und Grettir war dem Tode nahe. Illugi saß bei ihm und pflegte ihn Tag und Nacht und achtete auf nichts anderes mehr. Nun war bereits mehr als eine Woche vergangen, seit Grettir sich verletzt hatte.

81 Þorbjörn Öngull war zu Hause in Viðvík und ärgerte sich, weil er Grettir nicht beseitigen konnte. Eine gute Woche, nachdem die alte Frau den Baumstumpf mit dem Zauber belegt hatte, fragte sie Þorbjörn, ob er nicht vorhabe, zu Grettir zu fahren.

Er sagte, er sei fest entschlossen, genau das bleiben zu lassen. »Oder willst du zu ihm?«, fragte Þorbjörn seine Pflegemutter.

»Ich werde ihm nicht begegnen«, sagte die alte Frau, »aber ich habe ihm einen Gruß geschickt, den er inzwischen bestimmt erhalten hat, und ich denke, du solltest bald handeln und zu ihm fahren, wenn du ihn noch besiegen willst.«

Þorbjörn antwortete: »Ich habe schon genug Unglücksfahrten hinter mir, da werde ich mich wohl kaum in diesem Sturm auf den Weg machen. Das Wetter ist so schlecht, dass man nirgendwo hinkommt, ganz gleich, wie wichtig es ist.«

»Wenn du da keine Lösung siehst, musst du wirklich sehr dumm sein«, antwortete sie. »Ich gebe dir noch einen Rat: Du sammelst jetzt ein paar Männer zusammen, dann reitest du nach Hof zu deinem Schwager Halldór und fragst ihn, was du tun sollst. Wenn ich mit meiner Macht Grettirs Gesundheit beeinflussen kann, werde ich wohl auch mit diesem bisschen Wind fertig.«

Þorbjörn begriff, dass die alte Frau tiefer in die Zukunft sehen konnte als geahnt, schickte nach Männern aus dem ganzen Bezirk und erfuhr schnell, dass keiner von den Bauern, deren Anteile an Drangey er bekommen hatte, ihm helfen wollte. Sie meinten, da ihm jetzt fast die ganze Insel gehörte, solle er Grettir auch selber angreifen. Tungu-Steinn schickte ihm zwei Männer, Þorbjörns Bruder Hjalti schickte drei, Eirík aus den Guðdalir schickte einen, und Þorbjörn nahm sechs Leute von seinem eigenen Hof mit. Die zwölf Männer ritten von Viðvík nach Hof. Halldór lud sie ein, bei ihm zu bleiben, und fragte nach dem Anlass ihres Besuchs. Þorbjörn erzählte ihm alles. Halldór fragte, wessen Idee das gewesen sei, und Þorbjörn sagte, seine Pflegemutter habe ihn dazu gebracht.

»Das wird nicht gut ausgehen«, sagte Halldór. »Sie ist zauberkundig, und Hexerei ist jetzt verboten.«

»Ich kann nicht auf alles Rücksicht nehmen«, sagte Þorbjörn.

»Ich will diese Sache endlich abschließen, auf welche Weise auch immer, frage mich nur, wie ich auf die Insel kommen soll.«

»Du scheinst auf etwas zu vertrauen«, sagte Halldór, »von dem ich nicht weiß, ob es gut ist. Aber wenn du unbedingt willst, dann gehe nach Haganes in Fljót zu meinem Freund Björn. Er hat ein gutes Boot. Richte ihm aus, ich hätte gesagt, dass er es dir leihen soll. Von dort könnt ihr nach Drangey fahren, doch sollte Grettir gesund sein, scheint mir das keine gute Idee. Und solltest du ihn nicht mit Anstand besiegen, kannst du davon ausgehen, dass es viele gibt, die den verfolgen werden, der ihm den Tod gebracht hat. Bring Illugi nicht um, wenn es sich vermeiden lässt. Aber besonders christlich erscheinen mir eure Pläne ohnehin nicht.«

Dann gab Halldór ihm sechs Leute mit. Einer hieß Kár, ein anderer Þorleif, ein dritter Brand. Die anderen sind nicht namentlich bekannt. Also machte Þorbjörn sich mit siebzehn Männern auf den Weg nach Haganes in Fljót und richtete Björn aus, was Halldór gesagt hatte. Björn sagte, er werde ihnen um seines Freundes willen helfen, auch wenn er Þorbjörn keinen Gefallen schuldete und diese Fahrt für eine große Dummheit hielt. Immer wieder versuchte er, sie davon abzubringen, doch es gelang ihm nicht. So gingen sie zum Ufer und ließen das Boot zu Wasser, das im Bootshaus stand. Dann machten sie sich bereit. Allen, die an Land waren, schien es unmöglich, bei diesem Wetter hinauszufahren.

Als sie Segel setzten, nahm das Boot sofort Fahrt auf und schoss auf den Fjord hinaus. Doch nachdem sie in tieferen Gewässern waren, schwächte der Sturm ab, und sie kamen gut voran. Sie erreichten Drangey nach Einbruch der Nacht.

82

Grettir war inzwischen so krank, dass er nicht mehr stehen konnte. Illugi saß bei ihm, während Glaum Wache halten sollte. Der beschwerte sich wieder und warf ihnen vor, sie dächten wohl ständig, ihr Leben auszuhauchen, auch wenn gar nichts geschehe. Dann ging er missmutig hinaus.

Bei der Leiter angekommen, beschloss er still für sich, sie dieses Mal nicht heraufzuziehen. Bald darauf wurde er sehr müde, legte sich hin und verschlief den ganzen Tag, und als Þorbjörn die Insel erreichte, konnten seine Männer von unten die Leiter sehen.

»Irgendwas scheint mir anders als sonst«, sagte Þorbjörn. »Ich sehe keinen, der oben Wache hält, und doch ist die Leiter unten. Diese Fahrt könnte uns mehr einbringen als gedacht. Schnell, lasst uns zu der Hütte gehen. Nehmt all euren Mut zusammen, denn wenn sie gesund sind, werden wir ihn brauchen.«

Dann kletterten sie auf die Insel, und als sie sich umsahen, entdeckten sie einen Mann, der in der Nähe der Leiter lag und laut schnarchte.

Þorbjörn sah, dass es Glaum war, ging zu ihm und schlug ihm mit dem Griff seines Schwertes auf das Ohr und rief, der Nichtsnutz solle aufwachen: »Und wer sich auf dich verlassen muss, ist wirklich arm dran.«

Glaum setzte sich auf und sagte: »Fangt ihr schon wieder an? Findet ihr, ich nehme mir zu viele Freiheiten, wenn ich mich hier in der Kälte etwas hinlege?«

Þorbjörn Öngull sagte: »Bist du so dumm, dass du nicht einmal merkst, wenn deine Feinde hier sind, um euch alle zu töten?«

Glaum verstummte, als er die Männer erkannte, dann schrie er aus Leibeskräften.

»Entweder«, sagte Þorbjörn, »du hörst sofort auf und erzählst uns, wie es in eurer Hütte aussieht, oder ich schlage dich tot.«

Glaum wurde so still, als hätte man ihn unter Wasser getaucht.

Þorbjörn sagte: »Sind die Brüder in der Hütte? Warum sind sie nicht unterwegs?«

»Sie können nicht«, sagte Glaum, »denn Grettir ist krank und fast schon tot, und Illugi wacht an seinem Bett.«

Þorbjörn fragte nach Grettirs Krankheit und wie es dazu gekommen sei, und Glaum sagte ihm, wie Grettir sich verletzt hatte.

Da lachte Þorbjörn und sagte: »Wie heißt das Sprichwort noch gleich? Alte Freundschaft rostet nicht, und auch ein anderes trifft hier zu: Wehe dem, der einen Knecht zum Freund hat. So schlecht dein Herr auch sein mag, er hat es nicht verdient, so schändlich von dir verraten zu werden, Glaum.«

Sie beschimpften ihn für seine Treulosigkeit und schlugen ihn halbtot und ließen ihn liegen. Dann gingen sie zu der Hütte und schlugen an die Tür.

Illugi sagte zu seinem Bruder: »Da draußen ist der Widder mit dem grauen Bauch.«

»Und er klopft ziemlich laut«, sagte Grettir, »und stürmisch.« Und in dem Moment wurde die Tür aufgebrochen.

Illugi griff nach seinen Waffen, verteidigte den Eingang, und sie kamen nicht herein. Sie griffen lange an, konnten aber nur mit Speeren durch die Tür stechen, und Illugi schlug die Spitzen ab. Als sie merkten, dass sie so nicht vorankamen, kletterten sie auf die Hütte und rissen das Dach ein. Inzwischen war auch Grettir hochgekommen. Er griff einen Speer, stieß ihn zwischen den Dachbalken hindurch und durchbohrte Halldórs Knecht Kár, der dort oben stand.

Þorbjörn sagte, sie sollten besser aufpassen und auf ihre Deckung achten, »denn wenn wir es richtig anstellen, können wir sie besiegen.«

Dann hatten sie die Balken freigelegt und drückten so heftig dagegen, dass das Dach einbrach. Grettir kniete, denn ganz aufstehen konnte er nicht mehr. Er zog sein Schwert Kársnaut. In diesem Moment sprangen die Angreifer von oben in die Hütte, und es kam zu einem harten Kampf. Grettir schlug nach Hjalti Þórðarsons Begleiter Víkar und traf ihn an der linken Achsel, als er hinabsprang, das Schwert ging durch seinen Rücken hindurch und an der rechten Seite wieder heraus, so dass der Mann durchgeteilt wurde und in zwei Teilen auf Grettir fiel. Dadurch konnte er sein Schwert nicht so schnell hochreißen, wie er wollte, und in dem Moment stieß Þorbjörn Öngull ihm seinen Speer zwischen die Schulterblätter und verwundete ihn schwer.

Da sagte Grettir: »Schutzlos ist der Rücken des Mannes, der keinen Bruder hat.«

Illugi warf einen Schild über seinen Bruder und verteidigte ihn so tapfer, dass alle ihn dafür bewunderten.

Da sagte Grettir zu Þorbjörn Öngull: »Wer hat euch den Weg zur Insel gezeigt?«

Þorbjörn sagte: »Jesus Christus hat uns den Weg gezeigt.«

»Das war wohl eher deine elende Pflegemutter, diese alte Hexe«, sagte Grettir, »denn du bist bestimmt ihrem Rat gefolgt.«

»Auf wessen Rat wir gehört haben, ändert an deinem Schicksal nichts«, sagte Öngull.

Dann griffen sie heftig an. Grettir war zu krank und verletzt, um zu kämpfen, doch Illugi verteidigte sie beide mit aller Kraft.

Þorbjörn sagte seinen Männern, sie sollten Illugi mit ihren Schilden abdrängen, »denn ich kenne keinen, der so kämpft wie er, auch unter den älteren Männern nicht.«

Sie taten es und trieben ihn mit Holzlatten und Waffen so weit in die Enge, dass er sich nicht mehr verteidigen konnte, dann packten sie ihn; die meisten Angreifer hatte er zuvor verwundet, und drei waren tot.

Dann gingen sie auf Grettir los. Er war vornübergefallen und wehrte sich nicht mehr, die Wunde am Bein hatte ihn schon umgebracht; inzwischen war sie bis zu den Eingeweiden vereitert. Sie schlugen ihm so viele Wunden, bis kaum noch Blut kam. Als sie dachten, er sei tot, griff Þorbjörn nach seinem Schwert und sagte, Grettir habe es lange genug getragen. Doch Grettir hatte das Schwert so fest im Griff, dass Þorbjörn es nicht losbekam. Viele wollten helfen, aber ohne Erfolg. Acht Mann hatten sich daran versucht, doch sie bekamen Grettirs Finger nicht los.

»Warum sollten wir einen Gesetzlosen schonen?«, sagte Þorbjörn Öngull da. »Legt seine Hand auf den Balken dort.«

Sie taten es und schlugen Grettirs Hand am Handgelenk ab. Da streckten sich die Finger und gaben das Schwert frei. Þorbjörn packte es mit beiden Händen und schlug so heftig nach Grettirs Kopf, dass das Schwert es nicht aushielt und aus der Mitte der Klinge ein Stück herausbrach. Als sie das sahen, fragten sie, warum er so eine gute Waffe ruinierte.

Þorbjörn antwortete: »Daran kann man das Schwert ab jetzt erkennen, falls mal jemand fragt.«

Sie fanden das unnötig, denn Grettir sei schließlich schon tot.

»Wir machen trotzdem weiter«, sagte Þorbjörn und schlug noch zwei- oder dreimal auf seinen Hals ein, dann fiel der Kopf ab.

»Nun können wir uns sicher sein, dass wir einen großen Helden besiegt haben«, sagte Þorbjörn Öngull. »Seinen Kopf nehmen wir mit, denn ich will das Geld haben, das auf ihn ausgesetzt ist. So kann niemand bezweifeln, dass ich ihn getötet habe.«

Sie sagten, er solle tun, was er wolle, hielten sich selbst aber zurück, denn alle fanden, er habe unehrenhaft gehandelt.

Da sagte Þorbjörn Öngull zu Illugi: »Es ist eine Schande, dass ein so tapferer Mann wie du so unklug ist und mit einem Gesetzlosen gemeinsame Sache macht, denn nun kann jeder dich töten und muss dafür nicht einmal eine Buße zahlen.«

Illugi antwortete: »Wenn im Sommer das Allthing zu Ende geht, wirst du schon sehen, wer hier geächtet wird. Und da wirst weder du noch deine alte Pflegemutter entscheiden, denn sie hat Grettir mit ihrer Zauberei getötet. Und erst als er bereits vom Tod gezeichnet war, hast du dich getraut, mit ihm zu kämpfen, und noch weitere Schandtaten begangen, als wäre diese Hexerei nicht schon niederträchtig genug.«

Þorbjörn Öngull antwortete: »Du nimmst den Mund recht voll, aber so wird es nicht kommen. Ich will nur sagen, dass ich glaube, dein Tod wäre ein großer Verlust. Daher schenke ich dir das Leben, wenn du uns dein Ehrenwort gibst, dich an niemandem zu rächen, der heute hier ist.«

Illugi antwortete: »Wenn Grettir sich hätte verteidigen können und du ihn mutig im Kampf besiegt hättest, wäre ich vielleicht darauf eingegangen. Doch nun werde ich nicht mein Leben retten, indem ich mich ebenso entehre wie du dich. Und ich sage dir gleich, wenn du mich am Leben lässt, wirst du keinen schlimmeren Feind haben, denn es wird sehr lange dauern, bis ich vergesse, wie du meinen Bruder zugerichtet hast. Da will ich lieber sterben.«

Þorbjörn beriet sich mit seinen Begleitern, ob sie Illugi am Leben lassen sollten oder nicht. Sie sagten, er solle entscheiden, schließlich sei die ganze Sache seine Idee gewesen. Þorbjörn sagte, er könne sich nicht erlauben, diesen Mann zum Feind zu haben, wenn er ihm nichts versprechen wollte.

Und als Illugi merkte, dass sie ihn töten würden, lachte er und sagte: »Nun habt ihr euch für das entschieden, was mir am liebsten ist.«

Als es hell wurde, führten sie ihn auf die Ostseite der Insel und köpften ihn dort, und alle lobten seinen Mut und sagten, es gebe unter den Männern in seinem Alter keinen, der ihm gleiche. Dann bedeckten sie die Brüder dort auf der Insel mit Steinen; nur Grettirs Kopf nahmen sie mit, zusammen mit allen Waffen und der Kleidung, die noch etwas wert war. Þorbjörn Öngull behielt das gute Kurzschwert und trug es eine lange Zeit.

Glaum nahmen sie mit, und er jammerte sehr. Der Sturm hatte sich in der Nacht gelegt, und sie ruderten am Morgen hinüber. Þorbjörn Öngull landete dort, wo es für ihn am günstigsten erschien, dann ließ er das Boot zu Björn zurückbringen.

Und als sie auf der Höhe von Ósland waren, jammerte Glaum so sehr, dass sie keine Lust hatten, sich weiter mit ihm abzugeben, und sie töteten ihn an Ort und Stelle. Als sie sich daran machten, ihn zu köpfen, weinte er laut.

Þorbjörn Öngull ging nach Viðvík zurück und fand, alles sei gut gelaufen. Grettirs Kopf legten sie in einem Vorratsschuppen in Salz ein, der seitdem Grettisbúr heißt. Dort lag er den ganzen Winter. Als man erfuhr, dass Þorbjörn Hexerei angewendet hatte, um Grettir zu besiegen, verachtete man ihn sehr.

Þorbjörn blieb bis nach Weihnachten zu Hause. Dann ritt er zu Þórir aus Garð, erzählte, wen er getötet hatte, und beanspruchte das Geld, das auf Grettirs Kopf ausgesetzt war.

Þórir bestritt nicht, dass er Grettirs Ächtung erwirkt hatte: »Er hat mir vieles angetan, und doch hätte ich mich nie zum Verbrecher oder Hexer gemacht, um ihn zu töten, so wie du. Ich werde dir kein Geld geben, denn ich finde, du hast durch Zauberei und Hexenkunst dein Leben verwirkt.«

Þorbjörn antwortete: »Ich glaube nicht, dass es die Empörung über Grettirs Todesart ist, die dich diese Worte sprechen lässt, sondern vielmehr der schnöde Geiz.«

Þórir sagte, es sei am besten, wenn sie bis zum Allthing warteten und den Gesetzessprecher entscheiden ließen; dann trennten sie sich in unverhohlener Feindschaft.

83

Die Verwandten von Grettir und Illugi waren außer sich vor Wut, als sie von den Totschlägen hörten. Sie hielten es für ein Verbrechen, dass Þorbjörn Grettir erschlug, als dieser bereits im Sterben lag, und dass er Hexerei angewendet hatte, machte die Sache noch schlimmer. Sie berieten sich mit den gelehrtesten Männern, und alle redeten äußerst schlecht über Þorbjörns Fall.

In der vierten Sommerwoche ritt Þorbjörn nach Westen in den Miðfjord. Und als sich das herumsprach, rief Grettirs Mutter Ásdís Männer zu sich, darunter viele ihrer Freunde, ihre Schwiegersöhne Gamli und Glúm und deren Söhne, Skeggi, den man Skammhöndung nannte, und den bereits erwähnten Óspak. Ásdís war so beliebt, dass alle im Miðfjord sich auf ihre Seite schlugen, auch die, die vorher Grettirs Feinde waren, allen voran Þórodd Drápustúf und mit ihm die meisten Leute aus dem Hrútafjord.

Dann kommt Þorbjörn Öngull mit zwanzig Männern nach Bjarg. Sie hatten Grettirs Kopf dabei. Zu dieser Zeit waren noch nicht alle angekommen, die Ásdís ihre Hilfe versprochen hatten. Þorbjörn und seine Männer kamen mit dem Kopf in den Hauptraum und legten ihn auf den Fußboden. Ásdís war dort und viele andere auch. Man begrüßte sich nicht.

Þorbjörn Öngull sprach folgende Strophe:

Grettirs unersättliches Haupt
brachte ich von der Insel mit,
die Nadelgöttin muss
den roten Schopf beweinen,
hier auf dem Boden siehst du ihn,

den Kopf des Friedensbrechers,
die Göttin der Brandungsflamme
sollte ihn salzen, sonst verfault er ihr ganz.

Nadelgöttin = Frau; Brandungsflamme = Gold; Göttin des Goldes = Frau

Ásdís blieb ruhig, während er die Strophe sprach, danach sprach sie eine:

Die Götter des Hagels der Freyja
haben sich großen Heldenhohn erkämpft.
Hättet ihr Grettir gesund
auf der Insel getroffen,
wären die Kampfbäume, die Götter der Waffen,
ins Meer gerannt wie Schafe vor dem Wolf;
mir fällt es übrigens leicht,
Leute zu loben.

Hagel der Freyja = Gold; Götter des Goldes = Männer; Kampfbäume = Krieger; Götter der Waffen = Krieger

Viele meinten, es sei nicht verwunderlich, dass Ásdís so starke Söhne hatte, wo auch sie jetzt noch derart stark war, nach all dem, was sie erlitten hatte.

Óspak war draußen und redete mit jenen von Þorbjörns Leuten, die nicht hineingegangen waren. Er erkundigte sich nach dem Kampf auf der Insel, und alle sagten, wie gut Illugi sich verteidigt hatte. Dann beschrieben sie, wie fest Grettir das Schwert gehalten hatte, als er bereits tot war, und alle beeindruckte das sehr.

Da sah man, wie eine große Anzahl von Männern aus dem Westen näherritt. Nun kamen viele Freunde von Grettirs Mutter und auch Gamli und Skeggi aus Melar. Þorbjörn Öngull wollte einen Enteignungsprozess durchführen und Illugis Besitz beschlagnahmen, den er für sich beanspruchte, doch als nun die ganzen Männer kamen, konnte er nichts mehr tun. Óspak und Gamli waren außer sich vor Zorn und wollten Þorbjörn sofort angreifen, doch einige klügere Leute schlugen vor, sie sollten sich erst mit ihrem Verwandten Þorvald und den anderen Anführern beraten; sie meinten, je mehr kluge Männer sich um die Sache kümmerten, umso schlimmer würde es für Þorbjörn ausgehen.

Also einigte man sich darauf, dass Þorbjörn Öngull davonritt. Grettirs Kopf nahm er mit, denn er wollte ihn auf dem Allthing zeigen. Er ritt nach Hause und ahnte, dass es um seinen Fall nicht gut stand, denn fast alle mächtigen Männer im Land waren entweder durch Geburt oder Heirat mit Grettir und Illugi verwandt.

In diesem Sommer heirateten Skeggi Skammhöndung und Valgerð, die Tochter von Þórodd Drápustúf, und nun unterstützte auch Þórodd die Sache von Grettirs Familie.

84

Dann ritten alle zum Allthing, und Þorbjörn Öngull merkte, dass er noch weniger Unterstützer hatte als gedacht, denn viele redeten schlecht über seinen Fall. Da fragte Halldór, ob sie wirklich Grettirs Kopf mit zum Allthing nehmen sollten, und Þorbjörn sagte, das habe er vor.

»Ich würde dir davon abraten«, sagte Halldór, »denn du hast ohnehin schon genug Feinde, auch wenn du die Leute nicht an ihren Verlust erinnerst.«

Sie waren bereits unterwegs in Richtung Süden, da ließ Þorbjörn den Kopf holen und in einem Sandhügel vergraben, der heute Grettisþúfa heißt.

Viele waren zum Allthing gekommen, und Þorbjörn Öngull trug seinen Fall vor und lobte sich selbst, den berühmtesten Gesetzlosen des Landes getötet zu haben, und forderte das Kopfgeld dafür. Þórir gab ihm dieselbe Antwort wie zuvor. Der Gesetzessprecher wurde um ein Urteil gebeten und sagte, man müsse ihm Gründe nennen, die dagegensprachen, dass Þorbjörn die Belohnung bekam, sonst hätte er ein Recht darauf.

Þorvald Ásgeirsson wies nun Skammhöndung an, die Anklage vorzubringen, und der warf Þorbjörn vor, Grettirs Tod durch Hexerei und Zauberkünste bewirkt zu haben, und ließ eine zweite Anklage folgen, in der er ihm vorwarf, einen todkranken Mann erschlagen zu haben, und er forderte Þorbjörns Ächtung.

Nun nahmen die Leute Partei, und es gab nur wenige, die Þorbjörn unterstützten. Es kam anders, als Þorbjörn erwartete, denn Þorvald und dessen Schwiegersohn Ísleif behaupteten, jeder, der durch Hexerei einen Menschen töte, habe sein Leben verwirkt. Doch dann schlugen vernünftige Männer vor, Þorbjörn solle Island noch in diesem Sommer verlassen und nie mehr zurückkommen, solange noch Menschen lebten, die die Tötung von Grettir und Illugi verfolgen konnten. So wurde es beschlossen, und man machte ein Gesetz, dass jeder, der Hexerei anwendet, geächtet werden sollte.

Und als Þorbjörn sah, wie sein Fall enden würde, ritt er vom Allthing davon, bevor Grettirs Verwandte ihn doch noch angriffen, und auch von dem Kopfgeld bekam er nichts, weil Gesetzessprecher Steinn nicht wollte, dass so ein Verbrechen belohnt würde. Und für Þorbjörns Begleiter, die auf Drangey umkamen, wurde keine Geldbuße gezahlt, da ihr Tod sich mit dem von Illugi ausglich, was seinen Verwandten wiederum ganz und gar nicht gefiel.

Dann ritten sie vom Allthing nach Hause, und alle Klagen gegen Grettir wurden fallengelassen.

Grettirs Neffe Skeggi, der Sohn von Gamli und Schwiegersohn von Þórodd Drápustúf, zog nach Norden in den Skagafjord auf Betreiben von Þorvald Ásgeirsson und seinem Schwager Ísleif, der später Bischof in Skálholt wurde, und alle waren damit einverstanden, dass er sich ein Boot nahm, nach Drangey fuhr und die Leichen von Grettir und Illugi holte. Er brachte sie zur Kirche von Reykir am Reykjaströnd und begrub sie dort. Es gibt einen Beweis dafür, dass Grettir dort wirklich liegt, denn zur Zeit der Sturlungen wollte man die Kirche verlegen und fand Grettirs Gebeine, und alle waren erstaunt, was für schwere, große Knochen das waren. Dann wurde Illugi nördlich der Kirche begraben, Grettirs Kopf hingegen bei der Kirche auf seinem Heimathof Bjarg.

Grettirs Mutter Ásdís blieb auf Bjarg und war so beliebt, dass keiner ihr jemals Schwierigkeiten gemacht hatte, nicht einmal während Grettirs Ächtung.

Als Ásdís starb, übernahm Skeggi Skammhöndung die Landwirtschaft auf Bjarg und wurde ein bedeutender Mann. Sein Sohn heiß Gamli und war der Vater von Skeggi auf Skarfsstaðir und von Ásdís. Deren Sohn war Odd der Mönch. Von ihm stammt eine große Familie ab.

85

Þorbjörn Öngull ging bei Gásir auf ein Schiff und nahm so viel Besitz mit, wie er konnte, die Ländereien übernahm sein Bruder Hjalti, dem Öngull auch die Insel Drangey gab. Hjalti wurde ein mächtiger Mann, wird aber in dieser Saga nicht mehr erwähnt.

Öngull ging nach Norwegen und prahlte auch dort weiter damit, Grettir getötet zu haben, denn er hielt das für eine große Heldentat. Und viele, die es hörten und die näheren Umstände nicht kannten, bewunderten ihn, denn sie wussten, was für ein berühmter Mann Grettir war. Þorbjörn erzählte von ihrer Auseinandersetzung nur das, was ihn gut aussehen ließ, und verschwieg alles weniger Löbliche.

Im Herbst erreichte diese Geschichte Tönsberg, und als Grettirs Bruder Þorsteinn Drómund sie hörte, wurde er sehr still, denn ihm war gesagt worden, dass Þorbjörn Öngull ein äußerst kühner und angriffslustiger Krieger sei.

Nun erinnerte Þorsteinn sich daran, was er gesagt hatte, als Grettir und er vor langer Zeit über ihre Arme gesprochen hatten. Dann hörte er sich um, denn er wollte wissen, wohin Þorbjörn ging. Beide verbrachten den Winter in Norwegen; Þorbjörn im Norden und Þorsteinn auf Tönsberg, und sie hatten einander noch nie gesehen. Als Þorbjörn allerdings erfuhr, dass Grettir einen Bruder in Norwegen hatte, wusste er nicht, wie er dem in einem fremden Land aus dem Weg gehen sollte, und erkundigte sich, wo er sonst hinkönnte.

Zu dieser Zeit gingen viele Männer aus dem Norden als Söldner nach Konstantinopel. Þorbjörn gefiel die Idee, dorthin zu gehen, Geld und Ruhm zu erwerben und weit weg von den Ländern des Nordens und Grettirs Verwandten zu sein. Er machte sich bereit, verließ Norwegen und hielt sich nirgendwo auf, bis er Konstantinopel erreichte und Söldner wurde, und er blieb eine Zeitlang dort.

86

Þorsteinn Drómund war ein reicher und hoch angesehener Mann. Als er erfuhr, dass Þorbjörn Öngull das Land verlassen hatte und nach Konstantinopel gegangen war, handelte er schnell. Er übertrug seinen Besitz an seine Verwandten und machte sich auf die Reise und suchte nach Þorbjörn und blieb ihm dicht auf den Fersen. Þorbjörn erfuhr davon nichts.

Kurz nach Þorbjörn erreichte auch Þorsteinn Drómund Konstantinopel und wollte ihn unbedingt töten, aber keiner wusste, wie der andere aussah. Sie wollten beide der Waräger-Garde des Königs beitreten und wurden dort gut aufgenommen, als man erfuhr, dass sie aus Norwegen kamen. König in Konstantinopel war zu dieser Zeit Mikael Katalak.

Þorsteinn Drómund hielt Ausschau nach Þorbjörn Öngull, konnte ihn aber nicht finden, denn es waren zu viele Leute dort. Das machte ihn sehr unzufrieden, er lag viele Nächte wach und fand, er habe viel verloren.

Bald darauf wurden die Männer der Waräger-Garde in einen Teil des Landes entsandt, um dort Kämpfe zu unterbinden. Bevor sie loszogen, wollten es ihre Sitten und Gesetze, dass sie eine Waffenschau abhielten, und das taten sie auch diesmal. Bei dieser Waffenschau mussten sich alle Waräger versammeln, und die, die in den Kampf zogen, zeigten ihre Waffen. Sowohl Þorsteinn als auch Þorbjörn Öngull kamen. Þorbjörn zeigte als Erster seine Waffen und hatte Grettirs Schwert dabei. Viele bewunderten es und sagten, es sei eine vorzügliche Waffe, hielten es aber für einen großen Makel, dass aus der Mitte der Klinge ein Stück herausgebrochen war, und fragten, wie es dazu gekommen sei.

Þorbjörn hielt das durchaus für erzählenswert, »denn damit

verhält es sich so: Ich habe in Island einen großen Helden getötet, den sie dort Grettir den Starken nannten. Er war der streitbarste und mutigste Mann im ganzen Land, und keiner konnte ihn überwinden, bis ich kam. Doch da es mir beschieden war, ihn zu besiegen, überwältigte ich ihn, obwohl er ein Vielfaches meiner Kraft besaß. Und als ich ihm den Kopf abschlug, brach dieses Stück aus der Klinge heraus.«

Die Umstehenden sagten, der müsse wohl wirklich ein harter Knochen gewesen sein, und zeigten das Schwert herum. Nun begriff Þorsteinn, wen er vor sich hatte, und bat Þorbjörn, das Schwert sehen zu dürfen wie die anderen auch. Þorbjörn gab es ihm gerne, denn die meisten bewunderten seinen Mut und seine Taten. Er dachte, auch dieser Mann würde das tun, denn er hatte keine Ahnung, dass Þorsteinn oder ein Verwandter von Grettir hier war.

Þorsteinn Drómund nahm das Schwert, und im selben Moment erhob er es und schlug nach Þorbjörn. Das Schwert traf ihn mit solcher Kraft am Schädel, dass es erst im Kiefer stecken blieb. Der ehrlose Þorbjörn fiel tot zu Boden.

Die Männer um sie herum verstummten. Der Steuereintreiber der Stadt packte Þorsteinn und fragte, warum er bei dieser heiligen Zusammenkunft ein solches Verbrechen beging. Þorsteinn sagte, er sei der Bruder von Grettir dem Starken, und fügte hinzu, dass er erst hier Rache für dessen Tod habe nehmen können. Nun fanden viele, dieser starke Grettir müsse ein bedeutender Mann gewesen sein, wenn Þorsteinn so weit durch die Welt zog, um ihn zu rächen. Man hielt das zwar für glaubwürdig, doch es gab niemanden, der Þorsteinns Aussage bestätigen konnte, und ihre Gesetze wollten es so, dass jeder Mann, der einen anderen tötete, dafür nicht weniger verlieren sollte als sein eigenes Leben. Þorsteinn erhielt schnell sein hartes Urteil, er sollte in einer Zelle im Kerker sitzen und dort auf seine Hinrichtung warten, falls niemand für ihn ein Lösegeld zahlte.

Als Þorsteinn in die Zelle kam, war da ein anderer Mann, der dort schon lange gefangen war und fast tot war vor lauter Elend. Es stank, und es war kalt.

Þorsteinn fragte ihn: »Wie findest du dein Leben?«

Er antwortete: »Es ist furchtbar, denn niemand will mir helfen, und ich habe keine Verwandten, die für mich Lösegeld bezahlen.«

»Man weiß nie, wie die Dinge kommen«, sagte Þorsteinn, »lass uns fröhlich sein und etwas finden, das uns aufheitert.«

Der andere sagte, ihn könne nichts aufheitern.

»Wir versuchen es trotzdem«, sagte Þorsteinn. Dann fing er an, Lieder zu singen. Kaum jemand hatte so eine gute Stimme wie er, und er setzte sie nicht sparsam ein. In der Nähe des Kerkers verlief eine öffentliche Straße. Þorsteinn sang so laut, dass es in den Mauern widerhallte und dem anderen Mann, der bereits halb tot gewesen war, großen Spaß machte. Þorsteinn sang weiter bis in den Abend.

87 Es war eine vornehme Frau namens Spes. Sie wohnte in der Stadt, war sehr reich und von edler Herkunft. Sie war mit einem Mann namens Sigurð verheiratet. Er war wohlhabend, aber aus einer geringeren Familie als sie; sie war wegen des Geldes mit ihm verheiratet worden. Zwischen ihnen kam keine Liebe auf, und sie hatte oft das Gefühl, unter Wert geheiratet zu haben. Sie fiel immer wieder auf durch ihre stolze und eigensinnige Art.

Und als Þorsteinn sich an diesem Abend aufheiterte, indem er sang, ging Spes auf der Straße in der Nähe des Kerkers vorbei und vernahm eine so schöne Stimme, wie sie nie zuvor eine gehört hatte. Sie hatte viele Diener dabei und befahl ihnen, herauszufinden, wer da sang. Sie liefen hin und riefen und fragten, wer dort eingekerkert sei. Þorsteinn nannte seinen Namen.

Da sagte Spes: »Bist du in anderen Dingen auch so gut wie im Singen?«

Er sagte, das spiele nun keine große Rolle mehr.

»Was hast du getan«, sagte sie, »dass man dich hier zu Tode quält?«

Er sagte, er habe einen Mann getötet, um seinen Bruder zu

rächen, »aber ich habe keine Zeugen und kann es nicht beweisen, deswegen bin ich hier, solange niemand ein Lösegeld zahlt, um mich zu befreien. Doch ich glaube, da gibt es keine Hoffnung, denn ich habe keine Verwandten hier.«

»Es wäre ein großer Verlust, wenn du getötet würdest«, sagte Spes. »War der Bruder, den du gerächt hast, auch so ein bemerkenswerter Mann?«

Er sagte, der sei doppelt so bedeutend gewesen wie er, und sie fragte, was es dafür an Beweisen gebe.

Dann sprach Þorsteinn diese Strophe:

Göttin der Ringe,
acht Gastgeber der Versammlung der Klingen
konnten dieses Schwert
der Hand des toten Grettir
nicht entwinden,
die vortrefflichen Krieger
mussten dem tapferen Lenker des Wellenpferdes
den Fuß der Schulter abschlagen.

Göttin der Ringe = Frau; Versammlung der Klingen = Kampf; Gastgeber des Kampfes = Krieger; Wellenpferd = Schiff; Lenker des Schiffes = Seefahrer/Mann; Fuß der Schulter = Hand/Arm

»Das ist wirklich rühmlich«, sagten einige, die die Strophe verstanden.

Und als Spes das hörte, sagte sie: »Würdest du von mir das Leben annehmen, wenn ich eine Möglichkeit finde?«

»Das will ich gerne«, sagte Þorsteinn, »aber nur, wenn der Gefangene, der mit mir hier ist, auch freikommt. Sonst bleiben wir zusammen hier.«

»Mir scheint, du bist das Lösegeld sehr viel mehr wert als er«, antwortete sie.

»Wie dem auch sei«, sagte Þorsteinn, »entweder kommen wir beide frei oder keiner.«

Da ging sie zu den Warägern und bot ihnen Lösegeld für Þorsteinn an. Sie zeigten sich dazu bereit, und weil sie eine angesehene reiche Frau war, gelang es ihr, beide Männer freizubekommen. Als Þorsteinn aus dem Kerker kam, ging er zu Spes. Sie nahm ihn heimlich bei sich auf; manchmal zog er mit den Warägern in den Kampf und erwarb sich auf ihren Kriegszügen großen Ruhm.

88 Harald Sigurðarson war zu dieser Zeit in Konstantinopel, und Þorsteinn freundete sich mit ihm an. Þorsteinn galt inzwischen als ein bedeutender Mann, denn Spes sorgte dafür, dass es ihm an Geld nicht fehlte. Spes war beeindruckt von seinen Fähigkeiten, und sie verliebten sich. Da Spes gerne Leute einlud, ging ihr allerdings langsam das Geld aus. Auch ihr Mann bemerkte nun Veränderungen in ihrer Stimmung und ihrem Verhalten, insbesondere, was ihre Ausgaben betraf. Ihm fiel auf, dass sowohl Gold als auch Schmuck verschwanden, die in ihrer Obhut sein sollten.

Eines Tages sprach Sigurð seine Frau darauf an und sagte, es befremde ihn, wie sie sich in letzter Zeit verhielt: »Du passt nicht auf unser Vermögen auf und verschleuderst es, wo du kannst. Wenn ich dich sehe, könnte ich fast denken, du würdest schlafwandeln, und mir gehst du aus dem Weg. Irgendetwas ist hier faul.«

Sie antwortete: »Bevor wir heirateten, habe ich dir ebenso wie meinen Verwandten gesagt, dass ich frei sein will, alles zu tun, was sich gehört und mir gut zu Gesicht steht, deswegen spare ich nicht mit deinem Geld. Oder spielst du etwa auf Dinge an, die sich nicht gehören?«

»Es scheint mir nicht grundlos, zu vermuten, dass es einen Mann gibt, der dir besser gefällt als ich.«

»Ich wüsste nicht«, sagte sie, »was da dran sein sollte, und wie du darauf kommst, ist mir erst recht ein Rätsel. Wenn du einen solchen Verdacht gegen mich hegst, sollten wir nicht unter vier Augen darüber sprechen.«

Er ließ die Sache für dieses Mal auf sich beruhen.

Þorsteinn und Spes machten weiter wie zuvor und scherten

sich nicht um das böse Gerede der Menschen, denn sie vertrauten auf ihren Verstand und ihr Ansehen. Sie saßen oft zusammen und unterhielten oder vergnügten sich.

Eines Abends saßen sie oben in ihrem Haus in dem Raum, wo ihre Wertsachen verwahrt wurden. Spes bat Þorsteinn, für sie zu singen, und dachte, ihr Mann wäre zum Trinken ausgegangen, wie sonst auch. Sie verschloss die Tür. Nachdem er aber eine Weile gesungen hatte, schlug jemand gegen die Tür und rief, sie solle aufmachen. Es war der Hausherr mit vielen Dienern. Seine Frau hatte eine große Truhe geöffnet und Þorsteinn ihre Wertsachen gezeigt.

Als Spes merkte, wer da gekommen war, weigerte sie sich aufzuschließen, und sagte zu Þorsteinn: »Schnell, ich habe eine Idee. Steig in die Truhe und sei still.«

Er tat es, sie verriegelte die Truhe mit einem Schloss und setzte sich drauf. In dem Moment kam der Hausherr herein, denn seine Männer hatten die Tür aufgebrochen.

»Was soll denn der ganze Aufruhr, werdet ihr von irgendwem verfolgt?«, fragte Spes.

Ihr Mann antwortete: »Nun hast du selbst den Beweis dafür geliefert, wer du wirklich bist. Wo ist der Mann, dessen Stimme eben noch durch das Haus hallte? Du findest wohl, der klingt schöner als ich.«

Sie sagte: »Niemand, der schweigen kann, ist voll und ganz ein Narr, das gilt auch für dich. Du hältst dich für klug und glaubst, mir deine Lügen anhängen zu können, doch jetzt wirst du sie beweisen müssen. Wenn du die Wahrheit sagst, hole dir diesen Mann, denn er wird kaum durch die Wände oder durchs Dach verschwunden sein.«

Er durchsuchte den Raum und fand nichts.

Sie sagte: »Warum fängst du ihn nicht? Du bist dir doch so sicher, dass er hier ist.«

Er schwieg und konnte sich nicht denken, wie sie ihn hinters Licht geführt hatte. Er fragte seine Männer, ob sie die Stimme nicht auch gehört hatten, aber als die sahen, wie Spes das missfiel, wollten sie nichts mehr bezeugen und sagten, dass man sich leicht verhören könne. Da ging der Hausherr hinaus und war überzeugt davon, dass er recht hatte, auch wenn er den Mann nicht finden konnte, und ließ seine Frau nun für eine lange Zeit beobachten.

Einige Zeit später saßen Þorsteinn und Spes in einem Zimmer, in dem die Kleider und noch nicht zugeschnittenen Stoffe von ihr und dem Hausherren aufbewahrt wurden. Sie hatte viele Stoffe vor Þorsteinn ausgebreitet und zeigte sie ihm. Plötzlich kam ihr Ehemann mit vielen Männern und brach die Tür auf. Und während sie das noch taten, warf Spes viele Stoffe über Þorsteinn und lehnte sich an den Stoffhaufen, als sie hereinkamen.

»Willst du noch immer abstreiten, dass du einen Mann bei dir hast? Ich habe Leute dabei, die haben euch beide gesehen.«

Spes sagte, sie sollten nicht so einen Tumult veranstalten, »denn ihr werdet ihn ja jetzt wohl finden, doch lasst mich bloß in Frieden hier liegen.«

Sie durchsuchten alles und fanden nichts, dann gaben sie auf.

Da sagte Spes: »Es lohnt sich immer, besser zu sein, als die Leute es von einem erwarten, und du hättest dir denken können, dass du hier nichts findest, was es nicht gibt. Langsam ist es an der Zeit, dass du deine Torheit erkennst und deine Anschuldigungen zurückziehst.«

»Nichts liegt mir ferner als das«, sagte ihr Mann, »denn ich bin fest davon überzeugt, dass ich mit meinen Vorwürfen recht habe. Wenn du denkst, dass du unschuldig bist, sollst du es doch beweisen.«

Sie sagte, dazu sei sie durchaus bereit. Dann redeten sie nicht weiter darüber.

Hiernach blieb Þorsteinn die meiste Zeit bei den Warägern. Man sagt sich, er holte sich Rat bei Harald Sigurðarson und dass Spes und Þorsteinn nie eine Lösung gefunden hätten ohne seine kluge Hilfe.

Die Zeit verging, und Spes' Ehemann Sigurð kündigte an, er müsse fort, um etwas zu erledigen. Seine Frau versuchte nicht, ihn davon abzubringen. Und sobald ihr Mann abgereist war, kam Þorsteinn zu Spes zurück, und sie waren die ganze Zeit zusammen. Ihr Haus war direkt am Meer und so gebaut, dass ein Teil davon über das Wasser hinausragte. Dort hielten Spes und Þorsteinn sich auf, denn im Fußboden war eine kleine Luke, von der nur die beiden wussten. Sie stand immer offen für den Fall, dass sie schnell handeln mussten.

Was Spes' Ehemann betrifft, so fuhr er nirgendwohin und versteckte sich stattdessen, um seine Frau zu beobachten. Und eines Abends, als sie am wenigsten damit rechneten und in dem Raum über dem Meer saßen und sich vergnügten, überraschte der Ehemann sie mit einer großen Anzahl Leute. Er hatte einige Männer zu den Fenstern geschickt und gesagt, sie sollen sehen, ob es so wäre, wie er behauptete. Alle meinten, er habe recht; jetzt und wohl auch bei den anderen Gelegenheiten, dann rannten sie zu dem Zimmer hinauf.

Als die beiden den Lärm hörten, sagte Spes zu Þorsteinn: »Du musst da runter, koste es, was es wolle. Gib mir ein Zeichen, sobald du weit genug weg bist.«

Er versprach es und stürzte sich hinab, dann trat Spes die Luke zu, und niemand konnte ahnen, dass da im Fußboden etwas war.

Ihr Mann kam mit seinen Leuten herein. Sie durchsuchten alles und fanden nichts, wie zu erwarten war, der Raum war leer bis auf den glatten Fußboden und ein paar Bänke, und dort saß seine Frau, spielte mit ihren Fingern und tat so, als ginge sie das alles nichts an. Sigurð konnte es nicht fassen und fragte seine Begleiter, ob sie den Mann nicht gesehen hatten. Sie sagten, das hätten sie ganz bestimmt.

Da sagte Spes: »Es gibt ein Sprichwort, dass früher alle Dinge dreimal geschehen sind. So ist es nun auch dir ergangen, Sigurð. Dreimal hast du mich belästigt, und was hat es dir genützt?«

»Doch diesmal bin ich nicht der Einzige, der ihn gesehen hat«, sagte ihr Mann. »Und eine solche Schande lasse ich nicht auf mir sitzen. Du wirst in dieser Sache einen Unschuldsbeweis machen.«

»Dann forderst du genau das, was ich dir anbieten will«, sagte sie. »Nichts täte ich lieber, als diese Verleumdungen endlich aus der Welt zu schaffen, denn sie haben sich so weit herumgesprochen, dass sie meiner Ehre schaden, wenn ich nicht bald meine Unschuld beweise.«

»Dann musst du auch beweisen, dass du nichts von meinem Geld und meinen Wertsachen verschenkt hast.«

»Bei diesem Unschuldsbeweis zeige ich, dass an keiner von deinen Anschuldigungen etwas dran ist«, sagte Spes, »und du solltest bedenken, was das für Folgen hat. Gleich morgen gehe ich zum Bischof, und er wird sagen, wie der Unschuldsbeweis gegen deine üble Nachrede aussehen soll.«

Ihr Mann war zufrieden und zog sich mit seinen Leuten zurück.

Von Þorsteinn ist zu sagen, dass er weit vom Haus wegschwamm und an Land ging, wo es ihm günstig erschien. Dann nahm er ein brennendes Holzscheit und hielt es so, dass man es vom Haus aus sah. Sie blieb lange draußen an diesem Abend und in der Nacht, weil sie wissen wollte, ob Þorsteinn es an Land geschafft hatte. Und als sie die Flamme sah, wurde ihr klar, dass er wieder am Ufer war, denn dies hatten sie als Zeichen verabredet.

Am nächsten Morgen bot Spes ihrem Ehemann an, sie zum Bischof zu begleiten, und er war sofort dazu bereit. Sie gingen hin, und er brachte die bereits erwähnten Anschuldigungen vor. Der Bischof fragte, ob sie jemals zuvor wegen solcher Dinge angeklagt wurde, aber niemand hatte davon gehört. Der Bischof fragte nach Beweisen, woraufhin Sigurð einige der Leute vorsprechen ließ, die Spes mit einem Mann in dem Zimmer gesehen hatten, und da es verschlossen war, vermutete ihr Ehemann, der habe sie dort verführt. Der Bischof sagte, sie könne sich wohl gut von diesen Anschuldigungen befreien, wenn sie wollte.

Sie sagte, das würde sie gerne tun: »Ich glaube, ich kann genug Frauen finden, die unter Eid für mich aussagen.«

Dann wurde ihr der Eid genannt und auch der Tag, an dem sie ihn schwören sollte. Spes ging zufrieden nach Hause, traf Þorsteinn, und sie machten einen Plan.

89 So verging dieser Tag, und schließlich war der Zeitpunkt gekommen, an dem Spes ihren Eid ablegen sollte. Sie lud alle ihre Freunde und Verwandten ein und zog ihre besten Kleider an. Viele vornehme Frauen begleiteten sie. Es regnete sehr an diesem Tag, die Straße war nass, und um zur Kirche zu kommen, musste man eine große Pfütze überqueren. Und als Spes und ihr Gefolge die Pfütze erreichten, hatte sich dort eine große Menschenmenge versammelt, darunter auch viele Arme, die bettelten, denn dies war eine öffentliche Straße.

Alle fühlten sich verpflichtet, sie so freundlich wie möglich zu grüßen, und wünschten ihr alles Gute, denn sie hatte ihnen oft großzügig geholfen. Unter den armen Leuten war ein Bettler, der am Stock ging, ein großer Mann mit langem Bart.

Die Frauen blieben an der Pfütze stehen, denn sie wollten sich nicht schmutzig machen.

Als der große Bettler Spes sah, die besser gekleidet war als alle anderen, sagte er: »Gute Frau, habt die Güte, mir zu erlauben, Euch über diese Pfütze zu tragen, denn wir Bettler haben die Pflicht, Euch zu dienen, wo wir können.«

»Du willst mich tragen?«, sagte sie, »du kannst dich doch selber kaum auf den Beinen halten.«

»Es wäre ein Beweis für Eure Bescheidenheit«, sagte er, »und ich kann Euch nur anbieten, was ich habe. Alles wird Euch besser glücken, wenn Ihr einen armen Mann nicht demütigt.«

»Eins sage ich dir«, antwortete Spes, »wenn du mich nicht gut trägst, ist dir die Peitsche oder eine noch schändlichere Strafe gewiss.«

»Das will ich gerne wagen«, sagte er und watete in die Pfütze.

Sie tat so, als ließe sie sich nur ungern von ihm tragen, stieg aber doch auf seinen Rücken. Dann stolperte er langsam auf zwei Krücken voran.

Und als er die Mitte der Pfütze erreicht hatte, fing er an, sehr stark zu schwanken.

Sie befahl ihm, sich anzustrengen: »Denn wenn du mich jetzt fallenlässt, wird das der schlimmste Gang sein, den du je gemacht hast.«

Der arme Kerl schleppt sich weiter, strengt sich noch mehr an und bietet alle Kräfte auf und hat die andere Seite fast erreicht, da stolpert er und fällt nach vorn; gerade kann er sie noch auf das Trockene werfen, dann landet er selbst bis zu den Schultern in der Pfütze. Und wie er da liegt, streckt er die Hände nach der Edelfrau aus und findet an ihren Kleidern keinen Halt, da greift er mit seiner schlammigen Hand nach ihrem Knie und fasst ihr an das nackte Bein.

Sie sprang auf, verfluchte ihn und sagte, dass diese Landstreicher nichts als Unglück bringen: »Ich sollte dich verprügeln lassen bis du nicht mehr aufstehst, wenn das nicht unter meiner Würde wäre, so elend wie du ohnehin schon bist.«

»Wie unterschiedlich ist der Menschen Glück«, antwortete er. »Ich wollte Euch etwas Gutes tun und hatte auf ein Almosen gehofft, nun werde ich beschimpft und misshandelt und bekomme gar nichts.«

Die Sache schien ihn sehr aufzuregen. Viele hatten Mitleid mit ihm, doch sie schimpfte ihn einen hinterhältigen Lump. Dann jedoch setzten sich so viele für ihn ein, dass sie ihren Beutel nahm, der voller Goldmünzen war.

Sie schüttete die Münzen heraus und sagte: »Nimm, alter Mann. Es wäre schlecht, wenn du nicht voll und ganz dafür bezahlt würdest, wie ich dich behandelt habe. Nun habe ich es dir gelohnt, wie du es verdienst.«

Er hob das Gold auf und dankte für ihre Wohltätigkeit. Spes ging in die Kirche, wo sich eine große Menge versammelt hatte. Sigurð forderte sie empört auf, ihre Unschuld zu beweisen.

Sie antwortete: »Deine Vorwürfe kümmern mich nicht, aber welchen Mann meinst du denn, der in unserem Haus bei mir war? Ich umgebe mich oft mit angesehenen Männern und halte das nicht für eine Schande, aber ich schwöre, dass ich keinem Menschen Gold geschenkt habe und mein Körper von keinem Mann verunreinigt worden ist, abgesehen von meinem Ehemann und diesem verkommenen Bettler, der heute mit seiner dreckigen Hand nach meinem Bein gefasst hat, als er mich über die Pfütze trug.«

Viele sagten nun, das sei ein vollgültiger Eid gewesen, und meinten, man könne sie kaum eine Sünderin nennen, nur weil ein alter Mann sie versehentlich berührt hatte. Sie sagte, sie wollte nur alles erwähnen, was ihr geschehen war.

Hiernach schwor sie den Eid in der bereits beschriebenen Weise. Viele sagten, sie beherzige die Regel, dass man in einem Eid einige Dinge ungeschworen lassen soll. Sie sagte, weise Männer mögen erkennen, dass sie ohne Hinterlist gehandelt habe.

Da sagten ihre Verwandten, es sei untragbar für eine Frau von ihrem Stand, auf diese lasterhafte Art verleumdet zu werden und dafür keine Entschädigung zu bekommen, schließlich drohte einer Frau, die des Ehebruchs für schuldig erklärt wurde, die Todesstrafe. Spes bat den Bischof, ihre Ehe mit Sigurð zu scheiden, weil sie nicht länger mit seinen Verleumdungen leben konnte. Ihre Verwandten unterstützten dieses Anliegen, und durch ihre Fürsprache und ihre Geldgeschenke wurde die Scheidung erreicht. Sigurð bekam wenig von ihrem Besitz und wurde des Landes verwiesen. Es kam wie so oft, der Geringere musste sich beugen. Sigurð konnte nichts erreichen, obwohl er im Recht war.

Spes bekam alles Geld aus ihrer Ehe und galt als eine sehr resolute Frau. Bei näherer Betrachtung fand man, dass ihr Eid wohl doch nicht ohne Hinterlist war, und vermutete, er sei ihr von sehr schlauen Männern diktiert worden. Dann fand man heraus, dass der Bettler, der sie über die Pfütze getragen hatte, Þorsteinn Drómund war, doch Sigurð kam trotzdem nicht zu seinem Recht und kommt in dieser Saga nicht mehr vor.

90 Þorsteinn Drómund blieb bei den Warägern, während die ganze Stadt über diese Ereignisse sprach. Er hatte es zu solchem Ansehen gebracht, dass man kaum einen ähnlich verdienstvollen Mann kannte, der jemals dorthin gekommen war. Harald Sigurðarson erwies ihm große Ehre, denn er respektierte ihre Verwandtschaft, und man nahm an, dass Þorsteinn nach seinem Rat verfahren ist.

Kurz nachdem Sigurð vertrieben worden war, machte Þorsteinn Spes einen Heiratsantrag. Sie nahm es gut auf, verwies ihn aber an ihre Verwandten. Sie berieten sich und beschlossen, ihr die Entscheidung selbst zu überlassen; sie wurden sich einig und führten eine gute Ehe und hatten viel Geld. Da Þorsteinn nun eine Lösung für alle seine Probleme gefunden hatte, hielt man ihn für einen Mann mit großem Glück. Sie verbrachten zwei Jahre zusammen in Konstantinopel.

Hiernach sagte Þorsteinn seiner Frau, dass er sich um seinen Besitz in Norwegen kümmern wolle. Sie sagte, er solle entscheiden. Daraufhin verkaufte er seinen Besitz, und sie bekamen viel Geld dafür. Dann machten sie sich in Begleitung vieler guter Leute auf den Weg und reisten ganz bis nach Norwegen. Þorsteinns Verwandte nahmen die beiden sehr freundlich auf und merkten schnell, wie großzügig und vornehm Spes war. Es dauerte nicht lange und sie war sehr beliebt. Sie bekamen Kinder und blieben auf ihren Ländereien in Norwegen und waren zufrieden mit ihrem Los.

Damals war Magnús der Gute König von Norwegen. Þorsteinn machte sich bald zu ihm auf und wurde gut empfangen, denn es hatte ihm großen Ruhm gebracht, Grettir den Starken zu rächen. Abgesehen von Grettir Ásmundarson kannte man keinen Isländer, der in Konstantinopel gerächt worden war.

Man sagt sich, dass Þorsteinn in den Dienst von König Magnús trat. Er blieb neun Jahre in Norwegen, und seine Frau und er genossen höchstes Ansehen. Dann kam König Harald Sigurðarson aus Konstantinopel zurück, und Magnús der Gute trat die Hälfte des Königreichs an ihn ab, so dass sie eine Zeitlang beide König von Norwegen waren.

Im folgenden Sommer starb König Magnús, und König Harald bekam die Herrschaft über das ganze Land. Viele der Freunde von König Magnús jedoch waren nun unzufrieden, denn sie hatten ihn sehr geliebt und kamen nur schlecht mit König Harald aus, denn er war rachsüchtig und schroff.

Obwohl Þorsteinn Drómund langsam alt wurde, war er noch immer ein mutiger Mann. Inzwischen waren sechzehn Jahre vergangen, seit Grettir Ásmundarson getötet worden war.

91 Viele drängten Þorsteinn, zu König Harald zu gehen und in seine Dienste zu treten, doch er tat es nicht. Da sagte Spes: »Þorsteinn, ich will nicht, dass du zu König Harald gehst, denn es gibt einen anderen König, dem wir viel mehr schulden als ihm, das dürfen wir nicht vergessen. Wir werden beide alt, unsere Jugend ist vorbei, und wir haben uns lange Zeit mehr von unserem Begehren leiten lassen als von der christlichen Lehre und Gerechtigkeit. Diese Schuld kann weder mit unserem Geld noch von unseren Familien beglichen werden, nur wir selbst können sie tilgen. Daher will ich, dass wir ab sofort anders leben und das Land verlassen und zum Papst ziehen, denn dort lässt sich die Sache, glaube ich, lösen.«

Þorsteinn antwortete: »Ich weiß gut, wovon du sprichst, und will, dass du in dieser Sache entscheidest, die etwas Gutes verheißt, denn du hast mich entscheiden lassen, als uns vieles hoffnungslos erschien. Wir werden tun, was du für richtig hältst.«

Alle waren von ihrer Entscheidung überrascht. Þorsteinn stand zwei Jahre vor dem fünfundsechzigsten Lebensjahr, war aber noch so gesund, dass er alles tun konnte. Er rief seine Verwandten zusammen und erzählte von seinem Plan. Kluge Männer unterstützten ihn, hielten es aber für einen schweren Verlust, dass sie fortgingen.

Þorsteinn sagte, es sei nicht sicher, ob er wiederkomme. »Ich danke euch dafür«, sagte Þorsteinn dann, »wie gut ihr mein Vermögen erhalten habt, als ich das letzte Mal im Ausland war. Nun will ich euch bitten, den Besitz meiner Kinder und sie selber zu nehmen und euch um sie zu kümmern, so gut ihr es vermögt, denn ich bin in einem Alter, in dem es ebenso wahrscheinlich ist, dass ich zurückkomme, wie es auch sein kann, dass ich nicht zurückkomme, selbst wenn ich am Leben bleibe. Verwaltet alles, was ich zurücklasse so, als ob ich nie wieder nach Norwegen käme.«

Die Leute meinten, es wäre viel einfacher, wenn Þorsteinns Frau zu Hause bleiben und alles im Auge behalten würde, doch Spes antwortete: »Ich bin Þorsteinn aus Konstantinopel gefolgt und habe Familie und Vermögen zurückgelassen, weil ich sein

Schicksal teilen wollte. Ich bin gerne hier gewesen, aber ich gedenke nicht, noch lange in Norwegen oder den Ländern des Nordens zu bleiben, wenn er fort ist. Wir haben uns immer gern gehabt, und nichts hat uns je entzweit. Und nun werden wir auch zusammen fortgehen, denn wir wissen am besten, was alles geschah in der Zeit, seit wir uns trafen.«

Und als sie alles geregelt hatten, bat Þorsteinn einige besonders respektierte Männer, sein Vermögen in zwei Teile zu teilen. Þorsteinns Verwandte nahmen die eine Hälfte, die den Kindern gehören sollte. Sie kamen zu ihren Verwandten väterlicherseits und wuchsen zu vortrefflichen Leuten heran, und von ihnen dort in Vík stammte eine große Familie ab. Die andere Hälfte des Geldes teilten Þorsteinn und Spes auf, gaben der Kirche etwas für ihr Seelenheil, und den Rest nahmen sie mit. Dann machten sie sich auf nach Rom, und viele beteten für ihr Wohlergehen.

92 Sie zogen bis nach Rom. Als sie vor den Mann traten, der ihnen die Beichte abnehmen sollte, erzählten sie die ganze Wahrheit darüber, was damals vorgefallen war, und über die List, mit der sie ihre Ehe eingefädelt hatten. Sie gelobten demütig, jede Buße anzunehmen, die ihnen bestimmt würde. Da sie aber beschlossen hatten, für ihre Fehler zu büßen, ohne dass ein Mann der Kirche sie dazu gedrängt oder verpflichtet hätte, wurde ihnen nur wenig auferlegt, und sie wurden freundlich gebeten, vernünftig für ihr Seelenheil zu sorgen und fortan ein keusches Leben zu führen, nachdem ihnen die Absolution erteilt worden war. Man fand, dass sie gut und klug gehandelt hatten.

Da sagte Spes: »Nun denke ich, dass wir diese Sachen gut abgeschlossen und nicht nur Unglück miteinander geteilt haben; es mag sein, dass dumme Menschen unser früheres Leben nachahmen werden, daher wollen wir uns ein Lebensende wählen, das den guten Menschen als Beispiel dient. Lass uns Steinmetze suchen und ihnen auftragen, dass sie für dich und mich zwei steinerne Zellen machen, in denen wir büßen können für unsere Verfehlungen gegen Gott.«

Þorsteinn gab den Steinmetzen Geld, damit sie ihnen zwei Zellen bauten, und sorgte für alles Nötige, das sie zum Leben brauchten. Und als die Zellen fertig waren, alles bereit war und eine angemessene Zeit kam, trennten sie sich freiwillig von ihrem gemeinsamen weltlichen Leben, damit ihnen um so eher in jener Welt das gemeinsame ewige Leben gegeben würde. Sie setzten sich in ihre Zellen und lebten dort so lange, wie Gott es wollte, und beschlossen dann ihr Leben.

Die meisten Leute fanden, dass Þorsteinn Drómund und seine Frau Spes ein sehr glückliches Schicksal gehabt hatten, soweit man es beurteilen konnte. Nach allem, was man weiß, ist niemand von ihren Kindern oder Nachfahren jemals nach Island gekommen.

93 Sturla der Gesetzessprecher hat einmal gesagt, kein Gesetzloser sei so vortrefflich gewesen wie Grettir der Starke. Dafür gibt es seines Erachtens drei Gründe. Zum Ersten war er der Klügste, denn keiner hatte so lange in der Verbannung überlebt wie er, und niemand konnte ihn besiegen, solange er bei Kräften war. Zum Zweiten war er der stärkste Mann, der zu seiner Zeit in Island lebte, und besonders gut darin, dem Spuk von Untoten und Geistern ein Ende zu setzen. Und zum Dritten, weil er, wie kein anderer Isländer, in Konstantinopel gerächt wurde und weil Þorsteinn Drómund, der ihn rächte, in den letzten Jahren seines Lebens ein sehr gluckliches Schicksal hatte.

Hier endet die Saga von Grettir Ásmundarson. Dank sei denen, die zugehört haben, und ein wenig auch dem, der diese Saga niederkritzelte. Hier ist das Ende dieses Werkes. Mögen wir alle eingehen in Gottes Reich.

AMEN.

ANHANG

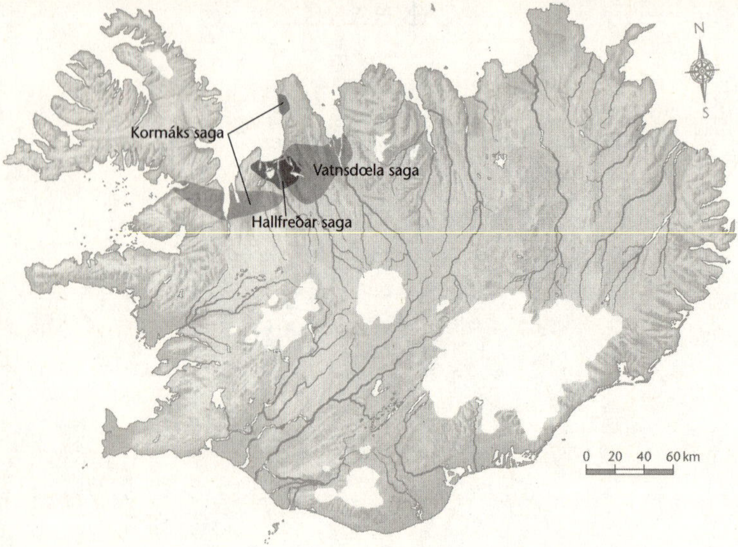
N
S
Kormáks saga
Vatnsdœla saga
Hallfreðar saga
0 20 40 60 km

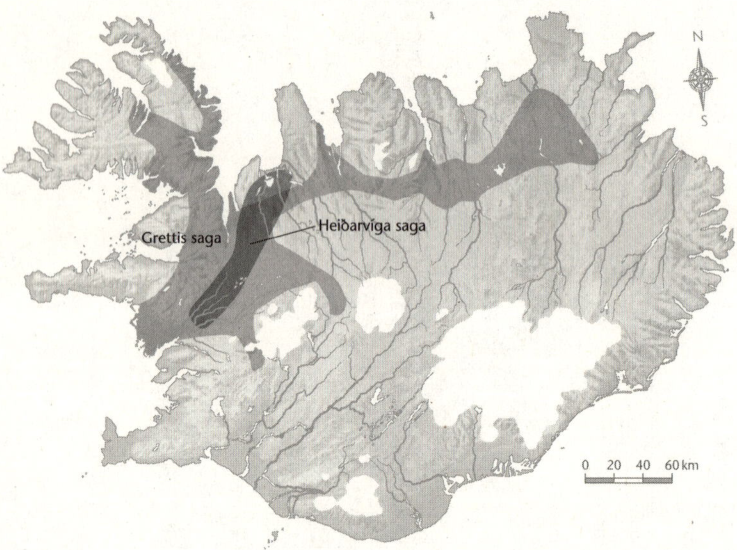
N
S
Grettis saga
Heiðarvíga saga
0 20 40 60 km

ANMERKUNGEN

DIE SAGA VON HALLFREÐ DEM SCHWIERIGEN

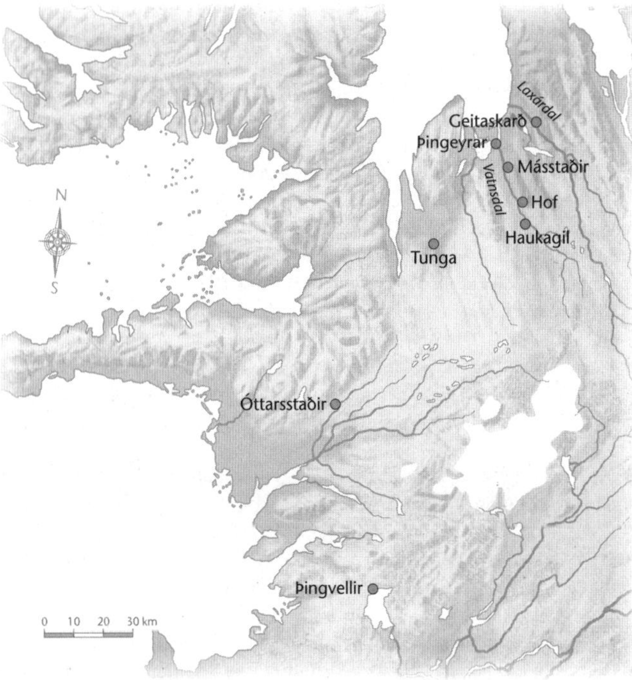

Die Übersetzung der Strophen entstand unter Mitarbeit von Johannes Heimeroth.

Die Übersetzung folgt der Handschrift *Möðruvallabók* (AM 132 fol.) in der Ausgabe von *Íslenzk fornrit* (Band 8), hrsg. von Einar Ólafur Sveinsson, Reykjavík 1939. Diese Handschrift enthält die einzige selbständig überlieferte Fassung des Textes. Wo es zum besseren Verständnis inhaltlicher Zusammenhänge beiträgt, wurden vereinzelt kurze Passagen aus einer anderen Version der Saga eingefügt und dies durch eckige Klammern markiert. Diese in der sogenannten *Großen Saga von Ólaf Tryggvason* (*Flateyjarbók*) überlieferte Fassung der Saga erzählt die Handlung an vielen Stellen ausführlicher, ist jedoch insgesamt unvollständig.

1 [S. 11] *Hálogaland*: Landstrich in Nord-Norwegen, nördlich von Tromsø; im Mittelalter ein unabhängiges Kleinkönigreich. Die genaue geographische Lage der genannten Insel ist nicht bekannt.
[S. 11] *Sogn*: Landschaft am Sognefjord in West-Norwegen.
[S. 11] *Auf dieser Insel* (Vágar): Es sind die Inseln Austvågøy und Vestvågøy der Inselgruppe Lofoten vor der norwegischen Nordwestküste gemeint.
[S. 11] *Gunnhildssöhne*: Königin Gunnhild, die Gattin von Eiríк Blutaxt (König von Norwegen von 933 bis 935), war gemeinhin als »die Herrschsüchtige« bekannt. Einer ihrer Söhne war Harald Graumantel (König von Norwegen 961–970), der nach dem Tod Hákons Aðalsteinsfóstri (»des Guten«) in der Schlacht bei Fitjar (961) den Thron übernahm. Hier scheint die Chronologie der Saga jedoch in sich widersprüchlich, denn wie im selben Kapitel nachfolgend berichtet, fand diese Schlacht (und damit die Machtübernahme durch Gunnhild und ihre Söhne) erst später statt.
[S. 13] *Schlacht bei Fitjar*: S. vorherige Anm.

2 [S. 14] *Eyvind Sörkvir*: Er ist auch in der *Saga von den Leuten aus dem Vatnsdal* (Kap. 17 ff.) sowie in der *Erzählung vom lahmen Hrómund* erwähnt, außerdem im *Buch der Landnahmen*. Er gehörte zu den ersten Landnehmern Islands.

3 [S. 16] *Húnavatn-Thing*: Bezirksthing; die Thingstätte der Region Húnavatn befand sich in Þingeyrar in Nord-Island.

4 [S. 19] *Már entgegnete*: Hallfreð verhöhnt Már hier als »Opfer-Már« und meint damit wohl »heidnischer Már«. S. »erzheidnisch« und »Versenker der (Opfer-)Tröge« (in Kap. 4, 1. Strophe), was sich möglicherweise auf die (in Kap. 10 genauer beschriebenen) heidnischen Opferrituale bezieht und dann aus der Sicht des bereits christlichen Hallfreð als Beleidigung gemeint wäre.

5 [S. 22] *Jarl Hákon*: Jarl Hákon (Sigurðarson) der Mächtige (ca. 935–995); Jarl auf Lade bei Trondheim, Norwegen, dem Sitz der norwegischen »Ladejarle«; Herrscher über Norwegen von ca. 970 bis 995, Nachfolger von König Harald Graumantel. Vater der Jarle Eirík Hákonarson und Sveinn Hákonarson (s. *Die Saga von Kormák Ögmundarson* oder *Die Saga vom kriegerischen Björn aus dem Hítardal*).

[S. 22] *Ólaf Tryggvason* (Ólaf I. von Norwegen; 968–1000): Bekehrer, Reichseiniger und erster christlicher König von Norwegen von 995 bis 1000; Nachfolger des heidnischen Jarls Hákon (nach dessen Ermordung 995; s. vorherige Anm.).
[S. 22] *drei Fass Bier*: Im Original »drei *sáld*«; ein *sáld* (als Hohlmaß) entspricht etwa 146,5 Liter.
[S. 23] *Akkerisfrakki*: Der Name ist nicht eindeutig zu entschlüsseln und am wahrscheinlichsten mit »der Anker-Kühne« oder »der Anker-Franke« zu übersetzen, könnte aber auch »Anker-Flügel« (als Teil des Ankers) oder »Anker-Halter, Anker-Kralle« bedeuten.
[S. 24] *das er über König Ólaf machte*: Diese Halbstrophe stammt aus Hallfreðs (erster) Ólafsdrápa, einem längeren und an anderer Stelle vollständig überlieferten Preislied auf den König. Es ist nicht zu verwechseln mit der in Kapitel 11 erwähnten Ólafsdrápa, die auch als Erfidrápa bekannt ist und in der Hallfreð den Tod König Ólafs beklagt.

6 [S. 29] *dreier Schwerter Erdhalsband* (Grasnarbe der Schwerter): Dies bezieht sich auf das Ritual beim Besiegeln einer Schwurbrüderschaft, bei dem sich die Schwurbrüder unter ein ausgestochenes und durch einen Speer gehaltenes Rasenstück stellten. Beispiele finden sich in der *Saga von Gísli Súrsson*, in der *Saga von den Leuten aus dem Laxárdal*, der *Saga von den Schwurbrüdern* oder der *Saga von Brennu-Njáll*.

7 [S. 32] *Eyri*: In anderen Handschriften auch *Haleyri* oder *Halaeyri*, war ein Handelsknotenpunkt in Skåne/Schonen, wahrscheinlich das heutige Halör südlich von Malmö.
[S. 33] *Jarl Sigvaldi* (Strút-Haraldsson): Nach der *Heimskringla* von Snorri Sturluson gegen Ende des 10. Jahrhunderts Jarl von Skåne/Schonen.
[S. 33] *Flokk (flokkr)*: Kurzes, einfaches Preislied im Gegensatz zur längeren und kunstvoller gestalteten Drápa; s. etwa *Die Saga von Gunnlaug Schlangenzunge* (Kap. 8).
[S. 33] *Schweden*: Der altisländische Ländername *Svíþjóð* bedeutet noch im heutigen Isländisch allgemein »Schweden«, wurde im mittelalterlichen Sprachgebrauch aber uneinheitlich verwendet und umfasste nur einen Teil des modernen Schweden. Welche der historischen Provinzen jeweils darunterfielen, kann von Text zu Text variieren.
[S. 33] *Vík*: Historische norwegische Landschaft um den Oslofjord.

8 [S. 38] *König Ólaf von Schweden*: Ólaf Skötkonung (ca. 980–1024), erster christlicher König in Schweden (*Svíþjóð*); zur Abgrenzung von den norwegischen Königen dieses Namens auch »der Schwedische« genannt.

9 [S. 38] *tributpflichtigen Ländern des Königs*: Hier Gautland, als eine von Schweden (*Svíþjóð*) abhängige und somit dem Schwedenkönig unterstellte Provinz.

[S. 39] Die hier erwähnte *Uppreistardrápa* (»Schöpfungs-Drápa«), ein christliches Gedicht über die Schöpfungsgeschichte, ist nirgends überliefert.

10 [S. 45] *Opferschüssel* (*blóttrygill*): Ein hölzernes Gefäß, in dem bei heidnischen Opferritualen das Blut der geopferten Tiere aufgefangen wurde; s. z. B. *Die Saga von Kormák Ögmundarson* (Kap. 22).

[S. 45] *Ingólf*: Der in Kapitel 2 und 3 sowie in Kapitel 2, 1. Strophe genannte Ingólf Þorsteinsson (»der Ansehnliche«).

[S. 46] *damals, als Þorgils und Þorvald dich erschlagen wollten*: Diese Episode wird in der *Saga von den Leuten aus dem Vatnsdal* (Kap. 44) genauer ausgeführt.

[S. 46] *Ich bin mir nicht mehr sicher*: Aus der ausführlicheren Schilderung dieser Geschichte in der *Saga von den Leuten aus dem Vatnsdal* (Kap. 45) geht hervor, dass Hallfreðs Argwohn durchaus begründet ist: Dort bemerkt Þorkell Brands Fluchtversuch und gibt dessen Mutter Hild einen versteckten Hinweis.

[S. 48] *Schweine-Grís*: Der Name *Grís* bedeutet wörtlich »Ferkel«.

11 [S. 49] *Ólafsdrápa*: Dieses Totenlied (*erfidrápa*) Hallfreðs auf König Ólaf Tryggvason ist nur in Fragmenten erhalten und nicht zu verwechseln mit Hallfreðs früher entstandenem Preislied auf den König, das ebenfalls als Ólafsdrápa bekannt ist (Kap. 5).

[S. 51] *Im Sommer segelte Hallfreð nach Island*: Diese Episode wird in der *Saga von Gunnlaug Schlangenzunge* (Kap. 10) ausführlicher erzählt.

[S. 52] *Fylgja* (auch *fylgjukona*): Ist eigentlich ein weiblicher Schutz- oder Folgegeist. Hier ist aber wohl das »Königsglück« gemeint, das König Ólaf Hallfreð zu Lebzeiten zugesprochen hatte.

[S. 53] *Heiligen Insel*: Damit ist die schottische Hebrideninsel Iona gemeint, auf der sich das Kloster des Heiligen Columban (gegründet im 6. Jahrhundert) befand.

DIE SAGA VON KORMÁK ÖGMUNDARSON

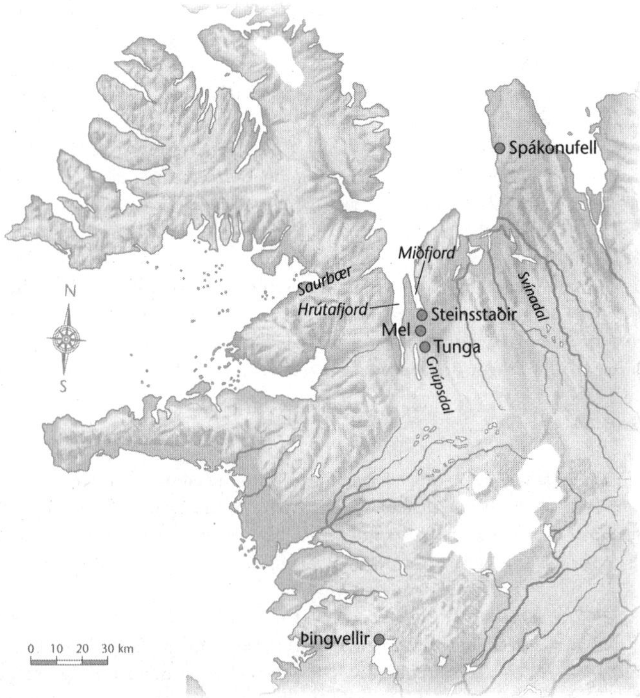

Die Strophen übersetzte Thomas Esser.

Die Übersetzung folgt der Handschrift *Möðruvallabók* (AM 132 fol.) in der Ausgabe von *Íslenzk fornrit* (Band 8), hrsg. von Einar Ólafur Sveinsson, Reykjavík 1939.

1 [S. 58] *Harald Schönhaar* (Harald I., Hárfagri; um 852–933): Erster König von Norwegen von ca. 870 bis 933.
[S. 58] *Vík*: Landschaft am Oslofjord.
[S. 58] *Eskisíða* (wörtl. »Eschen-Seite«): Als Beiname deutet er wohl an, dass der Träger dieses Namens auf der einen Körperseite für unverwundbar galt.

[S. 59] *Lösegeld*: Beim Holmgang konnte sich der Unterlegene durch Zahlung einer Geldsumme (hólmlausn, »Holm-Lösung«; meist drei Mark in Silber) vom Holmgang loskaufen. Diese Bestimmung ist Teil eines detaillierten Regelwerks, der »Holmgang-Gesetze« (s. Kap. 10 dieser Saga), die den Ablauf des Kampfes genau festlegten (s. auch *Die Saga von Gunnlaug Schlangenzunge*, Kap. 11 Band 1).

2 [S. 59] *Eirík Blutaxt*: Sohn Harald Schönhaars und dessen Nachfolger; König von Norwegen 933–935.
[S. 59] *Gunnhild*: Eiríks Frau, die herrschsüchtige Königin Gunnhild (Mutter der »Gunnhildssöhne«, u. a. von Harald Graumantel), spielt in der altisl. Literatur eine wichtige Rolle (s. etwa *Die Saga von Hallfreð dem Schwierigen*, Kap. 1, in diesem Band).
[S. 59] *Hochsitzpfeiler* (*öndvegissúlur*): Die Einfassungssäulen des »Hochsitzes« (Ehrenplatzes) bzw. die tragenden Säulen in der Haupthalle eines Hauses. Zur Landnahmezeit warfen die Siedler, von Norwegen kommend, ihre von dort mitgebrachten Hochsitzpfeiler vor der Küste ins Meer, um dann dort, wo die Pfeiler angeschwemmt wurden, an Land zu gehen und zu siedeln.
[S. 60] *Önund Sjóni*: Der Beiname bedeutet »der Scharfsichtige; der Seher«.

3 [S. 61] *Der falkenscharfe Brauenmond*: Diese Strophe ist auch in der *Saga von Gunnlaug Schlangenzunge* (Kap. 11, 9. Strophe; s. Band 1) enthalten und wird dort von Gunnlaug gesprochen; es gilt aber als sehr wahrscheinlich, dass sie, wie hier angegeben, von Kormák stammt.

7 [S. 73] *Gestaltwechsler*: Ein Zauberer, der die Fähigkeit besitzt (auch wenn er davon, wie hier, keinen Gebrauch macht), seine äußere Gestalt zu ändern und so unerkannt auszukundschaften, was andere an anderen Orten tun oder vorhaben.

10 [S. 81] *Haselruten*: Der hier verwendete Begriff (*höslur*, sg. *hasla*) bezeichnet wörtlich biegsame Haselruten. Hier könnten aber auch gespannte Seile oder dünne Stangen verwendet worden sein.

11 [S. 84] *Haselrute der Arm-Schäre*: Diese Umschreibung für Steingerð (s. die *höslur* in Kap. 10; > vorige Anm.) könnte möglicherweise als Wortspiel mit dem »wenig biegsamen« Schwert in der folgenden Strophe aufzufassen sein.

12 [S. 87] *Þórsnes-Thing*: Bezirksthing, das in Þórsnes auf der Halbinsel Snæfellsnes, West-Island, abgehalten wurde.
[S. 87] *Ólaf Pfau* (Ólaf Höskuldsson): Ein mächtiger Großbauer im Süd-

westviertel Islands im 10. Jahrhundert, verheiratet mit Þorgerð, der Tochter von Egill Skalla-Grímsson. Ólaf Pfau spielt u. a. auch in der *Saga von Gunnlaug Schlangenzunge* (s. Band 1), in der *Saga von den Leuten aus dem Laxárdal* (s. Band 2) und in der *Saga von Grettir Ásmundarson* (in diesem Band) eine Rolle.

16 [S. 99] *Fellumhang* (*vararfeldr*, wörtl. »Waren-Fell; Handelspelz«): Ein gewebter Pelz von vorgeschriebener Qualität, der auf Reisen u. a. als Zahlungsmittel oder Geldanlage diente.
[S. 100] *den Totschlag als ihre Tat bekanntzumachen*: Die Gesetzessammlung *Grágás* schrieb vor, dass ein Totschlag innerhalb von drei Tagen vom Täter bekanntzumachen war (*víglýsing*), sollte die Tötung nicht als Mord geahndet werden.

18 [S. 101] *Zahnwal*: Hier ist entweder an ein Walross oder eine Art Zahnwal zu denken; möglicherweise ist auch der *hrosshvalur* des isländischen Volksglaubens gemeint, ein walartiges Meeresungeheuer, das einen roten »Kamm« oder eine rote Mähne auf dem Rücken trug. In der vorliegenden Saga ist das vermeintliche Meeresuntier aber eigentlich die Zauberin Þórveig, die das Schiff in Gestalt eines Wals angreifen will und dann – folgerichtig – an der Speerwunde des Wals stirbt.
[S. 101] *Hákon Aðalsteinsfóstri*: Auch Hákon der Gute, um 918–961, Sohn Harald Schönhaars und Ziehsohn des englischen Königs Aðalsteinn (Æþelstan); König von Norwegen (als Nachfolger von Eirík Blutaxt) von ca. 935 bis 961.

19 [S. 103] *Harald Graumantel*: Harald der II., um 935–970, Sohn von Eirík Blutaxt und Nachfolger von Hákon Aðalsteinsfóstri; König von Norwegen von ca. 961 bis 970.
[S. 105] *Solund-Sund* und die gleichnamige Inselgruppe (*Sólundir*) liegen am Sognefjord in Südwest-Norwegen (heute: Bezirk Sogn og Fjordane).

21 [S. 112] *Herbstthing am Húnavatn*: Bezirksthing; die Thingstätte der Region Húnavatn befand sich in Þingeyrar (Nord-Island).

22 [S. 114] *nahm dafür das Opfer entgegen*: Þorvarð hatte die Zauberin bezahlt, damit sie für ihn »opferte« und dadurch den Zauber ausführte, um den er sie gebeten hatte.
[S. 115] *einen gewaltigen Schlag in die Seite*: Dieser wurde wohl mit der flachen Klinge ausgeführt, denn nachdem das Schwert durch den Zauber unschädlich gemacht wurde, sind nur noch »stumpfe Verletzungen« möglich.

25 [S. 120] *Bjarmaland*: Gebiet in Nord-Russland, östl. des Weißen Meeres; wird im Allgemeinen mit dem mittelalterlichen Fürstentum Groß-Perm (lat. Permia; der heutigen Region Perm) gleichgesetzt.

[S. 121] *Kormák … trank mit Steingerð aus einem Becher*: Bei diesem Brauch (*tvímenningur*) handelte es sich um eine Art »Paartrinken«, bei dem zwei Personen, meist ein Mann und eine Frau, in geselliger Runde dazu gebracht wurden, gemeinsam aus einem Becher zu trinken.

26 [S. 122] *Brenneyjar*: Inselgruppe vor der Mündung des Götaälv, unweit Göteborg/Schweden.

27 [S. 124] *Skarðaborg*: Die Wikingerfestung (gegründet 966) gilt als Ursprung der heutigen Stadt Scarborough, North Yorkshire, an der Ostküste Englands, deren Gründung auf Kormáks Bruder Þorgils Skarði zurückgehen soll.

[S. 124] *Opferriese der Schotten*: Ein solcher *blótrisi*, also ein Riese, dem man Opfer darbrachte, wird in den Isländersagas sonst nirgends erwähnt. Es handelt sich möglicherweise um eine von keltischem Sagenstoff beeinflusste Vorstellung, die der Erzähler hier aus Gründen des Lokalkolorits (die Szene spielt in Schottland!) eingefügt hat.

DIE SAGA VOM HOCHLANDKAMPF

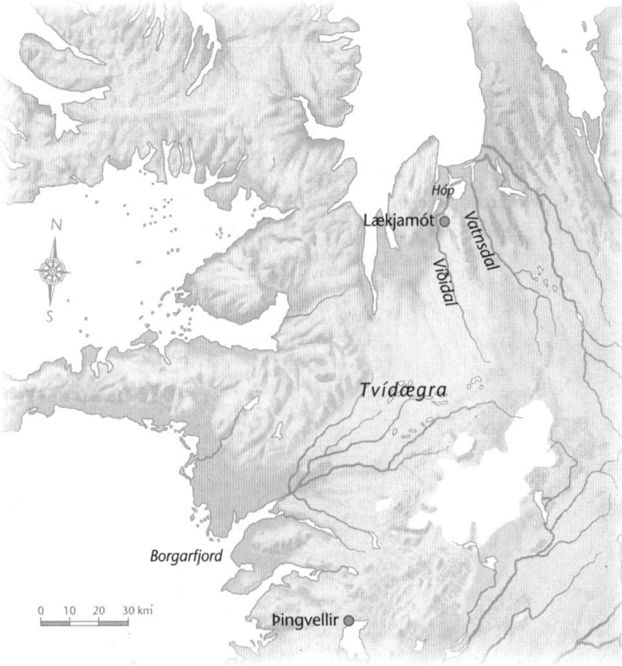

Die Übersetzung folgt der Handschrift Holm 18 4to in der Ausgabe *Íslendinga sögur*, hrsg. von Bragi Halldórsson et al., Reykjavík 1998 (Band 2), mit Ergänzungen und Lesarten der Ausgabe von Sigurður Nordal und Guðni Jónsson, Reykjavík 1938 (*Íslenzk fornrit*, Band 3).

Die Strophen übersetzte Laura Wamhoff.

16 [S. 132] *16*: Das mittelalterliche Fragment der Saga und damit auch die Übersetzung hier setzen etwa in der Mitte des ursprünglichen Textes ein (s. auch die Einleitung). Mit Kapitel 16 beginnt der zweite große Abschnitt der Saga. Die Pergamentseite enthält noch die letzten Zeilen von Kapitel 15, das so aufhört:

... zwei Tage. Halldór vermisst seine Pferde, sucht und findet sie in sehr schlechtem Zustand, wie er meint. Darauf geht er zu Þórarinn, verliert die Beherrschung und wird handgreiflich. Er verletzt ihn schwer, aber nicht tödlich. Höskuld und Eilíf erfahren davon und fordern einen Vergleich für ihren Thingmann. Da er nicht darauf eingeht, können sie die Sache nicht beilegen, und dabei bleibt es zunächst. Der in Kapitel 17 erwähnte Rechtsstreit bezieht sich auf diesen Konflikt.

32 [S. 166] *zwei Ladungen*: Eine Ladung ist eine Maßeinheit und entspricht 40 Kilogramm. Hier ist also die Rede von 80 kg Walfleisch.

34 [S. 170] *[...]*: Hier ist ein Pergamentblatt aus der Handschrift herausgeschnitten worden, bevor sie im 17. Jahrhundert nach Schweden gelangte. Es galt lange Zeit als verschollen, bis es 1951 in der isländischen Landesbibliothek wiederentdeckt wurde. Durch unsachgemäße Verwendung sind nicht mehr alle Wörter lesbar.

DIE SAGA VON
DEN LEUTEN AUS DEM VATNSDAL

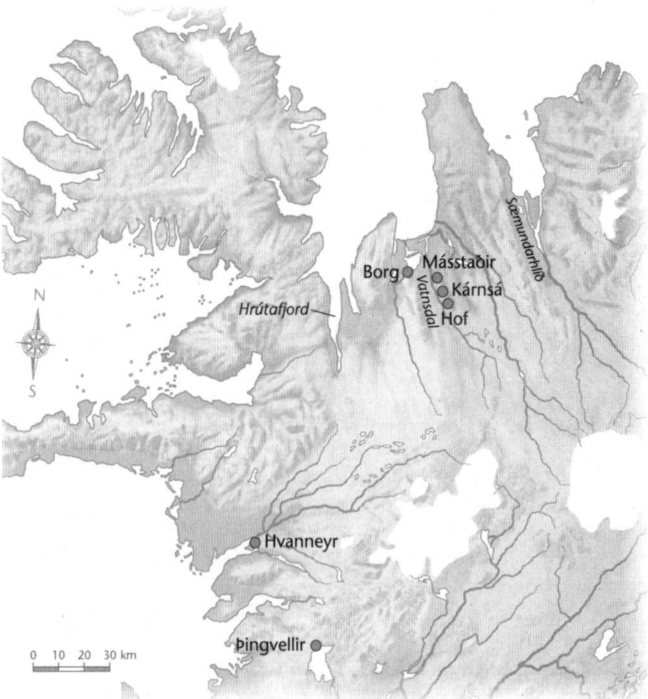

Der Text wurde von der Sammelhandschrift *Vatnshyrna* überliefert, die aus dem letzten Viertel des 14. Jahrhunderts stammt, jedoch beim großen Brand von Kopenhagen 1728 vernichtet wurde. Die Ausgabe in *Íslenzk fornrit* (Band 8), der auch diese Übersetzung folgt, stützt sich hauptsächlich auf zwei erhaltene Abschriften und ein Pergamentfragment. Als Haupthandschrift gilt die jüngere Kopie mit der Signatur AM 559 4to, die Ásgeir Jónsson noch kurz vor dem Brand angefertigt hatte.

1 [S. 188] *Ketill … Raum*: Der Beiname »Raum« bezieht sich wahrscheinlich sowohl auf Ketills Herkunftsort, das Romsdal (altnordisch *Raumsdal*), als

auch auf sein Äußeres, da der Ausdruck *raumr* im Altisländischen die Bedeutung »riesenhaft« hat.
[S. 188] *Jötunn-Björn*: Auch dieser Vorvater von Ketill Raum besitzt aufgrund seines Namens eine mythische Verbindung zum Riesengeschlecht, da altisländisch *jötunn* eine Bezeichnung für »Riese« ist. Laut dem *Buch der Landnahmen* ist Ketills Ahnenreihe sogar noch länger und lautet folgendermaßen: Jötunn-Björn – Raum – Hross-Björn – Orm Skeljamoli – Ketill Raum.

3 [S. 193] *von der Weitergabe meines Namens erhoffe ich mir Gutes*: Hier schwingt die Vorstellung mit, dass durch das Weitergeben des Namens auch die Eigenschaften einer verstorbenen Person auf einen Nachfahren übertragen werden. Außerdem glaubte man, dass die Seele eines Verstorbenen wiedergeboren werden kann, wenn das Kind seinen Namen erhält. Ingimund drückt hier seine Hoffnung auf Wiedergeburt und auf ein neues, ehrenhafteres Leben aus.

4 [S. 194] *Hel*: Eines der Totenreiche in der nordischen Mythologie (s. auch Glossar > *Hel*).

8 [S. 204] *Harald, der Zottelkopf*: *Die Saga von Harald Schönhaar* (*Haralds saga hárfagra*) berichtet, dass er zunächst einen solchen Spitznamen erhielt, da er geschworen hatte, sein Haar so lange nicht zu kämmen oder zu schneiden, bis er Norwegen geeint hätte.

9 [S. 206] *Wolfsfelle*: Die Erklärung des Sagaverfassers ist hier irreführend, denn der Name rührt nicht etwa von ihrer Kleidung her, sondern von der Vorstellung, dass die Berserker ihre Gestalt wandeln konnten.

10 [S. 208] *Seid*: Der Seid gehörte zu den magischen Praktiken heidnischer Zeit und wurde laut den altnordischen Überlieferungen zu verschiedenen Zwecken angewendet. Die Weissagung der Zukunft durch eine Seherin gehörte wahrscheinlich zu den wichtigsten Wirkungsbereichen des Seid (s. auch Glossar > *Seid*).

12 [S. 213] *Samen*: Die Samen nennen sich hier im Originaltext selbst *semsveinar*, was so viel bedeutet wie »Samenburschen«. Dies ist die einzige Stelle in den überlieferten Sagatexten, in der eine Eigenbezeichnung der samischen Nachbarn genannt wird und in der – was besonders bemerkenswert erscheint – im ersten Teil des Kompositums *sem-* auch die samische Eigenbenennung (*sámi*) reflektiert wird (s. auch Glossar > *Samen*).
[S. 213] *Wir gingen dort an Land*: Die Samen gehen hier auf eine schamanistische Seelenreise. Der Schamane befand sich dabei in einer mehrtägigen

Trance, und seine Seele konnte sich im Traum in die andere Welt begeben. Das Ritual durfte nicht gestört werden, etwa durch die Nennung seines Namens. Das Atemholen beim Erwachen galt als Zeichen für die Rückkehr der Seele in den Körper.

15 [S. 218] *soll nach dem Tempel benannt werden und Hof heißen*: Der Name *hof* bedeutet im Altisländischen »Tempel«.
[S. 218] *dieser Fjord … soll Vatnafjord heißen*: Damit ist der heutige Húnafjörður gemeint.
[S. 219] *Eber, der Beigað, der Furchteinflößende, genannt wurde*: Diese Episode deutet an, dass der Gott Frey dem neuen Land Fruchtbarkeit spendet. In der nordischen Mythologie ist Frey ein Eber als heiliges Tier zugeordnet.

17 [S. 224] *Gaut*: Gaut wird im vorhergehenden Text nicht erwähnt, womöglich wurde er mit Þórorm vertauscht, der zuvor als Eyvinds Begleiter eingeführt wurde.

19 [S. 228] *Odd Hrolleifs Begleiter Ljót*: Nach der Version des älteren Handschriftenfragmentes AM 445 b 4to bringt Hrolleif nicht seinen Sklaven, sondern einen Verwandten namens Ljót mit zum Kampf. Der Name referiert wie bei Hrolleifs Mutter auf die Hässlichkeit und Bösartigkeit seines Trägers.

28 [S. 243] *Þórólf Sleggja*: Der Sagaverfasser täuscht sich hier, er hat ihn zuvor noch nicht erwähnt. Sein Beiname bedeutet »Schmiedehammer«.

36 [S. 264] *träumte er, dass dieselbe Frau … zu ihm kam*: Bei der Frau, die Þorsteinn im Traum erscheint, handelt es sich um eine Fylgja, den Schutzgeist der Familie. Solche Schutz- oder Folgegeister traten oft in Frauengestalt auf und warnten vor Gefahren oder Tod (s. auch Glossar > *Fylgja*).

37 [S. 265] *Þorkell Krafla*: Der Beiname Krafla (*krafla* »sich regen«) bezieht sich auf die zuvor erzählte Episode: Das Kind regt sich noch, als es gefunden wird. Das Tuch, welches über sein Gesicht gebreitet wurde, könnte sowohl durch die Regungen des Babys als auch durch seine Atemzüge in Bewegung geraten sein. Letzteres ist aufgrund des schlechten Zustandes des Kleinen wahrscheinlicher.

39 [S. 268] *wegen einer Frauengeschichte geächtet*: Die Ächtung erfolgte wahrscheinlich aufgrund von außerehelichem Beischlaf.

45 [S. 286] *wie in der Saga über ihn berichtet wird*: Über Hallfreðs Liebe zu Kolfinna berichtet die *Saga von Hallfreð dem Schwierigen*.

46 [S. 288] *kamen Bischof Friðrek und Þorvald Koðránsson der Weitgereiste nach Island*: Die Missionsfahrt von Bischof Friðrek und Þorvald dem Weitgereisten nach Island wird auch in der *Saga vom Christentum* (*Kristni saga*) geschildert.

DIE SAGA VON DEN VERBÜNDETEN

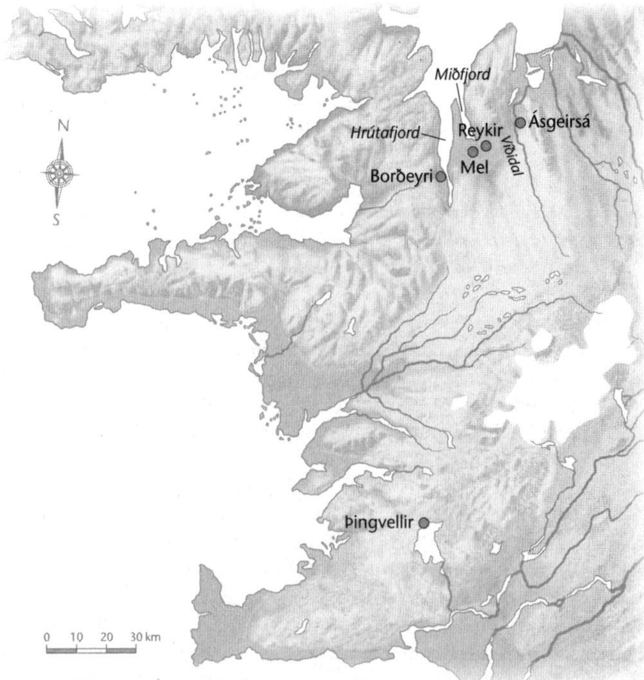

Die vorliegende Übersetzung folgt der Fassung der Saga, wie sie in der *Möðruvallabók* überliefert ist, einer großen, gegen Mitte des 14. Jahrhunderts entstandenen Sammelhandschrift von Isländersagas. Als Grundlage diente die Ausgabe *Grettis saga Ásmundarsonar. Bandamanna saga*, hrsg. von Guðni Jónsson, Reykjavík 1936 (*Íslenzk fornrit*, Band 7).

1 [S. 300] *Strandir*: Die heutigen Hornstrandir, eine Küstenstrecke im äußersten Norden der Westfjorde.

2 [S. 302] *schlägst in der Hinsicht wohl ganz nach deiner Familie*: Mit diesen Worten spielt Odd auf Óspaks Verwandtschaft mit Grettir Ásmundarson an, dessen Neffe er ist. Grettir war – so berichtet es die *Saga von Grettir*

Ásmundarson – ein ähnlich schwieriger Zeitgenosse, der lange Jahre als Geächteter lebte.

4 [S. 306] *und das Thing war eröffnet*: Óspak hatte es demnach besonders eilig, das Thing schnell wieder zu beenden, noch bevor Odd dort auftauchen konnte. In seiner Funktion als Gode gehörte es zu seinen Aufgaben, das Thing mit einer Zeremonie zu eröffnen und wieder zu schließen. Dadurch, dass das Thing damit nicht einmal einen Tag währt, verstößt Óspak gegen das Gesetz, welches besagt, dass das Herbstthing mindestens einen Tag zu dauern hat.

5 [S. 311] *bist du ihm gegenüber doch irgendwie verpflichtet*: Mit diesen Worten bezieht sich Styrmir darauf, dass Þórarinn mit Svala, Óspaks Frau, verwandt ist. Dies erfährt man durch Svalas Worte zu Beginn von Kapitel 4.

8 [S. 322] *Odds Vermögen unter uns aufgeteilt haben*: Dies ist die übliche Art und Weise, das Vermögen eines Geächteten aufzuteilen. Da die Hälfte des Besitzes zu gleichen Teilen unter den Bauern des jeweiligen Viertels aufgeteilt wurde, die andere Hälfte aber an denjenigen ging, der die Anklage vorgebracht hatte, konnte es durchaus verlockend sein, jemanden ächten zu lassen, der vermögend war.

10 [S. 336] *sie seien alle gegessen worden*: Der Vorwurf, dass man die verendeten Pferde gegessen habe, ist in christlicher Zeit, in der sich die hier geschilderten Ereignisse zugetragen haben sollen, nicht nur als Anspielung auf Hermunds Misswirtschaft, sondern auch in religiösem Kontext zu verstehen. Der Verzehr von Pferdefleisch, wie er im heidnischen Opferkult üblich war, war einem Christen eigentlich untersagt. Ob dieses Verbot auf Island, wo Pferdefleisch für die Ernährung eine nicht unerhebliche Rolle gespielt haben dürfte, auch immer eingehalten wurde, darf jedoch bezweifelt werden. Egill unterstellt Hermund daher vielleicht weniger vermeintlich heidnische Praktiken, als dass er seine Armut bloßstellt, die ihn dazu zwänge, sogar Pferde zu verspeisen.

12 [S. 341] *Zweihundert in einer Schlucht*: Diese letzten Worte Hermunds sollen wohl auf den Vorwurf Egills anspielen, dass er sein Geld im Nebel irgendwo vergraben habe (s. Kap. 10). Mit den »zweihundert« meint er aller Wahrscheinlichkeit nach Silbermünzen, also 240 Unzen Silber (s. im Glossar > *Hundert*) – was etwa einem Wert von 64 Kühen entspräche. Der Hinweis auf den Ort des vergrabenen Schatzes ist allerdings durchaus vage zu nennen.

DIE ERZÄHLUNG VON ODD ÓFEIGSSON

Als Grundlage diente die Ausgabe *Grettis saga Ásmundarsonar. Bandamanna saga*, hrsg. von Guðni Jónsson, Reykjavík 1936 (*Íslenzk fornrit*, Band 7).

[S. 346] *Harald*: Gemeint ist Harald der Harte Sigurðarson, der von 1047 bis 1066 in Norwegen regierte.

[S. 346] *Einar Fliege*: Der Beiname »Fliege« bedeutet im übertragenen Sinne auch »Köder«.

[S. 351] *wahrscheinlich ist der Verrat typisch für deine Sippschaft*: Diese Worte des Königs sind als Anspielung auf die erwähnte Verwandtschaft Þorsteinns mit Þórir Hund zu verstehen, der in der Schlacht von Stiklestad im Jahr 1030 Verrat an König Ólaf dem Heiligen beging und sich dessen Gegnern anschloss.

DIE ERZÄHLUNG VON HRAFN GUÐRÚNARSON

Die Übersetzung folgt dem Text der Handschriften *Hulda* (AM 66 fol., ca. 1350–1375) und *Hrokkinskinna* (GKS 1010 fol., ca. 1400–1450), in der Ausgabe *Vatnsdœla saga*, hrsg. von Einar Ólafur Sveinsson, Reykjavík 1939 (*Íslenzk fornrit*, Band 8).

2 [S. 361] *Magnús des Guten*: Magnús Góði Ólafsson (1024–1047). Ein Sohn Ólafs des Heiligen, König von Norwegen seit 1035 und von Dänemark seit 1042.

4 [S. 366] *Sveinn Úlfsson*: Auch Svend Estridsen (nach seiner Mutter) genannt. 1020–1074, ab 1047 König von Dänemark.

5 [S. 368] *König Ólaf*: König Ólaf II. Haraldsson (995–1030), König von Norwegen von 1015 bis 1030, nach seinem Tod als Heiliger verehrt und »Ólaf der Heilige« genannt. Ólaf gilt bis heute als der norwegische Nationalheilige. Er ist der Vater von König Magnús dem Guten.

DIE ERZÄHLUNG VON ÞÓRHALL BIERMÜTZE

Die Übersetzung folgt der Handschrift *Möðruvallabók* (AM 132 fol., ca. 1330–1370) in der Ausgabe *Austfirðinga sögur*, hrsg. von Jón Jóhannesson, Reykjavík 1950 (*Íslenzk fornrit*, Band 11).

1 [S. 372] *Dieses Gebiet nennt man heute Sviðning*: Der Name Sviðning bedeutet so viel wie »versengtes Gebiet«.
[S. 372] *Goðaskóg*: Der Name bedeutet »Wald der Goden«.
[S. 372] *gesetzlichen Vorladungstage*: Der Beklagte musste mit einer Frist von zwei Wochen vor das Thing geladen werden. Der Kläger hatte den Beklagten formal vorzuladen, was, wie auch hier, zumeist mit großer Mannschaft geschah, damit die Vorladung nicht abgewehrt werden konnte.
[S. 372] *Waldgang*: Waldgang ist die direkte Übersetzung des altisländischen *skóggangr*, womit die strenge Acht gemeint ist. Derjenige, über den die stren-

ge Acht verhängt wird, wird aus der Gemeinschaft ausgeschlossen und verliert das Recht seiner persönlichen Unverletzlichkeit, wodurch er ohne Strafe erschlagen werden darf. Er wird aus einem Bezirk oder gar dem ganzen Land verbannt, darüber hinaus wird sein Besitz beschlagnahmt. Die kleine oder geringe Acht sieht lediglich eine Verbannung für drei Jahre vor. Sollte der Verurteilte nicht den Bezirk oder das Land verlassen, ist er auf sich allein gestellt und muss sich in die Wälder flüchten, daher rührt der Name.
[S. 373] *Selbsturteil*: Beim Selbsturteil wird dem Geschädigten das Recht eingeräumt, die Höhe der an ihn zu entrichtenden Wiedergutmachung selbst zu bestimmen.

2 [S. 374] *Lögretta*: Die Gesetzeskammer in der isländischen Freistaatzeit, die auf dem Allthing tagte.

DIE ERZÄHLUNG VOM LAHMEN HRÓMUND

Die Übersetzung folgt der Sammelhandschrift *Flateyjarbók* (GKS 1005 fol., 1387–1394) in der Ausgabe *Vatnsdœla saga*, hrsg. von Einar Ólafur Sveinsson, Reykjavík 1939 (*Íslenzk fornrit*, Band 8).

1 [S. 381] *und nahm sich deshalb das Leben*: Darüber berichtet Kapitel 23 der *Saga von den Leuten aus dem Vatnsdal* (in diesem Band).

5 [S. 390] *Ólaf Tryggvason*: Ólaf I. von Norwegen (968–1000), Bekehrer und Reichseiniger, König von 995 bis 1000, Nachfolger des heidnischen Jarls Hákon.
[S. 390] *Langen Schlange*: Der Name von Ólaf Tryggvasons berühmtem Langschiff *Ormrinn langi* (»Die lange Schlange«). Der König findet in der Schlacht von Svold auf seinem Schiff den Tod.

DIE SAGA VON GRETTIR ÁSMUNDARSON

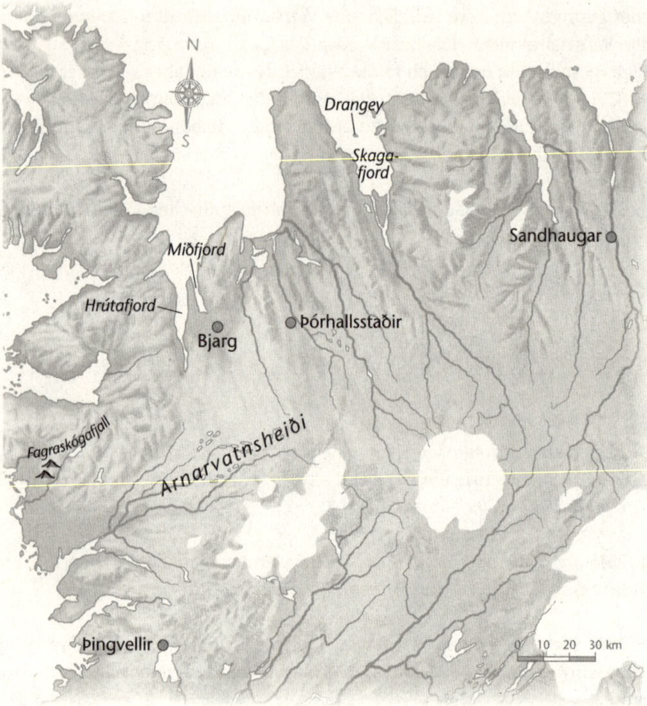

Die Übersetzung der Strophen entstand unter Mitwirkung von Laura Wamhoff.

Die ältesten erhaltenen Handschriften der *Saga von Grettir Ásmundarson* sind Ende des fünfzehnten Jahrhunderts entstanden. Diese Übersetzung folgt dem Haupttext aus *Íslenzk fornrit* (Band 7), Reykjavík 1936, unter Beachtung einiger Varianten.

3 [S. 400] *Ölvir Barnakarl* (»Kindermann«): Viele Beinamen sind in ihrer Bedeutung unklar. Der Beiname »Kindermann« wird manchmal damit erklärt, dass Ölvir Barnakarl einer der wenigen Männer gewesen sei, die auf ihren

Wikingerüberfällen die Kinder verschonten. Er könnte aber auch viele Kinder oder auffällig kindliche Gesichtszüge gehabt haben. Eine konsequente Übersetzung aller Beinamen ist demnach unmöglich. Aus diesem Grund sind nur einige Beinamen übersetzt, deren Bedeutung relativ eindeutig geklärt ist und deren Übersetzung den Lesern die Orientierung erleichtert.

10 [S. 412] *Grettisgeil* (»Grettirs Schlucht«): Viele Orte aus dieser Saga sind nach Grettir benannt. Ein besonders schwerer Felsbrocken, den Grettir in Kapitel 16 anhebt, heißt *Grettishaf* (*Grettirs Hub*, später bekommen noch zwei andere Felsbrocken diesen Namen); die Landzunge, auf der Grettir in Kapitel 60 kämpft, heißt *Grettisoddi* (*Grettirs Landzunge*), und der Sandhügel, in dem Grettirs Kopf in Kapitel 84 vergraben wird, heißt *Grettisþúfa* (*Grettirs Hügel*).
[S. 412] *Auð der Tiefsinnigen*: Auð spielt in vielen Sagas eine bedeutende Rolle. Ihr Beiname könnte auch »die Wohlhabende« bedeuten.

13 [S. 419] *Drómund*: Eher schwerfälliger Schiffstyp aus dem Mittelmeerraum, s. auch Skaldenstrophe (in Kap. 24).

17 [S. 433] *nähte Grettir immer die Ärmel zusammen*: Da es keine Knöpfe gab, wurden die Ärmel jeden Tag zusammengenäht, nachdem man sich angezogen hatte.

18 [S. 437] *drückte den Kopf auf seinen Hintern*: Rituelle Verfahrensweise, um Untote und Wiedergänger unschädlich zu machen.

31 [S. 473] *kam zu dem großen Hochlandkampf*: Bedeutender Kampf Anfang des 11. Jahrhunderts, siehe auch *Die Saga vom Hochlandkampf*.

37 [S. 488] *König Ólaf Haraldsson*: Später Ólaf der Heilige.

49 [S. 515] *Gesetzessprecher Sturla Þórðarson*: Einer der Autoren der *Saga von den Sturlungen*, lebte von 1214 bis 1284.

50 [S. 516] *anderthalb Seemeilen*: Die damalige Seemeile entsprach ungefähr 8,5 Kilometern. Dies bekommt in Kapitel 75 eine große Bedeutung, wenn Grettir eine Seemeile durch den Nordatlantik schwimmt.

69 [S. 566] *Glaum*: Lärmende Fröhlichkeit.

86 [S. 602] *Waräger-Garde*: Aus Skandinaviern bestehende Leibgarde des byzantinischen Kaisers.
[S. 602] *Mikael Katalak*: Michael IV., byzantinischer Kaiser von 1034 bis 1041.

N
S
Trondheim
Haramsøy
Tønsberg
0
50
100
150 km

BILDNACHWEIS

Für die Abdruckgenehmigung der Faksimiles danken wir der isländischen National- und Universitätsbibliothek Landsbókasafn Íslands, sowie dem Handschrifteninstitut Stofnun Árna Magnússonar í íslenskum fræðum, Reykjavík, Ísland.

Die Saga von Hallfreð dem Schwierigen
GKS 1005 fol. (Flateyjarbók), Blatt 71 recto

Die Saga von Kormák Ögmundarson
AM 132 fol. (Möðruvallabók), Blatt 120 verso

Die Saga vom Hochlandkampf
ÍB 133 4to, Blatt 1 recto
ÍB 133 4to, Blatt 36 verso

Die Saga von den Leuten aus dem Vatnsdal
AM 128 fol., Blatt 12 recto

Die Saga von den Verbündeten
AM 163 s fol., Blatt 1 recto

Die Erzählung von Odd Ófeigsson
JS 629 4to, Blatt 189 verso

Die Erzählung von Hrafn Guðrúnarson
Lbs 1489 4to, Blatt 271 recto

Die Saga von Grettir Ásmundarson
AM 556 a 4to, Blatt 8 recto

Für die Herstellung der Karten danken wir Peter Palm, Berlin.

INHALTSVERZEICHNIS

7 Þorsteinns Freund Ingjald übernimmt die Pflegschaft für Þorsteinns Sohn Ingimund. Ingimund und seine Ziehbrüder gehen auf Wikingerfahrt. Ingimund und Sæmund aus Sogn gründen einen Wikingerbund

8 Ingimund schließt sich König Harald an

9 Die Schlacht im Hafrsfjord. König Harald schenkt Ingimund einen Talisman

10 Sæmund wandert nach Island aus. Ingimund kehrt heim. Die Weissagung der Seherin

11 Ingimund übernimmt den Hof seines Vaters Þorsteinn

12 Ingimunds Hochzeit. Die Suche der Schamanen nach Ingimunds Talisman. Ingimunds Beschluss

13 Ingimunds Söhne Þorsteinn und Jökull werden geboren. Ingimunds Kinder und Weggefährten

14 Ingimund segelt nach Island. Ingimund sucht das ihm bestimmte Land

15 Ingimund findet Vatnsdal und errichtet Hof und Tempel

16 Ingimunds Besuch bei König Harald in Norwegen. Ingimund wird Gode von Vatnsdal. Wer in der Gegend siedelte

17 Ingimund erlangt das Schwert Ættartangi

18 Hrolleif und seine Mutter Ljót kommen zu Sæmund. Hrolleif belästigt Unis Tochter

19 Odds Kampf gegen Hrolleif

20 Hrolleifs Verbannung aus Skagafjord. Ingimund nimmt Hrolleif bei sich auf

21 Hrolleifs Streit mit Ingimunds Söhnen. Die Hochzeit von Ingimunds Tochter Þórdís

22 Hrolleif tötet Ingimund

23 Ingimunds Bestattung. Ingimunds Gefolgsleute Eyvind und Gaut nehmen sich das Leben

24 Hrolleif versteckt sich bei Geirmund. Ingimunds Söhne planen die Vaterrache

25 Die Brüder spüren Hrolleif auf

26 Ingimunds Söhne töten Hrolleif und besiegen die Hexe Ljót

27 Die Brüder teilen das Erbe unter sich auf. Þorsteinn erbt Land, und Hof wird das neue Oberhaupt

28 Die Brüder besiegen den Zauberer Þórólf Sleggja

29 Der Streit mit Már Jörundarson und Þorgrím Pelzmütze um das angrenzende Land. Þorsteinns Söhne

30 Der Kampf gegen Þórólf Teufelsbart

31 Der Hochmut Bergs des Kühnen

32 Der Streit mit Finnbogi und Berg auf dem Hochzeitsfest bei Skíði

33 Bergs unangebrachtes Verhalten auf der Thingversammlung und die Verabredung zum Holmgang

25 Ásmunds Verwandter Þorgils Máksson wird von Þorgeir Hávarsson erschlagen

26–27 Ásmund sorgt dafür, dass Þorgeir Hávarsson verbannt wird

28 Grettir kommt nach Island zurück und kämpft mit Auðunn Ásgeirsson

29 Grettir wirft Odd Ómagaskáld beim Pferdekampf auf der Langafit in den Fluss

30 Þorbjörn Ochsenkraft wendet sich beim Kampf auf dem Hrútafjarðarháls gegen Grettir

31 Grettir will gegen Barði Guðmundarson kämpfen, doch einige Männer aus Þóreyjargnúp verhindern das

32–33 Der Schäfer Glám wird getötet und sucht als Wiedergänger die Gegend um Þórhallsstaðir heim

34–35 Grettir besiegt Glám und wird von ihm verflucht

36–37 Þorbjörn der Reisende verhöhnt Grettir. Grettir tötet ihn und fährt nach Norwegen

38 Grettir schwimmt zu einem Haus, um Feuer zu holen. Das Haus brennt ab, die Söhne von Þórir aus Garð kommen in dem Feuer um

39 Grettir versucht bei König Ólaf, seine Unschuld zu beweisen

40 Grettir tötet den Berserker Snækoll

41 Grettir trifft seinen Bruder Þorsteinn Drómund

42 Grettirs Vater Ásmund stirbt

43–44 Die Söhne von Þórir aus Skarð greifen Grettirs Bruder Atli an und werden erschlagen. Þorbjörn Ochsenkraft klagt Atli an

45 Þorbjörn Ochsenkraft tötet Grettirs Bruder Atli

46 Þórir aus Garð sorgt dafür, dass Grettir geächtet wird

47 Grettir kommt nach Island und erfährt von seiner Ächtung. Er stiehlt das Pferd Söðulkolla. Grettir kehrt zu seiner Mutter Ásdís nach Bjarg zurück

48–49 Grettir tötet Þorbjörn Ochsenkraft aus Rache für Atli und wird von Þorbjörns Verwandten verfolgt

50 Grettir verbringt den Winter auf Reykjahólar und trägt den Ochsen von Bauer Þorgils

51 Der Versuch, Grettirs Ächtung auf dem Allthing aufzuheben, scheitert

52 Die Bauern aus dem Ísafjord wollen Grettir hängen. Þorbjörg die Dicke rettet ihn

53–54 Grettir zieht umher und begegnet Loft

55–56 Grettir lässt sich an den Fiskivötn-Seen nieder und tötet die Gesetzlosen Grím und Þórir Rauðskegg

57 Þórir aus Garð greift Grettir mit achtzig Männern an, Hallmund hilft Grettir

58–60 Grettir lässt sich in einer Höhle nieder, freundet sich mit Björn aus dem Hítardal an und kämpft mit dem angeberischen Gísli und den Leuten aus Mýrar

61 Grettir zieht ins Þórisdal

62 Der Gesetzlose Grím erschlägt Hallmund

63 Grettir führt Þórir aus Garð in die Irre

64–65 Grettir kommt nach Sandhaugar und kämpft mit der Trollfrau

66 Grettir tötet den Riesen in der Höhle hinter dem Wasserfall

67 Guðmund der Mächtige rät Grettir, auf die Insel Drangey zu gehen

68 Grettir verschont Þórodd, den Sohn von Snorri dem Goden

69 Grettir verabschiedet sich von seiner Mutter und geht mit seinem Bruder Illugi nach Drangey

70–71 Die Bauern aus dem Skagafjord versuchen, Grettir zu überreden, Drangey zu verlassen

72 Grettir verkleidet sich und geht zum Hegranes-Thing

73 Þorbjörn Öngull versucht, Grettir zu überreden, Drangey zu verlassen

74–75 Glaum lässt das Feuer ausgehen. Grettir schwimmt zum Festland, holt Feuer und wird von einer Magd verhöhnt

76 Hæring klettert heimlich auf die Insel Drangey und kommt dort um

77 Auf dem Allthing zeichnet sich ab, dass Grettirs Ächtung bald aufgehoben wird

78–80 Þorbjörn Öngulls Pflegemutter verhext Grettir. Grettir verletzt sich mit seiner Axt

81 Þorbjörn Öngull fährt nach Drangey

82 Þorbjörn Öngull und seine Männer töten Grettir und Illugi

83 Þorbjörn Öngull geht zu Grettirs Mutter Ásdís nach Bjarg

84–85 Þorbjörn Öngull wird verbannt, fährt nach Norwegen und von dort nach Konstantinopel

86 Þorsteinn Drómund nimmt Rache für Grettirs Tod, erschlägt Þorbjörn Öngull in Konstantinopel und kommt dafür in den Kerker

87 Spes kauft Þorsteinn Drómund frei

88–89 Spes und Þorsteinn Drómund verlieben sich, Spes überlistet ihren Ehemann mit einem Eid

90 Spes und Þorsteinn Drómund gehen nach Norwegen

91 Spes und Þorsteinn Drómund gehen nach Rom

92 Spes und Þorsteinn Drómund entsagen der Welt

93 Ende der Saga